KB152564

빛의 눈속임

A TRICK OF THE LIGHT

옮긴이 유혜영

이화 여자 대학교 불문학과를 졸업했고, 글밥아카데미 수료 후 출판 번역가와 영상 번역가로 일
하고 있다. 작가와 독자, 시청자 사이의 충실한 징검다리가 되고자 한다.

A TRICK OF THE LIGHT

Copyright © 2011 Louise Penny

All rights reserved

Korean translation copyright © 2018 by FINIS AFRICAE

Korean translation rights arranged with Teresa Chris Literary Agency Ltd.

through EYA(Eric Yang Agency)

이 책의 한국어판 저작권은 EYA(Eric Yang Agency)를 통해
Teresa Chris Literary Agency Ltd.사와 독점계약한
피니스 아프리카에에 있습니다.
저작권법에 의하여 한국 내에서 보호를 받는 저작물이므로
무단전재와 복제를 금합니다.

이 도서의 국립중앙도서관 출판시 도서목록(CIP)은 서지정보유통지원시스템 홈페이지(http://seoji.nl.go.kr)와
국가자료공동목록시스템(http://www.nl.go.kr/kolisnet)에서 이용하실 수 있습니다.
CIP제어번호: CIP2018029745

A Trick Of The Light

루이즈 페니 지음 | 유혜영 옮김

빛의 눈속임

LOUISE PENNY

피니스
아프리카에

샤론, 마거릿, 루이즈와
밝은 햇살 속 고요한 곳을 찾도록 나에게 도움을 준
모든 경이로운 어싱에게 이 책을 바칩니다.

✝ 일러두기
본문의 모든 주는 옮긴이 주입니다.

1

오. 아니. 아니야. 클라라 모로는 닫힌 문을 향해 걸어가며 생각했다.

그녀에게 반투명 유리 너머 이리저리 왔다 갔다 움직이는 유령 같은 그림자와 형체들이 보였다. 나타났다 사라지는. 일그러지긴 했지만 사람 형상이었다.

여전히 죽은 자는 누워 신음하네.

이 구절이 하루 종일 클라라의 머릿속을 들락거렸다. 반쯤밖에 기억 나지 않는 시. 단어들이 수면 위로 떠올랐다가 가라앉았다. 시의 몸통에 는 손이 닿지 않은 채.

나머지가 어떻게 되더라?

그게 중요한 것 같았다.

오. 아니. 아니야.

멀리 긴 복도 끝자락에 있는 흐릿한 형상들이 거의 액체나 연기처럼 보였다. 거기에 있지만 실체 없이. 아주 잠깐 있다가 사라지는.

클라라는 자신도 그럴 수 있었으면 했다.

바로 이거였다. 여정의 목적지. 그녀와 남편 피터가 차를 몰고 자신 들의 작은 퀘벡 마을에서 자신들이 속속들이 아는 몬트리올 현대 미술 관에 도착한 이날의 여정만을 말한 것은 아니었다. 얼마나 자주 이곳에 와서 새로운 전시를 보고 경탄했던가? 친구나 동료 예술가를 응원했던 가? 혹은 도시가 일에 열중인 평일 대낮에 그들은 얼마나 많이 운이 나는 갤러리의 한가운데에 앉아 있었던가?

예술은 그들의 업이었다. 그러나 그 이상이기도 했다. 그래야만 했다. 그렇지 않다면 뭐하러 그 오랜 세월 동안 고독을, 실패를, 이해하지 못하고 심지어 어리둥절해하는 미술계의 침묵을 참아 왔겠는가?

그녀와 피터는 조그만 마을에 있는 조그만 작업실에서 매일같이 창작을 하며 그들의 아주 작은 삶을 이끌어 가고 있었다. 행복하게. 그러나 여전히 그 이상의 삶을 갈구하면서.

클라라는 길고 긴 하얀 대리석 복도를 몇 걸음 더 내려갔다.

이게 바로 '그 이상의 삶'이었다. 저 문으로 들어가면. 마침내. 그녀가 일생 동안 지향하며 일하고 걸어왔던 모든 것의 종점이었다.

어린아이일 때 꾸었던 그녀의 첫 번째 꿈이자 거의 50년이 흐른 후인 이날 아침 그녀의 마지막 꿈이 딱딱한 하얀 복도 저 먼 끝에 있었다.

두 사람 모두 이러한 문들을 먼저 통과할 사람이 피터라고 생각했었다. 피터는 삶을 아주 가까운 곳에서 포착한 정교한 작품들로 그녀보다 훨씬 더 성공한 예술가였다. 매우 세밀하게 가까이서 묘사한 세상의 한 단편은 왜곡되어 추상적으로 보였다. 그게 무엇인지 알아볼 수조차 없었다. 피터는 자연스러움을 제거하여 부자연스러워 보이게 만들었다.

그게 사람들에게 잘 먹혔다. 하느님 감사합니다. 그것으로 식탁 위에 계속 음식을 올릴 수 있었고, 스리 파인스 마을에 있는 그들의 작은 집을 끊임없이 에워싸고 어슬렁대는 늑대들을 현관에 다가오지 못하게 할 수 있었다. 피터와 그의 작품 덕분에.

클라라는 잘생긴 얼굴에 미소를 머금고 자신보다 조금 앞서 걷는 남편을 흘끗 보았다. 자신들을 처음 만난 사람들이 대개 자신을 결코 피터의 아내로 생각하지 않는다는 사실을 알고 있었다. 대신 우아한 손에 화이트 와인이 든 잔을 들고 있는 늘씬한 직원을 그의 짝이라고 여겼다. 자연선택의 한 예. 비슷한 쪽으로 움직이는.

희끗한 머리칼에 고상한 이목구비를 한 저명한 예술가가 커다랗고 볼품없는 손에 맥주를 쥐고 있는 여자를 택했을 리 없었다. 곱슬머리에는 파이 부스러기까지 붙어 있었다. 그리고 그녀의 작업실에는 낡은 트랙터 부품을 사용해 만든 조형물과 날개 달린 양배추 그림이 가득했다.

아니다. 피터 모로가 그녀를 택했을 리 없었다. 그것은 부자연스러운 일이었을 테니까.

그러나 그는 그랬다.

그리고 그녀는 그를 선택했다.

곧 토하게 될 것을 그토록 확신하지만 않았어도 클라라는 미소를 지었을 터였다.

오, 안 돼. 안 돼. 그녀는 닫힌 문과 미술계 유령들을 향해 단호히 걸어가는 피터를 바라보며 다시 한 번 생각했다. 유령들은 바로 그녀에 대한 판결을 내리려 기다리고 있었다.

흥분과 공포가 뒤섞인 거부할 수 없는 힘에 밀려 천천히 앞으로 나아가면서 클라라의 두 손은 차갑게 식어 감각이 없어졌다. 그녀는 돌진해 문을 벌컥 열고 외치고 싶었다. 내가 왔다고.

하지만 돌아서서 숨고 싶은 마음이 더 컸다.

환한 빛으로 가득한, 예술 작품으로 가득한, 대리석으로 가득한 길고 긴 복도를 휘청거리며 내려가고 싶었다. 자신의 실수라고 인정하면서. 현대 미술관 단독 전시회를 하고 싶으냐는 질문을 받았을 때 잘못된 답을 했다고.

그녀는 잘못된 답을 했다. 그녀는 '예스'라고 말했다. 그리고 이게 그 결과였다.

누군가 거짓말을 했다. 혹은 진실을 전부 털어놓지 않았거나. 그녀는 현대 미술관에서 개인전을 하는 꿈을 어릴 때부터 수도 없이 꾸어 왔다. 그녀의 유일한 꿈. 그녀는 이 복도를 걸어 내려갔다. 예술품들이 걸린 좁고 아름답고 재치 있고 인기 많은 이 복도를.

팔을 벌리고 기다리는 자신이 숭배하는 세계 속으로.

거기에는 두려움이 없었다. 구토도. 반투명 유리 사이로 그녀를 삼키려고 흘끔거리며 기다리는 괴물들도 없었다. 그녀를 낱낱이 해부하려는. 그녀와 그녀의 창작물을 폄하하려는.

누군가 거짓말을 했다. 그녀에게 다른 무언가가 기다릴 수도 있다는 말을 하지 않았다.

실패.

오, 아니. 아니야. 클라라는 생각했다. 여전히 죽은 자는 누워 신음하네.

시의 나머지는 뭐였더라? 왜 생각이 안 나지?

이제 여행의 마지막 몇 걸음을 남겨 두고 오로지 그녀가 바라는 것은 스리 파인스의 집으로 도망치는 것이었다. 정원 나무 문을 열어젖히고 봄꽃이 만개한, 사과나무가 늘어선 정원 길을 쏜살같이 질주하고 싶었다. 현관문을 쾅 닫고 거기에 기대고 싶었다. 현관문을 잠그고 싶었다. 온몸으로 거기에 기대고 세상이 들어오지 못하게 막고 싶었다.

이제 너무 늦게야 거짓말을 한 사람이 누구였는지 깨달았다.

자신이었다.

겁에 질려 갇힌 곳에서 도망치려는 필사적인 무언가처럼 클라라의 심장이 갈비뼈에 부딪혔다. 그녀는 자신이 숨을 쉬지 않고 있음을 깨달았고, 얼마나 그러고 있었는지 궁금했다. 그것을 보충하려고 숨이 빨라지기 시작했다.

피터가 말하고 있었지만 멀리서 나는 소리처럼 분명히 들리지 않았다. 머릿속에서 울려 대는 비명과 쿵쾅대는 심장 소리에 묻혔다.

그리고 그들이 다가갈수록 문 뒤에서 소음이 커지고 있었다.

"재밌을 거야." 피터가 안심시키는 미소를 지으며 말했다.

클라라는 손을 펼쳤고, 손가방을 떨어트렸다. 들은 거라곤 입안을 상쾌하게 하는 민트, 할머니가 주신 그녀의 첫 색칠하기 세트의 작은 붓이 전부인 가방이 바닥에 풀썩 떨어졌다.

클라라는 무릎을 꿇고 손가방에 보이지 않는 물건들을 모아 넣는 척했다. 그녀는 고개를 숙이고 숨을 고르려 애썼고, 이러다 곧 기절하는 게 아닐까 싶었다.

"숨을 깊이 들이마시고 길게 내뱉어요." 목소리가 들려왔다.

클라라는 번쩍이는 대리석 바닥 위에 놓인 가방에서 시선을 들어 맞은편에 웅크리고 있는 남자를 응시했다.

피터가 아니었다.

대신 스리 파인스 마을의 이웃이자 친구인 올리비에 브륄레가 보였다. 그가 자신의 곁에 무릎을 꿇고 물에 빠진 여자에게 던져진 구명 튜브 같은 친절한 눈으로 바라보고 있었다. 그녀는 그것을 붙들었다.

"숨을 깊이 들이마셔요." 그가 속삭였다. 목소리가 침착했다. 이것은 둘만 아는 사적인 위기 상황이자 사적인 구조였다.

그녀는 숨을 깊이 들이마셨다.

"나, 못할 것 같아." 클라라는 몸을 앞으로 숙였고, 졸도할 것 같았다. 사방의 벽들이 다가오는 것 같았고, 바닥 저 앞에 피터의 윤이 나는 검정 가죽 구두가 보였다. 마침내 그가 멈춰 선 곳에. 그녀가 없어진 걸 바로 알아차리지 못한 채. 아내가 바닥에 무릎 꿇고 있는 걸 알아차리지 못한 채.

"알아요." 올리비에가 속삭였다. "하지만 나도 당신을 알거든요. 무릎으로 기어가든 두 발로 서서 가든 어쨌든 당신은 저 문으로 들어갈 거예요." 그는 그녀의 눈에서 결코 시선을 떼지 않고 복도 끝을 향해 고개를 끄덕였다. "일어서서 가는 게 나을걸요."

"하지만 그렇게 늦진 않았어." 클라라가 그의 얼굴을 탐색했다. 부드러운 금발과 아주 근접했을 때만 보이는 주름을 보며. 서른여덟 살 남자치고는 많은 편이었다. "지금 여길 뜨면 돼. 집에 가는 거야."

올리비에의 친절한 얼굴이 사라지고, 다시 그녀는 안개가 아직 걷히기 전 오늘 아침에 봤던 자신의 정원을 보았다. 고무장화 아래 흥건히 밟히던 이슬. 이른 장미와 늦은 모란은 촉촉하고 향긋했다. 그녀는 모닝커피를 들고 뒤뜰 나무 의자에 앉아 오늘 펼쳐질 일을 생각했었다.

바닥에 주저앉으리라고는 상상조차 하지 못했었다. 겁에 질려. 이곳을 떠나 정원으로 돌아가기를 갈망하리라고는.

그러나 올리비에가 옳았다. 자신은 돌아가지 않을 터였다. 아직은 아니었다.

오, 안 돼. 안 돼. 저 문들을 통과해야 했다. 이제 저 문들이 집으로 가는 유일한 길이었다.

"숨을 길게 내쉬어요." 올리비에가 미소 지으며 속삭였다.

클라라는 웃음을 터뜨리고 숨을 내쉬었다. "자긴 조산원이 됐어도 잘 했을 거야."

"둘이 바닥에 앉아 뭐 해요?" 가브리가 클라라와 자신의 파트너를 보며 물었다. "올리비에가 보통 그 자세로 하는 일이 뭔지 아는데, 설마 그건 아니길 바라요." 그는 피터 쪽으로 몸을 돌렸다. "그걸로 그 웃음이 설명되더라도."

"준비됐어요?" 올리비에가 클리라에게 손가방을 건넸고, 두 사람은 일어섰다.

올리비에 곁에서 결코 멀리 떨어지는 법이 없는 가브리가 클라라를 꼭 끌어안았다. "괜찮아요?" 그가 가까이서 그녀를 자세히 살폈다. 그는 몸집이 컸다. 본인은 건장하다는 표현을 더 좋아하지만. 얼굴의 주름은 파트너보다 덜했다.

"괜찮아fine." 클라라가 말했다.

"개판 치고Fuck up 위태롭고insecure 전전긍긍하며neurotic 자기중심적egotistical인 상태?" 가브리가 물었다.

"잘 아네."

"좋아요. 나도 마찬가지예요. 저기로 들어가는 사람은 누구나 그렇다니까." 가브리가 문을 가리켰다. "하지만 그들은 개인전을 하는 굉장한 예술가는 아니죠. 그러니까 당신은 괜찮기도 하고 유명인인 거라고요."

"안 와?" 피터가 클라라에게 손을 흔들며 미소 지었다.

클라라는 망설이다가 피터의 손을 잡고 함께 복도를 걸어 내려갔다. 또각또각 울리는 그들의 발소리에도 저 너머 떠들썩한 소리는 가려지지 않았다.

웃고 있잖아. 내 작품을 비웃고 있어. 클라라는 생각했다.

그리고 그 순간 시 몸통이 수면 위로 떠올랐다. 시의 나머지가 모습을 드러냈다.

오, 아니. 아니야. 클라라는 생각했다. 여전히 죽은 자는 누워 신음하네.

나 평생 너무 멀리 헤엄쳐 나왔고

나 손을 흔드는 게 아니라 물에 빠지고 있네영국 시인 스티비 스미스의 시 「Not Waving but Drowning」의 마지막 연.

가마슈 경감에게 멀리 아이들 노는 소리가 들려왔다. 그는 어느 곳에서 오는 소리인지 알았다. 늦봄 잎이 무성한 단풍나무 사이로 아이들 모습은 보이지 않았지만 건너편 공원에서 나는 소리였다. 그는 이따금 거기 앉아 어린 손주 플로렌스와 조라가 웃고 떠드는 소리라고 상상하길 좋아했다. 아들 다니엘과 로슬린이 공원에서 아이들을 보고 있다고 상상했다. 이제 곧 저녁을 먹기 위해 손에 손을 잡고 대도시 중심부에 있는 그 조용한 거리를 가로질러 걸어오리라. 아니면 자신과 렌 마리가 아들네와 어울릴 터였다. 캐치볼이나 마로니에 열매 깨기를 하며.

그는 아들네가 수천 킬로미터 떨어진 파리에 있지 않은 체하길 좋아했다.

그러나 보통은 이웃 아이들이 내지르는 고함이나 비명 소리, 웃음소리에 그저 귀 기울이며 미소를 지었고, 그러면 마음이 편안해졌다.

가마슈는 맥주에 손을 뻗으며 「옵세르바퇴르」 주간지를 무릎 위에 내려놓았다. 아내 렌 마리는 발코니의 자신의 맞은편에 앉아 있었다. 6월

중순 날씨치고는 의외로 더운 날이어서 그녀도 차가운 맥주를 마시고 있었다. 그러나 보고 있던 「라 프레스캐나다 일간지」는 탁자 위에 접힌 채였고, 그녀는 먼 곳을 응시하고 있었다.

"무슨 생각 해?" 가마슈가 물었다.

"그냥 이것저것."

그는 아내를 보며 잠시 말이 없었다. 아내의 머리는 이제 꽤 많이 셌지만 그것은 자신도 마찬가지였다. 아내는 수년간 머리를 적갈색으로 염색해 왔는데, 요 근래 그러긴 그만두었다. 그는 기뻤다. 자신처럼 아내는 50대 중반이었다. 이제 제 나이로 보이는 부부가 되었다. 자신들이 운이 좋다면.

모델 같진 않았다. 자신들을 그렇게 보는 사람은 아무도 없으리라. 아르망 가마슈는 뚱뚱하지는 않지만 몸집이 단단했다. 모르는 사람이 집을 방문한다면 무슈 가마슈를 조용한 학자로, 아마 몬트리올 대학의 역사나 문학 교수로 여길지 몰랐다.

하지만 그 역시 잘못된 판단일 터였다.

부부의 넓은 아파트에는 어디에나 책이 있었다. 역사책, 전기, 소설, 퀘벡의 골동품에 대한 학술 서적, 시집 들이 정리되어 책장에 꽂혀 있었다. 거의 모든 탁자에 적어도 책이 한 권씩은 놓여 있었고, 잡지는 여러 권일 경우가 많았다. 거실 벽난로 앞 커피 테이블 위에는 주간지들이 흩어져 있었다. 만일 방문자가 관찰력이 뛰어나고 가마슈의 서재까지 들여다본다면 그는 거기 있는 책들이 뭘 말하고 있는지 알 터였다.

그리고 이내 여기가 은퇴한 불문학 교수의 집이 아니란 걸 깨달을 것이었다. 서재의 책꽂이는 각종 사례집, 의학 및 법의학 서적, 민법과 관습법, 지문, 유전자 코드, 무기와 상처에 관한 두꺼운 책들로 빽빽했다. 살인. 아르망 가마슈의 서재는 그것으로 가득 차 있었다.

하지만 죽음 가운데서도 철학과 시에 관한 책들을 위한 공간이 마련돼 있었다.

함께 발코니에 앉아 렌 마리를 바라보면서 가마슈는 다시금 과분한 사람과 결혼했다고 생각했다. 사회적인 위치를 말하는 게 아니었다. 학식을 말하는 게 아니었다. 하지만 그는 자신이 굉장히 운 좋은 남자라는 의혹을 결코 떨칠 수가 없었다.

가마슈는 살아오면서 많은 행운이 따랐다고 생각했지만 그중 으뜸은 35년간 같은 여자를 사랑해 왔다는 것이었다. 그녀 역시 그를 사랑해 왔다는 정말 흔치 않은 뜻밖의 행운을 빼면.

이제 그녀는 푸른 눈을 그에게로 돌렸다. "사실은 클라라의 베르니사주vernissage 전시회를 일반에 공개하기 전 소수의 사람들을 초대해 먼저 공개하는 행사를 생각 중이었어."

"그랬어?"

"우리, 서둘러야 해."

"그러게." 그는 시계를 봤다. 5시 5분이었다. 현대 미술관에서 열리는 클라라 모로 개인전 오픈 기념 파티는 5시에 시작해 7시에 끝날 예정이다. "데이비드가 오면 바로 가야지."

사위가 한 시간 반이나 늦고 있어 가마슈는 집 안을 힐끗 보았다. 거실에 앉아 책을 읽고 있는 딸 아니가 얼핏 보였고, 그 맞은편에서 자신의 부관인 장 기 보부아르가 앙리의 멋진 귀를 주무르고 있었다. 앳된 얼굴에 얼빠진 웃음을 짓고 있는 가마슈 가의 독일셰퍼드는 필요하다면 하루 종일이라도 그렇게 앉아 있을 것 같았다.

장 기와 아니는 서로 외면하고 있었다. 가마슈 얼굴에 슬쩍 미소가 떠올랐다. 최소한 둘은 거실을 사이에 두고 욕설을 퍼붓거나 더 심한 짓을 하고 있지는 않았다.

"그냥 갈까?" 가마슈가 제안했다. "데이비드에게 전화해서 그쪽에서 만나자고 해도 돼."

"몇 분 더 기다려 봐."

가마슈는 고개를 끄덕이고 주간지를 집어 들었다가 서서히 내렸다

"뭐, 할 말 있어?"

렌 마리가 머뭇거리다 웃음 지었다. "베르니사주에 참석하는 기분이 어떤지 해서. 당신이 시간을 끌고 있는 건 아닌지 의심스러워."

가마슈는 놀란 듯 눈썹을 치켜세웠다.

장 기 보부아르는 앙리의 귀를 문지르면서 건너편의 젊은 여자를 응시했다. 자신이 살인 수사과 신입이었던 이래 15년 동안 그녀를 알아 왔다. 그녀는 그때 10대였다. 서투르고 볼품없고 오만불손한.

그는 아이들을 좋아하지 않았다. 건방진 10대는 두말할 나위 없었다. 하지만 그는 아니 가마슈를 좋아하려고 애썼다. 오직 상관의 딸이라는 이유만으로.

그는 애쓰고, 애쓰고, 애썼다. 그래서 그는 마침내……

성공했다.

이제 그는 마흔에 가까워지고 있었고, 그녀는 서른에 가까워지고 있었다. 변호사. 기혼. 여선히 서투르고 이색하고 오만했다. 하지만 그녀

를 좋아하려고 무척이나 애쓴 끝에 그는 그 이상의 것을 발견했다. 정말 유쾌하게 웃는 모습을 보았고, 아주 지루한 사람들의 이야기를 너무나 흥미롭다는 듯이 듣는 모습을 보았다. 진심으로 그들을 만나 기쁘고, 그들이 중요한 사람이라는 듯이. 팔을 마구 휘저으며 고개를 젖히고 춤추는 모습을 보았다. 눈을 반짝이며.

그리고 자신의 손에 그녀의 손길을 느꼈었다. 딱 한 번.

병원에서. 그는 아주 먼 곳에서 돌아왔었다. 이질적이지만 부드러운 그 손길에 닿기까지 고통, 어둠과 싸웠었다. 그는 그 손이 아내 이니드의 손이 아니라는 것을 알았다. 새가 움켜쥐듯 가볍게 쥐는 손으로는 돌아오지 못했으리라.

그러나 그 손은 크고 확신에 차 있었고 따뜻했다. 그에게 돌아오라고 말하고 있었다.

눈을 뜨자 걱정스러운 얼굴로 자신을 응시하는 아니 가마슈가 보였었다. 왜 그녀가 이곳에 있는지 의아했다. 이내 이유를 알았다.

달리 있을 곳이 없기 때문에. 그녀는 달리 옆을 지켜야 할 다른 병상이 없었다.

그녀의 아버지가 죽었기 때문에. 그 버려진 공장에서 테러리스트에게 죽임을 당했다. 보부아르는 그 일이 벌어지는 모습을 보았었다. 가마슈가 총에 맞는 모습을 보았다. 발이 공중에 붕 뜨더니 콘크리트 바닥에 쓰러지는 모습을 보았다.

그리고 누운 채 꼼짝하지 않았다.

그래서 지금 아니 가마슈는 병원에서 정말 잡고 싶은 손이 이 세상에서 사라졌기 때문에 자신의 손을 붙잡고 있었다.

장 기 보부아르가 눈을 뜨자 매우 슬퍼 보이는 아니 가마슈가 보였다. 가슴이 찢어지는 것 같았다. 그리고 나서 뭔가 다른 것이 보였다.

기쁨.

누구도 그때까지 그런 식으로 자신을 본 사람은 없었다. 전혀 숨김없이, 그리고 거리낌 없이 기쁘게.

눈을 떴을 때 아니는 그렇게 자신을 보았다.

말을 하려고 애썼지만 할 수 없었다. 하지만 그녀는 곧바로 자신이 하고 싶어 하는 말이 뭔지 알아차렸다.

몸을 기울여 자신의 귀에 속삭이는 그녀의 향기를 맡을 수 있었다. 옅은 시트론 내음. 맑고 상쾌한. 이니드의 향수처럼 진하지 않은. 아니한테서는 여름날 레몬 나무 숲 같은 향기가 났다.

"아빠는 살아 계세요."

그 당시 그는 당황스러웠었다. 자신을 부끄럽게 하는 일들이 병원에 산뜩 기다리고 있었다. 환자용 변기, 기저귀에서 스펀지 목욕까지. 하지만 망가져 말을 듣지 않는 몸 때문에 느끼는 수치보다 더 사적이고 더 내밀하며 더 배신감 드는 것은 없었다.

그는 울었다.

그리고 아니가 보았다. 하지만 아니는 이날까지 한 번도 그 일을 거론하지 않았다.

앙리가 귀찮아하자 보부아르는 귀 만지는 것을 멈추고 두 손을 포갰다. 이제는 습관처럼 몸에 밴 자세였다.

바로 그 느낌이었다. 아니의 손이 자신의 손에 얹혔을 때의.

이것이 상관의 딸이며 유부녀인 그녀에 대해 그가 가지고 있는 추억의 전부였다.

"남편이 늦는구나." 그렇게 말하는 보부아르의 말은 비난처럼 들렸다. 밀어내기.

아주 천천히 아니가 신문을 내리더니 그를 쏘아봤다.

"하고 싶은 말이 뭐예요?"

무슨 말을 하고 싶었지?

"네 남편 때문에 모두 지각할 거야."

"그럼 가요. 난 상관없어요."

총을 장전해 자신의 머리에 겨누고 아니에게 방아쇠를 당겨 달라고 애원한 꼴이었다. 그는 이제 말들이 자신을 공격하고 찌르는 걸 느꼈다. 깊은 곳까지 들어와서 폭발하는 걸 느꼈다.

난 상관없어요.

그 말이 거의 위안을 준다는 걸 그는 깨달았다. 고통스러웠다. 아마 그가 그녀에게 자신을 상처 입히도록 강요한다면 그는 어떤 것도 느끼지 못할 터였다.

"저기요," 아니가 몸을 앞으로 기울이며 조금 부드러워진 목소리로 말했다. "이니드와 별거 중이라니 힘드시겠어요."

"뭐, 살다 보면 그런 일도 생긴단다. 변호사니까 너도 알아 둬."

그녀는 자신의 아버지처럼 탐색하는 눈으로 그를 보았다. 그러더니 고개를 끄덕였다.

"생기죠." 그녀는 조용한 어조로 말했다. "특히 아저씨와 같은 일을 겪은 후에는요. 그 일로 삶에 대해 다시 생각하게 됐을 거예요. 그 얘기를 털어놓고 싶으세요?"

아니와 이니드에 대한 이야기를 한다고? 쩨쩨하고 치졸한 온갖 말다툼, 가볍게 오갔던 모욕적 언사들, 그 흉터와 딱지. 그 생각에 그는 혐오감이 들었고, 그게 겉으로 드러난 게 틀림없었다. 아니는 마치 뺨이라도 맞은 듯 얼굴을 붉히고 뒤로 물러났다.

"제 말, 못 들은 걸로 해요." 아니가 신문을 쫙 펼쳐 얼굴 위로 들면서 말했다.

보부아르는 둘 사이의 어색함을 없애 줄 말을 찾았다. 몇 분이 몇 시간처럼 느껴졌다.

"베르니사주." 마침내 그가 불쑥 내뱉었다. 그게 그의 텅 빈 머리에서 제일 먼저 떠오른 말이었다. 매직 에이트 볼미래를 점쳐 보고 싶거나 소년을 구알 때 사용하는 장난감을 한참 흔들다 멈췄을 때 나타나는 한 단어처럼.

신문이 내려가고 아니의 돌처럼 굳은 얼굴이 나타났다.

"스리 파인스 사람들이 거기 와 있을 거야."

아니는 여전히 무표정했다.

"몬트리올의 남쪽, 이스턴 타운십스에 있는 마을이지." 그가 막연하게 창밖을 손짓해 가리켰다.

"나도 이스턴 타운십스가 어디인지는 알아요." 그녀가 말했다.

"클라라 모로를 위한 행사지만, 분명히 다들 거기 가 있을 거야."

그녀는 다시 신문을 올렸다. 캐나다 달러가 강세였다. 그는 거실 맞은편에서 그 신문을 읽었다. 겨울에 움푹 팬 도로들이 여전히 방치돼 있었다. 그는 읽었다. 정부의 부패에 대한 조사. 그는 읽었다.

새로운 건 없었다.

"그중 한 사람이 너희 아버지를 증오하지."

신문이 천천히 밑으로 내려왔다. "무슨 말씀이세요?"

"그렇다고 뭐, 아버지에게 해를 가하거나 할 정도는 아니야." 그녀의 반응에 보부아르는 자신이 지나친 말을 했음을 깨달았다.

"아빠한테 스리 파인스 마을과 마을 사람들에 대한 이야기를 들었지만 그런 말씀은 전혀 없으셨는데요."

이제 그녀는 속상해했고, 그는 아무 말도 말았더라면 싶었지만, 적어도 그 말은 효험이 있었다. 그녀가 다시 자신에게 말을 걸고 있었다. 그녀의 아버지가 다리가 되었다.

아니는 신문을 탁자에 내려놓고 보부아르 너머 발코니에서 나직하게 대화를 나누는 부모님을 힐끗 보았다.

그녀가 갑자기 자신이 처음 봤던 그 10대처럼 보였다. 그녀는 이 거실에서 가장 아름다운 여인은 결코 되지 못하리라. 그것은 너무나 명백했다. 아니는 뼈대가 가늘거나 섬세하지 않았다. 우아하다기보다 운동선수 같았다. 그녀는 옷에 신경을 썼지만 편안함도 신경 썼다.

의견을 좀처럼 굽히지 않았으며 의지가 강했고 신체적으로도 강했다. 몇 차례 해 봤기 때문에 그는 팔씨름을 하면 자신이 이길 거라는 걸 알았지만 정말로 꽤 애를 써야 했다.

그는 이니드와는 해 보려는 생각조차 없었다. 그리고 그녀는 결코 그런 제안을 하지 않을 터였다.

아니 가마슈는 팔씨름을 제안했었을 뿐 아니라 이길 생각에 부풀어 있었다.

그런 다음 기대가 무너지자 웃음을 터트렸다.

이니드를 포함한 다른 여자들을 사랑스럽다고 한다면, 아니 가마슈는 생기가 넘쳤다.

생기가 넘친다는 것이 얼마나 중요한지, 얼마나 매력적이며, 얼마나 흔치 않은 자질인지 장 기 보부아르는 늦게, 너무 늦게 깨달았다.

아니가 다시 보부아르를 봤다. "왜 아버지를 증오한다는 거죠?"

보부아르가 목소리를 낮췄다. "좋아, 말해 주지. 이런 일이 있었어."

아니가 몸을 내밀었다. 그들은 1미터도 채 떨어져 있지 않았고, 보부아르는 그녀의 향기를 맡을 수 있었다. 그가 할 수 있는 일이라곤 그녀의 손을 잡지 않는 것뿐이었다.

"클라라가 사는 마을에서 살인이 있었어, 스리 파인스라고……."

"네, 아빠가 말씀하셨어요. 가내 수공업 마을 같다고요."

자신도 모르게 보부아르는 웃음을 터트렸다. "빛이 환한 곳은 그림자도 짙은 법_{독일 시인 괴테가 한 말}."

아니가 깜짝 놀라는 모습에 보부아르는 또다시 웃음을 터뜨렸다.

"보아하니 아저씨가 지어낸 말 같지는 않은데요." 아니가 말했다.

보부아르가 미소 지으며 고개를 끄덕였다. "어느 독일 양반이 한 말이지. 그다음 너희 아버지가 그런 말을 했지."

"여러 번 하셨겠죠?"

"내가 한밤중에 벌떡 일어나 그 말로 비명을 지를 만큼."

아니가 미소 지었다. "알아요. 저는 학교에서 리 헌트_{영국의 문필가}를 인용하는 유일한 아이였거든요."

그녀는 목소리를 약간 바꾸더니 기억나는 대로 읊었다. "그러나 그가 가장 사랑한 것은 행복한 인간의 얼굴이었네."

가마슈는 거실에서 들려오는 웃음소리를 들으며 미소를 지었다.

그가 그들 쪽으로 머리를 젖혔다. "결국 화해한 것 같지?"

"그렇거나 아니면 세상이 끝난다는 신호겠지." 렌 마리가 말했다. "네 명의 기사들요한계시록에 나오는 죽음, 질병, 재앙, 기근을 상징하는 네 기사들이 공원 밖으로 질주하면 당신은 당신 알아서 하십시오, 무슈."

"저 친구 웃는 소리 들으니 좋군." 가마슈가 말했다.

이니드와 별거한 뒤로 보부아르는 사람들과 거리를 두고 서먹서먹하게 지내는 것 같았다. 보부아르가 딱히 평소 활기 넘치는 사람이었다고는 할 수 없었지만 요즘은 그 어느 때보다 더 말이 없었다. 그를 둘러싼 벽이 더 높아지고 더 두꺼워진 것 같았다. 사람들과 이어 주던 좁은 다리마저 올려 버렸다.

가마슈는 벽을 쌓는 게 백해무익이라고 여겼다. 사람들은 감금을 안전이라고 착각했다. 감금 상태에서 얻을 수 있는 건 거의 없었다.

"시간이 걸릴 거야." 렌 마리가 말했다.

"아베크 르 텅Avec le temps 시간이 해결해 주겠지." 가마슈는 동의했다. 하지만 속으로는 반신반의했다. 시간이 상처를 치료해 준다는 것을 알고 있었다. 하지만 때로 상처가 더 깊어지는 경우도 있었다. 퍼지는 데 시간이 걸려도 산불은 모든 걸 태워 버릴 터였다.

"당신은 정말 내가 오프닝 파티에 가고 싶어 하지 않는다고 생각해?" 그가 물었다.

그녀는 잠시 생각에 잠겼다. "꼭 그렇다는 건 아니야. 그냥 거기 가려고 서두르는 것 같지는 않다고."

가마슈는 고개를 끄덕이고 잠시 생각했다. "다들 거기에 와 있을 거라는 걸 알지. 어색할지도 몰라."

"당신은 그들 중 무고한 한 사람을 살인죄로 체포했어." 렌 마리가 말했다. 비난은 아니었다. 그녀의 어조는 조용하고 부드러웠다. 남편에게서 드러나는 진심을 장난처럼 대하려고 애쓰며. 그는 자신이 어떤 감정을 느끼는지조차 자각할 수 없었다.

"그래서 당신은 그게 사교적인 포 파faux pas 결례였다고 생각해?" 그가 미소 지으며 물었다.

"포 파보단 심한 거지." 그녀는 남편의 얼굴에 드러난 진짜 익살을 보고 안도하며 웃음을 터트렸다. 지금은 깨끗이 면도한 얼굴. 콧수염도 희끗한 턱수염도 사라졌다. 그냥 아르망. 그는 깊은 갈색 눈으로 그녀를 보았다. 그녀는 그 눈을 마주 보며 그의 왼쪽 관자놀이 위쪽에 난 흉터를 거의 잊어버릴 수 있었다.

잠시 후 그의 미소가 옅어졌고, 그는 깊이 숨을 들이마시고 다시 고개를 끄덕였다.

"누군가에게 정말 가혹한 일을 했어." 그가 말했다.

"일부러 그랬던 게 아니잖아, 아르망."

"그래. 하지만 그렇다고 해서 그의 수감 생활이 즐거웠던 건 아니지." 가마슈는 아내의 상냥한 얼굴에서 공원의 숲으로 시선을 옮기며 잠시 생각에 잠겼다. 자연환경. 부자연스러운 것을 잡는 일이 일상이 되고부터 그는 자연을 너무나 갈망했다. 살인자들. 사람들의 목숨을 앗는 자. 종종 섬뜩하고 끔찍한 방법으로. 아르망 가마슈는 퀘벡의 명성 높은 경찰청 살인 수사반 반장이었다. 그는 자신의 일을 매우 잘했다.

그러나 그도 완벽하지는 않았다.

그는 올리비에 브륄레가 저지르지도 않은 살인으로 그를 체포했었다.

"그래서 무슨 일이 있었는데요?" 아니가 물었다.

"너도 거의 다 알지 않니? 뉴스에 모두 났었잖아."

"물론 기사를 읽었고 아빠와 얘기도 했었죠. 하지만 아빠는 사건 관련자가 아직도 자신을 미워한다는 말씀은 없으셨어요."

"알다시피 거의 일 년 전 일이야." 보부아르가 말했다. "한 남자가 스리 파인스의 비스트로에서 죽은 채로 발견됐어. 우린 조사했고, 증거가 넘쳐 났어. 여러 지문과 범행 흉기, 숲 속 죽은 남자의 오두막에서 훔친 물건을 찾아냈지. 전부 비스트로에 숨겨져 있었어. 우린 올리비에를 체포했어. 그는 재판에서 유죄판결을 받았지."

"아저씨는 그가 한 짓이라고 생각했어요?"

보부아르는 고개를 끄덕였다. "난 확실하다고 여겼어. 너희 아버지만 그렇게 여긴 게 아니야."

"그럼 어떻게 생각이 바뀐 거죠? 누군가가 자백했어요?"

"아니. 몇 달 전 공장을 급습하고 나서의 일 기억하지? 아버지가 퀘벡 시에서 몸을 회복하고 있었을 때 말이야."

아니가 고개를 끄덕였다.

"아버지는 그때부터 의심을 품으셨고, 나한테 스리 파인스로 돌아가 조사하라고 하셨지."

"그래서 그렇게 했고요."

보부아르가 고개를 끄덕였다. 물론 그는 조사하러 갔다. 그는 경감이 시킨 일은 무엇이든 했다. 비록 자신은 그런 의심이 들지 않았다고 해도. 그는 가야 할 사람이 교도소에 갔다고 믿었다. 하지만 조사를 하자 굉장히 충격적인 사실이 드러났다.

진짜 살인자와 진짜 살인 동기.

"하지만 당신은 올리비에를 체포하고 나서 다시 스리 파인스에 갔었잖아." 렌 마리가 말했다. "그 일 후 그 사람들을 보는 게 처음은 아닐 텐데."

렌 마리도 스리 파인스 마을을 방문한 적이 있었고, 비록 한동안 그들을 만나지 못했지만 모로 부부와 그 밖의 마을 사람들과 친구가 됐다. 그 사건 이래로는 보지 못했지만.

"사실이야. 장 기와 내가 석방된 올리비에를 데리고 갔지."

"올리비에가 그 일을 어떻게 느꼈을지 상상이 안 가."

가마슈는 말이 없었다. 눈 더미에 반사돼 반짝이던 햇빛이 보이는 듯했다. 서리 낀 유리창 너머로 비스트로에 모여 있는 마을 사람들이 보였다. 따뜻하고 아늑해 보였다. 난롯불이 기분 좋게 타오르고 있었다. 맥주잔과 카페오레가 든 잔들이 놓여 있었다. 웃음소리.

그리고 올리비에는 서 있었다. 닫힌 문을 앞에 두고 그 광경을 지켜보고 있었다.

보부아르가 문을 열러 갔지만 가마슈가 장갑 낀 손을 그의 팔에 올렸다. 그래서 그들은 지독한 추위 속에 기다리고 또 기다렸었다. 올리비에가 걸음을 옮길 때까지.

한 세기는 지난 것처럼 느껴졌지만 사실은 고작 심장이 몇 번 뛴 시간이었으리라. 올리비에가 손을 뻗고 잠시 멈췄다가 문을 열었다.

"그때 가브리 얼굴을 못 본 게 아쉽네." 렌 마리가 그 덩치 크고 표현력 풍부한 남자가 파트너와 재회한 장면을 상상하며 말했다.

가마슈는 렌 마리에게 올리비에가 집에 돌아갔을 때의 일을 모두 이야기했었다. 하지만 가마슈는 렌 마리의 상상 속 가브리가 얼마나 크게 기뻐했든 현실에서의 기쁨이 훨씬 더 대단했다는 것을 알고 있었다. 적어도 가브리는 그랬다. 마을 사람들 역시 올리비에를 보고 뛸 듯이 기뻐하기는 했었다. 하지만……

"뭔데 그래?" 렌 마리가 물었다.

"올리비에가 그 남자를 죽이진 않았지만, 당신도 알다시피 재판 중에 올리비에와 얽힌 불쾌한 사실들이 많이 나왔지. 올리비에는 확실히 은둔자의 오두막에서 절도를 했어. 그와의 우정과 그의 심약한 정신 상태를 이용해서. 또 올리비에는 훔친 돈으로 은밀히 스리 파인스의 부동산을 꽤나 많이 사들였지. 그건 가브리조차 모르던 사실이었고."

렌 마리는 방금 들은 이야기를 곱씹으며 말이 없었다.

"그 사람 친구들이 그를 어떻게 느낄지 궁금하네." 렌 마리가 마침내 말했다.

가마슈도 마찬가지였다.

"우리 아버지를 미워한다는 사람이 올리비에라고요?" 아니가 물었다. "하지만 그 사람이 어떻게 그래요? 아빠가 감옥에서 나오게 해 줬는데. 아빠가 스리 파인스 마을로 돌려보냈잖아요."

"그래. 하지만 올리비에가 보는 방식은 이래. 감옥에서 나오게 한 사람은 나야. 너희 아버지가 거기 집어넣었고."

아니는 보부아르를 뚫어지게 보다가 고개를 흔들었다.

보부아르가 말을 이었다. "너희 아버지는 사과했어. 비스트로의 모두가 보는 앞에서. 아버지는 올리비에에게 자신이 한 일에 대해 미안하다고 했어."

"그래서 올리비에는 뭐랬어요?"

"아버지를 용서할 수가 없대. 아직은."

아니는 그에 대해 생각했다. "아빠는 어떻게 받아들이셨어요?"

"그렇게 놀라거나 속상해하시는 것 같지 않았어. 사실 올리비에가 갑자기 모든 걸 다 용서하기로 했다고 하면 더 놀라셨을걸. 그 말은 진심이 아니었을 테니까."

보부아르는 사과하지 않는 것보다 유일하게 더 나쁜 게 있다면 진심이 아닌 사과라는 것을 알았다.

장 기는 올리비에에게 그렇게 했어야 했다. 그런 사과를 받아들이는 척하는 대신 올리비에는 결국 진실을 말했다. 상처가 너무나 깊었다. 그는 용서할 준비가 되어 있지 않았다.

"지금은 어떨까요?" 아니가 물었다.

"두고 보면 알겠지."

2

"놀랍지 않으십니까?"

아르망 가마슈는 옆의 기품 있고 나이 든 남자 쪽으로 몸을 돌렸다.

"정말 그렇군요." 가마슈 경감이 고개를 끄덕이며 말했다. 앞에 있는 그림을 감상하느라 둘 다 잠시 말이 없었다. 주위는 파티가 무르익어 온통 친구끼리 안부를 묻거나 모르는 사람들을 소개받는 말소리, 웃음소리로 와자지껄했다.

그러나 거기서 분리된 두 사람은 작고 고요한 동네 같은 평화로운 분위기를 형성했다.

의도한 것인지 자연스럽게 그렇게 된 것인지 그들 맞은편 벽에 클라라 모로 개인전의 가장 중요한 작품이 걸려 있었다. 대부분 초상화인 그녀의 작품은 현대 미술관의 메인 갤러리 하얀 벽을 모두 둘러싸고 걸려 있었다. 어떤 것들은 일부러 모아 놓은 것처럼 붙어서 무리를 이루고 있었다. 어떤 것들은 홀로 뚝 떨어져 걸려 있었다. 이 작품처럼.

가장 넓은 벽면에 걸린 가장 수수한 초상화.

경쟁하지도 화합하지도 않고. 하나의 섬나라. 군주의 초상화.

홀로.

"보면서 어떤 느낌이 드시나요?" 남자가 그렇게 물으며 가마슈에게 예리한 눈길을 보냈다.

경감은 미소를 지었다. "글쎄요, 제가 이걸 본 게 처음은 아니라서요.

저희는 모로 부부 친굽니다. 클라라가 작업실에서 처음으로 이걸 들고 나올 때 거기 있었죠."

"운이 좋은 분이군요."

가마슈는 매우 훌륭한 레드 와인을 한 모금 마시고 동의했다. 운이 좋은 남자.

"프랑수아 마루아입니다." 나이 든 남자가 손을 내밀었다.

"아르망 가마슈라고 합니다."

이제 함께 있는 남자는 더 자세히 경감을 뜯어보며 고개를 끄덕였다.

"데졸레Désolé 실례했습니다, 경감님. 먼저 알아보았어야 했는데."

"천만에요. 전 아무도 못 알아볼 때가 항상 더 좋습니다." 가마슈가 미소를 지었다. "화가이신가요?"

남자는 사실 은행가처럼 보였다. 어쩌면 수집가? 미술계의 다른 쪽 끝을 담당하는. 가마슈의 짐작으로 그는 일흔이 조금 넘었을 것 같았다. 맞춤양복에 실크 넥타이. 부유해 보였다. 값비싼 향수 냄새를 살짝 풍겼다. 감지하기 힘들 만큼. 벗어지기 시작한 머리는 갓 이발한 듯 말끔했고, 깔끔하게 면도한 얼굴에 푸른 눈은 지적이었다. 가마슈 경감은 이 모든 것을 본능적으로 재빨리 인지했다. 프랑수아 마루아는 활기차면서도 신중해 보였다. 이런 고상하고 인공적인 장소를 제집처럼 느끼는 듯했다.

가마슈는 실내 중심부를 흘끗 훑어봤다. 주위를 서성이며 수다를 떨고, 오르되브르와 와인 잔을 들고 곡예를 하는 남녀들로 북적댔다. 휑뎅그렁한 공간 중앙에는 근사하지만 앉기에는 불편한 벤치 두어 개가 설치돼 있었다. 기능보다는 형태에 중점을 둔. 그는 전시회장 건너편에서 한 여자와 이야기하고 있는 렌 마리를 봤다. 아니를 발견했다. 데이비드가 도착해서 코트를 벗고 아내에게 갔다. 가마슈의 눈은 나란히 서 있는 가브리와 올리비에를 발견할 때까지 방 안을 훑고 지나갔다. 그는 올리비에에게 인사를 하러 가야 할지 말아야 할지 몰랐다.

그리고 어떻게 해야 하지? 다시 사과를 할까?

렌 마리 말이 맞았던 걸까? 용서를 구하고 싶은 걸까? 속죄하고 싶은 걸까? 내 사적인 기록에서 실수한 일을 몰아내고 싶은 걸까? 마음속 깊이 간직하고 매일 기입하는 기록.

원장.

거기서 그 실수를 말소하고 싶은 걸까?

사실 자신은 올리비에의 용서 없이도 그냥 잘 살아갈 수 있었다. 그러나 이제 올리비에를 다시 보게 되자 슬며시 전율이 일었고, 자신이 용서를 바라고 있는지 궁금했다. 그리고 올리비에가 용서할 준비가 됐는지도 궁금했다.

그의 눈길이 전시장을 한 바퀴 돌고 다시 옆 사람에게로 돌아왔다.

최고의 예술은 인간성과 자연, 인간 혹은 그 반대의 것을 반영하는 반면, 갤러리 자체는 차갑고 엄숙한 분위기인 경우가 많다는 게 가마슈의 흥미를 끌었다. 사람들을 끌지도, 자연스럽지도 못했다.

하지만 무슈 마루아는 편안해 보였다. 대리석과 날카로운 구석이 그의 자연 서식처인 듯했다.

"아닙니다." 마루아가 가마슈의 질문에 대답했다. "난 화가가 아니에요." 그는 가볍게 웃음을 터트렸다. "슬프지만 창의적인 사람이 못 되어서요. 많은 동료들처럼 나도 애송이 시절, 예술을 한답시고 발을 조금

담갔다가 심하게, 거의 불가사의할 정도로 재능이 없다는 걸 즉시 발견했습니다. 큰 충격이었지요, 정말로."

가마슈가 웃었다. "그럼 여기는 어떻게 오신 겁니까?"

가마슈 경감이 알기로 이 칵테일파티는 클라라의 개인전이 공식적으로 열리기 전날 밤 개최된 행사였다. 엄선된 소수만이 초대된 베르니사주, 더구나 유명한 몬트리올 미술관의 베르니사주였다. 재력가, 영향력 있는 사람, 예술가의 지인과 가족. 그리고 예술가. 그런 순서로 초대된.

베르니사주에서 예술가는 거의 기대할 수 없었다. 그들이 옷을 제대로 갖춰 입고 정신이 말짱한 상태라면 큐레이터 대부분은 자신이 운이 좋다고 여겼다. 가마슈는 클라라를 몰래 흘끗 봤다. 최근 실패를 경험했던 파워 슈트1980년대에 유행했고, 근래 들어 다시 부활한 스타일. 패드를 넣어 어깨를 강조한 맞춤 정장 차림에 머리를 산발한 그녀는 잔뜩 겁에 질려 보였다. 치마는 약간 돌아가 있었고, 마치 그녀가 등 한가운데를 긁으려고 했던 것처럼 칼라는 바짝 서 있었다.

"전 미술품을 사고팝니다." 남자가 명함을 꺼내 보였고, 가마슈는 크림색 바탕에 단순하게 돈을새김된 까만 글자를 보며 명함을 받아 들었다. 남자의 이름과 전화번호만 적혀 있을 뿐이었다. 종이는 두껍고 감촉이 좋았다. 고급 명함이었다. 의심의 여지 없이 고급스러운 사업이리라.

"클라라의 작품을 아십니까?" 가마슈가 명함을 가슴에 있는 주머니에 넣으며 물었다.

"전혀 몰랐지만 미술관 수석 큐레이터인 친구가 홍보용 책자 하나를 쥐어 주더군요. 솔직히 깜짝 놀랐습니다. 마담 모로가 평생 퀘벡에서 살았고, 거의 오십이 다 됐다고 적혀 있더군요. 그런데도 아무도 그녀를 아는 사람이 없는 것 같습니다. 그야말로 어디선가 불쑥 나타났어요."

"그녀는 스리 파인스에서 왔습니다." 가마슈는 상대편의 잘 모르겠다는 표정을 보고 설명했다. "여기서 남쪽에 있는 작은 마을입니다. 미국 버몬트 주와 접한 국경 근처죠. 아는 사람이 많지 않습니다."

"그녀를 아는 사람도 많지 않죠. 익명의 마을에 사는 알려지지 않은 예술가로군요. 그런데……"

무슈 마루아는 무언의 웅변을 하듯 우아하게 팔을 벌려 주변과 행사 현장을 가리켰다.

두 사람은 그들 앞 초상화로 다시 시선을 돌렸다. 아주 늙은 여인의 머리와 뼈만 앙상한 어깨가 보였다. 정맥이 불거지고 관절염을 앓는 한 손이 거친 푸른색 숄 앞섶을 움켜쥐고 있었다. 숄 사이로 쇄골과 힘줄 위의 늘어진 피부가 보였다.

그러나 두 남자의 마음을 사로잡은 건 그녀의 얼굴이었다.

그녀는 그들을 똑바로 보았다. 유리잔이 부딪히는 소리, 활기를 띤 대화, 흥겨움이 넘치는 모임을.

그녀는 화가 나 있었다. 한껏 경멸을 담아. 보고 듣는 모든 것을 증오하고 있었다. 그녀를 둘러싼 행복을. 웃음소리를. 그녀를 등진 세상을 증오하고 있었다. 그녀를 홀로 이 벽 위에 남겨 두고 간 세상을. 보라고, 지켜보라고, 결코 속하지는 못할 곳을.

'사슬에 묶인 프로메테우스'처럼 여기에 끝없이 고통당하는 위대한 영혼이 있었다. 점점 더 원한에 사무치고 옹졸해진.

가마슈는 곁에서 작게 헉 숨을 멈추는 소리를 들었고, 그게 무슨 소리인지 알았다. 미술상 프랑수아 마루아가 마침내 그림을 이해했다. 모두가 알아차릴 수 있는 명명백백한 분노가 아닌, 보다 더 복잡하고 미묘한 무엇을. 마루아는 그걸 이해했다. 클라라가 창조한 것을.

"몽 디유Mon Dieu 세상에." 무슈 마루아가 숨을 토해 냈다. "세상에."

그는 그림에서 눈을 떼고 가마슈를 봤다.

전시실 저쪽에서 클라라는 고개를 끄덕이며 미소를 지었고, 거의 아무것도 입에 대지 않았다.

그녀의 귓속은 윙윙거렸고, 눈앞이 빙글빙글 돌았으며, 손에는 감각이 없었다. 기절할 것 같았다.

숨을 깊게 들이쉬고, 그녀는 속으로 반복했다. 숨을 깊이 내쉬고.

피터가 와인을 한 잔 갖다 주었고, 친구 머나가 전채 요리 접시를 주었지만 클라라는 심하게 몸이 떨려서 둘 다 물려야 했다.

이제 그녀는 미친 사람처럼 보이지 않으려는 데 집중했다. 새 정장 때문에 몸이 근질거렸고, 그 옷을 입으니 자신이 구 동구권에서 온 회계사 같다는 것을 깨달았다. 아니면 아마도 모택동주의자. 모택동주의자 회계사.

그녀가 몬트리올 생드니 로에 있는 화려한 부티크에서 이 옷을 샀을 때 노렸던 것은 이런 모습이 아니었다. 그녀는 평소 입는 펄럭이는 치마나 원피스와 다른 뭔가를, 그러니까 변화를 원했다. 멋지고 맵시 있는 뭔가를, 아주 절제되고 조화로운 뭔가를 원했다.

그 가게에서 거울 속 미소 짓는 판매원에게 미소로 답하며 곧 있을 개인전에 대해 끝없이 늘어놓았을 때는 자신이 괜찮게만 보였다. 그녀는 모든 사람에게 그 이야기를 했다. 택시 운전사, 웨이터, 버스 옆자리 아이팟 이어폰을 꽂고 있어 귀머거리나 다름없는 아이에게. 클라라는 개의치 않았다. 어쨌든 얘기했다.

그리고 이제 마침내 그날이었다.

그날 아침 스리 파인스에 있는 자신의 정원에 앉아서 그녀는 이번에는 다를 거라고 감히 생각했다. 복도 끝에 있는 저 두 개의 거대한 반투명 유리문으로 걸어 들어가 우레와 같은 박수갈채를 받을 것을 상상했다. 새 정장을 입은 자신의 모습을 뚫어지게 바라보며. 예술계가 눈부셔하리라. 비평가와 큐레이터 들이 쇄도할 것이고 자신과 한순간이라도 같이 있고 싶어 안달하리라. 모두 기를 써서 자신에게 축하 인사를 하고, 자신의 작품을 적확히 묘사하는 말들을 찾으려고 하리라.

포르미다블Formidable 엄청나다. 뛰어나다. 빛난다. 천재적이다.

어느 한 작품 빠짐없이 모두 걸작.

그날 아침 조용한 정원에서 클라라는 눈을 감고 젊은 태양에 얼굴을 맡기며 미소 지었다.

꿈은 이루어진다.

완전히 낯선 사람들이 자신의 말 한 마디 한 마디에 목을 매리라. 어떤 사람은 적기까지 할지 몰랐다. 조언을 구한다. 자신이 비전, 철학, 미술계에 대한 통찰력 있는 견해를 이야기하면 그들은 경청하며 넋을 잃으리라. 미술계는 어디에 있었고, 어디로 가고 있는가.

똑똑하고 아름다운 자신을 흠모하고 존경할 것이었다. 우아한 여자들이 어디서 옷을 샀는지 물을 터였다. 자신이 바람을 일으킬 터였다. 새로운 유행을.

그 대신 그녀는 자신이 결혼식을 망쳐 엉망이 된 신부처럼 느껴졌다.

자신을 무시하고 먹고 마시는 것에만 관심이 있는 하객들, 누구도 자신의 부케를 받고 싶어 하지 않고 누구도 자신과 웨딩마치를 하거나 춤추려 하지 않는 결혼식. 게다가 자신은 모택동주의자 회계사처럼 보였다.

그녀는 엉덩이를 긁고 파테 부스러기를 머리에 묻혔다. 그러고 나서 시계를 봤다.

세상에, 아직도 한 시간이나 남았다니.

오, 안 돼. 안 돼. 안 돼. 클라라는 생각했다. 이제 그녀는 그저 살아남기 위해 노력 중이었다. 머리를 수면 위에 두기 위해, 기절하거나 토하거나 오줌을 지리지 않기 위해 노력 중이었다. 의식을 잃지 않고 자제력을 발휘하는 것이 새 목표였다.

"최소한 불타고 있지는 않잖아."

"무슨 말이야?" 클라라는 곁에 서 있는, 밝은 초록색 카프탄을 걸친 덩치 큰 흑인 여자에게 몸을 돌렸다. 친구이며 이웃인 머나 랜더스였다. 몬트리올에서 온 은퇴한 임상심리사였다. 그녀는 이제 스리 파인스에서 새 책과 헌책 모두를 파는 서점을 운영하고 있었다.

"지금 말이야. 불타고 있지 않잖아." 머나가 말했다.

"사실이야. 참 통찰력이 있네. 나는 날고 있지도 않아. 지금 내 상태가 아닌 걸 목록으로 만들면 꽤 길어."

"지금 자기 상태인 걸 목록으로 만들어도 길걸." 머나가 웃음을 터트리며 말했다.

"지금 그런 식으로 나오겠다는 거야?" 클라라가 물었다.

머나는 웃음을 멈추고 잠시 클라라를 살폈다. 클라라는 거의 매일 차 한 잔을 하면서 수다를 떨기 위해 머나의 서점으로 갔다. 아니면 머나가 피터, 클라라 부부와 저녁을 함께하곤 했다.

하지만 오늘은 다른 날들과 같지 않았다. 클라라 인생에서 오늘과 같았던 날은 없었다. 그리고 다시 있을 가능성도 없었다. 머나는 클라라의 두려움, 그녀가 겪었던 실패, 실망 들을 잘 알고 있었다. 클라라가 머나의 것들을 잘 알고 있듯이.

그리고 그들은 서로의 꿈에 대해서도 잘 알았다.

"이게 자기한테 힘든 일이라는 거 알아." 머나가 말했다. 그녀는 클라라 바로 맞은편에 섰다. 그녀의 육중한 몸이 방을 완전히 가리면서 사람들로 북적이던 장소가 갑자기 매우 친밀해졌다. 머나의 몸은 완벽한 초록색 구球여서 시각과 소리를 차단했다. 그들은 둘만의 세계에 있었다.

"난 완벽하기를 바랐어." 눈물이 나지 않기를 바라며 클라라가 속삭이듯 말했다. 다른 꼬마 숙녀들이 결혼식 날에 대한 환상을 키울 때, 클라라는 개인전을 여는 꿈을 키웠었다. 현대 미술관에서. 여기서. 그녀는 그게 이런 식일 줄 몰랐을 뿐이었다.

"그런데 그걸 누가 결정하지? 뭐가 그걸 완벽하게 하는데?"

클라라는 잠시 생각했다. "이렇게 두렵지 않으면 좋겠어."

"두려우면 뭐가 어떻게 되는데?" 머나가 가만히 물었다.

"사람들이 내 작품을 싫어할 거야. 내가 재능 없고 우스꽝스럽고 어리석은 사람이라고 단정 짓겠지. 끔찍한 실수를 저질렀어. 전시회는 실패하고 난 웃음거리가 될 거야."

"정확해." 머나가 미소를 지으며 말했다. "그래도 다 살아남아. 그런 다음 뭘 할 셈이야?"

클라라는 잠시 생각했다. "피터와 차를 타고 스리 파인스로 운전해 돌아갈 거야."

"그리고?"

"오늘 밤 친구들과 거기서 파티를 해야지."

"그리고?"

"내일 아침 일어나겠지……." 자기 삶의 포스트아포칼립스를 떠올리자 클라라의 목소리가 잦아들었다. 자신은 내일 작은 마을의 조용한 일상을 계속하기 위해 깨어날 것이었다. 개를 산책시키고, 테라스에서 음료를 마시고, 비스트로의 벽난로 앞에서 카페오레와 크루아상을 즐기는 삶으로의 복귀. 친구들과의 오붓한 저녁 식사. 정원에 앉아 있기. 독서, 사색.

그림.

여기서 어떤 일이 일어난다 해도 그건 변치 않을 것이었다.

"최소한 난 불타고 있지는 않네." 그녀는 그렇게 말하고 씩 웃었다.

머나는 클라라의 두 손을 꼭 붙들더니 한동안 그렇게 잡고 있었다. "대부분의 사람들이 이런 날이 오기를 간절히 기다릴 거야. 그냥 흘려보내지 말고 즐겨. 자기 작품들은 걸작이야, 클라라."

클라라는 친구 손을 꼭 쥐었다. 그 오랜 세월, 작업실에서 자신이 하는 일들을 아무도 알아주지 않고, 아무도 관심 갖지 않던 조용한 나날 동안 머나가 그곳에 있었다. 그리고 그 침묵 속에서 속삭였다.

"자기 작품들은 걸작이야."

그리고 클라라는 친구를 감히 믿어 보기로 했었다. 그리고 감히 앞으로 나아갔었다. 자신의 꿈에 떠밀리고 그 부드럽고 확신을 주는 목소리에 힘입어.

머나가 옆으로 한 발짝 물러나자 완전히 새로운 전시실이 모습을 드러냈다. 사람들로 가득했지만 위협적이지 않았다. 사람들은 재밌게 파티를 즐기고 있었다. 현대 미술관에서 열리는 클라라 모로의 첫 개인전을 축하하기 위해 거기 모여 있었다.

"메르드Merde 젠장." 한 남자가 와자지껄한 소음에 질세라 목소리를 크게 내려 애쓰며 옆에 있는 여자 귀에 대고 소리쳤다. "이건 쓰레기잖아. 클라라 모로가 개인전을 하다니 믿겨?"

옆에 있는 여자가 고개를 흔들며 얼굴을 찡그렸다. 그녀는 치렁한 치마에 타이트한 티셔츠를 입고 목과 어깨에 스카프를 여러 개 두르고 있었다. 귀고리는 링 모양이었고, 손가락마다 반지가 끼워져 있었다.

다른 시간과 장소였더라면 그녀를 집시라고 여겨졌을 터였다. 여기서 그녀는 인정받았다. 적당히 성공한 미술가로.

곁에 있는 남편 역시 예술가로, 코르덴 바지와 닳아 빠진 코르덴 재킷을 입고 난봉꾼 같은 스카프를 목에 둘렀다. 그는 다시 그림을 보았다.

"끔찍하군."

"불쌍한 클라라." 그의 아내가 동의했다. "평론가들이 맹렬하게 비판할 거야."

그 그림을 등지고 두 예술가 곁에 서 있던 장 기 보부아르는 돌아서서 그림을 흘끗 보았다.

벽에 옹기종기 모여 붙어 있는 초상화들 중 가장 큰 작품이었다. 아주 늙은 세 여인이 한데 모여 웃으며 서 있었다.

그들은 서로를 바라보고 서로를 만지고 있었다. 서로의 손을 잡거나 팔을 붙들거나 머리를 맞대고 있었다. 무엇이 여인들을 웃게 했든지 간에 그들은 서로를 향했다. 뭔가 굉장히 나쁜 일이 벌어져도 그들은 똑같이 서로를 향할 것이었다. 무슨 일이 일어나든 그들은 자연스레 서로를 향하리라.

이 그림은 우정보다 더한, 기쁨보다 더한, 심지어 사랑보다 더한 친밀감으로 아파하고 있었다.

장 기는 재빨리 그림에서 돌아섰다. 계속 보고 있을 수가 없었다. 그녀를 다시 발견할 때까지 실내를 훑어봤다.

"저 여자들을 좀 봐." 남자가 초상화를 뜯어보며 말하고 있었다. "매력이 없어."

아니 가마슈가 붐비는 갤러리 저편, 남편 데이비드 옆에 서 있었다. 그들은 나이 지긋한 남자의 이야기를 듣고 있었다. 데이비드는 정신이 딴 데 가 있는 듯 무관심해 보였다. 하지만 아니의 눈은 밝게 빛났다. 이야기를 흡수하면서. 이야기에 매료되어.

보부아르는 그녀가 자신을 그렇게 봐 주길 바라며 순간적으로 질투가 났다.

여기야. 보부아르가 속으로 주문했다. 여기를 보라고.

"게다가 웃고 있어." 보부아르 뒤에 있는 남자가 클라라의 세 노파 초상화를 불만스럽게 쳐다보며 말했다. "뉘앙스도 별로 없고. 차라리 어릿광대를 그리겠다."

옆에 있는 여자가 낄낄거렸다.

방 저편에서는 아니 가마슈가 남편의 팔에 손을 얹었지만 그는 의식하지 못하는 듯했다.

보부아르는 자신의 손을 자신의 팔에 부드럽게 갖다 댔다. 이런 느낌이겠지.

"거기 있었군요, 클라라." 미술관 수석 큐레이터가 클라라의 팔을 잡고 머나에게서 이끌며 말했다. "축하합니다. 대성공이에요."

클라라는 미술계 사람들이 '대성공'이라고 부르는 것을 일반인들은 단순한 이벤트로 여길 거라는 걸 알 만큼은 이 바닥에 있었다. 그래도 정강이를 걷어차이는 것보다는 나았다.

"그래요?"

"압솔뤼망Absolument 물론이죠. 사람들 분위기가 좋아요." 그녀가 클라라를 열정적으로 끌어안았다. 그녀는 작은 직사각형 테 안경을 쓰고 있었다. 클라라는 그녀가 바라보는 세상이 영원히 축소된 프레임으로 보이는 건 아닐지 궁금했다. 난시처럼. 머리카락은 그녀의 옷처럼 짧고 각이 져 있었다. 얼굴은 사람 얼굴인가 싶을 정도로 창백했다. 그녀는 걸어 다니는 설치미술 작품이었다.

그러나 친절한 사람이어서 클라라는 그녀가 좋았다.

"정말 멋진데요." 큐레이터가 클라라의 새로운 모습을 자세히 보기 위해 뒤로 물러서면서 말했다. "마음에 들어요. 아주 복고적이고 아주 시크해요. 당신은 마치……." 그녀는 양손으로 끊임없이 작은 원을 그리며 맞는 이름을 생각해 내려고 애썼다.

"오드리 헵번?"

"세 사C'est ça 네, 맞아요." 큐레이터가 박수를 치며 웃었다. "확실히 유행이 될 거예요."

클라라도 웃었고, 아주 약간 사랑에 빠졌다. 그녀는 전시실 저편에 서 있는 올리비에와 늘 그렇듯 그 곁에 있는 가브리를 보았다. 그러나 가브리는 전혀 모르는 사람과 수다를 떨고 있는 반면 올리비에는 모인 사람들을 응시하고 있었다.

클라라는 그의 날카로운 시선을 좇았다. 종착지는 가마슈였다.

"아는 사람 있어요?" 큐레이터가 클라라의 허리에 손을 두르면서 말했다.

클라라가 미처 대답하기도 전에 그녀는 붐비는 실내의 다양한 사람들을 가리키고 있었다.

"아마 저 사람들은 아실 거예요." 그녀는 보부아르 옆에 있는 중년 커플을 고갯짓했다. 그들은 클라라의 〈삼덕의 성녀〉 그림에 꽂혀 있는 듯했다. "남편과 아내가 팀으로 일하죠. 노르망과 폴레트예요. 남편이 밑그림을 그리고 아내는 섬세하고 세밀한 부분을 맡아 작업해요."

"르네상스 시대의 대가들 같네요. 팀으로 일한다는 게요."

"그렇긴 한데, 크리스토와 잔 클로드돈독한 파트너십으로 창의력 있는 공동 작품을 만들어 낸 부부 미술가에 더 가깝죠. 그렇게 조화를 이루는 미술가 커플은 극히 드물어요. 저들은 실제로 아주 괜찮아요. 당신 그림이 무척 마음에 드나봐요."

클라라는 그 부부를 알고 있었고, '무척 마음에 든다'는 그들이 쓸 법하지 않은 어휘라고 여겼다.

"저 사람은 누구죠?" 클라라가 가마슈 옆에 있는 기품 있는 남자를 가리켜 물었다.

"프랑수아 마루아예요."

클라라는 눈이 휘둥그레졌고, 붐비는 실내를 둘러봤다. 왜 저 저명한 미술상과 얘기하기 위해 사람들이 달려들지 않는 걸까? 왜 무슈 마루아에게 말을 거는 유일한 사람이 화가가 아닌 아르망 가마슈일까? 베르니사주가 예술가를 축하하기 위한 자리가 아니라면 한 가지 목적이 있었다. 인맥이었다. 그리고 이 자리에 프랑수아 마루아보다 더 거물급 인사는 없었다. 이내 그녀는 이 자리에 그가 누구인지 아는 사람이 아마도 거의 없을 거라는 사실을 깨달았다.

"아시다시피 저분이 전시회에 오시는 일은 거의 없어요. 하지만 제가 카탈로그 하나를 드렸는데 당신 작품을 훌륭하다고 여기셨어요."

"정말이에요?"

훌륭한 '예술'을 훌륭한 '일반인'으로 번역한다고 하더라도 그건 칭찬이었다.

"프랑수아는 돈과 취향을 갖춘 이들을 모두 알아요." 큐레이터가 말했다. "이건 정말 대단한 성취예요. 저분이 당신 작품을 좋아한다면 당신은 된 거예요." 큐레이터가 더 주의 깊게 바라보았다. "같이 이야기하고 있는 남자가 누구인지 모르겠네요. 아마 미술사 교수겠죠."

클라라가 그 남자는 교수가 아니라고 미처 말하기 전에 마루아가 초상화에서 아르망 가마슈에게 몸을 돌리는 모습을 봤다. 충격을 받은 표정이었다.

클라라는 그가 방금 무엇을 봤는지 궁금했다. 그리고 그게 무엇을 뜻하는지.

"자," 큐레이터가 그렇게 말하며 클라라에게 반대 방향을 가리켜 보였다. "또 알아 둘 사람은 저쪽에 있는 앙드레 카스통게예요." 클라라는 전시실 저편에서 퀘벡 미술계의 친숙한 모습을 보았다. 프랑수아 마루아가 사적이고 내성적이었다면, 앙드레 카스통게는 퀘벡 미술계의 에미낭스 그리즈éminence grise 실력자로서 늘 존재감을 드러냈다. 마루아보다 나이는 조금 아래고, 키는 조금 더 크며, 몸무게가 조금 더 나가는 무슈 카스통게가 사람들에게 몇 겹으로 둘러싸여 있었다. 가장 안쪽 원은 여러 영향력 있는 신문사에서 온 비평가들이었다. 덜 중요한 갤러리 운영자와 비평가들일수록 더 멀리 떨어진 원을 이루고 서 있었다. 그리고 마침내 가장 바깥 원에 있는 사람들은 예술가였다.

그들은 앙드레 카스통게라는 태양을 중심으로 도는 위성이었다.

"소개해 드리죠."

"훌륭해요." 클라라가 말했다. 그녀는 머릿속으로 이 '훌륭함'을 솔직한 자신의 마음으로 번역해 봤다. 이런, 메르드.

"그럴 리가?" 프랑수아 마루아가 가마슈 경감의 얼굴을 살피면서 물었다.

가마슈는 나이 든 남자를 보며 고개를 끄덕이고 슬쩍 미소 지었다.

마루아는 다시 초상화를 보았다.

베르니사주에 점점 더 손님들이 붐비면서 소음에 귀가 먹먹해질 정도였다.

그러나 프랑수아 마루아에게는 오직 한 얼굴밖에 보이지 않았다. 벽에 걸린 낙심한 노파. 불신과 절망으로 가득 찬.

"이건 마리아가 아니오?" 마루아가 거의 속삭이듯이 물었다.

가마슈 경감은 미술상이 자신에게 말을 거는 것인지 확신할 수 없어

아무 말도 하지 않았다. 마루아는 다른 사람들은 파악하지 못한 것을 보았다.

클라라의 초상화는 단순히 화난 노파를 담고 있지 않았다. 그녀는 사실 동정녀 마리아를 그렸다. 연로한. 기적에 지쳐 기적을 경계하는 세상에 버림받은. 너무 바빠 옆으로 치워진 돌^{마태복음 28:2, 마가복음 16:1-4. 예수가 부활할 때 천사가 내려와 무덤을 막고 있는 돌을 굴려 치웠다}을 알아차리지 못하는 세상. 세상의 관심은 다른 놀라운 것들에 옮아가 있었다.

이것은 말년의 마리아였다. 잊힌 채. 홀로.

밝은 낮빛으로 고급 와인을 홀짝이는 사람들로 가득한 실내를 이글이글 노려보며. 자신의 바로 곁을 그저 스쳐 지나는 사람들을.

프랑수아 마루아는 예외였다. 그는 간신히 그림에서 눈을 떼고 다시 가마슈를 보았다.

"클라라가 무슨 일을 낸 걸까요?" 그가 조용히 물었다.

가마슈는 대답하기에 앞서 생각을 정리하느라 한동안 말이 없었다.

"안녕, 머저리." 루스 자도가 가느다란 팔을 장 기 보부아르의 팔에 끼면서 말했다. "어떻게 지내는지 말해 봐."

그것은 명령이었다. 루스 말을 무시할 수 있는 불굴의 정신을 소유한 사람은 없었다. 그러나 어떻게 지내는지 루스가 안부를 챙기는 사람도 그때까지 거의 없었다.

"잘 지냅니다."

"헛소리." 나이 든 시인이 말했다. "아주 형편없어 보이는데. 수척하고 창백해. 주름도 자글자글하고."

"본인 얘기를 하시네요, 주정뱅이 할머니."

루스 자도가 낄낄거렸다. "사실이야. 당신은 못돼 먹은 늙은 여자처럼 보여. 그리고 그건 칭찬 같지만 아니야."

보부아르는 미소 지었다. 그는 사실 루스를 다시 보길 고대했다. 지팡이에 의지하고 있는 키 크고 마르고 연로한 여인을 자세히 살펴보았다. 짧게 자른 루스의 머리칼은 희고 가늘어서 두상이 그대로 드러났다. 보부아르에게는 그게 온당하게 보였다. 루스의 머릿속에 있는 것 중 드러나지 않거나 표현되지 않는 건 없었다. 그녀가 감추는 건 마음이었다.

하지만 그것은 그녀의 시를 통해 나타났다. 어쨌든 보부아르는 어떻게 루스 자도가 시로 총독상을 수상했는지 추측해 보지 않을 수 없었다. 그중에 그가 이해할 수 있는 시는 한 편도 없었다. 그러나 다행히도 루스는 직접 만나면 훨씬 해독하기 쉬웠다.

"왜 여기 있지?" 그녀는 살피는 눈을 그에게 고정한 채 따졌다.

"당신은요? 클라라를 응원하기 위해 스리 파인스에서 먼 길을 달려왔다고는 하지 마세요."

루스는 그가 제정신이 아니라는 듯 보았다. "물론 아니지. 여기 다른 사람들과 마찬가지 이유에서 왔지. 먹을 것과 마실 것을 공짜로 주니까. 하지만 벌써 실컷 먹고 마셨어. 이따 스리 파인스에서 열리는 파티에 올 건가?"

"초대는 받았지만 안 갈 것 같네요."

루스는 고개를 끄덕였다. "좋아. 내가 더 마실 수 있겠네. 이혼했다고 들었는데. 아내가 바람을 피웠나 보군. 놀랄 일도 아니지."

"쭈그렁 할망구." 보부아르가 투덜거렸다.

"꼴통." 루스가 말했다. 보부아르의 눈길이 방황했고, 루스가 그 눈길을 따랐다. 전시실 저편 젊은 여자에게로.

"당신이라면 더 괜찮은 여자 만날 수 있어." 루스는 그렇게 말했고, 그녀는 자신이 붙잡고 있는 팔에서 긴장을 느꼈다. 그녀의 동반자는 말이 없었다. 그녀는 보부아르에게 날카로운 시선을 보냈다가 그가 뚫어지게 보던 여자 쪽으로 다시 한 번 시선을 돌렸다.

20대 중후반, 뚱뚱하지 않지만 마르지도 않은. 예쁘지도 아주 못나지도 않은. 크지 않지만 작지도 않은.

그녀는 완벽히 평균이었고, 완벽히 평범해 보였다. 한 가지만 빼고.

젊은 여자는 건강미를 발산했다.

루스가 지켜보는데, 나이 든 여자가 그 그룹에 다가가 젊은 여자의 허리에 팔을 두르고 키스를 했다.

렌 마리 가마슈. 루스는 그녀를 몇 번 만난 일이 있었다.

이제 주름이 쪼글쪼글한 노시인이 흥미가 고조된 시선을 보부아르에게 보냈다.

피터 모로는 갤러리 소유주 몇 명과 잡담을 나누고 있었다. 미술계의 소수자들이지만 그들을 행복하게 해 두는 게 최선이었다.

그는 갤러리 카스통게의 앙드레 카스통게가 저기에 있는 걸 알았고, 그를 만나고 싶어 죽을 지경이었다. 그는 또 「뉴욕 타임스」와 「르 피가로」지의 비평가들도 알아보았다. 건너편을 흘끗 보니 한 사진사가 클라라의 사진을 찍고 있었다.

그녀는 잠시 눈을 돌리다 그와 시선이 마주쳤고, 어깨를 으쓱했다. 피터는 와인 잔을 들어 건배하고 미소 지었다.

저쪽으로 가서 카스통게에게 나를 소개해야 할까? 그러나 카스통게 주위에는 사람이 바글거렸고, 피터는 불쌍해 보이는 건 원치 않았다. 망설였다. 별로 신경 쓰지 않는다는 듯이 앙드레 카스통게 따위는 필요 없다는 듯이 떨어져 있는 편이 나았다.

피터는 한 작은 갤러리 주인에게 다시 관심을 돌렸다. 그는 자신의 갤러리에서 피터의 전시회를 열고 싶지만 지금은 예약이 다 찼다는 이야기를 하고 있었다.

그의 시야 끝에 카스통게를 둘러싼 무리가 클라라에게 길을 터 주는 모습이 보였다.

"제가 이 그림을 보고 있을 때 어떤 느낌이 드느냐고 물으셨지요?" 아르망 가마슈가 말했다. 두 남자는 그 초상화를 보고 있었다. "평온한 기분이 듭니다. 위안을 받죠."

프랑수아 마루아는 놀란 표정으로 그를 보았다.

"위안을 받는다고요? 하지만 어떻게? 어쩌면 당신은 저렇게 화가 나 있지 않다는 데에 만족감을 느끼는 겁니까? 여인의 어마어마한 분노가 당신의 분노를 좀 더 쉽게 받아들이게 해 줘서? 마담 모로는 이 그림 제목을 뭐라고 붙였습니까?" 마루아가 안경을 벗고 벽에 스텐실로 찍은 설명문으로 몸을 기울였다.

이내 그는 뒤로 물러났는데 얼굴은 전보다 더 당혹스러워 보였다.

"〈스틸 라이프〉라고 붙였군요. 이유가 궁금합니다."

미술상이 초상화에 정신을 쏟는 동안 가마슈는 전시실 저편에서 올리비에를 발견했다. 자신을 빤히 쳐다보고 있었다. 경감은 인사로 미소를 건넸고, 올리비에가 그냥 외면했을 때 놀라지 않았다.

그는 최소한 자신의 답을 얻었다.

그의 곁에서 마루아가 숨을 내쉬었다. "이제 알겠군요."

가마슈는 미술상을 향했다. 마루아는 더 이상 놀라워하지 않았다. 예의와 교양이라는 그의 겉치장이 흘러내리고 진심에서 우러난 미소가 나타났다.

"그게 그녀의 눈 안에 있군요."

가마슈가 고개를 끄덕였다.

이윽고 마루아는 초상화가 아닌 군중을 보면서 한쪽으로 머리를 기울였다. 당황한 것 같았다. 그는 다시 그림을 보고, 또 군중을 보았다.

가마슈는 그의 눈길을 따라갔고, 그 눈길이 장 기 보부아르와 이야기하는 늙은 여인에게 머물고 있는 걸 알고도 놀라지 않았다.

루스 자도.

보부아르는 속이 타고 짜증이 난 것처럼 보였다. 루스 곁에 있는 사람들에게 자주 나타나는 증상이었다. 그러나 정작 루스 본인은 굉장히 즐거워하고 있는 것처럼 보였다.

"저 여자 아닙니까?" 마루아가 흥분한 목소리로, 마치 다른 사람에게는 두 사람의 비밀을 들키고 싶지 않다는 듯 조용히 물었다.

가마슈가 끄덕였다. "스리 파인스에 사는 클라라의 이웃입니다."

마루아는 얼이 빠진 듯 루스를 관찰했다. 마치 그림이 살아 움직이는 것 같았다. 이내 마루아와 가마슈 모두 초상화로 고개를 돌렸다.

클라라는 그녀를 사람들에게 잊힌 호전적인 동정녀 마리아로 그렸다.

세월과 분노에, 진짜 원한과 날조된 원한에, 틀어진 우정에, 거절당한 권리에, 주어지지 못한 사랑에 마모된 동정녀 마리아. 그러나 거기에 뭔가 또 있었다. 그 지친 두 눈 속에 희미한 암시랄까. 실제로 보이지는 않는. 약속 이상의 무언가. 멀리서 들리는 소문 이상의 무언가.

초상화는 그것을 이루는 그 모든 붓 터치 가운데, 그 모든 요소와 그 모든 색깔과 뉘앙스 가운데, 아주 작은 디테일 하나로 귀결되었다. 작고 하얀 점 하나.

늙은 여인의 눈 속에 있는.

클라라 모로는 절망이 희망이 되는 순간을 그렸다.

프랑수아 마루아는 반걸음쯤 물러서서 엄숙하게 고개를 끄덕였다.

"놀라운 작품입니다. 아름다워요." 그리고 그는 몸을 돌려 가마슈를 보았다. "물론, 이게 계략이 아니라면 말입니다."

"무슨 말씀이십니까?" 가마슈가 물었다.

"어쩌면 이건 희망도 뭣도 아닌 빛의 눈속임일 수도 있어요." 마루아가 말했다.

3

다음 날 클라라는 일찍 일어났다. 고무장화를 신고 파자마 위에 스웨터를 걸치고는 커피를 한 잔 따라 뒤뜰 애디론댁 의자에 앉았다.

출장 뷔페 직원들이 깨끗이 치워 놓고 가서 지난밤 있었던 성대한 바비큐 파티와 댄스파티의 흔적은 찾아볼 수 없었다.

눈을 감고서 고개를 들자 젊은 6월의 태양이 느껴졌다. 새들이 지저귀는 소리와 정원 끝에서 벨라벨라 강이 콸콸콸 흘러가는 소리가 들려왔다. 그 소리에 섞여 모란꽃 주위를 돌아다니는 호박벌들이 윙윙대는 소리가 났다. 길을 잃고서.

주변을 갈팡질팡하는 호박벌.

익살맞고 우스꽝스러웠다. 그러나 그때는 정말 그랬다. 당신이 몰랐다면.

클라라 모로는 두 손으로 따뜻한 머그잔을 감싼 채 커피 향을 맡았고, 갓 베어 낸 풀 냄새를 맡았다. 라일락과 모란과 한창 물오른 장미 향을.

이곳은 클라라가 어린아이였을 때 이불 밑에서 살았었던 마을이었다. 마을은 그녀의 침실로 통하는 얇은 나무 문 뒤에 있었고, 침실 밖에서는 부모님이 말다툼을 했다. 오빠들은 그녀를 무시했다. 전화벨이 울렸지만 그녀에게 온 전화는 아니었다. 사람들의 시선은 그녀를 빗겨 지나가거나 그녀를 통과해 다른 아이에게로 갔다. 더 예쁜, 더 흥미를 끄는 아이에게로. 그녀가 보이지 않는다는 듯이 사람들이 불쑥 끼어들었고, 그녀가 방금 말을 꺼냈는데도 못 들었다는 듯이 자기 말을 했다.

그러나 어린 시절 눈을 감고 머리까지 이불을 끌어 올려 덮으면 골짜기에 있는 작고 예쁜 마을이 보였다. 숲이 우거지고 꽃들이 만발한, 마음씨 고운 사람들이 사는 곳.

갈팡질팡이 미덕인 곳이었다.

기억이 닿는 데까지 한참 거슬러 올라가면, 클라라가 바랐던 건 오직 한 가지였다. 심지어 개인전보다도 더 바랐던 것. 그건 부(富)도 권세도 사랑도 아니었다.

클라라 모로가 바랐던 건 어딘가에 속하는 것이었다. 그리고 거의 쉰이 다 된 지금, 그녀는 그렇게 속해 있었다.

전시회는 실수였을까? 전시회 제안을 받아들여 다른 사람들과 분리됐을까?

그녀는 앉아서 지난밤 장면들을 머릿속에 떠올렸다. 친구들과 다른 미술가들, 자신의 시선을 붙들고 안심할 수 있게 고개를 끄덕이던 올리비에. 앙드레 카스통게와 그 밖의 사람들을 만나며 느꼈던 흥분. 만족스러워하는 큐레이터의 얼굴. 마을로 돌아와 했던 바비큐 파티. 음식과 술과 불꽃놀이. 라이브 밴드와 춤. 웃음소리.

안도.

그러나 지금 낮의 밝은 빛 속에 불안이 다시 엄습했다. 최악의 상황일 때와 같은 폭풍처럼은 아니었지만 햇살을 둔하게 하는 약한 안개처럼.

그리고 클라라는 그 이유를 알고 있었다.

피터와 올리비에가 신문을 사러 갔다. 그녀가 평생 읽기를 고대하던 글을 가지러 갔다. 평론가가 쓴 전시회 리뷰.

뛰어나다, 통찰력 있다, 거장답다.

지루하다, 새롭지 않다, 뻔하다.

어느 쪽일까?

클라라는 앉아서 커피를 홀짝이며 신경 쓰지 않으려 애썼다. 시간이 갈수록 길게 늘어져 자신에게 살금살금 다가오는 그림자들을 보지 않으려고 애썼다.

쾅 하고 차 문 닫는 소리에 몽상에서 깨어난 클라라는 의자에서 펄쩍 뛰었다.

"우리, 집에 와—앗—어." 피터가 노래하듯 외쳤다.

자신들의 작은 집 옆을 따라 다가오는 발소리가 났다. 그녀는 자리에서 일어났고, 피터와 올리비에를 맞으려고 몸을 돌렸다. 하지만 두 남자는 자신에게 다가오는 대신 정원의 커다란 요정 석상이라도 된 양 꼼짝 않고 서 있었다.

그리고 그녀를 바라보는 대신 화단을 뚫어지게 응시하고 있었다.

"뭐가 있어?" 클라라가 그들을 향해 걸어가며 물었다. 두 남자의 표정을 보자 걸음이 빨라졌다. "뭐가 잘못됐어?"

피터는 돌아서서 신문을 풀밭에 내려놓고 그녀가 더 나아가는 걸 막았다.

"경찰을 불러요." 올리비에가 말했다. 그는 다년생 식물 화단 쪽으로 찔끔찔끔 나아갔다. 화단에는 모란과 금낭화, 양귀비가 심겨 있었다.

그리고 또 다른 뭔가가 있었다.

가마슈 경감은 허리를 펴고 한숨을 쉬었다.

의심의 여지가 없었다. 살인이었다.

그의 발치에 있는 여자는 목이 부러졌다. 여자가 계단참 밑에 있었더라면 사고라고 여겼을지도 몰랐다. 하지만 여자는 화단 옆에서 얼굴을 위로 향한 채 누워 있었다. 아주 부드러운 풀 위에.

눈을 뜨고 늦은 아침 태양을 똑바로 응시하고 있었다.

가마슈는 여자가 눈을 깜빡일 것만 같았다.

그는 기분 좋은 정원을 둘러보았다. 익숙한 정원. 피터, 클라라, 다른 마을 사람들과 함께 이 뒤편에 맥주를 들고, 바비큐에 불을 지피며 서 있던 적이 얼마나 많았던가? 이런저런 잡담을 나누면서.

그러나 오늘은 아니었다.

피터와 클라라, 올리비에와 가브리는 강 옆에 물러서서 지켜보고 있었다. 가마슈와 그들 사이에 노란 테이프가 한 획을 그었다. 한쪽은 수사관, 그리고 다른 쪽은 수사를 받는 자.

"백인 여성이에요." 검시관인 닥터 해리스가 말했다. 그녀는 이자벨 라코스트 형사와 마찬가지로 무릎을 꿇고 앉아 피해자를 들여다보고 있었다. 장 기 보부아르 경위가 퀘벡 경찰청 범죄 현장 팀을 지휘하고 있었다. 그들은 체계적으로 부근을 조사했다. 증거를 수집하고 사진을 찍으면서 조심스럽고 꼼꼼하게 과학 수사를 하는 중이었다.

"중년이고요." 검시관의 목소리가 이어졌다. 냉철하게. 사실에 기반을 두고.

가마슈 경감은 막힘없이 기술되는 정보를 들었다. 그는 다른 사람보다 사실의 힘을 잘 알았다. 그러나 그는 또한 살인자들이 사실들 속에서 발견되지 않는다는 걸 알았다.

"염색한 금발이고, 뿌리 쪽에 흰머리가 보이기 시작했어요. 약간 과체중이에요. 약지에 반지는 끼지 않았어요."

사실은 필수 요소였다. 방향을 가리켜 주고, 그물을 짜는 데 도움이됐다. 하지만 살인자는 사실이 아니라 감정을 따라갈 때 추적당했다. 한사람을 살인자로 만드는 악취 나는 감정을 추적해야 했다.

"제이 경추가 부러졌어요."

가마슈 경감은 귀를 기울였고, 지켜보았다. 익숙한 절차. 그래도 역시 소름이 끼쳤다.

전설적인 퀘벡 경찰청 살인 수사과 책임자로 오랜 세월 근무하며 수많은 살인과 수많은 살인자들을 봐 왔음에도, 한 사람이 다른 사람의 목숨을 빼앗는 행위에는 늘 충격을 받지 않을 수 없었다.

그는 인간이 다른 인간에게 저지를 수 있는 일에 여전히 기가 막혔다.

피터 모로는 화단 뒤쪽에 비죽 튀어나온 빨간 구두를 뚫어져라 봤다. 구두는 죽은 여자의 발에 신겨 있었고, 그 발은 죽은 여자의 몸에 붙어있었으며, 그 죽은 여자는 그의 잔디밭에 누워 있었다. 그는 이제 시체를 볼 수 없었다. 키 큰 꽃들 사이에 가려져 두 발만 보였다. 그는 눈을돌려 뭔가 다른 것, 수사관들에게 집중하려고 했다. 가마슈와 그의 팀은몸을 구부리고, 고개를 숙이고, 기도문을 외듯이 뭔가를 중얼거리고 있었다. 자신의 정원에서 벌어진 어두운 의식.

피터는 가마슈가 메모를 전혀 하지 않는 것을 눈치챘다. 그는 듣고 정중하게 고개를 끄덕였다. 사려 깊은 얼굴로 몇 가지 질문을 했다. 메모는 다른 사람에게 맡겼다. 지금은 라코스트 형사에게.

피터는 눈길을 돌려 정원의 아름다움에 집중하려 했다.

하지만 자꾸 정원에 있는 시체로 시선이 이끌렸다.

피터가 지켜보고 있는 그때 가마슈가 갑자기 꽤 빠르게 몸을 돌렸다. 그리고 자신을 봤다. 그리고 피터는 즉시 본능적으로 무슨 부끄러운 짓이라도 한 것처럼 눈을 내리깔았다.

그는 즉시 후회했고, 다시 시선을 들었지만 그때는 이미 경감이 자신을 쳐다보고 있지 않았다. 그 대신 자신들에게 다가오고 있었다.

피터는 자연스러운 태도로 돌아설지 고민했다. 벨라벨라 강 저편 숲에서 사슴 소리라도 들은 것처럼.

몸을 돌리기 시작하다가 멈췄다.

그는 굳이 다른 데를 볼 필요는 없다고 중얼거렸다. 그는 잘못한 게 없었다. 경찰을 지켜보는 것은 확실히 자연스러웠다.

그렇지 않은가?

하지만 피터 모로는 언제나 발밑 땅이 흔들리고 있다고 확신했다. 그는 더 이상 뭐가 자연스러운지 몰랐다. 그는 더 이상 자신의 손과 눈과 온몸으로 뭘 해야 할지 몰랐다. 자신의 인생을, 자신의 아내를 어떻게 대해야 할지 몰랐다.

"클라라." 가마슈 경감은 그렇게 말하며 손을 내밀어 클라라와 악수한 다음 그녀의 양 볼에 키스했다. 다른 수사관들은 자신들의 대장이 용의자일지도 모르는 사람과 키스하는 것을 이상하게 느꼈지만 겉으로 드러내지 않았다. 그리고 가마슈 경감도 신경 쓰지 않는 게 분명했다.

그는 돌아가며 모여 있는 사람들 모두와 악수했다. 올리비에게 맨 마지막으로 갔는데, 악수하는 차례가 올 거라는 것을 그 젊은이가 보게 하려는 의도가 분명했다. 가마슈가 손을 내밀었다. 그리고 모두가 지켜보았다. 시체는 모두의 머릿속에서 잠시 사라졌다.

올리비에는 주저하지 않았다. 그는 가마슈와 악수했지만 눈을 똑바로 마주칠 수 없었다.

가마슈 경감은 시체가 발견된 게 마치 자신의 잘못이라도 된다는 양 그들에게 살짝 사과하는 듯한 미소를 지었다. 끔찍이 불쾌한 일이 이렇게 시작되는 걸까? 피터는 궁금했다. 뇌성이나 비명과 함께가 아니라, 사이렌 소리와 함께가 아니라 미소로? 공손과 예의로 포장된 무언가 끔찍한 것이 찾아온다.

그러나 그 끔찍한 것은 벌써 있었고, 그리고 사라졌다. 그리고 뒤에 시체 한 구를 남겨 두었다.

"괜찮으십니까?" 가마슈가 다시 클라라에게 시선을 보내며 물었다.

그냥 묻는 말이 아니었다. 진심으로 염려하는 듯 보였다.

피터는 마치 자신의 어깨에 있던 시체가 이 불굴의 남자에게로 옮겨진 듯 안심할 수 있었다.

클라라는 고개를 저었다. "한 대 맞은 것 같아요." 그녀가 마침내 입을 열고는 뒤편을 흘끗 보았다. "누구죠?"

"모르십니까?"

가마슈는 클라라에게서 피터에게로, 그리고 가브리에게로 넘어간 다음 마지막으로 올리비에를 보았다. 모두 고개를 흔들었다.

"파티에 왔던 손님 아닙니까?"

"손님으로 왔었겠죠, 아마." 클라라가 말했다. "하지만 내가 초대하지는 않았어요."

"그 여잔 누구예요?" 가브리가 물었다.

"모두 그 여자를 보셨습니까?" 가브리의 질문에 답할 준비가 안 된 가마슈가 끈질기게 물었다.

그들은 고개를 끄덕였다.

"경찰에 전화한 후에 다시 정원으로 가서 봤어요." 클라라가 말했다.

"왜요?"

"아는 사람인지 아닌지 알아야 했으니까요. 친구나 이웃이 아닌지 확인하려고요."

"그런데 아니었어요." 가브리가 말했다. "올리비에가 무슨 일이 일어났는지 전화했을 때, 전 우리 비앤비B&B Bed&Breakfast 아침 식사를 제공하는 여관에서 아침 식사를 준비 중이었어요."

"그래서 건너온 겁니까?" 가마슈가 물었다.

"당신이라면 안 그러겠어요?" 덩치 큰 남자가 물었다.

"난 살인 수사과 형사입니다. 내게는 그게 일종의 의무지만 당신은 그렇지 않죠." 가마슈가 말했다.

"난 남의 일에 관심 많은 개자식이죠. 제게도 일종의 의무죠. 그리고 클라라와 마찬가지로 우리가 알고 있는 여자인지 아닌지 봐야 했어요." 가브리가 말했다.

"다른 사람에게도 말했습니까?" 가마슈가 물었다. "정원에 보러 온 사람이 또 있나요?"

그들은 고개를 저었다.

"그러니까 여러분 모두 잘 들여다봤고 그녀를 알아본 분은 아무도 없습니까?"

"누구예요?" 클라라가 다시 물었다.

"우리도 모릅니다." 가마슈가 시인했다. "여자는 자신의 손가방 위로 쓰러졌고, 닥터 해리스는 아직 그녀를 옮기길 원치 않습니다. 곧 알아낼 겁니다."

가브리는 망설이다가 올리비에를 향했다. "여자를 보고 떠오르는 거 없어?"

올리비에는 침묵을 지켰지만 피터는 아니었다.

"마녀가 죽었다The Witch Is Dead 영화 〈오즈의 마법사〉에 나오는 노래 <Ding-Dong! The Witch Is Dead>의 일부?"

"피터, 저 여자는 살해됐고, 우리 정원에 버려졌어. 무슨 말을 그렇게 해." 클라라가 재빨리 말했다.

"미안해." 자신에게 충격받은 피터가 말했다. "하지만 저 여자는 사악한 서쪽 마녀와 닮았어. 눈에 확 띄는 빨간 구두를 봐."

"우린 그녀가 진짜 마녀라는 게 아니에요." 가브리가 황급히 덧붙였다. "하지만 저런 복장을 보고 캔자스에서 온 사람처럼 보이지 않는다는 걸 부인하실 순 없을걸요."

클라라가 눈을 굴리고 고개를 흔들면서 중얼거렸다. "맙소사."

그러나 가마슈는 그와 자신의 팀이 같은 것에 대해 이야기를 나눠야 한다는 것을 인정했다. 죽은 여인이 사악한 마녀를 연상시킨다는 점이 아니라 여자의 복장이 시골 바비큐 파티에는 분명히 어울리지 않는다는 점에 대해서.

"난 어젯밤 저 여자를 못 봤어." 피터가 말했다.

"우리가 봤다면 기억했을 거예요. 한번 보면 잊을 수 없을 테니까요."

올리비에가 마침내 입을 열었다.

가마슈가 고개를 끄덕였다. 그도 그 점을 인지하고 있었다. 죽은 여자는 선명한 빨강 드레스를 입고 있어 눈에 띄었을 터였다. 그녀와 관련한 모든 것이 '날 좀 봐요.'라고 외치고 있었다.

그는 그 여자를 돌아보며 기억을 뒤졌다. 어젯밤 미술관에서 선홍색 드레스를 입은 여자를 봤던가? 짐작건대 많은 손님들이 그랬듯이 그녀도 아마 그곳에서 곧장 이곳으로 왔을 것이었다. 하지만 아무도 떠오르지 않았다. 머나처럼 확연한 예외는 있었지만 여자들은 대부분 더 차분한 색싱의 옷을 입고 있었다.

그때 생각이 났다.

"엑스퀴제무아Excusez-moi 실례하겠습니다."

그는 그렇게 말하고 재빨리 풀밭을 가로질러 가 보부아르에게 간단히 말을 전하고, 생각에 잠겨 천천히 돌아왔다.

"차를 타고 오면서 보고서를 읽었지만 여러분에게 직접 그녀를 어떻게 발견했는지 듣고 싶군요."

"피터와 올리비에가 처음 발견했어요." 클라라가 말했다. "난 의자에 앉아 있었죠." 그녀는 노란 애디론댁 의자 두 개 중 하나로 팔을 들었다. 커피가 든 머그잔이 아직 나무 팔걸이 위에 놓여 있었다. "남자들이 놀턴에 신문을 사러 간 동안 전 기다리고 있었어요."

"왜요?" 경감이 물었다.

"리뷰를 보려고요."

"아, 그래요. 그래서 저기에……." 그가 노란 경찰 저지선 안쪽, 잔디 위에 놓인 신문 더미를 가리켰다.

클라라도 그것을 보았다. 그녀는 시체를 발견한 충격에 리뷰에 관한 건 다 잊었다고 말할 수 있었으면 싶었다. 하지만 잊지 않았다. 「뉴욕 타임스」, 토론토의 「글로브 앤드 메일」, 런던의 「타임스」가 피터가 떨어트린 그곳에 쌓여 있었다.

그녀의 손이 닿을 수 없는 곳에.

가마슈는 의아한 얼굴로 클라라를 보았다. "하지만 그렇게 궁금했다면 왜 인터넷을 보지 않으십니까? 몇 시간 전에 리뷰들이 올라왔을 텐데요. 농non 아닌가요?"

피터가 같은 질문을 했었다. 그리고 올리비에도. 어떻게 그걸 설명해야 할까?

"신문의 감촉을 내 손에 느끼고 싶었거든요." 그녀가 말했다. "내가 좋아하는 예술가들의 리뷰를 읽었던 것과 똑같은 방식으로 나에 관한 리뷰를 읽고 싶었어요. 신문을 잡고 그 냄새를 맡으면서. 한 장씩 넘기면서. 평생 그걸 꿈꿔 왔어요. 몇 시간쯤은 더 기다릴 만한 가치가 있다고 여겼죠."

"그래서 오늘 아침 한 시간가량 혼자 정원에 계셨습니까?"

클라라가 고개를 끄덕였다.

"언제부터 언제까지?" 가마슈가 물었다.

"오늘 아침 일곱 시 반쯤부터 여덟 시 반쯤, 저이들이 돌아올 때까지요." 클라라가 피터를 보았다.

"맞습니다." 피터가 말했다.

"그리고 돌아와서 뭘 봤습니까?" 가마슈가 피터와 올리비에에게 몸을 돌렸다.

"우린 차에서 내렸고, 클라라가 정원에 있는 걸 알고 있었기 때문에 그냥 저쯤부터 걷기로 했어요." 피터가 올봄 마지막 꽃들이 달린 라일락 고목 한 그루가 서 있는 집 모퉁이를 가리켰다.

"뒤따라가는데 피터가 갑자기 멈춰 섰죠." 올리비에가 말했다.

"집 근처로 오니까 바닥에 있는 빨간 게 눈에 띄더군요." 피터가 이야기를 이어 갔다. "쓰러진 양귀비꽃인가 했어요. 그런데 너무 컸죠. 그래서 천천히 가서 살펴봤어요. 그때 그게 여자라는 걸 안 거죠."

"어떻게 했습니까?"

"어제 손님들 중 한 명이 과음으로 맛이 갔나 보다 했습니다." 피터는 말했다. "취해서 우리 정원에서 잤나 보다 했죠. 그런데 그때 여자가 눈을 뜨고 있는 게 보였고, 여자 머리가……,"

그는 머리를 젖혔지만 당연히 그 각도를 만들 수는 없었다. 살아 있는 사람은 만들 수 없는 각도였다. 죽은 사람에게만 허락되는 묘기였다.

"당신은요?" 가마슈가 올리비에에게 물었다.

"클라라에게 경찰에 전화하라고 이야기했어요. 그러고 나서 저는 가브리에게 전화를 했고요." 그가 말했다.

"손님들이 있었다고 했죠?" 가마슈가 물었다. "파티에 온 사람들이었나요?"

가브리가 고개를 끄덕였다. "파티에 참석하려고 몬트리올에서 온 화가 두 명이 비앤비에서 묵기로 결정했어요. 몇몇은 스파 리조트에서도 묵고 있고요."

"마지막에 닥쳐서 한 예약인가요?"

"비앤비에 묵는 사람들은 그랬어요. 파티 중간에 예약을 했죠."

가마슈는 고개를 끄덕이고 몸을 돌려 이자벨 라코스트 형사에게 손짓을 했다. 재빨리 가마슈에게 다가온 그녀는 그가 중얼중얼 내리는 지시를 듣고는 서둘러 걸음을 옮겼다. 그녀가 젊은 두 형사에게 말을 건네자 그들은 고개를 끄덕이고 자리를 떴다.

클라라는 가마슈가 얼마나 쉽게 지시를 내리는지, 또 얼마나 자연스럽게 사람들이 그의 명령을 따르는지 보면서 항상 감탄했다. 결코 야단치거나, 고함을 치거나, 다그치는 법이 없었다. 항상 매우 침착하게, 심지어 정중하게 지시를 했다. 그의 명령은 거의 격식을 차린 요청 같았다. 하지만 그렇게 오해하는 사람은 한 명도 없었다.

가마슈는 몸을 돌리고 네 친구에게 주의를 기울였다. "혹시 시체를 건드린 분 있나요?"

그들은 서로를 쳐다보고 고개를 저은 다음 경감을 보았다.

"없습니다." 피터가 말했다. 그는 이제 좀 더 확실한 느낌이 들었다. 바닥은 단단했다. 사실로 채워져. 솔직한 질문과 분명한 대답 들로.

아무것도 두려워할 필요 없었다.

"실례해도 될까요?" 가마슈가 애디론댁 의자 쪽으로 걸어가기 시작했다. 그들이 실례라고 느꼈다고 한들 상관없을 터였다. 그는 그쪽으로 가고 있었고, 그들은 기꺼이 그를 따라갔다.

"남자들이 오기 전 여기 혼자 앉아 있을 때, 뭐든 이상한 점을 눈치 못 채셨습니까?" 그가 걸으며 물었다. 그녀가 아까 이야기했듯이 클라라가 자신의 정원에서 시체를 본 것은 분명해 보였다. 하지만 그가 알고 싶은 것은 시체에 대한 것만은 아니었다. 이곳은 클라라가 속속들이 잘 아는 그녀의 정원이었다. 아마 무언가는 잘못되었을 것이었다. 식물이

꺾여 있었다든지, 관목이 들쑤셔졌다든지.

수사관들은 놓칠 수도 있는 어떤 작은 단서. 직접적으로 질문받기 전까지는 그녀도 미처 생각지 못했을 어떤 미묘한 단서.

그리고 그녀가 그 질문에 똑똑한 척하며 달려들지 않은 점은 칭찬할 만했다.

그러나 가브리가 달려들었다. "시체 같은 거요?"

"아니요." 그들이 의자가 있는 곳에 다다랐을 때 경감이 말했다. 그는 몸을 들어 그곳에서 성원을 살폈다. 이 각도에서는 죽은 여자가 화단에 가려 보이지 않는다는 말은 사실이었다. "다른 걸 말한 겁니다."

그는 사려 깊은 눈으로 클라라를 보았다.

"오늘 아침 정원이 평소와 다른 점은 없었나요?" 그가 가브리에게 경고의 눈길을 던지자 그가 입에 손가락을 갖다 댔다. "작은 거라도? 조금이라도 달라진 게 없었습니까?"

클라라는 주변을 둘러보았다. 뒷마당 잔디에는 넓은 화단이 군데군데 있었다. 어떤 것은 둥글고, 어떤 것은 직사각형 모양이었다. 강둑을 따라 선 키 큰 나무들이 어룽대는 그림자를 던졌지만 화단 대부분은 정오의 눈부신 햇살 아래 있었다. 클라라는 다른 사람들처럼 정원을 샅샅이 훑어보았다.

저기에 뭔가 다른 게 있었을까? 모여 있는 사람들, 신문 더미, 노란 경찰 저지선 때문에 지금은 그걸 말하기가 너무 어려웠다. 신문 더미. 시체. 신문 더미.

모든 게 평소와 달랐다.

그녀는 가마슈를 향했고, 그녀의 눈은 도움을 청하고 있었다.

가마슈는 그러기가 몹시 꺼려졌다. 자신의 암시로 실제로는 거기 없는 무언가를 그녀가 보게 될까 봐.

"살인자가 여기 숨어 기다렸을 가능성이 있습니다." 그가 마침내 말했다.

그는 그 정도 선에서 그쳤다. 그리고 클라라가 알아들은 걸 알 수 있었다. 그녀는 다시 정원을 향했다. 한 남자가 살의를 품고 여기서 기다렸을까? 자신의 은밀한 안식처에서?

그 남자가 화단에 몸을 숨기고 있었을까? 키 큰 모란 뒤에 몸을 쭈그리고 앉아 있었을까? 말뚝을 감아 올라간 나팔꽃 사이로 내다봤을까? 자라나는 플록스 뒤에 무릎을 꿇고 있었을까?

기다리고 있었을까?

그녀는 다년생 식물과 관목을 하나하나 빠짐없이 살펴봤다. 완전히 쓰러지거나 비스듬히 꺾이거나 잎이 비틀리거나 떨어진 꽃봉오리가 있는지 찾았다.

그러나 완벽했다. 머나와 가브리가 파티를 위해 정원을 깔끔하게 정리하려고 며칠을 이곳에서 일했었다. 그게 이 상태였다. 지난밤. 그리고 오늘 아침에도.

해충처럼 온 정원을 기어 다니는 경찰만 빼고. 그리고 선명한bright 시체. 병충해blight.

"뭐 달라진 거 있어?" 그녀가 가브리에게 물었다.

"없어요." 그가 말했다. "살인자가 여기 뒤에 숨어 있었다면 화단 속은 아니었어요. 혹시 나무 뒤?" 그가 단풍나무들 쪽을 손짓했지만 가마슈는 고개를 저었다.

"너무 멉니다. 잔디밭을 가로질러 화단 근처까지 오는 데 시간이 많이 걸렸을 겁니다. 그녀에게 다가가는 걸 들켰을 겁니다."

"그럼 어디에 숨었을까요?" 올리비에가 물었다.

"그자는 그러지 않았습니다." 가마슈가 애디론댁 의자에 앉으며 말했다. 의자에서는 역시 시체가 보이지 않았다. 아니, 클라라는 죽은 여자를 볼 수 없었다.

경감이 몸을 일으켜 세웠다. "그는 숨지 않았습니다. 그는 훤히 보이는 곳에서 기다렸습니다."

"그럼 그 여자가 곧장 그에게 걸어갔다고요?" 피터가 물었다. "그녀가 그를 알았다고요?"

"아니면 그가 그녀에게 걸어갔거나." 가마슈가 말했다. "어느 쪽이든 그녀는 놀라거나 겁에 질리지 않았습니다."

"그 여자는 이 뒤에서 뭘 하고 있었죠?" 클라라가 물었다. "바비큐 파티는 저쪽이었어요." 그녀는 집 너머를 가리켰다. "만사가 오케이였어요. 음식, 술, 음악. 출장 뷔페 직원들이 모든 테이블과 의자를 저 앞쪽에 놨고요."

"하지만 사람들이 원한다면 뒷마당으로 걸어올 수 있었겠죠?" 파티의 한 장면을 떠올리려 애쓰며 가마슈가 물었다.

"물론, 그러고 싶으면요." 올리비에가 말했다. "못 들어오게 울타리나 줄은 치지 않았어요. 굳이 그럴 필요가 없으니까요."

"저……." 클라라가 말했다.

모두가 그녀를 보았다.

"저, 난 어젯밤 여기 오지 않았지만 다른 파티에 가서는 그런 적이 있어요. 몇 분간 탈출하기 위해서요. 그런 기분 아시나요?"

가브리가 고개를 끄덕여 모두가 놀랐다. "나도 가끔씩 그런 짓을 해요. 그냥 다른 사람들한테서 떨어져 나와 조용히 있으려고요."

"어젯밤에는요?" 가마슈가 물었다.

가브리가 고개를 저었다. "할 게 너무 많았어요. 뷔페 직원들이 있어도 감독을 해야 해요."

"그러니까 죽은 여자는 조용히 있으려고 여기 오는 게 가능했군요." 가마슈가 말했다. "당신들 집인지 몰랐을 수도 있습니다." 그는 클라라와 피터를 보았다. "그저 북적이는 사람들과 떨어져 조용히 혼자 있을 수 있는 장소를 선택했던 거죠."

그들은 한동안 말이 없었다. 선홍색 '날 봐요' 드레스를 입고 있는 여자를 상상하면서. 오래된 벽돌집 옆을 돌아 나가는. 음악 소리, 폭죽 소리, 자신을 쳐다보는 사람들을 뒤로하고.

몇 분간 평화와 고요를 누리기 위해서.

"수줍음이 많은 타입 같지는 않은데요." 가브리가 말했다.

"당신도 그렇죠." 가마슈가 미소 띤 얼굴로 그렇게 말하고는 정원을 살폈다.

한 가지 문제가 있었다. 사실은 꽤 여러 가지 문제가 있었지만 이 순간 경감을 당혹스럽게 하는 건 지금 함께 있는 네 명 중 누구도 파티에서 살아 있는 여자를 보지 못했다는 것이었다.

"봉주르."

장 기 보부아르 경위가 다가왔다. 그가 가까이 오자 미소가 번진 가브리가 손을 내밀었다.

"당신이 재수 없는 사람들이라는 생각이 들기 시작했어요." 가브리가 말했다. "올 때마다 스리 파인스에 시체가 있으니."

"날 만나고 싶어서 당신이 시체들을 준비한 것 같은데요." 가브리와 다정하게 악수하며 보부아르가 말했다. 그리고 나서 올리비에의 손을 맞잡았다.

그들은 전날 저녁 베르니사주에서 만났었다. 그때 그들은 피터와 클라라의 활동 반경에 속해 있었다. 갤러리. 그러나 지금 그들은 보부아르의 서식저에 있었다. 범죄 현상.

예술은 그를 두렵게 했다. 하지만 핀으로 벽에 고정된 시체는 아무렇지도 않았다. 아니면 이번 경우처럼 정원에 쓰러져 있는 시체라든지. 이런 건 그가 이해할 수 있었다. 단순했다. 항상 매우 단순했다.

누군가가 피해자를 죽일 만큼 미워했다.

그가 할 일은 그 사람을 찾아서 가두는 것이었다.

거기에는 주관적 요소가 개입할 여지가 없었다. 좋고 나쁨의 문제가 아니었다. 원근법이나 뉘앙스의 문제가 아니었다. 음영을 넣을 필요도 없었다. 이해할 것도 없었다. 그냥 있는 그대로였다.

사실을 수집한다. 그것들을 올바른 순서대로 정리한다. 살인자를 찾는다.

물론 단순한 일이라고 해서 항상 쉽지는 않았다.

그러나 그는 어느 날이라도 베르니사주보다는 살인 사건 쪽을 택할 것이었다.

그럼에도 이 사건의 경우, 여기 있는 다른 이들과 마찬가지로 살인과 베르니사주가 하나이자 같은 것이 아닐지 의심했다.

그 생각에 그는 낙담했다.

"여기, 말씀하신 사진입니다." 보부아르가 경감에게 사진을 건넸다. 가마슈는 찬찬히 들여다보았다.

"메르시, 세 파르페 Merci. C'est parfait 고맙네. 잘 찍었군." 그는 자신을 지켜보는 네 사람에게로 시선을 들었다. "모두 이 죽은 여자의 사진들을 봐 주셨으면 합니다."

"하지만 우린 벌써 봤는데요." 가브리가 말했다.

"그게 사실일지 궁금합니다. 파티에서 여자를 봤는지 물었을 때 여러분은 모두 빨간색 드레스를 입고 있어서 봤으면 잊어버리기 힘들었을 거라고 말했습니다. 저도 같은 생각을 했습니다. 어제 베르니사주에서 여자를 봤는지 기억하려 애쓰면서, 클라라, 제가 생각해 내려 한 것은 내 기억에서 선홍색 옷을 입은 여자를 찾는 것이었습니다. 여자가 아니라 옷에 초점을 맞추고 있었습니다."

"그래서요?" 가브리가 물었다.

"그래서, 빨간 드레스를 조금 전에 입은 것으로 가정해 봅시다. 그녀가 베르니사주에 왔었는지 모르지만 더 얌전한 옷을 입고 있었다고요. 그녀가 여기에도 왔었는지……."

"그러니까 파티 중간에 빨간 드레스로 갈아입었다고요?" 피터가 믿기지 않는다는 듯 물었다. "왜 그런 짓을 합니까?"

"누군가가 왜 그녀를 죽였을까요?" 가마슈가 물었다. "왜 전혀 알지 못하는 사람이 파티에 왔을까요? 온갖 질문들이 있고, 이게 답이라고 말씀드리는 건 아니지만 이게 그 한 가지 가능성입니다. 여러분은 모두 드레스에 시선을 뺏겨 여자의 얼굴에는 집중하지 못했습니다."

그가 사진 한 장을 집어 들었다.

"이렇게 생긴 여자입니다."

그는 클라라에게 먼저 사진을 건넸다. 여자는 이제 눈을 감고 있었다. 평화로워 보였다. 좀 탄력을 잃긴 했지만. 잘 때조차 얼굴에는 생명이 느껴지는 법이다. 이 얼굴은 공허했다. 텅 비어 있었다. 생각도 감정도 없었다.

클라라가 고개를 젓고 피터에게 사진을 넘겼다. 사진이 친구들을 한 바퀴 도는 동안 모두 같은 반응이었다.

아무것도 건지지 못했다.

"검시관이 시체를 옮길 준비가 됐답니다." 보부아르가 말했다.

가마슈는 고개를 끄덕이고 사진을 주머니에 집어넣었다. 그가 알기로 보부아르와 라코스트, 또 다른 형사들이 똑같은 사진을 갖고 있을 터였다. 그들에게 양해를 구하고 두 사람은 시체가 있는 곳으로 돌아갔다.

두 조수가 대기하고 있는 밴으로 여자를 나르기 위해 들것 옆에 서서 기다리고 있었다. 사진사들도 대기했다. 모두 가마슈 경감이 지시 내리길 기다리며 그를 바라보고 있었다.

"죽은 지 얼마나 됐는지 아십니까?" 보부아르가 막 일어서서 뻣뻣해진 다리를 움직이고 있는 검시관에게 물었다.

"열두 시간에서 열다섯 시간 사이예요." 닥터 해리스가 말했다.

가마슈는 손목시계를 확인하고 셈을 했다. 지금은 일요일 아침 11시 반이었다. 그것은 여자가 지난밤 8시 반에는 살아 있었고, 늦어도 자정에는 죽었음을 의미했다. 그녀는 일요일을 보지 못했다.

"외관상 성폭행 흔적은 없어요. 부러진 목을 제외하고 폭행 흔적은 전혀 없어요." 닥터 해리스가 말했다. "즉사했을 거예요. 몸부림이나 몸싸움 같은 건 없었어요. 뒤에 서 있다가 여자의 목을 비틀지 않았나 싶어요."

"그게 그렇게 간단한 일인가요, 닥터 해리스?" 경감이 물었다.

"유감이지만 그래요. 특히 피해자가 긴장하고 있지 않았다면요. 느긋하게 방심하고 있었다면 저항할 틈이 없었을 거예요. 그냥 재빨리 한 번 비틀었고, 툭 부러진 거죠."

"하지만 대부분의 사람들이 사람 목을 어떻게 부러뜨리는지 알까요?" 라코스트 형사가 바지를 털며 물었다. 그녀는 대부분의 퀘벡 사람들과 마찬가지로 아담한 체구였고, 시골에서의 차림조차 수수한 우아함을 유지했다.

"그렇게 힘든 일은 아니에요." 닥터 해리스가 말했다. "한 번 비트는 거죠. 그러나 살인자에게 대비책이 있었을 가능성은 있어요. 목을 비트는 게 실패했을 경우 목을 조르는 거죠."

"사업 계획처럼 들리는데요." 라코스트가 말했다.

"그랬을 거예요." 검시관이 말했다. "냉정하고 이성적으로. 다른 사람의 목을 부러트리는 게 육체적으로는 힘들지 않을 수 있지만 정서적으로는 매우 어려운 일일 거예요. 그래서 대부분의 사람들이 총에 맞거나 둔기로 머리에 타격을 입어 살해되는 거죠. 그도 아니면 칼로요. 도구가 실제 죽이는 걸 담당하도록. 하지만 직접 자기 두 손을 사용하는 거요? 싸우다 우발적으로가 아니라 냉정하게 계산된 행동으로요? 아니요." 닥터 해리스는 죽은 여자를 돌아보았다. "아주 특별한 사람 아니면 그런 일은 못할 거예요."

"그렇다면 '아주 특별하다'는 말씀은?" 가마슈가 물었다.

"제 말 뜻 아시잖아요, 경감님."

"그래도 명확히 말씀해 주시면 좋겠군요."

"전혀 감정을 못 느끼는 정신병자요. 혹은 아주, 아주 깊은 감정이 있는 사람요. 맨손으로 직접, 말 그대로 생명을 빼앗기를 원하는 사람."

닥터 해리스가 고개를 끄덕이는 가마슈를 응시했다.

"메르시Merci 감사합니다."

그는 검시관 소수들을 흘낏 보았고, 신호를 받은 그들은 시체를 들것 위에 실었다. 죽은 여자 위로 시트가 씌워졌고, 운반돼 갔다. 다시는 태양을 보지 못하리라.

사진사는 찰칵찰칵 셔터를 누르기 시작했고, 감식반이 들어왔다. 시체 밑에 있던 증거물을 수집했다. 손지갑도 포함돼 있었다. 내용물은 주의 깊게 목록화되고 검사되고 사진 찍히고 출력된 다음 보부아르 손에 들어왔다.

립스틱과 파운데이션, 티슈, 자동차 열쇠, 집 열쇠 그리고 지갑.

보부아르는 지갑을 열어 운전면허증을 확인하고 경감에게 그것을 건넸다.

"이제 이름을 알았습니다, 경감님. 주소도요."

가마슈는 운전면허증을 흘낏 보고 나서 자신을 지켜보고 있는 마을 사람 넷에게 시선을 던졌다. 그는 다시 잔디를 가로질러 그들에게 갔다.

"죽은 여자가 누구인지 알았습니다." 가마슈가 면허증을 보고 말했다. "릴리언 다이슨."

"뭐라고요? 릴리언 다이슨?" 클라라가 소리쳤다.

가마슈가 그녀를 향했다. "아는 여자입니까?"

클라라가 전혀 믿기지 않는다는 듯 가마슈를 뚫어지게 보다가 정원 너머, 굽이굽이 이어진 벨라벨라 강 건너편 숲을 보았다.

"설마요." 클라라가 속삭였다.

"누군데 그래?" 가브리가 물었지만 혼란스러워하며 숲을 응시하는 클라라는 혼수상태에 빠진 것 같았다.

"사진을 볼 수 있을까요?" 마침내 그녀가 물었다.

가마슈가 운전면허증을 건넸다. 잘 나온 사진은 아니었지만 오늘 아침 찍은 사진보다는 확실히 나았다. 클라라는 꼼꼼히 살펴보고 나서 길고 깊게 들이마신 숨을 내쉬기 전까지 한동안 머금고 있었다.

"그 애일 수도 있겠네요. 머리가 달라졌어요. 금발로요. 그리고 나이도 훨씬 많아 보이고요. 살도 찌고. 하지만 그 애일지도 몰라요."

"누구?" 가브리가 또 물었다.

"릴리언 다이슨이지, 물론." 올리비에가 말했다.

"나도 그건 알아." 가브리가 몸을 돌려 파트너를 한참 쳐다보았다. "그런데 그게 누군데?"

"릴리언은……,"

가마슈가 올린 손에 피터가 말을 멈췄다. 강압적이진 않았지만 말을 멈추라는 신호였다. 그리고 피터는 거기에 따랐다.

"클라라에게 먼저 이야기를 들어야겠군요." 경감이 말했다. "따로 이야기하고 싶으십니까?"

클라라가 조금 생각하더니 고개를 끄덕였다.

"뭐야? 우리 없이?" 가브리가 물었다.

"미안, 몽 보mon beau 우리 잘생긴 가브리." 클라라가 말했다. "그렇지만 조용히 경찰하고 얘기하는 게 낫겠어."

가브리는 마음이 상한 듯했지만 받아들였다. 두 남자는 자리에서 일어나 집 모퉁이를 돌아서 걸어갔다.

가마슈는 라코스트 형사와 눈을 마주치고 고개를 끄덕인 다음 자신들 앞에 있는 애디론댁 의자 두 개를 보았다. "의자 두 개를 더 가져올 수 있을까요?"

피터의 도움으로 애디론댁 의자 누 개를 더 가져와 네 명이 동그랗게 앉았다. 중앙에 모닥불만 있었더라면 유령 이야기를 듣는 것 같은 분위기였다.

어떤 면에서는 유령 이야기라고도 할 수 있었다.

4

가브리와 올리비에는 바쁜 점심시간에 딱 맞춰 비스트로로 돌아왔다. 안은 사람들로 꽉 들어차 있었는데 둘이 들어간 순간, 모든 대화와 동작이 멈췄다.

"그래, 누가 뒈졌어?" 쥐 죽은 듯한 침묵을 깨고 루스가 물었다.

그 말이 댐을 무너트려 질문이 홍수처럼 밀려들었다.

"우리가 아는 사람이에요?"

"듣기로 스파 리조트에 묵는 사람이라던데."

"어떤 여자예요."

"분명 파티에 참석했던 사람일 거야. 클라라가 아는 사람이에요?"

"마을 사람이야?"

"살인가?" 루스가 질문했다.

침묵을 깨트렸던 루스가 이번에는 모두를 침묵시켰다. 모든 질문이 정지되고, 사람들 시선이 늙은 시인과 비스트로 주인 두 사람 사이를 왔다 갔다 했다.

가브리가 올리비에를 보았다.

"뭐라고 하지?"

올리비에가 어깨를 으쓱했다. "가마슈가 입을 다물고 있으라고 하진 않았잖아."

"아, 젠장." 루스가 잘라 말했다. "그냥 말해. 나한테 술 한 잔 갖다 주고. 그래, 그게 낫겠군. 술 가져와. 그런 다음 말해."

사람들 사이에 토론이 벌어졌고, 올리비에가 두 팔을 들었다. "좋아요, 좋아. 우리가 아는 걸 말씀드리죠."

그리고 그는 그렇게 했다.

시체는 릴리언 다이슨이라는 여자였다고. 그 말에 모두 입을 다물더니 이내 사람들이 의견을 교환하느라 작게 수군거리기 시작했다. 하지만 비명을 지르는 이도, 갑자기 쓰러지는 이도, 슬픔으로 옷을 찢는 이도 없었다.

모르는 사람이었다.

여자는 모로 부부 정원에서 발견됐다고 올리비에가 확인해 주었다.

살해되었다.

그 말 뒤에 긴 침묵이 이어졌다.

"무슨 사연이 있었던 게야." 루스가 투덜대듯 중얼거렸다. 산 자든 죽은 자든 그녀를 주저하게 하지 못했다. "어떻게 죽었다고?"

"목이 부러져서요." 올리비에가 말했다.

"그 릴리언이라는 여자가 누군데요?" 붐비는 비스트로 뒤편에서 누군가 물었다.

"클라라가 아는 여자 같았어요." 올리비에가 말했다. "하지만 클라라는 저한테 한마디 말도 없었어요."

그는 고개를 젓는 가브리를 건너다보았다.

그러는 동안 그는 자신들 뒤를 따라 어떤 이가 슬며시 비스트로에 들어와 문 옆에 조용히 서 있는 것을 알아차렸다.

두 남자가 자신들이 아는 모든 것을 말하리라 짐작한 가마슈가 보낸 이자벨 라코스트 형사는 모든 걸 지켜보고 있었다. 경감은 비스트로에 있는 누군가가 그 얘기를 듣고 자신의 정체를 드러낼지 알고 싶어 했다.

"말씀하세요." 가마슈가 말했다.

그는 의자에 앉아 팔꿈치를 무릎에 대고 상체를 앞으로 기울이고 있었다. 한 손으로 다른 손을 가볍게 쥐었다. 그런 자세는 처음이지만 어쩔 수 없이.

그의 곁 보부아르 경위는 노트와 펜을 꺼내 들고 있었다.

나무 의자에 깊숙이 기대앉은 클라라는 박차고 일어나려는 듯 따뜻하게 데워진 널찍한 팔걸이를 꼭 붙잡았다. 그러나 앞으로 돌진하는 대신 뒤로 거슬러갔다.

자신의 집 현관과 스리 파인스 마을 밖의 수십 년 전으로. 몬트리올 시절로. 미술대학 시절로. 수업 시간으로. 학생 전시회로. 대학 문을 쾅 닫고 고등학교 시절로, 그리고 나서 초등학교 시절로. 그리고 유치원 시절로.

기억은 옆집에 사는 반짝이는 빨강 머리 작은 여자아이 앞에 끼익 미끄러지듯 섰다.

릴리언 다이슨.

"릴리언은 제일 친한 친구였어요." 클라라가 말했다. "옆집에 살았고, 저보다 두 달 먼저 태어났죠. 떼어 놓을 수 없는 사이였죠. 하지만 모든 게 정반대였어요. 그 애는 성장이 빨라서 키가 컸고, 전 작았죠. 그 애는 학교에서 똑똑하고 영리했어요. 전 느릿느릿 쫓아가는 정도였고요. 잘하는 것들도 있었지만 교실에서는 얼어 있었다고 할까요. 전 긴장해 있었어요. 아이들이 절 일찍부터 괴롭혔지만 릴리언이 항상 보호해 줬죠. 아무도 릴리언은 건드리지 못했어요. 터프한 아이였죠."

클라라는 그 시절 릴리언을 기억하며 미소 지었다. 반짝이는 오렌지색 머리카락을, 클라라를 못살게 구는 한 무리 계집애들을 사나운 눈길로 노려보던 그녀를. 그 애들에게 용감히 맞서던 그녀를. 클라라는 그녀 뒤에 서 있었다. 친구 곁에 나란히 서고 싶은 마음은 굴뚝같았지만 용기가 없었다. 그때는 아직.

릴리언. 귀한 외동딸.

귀한 친구.

예쁜 릴리언, 괴짜 클라라.

그들은 자매보다 가까웠다. 정말 죽이 잘 맞았고, 꽃무늬 공책에 하고 싶은 말을 적어 주고받곤 했다. 영원한 친구. 그들은 암호와 은어를 만들었다. 손가락을 찔러 엄숙하게 서로의 피를 섞었다. 그 자리에서 그들은 선언했다. 자매라고.

그들은 TV 쇼의 같은 남자 스타를 좋아했고, 베이 시티 롤러스_{1970년대 중반 인기 있었던 스코틀랜드 팝 밴드}기 해산하고 〈하디 보이스〉_{미스터리 소설 시리즈를 원작으로 1977년부터 1979년까지 미국에서 방영됐던 TV 드라마}가 끝났을 때 포스터에 키스하고 울었다.

이런 모든 일들을 가마슈와 보부아르에게 털어놓았다.

"무슨 일이 있었습니까?" 경감이 조용히 물었다.

"어떻게 무슨 일이 있었는지 아셨어요?"

"친구를 못 알아봤으니까요."

클라라는 고개를 흔들었다. 무슨 일이 있었지? 그걸 어떻게 설명해야 할지.

"릴리언은 제일 친한 친구였어요." 마치 자신에게 되새기듯 클라라가 한 번 더 말했다. "제 어린 시절의 구원자였죠. 그 친구가 없었으면 절 망적이었을 거예요. 난 지금도 그 애가 왜 절 친구로 택했는지 몰라요. 누구와도 친구가 될 수 있었거든요. 모두 릴리언과 친해지고 싶어 했죠. 적어도 처음에는."

남자들은 기다렸다. 정오의 햇볕이 곧장 내리쬐어 점점 더 견디기 힘들었다. 그러나 그들은 가만히 기다렸다.

"그러나 릴리언의 친구가 되려면 치러야 하는 대가가 있었죠." 클라라가 마침내 입을 열었다. "그녀가 만들어 내는 세상은 경이로웠어요. 재밌고 안전했죠. 하지만 그 애가 항상 옳아야 했고, 뭐든 항상 자기가 먼저여야 했어요. 그게 대가였어요. 처음에는 공정해 보였어요. 친구가 규칙을 세우고 전 그걸 따랐죠. 어쨌든 전 꽤나 한심했어요. 그래서 전혀 문제가 없었어요. 그런 게 중요해 보이지 않았거든요."

클라라가 숨을 깊이 들이마셨다. 그리고 내뱉었다.

"그러고 나서 그게 중요해 보였어요. 고등학교에서는 여러 가지 것들이 변하기 시작해요. 처음에는 못 알아차리고 릴리언에게 토요일 밤에 전화했어요. 영화를 보러 가거나 하지 않겠냐고 물어보려고요. 그랬더니 그 아이가 다시 전화하겠대요. 그런데 안 했어요. 내가 다시 전화했더니 그 애는 나갔다더군요."

클라라는 세 남자를 보았다. 그들은 이야기를 잘 따라오고 있었지만 그 감정까지는 따라오지 못하고 있다는 것을 알 수 있었다. 그것을 어떻게 느끼겠는가. 특히 그 처음 경험을. 뒤에 남겨진다는 것을.

무척이나 속 좁고 치사하게 들렸다. 그러나 그게 최초의 가느다란 균열이었다.

클라라는 그때는 그걸 깨닫지 못했다. 아마 릴리언이 잊어버렸을 거라고 생각했다. 또 그 애에게는 다른 친구들과도 외출할 권리가 있었다.

그러던 어느 주말, 클라라는 새 친구와 놀러 갈 약속을 잡았다.

그러자 릴리언이 격분했다.

"용서받을 때까지 몇 달이 걸렸어요."

이제 그녀는 장 기의 얼굴에서 그것을 보았다. 역겨운 표정. 릴리언이

날 대했던 방식 때문일까? 아니면 내가 그걸 받아들인 방식 때문일까? 그에게 그걸 어떻게 설명하지? 나 자신에게는 어떻게 설명하지?

당시에는 그게 정상으로 여겨졌었다. 그녀는 릴리언을 사랑했다. 릴리언은 그녀를 사랑했다. 못살게 구는 애들한테서 그녀를 구해 주었다. 그녀는 결코 클라라에게 상처를 입히지 않았다. 고의로는.

둘 사이에 악감정이 생기면 그것은 틀림없이 클라라의 잘못이었다.

그러면 모든 것이 바뀌곤 했다. 모든 것을 용서받고 릴리언과 클라라는 다시 제일 친한 친구가 되곤 했다. 클라라는 릴리언이라는 피난처에 다시 초대되었다.

"처음 의심했던 게 언제입니까?" 가마슈가 물었다.

"의심하다니, 뭘요?"

"릴리언이 친구가 아니었다는 것 말입니다."

그녀가 그것을 소리 내어 나온 말로 들은 것은 처음이었다. 너무나 명료하고 단순하게 내뱉어진 말이었다. 둘의 관계는 항상 너무 복잡하고 어려운 것 같았다. 애정에 굶주리고 서툴렀던 클라라. 자신들의 우정을 놓치고 깨뜨린. 강하고 자립적이었던 릴리언. 자신을 용서하고 사태를 수습한.

어느 날까지는.

"고등학교 졸업이 가까웠을 때였어요. 많은 여자애들이 남자애들이나 파벌 문제로, 그도 아니면 그냥 오해로 싸웠어요. 마음에 상처를 입었죠. 선생과 부모 들은 교실과 복도가 학생들로 차 있다고 여기겠지만, 아니에요. 감정과 상처로 차 있어요. 서로 부딪치고 할퀴는. 끔찍하죠."

클라라는 두 팔을 애디론댁 의자에서 떼었다. 팔이 태양에 익고 있었다. 그녀는 이제 팔을 접어 배 위에 겹쳤다.

"릴리언과 저는 모든 게 순조로웠죠. 거친 기복은 더 이상 없는 것 같았어요. 그러던 어느 날 미술 시간에 우리가 좋아하던 선생님이 제가 완성한 작품을 칭찬해 주셨어요. 제가 조금이라도 잘하는 것이 있는 유일한 수업 시간이었고, 정말 좋아한 유일한 수업이었어요. 영어와 역사도 제법 하기는 했죠. 그러나 미술은 열정의 대상이었어요. 그리고 그건 릴리언도 마찬가지였죠. 우리는 의견을 주고받았어요. 지금 생각해 보면 진정 서로의 뮤즈였죠. 당시에는 그런 말을 몰랐지만. 선생님이 좋아하셨던 작품도 기억나요. 새 한 마리가 앉아 있는 의자였어요."

클라라는 행복에 겨워 릴리언을 돌아보았었다. 친구의 눈길을 끌길 갈망하며. 그것은 조그마한 찬사였다. 아주 작은 성공. 그녀는 이해해 줄 유일한 사람과 그걸 나누고 싶었다.

그리고 릴리언은 그렇게 했다. 그러나. 그러나. 릴리언의 얼굴에 미소가 피어나기 전 짧은 순간 클라라는 다른 것을 보았다. 경계심.

그런 다음 응원의 행복한 미소가 번졌다. 재빨리 클라라는 자신의 불안한 성격이 진짜 존재하지 않은 걸 봤다고 자신을 납득시켰다.

또다시 그것은 자신의 잘못이었다.

그러나 돌아보건대 클라라는 그때 균열이 더 벌어졌다는 것을 알고 있었다. 어떤 틈새는 빛을 들인다. 어떤 틈새는 어둠을 내보낸다.

그녀는 짧은 순간 릴리언의 내면에 있는 것을 흘끔 보았다. 그리고 그건 다정하지 않았다.

"우리는 같이 미술대학에 들어갔고, 같이 아파트를 빌렸어요. 그러나 그때쯤엔 내 작품에 받는 칭찬들을 대단치 않게 생각하는 법을 익혔죠.

그리고 많은 시간을 릴리언의 작품이 얼마나 근사한지 그녀에게 말하는데 썼고요. 그리고 사실이 그랬어요. 물론, 우리의 모든 작품이 그랬듯 그녀의 작품은 진화하고 있었어요. 우리는 실험을 하는 중이었죠. 최소한 저는 그랬어요. 그게 미술대학에서 꼭 해야 할 일이라고 이해했으니까요. 바로잡으려 하는 게 아니라 무엇이 가능한지 보는 거요. 정말 멀리까지 나가 보는 거요."

클라라는 말을 끊고 손가락이 뒤엉킨 자신의 두 손을 내려다보았다.

"릴리언은 그걸 미음에 들이 히지 않았이요. 내 직입물이 자기가 보기에 너무 이상하다는 거었어요. 릴리언은 내 작품이 그녀 자신을 반영한다고 느꼈고, 자신이 내 뮤즈라면 내 작품이 자신에 대한 거라고 사람들이 생각할 거라고 말했어요. 그러니까 내 그림과 작업들이 매우 기이하기 때문에 자신이 이상한 사람일 거라는 거였죠." 클라라는 머뭇했다. "나한테 그만하라고 부탁하더군요."

그녀는 처음으로 가마슈가 반응하는 모습을 보았다. 눈을 약간 가늘게 떴을 따름이었다. 이내 표정과 태도가 평상시로 돌아왔다. 자신의 견해를 내보이지 않는 중립.

외관상으로는.

그는 말을 하지 않았다. 듣기만 했다.

"그래서 그만뒀어요." 클라라가 고개를 숙인 채 낮은 목소리로 말했다. 자신의 무릎에다 대고 하는 말 같았다.

그녀는 몸이 쪼그라드는 걸 느끼며 거친 숨을 들이쉬고 내뱉었다.

당시에도 같은 느낌이었다. 눈물이 나고, 쪼그라들 것 같은.

"나는 그 애에게 몇 번이고 되풀이해서 말했어요. 어떤 작품들은 너에게 영감을 받았고, 어떤 작품들은 심지어 우리 우정에 바치고 있지만 그 작품들이 곧 너는 아니라고. 릴리언은 그건 문제가 안 된다고 하더군요. 다른 사람들이 그렇다고 생각하는지 안 하는지 그게 큰 문제라고요. 내가 자기를 생각한다면, 내가 자기 친구라면 그렇게 낯선 작업은 그만둘 거라고요. 그리고 매력적인 작품을 만들 거라고요.

그래서 그렇게 했어요. 다른 건 다 없애 버리고 사람들이 좋아하는 것들을 그리기 시작했죠."

클라라는 듣는 이들의 얼굴을 쳐다볼 엄두를 못 내고 서둘러 얘기를 계속했다.

"실제로 학점도 더 잘 받았어요. 그리고 옳은 선택을 했다고 제 자신을 납득시켰어요. 친구와 경력을 거래하는 건 잘못된 것이었죠."

그녀는 그때 눈을 들어 가마슈 경감을 똑바로 보았다. 그러자 관자놀이에 있는 깊은 흉터가 다시 눈에 띄었다. 그리고 침착하고 사려 깊은 눈길도.

"작은 희생이라고 여겼어요. 그러고 나서 학생 전시회를 하게 됐죠. 난 몇 작품을 내놨지만 릴리언은 그러지 않았어요. 대신 그 애는 듣고 있는 미술 평론 과정의 학점을 따기 위해 글을 쓰기로 했어요. 그 애는 학교 신문에 평론을 실었어요. 그 평론에서 그 애는 몇몇 학생 작품을 칭찬했지만 내 작품들은 신랄하게 비판했어요. 아무 감정도 없는, 텅 빈 그림들이라고. 안이하다고요."

클라라는 아직도 지진이 난 듯 땅이 흔들리고 우르릉 쾅쾅 화산이 폭발하는 것 같았던 그때의 분노를 느낄 수 있었다.

그들의 우정은 완전히 산산조각 났다. 검토할 만한 여지가 있는 큰 조각도 남기지 않고. 관계 개선은 불가능했다.

그 돌무더기 잔해에서 고개를 쳐든 것은 깊고 깊은 적대감이었다. 증오였다. 그것은 상호적으로 보였다.

지금에 와서도 클라라는 몸을 떨며 말을 멈췄다. 피터가 손을 뻗어 꽉 움켜쥔 클라라의 손을 펴 잡고 쓰다듬었다.

태양이 계속 강하게 내리쬤고, 가마슈는 자리에서 일어나 그늘로 의자를 옮겨야 할 것 같다는 뜻을 비쳤다. 자리에서 일어난 클라라가 살짝 미소 지으며 피터에게서 손을 가져왔다. 그들은 각자 자기 의사를 들고 더 시원하고 그늘진 강가로 걸어갔다.

"잠깐 쉬는 게 좋겠군요." 가마슈가 말했다. "뭐라도 드시겠습니까?"

클라라는 여전히 말을 못하고 고개만 끄덕였다.

"봉Bon 좋습니다." 가마슈가 감식반원들을 건너다보며 말했다. "저 사람들도 뭔가 먹어야 할 겁니다. 자네가 비스트로에서 샌드위치를 사 온다면 피터와 내가 음료수를 만들겠네." 그가 보부아르에게 말했다.

보부아르가 비스트로로 발걸음을 옮기는 동안 피터는 경감을 부엌문 쪽으로 안내했고, 클라라는 생각에 잠긴 채 이리저리 강둑을 거닐었다.

"릴리언을 아셨습니까?" 피터와 부엌에 들어가자 가마슈가 물었다.

"알았죠." 피터가 큰 주전자 몇 개와 컵을 꺼내는 동안 가마슈는 냉동고에서 선명한 분홍빛 레모네이드를 꺼내 그 냉동 농축 레모네이드를 주전자 안에 넣었다. "우린 다 미술대학에서 만났습니다."

"그녀를 어떻게 생각했죠?"

피터는 입술을 오므리며 집중했다. "아주 매력적이고 발랄하고, 이 말이 어울릴 것 같네요. 강인한 성격이었습니다."

"그녀에게 끌렸나요?"

두 남자는 나란히 부엌 조리대 앞에 서서 창밖을 응시하고 있었다. 오른편으로는 살인 수사반이 현장을 샅샅이 뒤지고 있는 모습이, 정면으로는 클라라가 벨라벨라 강에서 물수제비를 뜨는 모습이 보였다.

"클라라가 모르는 일이 있어요." 피터가 아내를 보던 시선을 돌려 가마슈와 눈을 마주치며 말했다.

경감은 기다렸다. 그는 피터의 내면에서 일어나는 싸움을 알고 침묵이 늘어지도록 내버려 두었다. 다그쳐서 반쪽짜리 사실을 얻는 것보단 몇 분을 기다려 온전한 사실을 아는 게 나았다.

마침내 피터가 싱크대로 시선을 떨구고 레모네이드를 담은 주전자에 물을 채웠다. 그의 중얼거림이 수돗물 소리에 가려졌다.

"뭐라고 하셨습니까?" 가마슈가 차분하고 이성적인 목소리로 말했다.

"클라라 작품이 어리석다고 릴리언에게 말한 사람이 접니다." 고개를 들고 목소리를 높여 피터가 말했다. 그는 이제 화가 났다. 그런 짓을 했던 자기 자신에게, 그리고 그걸 자백하게 한 가마슈에게. "클라라 작품이 진부하고 깊이가 없다고 말했어요. 릴리언의 글은 내 잘못이죠."

가마슈는 깜짝 놀랐다. 사실 멍했다. 클라라가 모르는 일이 있다고 피터가 말했을 때, 경감은 남녀 관계일 거라고 추측했다. 피터와 릴리언 사이의 짧고 무분별한 교내 연애.

이런 얘기가 나올 줄은 몰랐다.

"학생 전시회에 가서 클라라 작품을 봤죠." 피터가 말했다. "릴리언과 다른 애들 한 무리 옆에 서 있는데 걔네가 낄낄거리고 있었어요. 그러면서 날 보고 내 생각은 어떠냐고 묻더군요. 클라라와 막 데이트를 시작했을 무렵이었고, 난 그때에도 그녀가 진짜 예술가라는 걸 알 수 있었습니다. 예술가인 척하는 게 아니라 진정한 예술가라고요. 그녀에게는 창조적인 혼이 있었죠. 지금도 그렇고요."

피터가 말을 멈췄다. 그는 혼이라는 말을 자주 꺼내지는 않았다. 그러나 클라라를 생각할 때면 그 말이 떠올랐다. 혼.

"뭐가 씌었었는지 몰라요. 가끔 주위가 아주 조용하면 비명을 지르고 싶어지잖아요. 또 가끔 아주 여리고 부서지기 쉬운 물건을 손에 쥐고 있으면, 그걸 떨어드리고 싶은 기분이 들 때가 있죠. 이유는 몰라요."

그는 곁에 있는 덩치 크고 조용한 남자를 보았다. 그러나 가마슈는 계속 침묵을 지켰다. 들으며.

피터는 몇 번 짧게 숨을 내쉬었다. "역시 그들 앞에서 인상적인 말을 남기고 싶었던 것 같아요. 그리고 뭔가를 비판하면 쉽게 똑똑해 보일 수 있으니까요. 그래서 클라라의 전시 작품에 대해 아주 좋지 않은 말을 했는데, 그 말들이 결국 릴리언의 리뷰에 실린 겁니다."

"클라라는 이 일에 대해 전혀 모릅니까?"

피터는 고개를 저었다. "클라라와 릴리언은 그 사건 후 서로 거의 말을 하지 않았고, 나와 클라라는 점점 더 가까워졌죠. 난 가까스로 그 일을, 아니 그 일이 문제가 될 거라는 걸 잊었습니다. 사실 난 내가 클라라에게 좋은 일을 한 거라고 확신했어요. 릴리언과 절교하면서 클라라는 자유롭게 자신만의 작품을 할 수 있었으니까요. 자기가 원하는 모든 걸 시도할 수 있었죠. 정말 실험적으로. 그리고 그녀가 어디에 이르렀는지 보세요. 현대 미술관에서 개인전을 열었습니다."

"그 공이 당신에게 있다는 건가요?"

"오랜 세월 클라라를 응원했습니다." 방어적인 기색이 그의 목소리에 깔려 있었다. "그게 없었다면 어디에 와 있을까요?"

"당신이 없었다면요?" 가마슈가 화난 남자의 얼굴을 똑바로 보기 위해 옆으로 몸을 돌리며 물었다. "전혀 모르겠군요. 당신은 아십니까?"

피터가 두 주먹을 불끈 쥐었다.

"졸업 후 릴리언은 무슨 일을 했습니까?" 경감이 물었다.

"예술가가 될 재목은 아니었지만, 매우 훌륭한 비평가가 되었더군요. 몬트리올에 있는 신문사에 취직을 했고, 「라 프레스」에서 리뷰를 담당할 때까지 계속 올라갔죠."

가마슈가 눈썹을 다시 치켜 올렸다. "「라 프레스」요? 저도 거기 리뷰를 읽습니다. 필자 이름에서 릴리언 다이슨을 본 기억은 없군요. 농 드 플룸Nom de plume 필명을 썼습니까?"

"아니요." 피터가 말했다. "거기서 일한 건 수년 전, 그러니까 지금으로부터 수십 년 전입니다. 우리 모두 사회에 갓 발을 디뎠을 때였죠. 거기서 일한 건 이십 년이나 그보다 더 전의 일일 겁니다."

"그다음엔?"

"서로 연락하지 않았어요." 피터가 말했다. "베르니사주에서만 몇 번 봤는데 그때에도 클라라와 나는 그녀를 피했죠. 선택의 여지가 없을 때는 친절하게 대했지만 우린 그녀 곁에 가지 않는 쪽을 선호했습니다."

"하지만 그녀에게 무슨 일이 있었는지 아십니까? 그녀가 이십 년 전에 「라 프레스」에서 일을 그만뒀다고 하셨습니다. 그러고 그녀는 뭘 했습니까?"

"뉴욕으로 갔다고 들었습니다. 여기 풍토가 자신에게는 맞지 않는다는 걸 깨달은 것 같더군요."

"너무 추워서요?"

피터가 미소를 지었다. "아니요. 그보다는 악취 때문이었을 겁니다. 제가 말씀드린 건 미술계 풍토죠. 비평가인 그녀는 친구가 많지 않았습니다."

"그게 평론가가 치러야 하는 대가인가 봅니다."

"그럴지도요."

그러나 피터의 목소리는 납득하시 못한 것으로 들렸나.

"뭔가 있는 것 같은데요?" 가마슈가 추궁했다.

"많은 평론가들이 있고, 대다수는 미술계에서 존경을 받죠. 그들은 공정하고 건설적입니다. 극소수가 비열하죠."

"그럼 릴리언 다이슨은요?"

"그녀는 비열했습니다. 그녀는 사려 깊게, 분명하게, 건설적으로 쓰는 법을 알았죠. 극찬도 할 줄 알았습니다. 그러나 이따금씩 그녀 안에서 정말 악취 나는 인간이 튀어나왔죠. 처음에는 그냥 재밌게 여겼지만 표적이 무작위라는 게 분명해지면서 재미는 점점 사라졌습니다. 그리고 공격이 워낙 악랄했어요. 클라라에게 했던 것처럼 부당했죠."

그는 자신이 했던 역할을 이미 흘려보낸 것 같았다. 가마슈는 그것을 인지했다.

"그녀가 당신 전시회에 대한 리뷰를 쓴 적 있습니까?"

피터는 고개를 끄덕였다. "하지만 그 전시회를 마음에 들어 했습니다." 그의 뺨이 붉게 물들었다. "그녀가 극찬하는 리뷰를 쓴 게 그저 클라라를 열받게 하려는 의도가 아니었을까 늘 의심해 왔습니다. 우리 사이가 틀어지기를 바라고요. 자신이 치사하고 질투심에 차 있기 때문에 클라라도 마찬가지일 거라 짐작한 거죠."

"클라라는 그렇지 않았나요?"

"클라라가요? 제 말을 오해하지 말고 들으십시오. 클라라는 미치도록 화를 돋울 수 있는 사람입니다. 성가시게 굴고, 조바심 내고, 가끔 불안정하죠. 그러나 다른 사람을 위해서는 기뻐할 줄만 아는 사람입니다. 날 위해 기뻐했죠."

"당신도 그녀의 성공이 기쁩니까?"

"물론입니다. 클라라는 이런 큰 성공을 누릴 만해요."

거짓말이었다. 그녀는 성공을 누릴 자격이 없었다. 가마슈는 그게 진실이라는 것을 알았다. 피터가 그렇게 생각했듯이. 그러나 두 남자는 또한 피터에게 그 사실이 전혀 기쁘지 않다는 것도 알았다.

가마슈는 그 답을 몰라서가 아니라 피터가 자신에게 거짓말을 할지 어떨지 알고 싶었기 때문에 물었다.

피터는 거짓말을 했다. 이게 거짓말이라면 그는 또 무엇에 대해 거짓말을 했을까?

가마슈와 보부아르, 모로 부부는 점심을 먹기 위해 정원에 앉았다. 감식반원들은 키 큰 다년생식물 화단 한편에서 레모네이드를 마시고 비스트로에서 가져온 각종 샌드위치를 먹었지만 올리비에는 보부아르가 네 사람을 위해 따로 가져갈 수 있게 뭔가 특별한 것을 준비했다. 그래서 경위는 민트와 레몬을 곁들인 차갑게 식힌 오이 수프와 발사믹을 뿌린 얇게 썬 토마토 바질 샐러드, 찬 조린 연어를 가지고 돌아왔다.

이따금씩 살인 수사반 형사가 옆을 지난다거나 가까이 있는 화단에 모습을 드러내 목가적인 분위기를 방해했다.

가마슈는 수사 활동을 위해 피터와 클라라가 등을 지도록 자리를 배치했다. 그와 보부아르만 그들의 모습을 볼 수 있었지만 그는 그게 별효과 없는 장치임을 깨달았다. 모로 부부는 바라다보이는 강과 늦봄의 꽃들, 조용한 숲과 같은 평온한 광경이 다가 아니라는 것을 너무나 잘 알고 있었다.

그리고 그들이 잊었다고 한들, 대화가 그것들을 상기시킬 것이었다.

"릴리언의 소식을 마지막으로 들으신 게 언제였습니까?" 가마슈가 분홍빛 연어를 포크로 집어 마요네즈를 약간 묻히며 물었다. 그의 목소리는 부드러웠고, 눈빛은 사려 깊었다. 친절한 얼굴이었다.

그러나 클라라는 속임수에 넘어가지 않았다. 가마슈는 예의 바른 사람이고 친절할지 모르지만 살인자를 찾는 일로 먹고사는 사람이었다. 그리고 그저 친절하기만 해서는 그 일을 할 수 없었다.

"몇 년 전이에요." 클라라가 말했다.

그녀는 차갑고 개운한 수프를 한 입 먹었다. 그녀는 정말 이렇게 배가 고파도 되는 건지 궁금했다. 이상하게도 시체가 익명의 여인이었을 때는 식욕이 없었다. 릴리언이라니까 몹시 배가 고팠다.

그녀는 바게트 한 덩이를 가져와 비틀어 뜯은 다음 버터를 처덕처덕 발랐다.

"의도적인 살인이었다고 여기시나요?" 그녀가 물었다.

"의도적이었느냐고요?" 보부아르가 물었다. 그리 배가 고프지 않은 그는 자기 앞의 음식을 깨작대고 있었다. 점심 식사 전에 화장실에 들러진통제를 먹었다. 그는 경감에게 진통제 먹는 모습을 보이고 싶지 않았다. 총격 사건 이후 많은 시간이 지났는데도 여전히 통증에 시달리는 걸 알리고 싶지 않았다.

이제 시원한 그늘에 앉아 있으니 통증이 서서히 가라앉고 긴장이 풀리기 시작하는 걸 느낄 수 있었다.

"어떻게 생각하십니까?" 가마슈가 물었다.

"전 릴리언이 여기서 죽임을 당한 게 우연이라고 믿을 수 없어요." 클라라가 말했다.

그녀는 의자에서 몸을 비틀어 짙은 초록색 이파리들 사이로 움직이는 사람들을 보았다. 단서를 모아 무슨 일이 일어났는지 알아내려 애쓰는 형사들을.

릴리언은 파티가 열린 밤에 여기 왔었다. 그리고 살해당했다.

그건 논란의 여지가 없었다.

보부아르는 클라라가 의자에서 몸을 돌리는 모습을 지켜보았다. 그는 그녀의 생각에 동의했다. 그건 이상한 일이었다.

딱 들어맞는 듯한 유일한 가설은 클라라 본인이 그 여자를 죽였다는 것이었다. 그녀의 집이고 그녀가 연 파티였으며 피해자는 옛 친구였다. 동기와 기회를 다 갖추었다. 그러나 보부아르는 클라라가 살인자라는 사실을 믿으려면 그 조그만 알약을 얼마나 많이 먹어야 할지 알 수 없었다. 그리고 선이 존재한다고 믿는 가마슈와는 다르게 보부아르는 선이 일시적인 상태라고 여겼다. 태양이 빛나는 동안, 그리고 접시에 조린 연어가 놓여 있는 동안에는 사람들이 선할 수 있었다.

그러나 그걸 치워 버린 다음에 무슨 일이 일어나는지 보라. 음식과 의자, 꽃, 집을 치워 버려라. 친구와 기댈 수 있는 배우자, 다달이 들어오는 돈을 빼앗아 버린 다음 무슨 일이 일어나는지 보라.

경감은 악을 샅샅이 뒤지다 보면 맨 밑바닥에서 선을 발견할 거라고 믿었다. 그는 악에는 한계가 있다고 믿었다. 보부아르는 그렇지 않았다. 그는 선을 샅샅이 뒤지다 보면 악을 발견할 거라고 믿었다. 국경도 브레이크도 없고 한계도 없는.

그래서 가마슈가 그걸 보지 못하는 것이 그를 매일 두렵게 했다. 가마슈가 그 사실에 눈멀어 있다는 것이 그를 두렵게 했다. 사각지대에서 끔찍한 일들이 나타나기 때문이었다.

그들이 고상하게 피크닉을 벌이고 있는 자리에서 6미터도 채 떨어지지 않은 곳에서 한 여자가 살해되었다. 의도적인 일이었고, 맨손으로 저지른 살인이었다. 그리고 릴리언이 우연히 여기서 죽은 게 아니라는 건 거의 확실했다. 클라라 모로의 완벽한 정원에서.

"전시 오프닝 파티와 그 후 열린 바비큐 파티의 손님 명단을 얻을 수 있을까요?" 가마슈가 물었다.

"글쎄요, 우리가 초대한 사람들은 말씀드릴 수 있지만 전체 명단은 미술관에서 받으셔야 할 겁니다." 피터가 말했다. "어젯밤 이곳 스리 파인스에서 열린 파티의 명단이라면……."

그는 빙긋 웃는 클라라를 보았다.

"누가 왔는지 잘 몰라요." 그녀가 고백했다. "마을 사람들 전부와 근처에 사는 주민 대부분을 초대했죠. 그저 좋을 대로 왔다 가도 된다고 얘기했어요."

"하지만 몬트리올의 오프닝 파티 참석자 중에서도 온 사람들이 있다고 말씀하셨습니다." 가마슈가 말했다.

"맞아요." 클라라가 말했다. "제가 누굴 초대했는지 알려 드릴 수 있어요. 명단을 만들어 볼게요."

"베르니사주 참석자 전원을 초대하지는 않았습니까?" 가마슈가 물었다. 자신과 렌 마리는 초대를 받았었고, 보부아르 역시 초대받았었다. 그들은 참석하지 못했지만 누구나 다 초대를 받은 줄 알았다. 그런데 그렇지 않았던 것이 분명했다.

"네. 베르니사주는 일과 관련된 사람들을 만나고 소개받고 이런저런 수다를 떠는 자리죠." 클라라가 말했다. "이곳에서 여는 파티는 좀 더 편안한 분위기이길 바랐어요. 축하하는 자리요."

"그래, 그런데……." 피터가 말했다.

"뭐가?" 클라라가 물었다.

"앙드레 카스통게도 왔었잖아."

"아, 그 사람."

"갤러리 카스통게의?" 가마슈가 물었다. "그가 베르니사주에 있었습니까?"

"그리고 여기에도요." 피터가 말했다.

클라라가 고개를 끄덕였다. 그녀는 뒤풀이 바비큐 파티에 카스통게와 몇몇 화상들을 초대한 것이 오직 피터를 위해서였음을 그에게 밝히지 않았다. 그들이 피터에게 기회를 주었으면 하는 바람에서 초대한 것이었다.

"거물을 몇 명 초대했죠." 클라라가 말했다. "미술가도 몇 명 초대했고요. 꽤 즐거웠어요."

클라라에게조차 즐거운 시간이었다. 머나가 프랑수아 마루아와 수다를 떨고, 루스가 거나하게 취한 몇몇 미술가와 욕설을 주고받는 모습은 굉장한 구경거리였다. 빌리 윌리엄스와 근방에 사는 농부들이 우아한 갤러리 주인과 웃고 떠드는 모습이 볼만했다.

그리고 자정을 알리는 소리가 울릴 때쯤에는 모두 춤을 추고 있었다.

클라라의 정원에 누워 있던 릴리언만 빼고.

딩동. 클라라는 생각했다.

머니가 죽었나.

5

가마슈 경감이 노란 경찰 저지선 바로 안쪽에 있는 신문 더미를 집어 클라라에게 건넸다.

"평론가들이 전시회를 좋아했을 거라고 장담합니다." 그가 말했다.

"세상에, 이런 시시한 일에 시간 낭비하지 말고 미술 평론가가 되는 게 어떠세요?" 클라라가 물었다.

"끔찍한 인생 낭비죠. 저도 동의합니다." 경감이 웃으며 말했다.

"뭐," 그녀가 신문을 내려다보며 말했다. "또 다른 시체가 나타나기를 기대할 수는 없겠죠. 이제 이것들을 읽어야 할 것 같네요."

그녀는 주위를 둘러봤다. 피터는 집 안으로 들어갔고, 클라라는 자신도 그래야 할지 자문했다. 차분한 마음으로 남몰래 조용히 리뷰를 읽으려면.

집 안에 들어가는 대신 그녀는 가마슈에게 고맙다는 인사를 한 다음 무거운 신문 더미를 가슴에 안고 비스트로를 향해 걸었다. 그녀는 올리비에가 손님들에게 음료를 갖다 주느라 테라스에 나와 있는 걸 볼 수 있었다. 무슈 벨리보가 파란색과 하얀색이 섞인 파라솔이 있는 테이블에 앉아 친자노이탈리아산 베르무트를 음미하며 일요 신문을 읽고 있었다.

실로 느긋한 일요일 브런치를 즐기는 마을 주민과 친구들로 모든 테이블이 차 있었다. 그녀가 나타나자 대부분의 사람들 시선이 그녀에게로 향했다.

이내 눈길을 돌렸다.

그러자 그녀는 분노가 치솟았다. 이 사람들에게가 아닌 릴리언을 향한 분노였다. 클라라의 직업 인생에서 가장 중요한 날을 앗아 간 다음 이런 수모를 겪게 한 그녀. 자신을 보며 미소 짓고 손을 흔들고 대단히 축하한다는 말을 건네기는커녕 사람들은 고개를 돌렸다. 클라라는 대성공을 도둑맞았다. 또다시 릴리언에게.

그녀가 식료품점 주인 무슈 벨리보를 보자 그는 재빨리 시선을 내리깔았다.

클라라가 그런 것처럼.

잠시 후 다시 눈을 들었을 때 그녀는 펄쩍 뛰어오를 뻔했다. 잔 두 개를 든 올리비에가 코앞에 서 있었다.

"아이고, 놀라라." 그녀가 토해 내듯 말했다.

"샌디예요." 그가 말했다. "당신이 좋아하는 대로 진저비어랑 페일에 일로 만든."

클라라는 올리비에를 보다 잔을 보고, 다시 그를 보았다. 미풍에 성글어지기 시작한 금발이 헝클어졌다. 호리호리한 몸에 앞치마를 두르고 있을 때조차 그는 세련되고 편안해 보이는 모습을 그럭저럭 유지했다. 그러나 클라라는 자신들이 현대 미술관 복도에 무릎 꿇고 앉아 있을 때 나누었던 시선을 기억했다.

"정말 빠른데." 그녀가 말했다.

"사실 다른 손님에게 가야 하는데, 응급 상황이라고 판단했죠."

"그렇게 티 나?" 클라라가 미소를 보였다.

"집에서 시체가 나왔는데 어떻게 안 그렇겠어요. 내가 알죠."

"그래, 자긴 알지." 클라라는 말했다.

올리비에가 잔디 광장에 있는 벤치를 가리켰고, 그들은 그쪽으로 걸었다. 클라라는 무거운 신문 더미를 바닥에 내려놓았고, 두 사람도 벤치에 털썩 앉았다.

클라라는 올리비에에게서 샌디 한 잔을 받아 들었고, 그들은 비스트로와 사람들, 범죄 현장을 등지고 나란히 앉았다. 살피는 눈초리와 피하는 눈초리를 등지고.

"좀 어때요?" 올리비에가 물었다. 그는 하마터면 괜찮으냐고 물을 뻔했는데, 물론 그녀는 괜찮지 않았다.

"잘 모르겠어. 살아 있는 릴리언이 우리 뒤뜰에 있다고 해도 충격이었을 텐데, 릴리언 시체가 발견될 줄은 상상도 못 했지."

"그 여자가 누군데요?"

"오래전 친구. 하지만 지금은 아니야. 사이가 틀어졌어."

클라라는 더는 말이 없었고 올리비에도 묻지 않았다. 그들은 음료를 홀짝이며 그들 위로, 마을 위로 우뚝 솟아 있는 거대한 소나무 세 그루의 그늘에 앉아 있었다.

"가마슈 경감님을 다시 만난 건 괜찮았어?" 클라라가 물었다.

올리비에는 생각하는 듯 말이 없다가 미소를 지었다. 그는 소년 같았고 젊어 보였다. 원래 나이인 서른여덟보다 훨씬 더. "그렇게 편하지는 않았죠. 경감님도 알아챘을까?"

"뭐, 그럴지도 모르지." 클라라는 그렇게 말하고 올리비에의 손을 꽉 쥐었다. "용서 못한 거야?"

"당신 같으면 하겠어요?"

이제 클라라가 말을 멈출 차례였다. 자신이 할 대답을 고민하는 게 아니었다. 그녀는 그 대답을 알았다. 그러나 그 말을 해야 할지 말아야 할지 고민이었다.

"우린 자길 용서했어." 그녀는 드디어 입을 열었고, 자신의 말투가 충분히 부드럽고 따뜻하게 들리길 바랐다. 가시 돋친 말로 들리지는 않을 터였다. 하지만 그녀는 여전히 올리비에가 위축되고 뻣뻣해진 것 같다고 느꼈다. 육체적으로가 아니라 감정적으로 한 걸음 물러난 것 같았다.

"그래요?" 그가 마침내 말했다. 그의 말투도 부드러웠다. 비난하는 투가 아니라 경탄에 가까운 어조였다. 매일 자신에게 조용히 자문했던 듯이.

용서받았다고? 벌써?

사실, 그는 은둔자를 살해하지 않았다. 그러나 그는 그를 배반했었다. 그의 물건을 훔쳤었다. 망상에 사로잡힌 은둔자가 제공하는 모든 것을 취했었다. 그리고 그가 제공하지 않았던 것도. 올리비에는 그 연약한 노인에게서 모든 걸 빼앗았다. 그의 자유까지 포함하여. 잔인한 말로 그를 통나무 오두막에 가두고.

그리고 모든 게 드러났던 그의 재판에서 그는 사람들 얼굴에 나타난 표정을 보았다.

사람들은 갑자기 낯설어진 사람을 빤히 쳐다보고 있는 것 같았다. 자신들 한가운데 있는 괴물을.

"뭣 때문에 우리가 용서하지 않았다고 생각하는 거야?" 클라라가 물었다.

"글쎄, 예를 하나 들자면 루스요."

"아니, 그건 아니지." 클라라가 웃음을 터트렸다. "루스야 늘 자길 머저리라고 불렀잖아."

"맞아요. 그런데 지금은 뭐라고 부르는지 알아요?"

"뭐라고 부르는데?" 클라라가 빙긋 웃으며 물었다.

"올리비에요."

클라라의 미소가 서서히 사그라졌다.

"알겠지만 교도소보다 끔찍한 곳은 없을 거예요. 그 치욕, 그 공포. 무엇에든 적응이 된다는 게 놀라운 일이죠. 그때 기억들이 희미해진 지금에조차. 아니, 사실 희미해진 건 아니고 지금은 머릿속에 들어 있죠. 여기보다는." 그는 손을 가슴에 갖다 댔다. "하지만 아무리 해도 떨쳐지지 않는 게 뭔지 알아요?"

클라라는 마음을 단단히 먹으며 고개를 저었다. "말해 봐."

그녀는 올리비에가 하려는 말을 듣고 싶지 않았다. 덴 기억. 교도소에서 게이로서의. 교도소에서 착한 남자로서의. 하느님은 알았다. 그에게 결점이 있었다는 것을. 어쩌면 다른 사람들보다 더 많은. 하지만 그에게 내려진 벌은 그가 범한 죄보다 훨씬 가혹했다.

클라라는 교도소에서 지내며 가장 좋았던 얘기를 듣는 것도 견딜 수 없을 것 같은데 지금 최악의 이야기를 들을 참이었다. 그러나 그는 이야기를 해야 했다. 그리고 클라라는 들어야 했다.

"그건 재판 중에 있었던 일도 아니고 심지어 교도소에서 일어난 일도 아니에요." 올리비에가 슬픈 눈으로 그녀를 보았다. "새벽 두 시에 극심한 공포감으로 날 깨우는 게 뭔지 알아요?"

클라라는 심장이 방망이질 치는 걸 느끼면서 다음 말을 기다렸다.

"바로 여기서 있었던 일이에요. 석방되고 나서요. 보부아르 경위, 가마슈 경감과 함께 차에서 내려 걸어가고 있었죠. 눈을 헤치고 비스트로까지 걷는데 너무나 길게 느껴졌어요."

클라라는 쉽게 이해가 가지 않아 친구를 물끄러미 바라봤다. 어떻게 스리 파인스의 집으로 오는 기억이 철창 뒤에 갇혀 있던 기억보다 더 두려울 수 있을까?

그녀는 그날을 선명하게 기억했다. 2월의 어느 일요일 오후였다. 춥고 상쾌한 또 다른 겨울날. 자신과 머나, 루스, 피터 그리고 마을 사람 대부분이 아늑한 비스트로 안에서 카페오레를 마시며 이런저런 얘기를 나누고 있었다. 그녀는 머나와 수다를 떨다 가브리가 그답지 않게 점점 조용해지더니 창밖을 뚫어져라 쳐다보고 있는 걸 눈치챘다. 이내 그녀도 내다봤다. 아이들이 연못에서 스케이트를 지치며 즉석 하키 게임을 하고 있었다. 다른 애들은 터보건 썰매를 타고, 눈싸움을 하고, 요새를 쌓고 있었다. 그녀는 물랭 길 아래쪽에서 스리 파인스 마을로 서서히 진입하는 익숙한 볼보를 보았다. 차는 잔디 광장 옆에 섰다. 두꺼운 파카로 몸을 감싼 세 남자가 차에서 나왔다. 그들은 잠시 멈춰 서 있다가 몇 걸음 안 되는 거리에 있는 비스트로까지 천천히 걸어왔다.

커피가 들어 있던 머그잔을 거의 넘어트릴 뻔하며 가브리가 일어섰다. 이내 모든 눈들이 가브리의 시선을 따라가면서 비스트로 전제가 점점 조용해졌다. 그들은 세 형상을 지켜보았다. 마치 세 소나무가 살아서 다가오고 있는 것 같았다.

클라라는 아무 말 없이 올리비에가 말을 잇길 기다렸다.

"실제로는 몇 미터 되지 않는 거리라는 거 알아요." 그가 마침내 입을 열었다. "하지만 비스트로가 너무나 멀리 있는 것 같았어요. 냉기가 코트 속까지 곧장 스며들어 뼛속까지 얼어붙는 것 같았죠. 눈을 밟는 부츠 소리가 정말 크게 들렸는데 마치 우리가 살아 있는 것 위를 걸어서 그것이 상처를 입고 으드득 으스러지고 끼이익 비명을 지르는 것 같았어요."

올리비에는 말을 멈추고 다시 눈을 가늘게 떴다.

"안에 있는 사람이 모두 보였죠. 난로에서 타고 있는 통나무도. 창유리에 낀 성에도."

그가 말하는 대로 클라라도 올리비에의 눈을 통해 그 모습들을 볼 수 있었다.

"이 얘기는 가브리한테도 안 했어요. 상처 주고 싶지 않았고, 그가 오해하는 걸 원치 않았어요. 비스트로로 걸어가다가 난 거의 멈출 뻔했어요. 형사들에게 어디든 다른 곳으로 데려다 달라고 부탁할 뻔했어요."

"왜?" 클라라의 목소리가 속삭이듯이 낮아졌다.

"겁이 나서요. 평생 겪었던 어떤 일보다 두려웠어요. 교도소에 있을 때보다 더."

"뭐가 두려웠는데?"

다시 한 번 올리비에는 그 모진 추위가 두 뺨을 할퀴는 걸 느꼈다. 딱 딱한 눈 위에서 두 발이 내지르는 비명 소리를 들었다. 중간문설주가 있 는 창을 통해 따뜻한 비스트로를 들여다보았다. 친구와 이웃 들이 마시 고, 얘기하고 있었다. 웃고 있었다. 벽난로에서 불이 타고 있었다.

안전하고 따뜻했다.

그들은 안쪽에 있었다. 그는 밖에서 그 모습을 들여다보고 있었다.

그리고 자신과 자신이 지금까지 원했던 모든 것 사이에 닫힌 문이 있 었다.

그는 두려움으로 거의 실신할 지경이었고, 목소리를 낼 수만 있다면 가마슈에게 몬트리올로 다시 데려가 달라고 외쳤을 거라 확신했다. 어 디 이름 모를 싸구려 호텔에 내려 달라고. 받아들여지지 않을지는 몰라 도 거절당하지는 않을 곳에.

"사람들이 내가 돌아오는 걸 원치 않을까 봐 두려웠어요. 더 이상 어 디에도 속하지 않을까 봐 두려웠어요."

올리비에는 한숨을 내쉬며 고개를 숙였다. 그는 땅을 응시하며 풀잎 하나하나를 눈여겨보았다.

"세상에, 올리비에." 클라라가 신문 위로 샌디를 떨어트리며 말했다. 떨어진 자리의 페이지들이 젖고 있었다. "그럴 일은 절대 없어."

"정말요?" 그가 그녀를 쳐다보고 물었다. 재확인하고자 그녀의 얼굴을 살피면서.

"물론이지. 우리는 정말 다 잊었어."

그는 한동안 말이 없었다. 두 사람은 루스가 잔디 광장 저쪽에 있는 자신의 작은 집에서 나와 대문을 열고 절뚝거리며 또 다른 벤치로 가는 모습을 지켜보았다. 벤치에 이르자 그녀는 자신들을 보고 손을 들었다.

제발. 가운뎃손가락을 올려요. 올리비에는 생각했다. 욕을 하라고요. 호모, 동성애자라고 불러요. 머저리라고 해요.

"그렇게 말하는 마음은 알지만 정말 그렇다고는 생각 안 해요." 그는 루스를 지켜보며 클라라에게 말을 건넸다. "그러니까 다 잊었다는 말."

루스가 올리비에를 보았다. 머뭇대는 기색이었다. 그리고 손을 흔들었다.

올리비에는 잠시 가만히 있다가 고개를 끄덕였다. 클라라를 보며 지친 미소를 지었다.

"얘기 들어 줘서 고마워요. 릴리언 문제든 다른 거든 언제라도 얘기하고 싶으면, 내가 어디 있는지 알죠?"

그가 손을 흔들었다. 비스트로를 향해서가 아니라 가브리를 향해. 가브리는 손님들은 무시한 채 친구 한 명과 떠드느라 바빴다. 올리비에는 미소를 머금고 그를 지켜봤다.

그래. 클라라는 생각했다. 가브리가 올리비에의 집이야.

그녀가 흠뻑 젖어 버린 신문 뭉치를 집어 들고 잔디 광장을 가로지르기 시작했을 때 올리비에가 뒤에서 그녀를 불렀다. 그녀는 돌아봤고, 그가 그녀를 따라잡았다.

"여기요. 당신 건 다 쏟았잖아요." 그가 자신의 샌디를 내밀었다.

"아니야, 괜찮아. 머나네 가면 뭔가 줄 거야."

"받아 줄래요?" 그가 부탁하듯 말했다.

클라라는 조금 마신 샌디를 보고, 올리비에를 보았다. 다정하게 간청하는 눈을. 그리고 유리잔을 받아 들었다.

"메르시, 몽 보merci, mon beau 고마워, 멋쟁이 올리비에."

마을 상점가로 다가가면서 그녀는 올리비에가 했던 말을 생각했다.

그리고 올리비에의 말이 맞는지 궁금했다. 어쩌면 자신들은 그를 용서하지 못했는지 몰랐다.

바로 그때 두 남자가 비스트로에서 나와 물랭 길을 서서히 올라 언덕 꼭대기의 스파 리조트로 향했다. 그녀는 그들을 보기 위해 몸을 돌렸다가 깜짝 놀랐다. 그들이 거기에 있었다. 그리고 그들은 함께였다.

이내 그녀의 시선이 이동했다. 자신의 집으로. 그리고 집 모퉁이에 홀로 서 있는 사람에게로. 그 사람 역시 두 남자를 바라보고 있었다.

가마슈 경감이었다.

가마슈는 프랑수아 마루아와 앙드레 카스통게가 느릿느릿 언덕을 오르는 모습을 지켜보았다.

대화를 나누고 있는 것 같지는 않았지만 그들은 다정해 보였다. 편안해 보였다.

항상 그랬던 걸까? 가마슈는 궁금했다. 아니면 둘 다 막 사업을 시작한 젊은이였을 수십 년 전에는 달랐을까? 자신들의 영역과 영향력, 예술가들을 두고 싸워야 했던 젊은 시절에는 달랐을까?

아마 두 남자는 늘 호감을 갖고 서로를 존중해 왔을 것이었다. 그러나 가마슈는 그게 의심스러웠다. 둘 다 너무나 영향력 있는 인물이었고, 너무나 야심이 컸다. 자존심이 이루 말할 수 없을 정도로 셌다. 그리고 너무나 많은 성패가 달려 있었다. 그들은 예의 바르게, 심지어 상냥하게 행동할 수 있었다. 그러나 그들이 친구가 아니라는 건 거의 확실했다.

그런데 이곳에서 둘은 늙은 전우처럼 함께 언덕을 오르고 있었다.

가마슈는 그 모습을 지켜보다가 익숙한 향기를 알아차렸다. 살짝 몸을 틀어 보니 자신이 피터와 클라라의 집 모퉁이에 있는 웃이투성이 라일락 고목 곁에 서 있다는 것을 알았다.

라일락은 섬세하고 연약해 보이지만 사실은 장수하는 나무라고 가마슈는 알고 있었다. 폭풍우와 가뭄, 에는 듯한 겨울 추위와 늦서리를 이겨 내고 살아남았다. 훨씬 더 튼튼해 보이는 다른 식물들이 죽어 나간 자리에서도 라일락은 번성하며 꽃을 피워 냈다.

그는 라일락 관목이 스리 파인스 마을에 산재해 있는 걸 알아차렸다. 꽃이 배로 많이 피며 선명한 색을 띠는 새로운 교배종은 아니었다. 예전에 할머니 댁 정원에서 본 연보라색과 하얀색 꽃이 피는 것들이었다. 이 나무들이 젊었을 때는 어땠을까? 비미, 플랜더스, 파스샹달세 곳 모두 1차 세계대전의 격전지. 비미는 프랑스 북부에 있는 마을, 플랜더스는 벨기에와 네덜란드 남부. 파스샹달은 벨기에에 있는 지역에서 돌아온 보병이 바로 이 나무들을 지나 행진했을까? 이 향기를 맡으며 마침내 고향에 왔다고 실감했을까? 안심하며.

그는 늦지 않게 현재로 돌아와, 두 노인이 하나가 되어 스파 리조트 입구로 들어가 안쪽으로 사라지는 모습을 보았다.

"경감님." 보부아르 경위가 피터와 클라라의 집 뒤뜰에서 그를 향해 걸어왔다. "범죄 현장 팀이 이제 조사를 마무리하고 있고, 라코스트가 비스트로에서 돌아왔습니다. 경감님 생각대로 가브리와 올리비에는 비스트로에 들어간 지 삼십 초도 안 돼서 무슨 일이 일어났는지 중계했습니다."

"그리고?"

"그게 답니다. 라코스트 말로는 모든 사람이 경감님 예상대로 반응했다는군요. 궁금해하고, 흥분하고, 자신들의 안전에 대해 걱정했지만 개인적으로 크게 속상해하는 사람은 없었답니다. 죽은 여자를 아는 것처럼 보이는 사람은 없습니다. 라코스트는 한동안 테이블과 테이블 사이를 돌아다니며 죽은 여자 사진을 보이고 인상착의를 묘사했습니다. 바비큐 파티에서 그녀를 봤다고 기억하는 사람은 없었습니다."

가마슈는 실망했지만 놀라지는 않았다. 여자가 남의 눈에 띄지 않으려 했다는 의심이 커졌다. 어쨌든 살아서는 눈에 띄지 않았다.

"라코스트가 옛 철도역 건물에 수사본부를 차리고 있습니다."

"봉." 가마슈는 잔디 광장을 가로지르기 시작했고, 보부아르는 옆에서 보조를 맞추며 걸었다. "영구 지서를 설치해야 하는 건 아닌지 모르겠군."

보부아르가 웃음을 터트렸다. "아예 살인 수사과 전체를 이리로 옮기시지 않고요? 그건 그렇고 마담 다이슨의 차를 발견했습니다. 직접 운전해 왔던 것 같습니다. 바로 저 위쪽에 있습니다."

보부아르가 뮬랭 길 위쪽을 가리켰다. "보시겠습니까?"

"압솔뤼망Absolument 물론이지."

두 사람은 방향을 바꿔 조금 전 지나간 두 노인의 발자국이 찍혀 있는 흙길을 걸어 올라갔다. 그들이 언덕마루에 이르자 회색 도요타 한 대가 1백 미터쯤 더 간 도로 한편에 주차돼 있는 것이 보였다.

"파티가 열린 모로 부부 집에서는 먼 거리야." 나뭇잎 사이로 비치는 오후 햇살에 따뜻한 기운을 느끼며 가마슈가 말했다.

"사실입니다. 제 생각엔 이곳이 차들로 빽빽했던 것 같습니다. 아마 여기가 그녀가 찾을 수 있는 가장 가까운 자리였겠죠."

가마슈가 천천히 고개를 끄덕였다. "그건 그녀가 먼저 도착한 축에 속하지 않았다는 얘기지. 혹은 일부러 이 멀리까지 와서 주차했을 수도 있어."

"왜 그랬을까요?"

"남들 눈에 띄고 싶지 않았던 게지."

"그렇다면 왜 빨간색을 입었죠?"

가마슈가 미소를 지었다. 좋은 지적이었다. "똑똑한 부관을 두니 참 성가시군. 자네가 굽실거리고 맞는 얘기라고 맞장구치고 했던 때가 그립네."

"그런 때가 언제였죠?"

"곧 다시 그렇게 될 걸세. 더 이상 좌시할 수 없네." 가마슈는 미소를 지었다.

그들은 차 옆에 가서 멈춰 섰다.

"샅샅이 살피고 수색하고 샘플을 채취하고 지문을 떴습니다. 하지만 차를 견인해 가기 전에 경감님이 보시길 바랐죠."

"메르시."

보부아르가 차 문을 열자 경감이 운전석에 올라타 그의 큰 몸에 맞도록 좌석을 뒤로 밀어 조정했다.

조수석은 퀘벡의 도로 지도로 덮여 있었다.

그는 옆으로 손을 뻗어 앞좌석 사물함을 열었다. 거기에는 대개 한 번 쓰고 잊어버리는 물건들뿐이었다. 냅킨, 고무줄, 일회용 밴드, AA 건전지. 그리고 보험증서와 자동차 등록증 등 차에 관련한 서류. 가마슈는 그걸 꺼내 읽었다. 5년 된 차였지만 릴리언 다이슨은 불과 8개월 전에 이 차를 구입했다. 그는 사물함을 닫고 지도들을 집어 들었다. 반달 모양 돋보기안경을 끼고 그것들을 훑어보았다. 지도는 성격 급한 사람들이 성가신 지도를 다룰 때 그러듯이 아무렇게나 접혀 있었다.

하나는 퀘벡만 나와 있는 지도였다. 침략을 계획 중이고, 몬트리올과 퀘벡 시의 위치만 대충 아는 것으로 만족할 수 없다면 그다지 유용하지 않았다. 다른 건 레 캉통 드 레스트Les Canton de l'Est 이스턴 타운십스의 프랑스어 명칭 가 나와 있는 지도였다. 이스턴 타운십스.

릴리언 다이슨이 살 때는 알 턱이 없었겠지만 역시 무용지물인 지도였다. 그냥 확인 차원에서 하나를 펼쳤더니 분명 스리 파인스 마을이라고 적혀 있어야 할 곳에는 구불구불 이어지는 벨라벨라 강과 언덕들, 숲뿐이었다. 다른 건 없었다. 지도 제작 공무원들에게 스리 파인스 마을이란 존재하지 않았다.

한 번도 조사 대상이 된 적이 없었다. 한 번도 지도에 표시된 적이 없었다. GPS든 위성 내비게이션 시스템이든, 그것이 얼마나 정교하든 이 작은 마을을 발견조차 하지 못했다. 스리 파인스는 언덕마루 너머로 우연히 나타났을 뿐이었다. 느닷없이. 길을 잃지 않고는 발견할 수 없는 곳이었다.

릴리언 다이슨이 길을 잃었을까? 그녀는 실수로 스리 파인스 마을과 파티에 맞닥뜨린 걸까?

그러나 그럴 리 없었다. 그것은 지나친 우연으로 보였다. 그녀의 옷은 파티 복장이었다. 인상적인 복장. 눈에 띄기 위해. 주목받기 위해.

그렇다면 왜 아무도 그녀를 못 봤을까?

"릴리언은 여기 왜 온 걸까?" 그는 거의 자기 자신에게 묻듯 말했다.

"거기가 클라라의 집인 것을 알고 있었다고 보십니까?" 보부아르가 물었다.

"나도 그 점이 궁금해." 가마슈가 돋보기안경을 벗고 차에서 내리며 인정했다.

"알았든 몰랐든 어쨌든 여기 왔습니다." 보부아르가 말했다.

"하지만 어떻게 왔지?"

"차로요." 보부아르가 말했다.

"그래, 나도 거기까지는 그럭저럭 이해했네." 가마슈가 미소를 보이며 말했다. "한데 차를 탄 다음에는 어떻게 여기 왔지?"

"지도?" 보부아르가 무한한 인내심을 갖고 말했다. 그러나 그는 가마슈가 머리를 젓는 걸 보고 그 생각을 재고했다. "지도가 아니라고요?"

가마슈는 말없이 부관이 답을 스스로 발견할 수 있게 놔두었다.

"저런 지도로는 스리 파인스를 찾을 수 없었겠죠." 보부아르가 천천히 말했다. "표시되어 있지 않으니까요." 그는 생각하느라 말을 멈췄다. "그렇다면 여기 오는 길을 어떻게 찾았을까요?"

가마슈는 돌아서서 스리 파인스 쪽으로 온 길을 되돌아가기 시작했다. 걷는 속도를 재면서.

경감 곁으로 가는 보부아르의 머릿속에 다른 뭔가가 떠올랐다. "그 사람들은 여기에 어떻게 왔을까요? 몬트리올에서 온 사람들이오."

"클라라와 피터가 초대장과 함께 길 안내장을 보냈네."

"그렇다면 거기에 답이 있군요." 보부아르가 말했다. "여자는 그걸 받은 겁니다."

"하지만 여자는 초대받지 못했어. 어떻게 해서 여자가 초대장과 안내장을 손에 넣었다고 치지. 그럼 그것들은 어디에 있지? 핸드백에도 없고 몸에 지니고 있지도 않았네. 차 안에도 없고."

보부아르는 생각하면서 시선을 돌렸다. "그럼 지도도 없고, 안내장도 없다. 어떻게 이곳을 찾았을까요?"

가마슈는 스파 리조트 맞은편에서 멈췄다.

"모르겠네." 그가 말했다. 그런 다음 가마슈는 리조트를 보기 위해 몸을 틀었다. 한때는 흉물스럽게 크기만 했었다. 썩어 가고 있었고, 썩었던 옛 집. 한 세기도 더 전에 자만과 사람들의 땀으로 지어진 빅토리아 시대의 트로피.

마을을 아래에 두고 군림하려는 의도였다. 그러나 스리 파인스 마을은 경기 침체와 불황, 전쟁에서 살아남았고, 이 작은 탑이 달린 흉물은 오로지 슬픔만 끌어들이는 황폐한 곳으로 전락했다.

마을 사람들이 올려다봤을 때 보이는 것은 트로피가 아니라 언덕 위에 있는 그늘과 한숨이었다.

그러나 이제는 아니었다. 지금은 환하고 우아한 리조트로 거듭났다.

하지만 가끔씩 어떤 각도, 어떤 빛으로 보면 가마슈는 여전히 그 집에서 슬픔이 느껴졌다. 그리고 황혼이 지고 미풍이 불어올 때면 그 한숨소리가 들리는 것 같았다.

가마슈의 가슴에 달린 주머니에는 클라라와 피터가 몬트리올에서 초대한 손님 명단이 들어 있었다. 그중에 살인자의 이름이 있을까?

아니면 살인자는 손님이 아니라 이미 여기 있었던 누구였을까?

"안녕하세요?"

옆에 있던 보부아르가 움찔 놀랐다. 드러내지 않으려 했지만 이 오래된 집은 새 단장을 했어도 여전히 보부아르를 오싹하게 했다.

도미니크 질베르가 건물 옆을 돌아서 나타났다. 승마 바지를 입고 까만 벨벳 승마 모자를 쓰고 있었다. 손에는 가죽 채찍을 들었다. 막 승마하러 가는 참이거나 맥 세넷Mack Sennett 캐나다 퀘벡 출신, 미국의 영화 제작자이자 배우. 많은 단편 희극영화를 제작하였으며 미국 희극영화의 전통적인 스타일인 슬랩스틱코미디 형식을 완성했다의 단편을 감독하러 가는 참인 듯했다.

그녀는 두 사람을 알아보고 미소를 지으며 손을 내밀었다.

"경감님." 그녀는 가마슈와 악수를 하고 나서 보부아르에게 몸을 돌려 그와 악수했다. 이내 미소가 서서히 사라졌다.

"클라라네 정원에서 시체가 나왔다는 게 사실인가요?"

그녀가 모자를 벗자 땀에 젖어 납작하게 붙은 갈색 머리가 드러났다. 40대 후반의 도미니크 질베르는 키가 크고 늘씬했다. 남편 마크와 함께 도시에서 피난 온 난민이었다. 그들은 짐을 꾸려 탈출했다.

은행 간부 동료들은 그들이 겨울을 나지 못할 거라고 예상했다. 그러나 그들은 이제 두 번째 해에 접어들었고, 무너져 가는 오래된 집을 사들여 매혹적인 스파 리조트로 탈바꿈시킨 자신들의 결정에 후회의 기미는 보이지 않았다.

"유감스럽지만 사실입니다." 가마슈가 말했다.

"전화 좀 사용해도 되겠습니까?" 보부아르 경위가 물었다. 그는 분명 통화가 되지 않을 걸 잘 알면서도 자신의 휴대전화로 감식반에 전화를 걸려고 계속 시도 중이었다.

"메르드." 그가 투덜댔다. "이곳은 중세 시대로 거슬러 간 것 같군요."

"마음껏 사용하세요." 도미니크가 집 안을 가리키며 말했다. "다이얼을 돌릴 필요까진 없는 전화예요."

그러나 그녀의 유머는 경위에게 효과가 없었고, 그는 여전히 휴대전화의 재다이얼 버튼을 두들기며 성큼성큼 안으로 들어갔다.

"파티 손님 몇 명이 지난밤 여기 묵었다고 들었는데요." 베란다에 선 채로 가마슈가 말했다.

"몇 명이오. 일부는 미리 예약을 했고, 일부는 마지막 순간에 결정했답니다."

"술이 과했습니까?"

"떡이 되도록 마셨더라고요."

"그 사람들, 아직 있습니까?"

"지난 두어 시간 동안 침대 밖으로 나오기 위해 무던히도 애쓰는 중이에요. 경관이 그들에게 스리 파인스를 떠나지 말라고 요청했다는데 대부분은 침대 밖으로도 못 나갈걸요. 어느 모로 보나 도주할 위험은 없어요. 아마 길 수는 있겠지만 달아나는 건 어림도 없죠."

"우리 경관은 어디 있습니까?" 가마슈가 주위를 둘러봤다. 파티 손님 몇 명이 여기 묵었다는 사실을 알았을 때, 그는 신입 경관 두 명을 보내라고 라코스트 형사에게 지시했었다. 한 명은 비앤비를 감시하고 다른 한 명은 이리로 오도록.

"그 경찰분은 뒤쪽에 말들하고 같이 있어요."

"정말입니까?" 가마슈가 물었다. "말을 감시한다고요?"

"경감님도 아시겠지만 우리 말들 역시 딱히 도주 위험은 없어요."

그도 알고 있었다. 도미니크가 이곳에 와서 제일 먼저 한 일 중 하나가 말을 산 것이었다. 어린 시절의 꿈을 실현했다.

그러나 블랙 뷰티, 플리카, 페가수스 대신에 도미니크는 완전히 기력이 다한 네 마리를 샀다. 다 죽어 가던 도살장행 말을.

실제로 한 마리는 말이라기보다 무스북미산 큰 사슴처럼 보였다.

그러나 꿈이란 게 그랬다. 꿈은 늘 식별이 되지 않았다. 처음에는.

"감식반이 지금 그 차를 가지러 올 겁니다." 보부아르가 되돌아오며 말했다. 가마슈는 그가 여전히 휴대전화를 들고 있는 모습을 보았다. 아기의 고무젖꼭지처럼.

"몇몇 터프하신 손님이 말을 타고 싶대요." 도미니크가 설명했다. "전 그분들을 데리러 가는 길이에요. 그 경찰분이 괜찮을 거라고 했어요. 처음에는 반신반의했지만 말을 보더니 누그러지더군요. 이 말들로는 국경까지 못 간다는 걸 깨달았겠죠. 제가 그 경찰분을 곤란에 빠트린 게 아니었으면 좋겠네요."

"전혀 아닙니다." 가마슈는 그렇게 말했지만 보부아르는 자신의 대답은 그게 아니라고 하는 듯이 보였다.

그들은 풀밭을 가로질러 마구간을 향해 가면서 그 안에 있는 사람들과 동물을 볼 수 있었다. 그늘에 있어서 모두 실루엣을 잘라다 거기 붙여 놓은 것 같았다.

그리고 그중 제복을 입은 젊은 경관의 윤곽이 보였다. 호리호리한. 멀리서 보기에도 서투른 티가 나는.

가마슈 경감은 불현듯 심장이 쿵쾅거리고 몸 한가운데로 피가 몰리는 걸 느꼈다. 곧 어지럼증을 느꼈고, 기절하는 게 아닌가 싶었다. 두 손이 차가워졌다. 장 기 보부아르가 이 예기치 못한 급작스러운 발작을 눈치챘는지 궁금했다. 다른 젊은 형사가 마음속에 떠올랐다. 살아 돌아왔다. 아주 잠시 동안.

그리고 다시 죽었다.

너무나 큰 충격이 가마슈를 잠시 뒤흔들었다. 그는 거의 휘청했지만 자신의 몸이 계속 앞으로 가고 있다는 걸 알아차리고 증상이 가라앉았다. 얼굴은 여전히 편안해 보였다. 방금 일어난 일을 누설하고 있는 건 없었다. 이 감정적 그랑 말grand mal 대발작을.

오른손의 아주 미세한 떨림을 제외하고는. 그는 이제 주먹을 쥐었다.

젊은 경관의 실루엣이 떨어져 나와 햇살 속으로 들어왔다. 그래서 온전한 형상이 되었다. 잘생긴 얼굴에 열성과 근심이 어린 표정을 한 그가 서둘러 그들에게 다가왔다.

"경감님." 그가 그렇게 말하며 경감에게 경례를 올리자 경감은 내리라는 손짓을 했다. "지금 막 확인하러 온 참이었습니다." 젊은 경관이 불쑥 말을 꺼냈다. "말을 타라고 해도 될지 해서요. 이곳을 무방비 상태로 놔두려는 뜻은 없었습니다."

젊은 경관은 가마슈 경감을 한 번도 만나 본 일이 없었다. 분명 멀리에서 본 적은 있었다. 퀘벡 주 사람이라면 대부분 그렇듯이. TV 뉴스나 인터뷰, 신문 사진으로. 방송으로 중계된 순직한 형사들의 장례 행렬에서. 불과 6개월 전 그의 지휘 아래 있던.

젊은 경관은 경찰학교에서 경감의 강의 중 하나를 들은 적도 있었다.

그러나 이제 경감을 보자 다른 이미지들이 모두 사라졌다. 유출된 경찰 작전 영상으로 대체되었다. 많은 인명을 잃은 작전이었다. 아무도 봐서는 안 되는 영상이었지만 인터넷에 퍼지면서 수백만이 보았다. 이제 톱날 같은 흉터가 생긴 경감을 보기가 힘들었고, 그 영상을 함께 떠올리지 않기도 힘들었다.

그러나 여기 실제 그 인물이 있었다. 명성 높은 살인 수사과의 명성 높은 수장. 그는 너무 가까이 있어서 그의 체취까지 맡을 수 있을 정도였다. 아주 희미한 백단향 냄새와 또 다른 향. 장미수. 경관은 가마슈의 깊은 갈색 눈을 들여다보았고, 그 눈은 그가 봤던 다른 어떤 눈과도 달랐다. 많은 상급자들이 자신을 응시했었다. 사실 모두가 자신의 상급자였다. 그러나 이런 경험은 처음이었다.

경감의 눈길은 지적이며 사려 깊었고, 탐색하는 듯했다.

다른 상급자가 바라보는 눈길의 핵심에는 냉소와 비판이 있었다면 가마슈 경감의 눈에는 다른 것이 있었다.

다정함이었다.

이제 마침내 경관은 이 유명한 남자를 마주하게 되었고, 경감이 자신을 찾은 곳은? 마구간. 말똥 냄새를 맡으며 무스를 닮은 말에게 당근을 먹이고 있는, 용의자들을 위해 말에 안장을 얹고 있는.

불호령이 내리길 기다렸다. 잘못을 지적하는 퉁명스러운 목소리를 기다렸다.

그러나 그 대신 가마슈 경감은 생각지도 못한 행동을 했다.

그는 손을 내밀었다.

젊은 경관은 잠시 그 손을 응시했다. 그리고 아주 미세한 떨림을 알아차렸다. 이내 그 손을 잡았고 강함과 단호함을 느꼈다.

"가마슈 경감이네." 덩치 큰 남자가 말했다.

"위, 파트롱Oui, Patron 네, 경감님. 코완스빌 지서의 이브 루소 경관입니다."

"여기는 모두 이상 없나?"

"네, 경감님. 죄송합니다. 말 타는 걸 허락하지 말았어야 했는데."

가마슈는 미소를 보였다. "자네에게 그걸 막을 권리는 없네. 게다가 멀리 가지는 못할 것 같군."

세 경찰관은 두 여자와 도미니크를 건너다보았다. 각자 한 마리씩 타가닥타가닥 걷는 말을 마구간에서 끌고 나오고 있었다. 가마슈가 앞에 있는 경관에게 시선을 옮겼다. 젊고 열성적인.

"저들의 이름과 주소를 받아 놨나?"

"네, 경감님. 저들의 신분증도 확인을 했습니다. 모든 사람의 신상 정보를 적어 놨습니다."

그가 노트를 꺼내려고 주머니 단추를 열었다.

"수사본부에 그걸 가져갈 수 있겠지." 가마슈가 말했다. "가서 라코스트 형사에게 건네주게."

"알겠습니다." 그 이름을 받아 적으며 루소가 말했다.

장 기 보부아르는 속으로 신음했다. 또 시작이군. 그는 생각했다. 경감님은 이 꼬마를 수사에 합류하라고 초대하고 있어. 전혀 깨달은 바가 없으신가?

아르망 가마슈는 루소 형사에게 미소를 보이고 고개를 끄덕이더니 놀란 두 사람을 뒤로한 채 몸을 돌려 리조트 쪽으로 걸음을 옮겼다. 루소는 너무나 정중한 말투에 놀랐고, 보부아르는 이전 거의 모든 수사에서 가마슈가 했던 일을 하지 않아서 놀랐다. 지역 젊은 경관이 수사에 참여할 수 있게 불러들이는 일.

보부아르는 자신이 행복해하고 안도해야 한다는 것을 알았다.

그런데 왜 이렇게 슬픈 기분이 들까?

스파 리조트 안으로 들어간 가마슈 경감은 다시 한 번 그곳이 얼마나 매력적으로 변모했는지 감탄했다. 시원하고 조용했다. 낡은 빅토리아 시대의 폐허가 사랑스럽게 복구되었다.

햇빛이 입구 홀 바닥에 깔린 윤나는 흑백 타일 위로 에메랄드와 루비, 사파이어 빛을 뿌리도록 상인방의 스테인드글라스가 깨끗하게 복구되었다. 원형의 홀에는 완만한 곡선으로 위층과 이어진 넓은 마호가니 계단이 있었다.

홀 중앙 반짝거리는 나무 탁자 위에는 라일락과 둥굴레, 사과나무 가지를 배열한 커다란 꽃꽂이가 놓여 있었다.

그것은 산뜻하고 밝고 반기는 느낌을 주었다.

"뭘 도와 드릴까요?" 젊은 접수 담당자가 물었다.

"손님 두 명을 찾아왔습니다. 무슈 마루아와 무슈 카스통게."

"그분들은 거실에 계세요." 담당자가 미소를 지으며 그렇게 말하고 그들을 오른편으로 안내했다.

두 수사과 경찰은 전에 많이 와 봤기 때문에 거실이 어디 있는지 너무나 잘 알고 있었다. 그러나 접수 담당자가 자신의 일을 하도록 두었다.

커피 제안을 사양하자 그녀는 그들을 거실에 두고 자리를 떴다. 가마슈는 거실을 둘러보았다. 이곳 역시 천장에서 바닥까지 이어진 통유리 덕분에 밝고 개방된 느낌이었고, 마을이 내려다보였다. 통나무 땔감이 놓여 있었지만 불이 지펴 있지 않았고, 보조 탁자 위 꽃병에 꽃들이 꽂혀 있었다. 가구는 현대적이었지만 그 밖의 디테일과 디자인은 전통적이었다. 집주인은 웅장한 오래된 폐가에 21세기를 들여오는 교감 작업을 해냈다.

"봉주르." 프랑수아 마루아가 팔걸이 없는 의자에서 일어나 오늘 자 「르 드부아」를 내려놓았다.

안락의자에 앉아 「뉴욕 타임스」를 읽던 앙드레 카스통게가 그들을 훑어보았다. 두 경관이 거실에 들어서자 그 역시 자리에서 일어났다.

물론 가마슈는 전날 밤 베르니사주에서 함께 이야기를 나눴던 무슈 마루아를 이미 알고 있었다. 그러나 다른 남자는 초면이었고, 오직 명성만 들어 알고 있었다. 카스통게는 서 있었고, 가마슈는 지난밤 축하연 탓인지 약간 눈빛이 흐릿한 키 큰 남자를 보았다. 얼굴은 통통 부었고 코와 뺨의 모세혈관이 터져 불그레했다.

"여기서 뵙게 될 줄 몰랐습니다." 가마슈가 동창생이라도 만난 듯 앞으로 걸어 나와 마루아와 악수하며 말했다.

"나도 마찬가지입니다." 마루아가 말했다. "앙드레, 이분은 퀘벡 경찰청의 가마슈 경감님이야. 내 동료인 앙드레 카스통게를 아십니까?"

"소문으로만 들었습니다. 명성이 자자하더군요. 카스통게 갤러리로 유명하시죠. 훌륭한 예술가들을 대변하신다고요."

"그렇게 생각한다니 기쁘군, 경감." 카스통게가 말했다.

보부아르가 소개됐다. 그는 털이 곤두섰고, 즉각 그 남자가 싫어졌다. 사실 경감을 무시하는 언사를 듣기 전부터 그 남자가 싫었다. 살인이 아닐지라도 고급 갤러리 소유자는 누구라도 오만함에 대한 용의자였다. 장 기 보부아르는 오만 역시 참기 힘들었다.

그러나 가마슈는 화가 난 것 같지 않았다. 오히려 그는 앙드레 카스통게의 대답에 거의 기뻐하는 것 같았다. 그리고 보부아르는 무언가를 눈치챘다.

카스통게는 점점 자신만만해하며 긴장을 풀기 시작했다. 그는 이 경관을 밀쳤지만 가마슈는 반격하지 않았다 분명히 카스통게는 자신이 더 나은 사람이라고 느꼈다.

보부아르는 살짝 웃음이 나왔고, 카스통게가 보지 못하도록 고개를 숙였다.

"당신 부하가 우리 이름과 주소를 적어 갔소." 카스통게가 그렇게 말하면서 벽난로 곁에 있는 커다란 안락의자에 앉았다. "직장만이 아니라 집 주소까지. 우리가 용의자라는 뜻이오?"

"메, 농, 무슈Mais, non, monsieur 그렇지 않습니다. 선생님." 가마슈는 그렇게 말하며 그 맞은편 의자에 앉았다. 보부아르는 그 옆에서 멀찍이 떨어져 섰고, 무슈 마루아는 벽난로 장식 있는 곳에 자리를 잡았다. "저희가 불편을 끼치지 않았기를 바랍니다."

가마슈는 수심에 잠겨 뉘우치는 듯 보이기까지 했다. 앙드레 카스통게는 더욱 긴장을 풀었다. 그는 분명 좌중을 장악하는 데 익숙했다. 자기 방식대로.

장 기 보부아르는 카스통게에게 묵종하는 듯한 경감을 지켜보았다. 더 강한 사람 앞에 고개를 숙이는 듯한. 엄밀히 말해 노골적이지는 않았다. 그랬다면 지나치게 연극적이었으리라. 그러나 자리를 내주었다.

"봉Bon 괜찮소." 카스통게가 말했다. "서로 그 점을 분명히 하게 되어 기쁘군. 불편한 건 없었소. 어쨌든 우린 며칠 더 머무를 계획이었으니까."

우리라. 보부아르는 그렇게 생각하며 프랑수아 마루아를 훑어보았다. 두 사람의 연배가 비슷할 거라고 짐작됐다. 카스통게의 머리카락은 숱이 많고 하얬다. 마루아는 벗어져 가는 반백의 머리를 잘 다듬었다. 두 사람 모두 말쑥했고, 옷을 잘 갖춰 입고 있었다.

"여기, 내 명함이오, 경감." 카스통게가 가마슈에게 명함을 건넸다.

"현대 미술이 전문이십니까?" 좋은 이야깃거리라는 듯 가마슈가 다리를 꼬며 물었다. 누구보다 가마슈를 잘 아는 보부아르는 흥미와 약간의 오락적 재미를 기대하며 지켜보았다. 카스통게는 그 말에 이끌리는 중이었다. 그리고 그것은 효과가 있었다. 그는 분명히 가마슈 경감을 짐승에서 한 단계 올라섰다고 간주했다. 직립해서 걸을 정도로 진화했지만 아직 전두엽은 충분히 자라지 않은 생물. 보부아르는 카스통게가 경감을 어떻게 생각하는지 짐작할 수 있었다. 기껏해야 잃어버린 고리missing link 진화 과정에서 유인원과 인간의 중간에 존재했다고 가상하는 동물.

그는 뭔가 지적이고, 영리하며, 박식한 얘기를 간절히 하고 싶었다. 혹 그게 안 된다면 뭔가 충격적이고 거칠며 무례한 말이라도 해서 이 우쭐대는 남자에게 그가 주도권을 쥔 사람이 아니라는 걸 깨닫게 해 주고 싶었다.

그러나 보부아르는 간신히 입을 다물고 있었다. 주된 이유는 미술과 관련한 지적인 얘기가 전혀 떠오르지 않았기 때문이었다.

카스통게와 경감은 현대 미술의 추세를 논하는 중이었다. 카스통게는 강의를 하고 가마슈는 넋을 잃고 듣고 있었다.

그리고 프랑수아 마루아는?

장 기 보부아르는 그를 거의 잊고 있었다. 그는 너무나 조용했다. 그러나 경위는 이제 시선을 마루아에게 옮겼다. 그리고 그 조용한 노인 역시 응시하고 있는 모습을 발견했다. 그러나 그 대상은 카스통게가 아니었다.

프랑수아 마루아는 가마슈 경감을 응시하고 있었다. 그를 관찰하고 있었다. 가까이서. 그리고 나서 그는 보부아르에게 시선을 돌렸다. 차가운 시선은 아니었다. 그러나 순수하고 예리했다.

그 시선이 보부아르의 피를 얼렸다.

경감과 카스통게의 대화는 다시 살인 사건으로 넘어가 있었다.

"끔찍한 일이오." 카스통게가 독창적이고 통찰력이 담긴 의견이라도 된다는 듯 말했다.

"끔찍하죠." 가마슈가 앞으로 의자를 당겨 앉으며 동의했다. "죽은 여자 사진이 몇 장 있습니다. 혹시 봐 주실 수 있겠습니까?"

보부아르는 먼저 프랑수아 마루아에게 사진을 건넸다. 그는 그것들을 보고 나서 앙드레 카스통게에게 전달했다.

"유감이지만 모르는 여자요." 카스통게가 말했다. 내키진 않았지만 보부아르는 그가 죽은 여자를 보는 것이 고통스러운 것처럼 보인다고 생각했다. "누굽니까?"

"무슈 마루아?" 가마슈가 다른 남자를 향했다.

"아니, 유감이지만 내게도 낯선 얼굴이군요. 파티에 온 사람입니까?"

"저희가 알아내려는 게 그것이죠. 두 분 중에 거기서 그녀를 보신 분

계십니까? 사진을 보면 아시겠지만 굉장히 눈에 띄는 빨간 드레스를 입고 있었습니다."

두 남자는 서로 흘끔 쳐다봤지만 고개를 저었다.

"데졸레Désolé 미안하오." 카스통게가 말했다. "난 그날 저녁 자주 만나지 못했던 친구들과 회포를 풀고 있었소. 거기 있었을지도 모르지만 난 못 봤소. 누굽니까?" 그가 다시 질문했다.

사진은 다시 보부아르에게 건네졌다.

"이름은 릴리언 다이슨입니다."

그 이름에 반응이 없었다.

"미술가였소?" 카스통게가 물었다.

"왜 그렇게 물으십니까?" 가마슈가 말했다.

"빨간 옷을 입었지 않소. 대담하게. 예술가는 둘 중 하나요. 잘 씻지 않고 대부분의 시간을 술에 절어 더럽게 지내는 철저한 게으름뱅이거나 아니면 저런 식이지." 그는 보부아르가 든 사진들을 가리켰다. "상식을 벗어나게 입고 '날 좀 봐'라고 외치는 타입. 둘 다 아주 피곤하오."

"예술가들을 좋아하시는 것 같지 않군요." 가마슈가 말했다.

"안 좋아하오. 사람이 아니라 그들이 만들어 낸 걸 좋아하지. 예술가는 시간과 공간을 많이 잡아먹는, 애정에 굶주린 미친 인간들이오. 진을 다 빼놓지. 갓난아이처럼."

"그러는 자네도 한때는 예술가였지." 프랑수아 마루아가 말했다.

두 수사과 형사는 난롯가에 있는 조용한 남자를 보았다. 만족스러워하는 표정인가?

"그랬지. 성공하기엔 너무 멀쩡했지."

마루아는 웃음을 터트렸고, 카스통게는 짜증이 난 것처럼 보였다. 농담이 아니라는 뜻이었다.

"어제 미술관의 베르니사주에 오셨었죠, 무슈 카스통게?" 가마슈가 물었다.

"그렇소, 수석 큐레이터의 초대를 받았지. 그리고 물론 바네사는 가까운 친구요. 런던에 가면 함께 저녁을 먹지."

"바네사 데스틴 브라운? 테이트 모던의 관장 말씀이십니까?" 감명받았다는 듯이 가마슈가 물었다. "그녀가 어제 파티에 있었습니까?"

"그렇소. 거기에도 있었고, 여기도 왔소. 우리는 미래의 구상 회화에 대한 긴 토론을……."

"하지만 묵진 않았고요? 아니면 이곳 손님 중 한 명입니까?"

"아니오, 일찍 자리를 떴소. 버거와 바이올린 민속 음악은 그녀 취향이 아니었을 거요."

"그럼 선생님은 취향입니까?"

보부아르는 앙드레 카스통게가 흐름이 바뀐 걸 눈치챘는지 궁금했다.

"보통은 아니지만, 여기서 이야기 나누고 싶은 사람이 몇몇 있었소."

"누구죠?"

"파르동Pardon 뭐라고요?"

가마슈 경감은 여전히 상냥했고, 여전히 품위 있었다. 하지만 명백히 그는 이곳의 지휘자이기도 했다. 그리고 언제나 그랬다.

다시 한 번 보부아르는 프랑수아 마루아를 흘끗 봤다. 흐름의 변화에 별로 놀라는 것 같지 않았다.

"이곳 파티에서 특별히 얘기하고 싶었던 사람이 누구였습니까?" 가마슈 경감이 참을성 있게 명확히 질문했다.

"글쎄, 클라라 모로도 그중 하나요. 작품에 감사하다는 말을 하고 싶었소."

"다른 사람은요?"

"그건 사적인 문제요." 카스통게가 말했다.

이제 카스통게도 눈치챘다고 보부아르는 생각했다. 그러나 너무 늦었다. 가마슈 경감이 흐름을 주도했고, 카스통게는 작은 나뭇가지였다. 그가 바랄 수 있는 최선은 계속 수면에 떠 있는 것뿐이었다.

"중요한 문제일 수 있습니다, 무슈. 그리고 만약 중요한 게 아니라면 밖으로 새어 나가지 않게 하겠습니다."

"피터 모로와 가까워지고 싶었소. 그는 훌륭한 예술가요."

"그러나 아내만은 못하지."

프랑수아 마루아가 조용히 말했다. 속삭이는 것처럼 작은 목소리로. 그러나 모두가 그에게 몸을 돌렸다.

"클라라의 작품이 그렇게 훌륭합니까?" 가마슈 경감이 물었다.

마루아는 가마슈를 잠시 바라보았다. "행복하게 그에 대한 대답을 할 수 있을 것 같군요. 하지만 당신의 의견이 궁금합니다. 당신은 베르니사 주에 계셨습니다. 성모 마리아를 그린 놀라운 작품을 집어내셨던 분이고요."

"뭐라고?" 카스통게가 물었다. "성모 마리아 그림은 없었어."

"자네가 봤다면 있었어." 마루아가 그에게 장담하고는 다시 경감을 향했다. "경감님은 실제로 그녀 작품에 주목했던 몇 안 되는 사람이었습니다."

"지난밤에도 아마 말씀드렸을 텐데 모로 부부와는 개인적인 친분이 있습니다." 가마슈가 말했다.

그 말이 카스통게에게 놀라움과 의혹을 불러일으킨 것 같았다.

"그래도 되오? 친구들을 수사하고 있다는 거잖소, 네스 파 *n'est-ce pas* 그렇지 않소?"

보부아르가 한 걸음 나섰다. "잘 모르시는 것 같은데, 가마슈 경감님은……"

그러나 경감이 손을 들었고, 보부아르는 가까스로 자제했다.

"당연히 할 수 있는 질문입니다." 가마슈는 다시 앙드레 카스통게에게 몸을 돌렸다. "그들은 친구고, 그렇습니다, 또 용의자이기도 합니다. 사실 저는 이 마을에 친구가 많고, 그들 모두가 용의자이기도 합니다. 그리고 그것이 난점으로 해석될 수도 있다는 걸 깨달았지만 사실, 저는 이곳 사람들을 압니다. 아주 잘. 그들 중 살인자가 있다면 그들의 약점, 맹점, 두려움을 아는 사람보다 더 범인을 잘 찾아낼 사람이 있을까요?" 그리고 가마슈 경감은 천천히 카스통게 쪽으로 몸을 내밀며 말했다. "또 제가 살인자를 찾아낸 다음 풀어 줄지도 모른다고 생각하신다면……"

그 말투는 친절했고, 경감의 얼굴에는 부드러운 미소까지 어려 있었다. 그러나 앙드레 카스통게조차 그 목소리와 눈에 담긴 엄중함을 느낄 수 있었다.

"아니오. 경감이 그럴 거라고는 생각지 않소."

"그렇게 말씀하시니 기쁘군요." 가마슈가 다시 기대앉으며 말했다.

보부아르는 카스통게가 다시 경감에게 도전하려 들지 않을지 확인하기 위해 한동안 그를 주시했다. 가마슈는 그것을 당연시하고 건전하다고까지 여길지 모르지만 보부아르는 그렇지 않았다.

"자네는 모로 부인 그림을 잘못 생각하고 있어." 카스통게가 부루퉁하게 말했다. "그냥 노파들 초상화야. 새로운 건 하나도 없어."

"자네가 그 표면 아래를 본다면 모든 게 새롭네." 마루아가 안락의자를 카스통게 옆으로 가져가며 말했다. "다시 한 번 보게나, 몬 아미mon ami 친구."

그러나 그들이 친구가 아닌 건 명백했다. 아마 원수는 아니겠지만, 그들이 레메악 카페 비스트로에서 친근하게 점심을 먹기 위해서라든가 몬트리올 렉스프레스의 바에서 한잔하기 위해 서로를 찾는 일이 있을까?

없으리라. 카스통게라면 몰라도 마루아는 아닐 터였다.

"그런데 왜 여기 오셨습니까, 무슈?" 가마슈가 마루아에게 질문했다. 두 남자 사이에 힘겨루기 징후는 보이지 않았다. 그럴 필요가 없었다. 각자 자신감이 충만했다.

"난 미술상이고, 갤러리를 운영하지는 않아요. 어제도 말씀드렸듯이 큐레이터가 내게 카탈로그를 줬는데 마담 모로의 작품에 마음을 빼앗겼지요. 직접 와서 보고 싶었소." 그리고 그가 가련하게 미소를 지으며 말했다. "이 나이가 되어서도 어찌지 못하는 낭만파라오."

"클라라 모로에게 반했다고 고백하시는 겁니까?" 가마슈가 물었다.

프랑수아 마루아가 웃음을 터트렸다. "꼭 그런 건 아니지만, 작품을 보고 나니 그녀를 좋아하지 않고는 못 배기겠더군요. 그러나 내 낭만주의는 좀 더 초탈한 상태라고 할까."

"어째서 말입니까?"

"난 한 예술가가 갑자기 무명에서 벗어나 오십이 다 된 나이에 발굴될 수 있다는 게 좋아요. 어떤 예술가라고 그걸 꿈꾸지 않겠습니까? 어떤 예술가가 매일 아침 일어나 오늘은 그런 일이 자신에게 일어날 거라고 믿지 않겠소? 마그리트를 아실 테지? 벨기에 화가요."

"〈세시 네 파 윈 피프Ceci n'est pas une pipe 이것은 파이프가 아니다〉?" 가마슈가 그렇게 묻자 보부아르는 완벽한 혼란에 빠졌다. 그는 경감이 발작을 일으켜 아무 말이나 막 지껄이는 게 아니기를 바랐다.

"바로 그 사람 작품이죠. 그는 오랜 세월, 수십 년간 계속 작업을 했습니다. 누추하게 살면서, 피카소 모작을 그리고, 은행 수표를 위조하면서 생계를 유지했지요. 마그리트가 자신의 작업을 하면 갤러리와 수집가들에게 무시를 당했을 뿐 아니라 그를 제정신이 아니라고 여긴 화가들에게도 조롱을 당했지요. 화가들조차 당신이 제정신이 아니라고 하면 상황은 진짜 안 좋아지는 겁니다."

가마슈가 웃음을 터트렸다. "그래서 그는 상황이 안 좋아졌습니까?"

"글쎄요, 아마도. 그 사람 작품을 본 적 있습니까?"

"네, 있습니다. 그의 작품들을 좋아합니다만 누군가가 그 작품들이 천재적이 아니라고 한다면 어떤 느낌을 받을지 잘 모르겠군요."

"맞아요." 마루아가 갑자기 앞으로 몸을 내밀며 보부아르가 이제껏 봤던 중에서 가장 활기 띤 모습으로 말했다. 흥분까지 한 것 같았다. "그래서 내 일이 매일 크리스마스 같은 겁니다. 모든 미술가는 오늘이 자신의 천재성이 발견될 날이라고 믿으며 아침에 눈을 뜨고, 모든 미술상은 오늘 천재를 발견할 거라고 믿으며 눈을 뜨지요."

"그걸 누가 장담하죠?"

"그래서 이 일이 아주 스릴 넘치는 거지요."

보부아르는 그가 연극을 하는 게 아니라는 걸 알 수 있었다. 두 눈이 빛나고 있었고, 흥분을 숨기지 못해 과격하게는 아니지만 손짓을 섞어가며 말하고 있었다.

"내가 뛰어나다고 생각하는 포트폴리오를 보고 다른 누군가는 지루하고 독창적이지 않다고 생각할 수 있습니다. 지금 클라라 모로 작품에 대한 우리의 반응을 보셨을 겁니다."

"여전히 그 작품들은 흥미롭지 않다고 말할 따름이네." 카스통게가 말했다.

"그리고 나는 흥미롭다고 말합니다. 그러니 누가 옳다고 말할 수 있겠습니까? 그게 미술가와 미술상을 미치게 하는 겁니다. 너무나 주관적이지요."

"원래 그들이 미친 사람들이라고 생각하네." 카스통게가 중얼거렸고 보부아르는 동의하지 않을 수 없었다.

"그렇다면 베르니사주에 오신 이유는 설명이 됩니다." 가마슈가 말했다. "스리 파인스 파티에 오신 이유는요?"

마루아는 머뭇거렸다. 얼마나 얘기해야 할지 마음을 정하고 있었고, 망설이는 모습을 숨기려고도 하지 않았다.

가마슈는 기다렸다. 보부아르는 노트와 펜을 꺼내 낙서하기 시작했다. 작대기 같은 사람과 말을. 아니면 아마 무스일지도. 안락의자에서 카스통게가 거칠게 숨을 내쉬는 소리가 났다.

"나한테 이런 고객이 있었소. 지금은 죽었고 오래전 일이라오. 다정한 사람이었지. 상업 미술가였지만 매우 훌륭하고 창의력 넘치는 순수 미술가이기도 했지요. 그의 집은 그런 경이로운 그림들로 가득했습니다. 내가 발견했을 때 그는 이미 나이가 꽤 있었습니다. 물론 이제 와 생각하면 지금 내 나이보다 젊었다오."

마루아가 미소 지었고, 가마슈도 그랬다. 그도 그 느낌을 알았다.

"내 초창기 고객 중 한 명이었고, 실력이 꽤 좋았답니다. 그는 감격했고 그의 아내도 그랬지요. 어느 날 그가 부탁을 해 왔어요. 다음 자기 전시회에 아내 작품 몇 개를 넣어도 되겠느냐고. 난 정중하게 거절했어요. 그러나 평소 그답지 않게 계속 부탁하는 거였소. 난 그의 아내를 잘 몰랐고, 그녀의 작품에 대해서는 전혀 몰랐지. 아내가 남편에게 압력을 가하고 있다는 의심이 들었소. 그러나 그 일이 남편에게 얼마나 중요한지가 느껴져 나도 마음이 수그러들었답니다. 아내에게 한쪽 구석을 내주고는 망치도 줬지요."

그는 말을 멈추고 눈을 깜빡였다.

"지금에 와서는 그다지 자랑스럽지 않아요. 그녀를 정중히 대했어야 했지. 그렇지 않으면 전시 자체를 깨끗이 거절하든가. 그러나 젊고 배울 게 많은 때였습니다."

그가 한숨을 내쉬었다. "베르니사주 저녁, 처음으로 그녀의 작품을 봤습니다. 전시회장으로 들어가니 모두 그 구석에서 바글대고 있었지요. 무슨 일이 일어났는지 짐작할 수 있을 겁니다."

"그녀 작품이 모두 팔렸군요." 가마슈가 말했다.

마루아가 고개를 끄덕였다. "모두. 사람들은 직접 보지도 않고 집에 있는 작품들까지 다 샀습니다. 몇 작품에는 입찰 경쟁까지 붙었소. 내 고객은 재능 있는 미술가였어요. 그러나 그녀의 재능은 그걸 능가했지요. 훨씬. 굉장한 발굴이었지요. 진짜 반 고흐의 귀."

"파르동Pardon 네?" 가마슈가 물었다. "뭐라고요?"

"그 남편은 어떻게 행동했어?" 카스통게가 이제야 관심을 보이며 끼어들었다. "분명 불같이 화가 났을 텐데."

"아니. 아주 사람이 좋았어. 품위 있게 행동하는 법을 나에게 가르쳐줬지. 사람 자체가 그랬어. 하지만 내가 결코 잊지 못하는 건 아내의 반응일세." 그는 그 두 연로한 미술가의 모습을 눈앞에 선명히 그리며 잠시 입을 다물었다. "아내는 그림을 포기했어. 전시만 안 한 게 아니라 다시는 붓을 들지 않았네. 남편에게 불러온 고통을 봤던 거야, 그가 잘 숨겼는데도. 아내에게는 남편의 행복이 자신의 행복보다, 자신의 예술보다 더 중요했지."

가마슈 경감은 이 이야기가 러브 스토리로 들려야 한다는 것을 알고 있었다. 희생과 이타적인 선택에 관한. 그러나 그에게는 비극으로만 들렸다.

"그래서 여기 오신 겁니까?" 가마슈가 미술상에게 물었다.

마루아가 고개를 끄덕였다. "유감스럽게도."

"뭐가 말이야?" 카스통게가 또 얘기를 놓치고 질문했다.

"자네는 어제 클라라 모로가 남편을 어떻게 쳐다보는지 못 봤나?" 마루아가 물었다.

"그리고 남편이 그녀를 어떻게 보는지도요." 가마슈가 말했다.

두 사람 눈이 딱 마주쳤다.

"하지만 클라라는 방금 하신 이야기 속 여인이 아닙니다." 경감이 말했다.

"사실입니다." 프랑수아 마루아가 인정했다. "그러나 피터 모로 역시 그 나이 든 고객이 아니고."

"클라라가 정말로 그림을 포기할지 모른다고 여기십니까?" 가마슈가 물었다.

"결혼 생활을 구하려고? 남편을 구하려고?" 마루아가 질문했다. "대부분의 여자들이라면 안 그러겠지만 그런 작품을 창조해 낸 여인이라면 그럴지도 모르지요."

아르망 가마슈는 그런 가능성은 결코 생각지 못했지만 이제 고려해 보니 프랑수아 마루아 말이 맞을 수도 있다는 걸 깨달았다.

"그렇다고 한들 무슨 일을 하실 수 있겠습니까?" 그가 말했다.

"글쎄요, 별로 없을 겁니다." 마루아가 말했다. "그러나 최소한 그녀가 오랜 세월 동안 숨어 지냈던 곳을 보고 싶었답니다. 궁금했지요."

"그게 다입니까?"

"모네가 작품 활동을 했던 지베르니나 프라우츠 넥에 있는 윈즐러 호머미국의 사실주의 화가. 거친 파도와 폭풍이 이는 바다를 배경으로 자연의 웅장함과 위험에 맞서 투쟁하는 인간의 모습을 역동적으로 그렸다의 작업실에 가 보고 싶은 적 없으셨소? 혹은 셰익스피어와 빅토르 위고가 작품을 썼던 곳을 보고 싶은 적은?"

"옳은 말씀입니다." 가마슈가 인정했다. "마담 가마슈와 저는 우리가 좋아하는 많은 예술가와 작가, 시인의 집을 가 봤습니다."

"왜 갔습니까?"

가마슈는 얼마간 말없이 생각했다. "그 사람들이 마법사 같았기 때문에요."

앙드레 카스통게가 코웃음 쳤다. 경감의 말에 당황하며 보부아르는 발끈했다. 말도 안 되는 대답이었다. 심지어 나약해 보이기까지 했다.

살인 용의자에게 마법을 믿는다는 걸 인정하다니.

그러나 마루아는 꼼짝 않고 앉아서 경감을 물끄러미 바라보았다. 마침내 그가 천천히 고개를 가볍게 끄덕였다. 어쩌면 가벼운 떨림이었을지도 모른다고 보부아르는 생각했다.

"세 사C'est ça 그겁니다." 마루아가 마침내 입을 열었다. "마법. 계획했던 건 아니었지만 베르니사주에서 작품을 보고는 그런 마법을 낳은 마을이 직접 보고 싶어졌소."

몇 분간 더 그들의 행적에 대한 이야기를 나누었다. 누구를 봤고, 누구와 대화했는지. 그러나 다른 이들과 마찬가지로 특별할 것은 없었다.

가마슈 경감과 보부아르 경위는 스파 리조트의 환한 거실에 앉아 있는 두 남자를 떠나 다른 손님들을 찾으러 갔다. 한 시간 내로 그들 모두를 면담했다.

아무도 죽은 여자를 알지 못했다. 아무도 뭔가 의심스럽거나 도움이 될 만한 것을 보지 못했다.

다시 스리 파인스 마을로 언덕을 걸어 내려오면서 가마슈는 여러 면담 내용과 프랑수아 마루아가 한 말을 생각했다.

그러나 스리 파인스에는 마법보다 더한 것이 있었다. 괴물 같은 뭔가가 잔디 광장을 돌아다니고 그들 사이에서 먹고 춤을 추었다. 어두운 뭔가가 지난밤 파티에 왔었다.

그리고 마법이 아니라 살인을 낳았다.

6

서점 창밖으로 머나는 아르망 가마슈와 장 기 보부아르가 흙길을 내려와 마을로 걸어 들어오는 모습을 보았다.

그녀는 새 책과 헌책으로 빽빽한 목재 책장과 넓은 소나무 널빤지가 깔린 가게 안으로 시선을 돌렸다. 클라라가 창 옆 소파에 앉아 장작 나로를 마주하고 있었다.

그녀는 몇 분 전, 너덜너덜해진 소중한 보따리를 끌어안고 뉴욕항에 도착한 이민자처럼, 가슴에 신문 보따리를 부둥켜안고 가게 안으로 들어왔었다.

머나는 클라라가 정말로 그렇게 중요한 것을 들고 있는지 궁금했다.

그녀에게는 어떤 환상도 없었다. 머나는 저 신문에 무엇이 쓰여 있는지 정확히 알고 있었다. 다른 이들의 판단. 바깥세상의 견해. 그 사람들이 클라라의 작품을 보고 자신들이 본 걸 쓴 것이었다.

그리고 머나는 그보다 좀 더 아는 게 있었다. 저 맥주에 흠뻑 젖은 페이지에 뭐가 적혀 있는지 알고 있었다.

그녀 역시 오늘 아침 일찍 일어나 지친 엉덩이를 침대에서 간신히 끌고 나와 욕실로 터벅터벅 걸어갔었다. 샤워를 하고 양치질을 하고 깨끗한 옷을 입었다. 그리고 새날의 태양빛을 받으며 차에 올라타 놀턴으로 운전해 갔다.

신문을 사기 위해. 여러 웹사이트에서 간단히 다운로드할 수도 있었지만 클라라가 신문으로 읽기를 원한다면, 그렇다면 머나도 그랬다.

그녀는 세상이 클라라의 예술을 어떻게 보는지에는 관심 없었다. 머나는 그 예술이 천재적이라는 걸 알았다.

그러나 클라라에게는 관심이 있었다.

그리고 지금 그 친구는 소파에 널브러져 있었고, 자신은 그녀와 마주 보는 팔걸이의자에 앉아 있었다.

"맥주?" 머나가 신문 더미를 가리키면서 물었다.

"아니, 괜찮아." 클라라가 미소를 지었다. "마셨어." 그녀는 젖은 가슴 부위를 가리켰다.

"자긴 모든 남자가 그리는 꿈같은 여자야." 머나가 깔깔거렸다. "마침 내 맥주와 크루아상으로 빚어진 여자."

"야한 꿈이겠지." 클라라가 맞장구치며 웃음 지었다.

"읽어 볼 시간 있었어?"

머나가 악취를 풍기는 신문을 다시 가리킬 필요도 없었다. 무슨 말을 하는지 둘 다 알았다.

"아니. 계속 뭔가가 방해를 하네."

"뭐가 방해를 해?" 머나가 물었다.

"어떤 망할 시체." 클라라는 그렇게 말하고 자신을 억제하려고 애썼다. "세상에, 머나, 나라는 인간은 어디가 잘못됐는지 모르겠어. 이런 일이 일어난 걸 속상해하고 비탄에 잠겨야 하잖아. 불쌍한 릴리언을 생각하며 끔찍한 기분을 느껴야 마땅한데 계속 무슨 생각이 드는지 알아? 무슨 생각만 계속 나는지 알아?"

"그 여자가 자기의 기쁜 날을 망쳤지." 그것은 성명聖明이었다. 그리고 사실이었다. 그 여자가 망쳤다. 물론 인정할 건 인정해야 하니까, 릴리언 본인도 최고의 날을 보냈다고는 할 수 없었지만. 그러나 그것은 나중에 논할 문제였다.

클라라는 머나를 뚫어지게 보며 비난의 기색이 없는지 살폈다.

"나, 어디가 잘못된 거지?"

"잘못된 거 없어." 친구 쪽으로 몸을 기울이며 머나가 말했다. "나라도 그렇게 느낄 거야. 다들 그럴걸. 그냥 그걸 인정하지 않을 뿐이지." 그녀가 미소 지었다. "만약 저기 뒤에 누워 있는 게 나였다면……." 그러나 머나는 더 이야기하지 못했다. 클라라가 와락 끼어들었다.

"그런 생각은 하지도 마."

클라라는 마치 말을 입 밖에 내면 그 일이 일어날 가능성이 더 커진다는 듯, 그녀가 믿는 신이 뭐든, 말한 대로 일어날 것이라는 듯 정말 겁에 질린 것처럼 보였다. 그러나 머나는 클라라의 신도 자신의 신도 그런 말도 안 되는 암시가 필요하거나 그런 데 관심을 둘 만큼 무질서하고 쩨쩨한 분이 아니라는 것을 알았다.

"그게 나였다고 해 봐." 머나가 말을 이었다. "속상했을걸."

"세상에. 난 결코 회복할 수 없을 거야."

"그땐 이 신문들은 문제도 아닐 거야." 머나가 말했다.

"전혀 문제가 아니지."

"그게 만약 가브리나 피터, 혹 루스였다면……."

두 여인 모두 말을 멈췄다. 좀 너무 나간 것 같았다.

"……어쨌든," 머나가 말을 이었다. "전혀 모르는 사람이었어도 자긴 속상했을 거라고."

클라라가 고개를 끄덕였다.

"하지만 릴리언은 모르는 사람이 아니었지."

"차라리 그랬더라면." 클라라가 조용히 고백했다. "차라리 만나지 않았더라면."

"어떤 여자였는데?" 머나가 물었다. 대략적인 건 들어 알고 있었지만 이제 자세한 이야기를 듣고 싶었다.

그리고 클라라는 그녀에게 모두 털어놓았다. 어린 시절 릴리언에 대해, 10대였던 릴리언에 대해, 20대에 접어들었던 그녀에 대해.

이야기에 깊이 빠질수록 클라라의 목소리가 낮아졌고, 억지로 힘들게 말을 이어 가는 것 같았다.

이윽고 그녀는 말을 마쳤고, 머나는 한동안 아무 말 없이 친구를 물끄러미 바라보았다.

"그 여자, 감정 뱀파이어 같은데." 마침내 머나가 입을 열었다.

"뭐?"

"상담하면서 그런 사람을 어지간히 많이 만났어. 말라비틀어질 때까지 다른 사람을 빨아먹어. 우린 그런 사람들을 알아. 상대하고 나면 진이 다 빠져서 나가떨어지지. 뭐 딱히 이유도 없이."

클라라가 고개를 끄덕였다. 스리 파인스에는 그런 사람이 없었지만 그녀는 몇 명 알고 있었다. 루스조차 그런 유형은 아니었다. 그녀는 오직 진열장의 술만 빨아먹었다. 그러나 이상하게도 클라라는, 그 미치광이 늙은 시인을 만난 뒤에는 생기를 되찾게 되고 기운이 났다.

그러나 자신에게서 생기만 쭉 빨아먹을 뿐인 이들도 있었다.

릴리언이 그중 하나였다.

"하지만 처음부터 그랬던 건 아니야." 클라라가 공정하려 애쓰며 말했다. "한때는 친구였어."

"그렇게 진행되는 경우도 종종 있지." 머나가 고개를 끄덕였다. "프라이팬 안의 개구리."

클라라는 그 말에 뭐라고 답해야 할지 전혀 확신이 서지 않았다. 자신들이 아직 릴리언에 대해 얘기 중인 걸까, 아니면 나도 모르게 무슨 프랑스 요리 프로그램으로 화제가 전환된 걸까?

"감정 뱀파이어가 프라이팬 안에 있다는 뜻이야?" 클라라가 다른 인간에게서는 한 번도 들어보지 못했다고 확신한 문장을 입 밖에 내어 물었다. 혹은 적어도 들어 본 적 없기를 바랐다.

머나가 깔깔 웃음을 터트리더니 팔걸이의자에 기대앉으며 다리를 무릎 방석 위에 올렸다.

"아니, 귀엽긴. 감정 뱀파이어는 릴리언. 자기가 개구리."

"무슨 퇴짜 맞은 그림 동화 제목 같네. '개구리와 감정 뱀파이어'."

두 여인은 잠시 말없이 그 삽화를 상상했다.

머나가 먼저 정신을 차렸다.

"프라이팬 안의 개구리는 현상을 가리키는 심리 용어야." 그녀가 말했다. "만약 몹시 뜨거운 프라이팬에 개구리를 집어넣으면, 개구리가 어떻게 할까?"

"뛰쳐나오겠지?" 클라라가 의견을 말했다.

"뛰쳐나오지. 그러나 상온인 팬에 개구리를 넣은 다음 서서히 온도를 올리면 어떻게 될까?"

클라라는 그에 대해 생각했다. "너무 뜨거워지면 뛰쳐나오겠지?"

머나가 고개를 저었다. "그렇지 않아." 무릎 방석에서 발을 떼고 다시 상체를 앞으로 내민 그녀의 눈빛은 진지했다. "개구리는 그냥 거기 앉아 있어. 점점 뜨거워지는데도 움직이지 않아. 계속 체온을 적응하고 적응하는 거지. 절대 거길 떠나지 않아."

"절대 안 떠난다고?" 클라라가 조용히 물었다.

"절대. 죽을 때까지 그냥 거기 있어."

클라라는 천천히 오래 숨을 깊이 들이마셨다가 내뱉었다.

"나는 신체적으로 혹은 정서적으로 학대받아 온 내담자들한테서 그런 경우를 봤어. 관계는 결코 얼굴에 주먹을 날리거나 욕을 하며 시작되지 않아. 만약 그랬으면 두 번째 데이트를 하지 않지. 관계는 항상 상냥하게, 친절하게 시작돼. 상대방은 자길 끌어들여. 자신들을 신뢰하도록. 자신들을 필요로 하도록. 그러고 난 다음 서서히 변하지. 조금씩 온도를 올리면서. 자기가 덫에 걸려들 때까지."

"하지만 릴리언은 애인이나 남편이 아니었어. 그냥 친구였다고."

"친구도 학대를 저지를 수 있어. 우정이 악취 나는 것으로 변질될 수도 있어." 머나가 말했다. "그 여자는 자기의 감사하는 마음을 먹고, 자기의 불안을 먹고, 자기의 사랑을 먹고 살았어. 그런데 자기가 생각지도 못한 일을 한 거야."

클라라는 다음 말을 기다렸다.

"자긴 자립을 했어. 자기 예술을 위해. 그녀를 떠났지. 그리고 그 때문에 그녀는 자길 증오했어."

"하지만 그럼 왜 여기 온 걸까?" 클라라가 물었다. "이십 년 이상 그 애를 보지 못했어. 그런데 왜 돌아왔지? 뭘 원했던 거지?"

머나는 고개를 저었다. 짐작 가는 바가 있었으나 말하지 않았다. 릴리 언이 돌아올 만한 이유는 정말 단 한 가지뿐이었다.

클라라의 기쁜 날을 망치기 위해.

그리고 그녀는 그렇게 했다. 릴리언이 계획했던 방식이 아니라는 건 거의 확실하지만.

물론 그래서 의문이 생겼다. 누가 이걸 계획했을까?

"뭐 하나 말해 줄까?" 머나가 물었다.

클라라가 얼굴을 찡그렸다. "사람들이 그렇게 물어보면 싫더라, 뭔가 안 좋은 얘기 하려는 거잖아. 뭔데?"

"희망이 현대 거장들 사이에 자리를 잡다."

"내가 틀렸네." 당혹스러우면서도 안도한 클라라가 말했다. "헛소리 일 뿐이야. 이건 새로운 게임이야? 나도 할까? 벽지 의자는 자주 암소 들이다. 아니면," 클라라가 머나를 수상쩍은 눈으로 쳐다봤다. "자기 요 즘 다시 카프탄 피워? 대마가 진짜 마약이 아니라고들 하는데 난 여전 히 의심스러워."

"클라라 모로의 예술이 다시 기쁘게 하다."

"아, 논리에 안 맞는 대화 하기." 클라라가 말했다. "루스하고 얘기하 는 거랑 비슷하네. 욕이 많이 안 나오는 것만 빼면."

머나가 미소 지었다. "지금 내가 뭘 인용했게?"

"인용을 했다고?"

머나가 고개를 끄덕이며 축축하고 냄새나는 신문 더미를 건너다봤다. 클라라의 눈이 머나의 눈길을 따라가다가 커졌다. 머나는 자리에서 일 어나 위층으로 올라갔고, 자신이 산 신문들을 찾았다. 깨끗하고 마른.

클라라는 팔을 뻗쳤지만 양손이 부들부들 떨려 머나가 관련 지면을 찾아 줘야 했다.

성모 마리아로 표현된 루스의 초상이 「뉴욕 타임스」 예술 지면 맨 앞 페이지에서 눈을 부릅뜨고 있었다. 그 위에는 '소생했다'라는 단 한 단어가 적혀 있었다. 그리고 작품 밑 헤드라인은 희망이 현대 거장들 사이에 자리를 잡다였다.

클라라가 그 섹션을 내려놓고 런던의 「타임스」 미술 리뷰를 집어 들었다. 1면은 클라라의 베르니사주에서 찍은 모택동주의자 회계사 사진이었다. 그리고 그 밑에는 '클라라 모로의 예술이 다시 기쁘게 하다'라는 글이 달려 있었다.

"극찬하고 있어, 클라라." 머나가 입이 찢어질 정도로 크게 미소 지으며 말했다.

신문이 클라라의 손에서 떨어졌고, 클라라는 친구를 바라보았다. 침묵 속에 속삭였던 친구.

클라라는 자리에서 일어났다. 소생했다. 그녀는 생각했다. 소생했다.

그리고 그녀는 머나를 힘껏 안았다.

피터는 자신의 작업실에 앉아 있었다. 울려 대는 전화 소리를 피해.

링. 링. 링.

그는 점심 식사 후, 얼마간 고요와 평화를 희망하며 다시 집 안으로 들어갔었다. 클라라는 신문을 가지고 자리를 떴었다. 짐작건대 혼자 읽을 생각이리라. 그래서 그는 평론가들이 뭐라고 했는지 알 길이 없었다. 그러나 집 안으로 들어오자마자 전화벨이 울리기 시작했고, 그때부터 거의 멈추지 않았다. 모두 클라라에게 축하의 말을 전하고 싶어 했다.

신문 리뷰와, 이어지는 전시회 표 판매로 흥분한 현대 미술관 큐레이터들이 건 전화였다. 런던 테이트 모던의 바네사 데스틴 브라운이 파티에 대한 감사와 클라라에게 축하의 말을 전했다. 그리고 전시회를 의논하기 위해 한번 만날 수 있을지 궁금해했다.

클라라의 전시회.

그는 마침내 전화를 그냥 울리게 두고 열려 있는 클라라의 작업실 문가에 가서 섰다. 그곳에서는 클라라가 연작을 구상할 때부터 있었던 꼭두각시 인형이 보였다.

"너무 정치적인가." 클라라는 그렇게 말했었다.

"아마." 피터는 그렇게 말했지만 마음속에 떠오른 건 '정치적'이라는 말이 아니었다.

구석에 쌓여 있는 〈자궁 전사戰士〉 시리즈가 보였다. 전시에 내놓았다가 또다시 혹평을 듣고 거기 있게 된 것이었다.

"아마 너무 시대를 앞섰나 봐." 클라라가 말했었다.

"아마도." 피터가 말했다. 그러나 피터에게 떠오른 건 '시대를 앞섰다'라는 말도 아니었다.

그리고 그녀가 〈삼덕의 성녀〉를 그리기 시작하고 연로한 세 친구에게 포즈를 취하게 했을 때 자신은 그녀들에게 미안한 마음이 들었다. 결코 빛을 못 볼 그림을 위해 노인네들을 거기 세워 두다니. 클라라가 이기적인 짓을 하고 있다고 생각했다.

그러나 나이 든 여인들은 개의치 않았다. 자신의 집중을 흩트려 놓았던 웃음소리로 판단하건대 즐거워하는 것 같았다.

그리고 이제 그 그림은 현대 미술관에 걸려 있었다. 반면 세밀한 자신의 작품들은 누군가의 계단참이나, 혹시 운이 좋다면 벽난로 위에 걸려 있었다.

1년에 열 명쯤 보겠지. 그리고 벽지나 커튼처럼 보이겠지. 부유한 집의 실내장식.

특별할 것 없는 여인들을 그린 클라라의 초상화가 어떻게 걸작이 될 수 있단 말인가?

피터는 클라라의 작업실에서 돌아섰지만 그 전에 오후 햇살을 받은, 클라라가 유리섬유로 만든 거대한 발을 보았다. 그 발은 그녀의 작업실 뒤 공간을 가로지르며 행진 중이었다.

"아마 너무 기교를 부린 것 같아." 클라라가 말했었다.

"아마도." 피터가 웅얼거렸다.

그는 문을 닫고 자신의 작업실로 돌아갔다. 귓속에서 전화기가 울려 댔다.

가마슈 경감은 비앤비의 커다란 거실에 앉아 있었다. 벽은 크림색으로 칠했고, 가구는 올리비에가 수집한 고가구 중에서 가브리가 엄선했다. 그러나 무거운 빅토리아풍보다 그는 편안함을 선호했다. 큰 소파 두 개가 돌 벽난로를 가로질러 마주 보고 있었고, 방 안 곳곳에 놓인 팔걸이의자가 조용한 대화 공간을 연출했다. 도미니크의 스파 리조트가 기분 좋은 보석으로 몸단장하고 언덕 위에서 반짝이고 있다면, 가브리의 비앤비는 평화롭고 명랑하고 약간 허름하게 골짜기에 자리 잡고 있었다. 할머니 집처럼. 만약 할머니가 몸집 큰 게이였다면.

가브리와 올리비에는 그때까지도 점심 서빙을 하느라 비스트로에 건너가 있었고, 수사과 경찰과 비앤비 손님들만 남아 있었다.

그들이 문지방을 채 넘기도 전에 심문의 험난한 시작이 예고됐다. 그들이 비앤비 포치에 닿자마자 보부아르가 가마슈를 조심스레 한옆으로 데리고 갔다.

"경감님이 아셔야 할 것 같은 게 있습니다."

아르망 가마슈가 보부아르를 재밌다는 듯 쳐다보았다.

"무슨 짓을 했나?"

"무슨 말씀이십니까?"

"다니엘이 십 대 때 사고 치고 와서 했던 말 같은데."

"제가 댄스파티에서 페기 수를 임신시켰습니다." 보부아르가 말했다.

한순간 가마슈가 깜짝 놀란 듯했으나 곧 미소를 지었다. "정말 무슨 일이야?"

"어리석은 짓을 했습니다."

"아, 그 시절로 되돌아가는 것 같군. 좋았을 때지. 계속해 보게."

"그러니까……."

"무슈 보부아르, 다시 뵙게 되다니 이렇게 기쁠 수가요."

방충망 문이 열리더니 50대 후반의 한 여자가 그에게 인사했다.

가마슈가 보부아르에게 돌아섰다. "자네가 한 일이 정확히 뭐라고?"

"절 기억하셨으면 좋겠네요." 그녀가 수줍게 미소 지으며 말했다. "제 이름은 폴레트예요. 지난밤 베르니사주에서 뵀죠."

문이 다시 열리더니 중년 남자가 나타났다. 보부아르를 보며 활짝 웃었다.

"선생님이군요." 그가 말했다. "지금 금방 길을 내려오시는 걸 본 것 같았죠. 지난밤 바비큐 파티에 갔었지만 안 보이시더군요."

가마슈가 보부아르에게 따져 묻는 듯한 눈길을 보냈다.

보부아르가 미소를 띠고 있는 화가들에게 등을 돌리고 말했다. "제가 「르 몽드」 미술 평론 기자라고 했거든요."

"왜 그래야 했지?" 경감이 물었다.

"이야기가 깁니다." 보부아르가 말했다. 그러나 창피함만큼 길지는 않았다.

이들은 클라라 모로의 작품을 모욕하던 두 화가였다. '삼덕의 성녀'를 광대라고 조롱했다. 보부아르는 미술을 그다지 좋아하지 않았지만, 클라라는 좋아했다. 그리고 삼덕의 성녀의 모델이 된 여인들을 알았고, 존경했었다.

그래서 그는 잘난 체하는 화가들을 보고 자신은 그 그림이 매우 마음에 든다고 말했다. 그러고 나서 그는 칵테일파티를 돌아다니다 주워들은 몇 가지 구절을 써먹었다. 원근감에 대해, 그리고 미술 문화와 안료에 대해. 말을 할수록 멈추기가 점점 어려워졌다. 그리고 그가 더 말도 안 되는 말을 하면 할수록 이 두 사람이 더 주목한다는 걸 알 수 있었다.

마침내 쿠 드 그라스coup de grâce 결정적인 한 방를 날릴 때까지.

그는 그날 저녁 누군가 썼던 것을 들었던 말을 빠르게 내뱉었다. 처음 들어 본 말이었고, 무슨 뜻인지 짐작도 가지 않았다. 기뻐하는 세 노부인을 그린 〈삼덕의 성녀〉를 향하며 말했다……

"마음속에서 떠오른 한마디가 있다면, 물론 '키아로스쿠로chiaroscuro 명암의 대비 효과'죠."

놀랄 것도 없이 두 화가는 자신을 미쳤다는 듯 쳐다봤었다.

그게 그를 화나게 했다. 너무나 화가 난 나머지 그는 즉시 후회할 말을 입 밖에 냈다.

"아직 제 소개를 하지 않았군요." 그는 구사할 수 있는 가장 세련된 프랑스어로 말했다. "저는 무슈 보부아르입니다. 「르 몽드」에서 미술 평론을 맡고 있죠."

"무슈 보부아르?" 그렇게 묻는 남자의 눈이 기분 좋게 휘둥그레졌다.

"하지만 사실 무슈 보부아르일 뿐입니다. 굳이 이름을 넣을 필요를 못 느낍니다. 너무 부르주아적이니까요. 지면만 차지하고. 제 리뷰는 읽어 보셨겠죠. 비엥 쉬르bien sûr 물론?"

유명 파리지앵 평론가 '무슈 보부아르'가 왔다는 말이 나돌면서 남은 저녁 시간은 꽤 유쾌하게 흘러갔다. 그리고 모두가 클라라 작품이 키아로스쿠로의 경이로운 한 예라고 동의했다.

조만간 그 단어를 한번 찾아봐야 하리라.

두 예술가는 차례로 자신들을 간단히 '노르망'과 '폴레트'라고만 소개했다.

"우리는 이름만 써요."

그는 농담인가 했지만, 보아하니 아니었다. 그리고 이제 여기서 다시 만났다.

노르망은 어제와 같은 코듀로이 바지에 낡은 트위드 재킷과 스카프를 걸치고 있었고, 파트너인 폴레트 역시 어제와 같은 치렁한 치마에 티셔츠를 입고 스카프를 두르고 있었다.

그들은 이제 눈길을 가마슈에게 옮겼다가 다시 보부아르를 보았다.

"나쁜 뉴스 두 가지가 있습니다." 가마슈가 그들을 안으로 데려가며 말했다. "살인 사건이 벌어졌고, 이 사람은 「르 몽드」의 미술 평론가 무슈 보부아르가 아니라 퀘벡 경찰청 살인 수사과 보부아르 경위입니다."

살인에 대해서는 벌써 알고 있었기 때문에, 그들의 심기를 매우 불편하게 한 것은 보부아르에 대한 뉴스였다. 가마슈는 그들이 경위를 맹렬히 비난하는 모습을 어느 정도 즐겁게 지켜보았다.

보부아르는 경감이 씩 웃고 있는 모습을 알아채고 속삭였다. "그런데 말이죠, 제가 경감님도 루브르의 수석 큐레이터인 무슈 가마슈라고 얘기했습니다. 즐거우시죠."

가마슈는 베르니사주에서 기대치도 않은 전시회 초대를 굉장히 많이 받은 이유가 이것으로 설명이 되는 것 같다고 생각했다. 그는 그 전시회들 중 어느 곳도 가지 않기 위해 메모했다.

"언제 하룻밤 묵겠다고 결정하셨습니까?" 신랄한 비난이 동이 났을 때쯤 경감이 물었다.

"원래는 파티가 끝나고 집에 갈 계획이었는데 시간이 너무 늦은 데다……." 폴레트가 노르망이 너무 많이 마셨다는 걸 나타내려는 듯 노르망 쪽으로 머리를 휙 기울였다.

"비앤비 주인이 세면도구와 목욕 가운을 줬죠." 노르망이 설명했다. "우리는 곧 몇 분 내로 옷가지를 사러 코완스빌에 갈 참이었습니다."

"몬트리올로 돌아가지 않고요?" 가마슈가 물었다.

"당장은 아닙니다. 하루 이틀 정도 더 있을 생각입니다. 온 김에 더 쉬려고요."

가마슈의 권유로 그들은 편안한 거실로 가서 앉았다. 화가들이 소파

하나에 나란히 앉았고, 보부아르와 경감은 맞은편 소파에 앉았다.

"그런데 죽은 게 누군가요?" 폴레트가 물었다. "클라라는 아니죠?"

그녀는 간신히 자신의 낙관적인 생각을 숨겼다.

"아닙니다." 보부아르가 말했다. "두 분과 클라라는 친구 사이입니까?" 질문은 했지만 대답은 뻔했다.

노르망이 재밌다는 듯 코웃음 쳤다.

"경위님은 예술가들을 정말 잘 모르시는군요. 예의를 차리고 심지어 친절하게 대할 수는 있어요. 하지만 친구요? 차라리 오소리하고 친구가 되겠습니다."

"클라라와 친분이 있어서가 아니라면 왜 여기 오셨습니까?" 보부아르가 물었다.

"공짜 음식과 술 때문이죠. 마실 게 많으니까요." 눈가에 내려온 머리카락을 매만지며 노르망이 말했다. 세상에 지쳤다는 스타일의 남자였다. 볼 건 다 봤고 어느 정도 즐겁기도 했지만 결국 세상이 자신을 슬프게 만들었다는 듯이.

"그러니까 클라라의 전시를 축하하러 온 게 아니었습니까?" 보부아르가 물었다.

"작품이 나쁘지는 않아요." 폴레트가 말했다. "십여 년 전에 했던 작업보다는 좋네요."

"키아로스쿠로가 지나칩니다." 노르망은 그렇게 말했는데, 처음 그 말을 언급한 사람이 누구였는지 잊어버린 게 분명했다. "어젯밤 전시는 좋아진 겁니다." 노르망이 말을 이었다. "그러긴 어렵지 않았을 겁니다. 그녀의 거대한 발 전시를 누가 잊어버리겠습니까?"

"하지만 진짜, 노르망." 폴레트가 말했다. "초상화라고? 자존심 있는 화가라면 어떻게 또 초상화를 그려?"

노르망이 고개를 끄덕였다. "그녀 작품은 진부해요. 너무 쉽습니다. 그래요, 대상의 얼굴에 캐릭터가 잘 잡혀 있고, 그걸 작품으로 잘 완성해 냈죠. 하지만 지평을 연 건 아닙니다. 독창적이거나 대담한 게 없어요. 슬로베니아의 지방 이류 갤러리에서 볼 수 없는 것이 거기 있느냐는 거예요."

"그렇게 별로라면 왜 현대 미술관에서 그녀에게 개인전 제안을 했을까요?" 보부아르가 물었다.

"누가 압니까." 노르망이 말했다. "청탁이겠죠. 정치예요. 그런 큰 기관들은 진짜 예술, 위험을 무릅쓰는 것과는 무관합니다. 안전하게 가려고만 하죠."

폴레트가 격렬히 고개를 끄덕이고 있었다.

"그렇다면 클라라 모로의 친구도 아니고, 그녀 작품이 그렇게 형편없다고 생각했는데도 여기까지 온 이유가 뭡니까?" 보부아르가 노르망에게 물었다. "공짜 음식과 술 때문에 베르니사주에 간 것까지는 알겠습니다만 여기까지 그 먼 길을 온 이유는 뭡니까?"

보부아르는 남자를 궁지에 몰았고, 둘 다 그걸 알았다.

좀 시간을 끌다 노르망이 대답했다. "평론가들이 여기 왔으니까요. 갤러리 소유주와 미술상 들이 있었고요. 테이트 모던의 데스틴 브라운, 카스통게, 포틴, 현대 미술관의 비숍. 베르니사주와 미술 전시회는 벽에 걸린 그림에 관한 것만이 아니에요. 거기에 누가 왔느냐가 중요하죠. 그게 진짜 일입니다. 난 인맥을 쌓기 위해 왔습니다. 모로 부부가 어떻게 해냈는지 몰라도 한자리에 대단한 평론가와 큐레이터 그룹이 있었죠."

"포틴이라고요?" 가마슈가 깜짝 놀라며 물었다. "데니스 포틴을 말씀하시는 겁니까?"

이제 노르망이 놀랄 차례였다. 이 시골뜨기 경찰이 데니스 포틴을 알다니.

"맞습니다." 그가 말했다. "포틴 갤러리를 운영하는."

"데니스 포틴이 몬트리올의 오프닝 파티에 왔었습니까? 아니면 여기 왔었습니까?" 가마슈가 추궁했다.

"양쪽 다 왔죠. 그와 얘기하려고 했지만 다른 사람들과 용무가 바쁘더군요."

잠시 침묵이 흘렀고, 세상에 지친 예술가는 축 늘어진 듯했다. 무관심의 거대한 무게에 맥이 빠진 듯.

"포틴이 여기 온 건 정말 놀라워요." 폴레트가 말했다. "그가 클라라에게 한 짓을 생각하면."

그들은 두 사람이 그게 무슨 말인지 알려 달라고 간청하길 기다렸다. 폴레트와 노르망은 케이크를 응시하는 어린아이처럼 두 형사를 열렬히 쳐다보았다.

가마슈 경감이 먼저 입을 떼지 않기로 마음먹은 듯해 보부아르는 기뻤다. 게다가 그들은 데니스 포틴이 클라라에게 한 일을 이미 알고 있었다. 그래서 데니스 포틴의 파티 참석이 그들을 놀라게 했다.

보부아르는 노르망과 폴레트를 관찰했다. 그들은 지쳐 보였다. 경위는 그 이유가 뭔지 궁금했다. 늦은 밤까지 공짜 술과 음식을 즐겨서일까? 더 늦은 밤까지 파티를 가장한 필사적인 인맥 쌓기 때문일까? 아니면 단순히 물에서 열심히 팔을 젓고 있지만 계속 가라앉는 것에 지친 것일까?

가마슈 경감은 주머니에서 사진 한 장을 꺼냈다. "죽은 여자 사진입니다. 봐 주셨으면 합니다."

그가 노르망에게 사진을 건네자 그의 눈썹이 즉시 위로 올라갔다.

"이건 릴리언 다이슨이군요."

"농담이겠지." 폴레트가 그렇게 말하며 가까이 다가와 사진을 쥐었다. 잠시 후 그녀가 고개를 끄덕였다. "그 여자야."

치켜뜬 폴레트의 눈이 가마슈 경감을 향했다. 날카롭고 영리해 보이는 눈빛이었다. 그녀는 첫인상처럼 미숙해 보이지 않았다. 그녀가 아이라고 한다면 교활한 아이일 거라고 경감은 생각했다.

"그래서 두 분은 마담 다이슨을 아십니까?" 보부아르가 물었다.

"뭐, 정확히 안다고는 할 수 없습니다." 노르망이 말했다. 가마슈 생각에 그는 액체처럼 유동적이었다. 확실히 흐느적거렸다. 대세에 맞추는 사람.

"그러면 정확히 뭡니까?" 보부아르가 물었다.

"오래전에 알고 지냈지만 못 본 지 한참 됐죠. 그러다 지난겨울 몇몇 전시회에서 다시 그녀가 보였습니다."

"미술 전시회요?" 보부아르가 물었다.

"물론이죠. 또 뭐가 있겠습니까?" 노르망이 말했다. 마치 다른 형태의 문화 활동은 존재하지 않거나 중요하지 않다는 듯이.

"나도 그녀를 봤어요." 폴레트가 혼자 뒤처지고 싶지 않다는 듯이 말했다. 가마슈는 그들의 팀워크가 궁금했고, 거기서 어떤 창작품이 나올

지도 궁금했다. "몇몇 전시회에서요. 처음에는 못 알아봤어요. 그녀가 자신을 소개해야 했죠. 머리를 염색했더라고요. 예전에는 오렌지색에 가까운 연한 빨강이었어요. 지금은 금발이에요. 살도 붙었고요."

"다시 평론가로 일하고 있었나요?" 가마슈가 물었다.

"제가 알기로는 아니에요. 그녀가 무슨 일을 했는지는 전혀 모르겠네요." 폴레트가 말했다.

가마슈는 잠시 그녀를 바라보았다. "친구였습니까?"

폴레트가 망설였다. "지금은 아니에요."

"하지만 당시 그녀와 멀어지기 전에는요?" 경감이 물었다.

"전 친구였다고 생각했죠." 폴레트가 말했다. "내 커리어를 키워 가는 중이었어요. 몇 번 성공을 거두기도 했고. 노르망과 막 만나서 공동 작업을 할지 결정하려던 시기였어요. 화가 둘이서 그림 하나를 같이 작업하는 건 매우 드문 일이죠."

"당신이 릴리언의 생각을 묻는 실수를 범했지." 노르망이 말했다.

"그녀의 생각은 어땠습니까?" 보부아르가 물었다.

"어떻게 생각했는지는 모르겠고, 그 여자가 한 짓은 말씀드릴 수 있어요." 폴레트가 말했다. 분명 그녀의 목소리와 눈에는 화가 서려 있었다. "그 여자는 노르망이 내 최근 전시회 오프닝 파티에서 나를 헐뜯었다고 했어요. 내 작품에 대해 농담을 하면서 차라리 침팬지와 협업을 하겠다고요. 릴리언은 친구로서 주의하라고 내게 말해 주는 거라더군요."

"릴리언은 그러고 나서 곧 내게 왔습니다." 노르망이 말했다. "폴레트가 자신의 작품을 표절했다고 나를 비난한다더군요. 자기 아이디어를 훔쳤다고요. 릴리언은 그게 사실이 아닌 걸 안다면서 그러나 폴레트가 모두에게 무슨 말을 하고 다니는지 제가 알기를 바란다고 했습니다."

"그래서 어떻게 됐습니까?" 가마슈가 물었다. 그들을 둘러싼 공기가 오래전 말들과 씁쓸한 기억으로 갑자기 뚱해졌다.

"신이여 도우소서." 폴레트가 말했다. "우린 각자 그 여자 말을 믿었어요. 헤어졌죠. 릴리언이 양쪽에 다 거짓말을 했다는 걸 깨닫기까지 수년이 걸렸답니다."

"그러나 지금은 함께입니다." 노르망이 폴레트의 손에 살포시 손을 얹으며 그녀에게 미소를 지었다. "몇 년의 세월을 버렸지만."

가마슈는 그를 지켜보면서 어쩌면 그것이 노르망을 지치게 했을 거라고 생각했다. 이런 기억의 짐을 짊어져야 했기 때문에.

가마슈 경감은 보부아르와 달리 예술가에게 상당히 큰 존경심을 품고 있었다. 그들은 민감했다. 자기밖에 모르는 경우가 많았다. 예의를 차리는 사회에는 종종 적응하지 못했다. 일부는 심리 상태가 매우 불안정하리라고 의심했다. 쉬운 삶이 아니리라. 주변인으로 살면서 가난에 시달리는 경우가 많았다. 무시당하고 조롱까지 당하면서. 사회, 기금을 지원하는 재단, 다른 예술가들로부터.

마그리트에 관한 프랑수아 마루아의 이야기가 유일한 경우는 아니었다. 여기 비앤비에 앉아 있는 남자와 여자 모두 마그리트였다. 사람들의 귀와 눈에 들기 위해, 존중받기 위해, 받아들여지기 위해 힘들게 싸우고 있었다.

예술가처럼 민감한 사람들을 차치하고, 그 누구라 하더라도 힘든 삶이었다.

가마슈는 그런 삶이 공포를 만들어 낸다고 의심했다. 공포가 화를 부르고 화가 쌓여 무르익으면 정원에서 한 여자가 시신으로 발견된다.

그랬다. 아르망 가마슈는 예술가를 매우 좋아했다. 그러나 그들이 할 수 있는 것에 대해서는 환상을 품고 있지 않았다. 위대한 창조, 그리고 위대한 파괴.

"릴리언이 언제 몬트리올을 떠났죠?" 보부아르가 물었다.

"몰라요, 신경 안 써요." 폴레트가 말했다.

"그녀가 돌아왔을 때는 신경이 쓰였나요?" 보부아르가 물었다.

"그랬겠어요?" 폴레트가 보부아르를 노려봤다. "거리를 뒀어요. 우린 모두 그녀가 무슨 짓을 했는지, 무슨 짓을 저지를 수 있는지 알고 있었어요. 그런 인간 눈에는 띄고 싶지 않아요."

"그는 타고났다. 생리 작용인 양 예술을 낳는다." 노르망이 말했다.

"파르동?" 보부아르가 물었다.

"그 여자의 평론에 나왔던 한 문장이에요." 폴레트가 말했다. "그 문장으로 유명해요. 통신사에 채택이 돼서 그 리뷰가 전 세계로 퍼졌죠."

"누구에 관해 쓴 건데요?" 보부아르가 물었다.

"그게 재밌는 부분이에요." 폴레트가 말했다. "모두 그 구절은 기억하는데, 그 화가는 아무도 기억 못 해요."

보부아르와 가마슈 둘 다 그 말이 사실이 아니라는 걸 알고 있었다.

그는 타고났다. 생리 작용인 양 예술을 낳는다.

영리하게도, 거의 칭찬 같았다. 그러나 그것은 통렬한 일축으로 급선회했다.

누군가는 저 리뷰를 기억할 터였다.

화가 자신은.

7

아르망 가마슈와 장 기 보부아르는 곡선을 이루는 널찍한 비앤비 베란다에서 오솔길로 내려섰다.

날씨가 따뜻했고, 보부아르는 목이 말랐다.

"뭐 좀 마실까요?" 틀림없이 이기는 내기라고 여기고 경감에게 제안했다. 그러나 경감이 그를 놀라게 했다.

"좀 이따가. 먼저 해 둬야 할 게 있네." 두 남자는 흙길에서 잠시 멈췄다. 한낮이 되자 따뜻한 정도를 넘어 더워졌다. 잔디 광장을 둘러싼 화단에 하얀 붓꽃 몇 송이가 이르게 활짝 피어 있었다. 그리고 그 외에도더 많은 꽃들이 검은 속대를 내보이며 거의 폭발하다시피 피어 있었다.

가마슈에게는 그것이 하나의 확증인 것 같았다. 얼마나 아름답든 상관없이 모든 살아 있는 것의 내부를 열어 보면 암흑이 존재했다.

"노르망과 폴레트가 릴리언 다이슨을 알았다는 게 흥미롭군." 가마슈가 말했다.

"그게 왜요?" 보부아르가 물었다. "예상하셨던 것 아닙니까? 결국 그들 모두 같은 무리의 사람들입니다. 이십오 년 전에 그랬고 몇 달 전에도 그랬죠. 서로 몰랐다면 그게 놀랄 일이었을 겁니다."

"맞아. 내가 흥미롭게 여기는 건 프랑수아 마루아도 앙드레 카스통게도 그녀를 안다고 인정하지 않은 거야. 어떻게 노르망과 폴레트가 릴리언을 아는데 마루아와 카스통게가 모를 수가 있을까?"

"아마 교제 범위가 서로 달랐나 보죠." 보부아르가 의견을 내놓았다.

그들은 비앤비에서 걸어 나와 스리 파인스 밖에 있는 언덕으로 향했다. 보부아르는 재킷을 벗었지만 가마슈는 입은 채였다. 그를 셔츠 바람으로 걸어 다니게 하려면 한낮 따뜻한 날씨로는 어림없었다.

"퀘벡 미술계는 넓은 바다이 아니야." 가마슈가 말했다. "그리고 미술상이 미술계 사람 모두와 개인적 친분이 있진 않다 해도, 적어도 그들의 존재는 분명 알고 있을 걸세. 지금은 아니라고 해도, 이십 년 전으로 거슬러 올라가 릴리언이 평론가였을 때는 알았겠지."

"그렇다면 그들이 거짓말을 하고 있군요." 보부아르가 말했다.

"내가 그걸 알아내려고 하네. 자네는 수사본부에 가서 진행 상황을 확인하게. 사십오 분쯤 후에 비스트로에서 만나는 게 어떻겠나?" 가마슈가 자신의 시계를 보고 말했다.

두 남자는 헤어졌고, 보부아르는 잠시 멈춰 서서 경감이 언덕을 오르는 모습을 지켜보았다. 힘찬 걸음으로.

그는 수사본부를 향해 잔디 광장을 가로질러 자신의 길을 갔다. 잔디 광장을 걷던 그의 걸음이 느려지더니 오른쪽으로 방향을 틀었다. 그리고 벤치 위에 앉았다.

"안녕, 머저리."

"안녕하세요, 주정뱅이 할머니."

루스 자도와 장 기 보부아르가 오래된 빵 한 덩이를 사이에 두고 나란히 앉았다. 보부아르가 떼어 낸 한 조각을 부숴서 잔디밭에 모여 있는 울새들에게 던졌다.

"뭐 하는 거야? 그거 내 점심이야."

"당신이 수년간 점심 식사로 씹는 걸 드시지 않았다는 건 저도 알고 당신도 알죠." 보부아르가 쏘아붙이자 루스가 낄낄 웃었다.

"맞아. 그래도 나한테 지금 밥 한 끼 빚졌어."

"나중에 맥주 한 잔 사죠."

"그런데 왜 또 스리 파인스에 온 거야?" 루스가 새들을 위해 던지는 것인지, 새들에게 던지는 것인지, 빵을 더 던졌다.

"살인 사건 때문이죠."

"아, 그거."

"어젯밤 파티에서 그 여자 보셨습니까?" 보부아르가 루스에게 죽은 여자 사진을 건넸다. 그녀가 꼼꼼히 살펴본 사진을 그에게 건넸다.

"못 봤어."

"파티 분위기는 어땠죠?"

"바비큐 파티? 인간들이 너무 많았지. 엄청 시끄럽고."

"하지만 공짜 술이죠." 보부아르가 말했다.

"공짜였어? 메르드. 몰래 가져올 필요가 없었단 얘기잖아. 그래도 훔치는 게 더 재밌어."

"이상한 일 없었습니까? 말다툼이나 언성을 높이는 일도요? 그렇게 퍼마시고 싸움닭이 된 사람이 한 명도 없었다고요?"

"술을 마셔? 술 마시면 싸움닭이 돼? 멍청이, 어디서 그런 생각을 갖게 된 거야?"

"지난밤 진짜로 이상한 일은 전혀 없었다고요?"

"내가 본 바로는." 루스는 빵 한 조각을 더 찢어 뚱뚱한 울새에게 던졌다. "별거를 한다니 안됐군. 그녀를 사랑하나?"

"아내요?" 보부아르는 루스가 왜 즉각 그런 질문을 이어서 하는지 궁금했다. 염려가 되었던 걸까, 단순히 넘지 말아야 할 선에 대한 개념이 없어서일까? "제 생각에……."

"아니, 아내 말고. 다른 여자 말이야. 그 평범한 여자."

보부아르는 심장에 경련이 일어나고 얼굴에 피가 쏠리는 것 같았다.

"취하셨군요." 그는 그렇게 말하며 자리에서 일어섰다.

"그리고 싸움닭이 되지." 그녀가 말했다. "하지만 내 말이 맞잖아. 당신이 그 여자를 어떻게 쳐다보는지 봤어. 그리고 난 그녀가 누군지 알 것 같아. 젊은 보부아르 씨, 이제 큰일 났구먼."

"당신은 쥐뿔도 몰라요."

그는 그곳에서 발걸음을 옮겼다. 갑자기 뛰지 않으려 애쓰면서. 느긋하고 침착한 걸음을 유지하기 위해 의지를 발휘했다. 왼발, 오른발, 왼발, 오른발.

앞에 다리가 보였고, 수사본부는 그 너머에 있었다. 그곳은 안전할 터였다.

그러나 젊은 보부아르 씨는 무언가 인식하기 시작했다.

'안전한' 곳은 어디에도 없었다. 더 이상은.

"이거 읽었어?" 클라라가 그렇게 물으며 빈 맥주잔을 테이블 위에 놓고 「오타와 스타Ottawa Star」를 머나에게 건넸다. "내 전시회가 싫었나 봐."

"말도 안 돼." 머나가 신문을 가져가 훑어보았다. 호평이 아니라는 걸 머나는 인정해야 했다.

"날 뭐라고 불렀더라?" 머나의 안락의자 팔걸이에 앉으며 클라라가 말했다. "여기 있네." 그녀는 손가락으로 잽싸게 신문을 쿡 찔렀다. "클라라 모로는 진짜 예술가를 흉내 내는 늙고 지친 앵무새다."

머나가 웃음을 터트렸다.

"그게 재밌어?" 클라라가 물었다.

"설마 그 말을 심각하게 받아들이는 건 아니겠지?"

"심각하게 받아들이면 안 돼? 호평을 진지하게 받아들인다면 혹평도 그래야 하는 거 아니야?"

"하지만 좀 봐." 머나가 커피 테이블 위에 쌓인 신문을 가리키며 말했다. 「타임스」, 「뉴욕 타임스」, 「르 드부아」 다 자기 작품이 새롭고 흥미롭다잖아. 뛰어나대."

"「르 몽드」의 평론가가 왔다는 얘기를 들었는데 그는 리뷰조차 쓰지 않았어."

머나가 친구를 빤히 보았다. "그는 쓸 거야. 그리고 다른 모두에 동의할 거야. 전시회의 엄청난 성공을."

"그녀의 작품은 멋지지만 대담하지 않고 앞을 내다보지도 못한다." 클라라가 머나의 어깨 너머로 읽었다. "이 사람들은 굉장한 성공이라고 생각하지 않는데."

"젠장, 「오타와 스타」잖아." 머나가 말했다. "싫어하는 사람은 꼭 있게 마련이야. 그게 개네라는 데 감사해."

클라라가 리뷰를 보고 나서 미소 지었다. "자기 말이 맞아."

그녀는 서점 안 자신의 의자로 되돌아갔다. "예술가들은 제정신이 아니라는 말, 혹시 누구한테 들어 본 적 있어?"

"금시초문이야."

머나는 창밖으로 루스가 빵 덩어리로 새들을 공격하는 모습을 구경했다. 언덕마루에 도미니크 질베르가 무스처럼 보이는 걸 타고서 마구간으로 돌아가는 모습이 보였다. 비스트로 바깥 테라스에서는 가브리가 손님 테이블에 앉아 여자 손님의 디저트를 먹고 있었다.

머나에게 스리 파인스 마을이 동물 보호 단체의 등가물 같다는 생각이 든 것은 처음이 아니었다. 상처 입은 자와 거부당한 자, 제정신이 아닌 자와 상심한 자를 받아들이면서.

이곳은 피난처였다. 그럼에도 불구하고 분명히 살인은 피해 가지 못했다.

도미니크 질베르는 버터컵의 엉덩이를 빗질했다. 손을 둥글게 둥글게 움직였다. 이러고 있노라면 늘 〈베스트 키드The Karate Kid 1980년대 인기 있었던 미국 영화〉의 그 장면이 떠올랐다. 왁스 온, 왁스 오프. 그러나 섀미 가죽 대신 이것은 브러시였고, 자동차 대신 이것은 말이었다.

버터컵은 자기 칸막이 밖의 마구간 좁은 통로에 있었다. 체스터는 머릿속에 마리아치 밴드가 들어 있는지 살짝 춤을 추면서 그 모습을 구경하고 있었다. 이미 빗질을 마친 마카로니는 들판에 있었는데, 지금 진흙탕에 뒹구는 중이었다.

덩어리진 마른 흙을 문지르자 딱지와 흉터, 군데군데 상처가 너무 깊어 영영 털이 자라지 않는 부분이 도미니크의 눈에 들어왔다.

그런데도 그 덩치 큰 말은 그녀가 자신을 만지도록 허락했다. 그녀가 자신의 털을 손질하게 놔두었다. 그녀가 자신을 탈 수 있게 해 주었다. 체스터가 그랬고, 마카로니가 그랬듯이. 저항할 자격이 있는 피조물이 있다면 바로 이 말들이었다. 그러나 그 대신 가장 순한 짐승이 되기를 선택했다.

그때 밖에서 사람 말소리가 들렸다.

"이미 사진은 봤는데요." 리조트 손님 중 한 명이었고, 도미니크는 누 군지 알았다. 앙드레 카스통게. 갤러리 주인. 손님 대부분이 떠났지만 두 사람은 남았다. 무슈 카스통게와 무슈 마루아.

"다시 한 번 봐 주셨으면 합니다."

다시 온 가마슈 경감의 목소리였다. 그녀는 슬며시 버터컵의 거대한 엉덩이 뒤로 숨으며 마구간 끝자락 사각형 모양의 빛이 들어오는 곳을 흘끗 내다봤다. 그녀는 약간 불안했고, 자신이 여기 있는 걸 알려야 하 는지 궁금했다. 그들은 울타리 가로대에 기대 햇빛 속에 서 있었다. 그 들도 물론 이곳이 사적인 공간이 아니라는 걸 알고 있었다. 더욱이 자신 이 여기에 먼저 와 있었다. 게다가 그녀는 그들 얘기를 듣고 싶었다.

그래서 그녀는 아무 말도 하지 않은 채 계속 버터컵을 빗질했고, 버터 컵은 자신의 행운을 믿을 수 없었다. 빗질은 평소보다 훨씬 오래 계속됐 다. 자신의 엉덩이에 과도하게 애정을 쏟는 것 같아 성가셔졌음에도.

"그럼 다시 봐야겠군요." 프랑수아 마루아의 목소리였다. 이성적이었 고 친절하기까지 했다.

잠시 침묵이 흘렀다. 도미니크는 가마슈가 마루아와 카스통게에게 각 각 사진 한 장씩을 건네는 모습을 볼 수 있었다. 사진을 본 뒤 그들은 그 것을 교환했다.

"죽은 여자를 모른다고 하셨죠." 가마슈가 말했다. 그의 목소리 역시 편안하게 들렸다. 마치 친구와 잡담을 나누듯이.

그러나 도미니크는 속지 않았다. 그녀는 저 두 사람이 속아 넘어갈지 궁금했다. 카스통게라면 아마. 그러나 마루아가 속을진 의심스러웠다.

"아까는 경황이 없으셨을 겁니다." 가마슈가 말을 이었다. "그래서 다시 봐 주셨으면 합니다."

"나는 모르는……," 입을 연 카스통게는 마루아가 자신의 팔에 손을 얹자 말을 멈췄다.

"경감 생각이 맞습니다. 앙드레는 어떤지 모르지만, 당황스럽게도 내가 아는 여자로군요. 릴리언 다이슨 아닙니까?"

"난 모르는 여자요." 카스통게가 말했다.

"좀 더 기억을 샅샅이 더듬어 보셔야 할 겁니다." 가마슈가 말했다. 목소리는 여전히 부드러웠지만 무게가 있었다. 조금 전처럼 예사로운 목소리가 아니었다.

버터컵 뒤에서 도미니크는 카스통게가 부디 경감이 내민 밧줄을 붙잡길 자신이 빌고 있다는 것을 깨달았다. 밧줄이 덫이 아니라 선물이라는 걸 카스통게가 알아채기를.

카스통게는 들판을 바라보았다. 셋 모두 들판을 바라보았다. 도미니크가 선 자리에서는 들판이 보이지 않았지만 그 경치가 어떤지 잘 알고 있었다. 매일 그걸 바라봤으니까. 하루가 끝날 무렵이면 보통 손님에게는 개방하지 않는 집 뒤편 테라스에 진토닉을 들고 앉아 있곤 했다. 그리고 바라보았다. 고층 은행 건물 7층에 있던 자신의 전망 좋은 사무실에서 창밖을 내다봤듯이. 지금 그녀가 창밖으로 보는 풍경은 전보다 제한적이기는 했지만 더 아름다웠다. 키 큰 풀, 부드러운 어린 들꽃. 산과 숲, 들판에서 느릿느릿 움직이는 쇠잔한 말 몇 마리.

그녀에게 이보다 더 훌륭한 풍경은 없었다.

도미니크는 남자들이 뭘 보고 있는지는 알았지만 무슨 생각을 하고 있는지는 알 수 없었다.

그래도 짐작은 할 수 있었다.

가마슈 경감이 돌아왔다. 이 두 남자를 다시 만나기 위해. 앞서 했던 것과 같은 질문을 하기 위해. 그것만큼은 확실했다. 그렇다면 결론을 내릴 수 있었다.

두 사람은 경감이 처음 왔을 때 거짓말을 했었다.

프랑수아 마루아가 입을 열려고 했지만 가마슈가 손짓으로 막았다.

카스통게 스스로 자신을 구해야 했다.

"그렇군." 갤러리 주인이 마침내 말했다. "아는 여자인 것 같소."

"같은 겁니까, 아는 겁니까?"

"알아요. 됐소?"

가마슈는 굳은 눈으로 그를 보았고, 사진을 돌려받았다.

"왜 거짓말을 하셨습니까?"

카스통게가 한숨을 쉬며 고개를 흔들었다. "거짓말한 게 아니오. 피곤했고, 아마 숙취 때문일 거요. 처음에는 사진을 주의 깊게 보지 않았을 뿐이오. 고의가 아니었소."

가마슈는 그게 사실인지 의심스러웠지만 더 추궁하지 않기로 마음먹었다. 그것은 이 남자를 방어적으로 만들고 시간만 낭비할 뿐이었다. "릴리언 다이슨을 잘 아셨습니까?" 그는 대신 그렇게 물었다.

"그다지. 최근에 몇몇 베르니사주에서 봤소. 나한테 접근하기까지 했지." 그녀가 무슨 불미스러운 짓이라도 했다는 듯 카스통게가 그렇게 말했다. "자신의 포트폴리오가 있는데 보여 주겠다더군."

"그래서 뭐라고 대답하셨습니까?"

놀란 카스통게가 가마슈를 보았다. "물론 거절했소. 얼마나 많은 작가들이 포트폴리오를 보내오는지 알긴 합니까?"

가마슈는 조용히 오만한 말을 기다렸다.

"한 달에 세계 도처에서 수백 개를 받소."

"그래서 거절하셨습니까? 하지만 어쩌면 좋은 작품일지도 모릅니다." 경감이 그렇게 말하자 카스통게가 또다시 싸늘한 눈빛을 보냈다.

"조금이라도 훌륭했다면 지금쯤은 그녀에 대해서 들어 봤겠지. 전도가 유망한 젊은이도 아니었소. 될성부른 미술가 대부분이 사십이 되기 전에 두각을 나타냈소."

"그러나 항상 그렇진 않습니다." 가마슈가 집요하게 물고 늘어졌다. "클라라 모로는 마담 다이슨과 같은 나이인데, 이제야 발굴됐습니다."

"나한테는 아니오. 난 여전히 그녀 작품이 형편없다고 생각하오." 카스통게가 말했다.

가마슈는 프랑수아 마루아에게 고개를 돌렸다. "그럼 당신은요, 무슈? 릴리언 다이슨을 얼마나 잘 아십니까?"

"잘은 모릅니다. 지난 몇 달간 베르니사주에서 그녀가 눈에 띄었고, 그녀가 누구인지 알고 있었지요."

"어떻게 알게 되셨습니까?"

"몬트리올의 미술계는 상당히 좁아요. 취미로 미술을 하는 수준 낮은 미술가들이 많습니다. 어느 정도 재능이 있는 미술가들은 상당수라오. 이들이 가끔씩 전시회를 합니다. 세상을 깜짝 놀라게 할 정도는 아니지만 제법 잘하는 수준의 화가들이에요. 피터 모로 같은 사람. 그다음 아주 소수의 위대한 화가가 있지요. 클라라 모로 같은."

"그렇다면 릴리언 다이슨은 어디에 들어갔습니까?"

"모르겠소." 마루아가 고백했다. "앙드레처럼 나도 그녀에게 포트폴리오를 봐 달라는 부탁을 받았지만 그러겠다고 할 수 없었어요. 다른 용무가 너무나 많이 밀려 있어서."

"지난밤, 왜 스리 파인스에 묵겠다고 결정하셨습니까?" 가마슈가 물었다.

"아까 얘기했듯이 마지막 순간에 한 결정이었소. 클라라가 작품을 만들어 낸 곳을 둘러보고 싶었지."

"네, 그렇게 말씀하셨습니다." 가마슈가 말했다. "그러나 목적이 뭔지는 말씀 안 하셨습니다."

"목적이 있어야 합니까?" 마루아가 물었다. "둘러보는 것으로는 충분치 않습니까?"

"대부분의 사람에게는 그렇겠지만 당신은 아닐 것 같습니다."

마루아의 날카로운 눈이 가마슈의 시선을 잡았다. 전혀 즐겁지 않은 눈이.

"보시오, 클라라 모로는 기로에 서 있답니다." 미술상이 말했다. "그녀는 결정을 내려야 해요. 그녀는 막 이례적으로 좋은 기회를 잡았습니다. 아직까진 평론가들이 그녀를 흠모하지만 내일 그들은 다른 누군가를 흠모할 겁니다. 그녀는 이끌어 줄 누군가가 필요해요. 멘토가."

가마슈는 어리벙벙해 보였다. "멘토라고요?"

그의 질문이 허공에 걸렸다.

길고 긴장된 침묵이 흘렀다.

"그래요." 마루아가 다시 우아한 매너를 몸에 두르고 말했다. "아시다시피 이제 난 내 경력의 종점이 얼마 남지 않았습니다. 뛰어난 화가 한 명, 아니면 아마 두 명쯤은 더 끌어 줄 수 있지요. 주의 깊게 선택해야 해요. 내겐 낭비할 시간이 없으니까. 지난해를 한 사람의 화가를 찾으면서 보냈습니다. 어쩌면 마지막이 될지도 모를. 세계 곳곳 수백 베르니사주를 다녔지요. 바로 여기서 클라라 모로를 발견한 참입니다."

저명한 미술상이 주위를 둘러보았다. 도살장에서 구조된 들판의 쇠잔한 말을. 나무를. 그리고 숲을.

"바로 내 뒷마당에서."

"멀리 떨어진 외딴 곳에서겠지." 카스통게가 그렇게 말하며 언짢은 시선으로 다시 주위의 풍경을 노려보았다.

"클라라가 뛰어난 예술가라는 건 분명합니다." 마루아가 갤러리 소유주를 무시하고 말했다. "그러나 그녀를 뛰어나게 한 그 재능이 또한 미술계를 잘 헤쳐 나갈 수 없게 합니다."

"클라라 모로를 과소평가하시는 건지도 모르죠." 가마슈가 말했다.

"그럴지도 모릅니다. 하지만 경감이 미술계를 과소평가하시는 걸 수도 있습니다. 정중함과 창조성이라는 겉치레에 속지 마세요. 악의에 찬 곳입니다. 불안정하고 탐욕스러운 인간들로 가득한 곳이에요. 두려움과 탐욕, 베르니사주에서 볼 수 있는 겁니다. 많은 돈이 걸려 있으니까요. 막대한 돈. 그리고 많은 사람의 자존심이 걸려 있습니다. 어디로 튈지 모를 조합이라오."

마루아는 카스통게를 힐끗 보고 다시 경감에게 시선을 던졌다.

"난 내 분야를 잘 압니다. 그들을 제일 높은 자리까지 끌어 줄 수 있답니다."

"그들이라고?" 카스통게가 말했다.

가마슈는 갤러리 소유주가 흥미를 잃고 거의 듣지 않고 있다고 여겼었는데 카스통게가 자신들의 대화를 매우 꼼꼼히 듣고 있었다는 걸 이제 알게 되었다. 그리고 가마슈는 미술계의 부패도, 이 오만한 남자도 과소평가하지 말라고 조용히 자신에게 경종을 울렸다.

마루아가 몸을 돌려 그를 주목하는 것으로 보아 그가 자신의 말에 귀를 기울이고 있었다는 데 놀란 게 분명했다.

"그래. 그들."

"누굴 말하는 건가?" 카스통게가 따졌다.

"모로 부부를 말하는 걸세. 둘 다 맡고 싶네."

카스통게가 눈을 크게 뜨고 입술을 오므렸고, 입을 열자 목소리가 높아졌다. "탐욕에 대해 말하더니만. 둘 다 데려가겠다고? 자네는 그의 그림은 좋아하지도 않잖아."

"자네는 좋아하나?"

"아내 것보다는 훨씬 낫다고 생각하네. 자네가 클라라를 데려가. 그럼 난 피터를 데려가지."

가마슈는 두 사람의 대화를 들으면서 그들의 말이 세계대전 후에 협의된 파리평화회의처럼 될지 궁금했다. 당시 유럽은 승전국들에 의해 쪼개졌다. 가마슈는 지금 이 상황이 그런 끔찍한 결과를 낳게 될지 궁금했다.

"한 사람을 원하는 게 아니네." 마루아가 말했다. 그의 목소리는 합리적이고 부드럽고 침착하게 들렸다. "둘 다 원해."

"망할 놈." 카스통게가 욕을 했지만 마루아는 신경 쓰지 않았다. 그는 카스통게에게 금방 칭찬이라도 들었다는 듯이 경감에게로 몸을 돌렸다.

"클라라 모로를 마지막 화가로 결정하신 게 어제 어느 순간이었습니까?" 가마슈가 물었다.

"경감과 함께 있을 때라오. 동정녀 마리아의 눈에서 빛을 발견한 순간이었지요."

가마슈가 그때를 떠올리며 침묵했다. "제 기억으로는 그게 단순히 빛의 눈속임일지도 모른다고 하셨는데요."

"여전히 그렇게 생각합니다. 그러나 그게 얼마나 뛰어납니까? 그 인물의 경험을 본질적으로 포착한 클라라 모로가? 한 사람의 희망은 다른 사람에게 잔인함이 될 수 있습니다. 그게 빛일까요, 거짓 약속일까요?"

가마슈는 마치 다른 전시회에 있었느냐는 듯이 자신들의 대화에 완전히 어리둥절한 듯 보이는 앙드레 카스통게에게 고개를 돌렸다.

"죽은 여자 얘기로 돌아가지요." 가마슈는 그렇게 말하고 한동안 갈피를 못 잡고 있는 카스통게를 보았다. 탐욕에 가려진 살인으로. 그리고 두려움.

"릴리언 다이슨이 몬트리올에 돌아온 걸 보고 놀라셨습니까?" 경감이 질문했다.

"놀랐냐고?" 카스통게가 말했다. "어느 쪽으로든 아무 느낌 없었소. 그녀에게 두 번 다시 눈길도 주지 않았으니까."

"유감이지만 나도 마찬가지였습니다, 경감." 무슈 마루아가 말했다. "몬트리올에 있는 마담 다이슨이나 뉴욕에 있는 마담 다이슨이나 내게는 별반 다를 게 없었어요."

가마슈가 흥미롭게 그를 보았다. "그녀가 뉴욕에 있었던 건 어떻게 아셨습니까?"

처음으로 마루아가 멈칫했다. 침착한 태도에 구멍이 뚫렸다.

"누가 하는 말을 들었을 겁니다. 미술계는 소문으로 넘쳐 나니까요."

미술계는 자신이 말할 수 있는 다른 뭔가로 가득하다고 가마슈는 생각했다. 그리고 이게 좋은 사례 같았다. 그가 응시하자 미술상은 시선을 깔고 티 없이 말끔한 셔츠에 붙은 투명한 머리카락을 떨어내는 척했다.

"다른 동료분이 여기 파티에 왔다고 들었습니다. 데니스 포틴요."

"맞아요." 마루아가 말했다. "그를 보고 놀랐습니다."

"놀랐다는 표현으로는 약하지." 카스통게가 콧방귀를 뀌었다. "클라라 모로를 그렇게 취급하고 여길 오다니. 그 얘기 들으셨소?"

"얘기해 주시죠." 자신도 충분히 잘 아는 이야기였고, 조금 전 두 미술가가 자신에게 그것을 기쁘게 상기시키기도 했던 이야기지만 가마슈는 그렇게 말했다.

그래서 앙드레 카스통게는 고소해하며 어떻게 데니스 포틴이 클라라와 개인전 계약을 하고 마음을 바꿔 철회했는지 이야기했다.

"그냥 철회만 한 게 아니라 정말 뭣처럼 굴었소. 모두에게 그녀가 가치 없다고 떠들어 댔지. 사실은 나도 동의하는 바지만. 어쨌든 곳곳의 모든 유명 미술관에서 그녀를 선택했을 때 그가 얼마나 놀랐을지 상상할 수 있겠소?"

클라라와 자신의 경쟁자인 데니스 포틴을 동시에 헐뜯을 수 있어서 카스통게에게 어필하는 이야기였다.

"그렇다면 왜 그가 여기 왔다고 생각하십니까?" 가마슈가 물었다. 두 남자 모두 그에 대해 생각했다.

"짐작도 못 하겠소." 카스통게가 말했다.

"초대받았어야 할 사람이지만," 마루아가 말했다. "클라라 모로의 손님 명단에는 안 보이더군요."

"사람들이 이런 파티에 무작정 옵니까?" 가마슈가 물었다.

"어떤 사람들은." 마루아가 말했다. "하지만 대개는 인맥을 만들기 위한 미술가들이지요."

"공짜 술과 음식을 찾아오는 거지." 카스통게가 웅얼거렸다.

"마담 다이슨이 포트폴리오를 봐 달라고 부탁했다고 하셨습니다." 가마슈가 카스통게에게 말했다. "거절하셨고요. 하지만 전 그녀가 미술가가 아니라 평론가였다고 들은 것 같은데요."

"맞소." 카스통게가 말했다. "「라 프레스」에서 일했소. 그러나 오래전 얘기요. 그리고 나서 사라졌고, 다른 사람이 그 자리를 차지했지."

그는 지루한 듯 보였고, 예의도 거의 차리지 않았다.

"실력 있는 평론가였습니까?"

"내가 그걸 기억할 것 같소?"

"사진을 보고 그녀를 기억해 내신 것과 마찬가지로 그것도 기억하실 거라고 기대했습니다, 무슈." 가마슈는 갤러리 소유주에게서 눈을 떼지 않았다. 원래 붉었던 카스통게의 얼굴이 더 진하게 붉어졌다.

"그녀의 리뷰가 기억납니다, 경감." 마루아가 그렇게 말하고 카스통게를 향했다. "자네도 기억할 거야."

"난 아니야." 카스통게가 혐오하는 눈빛으로 그를 보았다.

"그는 타고났다. 생리 작용인 양 예술을 낳는다."

"설마." 카스통게가 웃음을 터트렸다. "릴리언 다이슨이 그걸 썼다고? 메르드. 그런 분노라면 결국 괜찮은 미술가였는지도 모르겠군."

"누구에 대해 쓴 글이었습니까?" 가마슈가 두 사람에게 물었다.

"유명인이 되었거나 우리가 기억할 만한 사람은 아닐 겁니다." 마루아가 말했다. "망각 속으로 가라앉은 어느 불쌍한 화가겠지요."

리뷰라는 바윗덩이에 묶여서. 가마슈는 생각했다.

"그게 상관있소?" 카스통게가 물었다. "이십 년도 더 지난 일인데. 몇십 년 전에 쓴 리뷰가 살인과 관계가 있다고 여기오?"

"살인은 오래전 기억까지 다 품고 있죠."

"실례지만 몇 군데 전화할 데가 있소." 앙드레 카스통게가 말했다.

마루아와 가마슈는 스파 리조트를 향해 멀어져 가는 그를 지켜봤다.

"저 사람이 뭐 하러 가는지 알겠지요?" 마루아가 옆에 남은 사람을 쳐다보며 물었다.

"만나서 얘기 좀 하자고 모로 부부에게 전화하러 가는 거겠죠."

"에그작트멍Exactement 정확합니다." 마루아가 미소를 보였다.

두 사람은 스파 리조트를 향해 천천히 발걸음을 돌렸다.

"걱정되지 않으십니까?"

"앙드레에 대해서는 전혀 걱정 안 합니다. 그는 내게 위협이 되지 않아요. 모로 부부가 그와 계약할 정도로 어리석다면 그를 환영하겠죠."

그러나 가마슈는 한순간도 그 말을 믿지 않았다. 프랑수아 마루아의 눈초리는 그 문제에 관해 너무나 날카롭고 너무나 기민해 보였다. 마루아의 느긋한 태도는 많은 연구에서 기인한 듯했다.

아니, 이 남자는 매우 신경 쓰고 있었다. 이 남자는 부유했다. 영향력도 막강했다. 그러니 그 문제는 아니었다.

두려움과 탐욕. 그게 미술계를 움직여 갔다. 그리고 가마슈는 아마도 그 말이 사실일 거라고 여겼다. 따라서 마루아에게 탐욕이 해당되지 않는다면 다른 것이리라.

두려움이었다.

그러나 이 저명한 노미술상이 두려워하는 것은 무엇일까? "저와 함께 가시겠습니끼, 무슈?" 아르망 가마슈가 팔을 내밀어 프랑수아 마루아에게 함께 걷자고 이끌었다. "전 마을에 가는 길입니다."

다시 스리 파인스로 내려갈 일이 없었던 마루아였지만 곧 이 초대가 무슨 성격을 띠는지 알아차렸다. 정중한 요청이었다. 명령이라고까지는 할 수 없었지만 그것에 가까웠다.

그는 경감 옆에 섰고, 둘은 천천히 경사진 언덕을 걸어 내려가 마을로 들어갔다.

"아주 예쁜 마을이군요." 마루아가 말했다. 그는 멈춰 서서 스리 파인스 마을을 살피며 입가에 미소를 머금었다. "클라라 모로가 왜 여기를 살 곳으로 택했는지 알겠어요. 미술적인 장소군요."

"전 가끔씩 예술가에게 사는 장소가 얼마나 중요한지 궁금해집니다." 가마슈 역시 조용한 마을을 바라봤다. "많은 이들이 대도시를 선택하죠. 파리, 런던, 베니스. 소호와 첼시에 있는 온수 설비가 안 된 아파트와 로프트공장을 개조한 아파트에 삽니다. 예를 들면 릴리언 다이슨은 뉴욕으로 이사했죠. 그러나 클라라는 아니었습니다. 모로 부부는 이곳을 택했습니다. 어디 사느냐가 무엇을 창작하느냐에 영향을 줍니까?"

"그야 물론입니다. 어디에 사느냐와 누구와 시간을 보내느냐가 영향을 미치지요. 클라라의 초상화 시리즈는 여기 말고 다른 곳에서는 창작되지 못했을 겁니다."

"어떤 이는 그녀의 작품을 보고 주로 나이 든 여인들을 그린 그저 괜찮은 초상화로 여긴다는 게 대단히 흥미롭습니다. 전통적이고 고루하다고까지 얘기하죠. 그러나 당신은 그렇게 생각하지 않으시는군요."

"당신도 마찬가지였습니다, 경감. 경감과 내가 스리 파인스를 그냥 평범한 마을로 바라보지 않는다는 거지요."

"그렇다면 무엇이 보이십니까, 무슈 마루아?"

"그림이 보입니다."

"그림이오?"

"아름다운 그림이 분명해요. 그러나 가장 충격적이고 가장 절묘하게 아름다운 작품들을 구성하는 것은 모두 같지요. 빛과 어둠의 작용. 그게 내가 보는 겁니다. 아주 많은 빛, 그러나 또한 아주 많은 어둠. 그게 사람들이 클라라의 작품에서 놓치는 거고. 빛이 너무나 확연하기 때문에 거기에 속는 겁니다. 어떤 이들은 얼마간 그 음영을 높이 평가하지요. 난 그게 그녀를 뛰어나게 해 주는 것 중 하나라고 생각합니다. 그녀의 작품은 아주 섬세하지만, 한편 아주 체제 전복적이라오. 그녀는 하고 싶은 말이 많고, 그걸 시간을 들여서 서서히 내보입니다."

"세 텡테레성, 사C'est intéressant, ça 그것 참 흥미롭군요." 가마슈가 고개를 끄덕였다. 그것은 자신이 스리 파인스에 대해 생각해 온 것과 다르지 않았다. 스리 파인스도 스스로를 내보이는 데 시간이 걸렸다. 그러나 마루아의 비유에는 한계가 있었다. 제아무리 장대한 그림이라도 2차원을 벗어날 수 없었다. 그게 마루아가 세상을 바라보는 방식일까? 그가 완전히 놓친 차원이 있었을까?

그들은 다시 걷기 시작했다. 두 사람은 잔디 광장에서 클라라가 루스 옆에 털썩 앉는 모습을 보았다. 그들은 루스가 오래된 빵 덩어리를 새들에게 던지는 모습을 지켜봤다. 새 먹이를 주는 것인지 새들을 죽이려는 것인지 구분이 되지 않았다.

프랑수아 마루아의 눈이 가늘어졌다. "클라라의 초상화 속 여자군요." 그기 말했다.

"그렇습니다. 루스 자도."

"시인 아닌가요? 죽었다고 생각했는데."

"많이들 그렇게 여깁니다." 가마슈가 그렇게 말하고 루스에게 손을 흔들자 그녀가 가운뎃손가락을 들어 보였다. "뇌는 쌩쌩하신 것 같고, 멈춘 게 있다면 심장이겠죠."

오후 햇살이 프랑수아 마루아를 곧장 비춰 그는 눈을 가늘게 떠야 했다. 그러나 그의 뒤로는 길고 진한 그림자가 드리워져 있었다.

"왜 두 모로를 다 원하십니까?" 가마슈가 물었다. "분명 클라라 작품을 더 좋아하지 않으십니까? 피터 모로의 작품을 좋아하시긴 합니까?"

"아니요, 좋아하지 않습니다. 굉장히 피상적이에요. 계산적이고요. 좋은 화가지만 난 그가 본능을 더 사용하고 기교를 덜 부리면 위대한 화가가 될 수 있다고 생각합니다. 그는 데생에 매우 뛰어난 화가지요."

악의 없이 하는 말이어서 냉정한 분석이 더욱더 강한 비판으로 들렸다. 그리고 맞는 말이리라.

"시간과 에너지가 얼마 남지 않았다고 하셨습니다." 가마슈가 집요하게 물고 늘어졌다. "클라라를 택하신 이유는 이제 알겠습니다. 하지만 좋아하지도 않는 피터는 왜입니까?"

마루아가 머뭇거렸다. "그저 관리하기가 더 쉽다는 이유지요. 우린 둘 모두를 위한 진로 결정을 할 수 있습니다. 나는 클라라가 행복하기를 바라고, 피터도 관리를 받으면 그녀가 제일 행복해할 것 같군요."

가마슈는 미술상을 보았다. 기민한 관찰이었다. 하지만 충분히 깊이 들어가지는 못했다. 마루아는 질문의 답을 클라라와 피터의 행복에 관한 것으로 이끌었다. 질문을 비껴갔다.

이내 경감은 마루아가 했던 그의 첫 번째 고객에 관한 이야기를 떠올렸다. 자신을 능가하는 아내를 뒀던 나이 많은 화가. 아내는 남편의 연약한 자존심을 지켜 주기 위해 다시는 그림을 그리지 않았다.

그것이 마루아가 두려워하는 것일까? 자신의 마지막 고객, 마지막으로 발굴한 화가를 잃는 것? 피터를 사랑하는 클라라의 마음이 그림을 사랑하는 마음보다 커서?

아니면 다시, 보다 더 개인적인 것일까? 클라라와도, 피터와도, 예술과도 아무런 관련이 없는 것일까? 프랑수아 마루아는 단순히 잃는 게 두려운 걸까?

앙드레 카스통게는 작품을 소유했다. 그러나 프랑수아 마루아는 예술가를 소유했다. 더 영향력 있는 사람이 누구일까? 그러나 또 누가 더 상처받기 쉬울까?

액자에 들어 있는 그림은 일어나서 떠날 수 없다. 그러나 미술가는 그럴 수 있다.

프랑수아 마루아는 뭘 두려워했을까? 가마슈는 다시 자문했다.

"왜 여기 머무시는 겁니까?"

마루아는 놀란 듯했다. "벌써 얘기했는데요, 경감. 두 번이나. 모로 부부와 계약하기 위해서지요."

"그런데 무슈 카스통게가 먼저 그들을 만나도 개의치 않는다고 주장 하셨습니다."

"다른 사람이 하는 멍청한 짓을 내가 어떻게 할 수는 없습니다." 마루 아가 미소 지었다.

가마슈가 그를 응시하자 미술상의 미소가 흔들렸다.

"한잔하기로 했는데 늦었군요, 무슈." 가마슈가 유쾌하게 말했다. "더 하실 말씀이 없다면 가 보겠습니다."

그는 몸을 돌려 비스트로를 향해 발걸음을 옮겼다.

"빵 줘?" 루스가 클라라에게 모양도 감촉도 벽돌 같은 것을 내밀었다.

두 사람은 그것을 조각냈다. 루스가 빵 조각을 던지자 울새들이 잽싸 게 도망갔다. 클라라는 자신의 발치에다 팔매 쳤을 뿐이었다.

툭, 툭, 투둑.

"평론가들이 자기 그림에서 난 확실히 못 본 걸 봤다던데." 루스가 말했다.

"무슨 말이에요?"

"호평을 했다며."

툭, 툭, 툭.

"다는 아니에요." 클라라가 웃었다. "오타와 스타는 내 그림이 훌륭 하지만 대담하지도, 앞을 내다보지도 못한대요."

"아, 「오타와 스타」. 주요 신문이지. 「드러먼드빌 포스트」에서 한번은 내 시를 지루하고 시시하다고 했지." 루스가 콧방귀를 뀌었다. "저거 봐, 저걸 맞혀." 그녀가 유난히 대담한 큰어치 한 마리를 가리켰다. 클라라가 꼼짝도 안 하자 루스는 돌멩이 같은 빵을 큰어치에게 던졌다.

"맞힐 뻔했는데." 루스는 그렇게 말했지만 클라라는 루스가 저 새를 맞히고자 했다면 과연 놓쳤을지 의심했다.

"진짜 예술가를 흉내 내는 늙고 지친 앵무새래요." 클라라가 말했다.

"터무니없는 소리. 앵무새는 흉내 안 내. 흉내 내는 건 구관조야. 앵무새는 단어를 익혀서 자기들 방식으로 그걸 말하지."

"매혹적인데요." 클라라가 웅얼거렸다. "새 이름을 정정해 달라는 단호한 편지를 써야겠어요."

"「캠프루스 레코드」는 내 시가 라임이 맞지 않는다고 불만이었지." 루스가 말했다.

"당신에 관한 리뷰를 다 기억해요?" 클라라가 물었다.

"나쁜 것만."

"왜요?"

루스는 몸을 틀어 그녀를 똑바로 봤다. 그녀의 눈은 화가 나 있지도, 냉소가 어려 있지도 않았고, 악의가 들어차 있지도 않았다. 의아함이 가득했다.

"몰라. 아마 그게 시를 쓰는 대가인가 봐. 그리고 보아하니 그림을 그리는 대가고."

"무슨 뜻이에요?"

"거기에 빠지면 상처를 입지. 고통이 없으면 얻는 것도 없는 법."

"그 말을 믿어요?" 클라라가 물었다.

"자긴 안 믿어?「뉴욕 타임스」는 뭐라고 했지?"

클라라는 머릿속을 뒤졌다. 호평이었다는 건 알았다. 희망이 어쩌고, 솟아난다는 것과 비슷한 말도 있었는데.

"벤치에 온 걸 환영해." 루스가 말했다. "왔군. 난 십 년쯤 더 남아 있을 줄 알았는데. 하지만 여기 와 있군."

그리고 한순간 루스는 클라라의 초상화 속 모습과 꼭 같았다. 낙담한 채 쓰러지려하는 모습. 햇살 속에 앉아 받은 모욕을 모조리 떠올리고 되새기고 다시 보고 있었다. 들었던 매정한 말을 모두 꺼내어 실망스러운 생일 선물인 양 검토하고 있었다.

오, 아니. 아니야. 클라라는 생각했다. 여전히 죽은 자는 누워 신음하네. 이렇게 시작되던가?

그녀는 루스가 다시 먹을 수 없는 빵 덩어리로 새 한 마리를 공격하는 모습을 지켜봤다.

클라라가 가려고 일어섰다.

"희망이 현대 거장들 사이에 자리를 잡다."

클라라가 루스에게 몸을 돌려 그녀를 보자 햇살이 막 그녀의 물기 어린 눈을 비추고 있었다.

"「뉴욕 타임스」에 나온 말이야." 루스가 말했다. "또 런던의「타임스」는 이렇게 썼어. 클라라 모로의 예술이 다시 기쁘게 하다. 잊지 마, 클라라." 그녀가 속삭였다.

루스는 다시 고개를 돌리고 꼿꼿하게 앉았다. 자신의 생각과 무거운 돌덩이 같은 빵과 함께 홀로. 이따금씩 빈 하늘을 흘긋거리며.

8

가브리가 보부아르 앞에 레모네이드를, 경감 앞에는 아이스티 글라스를 놓았다. 쐐기 모양 레몬이 가장자리에 꽂혀 있는 글라스들은 따뜻한 오후 날씨에 벌써 물방울이 송골송골 맺히기 시작했다.

"비앤비에 예약하시겠어요?" 가브리가 물었다. "원하신다면 방은 많아요."

"의논해 보죠. 메르시, 파트롱Merci, patron 고마워요, 주인장." 보부아르가 살짝 미소를 지으며 말했다. 그는 여전히 용의자와 친구가 되는 게 편치 않지만 어쩔 수 없는 일인 것 같았다. 그들이 자신의 미간을 모으게 하는 건 분명했다. 그러나 또한 그들에게 매력을 느꼈다.

가브리가 자리를 떴고, 그들은 한동안 말없이 음료수를 마셨다.

보부아르는 비스트로에 먼저 도착해 곧장 화장실로 갔다. 얼굴에 차가운 물을 끼얹었고, 알약을 삼키고 싶은 생각이 간절했다. 하지만 그는 편안한 수면을 위해 침대에 들 때 먹겠다고 자신과 약속했다.

그가 테이블로 돌아왔을 때 경감이 와 있었다.

"성과가 있으셨습니까?" 그가 가마슈에게 물었다.

"미술상들이 릴리언 다이슨을 안다고 인정했네. 잘 알진 못한다고 주장하지만."

"그들 말을 믿으십니까?"

항상 하는 질문이었다. 누구를 믿느냐? 그리고 어떻게 믿겠다고 결정하느냐?

가마슈는 그에 대해 생각해 보고는 고개를 저었다. "모르겠어. 미술계를 안다고 생각했지만 그들이 내게 보여 주고 싶어 했던 것, 그들이 모두에게 보여 주고 싶어 하는 것만 봤다는 걸 이제 깨달았네. 작품. 갤러리. 그러나 훨씬 많은 일들이 그 이면에서 진행되고 있네." 가마슈가 보부아르 쪽으로 몸을 내밀었다. "예를 들어 앙드레 카스통게는 권위 있는 갤러리를 소유하고 있네. 예술가들의 작품을 전시하지. 예술가들을 대변해. 그러나 프랑수아 마루아는? 그가 가진 건 뭐지?"

보부아르는 조용히 경감을 바라보면서 그가 눈을 반짝이며 자신이 찾아낸 것을 열정적으로 이야기하는 모습을 가슴에 담았다. 그냥 겉으로 보이는 모습만이 아니라 그 안에 든 감성과 지성을.

많은 이들이 경감을 사냥꾼이라 여길지 몰랐다. 그는 살인자들을 찾아냈다. 그러나 장 기는 그가 그런 사람이 아니라는 걸 알았다. 가마슈 경감은 타고난 탐험가였다. 그는 인간의 내면을 탐험하며 한계를 밀어붙일 때 가장 행복을 느꼈다. 당사자조차 탐험해 본 적이 없는 곳들을. 결코 한 번도 들여다본 적이 없는 곳. 아마도 너무 두려웠기 때문에.

가마슈는 그곳으로 갔다. 알려진 세계의 끝, 그리고 그 너머를. 어둡고 숨겨진 곳으로. 그는 가장 최악의 것이 숨겨져 있는 틈 안을 들여다보았다.

그리고 장 기 보부아르는 그 뒤를 따랐다.

"프랑수아 마루아에게는," 가마슈가 보부아르의 눈을 보며 말을 이었다. "예술가들이 있네. 하지만 그 이상의 것으로. 그가 진짜 가진 것은 정보일세. 그는 사람들을 알아. 구매자와 예술가. 그는 돈과 자존심과 지각이 복잡하게 얽힌 세계를 헤쳐 나가는 방법을 알고 있네. 마루아는 자신이 알고 있는 것을 축적해 두지. 내 생각에 그는 자신의 목적에 부합하거나 선택의 여지가 없을 경우에만 그걸 내놓네."

"아니면 거짓말의 덫에 빠져 옴짝달싹할 수 없을 경우에요." 보부아르가 말했다. "오늘 오후 경감님이 덫을 놓으신 것처럼."

"하지만 말하지 않고 알고 있는 게 얼마나 더 많겠나?" 가마슈가 질문했다. 보부아르에게 대답을 기대했던 건 아니었고, 보부아르도 대답하지 못했다.

보부아르는 메뉴를 힐끗 보았지만 관심은 없었다.

"고르셨나요?" 가브리가 펜으로 적을 준비를 하고 물었다.

보부아르가 메뉴판을 덮고 그것을 가브리에게 건넸다. "난 됐습니다, 고마워요."

"나도 괜찮습니다, 메르시, 파트롱." 경감은 그렇게 말하며 메뉴판을 돌려주고는 클라라가 루스를 떠나 머나네 서점으로 걸어가는 모습을 지켜봤다.

클라라가 친구를 끌어안자 밝은 노랑 카프탄 밑으로 두툼한 뱃살이 느껴졌다.

마침내 그들은 떨어졌고, 머나는 자신의 친구를 보았다.

"어쩐 일이야?"

"그냥 루스와 얘기하고 있었……."

"이런." 머나가 그렇게 말하며 클라라를 한 번 더 끌어안았다. "혼자서 루스랑 절대 말하지 말라고 내가 몇 번이나 말했어? 너무 위험하단 말이야. 홀로 루스의 머릿속을 헤매고 다닐 셈이야?"

클라라가 웃음을 터트렸다. "안 믿기겠지만 루스가 나를 도와줬어."

"어떻게?"

"조심하지 않으면 겪게 될 내 미래를 보여 줬어."

머나가 이해한다는 미소를 지었다. "어떨지 생각 중이었어. 자기 친구가 살해된 거 말이야."

"그 앤 친구가 아니었어."

머나가 고개를 끄덕였다. "의식을 치르는 게 어때? 치유를 위해 무언가를."

"정원?" 릴리언을 치유하기에는 조금 늦은 것 같았다. 그리고 클라라는 내심 어쨌거나 자신이 그녀의 생명을 되살리고 싶기는 한지 의심스러웠다.

"자기네 정원. 그리고 치유가 필요할지 모르는 다른 거 뭐든지." 머나가 클라라를 과장된 시선으로 응시했다.

"나? 싫어하는 여자가 내 정원에서 죽어서 내가 망가졌을지도 모른다고 생각해?"

"아니길 바라. 연기를 피워 자기네 정원 주변에 아직 머물고 있는 나쁜 기운이나 생각 들을 모두 없애는 의식을 할 수 있어."

클라라는 그렇게 너무 노골적인 말은 바보같이 들린다는 것을 알고 있었다. 살인이 일어난 곳 위로 연기가 퍼지게 하면 무슨 효과가 있다는 듯이 하는 말이. 그러나 전에 연기를 피우는 의식을 했을 때 매우 차분하고 편안해졌었다. 그리고 클라라에게 지금 이 순간 그 두 가지가 다 필요했다.

"좋아." 그녀가 말했다. "도미니크에게 전화할……."

"……그럼 내가 필요한 물건들을 챙길게."

클라라가 전화를 끊었을 때, 머나가 서점 위층에 있는 자신의 집에서 내려왔다. 그녀는 옹이가 있는 오래된 막대기와 장식용 끈, 그리고 거대한 시가 혹은 그런 것처럼 보이는 것을 가지고 왔다.

"난 연기 나는 불에 대한 선망이 있는 것 같아." 클라라가 그 시가를 가리키며 말했다.

"여기." 머나가 클라라에게 나뭇가지를 건넸다. "이거 받아."

"뭔데? 막대기?"

"그냥 막대기가 아니야. 기도 막대기야."

"그러면 내가 그걸로「오타와 스타」의 평론가를 흠씬 두들겨 패면 안 되겠네." 클라라가 그렇게 말하며 서점 밖으로 머나를 따라 나왔다.

"안 될걸. 그리고 자신을 패서도 안 돼."

"어떻게 기도 막대기가 된 거야?"

"내가 말해서." 머나가 말했다.

도미니크가 물랭 길을 내려오고 있었고, 그들은 서로 손을 흔들었다.

"잠깐만." 클라라가 아직 벤치에 앉아 있는 루스에게 말하기 위해 방향을 이탈했다. "우리, 정원으로 가는 길인데 같이 갈래요?"

루스가 막대기를 든 클라라를 보고, 말린 세이지와 향기름새로 만든 시가를 들고 있는 머나를 봤다.

"그 이단 마녀 의식 벌이려는 건 아니겠지?"

"왜 아니겠어요." 클라라 뒤에서 머나가 말했다.

"날 데려가." 루스가 낑낑대며 일어섰다.

경찰은 철수했다. 정원은 비어 있었다. 한 생명이 사라진 장소를 구경하고 서 있는 사람은 없었다. 한 생명이 목숨을 빼앗긴 곳을. 펄럭이는 노란색 '범죄 현장' 테이프가 잔디밭 일부와 화단 하나를 둥그렇게 둘러싸고 있었다.

"난 늘 이 정원 자체가 범죄라고 생각했어." 루스가 말했다.

"그래도 당신은 머나가 도움을 준 이래 나아지고 있다는 걸 인정해야 해요." 클라라가 말했다.

루스가 머나를 향했다. "자기 때문이었군. 늘 궁금했는데 자기가 정원사였어."

"당신이 유독한 쓰레기장만 아니었어도 당신을 심었을 거예요." 머나가 말했다.

루스가 깔깔 웃었다. "투셰Touché 한 방 먹었군."

"여기서 시체가 발견된 거예요?" 도미니크가 그 둥근 원을 가리키며 물었다.

"아니, 그 테이프는 클라라네 정원 장식 중 하나야." 루스가 퉁명스럽게 말했다.

"암캐." 머나가 말했다.

"마녀." 루스가 말했다.

클라라는 그들이 서로를 좋아하기 시작했다는 것을 알았다.

"넘어가야 할까요?" 머나가 물었다. 그녀는 노란 테이프를 생각지 못했다.

"아니." 루스가 그렇게 말하며 지팡이로 테이프를 눌러 낮춘 다음 넘어 들어갔다. 그녀가 서 있는 사람들에게 몸을 돌렸다. "들어와. 물이 괜찮아."

"너무 뜨거운 것만 빼면요." 클라라가 도미니크에게 말했다.

"또 안에 상어가 있는 것도 빼면요." 도미니크가 말했다.

세 여자가 루스와 합류했다. 현장을 오염시킬 수 있는 사람이 있다면, 그건 루스였고 아마도 이미 손상을 입었다. 게다가 그들은 오염을 제거하려고 거기에 있었다.

"이제 뭘 하면 되죠?" 클라라가 릴리언의 시체가 발견된 화단 옆에 기도 막대기를 심자 도미니크가 물었다.

"의식을 할 거예요." 머나가 설명했다. "연기를 피우는 의식이에요. 여기에 불을 붙이고요." 머나가 말린 허브 뭉치를 들어 올렸다. "그러고 나서 이걸 들고 정원 주위를 걸어요."

루스가 허브 시가를 뚫어지게 바라보면서 말했다. "프로이트가 이걸 본다면 뭔가 할 말이 있었을 거야."

"때때로 연기 막대기는 연기 막대기일 뿐이에요." 클라라가 말했다.

"그런데 이걸 왜 하고 있는 거죠?" 도미니크가 질문했다. 확실히 이것은 전에 보지 못한 이웃들의 모습이었고, 개선된 모습 같지 않았다.

"나쁜 혼을 없애기 위해서죠." 머나가 말했다. 너무 노골적으로 말하면 별로 그럴듯하게 들리지 않을 말이었다. 그러나 머나는 온 마음으로 그 효력을 믿었다.

도미니크가 루스를 향했다. "뭐, 당신은 이제 망한 것 같은데요."

잠시 침묵이 흐르더니 루스가 웃으며 콧방귀를 뀌었다. 그 말을 들으며 클라라는 루스 자도처럼 된다는 게 그렇게 안 좋은 일일까 궁금했다.

"먼저 둥글게 서요." 머나가 말했다. 그래서 그들은 그렇게 했다. 머나가 세이지와 향기름새에 불을 붙여 클라라가 있는 곳에서 도미니크에게로 그리고 루스에게로 걸었다. 향이 나는 연기가 각각에게 퍼지도록 하면서. 보호와 평화를 위해.

클라라는 연기가 은은하게 자신의 주위를 감도는 동안 숨을 들이마시며 눈을 감았다. 모든 부정적인 기운, 안팎에 있는 나쁜 영혼을 가져가라고 머나가 말했다. 그것들을 흡수하라고. 그리고 치유를 위한 공간을 달라고 말했다.

그러고 나서 그들은 정원 주위를 걸었다. 릴리언이 죽어 있던 끔찍한 곳만이 아니라 정원 전체를 한 바퀴 돌았다. 그들은 차례로 나무에, 졸졸 흐르는 벨라벨라 강에, 장미에, 모란에, 검은 속대를 드러낸 붓꽃에 연기를 쐬었다.

그리고 마침내 그들은 시작점에 도달했다. 노란 테이프가 쳐진 곳. 한 생명이 사라진 정원에 난 구멍.

"여기 훌륭한 사람이." 루스가 그곳을 응시하며 자신의 시를 인용했다.

"임종을 앞두고 있습니다.

삶은 앞으로 단 한 시간

당신이 만나야 하는 사람이 정확히 누군가요?

용서하려면 평생이 걸리는 사람이."

머나는 주머니에서 밝은색 끈을 꺼내 한 사람에게 하나씩 주면서 말했다. "이 끈을 기도 막대기에 묶으며 좋은 생각들을 하는 거예요."

그들은 루스에게 흘끗 시선을 보내며 그녀가 비꼬는 말을 덧붙이길 기다렸다. 그러나 아무 말도 들려오지 않았다. 도미니크가 먼저 나서서 분홍색 끈을 옹이투성이 막대기에 맸다.

다음으로 머나가 가서 보라색 끈을 매고는 짧게 눈을 감고 좋은 생각을 했다.

"내가 끈을 맨 게 tie on one '고주망태가 되다'란 뜻도 있다 처음은 아닐 거야." 루스가 미소를 지으며 시인했다. 그러고는 빨간 리본을 맸고, 정맥이 불거진 손으로 잠시 기도 막대기를 지팡이처럼 짚고서 하늘을 보았다.

귀를 기울이며.

그러나 벌이 내는 소리만 들릴 뿐이었다. 윙윙거리는.

마지막으로 클라라가 녹색 리본을 매면서 릴리언에 대해 친절한 생각을 떠올려야 한다고 생각했다. 뭔가, 뭔가 친절한 생각. 그녀는 머릿속을 뒤졌다. 어두운 구석구석을 기웃거리며 오랜 세월 닫고 지냈던 문을 열었다. 릴리언에 대한 좋은 얘기 한 가지를 찾으려 애썼다.

그 시간이 흐르는 동안 다른 여자들은 기다렸다.

클라라는 눈을 감고 아주 오래전 릴리언과 함께한 시간들을 돌아봤다. 처음의 행복했던 시간이 이후에 있었던 끔찍한 일로 엉망이 되었다. 그 기억이 머릿속에서 순식간에 지나갔다.

클라라가 자신의 뇌에게 멈추라고 명령했다. 그것은 공원 벤치행이었다. 먹을 수 없는 딱딱한 빵과 함께.

안 돼. 좋은 일들이 있었고, 그녀는 그걸 생각해 낼 필요가 있었다. 릴리언의 영혼을 자유롭게 해 주기 위해 그러는 게 힘들다면 자신을 자유롭게 하기 위해서라도.

당신이 만나야 하는 사람이 정확히 누군가요?

용서하려면 평생이 걸리는 사람이.

"내게 자주 친절을 베풀었지. 그리고 좋은 친구였어. 한때는."

보석처럼 빛나는 색색 가지 끈, 네 여성의 끈이 펄럭이며 뒤엉켰다.

머나는 허리를 굽혀 기도 막대기 주위의 흙을 더 단단히 다졌다.

"이게 뭐지?"

일어선 그녀가 흙이 묻은 뭔가를 들고 있었다. 그녀는 흙을 닦아 내고 다른 이들에게 보여 주었다. 19세기 개척 시대에 서부에서 발행된 1달러짜리 은화 크기의 동전이었다.

"내 거야." 루스가 집으려고 손을 뻗치며 말했다.

"덤비지 마요, 미스 키티미국 텔레비전 서부극 시리즈 <Gunsmoke>에 등장하는 인물. 확실해요?" 도미니크와 클라라가 돌아가며 동전을 살피는 중이었다. 동전이었지만 1달러 은화는 아니었다. 사실 그것은 플라스틱 같은 것에 은색 페인트를 입힌 것이었다. 그리고 그 위에 쓰여 있는 게 있었다.

"뭘까요?" 도미니크가 머나에게 돌려주며 말했다.

"뭔지 알 것 같아요. 그리고 당신 게 아니라는 것도요." 머나가 루스에게 말했다.

이자벨 라코스트 형사가 테라스에 있는 가마슈 경감, 보부아르 경위와 합류했다. 그녀는 다이어트 콜라를 시키고 그들에게 새로운 진행 상황을 보고했다.

옛 철도 역사가 수사본부로 사용 중이었다. 컴퓨터, 전화선, 위성통신이 설치됐다. 책상, 회전의자, 서류 보관용 캐비닛 등 모든 필요 장비가 자리를 찾았다. 신속하고 전문적으로 진행됐다. 경찰청 살인 수사과는 살인을 조사하기 위해 외진 곳으로 가는 데 익숙했다. 육군 공병대처럼 그들은 시간과 정밀함이 중요하다는 걸 알았다.

"릴리언 다이슨의 가족에 대해 알아봤습니다." 라코스트가 의자를 앞으로 끌어당기며 수첩을 펼쳤다. "그녀는 이혼했습니다. 아이는 없고요. 부모님은 살아 계십니다. 그들은 노트르담 드 그라스의 하버드 가에 살아요."

"그들의 나이는?" 가마슈가 물었다.

"아버지는 팔십삼 세, 어머니는 팔십이 세입니다. 릴리언이 외동딸이었습니다."

가마슈가 고개를 끄덕였다. 어떤 사건에서든 당연히 이 부분이 가장 나빴다. 살아 있는 이에게 죽음을 알리는 것.

"알고 계신가?"

"아직 모릅니다." 라코스트가 말했다. "만약 경감님께서……."

"난 오늘 오후에 몬트리올에 갈 예정이네. 가서 내가 알리지." 가능한 한 그는 자신이 직접 가족에게 알렸다. "마담 다이슨의 아파트도 수색해야 하네." 가마슈가 가슴의 주머니에서 손님 명단을 꺼냈다. "명단에 있는 사람 모두와 인터뷰할 수 있도록 형사들을 모을 수 있겠나? 어젯밤 이곳 파티와 베르니사주 둘 중 한쪽에 갔던 사람들, 혹은 양쪽 다 간 사람들을. 우리가 이미 만난 사람들은 표시를 해 뒀네."

보부아르가 명단을 받으려고 손을 내밀었다.

인터뷰를 편성하고 증거를 취합하고 형사들을 배정하는 일이 그의 역할이라는 것을 두 사람은 알고 있었다.

경감이 잠시 가만히 있다가 라코스트 형사에게 명단을 건넸다. 효율적으로 수사를 제어할 수 있는 권한이 그녀에게 갔다.

"자넨 나와 몬트리올에 가는 게 좋겠군." 그가 보부아르에게 말했다.

"알겠습니다." 보부아르가 당혹스러워하며 말했다.

살인 수사과 수사관들에게는 모두 상세하게 기술된 각자의 역할이 있었다. 그건 경감이 줄곧 고집해 온 바이기도 했다. 거기에는 어떤 혼란도, 균열도 없었다. 겹치는 부분도 없었다. 한 팀으로 일했다. 경쟁 관계도 없었고, 내분도 일어나지 않았다.

가마슈 경감은 논란의 여지 없는 살인 수사과의 수장이었다.

장 기 보부아르는 그의 부관이었다.

라코스트 형사는 승진 대상자였고, 경력이 많은 형사였다. 그들 아래로 1백 명 이상의 형사와 수사관들이 있었다. 그리고 수백 명의 지원 인력이 있었다.

경감은 그것을 명백하게 규정했다. 혼선이 오고 균열이 생기면 위험에 빠진다. 내분뿐 아니라 실재하는 위협에. 그들의 역할이 명확하고 서로 단절되어 있지 않다면, 하나의 팀으로 함께 일하지 않는다면, 폭력 성향의 범죄자를 놓칠 수 있었다. 혹은 더 나쁜 상황에 빠진다. 다시 살인이 일어날 수도 있었다.

살인자들은 좁은 틈 안에 숨었다. 그리고 가마슈 경감이 부서에 그런 틈이 하나라도 생기게 놔두면 굉장한 지옥에 빠지게 될 터였다.

그러나 방금 경감은 자신의 가장 중요한 규칙 하나를 깼다. 수사를, 그날그날의 작전 계획을 보부아르 대신 이자벨 라코스트 형사에게 일임

했다.

라코스트가 명단을 받아 훑어보고 고개를 끄덕였다. "바로 시작하겠습니다, 경감님."

라코스트 형사가 떠나는 걸 본 뒤, 보부아르가 앞으로 몸을 기울였다.

"좋아요, 파트롱. 이건 뭡니까?" 그가 목소리를 낮춰 물었다. 그러나 가마슈가 대답하기 전에 그들은 네 여자가 자신들을 향해 오는 모습을 보았다. 머나가 선두에 있었고, 클라라와 도미니크, 루스가 그녀의 뒤를 따랐다.

가마슈가 일어나 살짝 고개를 숙였다. "저희와 함께 앉으시렵니까?"

"오래 있을 생각은 아니지만, 경감님께 보여 드리고 싶은 게 있어서요. 여자가 살해된 화단에서 우리가 이걸 발견했어요." 머나가 그에게 동전을 주었다.

"정말입니까?" 가마슈가 놀라서 말했다. 그는 자신의 손바닥에 놓인 흙이 묻은 동전을 내려다보았다. 자신의 부하들이 온 정원, 온 마을을 철저히 수색했었다. 어떻게 놓칠 수 있단 말인가?

동전 앞면에는 낙타 한 마리의 모습이 있었는데 얼룩이 져서 간신히 보이는 정도였다.

"어느 분이 이걸 만졌습니까?" 보부아르가 물었다.

"우리 모두 만졌지." 루스가 자랑스럽게 말했다.

"범죄 현장에서 나온 증거를 어떻게 다뤄야 하는지 모르세요?"

"증거 수집을 어떻게 해야 하는지 모르시나?" 루스가 물었다. "알았다면 우리가 이걸 발견했을 리 없지."

"이게 그냥 정원에 놓여 있었습니까?" 가마슈가 물었다. 그는 불필요한 접촉을 하지 않도록 주의하면서 손끝으로 동전을 뒤집었다.

"아니요." 머나가 말했다. "묻혀 있었어요."

"그런데 어떻게 발견하셨습니까?"

"기도 막대기 덕분에." 루스가 말했다.

"기도 막대기가 뭡니까?" 보부아르가 무슨 대답이 나올지 두려워하며 물었다.

"보여 드릴게요." 도미니크가 말했다. "우리가 이걸 여자가 살해된 화단에 꽂았어요."

"우린 정화 의식을 하는 중……," 클라라가 말을 채 끝맺기도 전에 머나가 끼어들었다.

"쉬이잇." 머나가 소란을 떨었다. "화정 얘기는 뒤 그만정화 얘기는 그만둬. 다른 사람이 알아듣지 못하게 말을 뒤바꾸어 하는 말."

보부아르가 여자들을 노려보았다. 그들은 영국계들인 데다 기도 막대 기란 것을 갖고 있는 것으로도 모자라 이제는 피그 라틴어맨 앞 자음을 어미로 돌리고 그 뒤에 ay[ei]를 붙여서 발음하는 어린아이들의 말장난으로 예를 들면 boy를 oybay에 빠져 있었다. 이곳에서 그토록 많은 살인 사건이 일어난 게 하나도 이상하지 않았다. 이런 식의 협조로 어떻게 해결했는지 미스터리일 뿐이었다.

"내가 몸을 구부려 기도 막대기 주변에 흙을 다지며 둔덕을 만드는데 이게 보였어요." 마치 그게 살인 현장에서 할 수 있는 합당한 일이라는 듯 머나가 설명했다.

"경찰이 쳐 놓은 테이프는 못 봤습니까?" 보부아르가 따져 물었다.

"동전은 못 봤나?" 루스가 받아쳤다.

가마슈가 손을 들어 티격태격하는 두 사람을 멈추게 했다.

지금 드러나 있는 면에는 글씨가 쓰여 있었다. 시처럼 보였다.

그가 반달 모양 돋보기안경을 쓰고 이마에 주름을 그리며 묻어 있는 흙 밑에 있는 것을 읽으려 애썼다.

아니, 시가 아니었다.

기도문.

9

그날 두 번째로 아르망 가마슈는 이 화단 옆에 쪼그리고 앉았다 일어섰다.

처음에는 죽은 여자를 들여다봤고, 이번에는 기도 막대기를 봤다. 밝고 생기가 느껴지는 장식용 끈들이 약한 바람에 펄럭이고 있었다. 머나의 말에 따르면 좋은 기운의 흐름을 붙들고 있는 것이었다. 그녀가 맞는다면 장식용 끈이 펄럭펄럭 춤추고 있으니 주변에 좋은 기운이 많았다.

그는 바로 서서 무릎을 털었다. 그의 곁에서 보부아르 경위가 동전이 발견된 장소를 노려보고 있었다.

그가 발견하지 못하고 놓친 장소.

보부아르는 범죄 현장 수사를 책임졌고, 직접 시체 주변을 수색했었다.

"그걸 여기서 발견했습니까?" 경감이 둔덕진 땅을 가리켰다.

머나와 클라라가 그들과 함께 왔다. 보부아르는 라코스트 형사에게 전화했고, 그녀가 수사 도구를 가지고 도착했다.

"맞아요." 머나가 말했다. "그 화단 안에서요. 파묻혀 있었고, 흙이 말라붙어 있었죠. 잘 안 보였어요."

"내가 하지." 머나의 목소리에서 깔보는 듯한 기색을 느끼고 짜증이 난 보부아르가 그렇게 말하며 수사 도구를 낚아챘다. 마치 그녀가 자신의 실수에 대한 변명을 원할 것이라는 듯이. 그는 허리를 굽히고 땅을 조사했다.

"왜 아까 발견하지 못했지?" 경감이 물었다.

자신의 팀을 비판하는 게 아니었다. 가마슈는 진짜 당혹스러웠다. 그들은 프로였고, 철저했다. 그래도 실수가 있었다. 하지만 시체에서 60센티미터 떨어진 화단에 놓여 있던 은화를 놓친다는 건 말이 안 된다고 생각했다.

"어떻게 놓치게 됐는지 전 알아요." 머나가 말했다. "가브리도 설명해 드릴 수 있을 거예요. 정원 일을 하는 사람이라면 누구든지요. 어제 아침 잡초를 뽑고, 화단에 있는 흙을 갈아엎어 신선한 검은 흙이 나오게 해서 꽃들을 돋보이게 했어요. 정원사들은 그걸 정원 '부풀리기'라고 부르죠. 땅을 부드럽게 만드는 거예요. 하지만 그러면 땅이 아주 푸석푸석해져요. 정원 도구 일체를 거기서 잃어버리곤 하죠. 도구를 바닥에 내려놓으면 그것들이 흙 사이로 미끄러지듯 들어가 반쯤 파묻히거든요."

"이건 화단이지, 히말라야 산맥이 아닌데요. 땅이 정말 뭔가를 삼킬 수 있습니까?" 가마슈가 물었다.

"한번 해 보세요."

경감이 다른 쪽 화단으로 걸어갔다. "여기도 갈아엎으셨습니까?" 그가 물었다.

"다 했어요." 머나가 말했다. "어서요. 해 보세요."

가마슈가 무릎을 꿇고 1달러 동전을 화단에 떨어트렸다. 그것은 땅 위에 분명히 알아볼 수 있게 놓여 있었다. 경감은 동전을 다시 주워서 일어나 머나를 바라봤다.

"다른 제안은?"

그녀가 심술 난 눈초리로 흙을 노려봤다. "아마 지금은 다 자리를 잡았나 봐요. 금방 갈아엎은 후라면 제 말대로 될 거예요."

그녀는 클라라네 헛간에서 모종삽을 가져와 땅을 쑤석거려 흙을 뒤집어엎어 부풀렸다.

"좋아요, 이제 해 보세요."

가마슈가 다시 무릎을 꿇고, 다시 동전을 화단에 떨어트렸다. 이번에는 흙 옆으로 미끄러져 들어갔다.

"봐요." 머나가 말했다.

"뭐, 그렇군요. 잘 봤습니다. 동전이 보이는군요." 가마슈가 말했다. "유감스럽지만 확신이 서지 않는군요. 한동안 묻혀 있었을 가능성은 없습니까? 몇 년 전에 화단에 떨어졌을지도 모릅니다. 플라스틱이라 녹이 슬거나 닳지 않았을 겁니다."

"글쎄요." 클라라가 말했다. "그랬다면 우리가 벌써 발견했을 거예요. 어제 잡초를 뽑고 흙을 뒤집었을 때 발견됐을 거예요. 그렇지?"

"난 생각하는 건 포기했어." 머나가 말했다.

그들은 보부아르가 조사하고 있는 장소로 다시 걸어갔다.

"더는 없습니다, 경감님." 그가 그렇게 말하고 벌떡 일어나 무릎을 찰싹 때려 먼지를 떨었다. "애초에 그걸 놓쳤다는 게 믿기지 않습니다."

"이제 확보했으니 됐네." 가마슈는 라코스트가 들고 있는 증거품 봉투에 든 동전을 보았다. 돈이 아니었다. 어떤 나라의 통화도 아니었다. 처음에는 중동 지역의 돈이 아닐까 의심했었다. 낙타와 관련지어서. 캐나다 통화에는 무스가 있는데, 사우디아라비아의 돈에 낙타가 있지 말란 법이 있을까?

그러나 영어가 쓰여 있었다. 그리고 액면가가 나와 있지 않았다.

한 면엔 낙타와 다른 면에는 기도문이 있을 뿐.

"당신이나 피터의 물건이 아닌 게 확실한가요?" 그가 클라라에게 물었다.

"확실해요. 루스가 잠깐 자기 거라고 했지만 머나가 루스 것일 리가 없다고 했죠."

가마슈는 눈썹을 올리며 자기 옆에 있는 카프탄을 입은 육중한 여인을 향했다.

"그걸 어떻게 아시죠?"

"그 동전이 뭔지 아니까요. 루스라면 절대 갖고 있을 리 없는 물건이거든요. 경감님은 그걸 알아보실 줄 알았는데."

"전혀 모르겠는데요." 그들은 모두 다시 투명한 봉지에 담긴 동전을 보았다.

"좀 봐도 될까요?" 머나가 물었고, 가마슈가 고개를 끄덕이자 라코스트가 그녀에게 봉지를 건넸다. 머나가 봉지 안에 든 것을 보았다.

"하느님." 그녀가 읽었다. "제게 평온함을 허락하시어.

제가 바꿀 수 없는 것은 받아들이게 하시고

바꿀 수 있는 것은 용기 내어 바꾸게 하시며

그 두 가지를 지혜롭게 구분할 수 있도록 해 주옵소서미국의 신학자 라인홀드 니버가 쓴

기도문."

"익명의 알코올중독자 모임에서 처음 시작하는 사람이 받는 칩이에
요." 머나가 말했다. "이제 막 제정신이 된 사람들에게 주는 거죠."

"그걸 어떻게 아십니까?" 경감이 물었다.

"치료사로 일할 때 수많은 내담자에게 그 모임에 가라고 했었으니까
요. 다녀온 그중 몇 명이 제게 초심자의 칩이라고 부르는 걸 보여 줬어
요. 바로 저거하고 똑같아요." 그녀가 라코스트의 손에 들려 있는 봉지
를 가리켰다. "누군지는 몰라도 떨어트린 사람은 알코올중독자 모임 회
원이에요."

"당신이 루스에 관해 한 말을 알겠군요." 보부아르가 말했다.

가마슈는 모두에게 고맙다는 말을 하고 클라라와 머나가 나머지 두
사람과 함께 집으로 발걸음을 돌리는 모습을 보았다.

보부아르와 라코스트 형사가 메모와 조사 결과를 검토하며 논의 중이
었다. 보부아르는 그녀에게 몇 가지 지시를 내릴 터였다. 가마슈는 알았
다. 자신들이 몬트리올에 가 있는 동안 쫓아야 할 단서들을.

그는 정원 주위를 서성였다. 한 가지 미스터리는 풀렸다. 동전은 알코

올중독자 모임의 칩이었다.

그러나 누가 떨어트렸을까? 릴리언 다이슨이 쓰러질 때 떨어트렸을까? 그러나 그랬다 해도 아까 그가 한 실험에서 동전은 그저 흙 위에 보이게 놓여 있었다. 감식반이 바로 알아차렸을 터였다.

그녀를 죽인 자가 잃어버린 것이었을까? 하지만 그자가 맨손으로 여자의 목을 부러뜨리려고 했다면 동전을 쥐고 있었을 리 없었다. 살인자에게도 마찬가지 사실이 적용됐다. 그가 떨어트렸다면 왜 부하들이 발견하지 못했을까? 동전이 어떻게 묻히게 됐을까?

경감은 햇살이 따스한 정원에 조용히 서서 살인자를 상상했다. 어둠 속에서 릴리언 다이슨의 뒤로 몰래 접근하는 어떤 사람. 그녀의 목 주위를 잡아채 비튼다. 아주 신속하게. 그녀가 미처 사람을 부르기 위해 소리 지르고 반항할 틈도 없이.

그러나 그녀는 무언가 했을 터였다. 그녀는 잠시나마 팔을 내뻗고 휘저었으리라.

그리고 그는 자신이 저지른 실수가 뚜렷이 보였다.

화단으로 돌아가 보부아르와 라코스트를 부르자 그들이 재빨리 다가왔다.

가마슈는 주머니에서 1달러 동전을 다시 꺼냈다. 그러고 나서 그는 동전을 공중으로 던져 동전이 금방 갈아엎은 흙으로 떨어지는 모습을 보았다. 처음에는 흙덩어리 위에 잠시 놓였다가 다음 순간 부서지는 흙 사이로 사르르 묻혔다.

"세상에, 정말 저절로 묻혔군요." 라코스트가 말했다. "저런 식으로 일어난 일일까요?"

"그런 것 같군." 그는 주은 동전을 자신에게 건네는 라코스트를 보며 말했다. "처음 실험했을 때 난 땅과 가깝게 무릎을 꿇고 있었네. 그러나 살인하는 와중에 떨어진 거라면 서 있는 위치였겠지. 더 높은 곳에서, 더 강한 힘으로 떨어진 거야. 살인자가 목을 움켜쥐었을 때 여자가 거의 발작적으로 팔을 홱 뻗쳤을 거야. 그래서 동전이 몸에서 팽개쳐진 거지. 부드러운 흙이 파헤쳐질 정도의 충격으로 흙에 떨어졌을 걸세."

"그렇게 땅에 묻혔고, 우린 그걸 놓쳤군요." 라코스트 형사가 말했다.

"위Oui 그래." 가마슈가 발걸음을 돌리며 말했다. "그리고 그건 릴리언 다이슨이 그걸 쥐고 있었다는 뜻이네. 그렇다면 왜 그녀가 중독자 모임의 초심자 칩을 쥐고 정원에 서 있었을까?"

그러나 보부아르는 경감이 뭔가 다른 것도 생각 중이었을 거라고 의심했다. 보부아르가 일을 개판으로 했군. 그는 동전을 봤어야 했고, 막대기를 숭배하던 미친 네 여자가 그것을 발견해서는 안 됐어. 우리 중 누구도 법정에서 좋은 소릴 들을 것 같지 않은데.

여자들이 떠났고 수사과 경찰관들이 떠났다. 모두 떠나고 이제 드디어 피터와 클라라 둘만 남았다.

피터가 두 팔로 클라라를 꽉 끌어안으며 속삭였다. "하루 종일 이렇게 하려고 기다렸어. 리뷰 소식 들었어. 환상적이던데. 축하해."

"평이 좋아, 그렇지?" 클라라가 말했다. "야호. 당신 믿겨?"

"농담해?" 피터가 포옹을 풀고 성큼성큼 부엌으로 걸어가며 물었다. "난 그럴 줄 알고 있었어."

"어머, 왜 이래." 클라라가 웃으며 말했다. "내 작품, 좋아하지도 않는 사람이."

"좋아해."

"그럼 어디가 어떻게 좋아?" 그녀가 놀리듯 말했다.

"글쎄, 예쁘잖아. 그리고 대부분 당신이 물감 칠을 했고." 그가 냉장고를 뒤적거리다가 이제 손에 샴페인 한 병을 들고 돌아왔다.

"스물한 살 생일에 아버지가 주신 거야. 큰 성공을 거뒀을 때 따라고. 자축하라고." 그가 코르크 주위의 포일을 벗겨 냈다. "어제 우리가 집을 나서기 전에 냉장고에 넣어 뒀지. 당신을 위해 건배할 수 있게."

"아니 잠깐만, 피터." 클라라가 말했다. "우리, 그거 더 아껴 놔야 해."

"뭐? 내 개인전을 위해서? 그런 일은 없을 거란 건 당신도 알고 나도 알아."

"아니, 있을 거야. 나한테 일어난 일이라면, 그건……."

"그건 누구에게나 일어날 수 있다?"

"내가 무슨 말 하려는지 알잖아. 난 진짜 우리가 더 기다려야 한다고 생각……."

코르크 마개가 펑 튀어 올랐다.

"너무 늦었어." 피터가 함박웃음을 지으며 말했다. "당신이 나가 있는 동안 우리한테 전화가 왔어."

그가 주의하면서 자신들의 글라스에 따랐다.

"누군데?"

"앙드레 카스통게." 그가 그녀에게 글라스를 건넸다. 다른 데서 걸려 온 전화들은 나중에 말할 시간이 충분했다.

"정말? 그가 뭘 원한대?"

"당신하고 얘기하고 싶대. 우리와. 우리 둘 다와. 상테Santé 건배."

그가 기울인 글라스를 그녀의 글라스에 부딪쳤다. "그리고 축하해."

"고마워. 당신, 그 사람 만나고 싶어?"

클라라의 글라스가 입술에 닿을락 말락 공중에 멈춰 있었다. 어지럽게 톡톡 터지는 샴페인 기포가 그녀의 코에 느껴졌다. 드디어 풀려났구나. 그녀처럼 기포도 이 순간을 위해 기다리고 또 기다리며 수십 년을 보냈으리라.

"당신이 그러겠다고 하면." 피터가 말했다.

"기다리면 안 될까? 이 일이 좀 진정될 때까지?"

"당신 좋을 대로 해."

그러나 그녀는 남편 목소리에 담긴 실망을 느낄 수 있었다.

"꼭 그러고 싶으면, 피터, 만나면 되지, 뭐. 안 될 게 뭐 있어? 그러니까, 그 사람 지금 여기 와 있잖아. 잘됐어."

"아니, 아니야. 괜찮아." 그가 아내에게 미소를 보였다. "그 사람이 진심이라면 기다리겠지. 정말로 클라라, 지금은 당신이 빛나는 시간이야. 릴리언의 죽음도, 앙드레 카스통게도 그걸 뺏을 수 없어."

더 많은 기포가 터졌고, 클라라는 그게 저절로 터지는 건지 아니면 피터가 막 한, 거의 눈에 보이지 않는 미세한 바늘 같은 말에 터지는 건지 궁금했다. 자신의 성공을 축하하며 건배하는 자리에서까지 그 애를, 그 애의 죽음을 떠오르게 하다니. 자신들의 정원에서 벌어진 살인을.

그녀는 글라스를 기울여 입술에 와인을 느꼈다. 그러나 길쭉한 샴페인 잔 너머로 피터를 응시하자 불현듯 그가 덜 견고해 보였다. 약간 비어 있었다. 약간 기포를 닮아 있었다. 둥둥 떠다니는.

나 평생 너무 멀리 헤엄쳐 나왔고, 그녀는 마시며 생각했다. 나 손을 흔드는 게 아니라 물에 빠지고 있네.

이 바로 앞 연이 뭐였더라? 클라라는 천천히 글라스를 조리대에 내려놓았다. 피터는 샴페인을 오래 마셨다. 거의 벌컥벌컥 들이켜고 있었다. 깊고 남성적인, 거의 공격적이다시피 한 한 모금이었다.

아무도 그의 소리를 듣지 못했네, 죽은 자의 소리를
하지만 여전히 그는 누워 신음하네.

이게 그 구절이군. 클라라가 피터를 응시하며 생각했다.

그녀의 입술에 묻은 샴페인은 시큼했다. 오래전에 맛이 변질된 와인이었다. 그러나 벌컥벌컥 마신 피터는 미소를 짓고 있었다.

잘못된 건 아무것도 없다는 듯이.

그가 언제 죽었지? 클라라는 궁금했다. 그런데 왜 자신은 눈치채지 못했을까?

"아닙니다, 이해해요." 보부아르 경위가 말했다.

가마슈 경감이 운전석에 앉아 있는 보부아르를 건너다봤다. 그의 시선은 전방의 차량을 응시하고 있었고, 그들은 몬트리올로 진입하는 샹플랭 다리에 가까워져 있었다. 보부아르의 얼굴은 차분하고 느긋해 보였다. 별다른 감정이 드러나 있지 않았다.

그러나 운전대를 잡고 있는 손아귀에 잔뜩 힘이 들어가 있었다.

"라코스트 형사가 경위로 진급하게 되면 부과되는 책임을 그녀가 어떻게 처리할지 보고 싶네." 가마슈가 말했다. "그래서 명단을 그녀에게 준 거야."

그는 굳이 자신의 결정을 설명해 줘야 할 의무가 없었다. 그러나 그는 설명하기로 했다. 그와 함께 일하는 이 형사들은 어린아이가 아니라 생각이 깊고 명석한 어른이었다. 그들이 어린아이처럼 행동하기를 바라지 않는다면 그렇게 다루지 않는 게 나았다. 그는 스스로 생각할 줄 아는 사람을 원했다. 그리고 그런 부하들을 두고 있었다. 어떤 결정이 왜 내려졌는지 알 권리가 있는 남자와 여자 들이었다.

"라코스트 형사에게 좀 더 권한을 준 걸세. 그게 다야. 여전히 자네가 지휘하는 수사야. 라코스트 형사는 그걸 이해하고 있고, 자네 역시 이해해 줬으면 하네. 혼선이 생기지 않도록."

"알아들었습니다." 보부아르가 말했다. "전 그냥 그 전에 미리 언질을 주셨으면 했죠."

"자네 말이 맞네. 그랬어야 했어. 미안하네. 사실 난 자네가 라코스트 형사를 지휘하는 게 이치에 맞다고 여겨 왔지. 멘토 역할을 하면서. 경위로 진급해 자네 부관이 되면 자네가 그녀를 훈련해야 할 걸세."

보부아르가 고개를 끄덕였고, 운전대를 잡고 있는 손도 느슨해졌다. 그들은 몇 분간 사건에 대해, 라코스트의 강점과 약점에 대해 이야기하다가 침묵 속으로 빠져들었다.

세인트로렌스 강을 가로지르는 다리의 우아한 경간徑間을 바라보던 가마슈 경감의 마음이 다른 곳으로 향했다. 그는 얼마간 곰곰이 생각 중인 것이 있었다.

"뭔가 더 있네."

"네?" 보부아르가 자신의 상관을 흘끗 보았다.

가마슈는 이 말을 보부아르에게 조용히 따로 이야기할 계획이었다. 아마 오늘 밤 저녁 식사를 하면서, 혹은 산을 걸으면서. 시속 120킬로미터로 고속도로를 질주하고 있을 때가 아니라.

하지만 지금도 좋은 기회였다. 그리고 가마슈는 그걸 잡았다.

"자네가 잘 지내고 있는지 얘기가 필요해. 뭔가 잘못된 게 있어. 자넨 더 좋아지지 않고 있네, 그렇지?"

그것은 질문이 아니었다.

"동전을 놓친 거 죄송합니다. 바보 같은 일을 저질렀……."

"동전 얘기를 하는 게 아닐세. 그건 그냥 실수였어. 그런 일도 있는 법이지. 누가 알겠나, 내 평생에도 그런 적이 몇 번이나 되는지."

그는 보부아르가 미소 짓는 모습을 보았다.

"그렇다면 무슨 말씀이십니까?"

"진통제. 왜 아직도 그걸 복용하고 있나?"

창밖으로 퀘벡이 쌩하고 지나가는 동안 차 안에 침묵이 흘렀다.

"그걸 어떻게 아셨어요?" 보부아르가 마침내 입을 열었다.

"심증이 갔네. 자네가 그걸 재킷 주머니에 넣어 다닐 거라고."

"보셨어요?" 날이 선 목소리로 보부아르가 물었다.

"아니. 하지만 자네를 지켜봤어." 그가 지금 하고 있는 것처럼. 그의 부관은 항상 아주 유연하고, 아주 힘이 넘치는 사람이었다. 건방졌다. 생기 넘치고 자신만만했다. 그게 가마슈를 짜증 나게 할 수도 있었다. 하지만 대개는 즐겁고 흥미로운 마음으로 그의 활기를 지켜봤다. 그가 저돌적으로 삶에 뛰어드는 모습을.

그러나 이제 그 젊은이는 진이 다 빠진 것 같았다. 음침해졌다. 마치 하루하루가 힘겹다는 듯이. 뒤에 모루를 끌고 다니는 사람처럼.

"괜찮아질 겁니다." 보부아르는 그렇게 말했고, 그 말이 얼마나 공허하게 들리는지 스스로도 느꼈다. "치료사들은 제가 잘하고 있다더군요. 하루하루 더 나아지는 기분입니다."

아르망 가마슈는 더 추궁하고 싶지 않았다. 그러나 해야 했다.

"아직 다친 곳에 통증이 있군."

다시, 이건 질문이 아니었다.

"그냥 시간이 좀 걸리는 겁니다." 보부아르가 그렇게 말하며 경감을 흘끗 건너다봤다. "정말로 더 나아지고 있는 느낌입니다. 계속요."

그러나 그렇게 보이지 않았다. 그래서 가마슈는 걱정스러웠다.

경감은 말이 없었다. 자신은 지금보다 몸 상태가 더 좋은 적이 없었거나 적어도 이 몇 년간 중 최고였다. 그는 지금 더 많이 걷고 있었고, 물리치료로 힘과 민첩성이 되돌아왔다. 그는 일주일에 세 번, 경찰청 본부에 있는 체육관에 갔다. 처음에 허니글레이즈 도넛 크기의 무게를 들어 올리는 데 몸부림을 쳐야 했고, 몇 분간 그것을 든 상태를 유지해야 했을 때는 굴욕적이었다.

그러나 그는 그 운동을 계속하고 계속했다. 그리고 서서히 근력이 돌아왔을 뿐만 아니라 총격을 받기 전보다 더 좋아졌다.

여전히 사고가 남긴 신체적 영향이 남아 있었다. 피곤하거나 스트레스가 과도할 때면 오른손이 떨렸다. 또 잠에서 깰 때나 오래 앉아 있다가 일어설 때 통증이 있었다. 쑤시고 아픈 곳이 몇 군데 있었다. 그러나 그것은 그가 매일 정서적으로 겪는 고생에 비하면 아무것도 아니었다.

어떤 날은 상태가 굉장히 좋았다. 그리고 지금처럼 어떤 날은 좋지 않았다.

그는 장 기가 고생하고 있다고 의심했고, 일사천리로 회복이 되지 않는다는 것을 알았다. 그러나 보부아르는 점점 더 뒤로 가는 것 같았다.

"내가 할 수 있는 일이 있나?" 그가 물었다. "건강에만 집중할 수 있는 시간이 필요한가? 파리에 있는 다니엘과 로슬린이 자네가 방문하면 좋아할 걸세. 도움이 될 것 같은데."

보부아르가 웃음을 터뜨렸다. "절 죽이실 참입니까?"

가마슈는 빙긋 웃었다. 파리로의 여행을 망친다는 것을 상상하기는 힘들었지만 아들과 며느리, 두 어린 손주와 그 작은 아파트에서의 일주일은 분명 쉽지 않은 일이었다. 그와 렌 마리는 이제 아들네를 방문하면 아들네와 가까이에 있는 아파트를 빌렸다.

"메르시, 파트롱. 전 차라리 냉혈한 살인마들을 쫓겠습니다."

가마슈가 웃었다. 몬트리올의 스카이라인이 점차 강 건너 앞쪽에 모습을 드러냈다. 그리고 루아얄 산이 도시 한가운데에 서 있었다. 산 정상의 거대한 십자가는 지금 보이지 않았지만 매일 밤 살아나 더 이상 교회를 믿지 않지만 가족과 친구, 문화, 인간성을 믿고 있는 주민들에게 등대처럼 불을 밝혔다.

십자가는 무관심한 듯했다. 밝게 빛날 뿐이었다.

"이니드와 별거도 도움이 안 됐을 걸세." 경감이 말했다.

"사실, 됐습니다." 보부아르가 다리 위 교통 정체로 속도를 줄이며 말했다. 그 곁에서 가마슈는 스카이라인을 바라보고 있었다. 그가 항상 그러듯이. 그러나 이제 경감은 고개를 돌려 보부아르를 봤다.

"그게 어떻게 도움이 되지?"

"안도죠. 자유를 느낍니다. 이니드에게 상처를 줘서 미안하지만 그 사건 때문에 생긴 일 중 최고입니다."

"그게 무슨 말이야?"

"두 번째 삶이 주어진 것 같은 느낌입니다. 많은 동료가 죽었지만 전 살아남았고, 제 삶을 돌아보자 제가 얼마나 행복하지 않았는지 깨달았습니다. 그리고 더 나아지지 않더군요. 이니드의 잘못이 아니라 우리가 정말 잘 맞지 않는 거였어요. 하지만 전 변화를 두려워했고 실수했다는 사실을 인정하기가 두려웠습니다. 그녀에게 상처를 줄까 봐요. 그러나 그냥 더 이상 참을 수가 없었습니다. 급습에서 살아남은 일이 제가 몇 년 전에 했어야 할 일을 하도록 용기를 줬죠."

"바꿀 수 있는 용기."

"파르동?"

"동전에 있는 기도문 구절이야." 가마슈가 말했다.

"네, 그런 것 같았어요. 어쨌든 제 인생이 점점 더 나빠져 간다는 게 보였을 뿐입니다. 오해는 마세요. 이니드는 멋진……."

"우린 늘 이니드를 좋아했지. 많이."

"아시다시피 그녀도 경감님을 좋아합니다. 하지만 저한테는 맞지 않아요."

"그럼 누가 맞는지 아나?"

"아니요."

보부아르는 경감을 흘끗 보았다. 가마슈는 생각에 잠긴 얼굴로 차 앞 유리창을 내다보더니 보부아르에게 고개를 돌렸다.

"알게 될 걸세." 경감이 말했다.

보부아르는 고개를 끄덕이고 깊은 생각에 빠져들었다. 그리고 마침내 입을 열었다.

"경감님이라면 어쩌시겠습니까? 다른 사람과 이미 결혼했는데 마담 가마슈를 만났다면요."

가마슈가 예리한 눈으로 보부아르를 보았다. "아까 맞는 사람을 못 만났다고 한 거 같은데."

보부아르는 주저했다. 그는 가마슈에게 틈을 내주었고, 가마슈는 그 것을 잡았다. 그리고 이제 그를 보았다. 대답을 기다리고 있는. 보부아르는 거의 털어놓을 뻔했다. 경감에게 거의 모든 걸 이야기할 뻔했다. 마음을 열고 이 남자에게 그 마음을 드러내 보이고 싶은 생각이 간절했다. 아르망 가마슈에게 자기 삶에 일어난 다른 모든 이야기를 털어놓았듯이. 이니드와의 불행한 결혼 생활을 털어놓았듯이. 그들은 그런 것들을 이야기했었다. 자신의 가족에 대해, 자신이 원했던 것에 대해, 그리고 원하지 않았던 것에 대해.

장 기 보부아르는 가마슈를 깊이 신뢰했다.

그가 입을 열자 그 말들이 입 안에서 맴돌았다. 마치 박힌 돌이 빠지면 기적 같은 말이 나오기라도 할 것처럼. 밝은 햇빛 속으로.

경감님의 딸을 사랑합니다. 아니를 사랑해요.

그 곁에서 가마슈 경감은 세상 모든 시간이 자기 것인 양 기다렸다. 보부아르라는 한 사람의 인생보다 더 중요한 건 아무것도 없다는 듯이.

보이지 않는 십자가가 있는 도시는 점점 더 커졌다. 그리고 그들은 다리를 건넜다.

"아무도 만난 적 없습니다." 보부아르가 말했다. "하지만 준비가 돼 있었으면 하죠. 결혼한 상태로는 아닙니다. 이니드한테도 공정한 일이 아닐 테고요."

가마슈는 잠시 말이 없었다. "자네 애인 남편에게도 공정한 일이 아니겠지."

질책이 아니었다. 경고조차 아니었다. 그리고 보부아르는 가마슈 경감이 만약 의심했다면 무언가를 말했을 것이라는 걸 알았다. 그는 보부아르와 게임을 하지 않았다. 보부아르가 가마슈와 하는 방식으로는.

아니, 이건 게임이 아니었다. 그리고 정말 비밀도 아니었다. 그저 감정일 뿐이었다. 채워질 수 없는. 행동에 옮길 수 없는.

당신의 딸을 사랑합니다. 경감님.

그러나 그 말은 역시 삼킬 수밖에 없었다. 다른 모든 삼켜진 말과 함께 어둠 속으로 돌아갔다.

그들은 몬트리올 노트르담 드 그라스 가에 있는 아파트 단지를 찾았다. 회색빛으로 낮게 펴져 있는 모습이 1960년대 소련 건축가가 디자인하지 않았나 싶었다.

잔디는 개 오줌으로 하얗게 탈색됐고, 여기저기에 개똥이 눈에 띄었다. 화단에는 무성하게 웃자란 관목 주위로 잡초들이 빽빽했다. 현관문으로 이어지는 콘크리트 보도는 금이 가 들떠 있었다.

내부에서는 오줌 냄새가 났고, 쾅 닫히는 문소리, 서로에게 지르는 고함 소리가 멀리 메아리쳤다.

다이슨 부부는 꼭대기 층에 살았다. 콘크리트 계단 난간이 끈적거려 보부아르는 얼른 손을 뗐다. 그들은 걸어 올라갔다. 계단참 세 개. 숨을 돌리기 위해 멈추지도, 경주하지도 않았다. 그들은 신중히 올랐다. 맨 위층에서 다이슨 부부가 사는 아파트 문을 발견했다.

가마슈 경감이 손을 들더니 걸음을 멈췄다.

곧 삶이 무너질 다이슨 부부에게 몇 초라도 더 시간을 주려는 걸까? 아니면 그들과 대면하기 전 자신에게 잠시 시간을 주려는 걸까?

똑똑.

문이 조금 열리고 그 틈새로 보이는 안전 체인 저쪽에 걱정스러운 얼굴이 있었다.

"위?"

"마담 다이슨이십니까? 아르망 가마슈라고 합니다. 퀘벡 경찰청에서 왔습니다." 그는 진작 신분증을 꺼냈었고, 이제 그녀에게 그것을 보여줬다. 그녀는 신분증을 내려다보고 다시 경감의 얼굴을 봤다. "이쪽은 동료인 보부아르 경위입니다. 저희와 얘기 좀 하실 수 있을까요?"

여윈 얼굴에 안도하는 기색이 역력했다. 열린 문틈으로 그녀는 자신을 조롱하는 아이들을 얼마나 많이 봤던가? 월세를 요구하는 집주인은? 인간의 모습을 한 불친절은?

그러나 이번에는 아니었다. 이들은 경찰청에서 일하는 사람들이었다. 그들은 자신을 해치지 않을 터였다. 그녀는 여전히 그런 믿음을 지닌 세대였다. 지친 얼굴에 온통 그렇게 쓰여 있었다.

그녀는 왜소했다. 그리고 집 안에는 꼭두각시 인형 같은 남자가 안락의자에 앉아 있었다. 작고 뻣뻣했으며 켕했다. 그는 일어서려 애썼지만 가마슈가 신속히 그에게로 걸어갔다.

"아닙니다, 무슈 다이슨. 주 부 정 프리Je vous en prie 그냥 앉아 계십시오." 그들은 악수를 했고, 가마슈는 평소보다 더 크게, 천천히, 분명한 발음으로 다시 자신을 소개했다.

"차 드시겠어요?" 마담 다이슨이 물었다.

오, 안 돼, 안 돼. 보부아르는 생각했다. 이곳에서는 신경통에 바르는 약 냄새와 희미하게 오줌 냄새가 났다.

"네, 주십시오. 정말 친절하시군요. 도와 드릴까요?" 가마슈는 보부아르를 꼭두각시 인형과 함께 남겨 두고 그녀와 부엌으로 갔다. 그는 잡담을 나눠 보려 애썼지만 날씨 얘기를 끝으로 할 말이 없었다.

"집이 좋군요." 그가 마침내 입을 열자 무슈 다이슨이 모자란 놈이라는 듯 그를 보고 있었다.

보부아르는 벽을 훑어보았다. 식탁 위에는 십자가상이 걸려 있었고, 미소 띤 예수님이 빛에 둘러싸여 있었다. 그러나 나머지 벽들은 모두 한 사람의 사진으로 도배되어 있었다. 그들의 딸 릴리언. 그녀의 삶이 미소 띤 예수님에게서 퍼져 나오고 있었다. 아기 때 사진들이 예수님 가장 가까이에 있었고, 그다음 벽을 덮고 있는 사진들의 그녀는 점점 나이를 먹어 갔다. 어떤 사진은 혼자였고, 어떤 것은 누군가와 함께였다. 부모 역시 나이를 먹어 갔다. 첫아이를 안고 깔끔한 작은 집 앞에 서 있는 환한 젊은 커플로 출발해 첫 번째 크리스마스로, 끈적하고 달콤한 생일들로.

보부아르는 벽에서 릴리언과 클라라가 함께 찍힌 사진을 찾았지만 그런 것이 있었다고 해도 진작 치워 버렸을 거라는 것을 깨달았다.

반짝거리는 오렌지색 머리칼에 앞니가 빠진 어린 소녀가 커다란 강아지 인형을 안고 있는 사진, 그리고 조금 더 커서 큰 활을 들고 자전거 옆에 서 있는 사진이 있었다. 장난감, 기념품, 선물. 어린 소녀가 원할 만한 모든 것들을 담은 사진들.

그리고 사랑. 아니, 그냥 사랑이 아니라 애지중지였다. 이 아이는 애지중지 키워졌다.

보부아르는 안에서 무언가가 요동치는 것을 느꼈다. 그 공장에서 자신의 피로 흥건한 바닥에 누워 있는 동안 자신의 안으로 기어들어 온 것 같은 무언가.

슬픔.

그때부터 죽음은 결코 전과 같이 받아들여지지 않았고, 삶도 마찬가지가 아닐 수 없었다.

그는 그게 마음에 들지 않았다.

이 사진이 찍힌 지 40년이 지난 후의 릴리언 다이슨 모습을 떠올리려 애썼다. 지나친 화장에 담황색 금발로 염색한 머리. 자길 봐 달라는 새빨간 드레스. 거의 조롱 같았다. 한 사람이 놀림감으로 전락했다.

그러나 보부아르가 아무리 애쓴다 한들 너무 늦었을 터였다. 그는 이제 어린 소녀였던 릴리언을 보았다. 애지중지 사랑받았던. 자신감 넘치던. 세상 속으로 향하는. 그녀의 부모가 안전 체인을 계속 걸어 둘 필요가 있다고 알았던 세상으로.

그러나 그들은 여전히 틈이 보일 만큼만 문을 열었고, 그거면 충분했다. 사악하고 악의적이고 살의를 품은 무언가가 문 저편에 있다면 문을 열기엔 작은 틈이면 충분했다.

"봉Bon 좋습니다." 그의 뒤에서 경감의 목소리가 들렸고, 보부아르가 고개를 돌리자 가마슈가 찻주전자와 우유, 설탕, 좋은 도자기 잔을 주석 쟁반에 담아 오는 모습이 보였다. "어디다 놓으면 좋겠습니까?"

그가 따뜻하고 친절하게 말했다. 그러나 쾌활하지는 않았다. 경감은 그들을 속이고 싶지 않았다. 여기에 시끌벅적한 좋은 소식을 전하러 왔다는 인상을 주고 싶지 않을 터였다.

"그냥 여기 놔 주세요." 마담 다이슨은 소파 옆에 있는 모조 나무 테이블에서 「TV 가이드」와 리모컨을 치우려고 서둘렀지만 보부아르가 먼저 다가가 그것들을 들어 그녀에게 건넸다.

그녀가 그와 눈을 맞추며 미소 지었다. 활짝 웃지는 않았지만 딸이 지었던 미소의 더 온화하고 더 슬픈 버전이었다. 보부아르는 이제 릴리언의 미소가 어디서 왔는지 알았다.

그리고 그는 이 두 노인이 자신들이 여기에 온 이유를 아는지 의심했다. 아마 정확히는 모르겠지만. 외동딸이 죽었으리라고는. 살해되어. 그러나 마담 다이슨이 방금 장 기 보부아르에게 던졌던 시선은 그녀에게 무슨 일이 일어났다는 걸 알고 있다고 말하고 있었다. 뭔가 잘못된 일이.

그리고 어쨌든 그녀는 친절하게 행동하고 있었다. 아니면 자신들이 궁지에 몰 소식이 무엇이든 그것을 지체시키려고 하는 것일 뿐일까? 소중한 1분이라도 벌려고.

"우유와 설탕을 좀 드릴까?" 그녀가 꼭두각시 인형에게 물었다.

무슈 다이슨이 앞으로 다가앉았다.

"이거 특별한 날이네요." 그가 방문자들에게 비밀 얘기를 털어놓는 척했다. "평소에는 우유를 주지 않거든요."

이 두 정부 연금 수급자는 우유를 많이 살 형편이 못 되는 거라는 생각에 보부아르는 마음이 아팠다. 그들이 가진 그 얼마 안 되는 것을 지금 손님들에게 제공하고 있었다.

"가스가 차거든요." 노인이 설명했다.

"여기요, 아빠." 마담 다이슨이 그렇게 말하며 남편에게 주라고 경감에게 찻잔과 받침을 건넸다. 그녀 역시 손님들에게 비밀 이야기를 털어놓는 척했다. "사실이에요. 첫 모금 마시고 이십 분 후면 여러분도 알게 되실 거예요."

그들은 모두 잔을 받아 들고 자리에 앉았고, 가마슈 경감이 차를 한 모금 마시고 섬세한 도자기 잔을 잔 받침에 내려놓고는 노부부에게 몸을 기울였다. 마담 다이슨이 손을 뻗어 남편의 손을 잡았다.

오늘 이후로도 그녀가 남편을 '아빠'라고 부를지 보부아르는 궁금했다. 혹 그게 마지막 말이었을까? 그러면 너무 고통스러울까? 분명 릴리언이 노인을 그렇게 불렀으리라.

자식이 더는 세상에 없어도 그는 여전히 한 아버지일까?

"아주 안 좋은 소식입니다." 경감이 말했다. "따님인 릴리언에 대한 겁니다."

그들의 눈을 보며 입을 연 그는 노부부의 삶이 달라지는 현장을 목격했다. 이 순간부터 달라진 삶은 영원히 이어지리라. 소식을 듣기 전과 들은 후의 삶으로. 완전히 다른 두 삶으로.

"유감이지만 따님이 사망했습니다."

그는 간결하게 선언하듯 말했다. 그의 목소리는 차분하고 깊었다. 명확했다. 노부부에게 질질 끌지 않고 빨리 말할 필요가 있었다. 그리고 분명하게. 의심할 여지를 남기지 않고.

"이해할 수가 없네요." 마담 다이슨이 말했다. 그러나 그녀의 두 눈은 완전히 이해한 것처럼 보였다. 그녀는 겁에 질렸다. 엄마라면 모두 무서워하는 괴물이 꿈틀대며 그 틈새로 들어와 이제 그녀의 거실에 앉아 있었다.

마담 다이슨이 남편에게 고개를 돌렸다. 그는 앉은 채 더 앞으로 가려고 애쓰는 중이었다. 아마 일어서려는 것이리라. 이 소식에, 이 말에 맞서려고. 자신의 집, 자신의 거실에서 문밖으로 그걸 쫓아내려고. 그 말이 거짓이 될 때까지 그걸 물리치려고.

그러나 그는 그렇게 할 수 없었다.

"말씀드릴 게 더 있습니다." 가마슈 경감이 계속 그들의 눈을 보며 말했다. "릴리언은 살해됐습니다."

"세상에, 안 돼." 릴리언의 어머니는 그렇게 말하며 입가에 한 손을 갖다 댔다. 이내 손은 흉부로 미끄러졌다. 그녀의 가슴. 그리고 거기 머물러 있었다. 힘없이.

그들 둘 다 가마슈를 응시했고, 그는 그들을 보았다.

"이런 소식을 전하게 돼서 정말 유감입니다." 그가 말했다. 얼마나 소용없이 들릴지 알았지만 그 말조차 하지 않으면 상황은 더 나빠지리라는 것 또한 알고 있었다.

다이슨 부부는 이제 가 버렸다. 그들은 비통해하는 부모들이 사는 땅으로 건너갔다. 그것은 여느 세상과 다를 바가 없지만 그렇지 않았다. 색은 흐려졌다. 음악은 그저 음표일 뿐이었다. 책은 더 이상 완전히 열중하게 하거나 위안을 주지 못했다. 결코 다시는. 음식은 목숨을 부지하기 위해 먹는 것일 뿐이었다. 숨결은 한숨이었다.

그리고 그들은 다른 사람은 모르는 뭔가를 알고 있었다. 자신들을 제외한 세상 사람들이 얼마나 운이 좋은지 그들은 알았다.

"어떻게요?" 마담 다이슨이 속삭이듯 물었다. 곁에 있는 남편은 너무나 화가 나서 말도 하지 못한 채 격노해 있었다. 그러나 자제하고 있는 표정이었고, 가마슈를 보고 있는 두 눈은 활활 타오르고 있었다.

"목이 부러졌습니다." 가마슈가 말했다. "아주 빠르게 일어난 일입니다. 따님은 무슨 일이 일어나는지조차 몰랐습니다."

"왜요?" 그녀가 물었다 "누가 왜 릴리언을 죽이겠어요?"

"저희도 모릅니다. 그러나 누가 이런 일을 저질렀는지 저희가 찾아낼 겁니다."

가마슈가 커다란 자신의 두 손을 모아 그녀에게 내밀었다. 봉헌.

장 기 보부아르는 아주 살짝 경감의 오른손이 떨리는 것을 눈치챘다.

이 역시 공장에서 총격을 당한 이래 생긴 것이었다.

마담 다이슨이 가슴에 대고 있던 작은 손을 내려 가마슈의 손으로 가져갔고, 그는 두 손으로 참새를 감싸듯 그 손을 잡았다.

그때 그는 아무 말도 하지 않았다. 그녀도 마찬가지였다.

그들은 침묵하며 앉아 있었고, 시간이 얼마나 걸리든 그렇게 앉아 있을 것이었다.

보부아르는 무슈 다이슨을 보았다. 분노했던 그가 당혹스러워하고 있었다. 젊은 시절에 활동가였던 남자가 이제는 안락의자에 갇혀 있었다. 딸을 구하지 못했고, 아내를 위로할 수도 없었다.

보부아르가 일어나 노인에게 두 팔을 내밀었다. 무슈 다이슨이 양팔을 물끄러미 보다가 보부아르의 팔에 양손을 던지듯 놓고 그것을 붙들었다. 보부아르는 그를 일으켜 세운 다음 노인이 아내에게 몸을 향하는 동안 그를 잡아 주었다. 그리고 그를 놓았다.

아내가 일어나 그들에게 다가왔다.

부부는 서로를 안았고 서로를 떠받쳤다. 그리고 흐느꼈다.

마침내 그들이 떨어졌다.

보부아르가 휴지를 찾아내 두 사람에게 한 움큼씩 주었다. 그들이 대답할 수 있게 됐을 때 가마슈 경감이 몇 가지 질문을 했다.

"릴리언은 몇 년간 뉴욕에서 살았습니다. 거기서 어떻게 지냈는지 말씀해 주시겠습니까?"

"그 애는 예술가였습니다." 그녀의 아버지가 말했다. "훌륭했죠. 우린 자주 방문하지 않았지만 그 애는 이 년에 한 번씩은 왔습니다."

가마슈에게 그 말은 모호하게 들렸다. 과장이 섞여 있었다.

"미술가로 생계를 꾸렸습니까?" 그가 물었다.

"물론이죠." 마담 다이슨이 말했다. "크게 성공했어요."

"결혼한 적이 있습니까?" 경감이 물었다.

"그의 이름은 모건이었어요." 마담 다이슨이 말했다.

"아니, 모건이 아니었어. 비슷하긴 해. 매디슨이야."

"그래, 그거예요. 오래전 일이고 결혼 생활은 길지 않았어요. 한 번도 만난 적은 없지만 좋은 남자가 아니었어요. 술을 마셨죠. 불쌍한 릴리언이 완전히 속은 거였어요. 아주 매력적이었지만 그런 사람들이 보통 그렇잖아요."

가마슈는 보부아르가 수첩을 꺼내는 것을 알아차렸다.

"그 사람이 술을 마셨다고요?" 경감이 질문했다. "어떻게 아십니까?"

"릴리언이 말해 줬어요. 그 애가 결국 그 남자를 쫓아냈죠. 하지만 오래전 일이에요."

"그가 술을 끊은 적이 있었습니까?" 가마슈가 물었다. "혹시 알코올 중독자 모임에 가입했었나요?"

그들은 어리둥절한 표정이었다. "그 사람을 직접 만난 적은 없어요, 경감님." 그녀가 반복해서 말했다. "아마 그랬을 수도 있겠다 싶네요. 죽기 전에요."

"그가 죽었습니까?" 보부아르가 물었다. "언제 죽었는지 아십니까?"

"몇 년 전이었어요. 릴리언이 말해 줬어요. 아마 죽을 때까지 마신 거겠죠."

"따님이 특정한 친구에 대해 이야기를 했나요?"

"그 애는 친구가 많았어요. 일주일에 한 번씩 통화했는데, 그 앤 항상 파티나 베르니사주에 간다며 끊었어요."

"이름을 대며 얘기한 사람은 없습니까?" 가마슈가 물었다. 그들은 고개를 저었다. "따님이 클라라란 이름의 친구를 언급한 적 있습니까, 여기 퀘벡에 돌아와서?"

"클라라요? 그 애는 릴리언의 가장 친한 친구였어요. 둘이 늘 붙어 다녔죠. 우리가 옛날 집에 살 때 저녁 먹으러 들르곤 했어요."

"그러나 계속 가깝게 지내진 않았고요?"

"클라라는 릴리언의 아이디어를 훔쳤어요. 그리고 나서 릴리언과 친구 관계도 끊었죠. 릴리언을 이용하고 자기가 원하는 걸 얻자마자 그 애를 버린 거예요. 릴리언이 엄청나게 상처받았죠."

"따님이 왜 뉴욕에 갔습니까?" 가마슈가 물었다.

"그 애는 이곳 몬트리올 미술계가 그다지 힘이 되지 않는다고 느꼈어요. 그들은 그 애가 그들의 작품을 비평할 때 그걸 반기지 않았죠. 하지만 결국은 평론가로서 그 애가 해야 하는 일이었잖아요. 좀 더 수준 높은 작가들이 있는 곳에 가고 싶어 했어요."

"특정한 사람에 대해 말한 적이 있습니까? 따님이 나쁘게 되기를 바랐을 수도 있는 사람이오."

"그 당시에요? 그 애 말로는 모두가 그랬대요."

"그렇다면 최근에는요? 따님은 언제 몬트리올로 돌아왔습니까?"

"시월 십육일이오." 무슈 다이슨이 말했다.

"정확한 날짜를 아시는군요?" 가마슈가 그에게 고개를 돌렸다.

"딸 가진 부모라면, 당신도 그럴 거요."

가마슈가 고개를 끄덕였다. "맞습니다. 저도 딸이 하나 있는데, 그 애가 집에 돌아온 날이라면 기억했을 겁니다."

두 남자는 잠시 서로를 보았다.

"릴리언이 왜 돌아왔는지 두 분에게 얘기했습니까?" 가마슈는 재빨리 계산했다. 8개월 전의 일이었을 터였다. 그 직후에 그녀는 차를 사서 이근방 미술 전시회를 다니기 시작했다.

"그저 집이 그리웠다고 했어요." 마담 다이슨이 말했다. "우린 우리가 살아 있는 사람 중에 가장 운이 좋다고 여겼죠."

가마슈는 그녀가 마음을 가라앉힐 때까지 잠시 멈췄다. 두 경찰청 형사는 가족에게 사망한 사람의 소식을 알린 후 그들이 완전히 극복하기 전에 아주 잠깐의 기회가 있다는 걸 알았다. 충격이 사라지고 고통이 시작되기 전까지.

그 순간이 빠르게 다가오고 있었다. 기회의 창이 닫히고 있었다. 그들은 매 질문에 신중해야 했다.

"이번에 몬트리올에 와서 행복해했습니까?" 가마슈가 물었다.

"그렇게 행복해하는 모습은 처음 봤지요." 그녀의 아버지가 말했다. "그 애에게 남자가 생겼던 것 같습니다. 우리가 물어봐도 그 앤 항상 웃음을 터트리면서 아니라고 했습니다. 하지만 믿기지 않더군요."

"왜 그렇게 말씀하십니까?" 가마슈가 물었다.

"저녁 먹으러 와서 항상 일찍 자리를 떴어요." 마담 다이슨이 말했다. "일곱 시 반쯤에요. 우린 그 애에게 데이트하러 가느냐고 농담했죠."

"그랬더니 뭐라던가요?"

"그냥 웃음을 터트렸어요. 하지만," 그녀는 머뭇거렸다. "뭔가가 있었어요."

"무슨 말씀입니까?"

마담 다이슨이 다시 숨을 깊이 들이마셨다. 충분히 긴 시간 동안 이 경찰관을 돕기 위해 애써 견뎠다는 듯이. 딸을 죽인 자가 누구든 그자를 찾도록 돕기 위해.

"모르겠어요. 하지만 원래 그렇게 일찍 떠나는 애가 아니었거든요. 그때는 그랬어요. 하지만 이유는 말해 주지 않았어요."

"따님이 술을 마셨나요?"

"술을 마셨냐고요?" 무슈 다이슨이 물었다. "질문을 이해할 수 없군요. 뭘 마셨냐고요?"

"술이오. 저희는 현장에서 알코올중독자 모임과 관련됐을 가능성이 높은 뭔가를 발견했습니다. 따님이 그 모임에 나갔는지 아십니까?"

"릴리언이오?" 마담 다이슨은 놀란 것 같았다. "제 평생 그 애가 취한 걸 본 적 없어요. 파티가 끝나면 운전을 도맡아 했을 정도예요. 가끔 몇 잔 정도는 했지만 절대 많이 마시지는 않았어요."

"우리 집에는 술이 있지도 않아요." 무슈 다이슨이 말했다.

"왜 없습니까?" 가마슈가 물었다.

"그냥 술에 관심이 없어진 것 같아요." 마담 다이슨이 말했다. "다른 곳에 연금을 쓰죠."

가마슈가 고개를 끄덕이며 일어섰다. "좀 둘러봐도 될까요?" 그가 사방에 붙어 있는 사진을 가리켰다.

"그러세요." 마담 다이슨이 그의 옆으로 다가갔다.

"매우 예쁘군요." 함께 사진을 보면서 그가 말했다. 그들이 그 수수한 방 주위를 걷는 동안 릴리언은 나이를 먹어 갔다. 소중한 갓난아기에서 귀염받는 10대로, 그리고 노을빛 머리의 사랑스러운 젊은 여인으로 바뀌었다.

"따님은 정원에서 발견됐습니다." 경감이 너무 섬뜩하게 들리지 않도록 애쓰며 말했다. "친구였던 클라라네 집 정원이었습니다."

마담 다이슨이 걸음을 멈추고 경감을 뚫어지게 보았다. "클라라요? 하지만 어떻게 그런 일이. 릴리언은 거기에는 결코 가지 않았을 거예요. 그 애는 그 여자와 만나느니 차라리 악마를 만났을 거예요."

"릴리언이 클라라의 집에서 살해됐다고 했소?" 무슈 다이슨이 따지듯 물었다.

"위. 그 집 뒤뜰에서요."

"그렇다면 누가 릴리언을 죽였는지 알겠구려." 무슈 다이슨이 말했다. "그 여자를 체포했소?"

"하지 않았습니다." 가마슈가 말했다. "다른 가능성도 있으니까요. 몬 트리올로 돌아온 다음 따님이 달리 얘기한 사람이 있습니까? 그녀를 해칠 만한 사람이 있습니까?"

"클라라처럼 확실한 사람은 없소." 무슈 다이슨이 잘라 말했다.

"힘드실 줄 압니다." 가마슈가 조용히, 차분하게 이야기했다. 그는 다시 말을 꺼내기 전에 잠시 기다렸다. "하지만 제 질문을 생각해 보셔야 합니다. 중요한 문젭니다. 다른 누군가에 대해 얘기했습니까? 최근 그녀의 마음을 상하게 한 사람이 있었습니까?"

"없어요." 마침내 마담 다이슨이 입을 열었다. "말씀드렸다시피 그렇게 행복해 보일 수가 없었어요."

가마슈 경감과 보부아르가 다이슨 부부에게 도와줘서 감사하다는 인사를 하고 명함을 건넸다.

"전화주십시오." 경감이 현관에 서서 말했다. "뭐든 기억이 나시거나 어떤 도움이라도 필요하시면요."

"누구한테 얘기해야 할까요?" 마담 가마슈가 입을 뗐다.

"두 분의 이야기를 들을 사람을 보내겠습니다. 그럼 되겠습니까?"

그들은 고개를 끄덕였다. 무슈 다이슨이 힘겹게 자신의 두 발과 싸운 끝에 아내 곁에 서서 가마슈를 응시했다. 두 남자이자 두 아버지. 그러나 그들은 이제 서로 다른 대륙에 떨어져 서 있었다.

계단을 걸어 내려올 때 발소리가 벽에 반사되어 울렸다. 가마슈는 어떻게 저런 부부가 클라라가 묘사했던 그런 여자를 낳았는지 의아했다.

끔찍하고, 시기심 많고, 신랄하고, 야비한.

그러나 다이슨 부부도 클라라를 똑같이 그렇게 여겼다.

의문점이 많았다.

마담 다이슨은 딸이 클라라 모로의 집에는 결코 가지 않았을 거라고 확신했다. 일부러는.

릴리언 다이슨은 꾐에 빠졌던 걸까? 클라라의 집인 줄 모르고 유인된 걸까? 그러나 그랬다면 그녀는 왜 살해됐고, 왜 그곳이었을까?

10

정원에 있는 모든 사악한 기운을 없앤 후, 머나와 도미니크, 루스는 머나의 로프트에서 맥주를 마시기 위해 앉았다.

"그래서 다들 그 동전을 어떻게 생각해요?" 도미니크가 소파 등받이에 편안히 기대며 물었다.

"사악하기 그지없지." 루스가 말하자 다른 여자들이 그녀를 봤다.

"무슨 소리예요?" 머나가 물었다.

"알코올중독자 모임 말하는 거 아니야?" 루스가 말했다. "악마 숭배자 무리야. 사교 집단이라고. 마인드 컨트롤이라니. 악마들 같으니라고. 사람들에게 자연스러운 길을 거부하게 해."

"알코올중독자가 되는 자연스러운 길이오?" 머나가 웃음을 터트리며 물었다.

루스가 그녀에게 믿을 수 없다는 눈길을 보냈다. "마녀 정원사가 이해할 수 있으리라고는 기대 안 해."

"정원에서 뭘 배울 수 있는지 알면 깜짝 놀라실걸요." 머나가 말했다. "그리고 마녀에게서 배울 수 있는 것에도."

바로 그때 심란해 보이는 클라라가 도착했다.

"괜찮아요?" 도미니크가 물었다.

"그럼요. 피터가 축하한다고 냉장고에 샴페인 한 병을 넣어 뒀었어요. 베르니사주를 위해 건배한 게 지금이 처음이었어요." 클라라는 머나의 냉장고에서 아이스티를 꺼내 들이켜고 그들과 합류했다.

"좋았겠네요." 도미니크가 말했다.

"네에." 클라라가 동의했다. 머나는 그녀를 유심히 보았지만 별말은 하지 않았다.

"무슨 얘기들 하고 있었어요?" 클라라가 물었다.

"자기네 정원에 있던 시체 얘기." 루스가 말했다. "자기가 그 여자를 죽였어, 안 죽였어?"

"좋아요." 클라라가 말했다. "난 딱 한 번만 말할 거니까 다들 잘 기억하기 바라요. 듣고 있어요?"

그들은 고개를 끄덕였다. 루스만 빼고.

"루스?"

"뭐?"

"질문한 사람이 당신이잖아요. 내가 지금 대답한다고요."

"너무 늦었어. 이제 흥미를 잃었네. 뭐라도 먹지 않을 거야?"

"주목해 주세요." 클라라가 그들 모두를 보면서 분명한 목소리로 천천히 말했다. "나는. 릴리언을. 죽이지. 않았어요."

"종이 있어요?" 도미니크가 물었다. "그 긴 말을 기억할지 모르겠네."

루스가 웃음을 터트렸다.

"그럼," 머나가 말했다. "그냥 우리가 자길 믿는다고 쳐. 우선은. 누구 짓일까?"

"파티에 온 누군가겠지." 클라라가 말했다.

"그런데 그게 누구냐고, 셜록?" 머나가 물었다.

"그녀를 죽일 정도로 증오한 사람 아닐까요?" 도미니크가 말했다.

"그 애를 만났던 사람은 다 해당돼요." 클라라가 말했다.

"하지만 그건 공평하지 않아." 머나가 말했다. "자긴 이십 년 이상 그 여자를 만나지 않았어. 그리고 그 여자가 자기에게만 잔인한 일을 했을 가능성도 있어. 때때로 그런 일은 일어나. 우리가 다른 사람 내면에 있는 어떤 방아쇠를 당기면 서로에게서 최악의 모습을 끌어내게 돼."

"릴리언은 아니야." 클라라가 말했다. "그 애는 사람들을 아낌없이 경멸했어. 모두를 미워했고, 결국에는 모두가 그 애를 미워하게 됐어. 자기가 전에 말한 것같이. 프라이팬 위의 개구리. 그 애는 온도를 높이곤 했어."

"그게 저녁 메뉴는 아니겠지." 루스가 말했다. "아침으로 먹었거든."

그들이 그녀를 쳐다보자 그녀가 씩 웃었다. "뭐, 달걀이었나."

그들은 머나에게 몸을 돌렸다.

"아마 프라이팬이 아니라 유리잔이었을 거야." 루스가 계속 말했다.

"그리고 지금 생각해 보니 그건 달걀이 아니었어."

그들이 다시 루스에게 고개를 돌렸다.

"스카치였어."

그들은 다시 그 심리 현상에 대해 설명하는 머나에게 집중했다.

"실제로 떠나기 전까지 그렇게 오랫동안 그녀 곁에 머물며 나를 상처 주게 내버려 둔 내 자신을 늘 미워했던 것 같아요. 다시는 그러지 않을 거예요."

클라라는 머나가 아무 말도 하지 않아 놀랐다.

"가마슈는 아마 내가 죽었다고 여기겠죠." 클라라가 마침내 침묵을 깨고 말했다. "망했어요."

"동의하지 않을 수 없군." 루스가 말했다.

"당연히 당신은 아니에요." 도미니크가 말했다. "사실 정반대예요."

"무슨 말이에요?"

"당신에게는 경감에게는 없는 무언가가 있어요." 도미니크가 말했다. "당신은 미술계를 알고, 파티에 온 손님 대부분을 알아요. 당신이 생각하는 가장 큰 의문이 뭐예요?"

"누가 그녀를 죽였나 하는 거 말고요? 그건, 릴리언이 여기서 뭐 하고 있었냐는 거죠."

"훌륭해요." 도미니크가 말하며 일어섰다. "좋은 질문이에요. 우리 물어볼까요?"

"누구한테요?"

"스리 파인스 마을에 아직 머물고 있는 손님들한테요."

클라라는 잠시 생각했다. "해 볼 만한 가치가 있네요."

"시간 낭비야." 루스가 말했다. "난 여전히 자기가 죽었다고 생각해."

"조심해요, 할망구." 클라라가 말했다. "당신이 다음 차례니까."

감식반은 몬트리올에 있는 릴리언 다이슨의 아파트에서 가마슈 경감과 보부아르 경위를 만났다. 감식반이 지문을 뜨고 증거 샘플을 채취하는 동안 가마슈와 보부아르는 집 안을 둘러보았다.

3층짜리 건물 꼭대기 층에 있는 평범한 아파트였다. 플라토 몽 루아얄 지구에는 높은 건물이 없었기 때문에 릴리언의 아파트는 낮은 반면 밝았다.

보부아르는 씩씩하게 안방으로 들어가 일에 착수했지만 가마슈는 멈춰 서 있었다. 이곳을 느끼기 위해. 퀴퀴한 냄새가 났다. 창문이 닫혀 있어서 유화물감 냄새가 머물러 있었다. 가구는 빈티지한 게 아닌, 그냥 낡은 것이었다. 구세군 가게나 길가에서 발견할 수 있는 것들.

쪽마루 바닥에는 군데군데 칙칙한 깔개가 깔려 있었다. 어떤 예술가들은 집을 미적으로 꾸미려고 신경 쓰는 데 반해 릴리언은 이 벽들에 무관심했던 것으로 보였다. 그녀가 무관심하지 않았던 것은 벽 위에 있는 것이었다.

그림들. 선명한 색상의 휘황찬란한 그림들. 밝고 튀기만 하는 게 아닌, 눈부신 인상. 그녀가 수집한 작품들일까? 뉴욕에 있을 때 사귄 어느 화가 친구의 그림일까?

경감은 사인을 읽으려고 몸을 기울였다.

릴리언 다이슨.

가마슈 경감은 깜짝 놀라 뒤로 물러서서 그림을 응시했다. 죽은 여자가 그린 것들이었다. 그는 이 그림, 저 그림으로 옮겨 다니며 확실히 하기 위해 서명과 날짜를 확인했다. 그러나 의심의 여지가 없다는 사실을 알고 있었다. 스타일이 너무도 강하고 독특했다.

이것들은 모두 릴리언 다이슨이 창조해 낸 것이었고, 모두 지난 7개월 이내에 그린 것이었다.

그녀의 그림은 생생하고 대담했다. 몬트리올 도시 경관을 숲처럼 보이고 느껴지게 형상화했다. 이리저리 가지를 뻗으며 자라는 생명력이 강한 나무들처럼 건물들은 높고 기우뚱했다. 도시보다는 자연에 초점을 맞춘. 그녀는 건물을 살아 있는 것처럼 묘사했다. 마치 땅에 심겨 물을 먹고 영양분을 빨아들이며 자란 식물처럼, 콘크리트에서 솟아난 식물처럼. 매력적이었다. 모든 생명력 있는 것이 그러하듯 매력적이었다.

그녀는 휴식하는 세계를 그리지 않았다. 그러나 위협적인 세계도 아니었다.

그는 그림들이 마음에 들었다. 상당히.

"여기 뭐가 더 있습니다, 경감님." 가마슈가 그림을 바라보고 있는 모습을 보고 보부아르가 불렀다. "침실을 작업실로 썼던 것 같습니다."

가마슈 경감이 지문을 뜨고 샘플을 수집하고 있는 감식반 곁을 지나 작은 침실에 있는 보부아르에게 다가갔다. 보기 좋게 정돈된 싱글 침대가 벽에 떠밀려 있었고 서랍장이 하나 있었지만, 수수한 방의 나머지 부분은 여러 깡통에 담긴 젖은 붓, 벽에 기댄 캔버스들이 차지하고 있었다. 바닥은 방수포로 덮여 있었고, 오일과 클리너 냄새가 났다.

가마슈는 이젤 위에 있는 캔버스 쪽으로 갔다.

미완성이었다. 거의 불이 난 것처럼 새빨간 빛깔의 교회를 그린 그림이었다. 하지만 아니었다. 그저 빨갛게 빛나고 있었다. 교회 옆으로는 길이 강물처럼 굽이쳤고, 사람들은 갈대 같았다. 그가 아는 어떤 화가도 이런 스타일로 그리지 않았다. 마치 릴리언 다이슨은 큐비즘이나 인상주의 혹은 포스트모더니즘이나 추상표현주의 같은, 완전히 새로운 미술 운동을 고안해 낸 듯했다.

그리고 거기에 그런 그림이 있었다.

아르망 가마슈는 거의 눈길을 떼지 못했다. 릴리언은 몬트리올을 인간이 아닌, 자연의 작품처럼 그리고 있었다. 힘과 영향력과 에너지 그리고 자연의 아름다움이 보였고, 야만성 역시 빼놓을 수 없었다.

그녀는 분명 이 스타일을 실험하며 발전시킨 것 같았다. 7개월 전 초기 작품들에서 그 가능성이 보였지만 머뭇거리고 있었다. 그러다가 크리스마스 무렵 돌파구를 찾은 듯, 흐르는 듯한 대담한 스타일이 자리를 잡았다.

"경감님, 이걸 보십시오."

보부아르 경위는 침실용 탁자 옆에 서 있었다. 그 위에 커다란 파란색 책이 놓여 있었다. 주머니에서 꺼낸 펜으로 경감은 책에 표시되어 있는 부분을 펼쳤다.

노란색 형광펜으로 밑줄을 그은 문장이 있었다. 매우 거칠게.

"알코올중독자는 포효하는 토네이도처럼 다른 이의 삶을 휩쓸고 지나간다." 가마슈 경감이 읽었다. "사람들 가슴이 찢어진다. 다정한 인간관계도 죽어 버린다."

그는 책장이 저절로 떨어져 덮이게 했다. 감청색 표지에는 굵고 하얀 활자체로 '익명의 알코올중독자들'이라고 쓰여 있었다.

"이제 누가 알코올중독자 모임 회원인지 알 것 같은데요." 보부아르가 말했다.

"그런 것 같군." 가마슈가 말했다. "이 사람들에게 몇 가지 질문을 좀 해야겠어."

감식반이 모든 걸 조사한 뒤 경감이 보부아르에게 서랍에 있던 소책자 하나를 건넸다. 모서리가 접혀 있고 때가 탄 것으로 보아 자주 사용한 것이었다. 보부아르는 책장을 휙휙 넘겨 본 다음 첫 장을 읽었다.

알코올중독자 모임 리스트.

일요일 밤 모임에 몽—L라니가 쳐져 있었다. 보부아르는 그날 밤 8시에 자신들이 뭘 하고 있을지 추측할 수 있었다.

두 명이 더 안전할 거라 여기고 네 여자가 둘씩 짝을 지었다.

"확실히 공포 영화를 많이들 안 보셨네요." 도미니크가 말했다. "여자들은 항상 짝을 지어 다니죠. 한 명이 끔찍하게 죽으면 다른 한 명이 찢어지게 비명을 지르게 하려고요."

"내가 비명 지르는 쪽에 찜." 루스가 말했다.

"미안하지만 당신이 공포 그 자체거든요." 클라라가 말했다.

"그럼 안심이네. 안 가?" 머나와 클라라를 보며 싫은 표정을 지어 보이는 도미니크에게 루스가 말했다.

머나가 그들이 가는 모습을 바라보다가 클라라에게 고개를 돌렸다.

"피터는 좀 어때?"

"피터? 왜 묻는데?"

"그냥 궁금해서."

클라라가 친구의 표정을 살폈다. "절대 그냥 궁금해할 사람이 아닌

데. 뭔데 그래?"

"아까 왔을 때 행복해 보이지만은 않아서. 두 사람이 베르니사주를 축하하는 축배를 들었다고 했잖아. 그게 다야?"

클라라는 부엌에 서서 맛이 간 샴페인을 마시던 피터를 떠올렸다. 미소를 지으며 변질된 와인으로 아내의 미술관 전시회에 건배하는.

그러나 그녀는 아직 그 이야기를 할 준비가 되어 있지 않았다. 게다가 클라라는 친구를 바라보며 그녀가 할지도 모를 말이 두렵다는 생각이 들었다.

"피터에겐 지금이 힘든 시간일 뿐이야." 클라라는 대신 그렇게 말했다. "다들 알잖아."

그리고 그녀는 머나의 눈길이 강렬했다가 수그러드는 것을 보았다.

"그는 최선을 다하고 있는 거야." 머나가 말했다.

요령 있는 대답이라고 클라라는 생각했다.

잔디 광장 건너편 가브리와 올리비에가 비앤비 베란다에 앉아 맥주를 마시고 있는 모습이 보였다. 비스트로가 붐비는 늦은 오후 전의 휴식.

"머트와 제프_{미국 만화가 H. C. 피셔의 인기 만화의 주인공인 바보 단짝 키다리와 땅딸보.}" 가브리가 두 여인에게 손을 흔들며 말했다.

"버트와 어니_{미국 어린이 TV 프로그램 〈세서미 스트리트〉에 등장하는 캐릭터. 게이 커플을 경멸적으로 지칭하기도 한다.}" 머나가 클라라와 함께 베란다 계단을 오르며 말했다.

"당신 화가 친구들이 아직 여기 있어요." 올리비에가 그렇게 말하며 의자에서 일어나 여자들의 두 뺨에 키스했다.

"며칠 더 묵을 것 같던데." 가브리는 조금도 기뻐하지 않았다. 그가 생각하는 완벽한 비앤비란 아무도 묵고 있지 않은 비앤비였다. "가마슈 경감의 부하가 다른 사람은 가도 좋다고 해서 다들 갔어요. 그들은 지루해하는 것 같더라고요. 살인 한 건만으로는 그들의 관심을 붙들어 두기엔 부족한 것 같아."

머나와 클라라는 마을을 감시하는 그들을 뒤로하고 비앤비 안으로 들어갔다.

"무슨 작업 중이에요?" 클라라가 폴레트에게 물었다. 그들은 몇 분째 이런저런 잡담을 하고 있었다. 불톤 닐씨에 대한 이야기도. 그리고 클라라의 전시회에 대해. 폴레트와 노르망이 번갈아 가며 이야기했다. "그 멋진 비행 시리즈 계속하고 있어요?"

"응, 사실 드러먼드빌의 한 갤러리에서 관심 있어 하고, 보스턴에서 열리는 입선작 전시회에 들어갈 것 같아."

"정말 멋지다." 클라라가 머나에게 고개를 돌렸다. "날개 시리즈가 정말 놀랍거든."

머나는 거의 구역질이 났다. 한 번 더 '놀랍다'란 말을 들으면 그녀는 정말 토할 것 같았다. 머나는 그게 무슨 암호였을지 궁금했다. 쓰레기 같다? 소름 끼친다? 지금까지 노르망은 본인이 명백히 좋아하지 않는 클라라의 작품을 놀랍다고 묘사했었다. 폴레트는 노르망이 굉장히 강력한 작품을 계획하고 있는데, 장담컨대 사람들이 그 그림을 놀라워할 거라고 말했었다.

그리고 물론 그들 둘 다 클라라의 성공에 놀라울 따름이라고 했다.

하지만 이내 그들은 릴리언이 살해된 것에는 놀랐다고 인정했다.

"그러니까," 클라라가 태연한 척 거실 테이블에 놓인 감초 사탕 단지를 쑤석거리며 말했다. "난 릴리언이 어제 여기에 어떻게 왔는지 궁금할 뿐이에요. 누가 그 애를 초대했는지 알아요?"

"당신이 초대한 거 아니었어?" 폴레트가 물었다.

클라라는 고개를 저었다.

그들이 릴리언과 연락하고 지냈을지도 모르는 사람들을 추측하는 동안 머나는 등을 기대고 유심히 귀를 기울였다.

"그 애는 몬트리올에 돌아온 지 몇 달 됐어, 알다시피." 폴레트가 말했다.

클라라는 몰랐다.

"그래." 노르망이 말했다. "한 베르니사주에서 우리한테 와서 예전에 정말 못되게 굴었다고 사과하기까지 했지."

"진짜?" 클라라가 물었다. "릴리언이 사과를 했다고?"

"그냥 우리 비위를 맞추려고 그랬던 거 같아." 폴레트가 말했다. "그녀가 떠났을 때는 우리가 아무것도 아니었지만 지금은 꽤 확실히 자리를 잡았으니까."

"이제 우리가 필요한 거야." 노르망이 말했다. "필요했던 거야."

"뭣 때문에?" 클라라가 물었다.

"그림 작업을 다시 하고 있다고 하더라고. 우리한테 자기 포트폴리오를 보여 주고 싶어 했지." 노르망이 말했다.

"그래서 뭐라고 했어요?"

그들이 서로를 보았다. "우린 시간이 없다고 말했지. 무례하게 대하고 싶진 않았지만 그 여자하고는 어떤 일로든 엮이고 싶지 않았어."

클라라는 고개를 끄덕였다. 자신도 그녀를 그렇게 대했으리라. 그랬기를 바랐다. 정중하지만 거리를 두고. 그것은 용서의 행위였고, 아무리 곰이 발레복을 입고 미소를 짓고 있다 한들 그 곰과 우리에 들어가는 것은 별개였다. 아니면 머나가 꺼냈던 비유가 뭐였더라?

그 프라이팬.

"어쩌면 초대 없이 파티에 온 거겠지. 많이들 그랬잖아." 노르망이 말했다. "데니스 포틴처럼."

노르망이 가볍게 그 갤러리 주인 이름을 입 밖에 냈다. 뼈 사이를 찌르는 예리한 칼처럼 대화 중에 그 이름을 끼워 넣었나. 싱치를 입히려 한 말이었다. 그가 클라라를 보았다. 그리고 머나는 그를 보았다.

그녀는 앞으로 당겨 앉아 클라라가 이 공격을 어떻게 처리할지 호기심을 가지고 보았다. 그 말은 다음과 같은 것이었기 때문에. 미소를 띤 채 예의를 지키며 하는 교활한 말. 일종의 사교상 중성자탄. 상대방을 죽이는 동안 정중한 대화의 구조를 서 있게 하려는 의도.

이제 반 시간가량 이 커플의 말을 듣고 있자니 머나는 자신이 이 공격에 그다지 놀라지 않았다고 말할 수 있었다. 클라라도 마찬가지였다.

"하지만 그 사람은 초대받은 거예요." 클라라가 노르망의 가벼운 어조에 맞춰 말했다. "내가 개인적으로 데니스한테 오라고 했죠."

머나는 거의 웃을 뻔했다. 클라라의 쿠 드 그라스Coup de grâce 최후의 일격는 포틴을 성이 아닌 이름으로 부른 것이었다. 자신과 그 저명한 갤러리 소유주가 격의 없는 친구라도 된다는 듯이. 그리고 그래, 그래. 사실이 그랬다.

노르망과 폴레트 둘 다 깜짝 놀랐다.

여전히 아주 마음에 걸리는 두 가지 질문이 대답 없이 남겨졌다.

누가 릴리언을 클라라의 파티에 초대했을까?

그리고 릴리언은 왜 수락했을까?

11

"솔직히, 당신이 역사상 가장 형편없는 수사관일 거예요." 도미니크가 말했다.

"그래도 최소한 난 질문은 계속했어." 루스가 쏘아붙였다.

"난 끼어들 기회조차 없었으니까요."

머나와 클라라는 이제 비스트로에서 두 여자와 합류했고, 꼭 필요해서라기보다 분위기를 내기 위해 지펴진 벽난로 앞에 앉아 있었다.

"루스가 카스통계한테 거시기가 얼마나 크냐고 물어봤답니다."

"내가 언제. 난 그 사람이 얼마나 거물이냐고 물어본 거야. 엄연히 다른 질문이지."

루스가 엄지와 검지를 내밀어 5센티미터가량을 만들어 보였다.

클라라는 자기도 모르게 히죽 웃었다. 그녀도 갤러리 소유주들에게 종종 같은 질문을 하고 싶었다.

도미니크가 고개를 저었다. "그러더니 루스가 다른 쪽에게는 이런 질문을……,"

"프랑수아 마루아요?" 클라라가 물었다. 그녀는 도미니크와 루스에게 화가를 맡으라고 하고 자신이 미술상들을 맡고 싶은 유혹이 들었었지만 그냥 아직은 카스통게를 보고 싶지 않았다. 그가 전화를 했고, 피터와 그런 대화를 나눈 후에 그냥 만나기가 그랬다.

"네, 프랑수아 마루아. 그 사람에게는 좋아하는 색이 뭐냐고 물었답니다."

"꽤 도움이 될지 모른다고 생각했지.ˮ 루스가 말했다.

"그래서 도움이 됐나요?" 도미니크가 따졌다.

"당신이 생각한 만큼은 아니야." 루스가 인정했다.

"그렇게 닦달했는데도 아무도 릴리언 다이슨을 죽였다고 자백하지 않았어요?" 머나가 물었다.

"그들이 놀라울 정도로 압박을 잘 견디더라고요." 도미니크가 말했다. "그래도 카스통게는 자기 첫 차가 그렘린1970년대 미국 자동차 회사 American Motors Corporation에서 생산된 승용차. 기계의 고장을 일으키게 하는 눈에 보이지 않는 작은 마귀라는 뜻도 있다이었다는 얘기를 흘리고 말았죠."

"그게 정신병자지 뭐야." 루스가 말했다.

"두 사람은요?" 레모네이드로 손을 뻗으며 도미니크가 물었다.

"우리는 어땠는지 모르겠네요." 머나가 그렇게 말하며 캐슈너트 그릇에서 캐슈너트를 한 주먹 쥐어 그릇을 거의 비웠다. "노르망이라는 작자가 데니스 포틴을 들먹일 때 자기가 그를 꼼짝 못하게 한 건 좋았어."

"무슨 뜻이야?" 클라라가 물었다.

"뭐, 포틴을 초대한 사람이 자기라고 말했을 때 말이야. 사실 그건 지금 생각해 보면 또 하나의 미스터리야. 데니스 포틴이 여기 와서 뭘 하고 있었대?"

"이런 소식 알리긴 싫지만, 정말 내가 그 사람을 초대했어." 클라라가 말했다.

"세상에, 왜 그랬어, 자기?" 머나가 물었다. "그가 한 짓이 있는데."

"글쎄, 날 거절한 갤러리 주인이나 미술상을 다 제외했으면 파티가 텅텅 비었을걸."

머나가 그토록 많은 용서를 할 수 있는 자신의 친구에게 경이로움을 느낀 것이 처음은 아니었다. 그리고 용서할 사람이 많다는 것에도. 클라라는 자신이 꽤 안정적이라고 여겼지만 머나는 그녀가 와인과 치즈와 무자비함이 공존하는 미술계에서 오래 버틸 수 있을지 의심스러웠다.

그녀는 또한 용서를 해서는 안 되지만 용서를 받고 초대된 다른 누가 또 있는지 궁금했다.

가마슈는 먼저 전화를 해 놨고, 이제 몬트리올 생드니 가에 있는 갤러리 뒤편 주차 공간에 차를 대고 있었다. 직원을 위한 주차 공간이었지만 일요일 5시 반이라 모두 집에 간 상태였다.

그는 차에서 내려 주위를 둘러보았다. 생드니는 범세계적이라고 할 수 있는 몬트리올의 거리였다. 그러나 그 이면의 골목에는 쓰고 버린 콘돔과 빈 주사기가 땅에 널려 있었다.

영광스러운 앞모습이 악취 나는 것을 숨겼다.

그렇다면 어떤 모습이 진정한 생드니일까? 그는 차 문을 잠그고 활기찬 거리를 향해 걸으며 궁금해했다.

포틴 갤러리의 유리로 된 정문은 잠겨 있었다. 가마슈가 초인종을 찾고 있는데, 데니스 포틴이 나타나 활짝 미소 지으며 문을 열어 주었다.

"무슈 가마슈." 그가 그렇게 말하며 손을 내밀어 경감의 손을 잡고 흔들었다. "다시 뵙게 되어 기쁘네요."

"메, 농Mais, non 아닙니다." 가마슈가 가볍게 고개를 숙이며 말했다. "저야말로 기쁩니다. 늦은 시간에 응해 주셔서 감사합니다."

"덕분에 밀린 업무 처리할 기회를 얻었습니다. 어떤 건지 아시겠죠." 포틴이 주의 깊게 문을 삼_ㄴ너니 필을 흔들어 경감을 갤러리 더 안쪽으로 안내했다. "제 사무실은 위층입니다."

가마슈는 자기보다 젊은 남자를 따라갔다. 그들은 전에 몇 번 만난 적이 있었다. 포틴이 클라라의 전시회를 기획하려고 스리 파인스에 왔을 때. 포틴은 마흔쯤 되었고, 밝고 매력적이었다. 그는 딱 맞는 세련된 재킷에 다림질한 오픈칼라 셔츠와 블랙진 차림이었다. 깔끔하고 스타일이 좋았다.

위층으로 걸어 올라가며 포틴이 벽에 걸려 있는 작품들을 열정적으로 설명하는 동안 가마슈는 경청했다. 경감은 주의 깊게 듣는 한편, 릴리언 다이슨의 그림을 찾아 갤러리를 훑어보았다. 그녀의 스타일은 너무나 독창적이어서 그림 자체가 설명할 터였다. 벽에는 분명 뛰어난 작품 몇 점이 걸려 있었지만 다이슨의 것은 아니었다.

"커피 드시겠습니까?" 포틴이 사무실 바로 밖에 있는 카푸치노 메이커를 가리켰다.

"농, 메르시Non, merci 고맙지만 괜찮습니다."

"그럼 맥주는 어떠십니까? 날씨가 많이 따뜻해졌습니다."

"좋을 것 같군요." 경감이 그렇게 말하고 포틴의 사무실에 편안한 자세로 앉았다. 포틴이 시야에서 벗어나자 가마슈는 그의 책상 위로 몸을 굽히고 서류들을 훑어보았다. 예술가들과의 계약서. 곧 있을 전시회 홍보물 기획안. 한 사람은 퀘벡의 유명 미술가였고, 다른 사람은 가마슈가 들어 보지 못한 사람이었다. 아마도 뜨기 시작한 예술가일 터였다.

그러나 재빨리 훑어보니 릴리언 다이슨은 아니었다. 클라라 모로도 아니었다.

가마슈는 가벼운 발소리를 듣고 포틴이 사무실 문을 나갔을 때와 같은 자세로 의자에 앉았다.

"자요." 갤러리 주인이 맥주 두 잔과 치즈를 쟁반에 담아 가져오고 있었다. "저희는 와인과 맥주, 치즈를 상비해 둡니다. 거래의 도구죠."

"캔버스와 붓이 아니라요?" 경감이 그렇게 물으며 성에 낀 잔에 든 차가운 맥주를 집었다.

"그건 창작자들을 위한 거죠. 저는 하찮은 사업가일 뿐입니다. 재능과 돈을 연결해 주는 다리."

"아 보트르 상테À votre santé 건배." 경감이 잔을 들자 포틴도 자기 잔을 들었고, 둘 다 만족스러운 한 모금을 들이켰다.

"창작이라." 가마슈가 그렇게 말하며 유리잔을 내려놓고 향긋한 스틸턴 치즈 한 조각을 집어 들었다. "그러나 예술가들은 때때로 감정적이고 불안정하죠. 잘은 모릅니다만."

"예술가가?" 포틴이 물었다. "대체 무슨 말씀이신지요?"

그가 웃음을 터트렸다. 편안하고 밝은 웃음이었다. 가마슈도 같이 미소 지을 수밖에 없었다. 싫어하기 힘든 사람이었다.

그가 알기로 매력도 갤러리에서 일어나는 거래의 한 도구였다. 포틴은 치즈와 매력을 제공했다. 그가 그러기로 결정했을 때.

"제 생각에는 그들을 무엇과 비교하느냐에 따른 것 같습니다." 포틴이 말을 이었다. "미친 하이에나 혹은 배고픈 코브라와 비교했을 때 예술가는 꽤 양호하죠."

"예술가를 그다지 좋아하지 않으시는 것처럼 들리는군요."

"아니, 좋아합니다. 그들을 좋아하지만 그보다 더 중요한 건 그들을 이해하는 거죠. 그들의 지존심, 두려움, 불안감. 다른 사람들과 섞여 있을 때 편안해하는 예술가들은 극소수입니다. 대부분은 사람들과 떨어져 조용히 작업실에서 일하는 걸 선호하죠. '타인은 지옥이다'라는 말을 한 사람이 누구든 분명히 예술가였을 겁니다."

"사르트르가 한 말입니다." 가마슈가 말했다. "작가."

"출판 관계자에게 작가들이 어떤지 물어봐도 아마 대답은 비슷할 겁니다. 제 경우, 화가는 작고 평평한 캔버스에 삶의 진실뿐 아니라 미스터리와 영혼, 인간 깊숙이 자리 잡고 있는 모순되는 감정들을 애써 포착해 담아내는 사람들입니다. 그리고 그들 대부분은 타인을 싫어하고 두려워합니다. 전 그걸 이해합니다."

"그러십니까? 어떻게요?"

살짝 불편한 침묵이 흘렀다. 데니스 포틴은 매우 상냥했지만 파고드는 질문은 좋아하지 않았다. 그는 남에게 이끌리는 것보다 자기가 주도하는 대화를 선호했다. 가마슈는 그가 자신의 말을 경청하고 묵인하고 따르며 자신의 비위를 맞춰 주는 사람에게 익숙한 사람이라는 것을 알아챘다. 그는 결정을 내리는 데 익숙했고, 자신이 한 말이 받아들여지는 것에 익숙했다. 데니스 포틴은 쉽게 상처받는 자들의 세계에서 강력한 힘을 지닌 사람이었다.

"제게는 한 가지 이론이 있습니다, 경감님." 그가 다리를 꼬고 바지 주름을 펴며 말했다. "대부분의 일은 자신의 선택으로 정해집니다. 우리가 일에 맞게 성장할 수도 있지만 어떤 일에 종사하는 것은 주로 우리의 소질과 그 일이 부합해서죠. 전 미술을 사랑합니다. 그림을 그릴 만한 재목은 못 되고요. 시도해 봐서 압니다. 전 사실 미술가가 되고 싶었지만 비참한 실패가 저를 늘 제가 해야 할 일로 이끌었습니다. 다른 사람 안에 있는 재능을 알아보는 것. 정말 제게는 완벽한 일입니다. 돈도 많이 벌고 위대한 작품과 위대한 화가들에 둘러싸여 지내니까요. 전 실제적인 창작의 모든 고뇌를 겪지 않으면서 이 창조적 문화에 일조하고 있죠."

"그러나 당신의 세계에도 고뇌가 없지 않을 텐데요."

"사실입니다. 제가 한 예술가를 고르고 그의 그 전시회가 실패하면 저에게 나쁜 영향을 끼칩니다. 하지만 그러면 저는 제가 대담하게 기꺼이 위험을 감수하는 사람이라는 소문을 확실히 퍼트립니다. 아방가르드. 그게 잘 먹힌답니다."

"하지만 그 미술가는……." 가마슈가 말을 꺼내고 끝을 맺지 않았다.

"아, 그렇습니다. 그 사람은 혼쭐이 나죠."

가마슈는 포틴을 바라보며 혐오감을 드러내지 않으려 노력했다. 그의 갤러리가 위치한 거리처럼 포틴도 겉모습은 매력적이었지만 꽤 더러운 내면을 숨기고 있었다. 그는 기회주의자였다. 다른 이의 재능으로 먹고 살았다. 다른 이의 재능으로 부자가 되었다. 반면 대부분의 예술가들은 근근이 먹고사는 정도였고, 위험은 모두 그들이 짊어져야 했다.

"그들을 보호해 줍니까?" 가마슈가 물었다. "비평가들에 맞서 지켜 주려고 합니까?"

포틴이 깜짝 놀라는 동시에 재밌다는 표정을 지었다. "그들은 성인입니다, 무슈 가마슈. 칭찬이 돌아오면 그걸 취하고 비판이 오면 그걸 받아들여야 합니다. 어린애처럼 미술가를 다루는 건 결코 좋은 생각이 아니죠."

"어린애로서가 아니라 아마도," 가마슈가 말했다 "훌륭한 파트너로서 다뤄야겠죠. 훌륭한 파트너가 공격을 당하고 있다면 그를 방관하지 않으실 테죠?"

"제게는 파트너가 없습니다." 포틴이 말했다. 미소는 여전히 잃지 않았지만 약간 지나치게 경직돼 있었다. "파트너는 매우 골치 아픈 거죠. 경감님도 아시겠지만요. 지켜야 할 사람이 없는 게 최선입니다. 파트너는 경감님의 판단력을 해칠 수도 있습니다."

"흥미로운 시각이군요." 가마슈가 말했다. 그는 그때 포틴이 공장 급습 동영상을 보았다는 것을 알았다. 포틴의 말은 일어났었던 일에 대한 은근한 암시였다. 세상 사람들이 본 것처럼 포틴은 부하를 지키는 데 실패한 자신의 모습을 보았다. 그들의 목숨을 구하는 데 실패한.

"아시다시피 전 제 부하들을 지키지 못했습니다." 가마슈가 말했다. "그러나 최소한 시도는 했습니다. 당신은 안 그럽니까?"

포틴은 경감이 그 사건을 직접적으로 거론해 맞설 줄은 예상치 못한 게 분명했다. 그게 그의 중심을 무너트렸다.

겉으로 그런 척하는 것만큼 안정된 사람은 아니군. 가마슈가 생각했다. 어쩌면 스스로 믿고 싶은 만큼 이상의 예술가적 기질이 있을지 모르겠군.

"다행히 사람들은 실제로 제 화가들을 쏘지는 않으니까요." 마침내 포틴이 입을 열었다.

"맞습니다. 하지만 다른 형태의 공격도 존재하죠. 상처를 입히고 심지어 죽이기까지 합니다. 당신은 한 사람의 명성을 살해할 수 있습니다. 당신은 그들의 강한 충동과 욕구, 심지어 창의성까지 죽일 수 있습니다. 당신이 심하게 하려고만 하면요."

포틴이 웃음을 터트렸다. "작가가 그렇게 마음이 약해서야 다른 일을 찾든지 아니면 집 밖에는 아예 나오려고도 하지 말아야죠. 그냥 캔버스만 밖으로 던지고 재빨리 문을 잠가야죠. 그러나 제가 아는 대부분은 자존심이 엄청 셉니다. 야망도 무척 크고요. 그들은 찬사를 원하고 알아봐주길 원하죠. 그게 문제죠. 그게 그들을 상처받기 쉬운 사람으로 만듭니다. 재능이 아니라 자존심 때문에."

"하지만 당신은 그들이 취약하다는 데 동의합니까, 이유야 어떻든?"

"그렇습니다. 이미 말씀드렸죠."

"그리고 그렇게 취약한 상태가 일부 예술가들을 두렵게 할 수 있다는 데 동의하십니까?"

포틴은 덫을 감지했지만 그게 어디에 놓여 있는지 몰라 한순간 머뭇거렸다. 그는 고개를 끄덕였다.

"그리고 두려움에 찬 사람이 폭력적일 수도 있다는 것도요?"

"그런 것 같군요. 우리가 무슨 얘기를 하고 있는 거죠? 이건 일요일 오후의 즐거운 잡담만은 아닌 것 같군요. 그리고 저의 그림 구입에 관심이 있어서 오신 건 아닌가 보군요."

갑자기 '그들의'가 '저의' 그림으로 됐다는 걸 가마슈는 알아차렸다.

"농Non 그렇습니다, 무슈. 조금만 참아 주시면 곧 말씀드리겠습니다."

포틴이 손목시계를 봤다. 모든 섬세함과 매력이 사라졌다.

"왜 어제 클라라 모로의 축하 파티에 가셨는지 궁금합니다."

가마슈의 질문은 포틴을 완전히 나가떨어지게 할 마지막 일격과는 거리가 멀었는지 미술상은 처음에는 입을 딱 벌렸다가 다음 순간 웃음을 터트렸다.

"지금껏 하신 말씀이 그것 때문입니까? 이해를 못하겠군요. 전 법이라면 어기지 못하는 사람입니다. 게다가 클라라가 절 초대했고요."

"브레밍Vraiment 정말입니까? 그러나 당신은 손님 명단에 없었습니다."

"없었죠. 압니다. 저는 미술관에서 열리는 그녀의 베르니사주에 대해 물론 들었고, 가기로 했죠."

"왜죠? 당신은 화가로서의 그녀와 관계를 끊었고, 매우 안 좋은 상황에서 헤어졌습니다. 사실상 당신은 그녀를 매우 모욕했습니다."

"그녀가 그 일을 말했습니까?"

가마슈는 상대편을 응시하며 침묵했다.

"물론 그녀가 말했겠죠. 당신이 어디서 그 얘길 들었겠습니까? 이제 기억이 나는군요. 당신들 두 사람은 친구죠. 당신이 온 이유가 그겁니까? 날 협박하려고?"

"내가 협박을 하고 있다고요? 난 당신이 협박이라는 것을 그 누구에게도 확신시키기 어려울 것 같다는 생각이 듭니다." 가마슈는 여전히 놀라 있는 갤러리 주인 쪽으로 맥주잔을 기울였다.

"내 얼굴에 총을 겨누는 거 외에도 협박할 방법은 많습니다." 포틴이 쏘아붙였다.

"정말 그렇습니다. 제가 아까 드린 말씀이 그겁니다. 다른 형태의 폭력이 있습니다. 몸은 살려 두면서 죽이는 다른 방법이. 하지만 저는 여기에 협박하러 온 게 아닙니다."

그는 정말 이렇게 쉽게 위협을 느꼈을까? 가마슈는 궁금했다. 포틴은 경찰과 나누는 단순한 대화가 공격처럼 느껴질 정도로 상처받기 쉬운 사람이었을까? 어쩌면 포틴은 자신의 믿음보다 더, 자신이 대변한 예술가들을 닮았는지도 몰랐다. 그리고 어쩌면 그가 인정한 것보다 더, 큰 두려움 속에 살고 있는지도 몰랐다.

"거의 끝났으니 남은 일요일을 곧 돌려 드리겠습니다." 가마슈가 유쾌한 목소리로 말했다. "클라라 모로의 작품이 당신에게 중요하지 않다고 결정했으면서 왜 그녀의 베르니사주에 갔습니까?"

포틴이 깊이, 깊이 숨을 들이마시더니 한동안 숨을 멈춘 채 가마슈를 응시했다. 이윽고 맥주 냄새가 섞인 긴 숨을 내뱉었다.

"클라라에게 사과하고 싶어서 갔습니다."

이번에는 가마슈가 놀랄 차례였다. 포틴은 잘못을 쉽게 인정할 사람으로 보이지 않았다.

포틴은 또 한 번 숨을 깊이 들이쉬었다. 이번에는 분명 타격을 입은 듯했다.

"지난여름 전시회를 의논하러 스리 파인스에 갔을 때 클라라와 전 그곳 비스트로에서 음료를 마셨고, 어떤 덩치 큰 남자가 서빙을 했죠. 그가 음료를 주고 갈 때, 어쨌든 제가 그 사람에 대해 뭔가 어리석은 말을 했습니다. 나중에 클라라가 그것에 대해 저한테 따졌고, 전 그녀 행동이 너무 짜증이 나서 그만 그녀를 몰아세우고 전시회를 취소했죠. 어리석은 행동이었고, 거의 바로 그 일을 후회했습니다. 하지만 그때는 너무 늦었죠. 이미 내뱉은 말이라 되돌릴 수 없었습니다."

아르망 가마슈는 믿어도 좋을지 판단을 내리려 애쓰며 데니스 포틴을 응시했다. 그러나 포틴의 이야기를 확인할 수 있는 쉬운 길이 있었다. 그냥 클라라에게 묻는 것이었다.

"그러니까 클라라에게 사과하기 위해 오프닝에 갔다고요? 굳이 그럴 이유가 있었나요?"

이제 포틴은 살짝 얼굴을 붉히며 그의 오른쪽에 있는 창문 밖 이른 저녁 빛을 보았다. 밖에서는 생드니 가의 위아래로 테라스에 사람들이 모여 맥주와 마티니를, 와인과 상그리아를 마시고 있을 터였다. 따뜻하고 햇살 가득한 진짜 첫 봄날을 즐기면서.

그럼에도 적막한 갤러리 안은 따뜻하거나 햇살 가득한 분위기가 아니었다.

"그녀가 크게 되리란 걸 알았습니다. 그녀의 작품이 기존에 볼 수 없는 독창성을 지니고 있어서 개인전을 하자고 했던 겁니다. 경감님도 보셨습니까?"

포틴이 가마슈 쪽으로 몸을 기울였다. 더 이상 불안에 휩싸여 있지도, 방어적인 태도를 보이지도 않았다. 이제 그는 거의 신나서 들뜬 것 같았다. 위대한 미술 작품에 대한 이야기에서 활기를 되찾았다.

가마슈는 여기에 진정으로 미술을 사랑하는 남자가 있다는 것을 깨달았다. 그는 사업가고, 기회주의자며, 떠벌리기 좋아하는 자기중심적인 사람일지 몰랐다.

그러나 그는 위대한 예술을 알았고 사랑했다. 클라라의 작품을.

릴리언 다이슨의 작품은?

"봤습니다." 경감이 말했다. "그리고 저도 같은 의견입니다. 그녀는 뛰어나죠."

포틴이 열정적으로 클라라의 초상화 분석에 들어갔다. 미묘한 색조, 힘을 빼고 죽죽 뻗는 붓 터치와 미묘한 손놀림에 관해. 가마슈에게는 매우 흥미롭게 들렸다. 그리고 자기도 모르게 포틴과 함께 있는 이 시간을 즐기고 있다는 걸 깨달았다.

그러나 그는 클라라의 작품에 대해 논하려고 온 게 아니었다.

"제가 기억하기론 당신이 가브리를 '빌어먹을 호모 자식'이라고 불렀다더군요."

그 말이 바라던 효과를 나타냈다. 그 말은 단순히 충격적인 게 아니라 역겹고 수치스러웠다. 특히나 포틴이 지금 막 하고 있던 이야기를 고려한다면. 클라라가 창조해 낸 빛과 자비와 희망에 대한 이야기를.

"그랬습니다." 포틴이 인정했다. "종종 쓰는 말이죠. 종종 그런 말을 썼습니다. 이제는 아니에요."

"어쨌든 왜 그런 말을 하셨습니까?"

"조금 전에 당신이 하셨던 말 말입니다. 사람을 죽이는 여러 가지 방법에 대해서요. 제 화가들 중에는 게이가 많습니다. 새로운 화가와 계약을 하는데 그가 게이라는 걸 알면 전 종종 누군가를 찍어서 방금 경감님이 하신 말을 했습니다. 그 말이 그들을 흔들어 놓습니다. 두렵게 만들고 평정심을 잃게 하죠. 그 말이 그 사람을 조종하죠. 그리고 그들이 반격을 하지 않는다면 나는 그들과 계약을 합니다."

"그들이 그럽니까?"

"반격하느냐고요? 클라라가 처음이었죠. 그것 역시 그녀가 특별하다는 것을 말해 주는 것이었을 텐데 말입니다. 목소리를 낼 줄 알고, 전망이 있으며, 줏대가 있는 예술가라는 것을요. 그러나 그런 줏대는 불편할 수도 있습니다. 차라리 순응이 훨씬 낫습니다."

"그래서 그녀를 해고하고, 그녀의 명성을 더럽히려고 했군요."

"효과는 없었죠." 그가 후회한다는 듯이 미소를 지었다. "미술관이 그녀를 번쩍 들어 올렸습니다. 난 거기 사과하러 갔습니다. 그녀가 곧 힘과 영향력을 지닌 사람이 될 거라는 걸 알았으니까요."

"사업상 잘 지내 보자는 거였나요?" 가마슈가 물었다.

"아무것도 안 하는 거보단 낫죠." 포틴이 말했다.

"도착했을 때 무슨 일이 있었습니까?"

"거기 일찍 갔는데, 맨 처음 눈에 띈 사람이 제가 욕했던 남자였죠."

"가브리."

"맞아요. 그 사람한테도 빚을 졌다는 걸 깨달았습니다. 그래서 먼저 그 사람에게 사과했죠. 완전히 회개의 장이 됐습니다."

가마슈가 다시 미소를 지었다. 포틴이 마침내 진정성 있게 보였다. 그리고 그는 그 이야기를 언제든 확인할 수 있었다. 사실 가마슈가 의심쩍은 사실들을 확인하는 것은 매우 쉬웠다. 데니스 포틴은 베르니사주에 초대받지 않고 사과하러 갔었다.

"그런 다음 당신은 클라라에게 다가갔습니다. 그녀가 뭐라던가요?"

"사실 그녀가 저한테 왔습니다. 제 추측이지만 가브리에게 미안하다고 하는 걸 들었던 것 같더군요. 우린 이야기를 나누기 시작했고, 정말 미안하다고 말했습니다. 그리고 그녀에게 멋진 쇼를 축하한다고 했습니다. 난 포틴 갤러리에서 그랬길 바랐지만 미술관에서의 더 훌륭한 쇼를 축하한다고 말했죠. 그랬더니 그녀가 아주 친절하게 받아 주더군요."

가마슈는 포틴의 음성에서 안도와 놀라움까지 느낄 수 있었다.

"그녀가 스리 파인스에서 그날 밤 있을 파티에 절 초대했습니다. 사실 전 저녁 약속이 있었는데, 정말 거절할 수가 없더군요. 그래서 친구들과의 저녁 약속을 취소하고 바비큐 파티에 갔습니다."

"얼마나 오래 머물렀습니까?"

"솔직히 말입니까? 오래는 안 있었습니다. 긴 시간을 왕복 운전해야 하는 거리라서요. 동료 몇몇과 이야기를 나누고, 그저 그런 화가 몇몇을 피하고……"

가마슈는 거기에 노르망과 폴레트가 포함되는지 궁금했고, 그랬을 거라고 생각했다.

"……클라라와 피터와 얘기를 나눴으니 내가 거기에 있었다는 걸 그들은 알 겁니다. 그러고 나서 자리를 떴습니다."

"앙드레 카스통게나 프랑수아 마루아와 이야기를 나눴습니까?"

"두 사람 모두와 이야기를 했죠. 카스통게의 갤러리를 찾으신다면 이 길 바로 아래쪽에 있습니다."

"이미 그와 얘기했습니다. 아직 스리 파인스 마을에 있지요. 무슈 마루아도요."

"정말로요?" 포틴이 말했다. "이유가 궁금하군요."

가마슈가 주머니를 더듬어 동전을 꺼냈다. 작은 비닐봉지에 담긴 동전을 들고 그에게 보여 주며 물었다. "전에 이런 거 본 적 있습니까?"

"은화입니까?"

"좀 더 자세히 봐 주십시오."

"봐도 될까요?" 포틴이 손을 내밀어 가마슈는 동전을 건넸다. "가볍네요." 포틴이 한 면을 보고 다른 면을 뒤집어 보더니 다시 가마슈에게 건넸다. "죄송하지만 뭔지 모르겠군요."

그는 경감을 자세히 살폈다.

"인내심을 낮이 발휘했습니다." 포틴이 말했다. "그러나 이제 뭔지 말해 주시겠죠."

"릴리언 다이슨이라는 여자를 아십니까?"

포틴은 생각하더니 고개를 저었다. "제가 알아야 하는 여자입니까? 미술가인가요?"

"사진이 있는데 봐 주시겠습니까?"

"그럼요." 포틴은 당혹스러운 시선을 가마슈에게 고정한 채 손을 뻗었고, 사진을 내려다봤다. 그의 미간이 좁아졌다.

"이 여자는……,"

가마슈는 포틴의 말을 끊지 않았다. 그는 '낮이 익다?', '죽었느냐?'라고 말을 이을까?

"잠든 것처럼 보이네요. 그런가요?"

"아는 여자입니까?"

"몇몇 베르니사주에서 봤을지는 모르겠지만, 워낙 많은 사람을 만나니까요."

"클라라의 전시회에서 여자를 봤습니까?"

포틴은 생각해 보더니 고개를 저었다. "제가 있는 동안은 없었습니다. 그러나 이른 시간이었고, 사람들이 아직 많지 않을 때였죠."

"그러면 바비큐 파티에서는요?"

"제가 도착했을 땐 어두웠고, 그녀가 거기에 있었다고 해도 저는 모르겠군요."

"그녀는 확실히 거기 있었습니다." 가마슈가 동전을 주머니에 넣으며 말했다. "거기서 살해됐습니다."

포틴이 입을 딱 벌리고 그를 보았다. "파티에서 누가 살해됐다고요? 어디서요? 어떻게요?"

"그녀의 작품을 본 적이 있습니까, 무슈 포틴?"

"저 여자 작품 말입니까?" 포틴이 자신들 사이 테이블에 놓인 여자의 사진을 턱으로 가리키며 물었다. "없습니다. 본 적 없는 여자고, 작품을 본 적도 없습니다. 어쨌든 제가 아는 한에서는요."

이내 가마슈는 다른 질문을 떠올렸다.

"저 여자가 위대한 미술가라고 가정해 보죠. 살았을 때와 죽었을 때, 어느 쪽이 더 갤러리에 가치가 있을까요?"

"섬뜩한 질문이군요, 경감님." 그러나 포틴은 생각했다. "살아 있다면 그녀는 갤러리에서 팔 더 많은 작품을 창작했을 테고, 더 많은 돈을 벌었겠죠. 그러나 죽었을 때는?"

"위Oui 네?"

"그녀가 정말 훌륭한 예술가라고 가정해서요? 그렇다면 그림이 적을수록 좋습니다. 입찰 경쟁에 불이 붙을 거고, 그림 가격은……."

포틴은 천장을 보았다.

가마슈는 답을 얻었다. 하지만 옳은 질문이었을까?

12

"이게 뭐야?"

클라라는 부엌 전화기 옆에 서 있었다. 피터는 밖에서 바비큐를 하고 있었고, 브리시네 농장에서 사 온 스테이크를 찔러 보는 중이었다.

"뭐라고?" 그가 방충망 문을 사이에 두고 소리 질렀다.

"이거 말이야."

클라라가 밖으로 나가 메모된 종이를 쳐들었다. 피터가 고개를 떨어뜨렸다.

"아, 젠장. 세상에, 클라라, 완전히 깜빡했어. 릴리언이 발견되고 모든 게 혼란스러운 통에⋯⋯." 그가 바비큐용 포크를 흔들다 멈췄다.

자주 그랬던 것처럼 클라라의 얼굴은 누그러지기보다 굳어 있었다. 그리고 손에는 그가 끼적인 축하 메시지 명단을 들고 있었다. 그는 그것을 전화기 곁에 뒀다. 전화기 밑에. 안전하게 두려고 전화기로 눌러 놓았다. 그는 그녀에게 그걸 보여 주려고 했었다.

잊어버렸을 뿐이었다.

클라라가 선 곳에서 정원에 들쭉날쭉하게 원을 그리고 있는 경찰 저지선이 보였다. 한 생명이 끝장난 구멍.

그러나 이제 피터가 서 있는 바로 그 자리에 또 하나의 구멍이 열렸다. 그리고 그녀는 그의 주위로 그를 둘러싼 노란 테이프가 거의 보이는 듯했다. 릴리언에게 그랬듯 그 테이프가 그를 집어삼키고 있었다.

피터가 제발 이해해 달라고 간청하는 눈으로 그녀를 바라봤다. 눈으로 그녀에게 빌고 있었다.

이내 클라라는 자신의 남편이 있던 곳에 빈 공간만 남고 피터는 사라진 것처럼 보였다.

아르망 가마슈는 자신의 집 서재에 앉아 이자벨 라코스트와 이야기하며 메모 중이었다.

"보부아르 경위와 이에 관해 얘기했더니 그가 경감님께도 전화하는 게 좋겠다고 하더군요. 손님 대부분과 인터뷰를 했습니다." 그녀는 스리 파인스에서 전화선을 통해 이야기했다. "그날 저녁의 사진 한 장을 입수했지만 사진 속에 릴리언 다이슨은 없었습니다. 웨이터를 포함한 모두에게 물어봤죠. 아무도 그녀를 못 봤답니다."

가마슈가 고개를 끄덕였다. 그는 온종일 수시로 그녀의 보고를 받고 있었다. 보고는 늘 그렇듯 인상적이었다. 명확하고 꼼꼼했다. 직관적이었다. 라코스트 형사는 자신의 본능을 따르는 걸 두려워하지 않았다. 그녀는 실수를 두려워하지 않았다.

그리고 경감은 그것이 굉장한 강점이라는 것을 알았다.

보통의 형사라면 쳐다보지도 않을 어둑한 골목을 그녀는 기꺼이 탐색할 거란 것을 의미했다. 혹은 그들이 그렇게 한다 해도 그들은 개연성이 없는 일이라고 치부할 터였다. 시간 낭비.

그는 부하들에게 질문했다. 살인자가 어디에 숨어 있을 것 같은가? 그곳이 명백한가? 아마도. 그러나 대부분의 경우 살인자는 예상치 못한 곳에서 발견됐다. 예상치 못한 인격과 육신 속에.

그들 대부분은 유쾌한 가면을 쓰고 어두운 골목들로 내려갔다.

"파티에서 그녀를 본 사람이 없다는 게 뭘 의미한다고 생각하나?" 그가 질문을 던졌다.

라코스트 형사는 한동안 말이 없었다. "글쎄요, 전 그녀가 다른 곳에서 살해된 후 모로 부부의 정원으로 옮겨진 게 아닌지 의심했습니다. 그러면 왜 양쪽 파티에서 아무도 그녀를 못 봤는지 설명이 되니까요."

"그런데?"

"감식반하고 얘기를 해 봤는데 그랬을 가능성은 없어 보여요. 감식반은 그녀가 발견된 장소에서 죽었다고 여깁니다."

"다른 선택 사항은 뭔가?"

"확실한 거 외에요? 외계인들에 의해 순간 이동됐다?"

"그건 빼게."

"제 생각에 그녀는 도착하자마자 모로 부부 정원으로 직행한 것 같습니다."

"왜지?"

이제 이자벨 라코스트는 말을 잠시 멈추고 가능성들 사이를 천천히 거닐었다. 실수할까 봐 두려워서가 아니라 실수로 돌진하지 않기 위해서였다.

"왜 한 시간 반씩이나 운전해 파티에 와 놓고, 파티는 무시한 채 곧장 조용한 정원으로 갔을까요?" 그녀가 골똘히 생각하던 것을 소리 내어 물었다.

가마슈는 기다렸다. 렌 마리가 준비한 저녁 식사 냄새가 났다. 페투치니길고 납작한 파스타에 신선한 아스파라거스와 잣, 염소 치즈를 넣은, 그가 좋아하는 파스타 요리였다. 거의 완성됐다.

"그녀는 누군가를 만나기 위해 정원에 있었어요." 마침내 라코스트가 말했다.

"그랬는지 궁금하군." 가마슈가 말했다. 그는 돋보기를 쓰고 메모했다. 그들은 감식반이 발견한 증거, 예비 검시 결과, 증인 인터뷰까지 이미 모든 사실을 검토했었다. 그들은 이제 해석에 착수했다.

어둑한 골목으로 들어가기.

거기가 살인자를 발견할 곳이었다. 혹은 길을 잃거나.

딸 아니가 손에 접시를 들고 문가에 나타났다.

여기서 드실래요? 그녀가 입모양만으로 물었다.

그는 고개를 젓고 미소 지으며 1분만 더 주면 가겠다고 손짓했다. 아니가 자리를 뜨자 그는 다시 라코스트 형사에게 주의를 집중했다.

"보부아르 경위는 뭐라고 하던가?" 가마슈가 물었다.

"저한테 비슷한 질문을 했어요. 릴리언 다이슨이 누구와 만났을 것 같으냐며 제 생각을 알고 싶어 했어요."

"좋은 질문이군. 그래서 자네는 뭐라고 했지?"

"제 생각에 그녀는 살인자를 만나고 있었어요." 이자벨 라코스트가 말했다.

"그래, 하지만 그녀가 만나길 기대했던 사람이 그 사람이었을까?" 가마슈가 질문했다. "아니면 그녀는 특정인을 만날 생각이었는데 다른 누군가가 나타난 걸까?"

"경감님은 그녀가 거기로 유인됐다고 생각하세요?"

"한 가지 가능성으로 보고 있네." 가마슈가 말했다.

"보부아르 경위도 그렇게 생각해요. 릴리언 다이슨은 야심 찬 사람이었다. 막 몬트리올로 돌아왔고 경력을 끌어올려야 했다. 그녀는 클라라의 파티가 갤러리 주인과 미술상들로 붐빌 거라고 여겼다. 이보다 더 좋은 인맥이 있을까요? 보부아르 경위는 저명한 갤러리 소유주 행세를 하는 누군가의 꾐에 빠져 그녀가 정원으로 갔다고 생각해요. 그리고 살해됐고요."

가마슈는 미소를 지었다. 장 기는 멘토로서 자기 역할을 진지하게 받아들이고 있었다. 그리고 잘하고 있었다.

"그럼 자네는 어떻게 생각하나?" 그가 물었다.

"전 그녀에게 클라라 모로의 파티에 모습을 드러내야 할 매우 그럴듯한 이유가 있어야 했다고 생각합니다. 사람들의 말에 따르면 둘은 서로 싫어했습니다. 그러니 무엇이 릴리언을 거기로 꾀어낼 수 있었을까요? 그런 원한도 극복할 수 있는 것이 무엇이었을까요?"

"그녀가 굉장히 절실히 원하는 것이었겠지." 가마슈가 말했다. "그렇다면 그게 뭐였을까?"

"저명한 갤러리 소유주를 만나는 거요. 자기 작품으로 그에게 깊은 인상을 주려고요." 라코스트가 주저하지 않고 대답했다.

"그랬을지 궁금하군." 경감은 책상 위로 몸을 숙여 보고서를 훑어보며 말했다. "하지만 그녀가 어떻게 스리 파인스로 가는 길을 찾아냈지?"

"누가 그녀를 파티에 초대한 게 틀림없어요. 아마 거물 딜러와 따로 만나게 해 주겠다는 약속으로 그녀를 거기로 꾀어냈겠죠." 라코스트가 경감의 일련의 생각을 따라가며 말했다.

"그 사람이 그녀에게 거기로 오는 길을 알려 줬겠지." 가마슈는 릴리언의 자동차 앞좌석에 있던 쓸모없는 지도들을 떠올렸다. "그러고 나서 클라라의 정원에서 그녀를 죽였어."

"그러나 왜죠?" 이제 라코스트 형사가 물을 차례였다. "살인자는 거기가 클라라네 정원인 걸 알았을까요, 아니면 어떤 장소여도 상관없었던 걸까요? 그게 루스나 머나의 정원이었을 수도 있을까요?"

가마슈가 숨을 깊이 들이마셨다. "모르겠네. 대체 왜 파티를 약속 장소로 잡았을까? 계획적인 살인이라면 왜 좀 더 은밀하고 편리한 장소를 선택하지 않았을까? 왜 몬트리올이 아니라 스리 파인스였을까?"

"어쩌면 스리 파인스가 편했을지도 모릅니다, 경감님."

"어쩌면." 경감이 동의했다. 그것이 그가 생각하고 있던 것이었다. 살인이 그곳에서 일어난 건 살인자가 거기에 있었기 때문이었다. 거기에 살았기 때문이었다.

"게다가 살인자는 거기라면 용의자가 많아질 거라는 사실을 알았을 겁니다. 파티에는 오래전 릴리언을 알았고 증오했던 사람들로 가득했죠. 그리고 쉽게 인파 속에 섞여 사라질 수 있고요."

"그러나 왜 모로 부부 정원이었지?" 경감이 압박했다. "왜 숲이나 다른 장소가 아니었나? 클라라의 정원이 의도적으로 선택됐을까?"

아니야. 가마슈는 의자에서 일어서며 생각했다. 여전히 숨어 있는 게 너무나 많았다. 골목은 여전히 너무나 어두침침했다. 그는 여러 가지 생각과 가설, 추측을 주고받길 좋아했다. 하지만 그는 사실보다 지나치게 앞서 달려가지 않도록 주의했다. 그들은 지금 길을 잃을 위험 속에서 비틀거리고 있었다.

"동기에 관한 진척 사항이 있나?" 그가 물었다.

"몬트리올에서는 보부아르 경위가, 여기서는 제가 파티에 왔던 거의 모든 사람을 인터뷰했고, 그들은 모두 같은 의견입니다. 릴리언이 돌아온 이래 그녀와 만난 사람은 거의 없었고, 오래전 그녀가 평론가였을 때 알던 사람은 그녀를 증오하고 두려워했습니다."

"그렇다면 동기는 복수였나?" 가마슈가 물었다.

"그렇거나 이제 돌아온 그녀가 더 큰 해를 입히는 걸 막으려고요."

"좋아." 그가 생각하면서 잠시 말을 멈추었다. "그러나 다른 가능성도 있네."

그는 데니스 포틴과의 인터뷰에 대해 말하며 그 갤러리 주인이, 뛰어난 죽은 예술가가 뛰어난 살아 있는 예술가보다 더 가치 있다고 확신했던 것을 이야기했다.

가마슈 경감은 릴리언 다이슨이 혐오스러운 인간이면서 뛰어난 화가였다는 데 의문을 품지 않았다.

뛰어난 죽은 미술가였다. 훨씬 더 잘 팔릴 수 있었다. 그리고 관리하기도 쉬웠다. 그녀의 그림들은 이제 누군가를 정말 큰 부자로 만들어 줄 수 있었다.

그는 라코스트 형사에게 인사를 하고 몇 가지를 더 적은 다음 렌 마리와 아니가 있는 식당으로 갔다. 그들은 파스타와 갓 구운 바게트로 조용히 저녁 식사를 했다. 아내와 딸에게 와인을 마시라고 권했지만 자신은 한 잔도 마시지 않겠다고 마음먹었다.

"머리를 맑게 해 두려고?" 렌 마리가 물었다.

"사실은 오늘 밤 알코올중독자 모임에 가야 해. 숨 쉴 때 술 냄새가 나면 안 될 것 같아서."

아내가 웃음을 터트렸다. "그래도 당신은 혼자가 아니야. 드디어 문제가 있다는 걸 인정했어?"

"문제야 있지만 알코올 문제는 아니지." 그가 두 사람에게 미소 지었다. 그리고 딸 아니를 좀 더 유심히 봤다. "말이 통 없구나. 뭐 안 좋은 일 있니?"

"두 분께 드릴 말씀이 있어요."

13

가마슈 경감은 몬트리올 시내 셔브룩 가에 서서, 거리 건너편에 있는 육중한 빨간 벽돌 교회를 응시했다. 벽돌이라기보다 거대한 직사각형 모양의 검붉은 돌로 지어져 있었다. 운전하면서 수도 없이 그곳을 지나다녔지만 제대로 바라본 적은 한 번도 없었다.

그러나 이제 봤다.

교회는 어둡고 추했으며 들어가고 싶은 생각이 들지 않았다. 그것은 구원을 외치지 않았다. 심지어 속삭이지도 않았다. 교회가 외치는 건 참회와 속죄였다. 죄책감과 벌이었다.

마치 죄인을 가두는 교도소처럼 보였다. 명랑하게 가벼운 발걸음으로 들어가는 사람은 거의 없을 것이었다.

그러나 이제 다른 기억이 머릿속을 휘저었다. 불길 속에 있다기보다 밝게 빛을 발하는 교회의 기억. 그리고 그가 서 있는 거리는 강이었고, 사람들은 갈대였다.

이것은 릴리언 다이슨의 이젤 위에 있던 교회였다. 미완성이었지만 이미 천재적인 작품이었다. 그에게 어떤 의심이 있었다 해도 실제 모습을 본 순간 의심은 한순간에 날아갔다. 그녀는 대부분의 사람이 불길하게 여길 건물과 주변 모습을 역동적이고 살아 있는 느낌의 무언가로 창조했다. 그리고 대단히 매력적으로.

가마슈의 눈에 차들은 차량의 물줄기가 되었다. 그리고 교회로 들어가는 사람들은 갈대였다. 떠돌다 흘러들었다.

그가 그랬듯이.

"안녕하세요, 모임에 잘 오셨어요."

가마슈 경감은 교회에 들어가지도 않았는데 벌써 인사 세례를 받고 있는 자신을 발견했다.

그의 양편에 있는 사람들이 손을 내밀고 미소를 지었다. 그는 그들의 미소가 광적이라고 생각지 않으려 했지만 한두 명은 확실히 그랬다.

"안녕하세요, 모임에 오신 걸 환영해요." 젊은 여자가 그렇게 말하며 문을 통과해 음침하고 조명 시설이 제대로 되어 있지 않은 지하로 그를 안내했다. 찌든 담배 냄새와 질 낮은 커피, 상한 우유, 땀 냄새가 뒤엉킨 퀴퀴한 냄새가 났다.

천장은 낮았고 모든 것에 먼지가 덮여 있는 것처럼 보였다. 대부분의 사람들을 포함해서.

"감사합니다." 여자가 내민 손을 잡고 흔들며 그가 말했다.

"처음이세요?" 그녀가 그를 자세히 뜯어보며 물었다.

"그렇습니다. 제가 제대로 온 건지 모르겠군요."

"저도 처음에 그랬었죠. 하지만 한번 참여해 보세요. 소개해 드릴 사람이 있어요. 밥!" 그녀가 고함을 질렀다.

까칠한 턱수염에 부조화하게 옷을 입은 노인이 다가왔다. 그는 손가락으로 커피를 휘젓고 있었다.

"당신을 저분에게 맡길 거예요." 젊은 여자가 말했다. "남자는 남자가 맡아야 해요."

남겨진 가마슈 경감은 자신이 처할 상황이 매우 궁금했다.

"안녕하시오. 내 이름은 밥이오."

"아르망입니다."

두 사람은 악수했다. 밥의 손이 끈끈하게 느껴졌다. 밥의 태도 역시 그랬다.

"그러니까, 신참이오?" 밥이 물었다.

가마슈가 허리를 숙이고 속삭였다. "여기가 알코올중독자 모임 맞습니까?"

밥이 웃음을 터트렸다. 그의 숨에서 커피와 담배 냄새가 났다. 가마슈는 몸을 바로 했다.

"확실하오. 제대로 왔소."

"사실 저는 알코올중독자가 아닙니다."

밥이 그를 재밌다는 듯 바라봤다. "물론 아니겠지. 커피 한잔하며 얘기하는 게 어떻소. 몇 분 안에 모임이 시작될 거요."

밥이 가마슈에게 커피를 갖다 줬다. 반만 채워진.

"혹시 몰라서." 밥이 말했다.

"뭐가 말입니까?"

"섬망증알코올중독으로 인한 손 떨림, 불안, 환각 등의 증상." 밥은 가마슈를 평가하듯 훑어보았고, 머그잔이 손 안에서 살짝 떨린다는 것을 알아챘다. "난 그게 있다오. 재미없지. 마지막으로 마신 게 언제요?"

"오늘 오후입니다. 맥주 한 잔이오."

"한 잔만?"

"전 알코올중독자가 아닙니다."

밥이 다시 미소를 지었다. 몇 개 남지 않은 치아가 변색돼 있었다. "그 말은 당신이 몇 시간 동안 술을 안 마셨다는 얘기지. 잘했소."

가마슈는 저녁에 와인을 마시지 않은 것에 대해 스스로 만족감을 느끼고 기뻐하는 자신을 발견했다.

"이봐, 짐." 밥이 방 저쪽에 있는 희끗희끗한 머리에 눈이 푸른 남자에게 소리쳤다. "새로 온 사람이 또 있어."

가마슈가 힐끗 보자 짐은 반항하는 듯이 보이는 젊은 남자와 진지하게 이야기 중이었다.

보부아르였다.

가마슈 경감은 미소 지으며 보부아르와 눈을 마주쳤다. 장 기는 일어섰지만 짐이 그를 다시 앉혔다.

"이리 와요." 밥이 말하며 가마슈를 책과 팸플릿, 동전으로 덮여 있는 긴 테이블로 안내했다. 가마슈가 하나를 집어 들었다.

"초심자의 칩이군요." 가마슈가 자세히 살피며 말했다. 클라라네 정원에서 발견한 것과 완전히 똑같았다.

"알코올중독자가 아니라고 하지 않았소?"

"아닙니다." 가마슈가 말했다.

"그렇다면 정말 잘 찍었군." 밥이 껄껄 웃으며 말했다.

"이걸 갖고 있는 사람이 많습니까?" 가마슈가 물었다.

"물론이오."

밥은 주머니에서 반짝이는 동전을 꺼냈고, 그것을 내려다보는 그의 표정이 부드러워졌다. "처음 나간 모임에서 가져온 거라오. 항상 지니고 다니지. 훈장 같은 거요, 아르망."

이내 그는 손을 뻗어 가마슈의 손을 잡고 그 동전을 쥐어 주었다.

"아닙니다, 선생님." 가마슈가 만류했다. "전 정말 받을 수 없습니다."

"받아야 하오, 아르망. 내가 주면 당신도 언젠가 다른 사람에게 줄 수 있을 거요. 그게 필요한 사람에게. 어서요."

밥이 동전 위로 가마슈 손가락을 덮었다. 가마슈가 말을 덧붙이기 전에 밥이 도망치듯 긴 테이블로 갔다.

"이것도 필요할 거요." 그가 두꺼운 파란색 책을 집어 들었다.

"이미 갖고 있습니다." 가마슈가 서류 가방을 열어 안에 든 책을 보여 주었다.

밥이 눈썹을 치켜 올렸다. "당신은 이걸 읽어 보면 좋겠소." 그가 가마슈에게 『부정하며 사는 삶』이라는 소책자를 주었다.

가마슈는 릴리언의 집에서 발견한 모임 리스트를 꺼냈고, 그의 새로운 친구는 재빨리 그럴 줄 알았다는 시선을 던졌다. 재미있어하면서.

"그래도 알코올중독자가 아니라고 할 거요? 중독자가 아닌 사람이 이 모임의 책과 초심자의 칩, 모임 리스트를 갖고 다니는 건 흔치 않은데." 밥이 모임 리스트를 들여다봤다. "많이도 표시해 놨구면. 몇몇 여자들 모임까지. 대단하오, 아르망."

"이건 제 게 아닙니다."

"알겠소. 친구 거요?" 밥이 무한한 인내심을 보이며 물었다.

가마슈는 미소를 지을 뻔했다. "그것도 아닙니다. 우리를 소개해 준 젊은 여자분이 남자는 남자가 맡아야 한다고 하더군요. 그게 무슨 뜻입니까?"

"당신에게 분명히 말해 둘 게 있소." 밥이 가마슈 앞에 있는 모임 리스트를 가리켰다. "여긴 상대를 물색하는 데가 아니오. 어떤 남자들은 여자한테 작업을 걸지. 어떤 여자들은 남자 친구를 원하오. 그게 자신들을 구원할 거라 여기지. 사실은 정반대요. 그런 방해물 없이 술을 마시지 않는 것만 해도 충분히 힘들다오. 그래서 남자는 주로 남자와 말을 하오. 여자는 여자에게. 그렇게 해야 중요한 일에 집중할 수 있지."

밥은 엄격한 눈빛을 가마슈에게 고정했다. 마음을 꿰뚫을 듯한 시선으로. "우리는 다정하지만 장난을 하는 게 아니오, 아르망. 우리 삶이 달려 있소. 당신의 생명이 달린 거요. 술은 우리를 죽일 거요. 우리가 그대로 두면. 하지만 나 같은 주정뱅이 늙은이가 술을 끊을 수 있다면 당신도 할 수 있소. 도움이 필요하면 부담 없이 나한테 연락해요."

그리고 아르망 가마슈는 그를 믿었다. 이 끈적하고 꾀죄죄해 보이는 작은 남자는 할 수만 있다면 자신의 생명을 구할 것이었다.

"메르시." 가마슈가 진심을 담아 말했다.

뒤에서 망치가 나무를 때리는 날카로운 소리가 몇 번 들렸다. 가마슈가 돌아보니 방 앞쪽 긴 테이블에 앉은 기품 있는 노인이 보였고, 그 옆에 노부인이 앉아 있었다.

"모임이 시작됐소." 밥이 속삭였다.

가마슈가 뒤돌아보니 자신의 시선을 붙잡으려 애쓰는 보부아르가 보였다. 그는 옆에 있는 빈 의자를 가리키고 있었다. 빈자리는 추측건대 짐의 자리로, 그는 지금 방 저쪽에 앉아 다른 사람과 이야기 중이었다. 아마 그가 보부아르를 가망 없는 케이스라고 포기한 것 같다고 생각하며 가마슈는 미소를 짓고 다른 이들을 지나 빈 좌석에 가서 앉았다.

그의 곁에 있던 밥은 이제 가마슈의 다른 쪽 옆에 앉아 있었다.

"하루아침에 권능이 추락했군." 가마슈가 앞으로 몸을 기울이며 보부아르에게 속삭였다. "지난밤에 자넨 「르 몽드」의 미술 평론가였다가 오늘은 술꾼이 됐군."

"저만 그렇게 된 것도 아닌데요." 보부아르가 말했다. "친구가 생기셨네요."

보부아르와 밥이 가마슈를 가운데에 놓고 서로에게 미소 지으며 고개를 끄덕였다.

"드릴 말씀이 있습니다, 경감님." 보부아르가 속삭였다.

"모임이 끝나면 하게." 가마슈가 말했다.

"계속 있어야 합니까?" 보부아르가 풀이 죽어서 말했다.

"자네는 꼭 있을 필요 없어." 아르망 가마슈가 말했다. "하지만 난 있을 거야."

"저도 있겠습니다." 보부아르가 말했다.

가마슈 경감이 고개를 끄덕이고 초심자의 칩을 보부아르에게 건네자, 보부아르가 그것을 자세히 살펴보고 한쪽 눈썹을 올렸다.

가마슈가 오른팔이 살짝 눌리는 느낌이 들어 밑을 보자 그가 자신의 팔을 잡고 웃고 있었다. "계속 있어 줘서 고맙소." 그가 속삭였다. "게다가 저 젊은이까지 머물도록 붙들었구먼. 당신 칩을 주면서 말이오. 좋은 정신이오. 우리가 당신들이 술을 끊도록 도와주겠소."

"정말 친절하신 말씀입니다." 가마슈가 말했다.

알코올중독자 모임의 회장이 모두에게 환영한다는 인사를 한 뒤 잠시 조용히 해 달라고 부탁했고, '평온의 기도'가 이어졌다.

"하느님," 사람들이 입을 모았다. "제게 평온함을 허락하시어……."

"동전에 쓰여 있는 기도네요." 보부아르가 소곤거렸다.

"그렇군." 가마슈가 동의했다.

"이게 뭐죠? 사이비 종교 집단입니까?"

"기도를 한다고 해서 사이비 종교 집단은 아닐세." 경감이 속삭였다.

"엄청난 미소와 악수 세례를 받으셨죠? 그건 뭐였는데요? 경감님도 이 사람들이 마인드컨트롤에 빠져 있지 않다는 말씀은 못하시겠죠."

"행복도 사이비 종교는 아닐세." 가마슈가 속삭였지만 보부아르는 믿지 않는 눈치였다. 경위가 주위를 수상쩍다는 듯 둘러봤다.

방은 사람들로 빽빽했다. 다양한 연령대의 남자와 여자 들이었다. 뒤에서 누군가 이따금씩 소리를 질렀다. 말다툼이 몇 번 일어났다가 재빨리 진화됐다. 나머지 사람들은 미소를 지으며 회장의 말을 경청했다.

보부아르의 눈에 그들은 제정신이 아닌 것 같았다.

도대체 어느 누가 이런 일요일 밤 역겨운 교회 지하실에 앉아 행복해할 수 있단 말인가? 술에 취해 있거나 약에 취해 있거나 정신 이상이 아니고서는.

"저 사람, 어디서 많이 본 것 같지 않습니까?" 보부아르가 정상으로 보이는 몇 안 되는 사람에 속하는 회장을 가리키며 물었다.

경감도 막 같은 것을 궁금해하고 있었다. 깔끔하게 면도한 잘생긴 남자였다. 그는 60대 초반으로 보였다. 희끗한 머리는 짧게 다듬었고, 클래식하면서 유행에 뒤지지 않는 안경에 캐시미어 소재로 보이는 가벼운 스웨터를 입고 있었다.

소박하지만 값비싼.

"의사가 아닐까요?" 보부아르가 물었다.

가마슈는 곰곰이 생각했다. 의사일지도 몰랐다. 치료사에 가까운. 이 알코올중독자 집회를 책임지고 있는 중독 전문 상담가. 경감은 모임이 끝나면 그와 이야기를 해 보고 싶었다.

회장이 막 소개한 비서가 공지 사항을 끝없이 낭독했고, 그중 대부분이 날짜가 지난 것이었다. 그녀는 빠진 발표문을 찾으려고 애쓰는 것 같았다.

"세상에, 사람들이 술 마실 만하네요." 보부아르가 속삭였다. "술독에 빠지는 것만큼 재밌군요."

"쉬이이." 밥이 소리를 내자 가마슈가 보부아르에게 경고의 시선을 보냈다.

회장이 '후원자'에 대해 뭔가 언급하면서 오늘 밤의 연사를 소개했다. 가마슈 옆에서 보부아르가 신음하며 손목시계를 봤다. 그는 안절부절못하고 있었다.

한 젊은이가 사람들 앞에 구부정한 자세로 섰다. 면도한 머리는 문신 투성이였다. 그중 하나는 가운뎃손가락을 든 손이었다. 이마를 가로질러 '엿 먹어'라는 문신이 새겨져 있었다.

얼굴은 피어싱투성이였다. 코, 눈썹, 입술, 혀, 귀. 경감은 그게 패션인지 자해인지 구분이 가지 않았다.

가마슈가 밥을 흘끗 보자 그는 방금 손자가 앞으로 걸어 나왔다는 듯 자신의 옆에 평온히 앉아 있었다.

불안해하는 기색은 전혀 없었다.

뇌수종일지도 모르겠다고 가마슈는 생각했다. 술을 너무 많이 마신 탓에 뇌가 물렁해져 모든 판단력을 잃었다고. 위험을 감지하는 모든 능력을. 누군가가 소리쳐 경고할 일이 있다면 앞에 있는 이 젊은이가 그 경고의 대상이었으므로.

경감은 테이블 상석에 앉아 젊은 남자를 날카롭게 주시하는 회장을 보았다. 그는 최소한 방심하지는 않은 듯 보였다. 모든 걸 눈여겨보고 있었다.

그리고 그가 무슨 짓이든 저지를 수 있을 것 같은 이 소년을 후원하고 있다면 모든 걸 눈여겨볼 거라고 가마슈는 생각했다.

"전 브라이언이고 알코올중독자이자 약물중독자예요."

"안녕하세요, 브라이언." 청중 모두가 말했다. 가마슈와 보부아르를 제외한.

브라이언은 30분간 이야기했다. 그는 사람들에게 몬트리올 시내 아래쪽에 있는 그리핀타운에서 자란 이야기를 했다. 할머니는 필로폰중독자, 엄마는 코카인중독자인 가정에서 태어났다. 아버지는 없었다. 갱단이 그의 아버지였고, 형제였고, 선생님이었다.

그의 말에는 욕설이 난무했다.

그는 약국을 턴 얘기, 가정집을 턴 얘기, 어느 날 밤에는 자기 집에 숨어들기까지 했다는 얘기를 했다. 그리고 털었다고.

실내에 웃음 폭탄이 터졌다. 정말로 사람들은 이야기하는 내내 웃어 댔다. 브라이언이 정신과 병동에서 지내는 동안 의사가 그에게 얼마나 마시는지 물었고, 하루에 맥주 한 병이라고 말했다고 했을 때는 발작적인 웃음이 터져 나왔다.

가마슈와 보부아르는 시선을 교환했다. 회장조차 즐거워했다.

브라이언은 충격요법 치료를 받았고, 공원 벤치에서 잠을 잤었는데 어느 날 깨어 보니 자신이 덴버에 있다는 것을 알았다. 그는 아직도 그것을 설명할 수 없었다.

분위기가 더욱 흥겨워졌다.

브라이언은 훔친 차로 어린아이를 치었다.

그리고 현장에서 도망쳤다.

브라이언이 열네 살 때의 일이었다. 아이는 죽었다. 웃음소리가 죽어 버린 것처럼.

"그리고 심지어 그때에도 술과 마약을 계속했어요." 브라이언이 고백했다. "아이가 잘못한 거였죠. 아이 엄마 잘못이었어요. 제 잘못이 아니었죠."

실내에 침묵이 흘렀다.

"그러나 마침내 내가 저지른 일을 잊게 할 만큼 세상에는 마약이 충분치 않다는 걸 알게 됐죠." 그가 말했다.

이제는 정적이 감돌았다.

브라이언이 회장을 쳐다보자 자신을 응시하고 있던 회장이 고개를 살짝 끄덕였다.

"결국에 저를 무릎 꿇게 한 게 뭔지 아세요?" 브라이언이 청중에게 물었다.

아무도 대답이 없었다.

"죄책감이나 양심이었다고 말할 수 있으면 좋겠어요. 하지만 아니에요. 외로움이었어요."

가마슈 옆에서 밥이 고개를 끄덕였다. 앞에 있는 사람들도 천천히 고개를 끄덕였다. 굉장한 무게에 눌린 듯 머리가 숙여졌다. 그리고 다시 고개를 들었다.

"좆 나게 외로웠어요. 평생 동안."

그가 고개를 숙이자 커다란 검은색 스와스티카_{독일 나치당의 어금꺾쇠 표시} 문신이 보였다.

이내 다시 고개를 들어 모두를 보았다. 가마슈를 똑바로 쳐다보더니 다른 사람에게 시선을 옮겼다.

슬픈 두 눈이었다. 그러나 거기에는 또 다른 뭔가가 있었다. 반짝임. 광기의? 가마슈는 궁금했다.

"하지만 이제는 안 그래요." 브라이언이 말했다. "평생 가족을 찾아 왔죠. 그런데 그게 여러분 같은 병신들일 줄 누가 상상이나 했겠어요?"

시끌벅적하게 웃음이 터져 나왔다. 가마슈와 보부아르를 제외한. 이윽고 브라이언은 웃음을 진정시키고 청중을 봤다.

"여기가 내가 속한 곳이에요." 그가 조용히 말했다. "거지 굴속 같은 교회 지하실. 여러분과 함께."

그가 어색하게 살짝 머리를 숙였고, 잠시 동안 그는 정말 소년처럼 보였다. 혹은 그렇게 될 수도 있었던 소년처럼. 갓 스물쯤 된 젊은이. 수줍음을 타고 잘생긴. 문신과 피어싱과 외로움의 흉터를 간직한.

박수갈채가 쏟아졌다. 마침내 회장이 일어나 그의 책상에서 동전을 집어 들었다. 그것을 들고 그가 말했다.

"초심자의 칩입니다. 낙타가 이십사 시간 마시지 않고 걸을 수 있다면 여러분도 할 수 있기 때문에 한 면에 낙타가 있습니다. 우린 여러분이 어떻게 술을 끊을 수 있는지 매일 조금씩 보여 드릴 수 있습니다. 동전을 받고 싶은 분, 새로 온 분 계십니까?"

그가 동전을 성찬식 빵, 마법의 제병인 양 쳐들었다.

그리고 그는 아르망 가마슈를 곧장 쳐다보았다.

그 순간 가마슈는 모임을 주도하는 사람이 누군지 정확히 기억났고, 왜 그가 낯이 익어 보였는지 알았다. 이 남자는 치료사도 의사도 아니었다. 그는 퀘벡 대법원의 대법원장 티에리 피노였다.

그리고 피노 판사는 자신을 명백히 알아보았다.

마침내 피노 판사는 동전을 내렸고, 모임이 끝났다.

"커피 마시러 가겠소?" 밥이 물었다. "모임이 끝나면 몇 명은 팀 호튼에 간다오. 같이 간다면 환영이오."

"거기서 만날지도 모르겠습니다." 가마슈가 말했다. "감사합니다. 저분과 할 얘기가 있어서요." 가마슈가 회장을 가리켰고, 그들은 악수를 하고 헤어졌다.

그들이 긴 책상에 다가가자 회장이 서류에서 눈을 들었다.

"아르망." 그가 일어서서 가마슈와 눈을 맞췄다. "환영하오."

"메르시, 무슈 르 쥐스티스Merci, Monsieur le Justice 감사합니다, 판사님."

대법원장이 미소 지으며 앞으로 몸을 기울였다. "이 모임은 익명으로 운영되오, 아르망. 당신도 들었을 테지만."

"판사님도 포함되는 겁니까? 하지만 판사님은 중독자들을 위한 모임을 운영하시는 분입니다. 사람들은 판사님이 누군지 알아야 합니다."

이제 피노 판사는 웃음을 터트렸고, 책상 뒤에서 돌아 나왔다. "난 티에리고, 알코올중독자요."

가마슈가 눈썹을 치켜세웠다. "전 판사님이⋯⋯,"

"내가 책임자라고? 정신이 말짱한 사람이 주정뱅이를 이끈다고?"

"그냥 모임을 주관하시는 줄 알았습니다." 가마슈가 말했다.

"우린 모두가 책임을 지오." 티에리가 말했다.

경감은 자신의 위치를 주장하는 남자를 훑어보았다.

"다양한 위치에서," 그가 동의했다. "돌아가며 모임을 주관하고 있지. 여기 몇 사람은 내 직업이 뭔지 알지만 대부분은 나를 그저 평범한 늙은이 티에리로 여기오."

그러나 가마슈는 이 법률가를 알았고, 그는 '평범한 늙은이' 같은 면이 전혀 없었다.

티에리가 보부아르에게 관심을 돌렸다. "당신도 법원에서 봤소."

"장 기 보부아르입니다." 보부아르가 말했다. "살인반 경읍니다."

"기억나오. 내가 더 빨리 알아봤어야 했는데. 여기서 보게 될 줄은 생각도 못했소. 그러나 그렇다면 두 사람도 날 보게 될 줄 분명히 몰랐다는 얘기지. 여긴 뭣 때문에 왔소?"

그가 보부아르에게서 가마슈에게로 시선을 옮겼다.

"사건 때문입니다." 가마슈가 말했다. "따로 조용히 말씀드릴 수 있을까요?"

"물론이오. 따라오시오."

티에리는 그들을 뒷문과 이어진 복도로 이끌었다. 가면 갈수록 더 우중충해졌다. 마침내 그들은 뒤쪽 계단참에 이르렀다. 피노 판사가 오페라 1등석에 초대한다는 듯 계단을 가리키더니 그중 하나에 앉았다.

"여기서 말입니까?" 보부아르가 물었다.

"유감이지만 이곳에서는 여기가 가장 조용한 곳이라오. 그래, 무슨 일인데 그러시오?"

"저희는 이스턴 타운십스의 어느 마을에서 일어난 살인 사건을 조사하고 있습니다." 가마슈가 대법원장 옆 더러운 계단에 앉으며 말했다. "스리 파인스라고 불리는 곳입니다."

"거기 알아요." 티에리가 말했다. "멋진 비스트로와 서점이 있지."

"맞습니다." 가마슈는 약간 허를 찔린 기분이었다. "어떻게 스리 파인스를 아십니까?"

"근처에 시골 별장이 있다오. 놀턴에."

"살해된 여자가 살던 곳은 몬트리올이지만 그 마을을 방문 중이었습니다. 이걸 시체 옆에서 발견했습니다." 가마슈가 티에리에게 초심자의 칩을 건넸다. "그리고 이게 다른 많은 팸플릿과 함께 여자의 아파트에 있었습니다." 가마슈가 티에리에게 모임 리스트를 줬다. "이 모임에 동그라미 표시를 했습니다."

"그녀가 누구였소?" 티에리가 모임 리스트와 동전을 보면서 물었다.

"릴리언 다이슨."

티에리가 고개를 들고 가마슈의 짙은 갈색 눈을 보았다. "정말이오?"

"여자를 아시는군요."

티에리가 고개를 끄덕였다. "오늘 왜 안 왔을까 궁금하던 참이었소. 보통은 참석하니까."

"그녀를 안 지 얼마나 되셨습니까?"

"음, 좀 생각해 봐야겠소. 어쨌든 몇 달쯤 됐지. 일 년 이상은 아니고." 티에리가 가마슈에게 날카로운 눈빛을 보냈다. "그녀가 살해됐군."

가마슈가 고개를 끄덕였다. "목이 부러졌습니다."

"넘어진 게 아니라? 사고는 아니었소?"

"확실히 아닙니다." 가마슈가 말했다. '평범한 늙은이' 티에리는 사라졌고, 더러운 계단 위 자신의 옆자리에 앉아 있는 남자가 퀘벡 대법원장으로 보였다.

"용의자는?"

"이백 명쯤 됩니다. 전시회를 축하하는 파티가 있었습니다."

티에리가 고개를 끄덕였다. "당신도 물론 알겠지만 릴리언은 미술가였소."

"압니다. 판사님은 어떻게 아십니까?"

가마슈는 자신이 경계하고 있다는 사실을 깨달았다. 대법원장이긴 해도 이 남자는 피해자와 피해자가 죽은 작은 마을 또한 알았다.

"그녀가 얘기했소."

"하지만 저는 이 모임이 익명으로 운영된다고 생각했습니다만." 보부아르가 말했다.

티에리가 미소를 지었다. "글쎄, 어떤 이들은 다른 사람보다 말이 많다오. 릴리언과 그녀의 후원자 모두 미술가였소. 난 그들이 커피를 마시며 하는 얘기를 들었지. 좀 지나면 개인적으로 서로를 알게 되니까. 꼭 나눔을 통해서만이 아니라."

"나눔요?" 보부아르가 물었다. "뭘 나눕니까?"

"미안하오. 중독자 모임에서 쓰는 말이오. 오늘 밤 두 사람이 브라이언에게서 들은 것이 나눔이오. 일종의 발표지만 우린 그렇게 부르지 않소. 청중 앞에서 뭔가를 보여 주려고 한다는 느낌이어서 말이오. 그래서 우린 그걸 나눔이라고 부르지."

피노 대법원장의 영리한 눈이 보부아르의 표정을 알아보았다. "우습지 않소?"

"아닙니다, 판사님." 보부아르가 재빨리 말했다. 그러나 그들은 모두 그 말이 거짓이라는 것을 알았다. 보부아르는 그 말이 우습고 한심하게 느껴졌다.

"나 역시 그랬지." 티에리가 인정했다. "알코올중독자 모임에 들기 전에는. '나눔'이라는 말이 웃기다고 생각했소. 어리석은 사람이 의지하는 목발 같은 거라고. 그러나 잘못된 생각이었소. 내가 지금까지 했던 것 중 가장 힘든 일이었소. 중독자 모임의 나눔에서는 완전히, 그리고 잔인할 정도로 정직해야 하오. 매우 고통스럽지. 오늘 밤 브라이언이 그랬던 것처럼."

"그렇게 고통스럽다면 왜 합니까?" 보부아르가 물었다.

"그것이 자유롭게도 해 주기 때문이지. 우리가 우리의 결점, 우리의 비밀을 기꺼이 인정한다면 아무도 우리에게 상처를 줄 수 없다오. 매우 강력한 힘이지."

"판사님도 사람들에게 비밀을 털어놓으십니까?" 가마슈가 물었다.

티에리가 고개를 끄덕였다. "모든 사람에겐 아니오. 우린 「가제트」에 광고를 내진 않소. 그러나 모임에 나온 사람들에겐 말하지."

"그러면 술을 끊을 수 있게 됩니까?" 보부아르가 물었다.

"도움이 되지."

"그러나 어떤 건 정말 나쁜 짓인데요." 보부아르가 말했다. "브라이언이라는 친구는 아이를 죽였습니다. 우린 그를 체포할 수도 있습니다."

"그럴 수 있지만 그는 벌써 체포됐었소. 실제로 자수했지. 오 년 복역했고, 삼 년 전쯤 나왔소. 그는 자기 악마에게 맞섰소. 그게 다시는 나타나지 않는다는 뜻은 아니라오." 티에리 피노가 가마슈 경감에게 눈길을 돌렸다. "당신도 알다시피." 가마슈는 눈길을 피하지 않았고, 아무 말도 하지 않았다. "그러나 악마는 빛이 있는 곳에서는 힘이 아주 약해지지. 그래서 이런 모임을 갖는 거요, 경위. 모든 지독한 것들을 숨어 있는 곳에서 끄집어내는 거요."

"그걸 그냥 볼 수 있다고 해서 그게 사라지지는 않죠." 보부아르가 고집을 부렸다.

"맞는 말이지만 그걸 보기 전까진 희망이 없다오."

"릴리언이 최근에 나눔을 했습니까?" 가마슈가 물었다.

"내가 아는 한은 한 번도 하지 않았소."

"그러면 아무도 그녀의 비밀을 모릅니까?" 경감이 물었다.

"그녀의 후원자만."

"판사님과 브라이언처럼 말입니까?" 가마슈가 묻자 티에리가 고개를 끄덕였다.

"우린 모임에서 한 사람을 선택하고, 그 사람은 일종의 멘토, 후견인이 되오. 그걸 후원자라고 부르오. 나도 있고, 릴리언도 있소. 우리 모두 있지."

"그리고 후원자에게는 전부 털어놓습니까?" 가마슈가 물었다.

"전부."

"릴리언의 후원자는 누구였습니까?"

"수잰이란 여자요."

두 형사는 더 많은 정보를 기다렸다. 수잰의 성姓 같은 것을. 그러나 티에리는 그저 그들을 바라보며 다음 질문을 기다렸다.

"좀 더 상세하게 말씀해 주실 수 있을까요?" 가마슈가 물었다. "몬트리올에 사는 수잰은 그다지 도움이 되지 않습니다."

티에리가 미소 지었다. "그럴 거요. 성을 말해 줄 수는 없지만 더 좋은 걸 해 줄 수 있소. 그녀를 소개해 주겠소."

"파르페Parfait 그렇다면 더할 나위 없죠." 가마슈가 그렇게 말하며 자리에서 일어났다. 그는 일어날 때 바지가 계단에 살짝 들러붙은 것을 애써 모른 체했다.

"그러나 서둘러야 한다오." 말을 마친 티에리는 거의 조깅을 하듯 길고 빠른 보폭으로 앞서 걸어가고 있었다. "그녀는 지금쯤 떠났을지도 모르오."

남자들은 재빨리 복도를 지나 왔던 길을 되돌아갔다. 이내 그들은 모임이 열렸던 큰 방에 들어섰다. 그러나 텅 비어 있었다. 사람만이 아니라 의자와 테이블, 책, 커피도. 다 사라졌다.

"젠장." 티에리가 말했다. "놓쳤군."

한 남자가 머그잔을 찬장에 집어넣고 있었고, 티에리는 그와 몇 마디 말을 주고받고 돌아왔다. "수잰이 팀 호튼에 있다는군."

"가실까요?" 가마슈가 문을 가리켰고, 티에리가 다시 앞장을 서서 두 사람을 데리고 커피숍으로 향했다. 셔브룩 가를 재빨리 건너기 위해 차량 행렬이 끊어지길 기다리며 가마슈가 물었다. "판사님은 릴리언을 어떻게 생각하셨습니까?"

티에리가 고개를 돌려 가마슈 얼굴을 살피듯 바라보았다. 그것이 판사석에서 보이는 그의 표정이란 것을 가마슈는 알았다. 사람들을 심판할 때 보이는. 그리고 그는 좋은 판사였다.

이내 티에리는 고개를 돌려 차들의 행렬을 보았지만 아무 일 없었다는 듯이 입을 열었다.

"그녀는 아주 열정적으로 항상 즐겁게 일을 도왔소. 자진해서 커피를 타거나 의자와 테이블 배치를 하곤 했지. 모임 준비와 끝난 뒤의 정리는 만만치 않은 일이라오. 모두가 돕기를 원하지는 않는데, 릴리언은 항상 도왔소."

동시에 차들 사이의 틈을 본 세 남자는 4차선 찻길을 내달려 반대편에 안착했다.

티에리가 말을 멈추고 가마슈를 돌아다봤다.

"너무나 슬픈 일이오. 그녀는 자신의 인생을 되찾고 있었소. 모두 그녀를 좋아했지. 나도 좋아했소."

"이 여자를요?" 그렇게 물은 보부아르가 주머니에서 사진을 꺼내며 명백한 놀라움을 드러냈다. "릴리언 다이슨 말씀이십니까?"

티에리가 사진을 보더니 고개를 끄덕였다. "릴리언 다이슨이오. 비극이군."

"그러니까 모두가 그녀를 좋아했다고요?" 보부아르가 힘주어 물었다.

"그렇소." 티에리가 말했다. "왜 그렇게 묻지?"

"그게," 가마슈가 말했다. "판사님의 말씀이 사람들이 하는 말과 맞지 않아서요."

"정말이오? 다른 사람들은 뭐라고 했소?"

"그녀는 잔인했고, 남을 조종하는 데 능했고, 폭력적이기까지 했다더군요."

티에리는 아무 말 없이 몸을 돌려 어두운 골목길을 걸어 내려가기 시작했다. 다음 블록에 친숙한 팀 호튼 간판이 보였다.

"저기 있소." 그들이 커피숍으로 들어가자 티에리가 말했다. "수잰." 그가 이름을 부르며 손을 흔들었다.

검은 머리를 아주 짧게 자른 여자가 쳐다봤다. 그녀는 가마슈의 눈에 60대로 보였다. 그녀는 반짝거리는 장신구를 주렁주렁 달고 타이트한 셔츠에 가벼운 숄을 두르고 있었다. 스커트는 불룩한 몸통에서 7센티미터는 더 내려와야 할 것 같았다. 다양한 연령대의 여자 여섯 명이 한 테이블에 있었다.

"티에리." 수잰이 벌떡 일어나더니 조금 전에 봤을 텐데도 오랜만에 만난 사람처럼 티에리를 얼싸안았다. 그런 다음 밝게 빛나는 호기심 어린 눈을 가마슈와 보부아르에게 던졌다. "신참인가요?"

보부아르가 발끈했다. 그는 이 야하고 천박한 여자가 마음에 들지 않았다. 시끄럽기까지 했다. 그리고 이제 그녀는 자신을 자기들 일원으로 여기는 듯했다.

"오늘 밤 모임에서 봤어요. 다 괜찮아질 거랍니다." 그녀가 보부아르의 표정을 보고 웃음을 터트렸다. "우릴 안 좋아해도 돼요. 그냥 술만 끊으면 돼요."

"난 알코올중독자가 아닙니다." 그의 귀에조차 그 말은 잠시도 입 안에 담아 둘 수 없는 죽은 벌레나 먼지라도 된다는 듯 들렸다. 그러나 그녀는 노여워하지 않았다.

그럼에도 가마슈는 노여웠다. 그는 보부아르에게 경고의 눈길을 보내고 수잰에게 손을 내밀었다.

"아르망 가마슈라고 합니다."

"아버지세요?" 수잰이 보부아르를 손짓했다.

가마슈가 미소를 지었다. "다행히 아닙니다. 저희는 여기 중독자 모임 일로 온 게 아닙니다."

그의 심상치 않은 태도에 수잰의 미소가 흐려졌다. 그렇더라도 그녀의 눈은 여전히 초롱초롱했다.

보부아르는 그녀가 경계하고 있다는 걸 깨달았다. 처음에 느낀 빛나는 멍청이라는 인상과는 사실상 딴판이었다. 이 여자는 주의를 기울이고 있었다. 웃음과 밝은 모습 뒤에 두뇌가 작동하고 있었다. 맹렬하게.

"무슨 일이세요?"

"따로 이야기 나누실 수 있을까요?"

티에리는 자신들을 떠나 커피숍 저쪽 밥과 짐과 다른 네 남자가 있는 곳으로 갔다.

"커피 드시겠어요?" 그들이 화장실 근처 조용한 테이블을 발견했을 때 수잰이 물었다.

"농, 메르시." 가마슈가 말했다. "비록 반만 들긴 했지만 매우 친절하게도 밥이 한 잔 권했습니다."

수잰이 웃음을 터트렸다. 보부아르 생각에 그녀는 너무 많이 웃는 것 같았다. 그는 그 안에 숨은 것이 뭔지 궁금했다. 그의 경험상 누구도 그렇게까지 즐겁지는 않았다.

"섬망증인가요?" 가마슈가 고개를 끄덕이자 그녀는 애정 어린 눈길로 밥을 건너다보았다. "저이는 구세군에서 살다시피 해요. 일주일에 일곱 번 모임을 나가고요. 자기가 만나는 사람은 일단 다 알코올중독자로 여겨요."

"더 나쁜 걸로 넘겨짚는 사람들도 있죠." 가마슈가 말했다.

"제가 어떻게 도움이 될까요?"

"전 퀘벡 경찰청에 있습니다." 가마슈가 말했다. "살인 수사과요."

"가마슈 경감님이시군요?" 그녀가 물었다.

"그렇습니다."

"제가 뭘 도와 드릴 수 있을까요?"

보부아르는 훨씬 덜 쾌활하고 더 방어적이 된 그녀를 보니 행복했다.

"릴리언 다이슨에 관한 일입니다."

수잰은 눈이 휘둥그레져 속삭이듯 말했다. "릴리언이오?"

가마슈가 끄덕였다. "유감이지만 그녀는 지난밤 살해됐습니다."

"세상에." 수잰이 한 손을 입에 갖다 댔다.

"강도를 당했나요? 누가 아파트에 침입했나요?"

"아니요. 무작위 살인이 아닌 것 같습니다. 파티에서였습니다. 정원에서 죽은 채로 발견됐습니다. 목이 부러졌죠."

수잰이 길게 숨을 내쉬고 눈을 감았다. "죄송해요. 충격이 커서요. 바로 어제 전화 통화를 했는데."

"무슨 일로요?"

"그냥 안부를 확인하는 전화요. 며칠에 한 번씩 내게 전화했어요. 중요한 얘긴 없었고요."

"파티 이야기를 하던가요?"

"아니요. 그런 얘기는 없었어요."

"그렇더라도 당신은 그녀를 잘 아셨을 겁니다." 가마슈가 말했다.

"그래요." 수잰은 창밖으로 지나는 남자와 여자 들을 보았다. 그들은 각자 자기 생각에, 자기 세계에 빠져 있었다. 그러나 수잰의 세계는 방금 바뀌었다. 그것은 살인이 존재하는 세계였다. 그리고 릴리언 다이슨은 존재하지 않았다.

"멘토를 가져 보신 적 있으신가요, 경감님?"

"네. 지금도 있습니다."

"그렇다면 둘 사이의 관계가 얼마나 친밀해질 수 있는지 아시겠군요." 보부아르를 한동안 바라보는 그녀의 눈길이 온화해졌고, 그녀는 작게 미소를 머금었다.

"압니다." 경감이 말했다.

"그리고 결혼하셨네요." 그녀가 자신의 아무것도 끼지 않은 약지를 가리켰다.

"그렇습니다." 가마슈가 말했다. 그는 사려 깊은 눈으로 그녀를 바라보고 있었다.

"그런 관계들이 결합되고 깊어지는 걸 상상해 보세요. 후원자와 후원 받는 사람 사이에서 일어나는 일 같은 건 세상에 아무것도 없습니다."

두 남자는 그녀를 응시했다.

"어떻게 그런가요?" 가마슈가 마침내 물었다.

"성적이지 않으면서 친밀한 관계, 우정을 맺지 않으면서 믿는 관계 죠. 난 내 피후원자에게 아무것도 바라지 않아요. 아무것도요. 솔직하 기만 하면 돼요. 내가 그들에게 바라는 건 단 한 가지, 술을 끊는 거랍니 다. 난 남편이나 아내도, 친한 친구 혹은 직장 상사도 아니에요. 그들은 내게 어떤 것에든 대답하지 않아요. 난 그들을 안내하고, 그들의 말을 들을 뿐이죠."

"그럼 당신은 거기서 뭘 얻습니까?" 보부아르가 물었다.

"나 자신의 맨정신인 상태. 술꾼이 다른 술꾼을 돕는 거예요. 우린 많 은 이에게 허튼소리를 할 수 있어요, 경위님. 사실 자주 그러죠. 그러나 우리끼리는 그러지 않아요. 우리는 서로를 알죠. 아시다시피 우린 정말 제정신이 아니에요." 수잰이 살짝 웃으며 말했다.

그 말은 보부아르에게 새롭지 않았다.

"그녀를 처음 만났을 때 릴리언은 제정신이 아니었습니까?" 가마슈가 물었다.

"네, 그랬어요. 하지만 그건 세상을 인식하는 능력이 이상해졌다는 의미일 뿐이에요. 잘못된 선택을 너무 많이 하다 보니 어떻게 좋은 선택 을 해야 할지 더 이상 알지 못했죠."

"저는 이 관계의 일환으로 릴리언이 당신에게 자신의 비밀들을 이야 기했다고 알고 있습니다." 경감이 말했다.

"했어요."

"그렇다면 릴리언 다이슨의 비밀은 뭐였습니까?"

"모르겠어요."

가마슈는 이 소화전 같은 여인을 응시했다. "모르시는 겁니까, 마담? 말씀을 하시지 않는 겁니까?"

14

피터는 더블베드의 가장자리를 꽉 붙들고 누워 있었다. 침대는 정말로, 그들에게 너무 비좁았다. 하지만 처음 결혼했을 때 그들이 마련할 수 있는 최대한의 것이 더블이었고, 피터와 클라라는 점차 가까이 붙어 자는 데 익숙해졌다.

너무나 가까워 몸이 닿았다. 가장 덥고 끈적끈적한 7월 밤에도. 이불은 다 걷어차 버리고 땀에 젖어 축축하고 미끄러운 몸으로 그들은 침대에 벌거벗은 채 누워 있었다. 그래도 여전히 그들은 닿아 있었다. 많은 면적은 아니었다. 그저 그녀의 등에 손이 닿거나 그의 다리에 발가락이 닿거나.

접촉.

그러나 오늘 밤은 두 절벽이 마주 보고 있는 것처럼 그는 자기 쪽 침대 가장자리에 매달려 있었고, 그녀는 그녀 쪽 가장자리에 매달려 있었다. 떨어질까 봐. 그러나 떨어지기 일보 직전이었다.

일찍 잠자리에 든 두 사람은 침묵이 자연스러울 수도 있었다.

그렇지 않았다.

"클라라?" 그가 속삭였다.

침묵이 늘어졌다. 그는 클라라가 잘 때 내는 소리를 알았는데, 지금은 그런 소리가 나지 않았다. 클라라는 잠을 잘 때도 거의 깨어 있을 때만큼이나 생동감이 넘쳤다. 이리저리 몸을 뒤척이지는 않았지만 코를 골고 웅얼대는 소리를 냈다. 가끔씩 말도 안 되는 말을 내뱉곤 했다. 한번은 "하지만 케빈 스페이시가 달에 빠져 있어."라고 중얼댔다.

다음 날 아침 그가 그 얘기를 했을 때, 그녀는 믿지 않았지만 그는 똑똑히 들었었다.

그녀가 코를 골고 흥얼거리고 온갖 방식으로 소리를 낸다고 그가 알려 줘도 사실상 그녀는 믿지 않았다. 크게 내지는 않았다. 그러나 피터는 클라라가 내는 소리에 길들어 있었다. 그는 그녀가 그럴 수 없을 때조차 그녀의 소리를 들었다.

그러나 오늘 밤은 조용했다.

"클라라?" 그가 다시 한 번 불렀다. 그녀가 거기 있는 걸 알았고, 깨어 있다는 것도 알았다. "얘기 좀 해."

그때 그녀의 소리가 들렸다. 아주아주 길게 들이마시는 숨소리. 그러더니 푹 내쉬는 한숨.

"뭔데 그래?"

그는 침대에 일어나 앉았지만 불을 켜지는 않았다. 그녀의 얼굴을 보지 않는 편이 나았다.

"미안해."

그녀는 옴짝달싹도 하지 않았다. 그는 세상 끝자락에 자리 잡은, 침대 위 어둠 속에서 돌출한 그녀의 모습이 보였다. 떨어지지 않고서는 그에게서 더 멀어질 수 없었다.

"당신은 늘 미안하지." 그녀의 목소리가 약하게 들렸다. 고개도 들지 않고 시트에 대고 말하고 있었다.

자신이 뭐라고 답할 수 있겠는가? 그녀 말이 맞았다. 자신들의 관계를 돌아보면 자신이 뭔가 어리석은 말이나 행동을 하고 그녀에게 용서를 비는 일의 연속이었다. 오늘까지.

뭔가가 변했다. 그는 클라라의 전시회가 자신들의 결혼 생활에 가장 큰 위협이 될 거라고 여겼었다. 그녀의 성공. 그리고 자신의 급작스러운 실패. 그녀의 성공으로 보다 극적인 상황이 되었다.

그러나 자신의 잘못이었다.

"이 문제를 해결해야지." 피터가 말했다. "얘기를 해야 해."

클라라는 팔을 빼려고 이불과 싸우다가 갑자기 일어나 앉았다. 마침내 팔을 뺀 그녀가 그에게 몸을 돌렸다.

"왜? 그러니까 또다시 그냥 용서하라고? 그거야? 내가 지금까지 당신이 어땠는지 모른다고 생각해? 내 전시회가 실패하길 바라고 있었지? 평론가가 내 작품은 형편없고 당신이야말로 진정한 화가라고 판정해 주길 바랐지? 피터, 난 당신을 알아. 당신이 어떤 식으로 생각하는지 보인다고. 당신은 결코 내 작품을 이해하지 못했고, 신경도 쓰지 않았어. 유치하고, 지나치게 단순하다고 여겼지. 초상화? 정말이지 당혹스럽군." 그녀가 그를 흉내 내려고 목소리를 깔았다.

"난 그런 말 한 적 없어."

"그래도 그렇게 생각했잖아."

"아니야."

"나한테 거짓말할 생각 마. 피터. 더구나 지금."

그녀의 목소리에 분명한 경고가 들어 있었다. 그리고 이런 적은 처음이었다. 전에도 싸운 적은 있었지만 이번에는 달랐다.

피터는 자신들의 결혼 생활이 끝났거나 곧 그렇게 되리라는 사실을 알았다. 자신이 옳은 말과 옳은 일을 찾지 못한다면.

'미안해'가 통하지 않는다면 뭐가 통하지?

"「오타와 스타」 리뷰를 보고는 짜릿했을 거야. 거기서 나를 진짜 예술가를 흉내 내는 늙고 지친 앵무새라고 했으니. 그걸 보고 기뻤어, 피터?"

"어떻게 그런 생각을 해?" 피터가 물었다. 그러나 그는 즐거워했었다. 그리고 안도했었다. 오랜만에 느꼈던 정말 행복한 순간이었다. "「뉴욕 타임스」 리뷰가 중요한 거야, 클라라. 내가 마음에 두는 건 그거야."

그녀는 그를 응시했다. 그리고 그는 냉기가 스멀스멀 손가락에서 발가락으로 내려갔다가 다리로 올라오는 걸 느꼈다. 심장이 약해졌고, 더 이상 멀리까지 피를 보낼 수 없는 것 같았다.

그의 심장은 이제 그가 평생 알아 왔던 신체의 나머지 기능을 따라잡고 있을 뿐이었다. 그는 약했다.

"그러면 「뉴욕 타임스」 리뷰에서 뭐라고 했는지 말해 봐."

"응?"

"해 봐. 그렇게 인상적이었고 그렇게 중요하다고 여겼다면, 분명 한 줄이라도 기억이 나겠지."

그녀는 기다렸다.

"한 마디도 기억 안 나?" 그녀가 얼음장 같은 목소리로 물었다.

피터는 필사적으로 「뉴욕 타임스」에 실렸던 뭐라도 떠올리려고 기억을 훑었다. 클라라는 둘째 치고, 어떻든 자신이 신경 쓰고 있었다는 것을 자신에게 증명할 무언가를.

하지만 그가 기억하고 본 거라곤 오타와 신문의 영광스러운 리뷰가 전부였다.

그녀의 작품은 멋지지만 대담하지 않고 앞을 내다보지도 못한다.

그는 그녀의 그림들이 그야말로 당혹스러웠을 때는 그것이 형편없다고 생각했었다. 그러나 그녀의 작품들이 뛰어나다는 걸 알았을 때 상황은 더 나빴다. 아내 덕에 후광을 입기는커녕 자신이 실패했다는 사실이 부각되었을 뿐이었다. 그의 창작물들은 그녀의 것이 빛날수록 희미해졌다. 그래서 그는 그 앵무새라고 쓰인 행을 자신의 자존심에 바르는 항생제 연고인 양 읽고 또 읽었다. 그리고 클라라의 작품은 자신을 감염시키는 균이었다.

그러나 이제 그는 자신을 감염해 왔던 것이 그녀의 예술이 아니었다는 것을 알게 됐다.

"생각이 안 나나 보네." 클라라가 딱딱거렸다. "한 마디조차. 그럼 내가 기억나게 해 줄게. 클라라 모로의 그림은 그저 뛰어나기만 한 게 아니라 빛을 발한다. 그녀는 대담하고 넉넉한 붓질로 초상화법을 재정립했다. 그걸 찾아 읽고 외웠어. 그게 사실이라고 믿어서가 아니라 그래야 내가 뭘 믿을지 선택할 수 있으니까, 또 늘 최악의 것을 믿어야 할 필요는 없으니까."

냉기가 자신의 가장 깊숙한 곳 가까이 기어들었을 때 피터는 믿음을 선택한다는 것을 상상해 보았다.

"그리고 그 전화 메모." 클라라가 말했다.

피터는 눈을 천천히 감았다. 파충류의 깜빡임.

메시지들. 모두 클라라의 지지자가 보내온 것이었다. 세계 곳곳의 갤러리 소유주와 미술상, 큐레이터. 가족과 친지들.

그는 가마슈와 클라라와 사람들이 떠나고, 릴리언의 시체가 실려 간 후인 오전 시간 대부분을 전화를 받으며 보냈다.

울리고 또 울렸다. 교회 종소리처럼 울렸다. 울릴 때마다 그는 점점 작아졌다. 마치 자신의 남자다움과 위엄과 자부심이 하나씩 벗겨지는 것 같았다. 그는 앞날을 축복하는 메시지들을 적어 내려갔고, 미술계를 이끌어 가는 사람들에게 고맙다는 인사말을 건넸다. 미술계를 이끌어 가는 거물들은 자신을 오직 클라라의 남편으로만 알았다.

굴욕이 완성되었다.

마침내 그는 응답기가 답하도록 맡기고 자신의 작업실에 숨어 버렸다. 평생토록 숨어 지냈던 곳. 괴물로부터.

그는 이제 자신들의 침실에서 그 괴물을 느낄 수 있었다. 자신의 곁에서 휘두르는 괴물의 꼬리를 느낄 수 있었다. 괴물의 뜨겁고, 악취 나는 숨결을 느낄 수 있었다.

그는 평생 자신이 조용히 웅크리고 지내면 그게 자신을 보지 않을 것이라고 여겼다. 소란을 떨지 않고 큰 소리로 말하지 않으면, 자신에게 귀 기울이지 않고 상처를 주지 않을 터였다. 자신이 미소와 친절로 잔인함을 감추고 비난을 받을 여지가 없게 행동한다면 그 괴물은 자신을 삼키지 않을 터였다.

그러나 그는 이제 숨을 곳이 없다는 것을 깨달았다. 그것은 늘 거기에 있을 터이고, 늘 그를 찾아낼 터였다.

자신이 그 괴물이었다.

"당신은 내가 실패하기를 바라지."

"전혀 그렇지 않아." 피터가 말했다.

"난 정말 당신이 내심으로는 나 때문에 행복해할 거라고 생각했어. 그냥 적응하는 데 시간이 걸리는 것뿐이라고. 하지만 이게 정말 당신 모습이야. 아니라고는 말 못하겠지."

다시 아니라는 말이 피터의 입에서 나올 뻔했다. 하지만 멈췄다. 무언가가 그 말을 멈추게 했다. 뭔가가 머릿속 말과 입 밖으로 나올 말 사이에 서 있었다.

그는 그녀를 응시했고, 마침내 평생 달려 있던 손톱의 사이가 벌어지면서 피가 흘러 움켜쥔 손을 놓았다.

"〈삼덕의 성녀〉 초상화 말이야." 그의 입에서 그 말이 튀어나왔다. "그게 완성되기 전에 봤어. 당신 작업실에 몰래 들어가 이젤 덮개를 벗겨 내고." 그는 심란한 마음을 가라앉히려고 잠시 말을 멈췄다. 그러나 그러기에는 너무 늦었다. 피터는 곤두박질치고 있었다. "내가 봤는데……," 그는 적절한 말을 찾으려 했다. 그러나 마침내 그 말을 찾고 있는 게 아니라는 것을 깨달았다. 그 말에서 숨는 중이었다. "영광. 난 영광을 봤어, 클라라. 그리고 그런 사랑에 가슴이 아팠어."

그는 자신의 손에 비틀린 침대보를 응시했다. 그리고 한숨을 쉬었다.

"그때 난 내가 앞으로 될 수 있는 것보다도 당신이 훨씬 더 훌륭한 화가였다는 걸 알았어. 당신은 사물을 그리지 않으니까. 사람을 그리는 것도 아니야."

그는 다시 연로한 세 친구를 화폭에 담은 클라라의 초상화를 떠올렸다. 세 여신은 에밀리와 베아트리스 그리고 케이였다. 스리 파인스의 자신들의 이웃들. 그들이 어떻게 웃음을 터트리고 어떻게 서로를 붙들고 있었던가. 늙고, 쇠약하고, 죽음이 멀지 않은 서로를.

두려워할 모든 요건을 갖추고.

그렇다 하더라도 클라라의 그림을 본 사람은 모두 그 여인들이 느끼는 것을 느꼈다.

기쁨.

여신들을 본 순간 피터는 자신이 엿 됐다는 사실을 알았다.

그리고 그는 또 다른 무언가를 알았다. 그 무언가는 클라라의 비범한 창작물을 본 사람들이 의식적으로 깨닫는 게 아니라 느끼는 것이었다. 그들의 뼈에서, 그들의 골수에서.

십자고상이나 제병이나 성경도 없이. 성직자나 교회의 가르침 없이. 클라라의 그림은 섬세한 개인적 믿음을 발산했다. 눈 속에서 빛나는 점 하나에서. 늙은 손을 잡고 있는 늙은 손에서. 친애하는 삶을 위해.

클라라는 친애하는 삶을 그렸다.

냉소적인 미술계 사람들이 최악을 그리고 있을 때, 클라라는 최선을 그렸다.

그녀는 그런 이유로 오랜 세월 하찮게 취급당하고 조롱당하고 배척돼왔었다. 미술계의 기득권층에게, 그리고 은밀히 피터에게.

피터는 사물을 그렸다. 매우 잘. 그는 하느님을 그린다고 주장하기까지 했고, 일부 미술상은 그 말을 믿었다. 좋은 이야깃거리였다. 그러나 하느님을 한 번도 만난 적 없는 그가 어떻게 하느님을 그린단 말인가?

클라라는 하느님을 만났을 뿐만 아니라 하느님을 알았다. 그리고 그녀는 자신이 아는 걸 그렸다.

"당신 말이 맞아. 난 늘 당신이 부러웠어." 그가 그녀를 똑바로 쳐다보며 말했다. 이제 두려움은 없었다. 그는 두려움을 넘어섰다. "당신을 처음 본 순간부터 당신이 부러웠어. 그리고 지금도 그래. 난 노력했지만 항상 그 자리야. 시간이 가도 마찬가지야. 아, 클라라. 사랑해. 그리고 당신을 지금껏 그렇게 대한 내 자신이 싫어."

그녀는 침묵했다. 도와주지 않았다. 하지만 상처를 주지도 않았다. 그는 자신이 알아서 해야 했다.

"하지만 내가 부러웠던 건 당신 작품이 아니야. 그랬다고 생각했고, 그래서 그걸 무시했지. 이해 못 하는 척하면서. 하지만 난 당신이 작업실에서 하고 있던 일을 완벽히 잘 이해했어. 당신이 포착하려 고군분투 중이었던 것을. 그리고 난 해를 거듭할수록 당신이 점점 더 가까워지는 게 보였어. 그리고 그게 날 죽였어. 세상에, 클라라. 왜 난 당신을 위해 그저 행복해할 수 없었을까?"

그녀는 침묵했다.

"그러다가 〈삼덕의 여신〉을 봤을 때, 당신이 다다른 걸 알았어. 그런 다음 그 초상화. 루스를 그린. 맙소사." 그의 어깨가 축 처졌다. "도대체 당신 말고 어느 누가 루스를 성모마리아로 그리겠어? 그토록 경멸과 비통함과 실망이 가득한."

그는 팔을 벌렸다가 떨어트렸고, 숨을 토해 냈다.

"그리고 그 점. 그녀의 두 눈 속에 있는 아주 조그만 하얀 점. 두 눈엔 증오가 가득해. 그 점을 빼면, 뭔가 다가오는 걸 본 거야."

피터는 침대 저편, 너무나 멀리 떨어져 있는 클라라를 보았다.

"내가 부러운 건 당신 그림이 아니야. 절대 아니었어."

"거짓말 마, 피터." 클라라가 낮은 목소리로 말했다.

"아니, 아니, 그렇지 않아." 피터가 절망감에 커진 목소리로 말했다.

"당신은 〈삼덕의 여신〉을 비난했어. 루스를 그린 초상화를 조롱했고." 클라라가 소리 질렀다. "당신은 내가 그것들을 망쳐서 없애 버리길 바랐어."

"그래, 하지만 그 그림들 때문이 아니었어." 피터도 소리를 질렀다.

"헛소리 마."

"그게 아니었어. 그건……"

"그래?" 클라라가 소리쳤다. "그래? 그럼 그게 뭔데? 내가 맞혀 보지. 당신 어머니의 잘못이었어? 당신 아버지의 잘못? 당신한테 돈이 너무 많아서, 아니면 부족해서 그랬던 거야? 학교 다닐 때 선생님들이 당신에게 상처를 주고 당신 할아버지가 술을 많이 마셔서? 지금 당신이 생각하는 변명거리가 뭐야?"

"아니, 당신은 이해 못 해."

"당연히 이해해, 피터. 난 당신을 너무나 잘 이해해. 당신 그늘에서 내가 무거운 발걸음을 옮기고 있는 한 우리는 문제없었지."

"아니야." 피터는 이제 침대에서 나와 벽에 닿을 때까지 뒷걸음질했다. "나를 믿어야 해."

"더 이상 안 믿어. 당신은 날 사랑하지 않아. 사랑은 이렇지 않아."

"클라라, 아니야."

그리고 그때 아찔하고 방향감각을 상실한 끔찍한 곤두박질이 마침내 끝났다. 그리고 피터는 바닥과 맞닿았다.

"그건 당신의 신념이었어." 그는 그렇게 외치고 바닥에 털썩 주저앉았다. "그건 당신의 믿음이었어. 당신의 희망." 그는 목이 메어 꺽꺽거리며 간신히 말했다. "그건 당신의 작품보다 더 나빴어. 난 당신처럼 그릴 수 있기를 바랐지만 그건 당신처럼 세상을 볼 수 있다는 걸 의미하는 거야. 세상에, 클라라. 내가 부러워했던 건 당신의 믿음이었어."

그는 다리를 끌어안고 난폭하게 가슴으로 당겨 할 수 있는 한 최대한 작게 웅크렸다. 작은 구球처럼. 그리고 몸을 흔들었다.

앞으로 뒤로, 앞으로 뒤로.

클라라가 침대에서 응시했다. 지금의 침묵은 분노가 아닌, 놀라움 때문이었다.

장 기 보부아르는 빨랫감 한 아름을 집어 구석으로 던졌다.

"거기 편히 앉으세요." 그가 미소 지었다.

"메르시." 가마슈가 그렇게 말하며 앉았다. 앉자마자 무릎이 어깨 높이까지 튀어 올라 화들짝 놀랐다.

"그 소파 조심하세요." 보부아르가 부엌에서 외쳤다. "스프링이 나간 것 같으니까요."

"그런 것 같군." 가마슈는 그렇게 말하며 편히 앉아 보려고 했다. 그는 터키 감옥이 이럴지 궁금했다. 보부아르가 두 개의 잔에 음료를 따르는 동안 경감은 몬트리올 시내 한가운데에 위치한 가구 딸린 원룸형 아파트를 둘러보았다.

개인적인 흔적이라고는 방금 구석에 처박힌 빨래 더미와 흐트러진 침대 위에 빼꼼히 보이는 봉제 사자 인형뿐인 것 같았다. 그것은 이상해 보였고, 유치하기까지 했다. 그는 장 기를 봉제 인형을 안고 자는 사내라고 생각한 적은 없었다.

그들은 맑고 찬 밤공기 속에 수첩을 비교하며 그 커피숍에서 세 블록 떨어진 장 기의 아파트까지 천천히 걸어온 참이었다.

"그 여자의 말이 믿기십니까?" 보부아르가 그렇게 물었었다.

"수잰이 릴리언의 비밀을 기억할 수 없다고 했을 때 말인가?" 가마슈는 곰곰이 생각했다. 시내의 가로수 나뭇잎이 밝은 연두에서 더 짙고 성숙한 색으로 변하고 있었다. "자네는?"

"단 한 순간도 안 믿었습니다."

"나도 안 믿었네." 경감이 말했다. "그러나 문제는 그녀가 무언가를 숨기기 위해 의도적으로 우리에게 거짓말을 한 것인지, 그저 생각을 정리할 시간이 필요했던 것인지일세."

"의도적인 거짓말 같습니다."

"자네는 늘 그렇게 생각하는군."

사실이었다. 보부아르 경위는 늘 최악을 생각했다. 그런 방식이 더 안전했다.

수잰은 자신이 후원하는 사람이 많고, 그 한 사람 한 사람이 시시콜콜한 것까지 모두 털어놓기 때문이라고 변명했다.

"알코올중독 모임 프로그램의 오 단계에 해당해요." 그녀는 그렇게 말한 다음 인용했다. "하느님과 자기 자신, 그리고 우리와 똑같은 허물이 있는 다른 인간에게 고백하라. 나는 그 '다른 인간'이죠."

그녀는 다시 웃었다가 얼굴을 찡그렸다.

"그 일을 즐기지 않으십니까?" 가마슈가 찡그린 의미를 해석하며 물었다.

"처음 몇몇 사람들을 후원했을 때는 그랬죠. 솔직히 그들이 술을 마시며 어떤 말썽을 일으켰는지, 내 경우랑 조금이라도 비슷한 점이 있었는지 궁금했어요. 나를 그렇게 믿는 사람이 있다는 사실이 흥분됐어요. 내가 술을 마셨을 때는 좀처럼 없었던 일이니까요. 그때는 제정신인 사람이라면 날 믿지 않았을 거예요. 하지만 사실 조금 지나니까 지루하더군요. 다들 자기 비밀이야말로 지독하다고 여기지만 결국 다 거기서 거기거든요."

"예를 들면 어떤 것들입니까?" 경감이 물었다.

"뭐 이런저런 일들이오. 게이인 걸 숨기고 있다거나, 도둑질을 했다거나, 끔찍한 생각을 하고 있다거나, 잔뜩 취해서 큰 가족 행사에 빠졌다거나, 사랑하는 사람을 실망시켰다거나, 사랑하는 사람에게 상처를 줬다거나요. 때때로 그건 자기 학대예요. 전 그들이 잘했다고 말하는 게 아니에요. 분명히 아니죠. 그러니까 우리가 그토록 오랫동안 묻어 두고 지낸 거죠. 하지만 독창적이진 않아요. 그들 혼자만 그런 게 아니에요. 오 단계에서 가장 힘든 부분이 뭔지 아세요?"

"'자기 자신에게 인정하기'?" 가마슈가 물었다.

보부아르는 그 표현을 기억한 가마슈에게 놀랐다. 자신에게는 그 표현이 넋두리로밖에 보이지 않았다. 자신에게 연민을 느끼고 즉각적인 용서를 구하는 한 무리의 알코올중독자.

보부아르는 용서를 믿었지만 그것은 처벌이 따른 다음이었다.

수잰이 미소를 지었다. "맞아요. 이런 걸 자신에게 인정하는 게 쉬울 거라 생각하시겠죠. 어쨌든 그런 일이 일어났을 때 우린 거기에 있었어요. 하지만 당연히 우린 자신이 그렇게 나쁜 짓을 했다고는 인정하지 못해요. 우리의 행동을 정당화하고 부정하느라 세월을 보내죠."

가마슈가 고개를 끄덕이더니 생각에 잠겼다.

"브라이언의 비밀만큼 심한 게 종종 있습니까?"

"아이를 죽인 일 말씀인가요? 가끔요."

"당신의 피후원자 중에 사람을 죽인 사람이 있습니까?"

"몇 명이 죽였다고 고백했었어요." 그녀가 마침내 입을 열었다. "결코 의도적으로는 아니고요. 결코 살인은 아니었어요. 사고였죠. 대부분 음주운전 사고죠."

"릴리언도 포함됩니까?" 가마슈가 조용히 물었다.

"기억이 안 나요."

"못 믿겠군요." 가마슈의 목소리는 듣기 힘들 만큼 낮았다. 아니면 수잰이 듣기엔 곤란한 말일지도 몰랐다. "그런 고백을 듣고 잊어버리는 사람은 없습니다."

"믿고 싶은 대로 믿으세요, 경감님."

가마슈가 고개를 끄덕이고 그녀에게 명함을 건넸다. "오늘 밤은 몬트리올에 머물겠지만 우린 그 후에 스리 파인스로 돌아갈 겁니다. 누가 릴리언 다이슨을 죽였는지 찾아낼 때까지 거기 있을 겁니다. 기억이 나면 연락 주십시오."

"스리 파인스?" 수잰이 명함을 받으며 그렇게 물었다.

"릴리언이 살해당한 마을입니다."

그가 일어나자 보부아르가 그를 따라 일어났다.

"당신은 당신들의 삶이 진실에 달려 있다고 하셨습니다." 그가 말했다. "지금 그 말을 잊으셨다니 곤란하군요."

15분 후 그들은 보부아르의 새 아파트에 와 있었다. 보부아르가 찬장 문을 열었다 닫았다 하며 중얼거리는 동안 가마슈는 자신을 고문하는 소파에서 간신히 몸을 일으켜 거실을 어슬렁거리며 창밖 길 건너편의 '슈퍼 슬라이스'라고 광고하는 피자 가게를 본 다음 방으로 시선을 돌려 회색 벽과 이케아 가구를 보았다.

"피자 가게에서만 먹지는 않나 보군." 가마슈가 말했다.

"무슨 말씀이세요?" 보부아르가 부엌에서 외쳤다.

"밀로스 레스토랑." 가마슈가 전화기 옆에 있는 메모장을 읽었다. "아 주 근사한 곳이지."

보부아르가 가마슈가 있는 방을 살폈다. 그의 눈이 곧장 책상과 메모 장으로 향했다가 경감을 올려다보았다.

"경감님과 마담 가마슈를 모시고 갈까 하고요."

한순간 갓을 씌우지 않은 조명이 보부아르의 얼굴을 비췄고, 그는 브 라이언처럼 보였다. 나눔을 시작할 때의 반항적이고 으스대던 젊은이 브라이언이 아닌, 고개를 숙인 소년. 겸손하고, 어쩔 줄 몰라 하던 흠이 있던 인간.

조심스러워하는.

"경감님이 주신 모든 도움에 감사의 표시로요." 보부아르가 말했다.

"이니드와의 이번 별거와 다른 것들도요. 몇 달간 힘들었습니다."

가마슈 경감은 깜짝 놀란 눈으로 젊은이를 보았다. 밀로스는 캐나다의 가장 고급 해산물 레스토랑 중 하나였다. 그리고 물론 가장 비싼 곳으로 꼽히기도 했다. 그와 아내가 좋아하는 곳이었음에도 아주 특별한 날에만 갔다.

"메르시." 그가 마침내 말했다. "그러나 알다시피 우린 피자로도 만족할 거야."

장 기가 미소를 짓고 책상에서 메모장을 집어 서랍에 넣었다. "그럼 밀로스는 그만두죠. 하지만 슈퍼 슬라이스로 한턱내겠습니다. 딴 말씀 마십시오."

"마담 가마슈가 기뻐할 걸세." 가마슈는 웃음을 터트렸다.

보부아르가 부엌에 가서 마실 것을 가지고 돌아왔다. 자신이 마실 물과, 경감에게는 전통적인 방식으로 소규모 양조장에서 양조한 맥주.

"맥주를 안 마시나?" 경감이 그렇게 물으며 잔을 들었다.

"술 얘기를 너무 많이 들었더니 생각이 없네요. 물이 좋아요."

그들은 다시 앉았고, 이번에 가마슈는 작은 유리 식탁 근처에 있는 딱딱한 의자를 선택했다. 그는 한 모금 마셨다.

"그게 도움이 된다고 생각하십니까?" 보부아르가 물었다.

경감은 경위가 뭘 말하는지 알아듣는 데 시간이 걸렸다.

"알코올중독자 모임?"

보부아르가 고개를 끄덕였다. "꽤 자의적으로 보입니다. 그리고 비밀을 털어놓는 걸로 어떻게 술을 끊을 수 있다는 겁니까? 그런 걸 다 들춰내는 대신 그냥 잊어버리는 게 낫지 않습니까? 그리고 그 사람들 누구도 제대로 된 교육을 받지 않았습니다. 수잰이란 여자는 엉터리입니다. 그 여자가 누구한테 도움이 될 거란 얘긴 마십시오."

경감이 초췌한 부관의 얼굴을 응시했다. "아무리 선의가 있다 한들 같은 일을 겪지 않은 사람이라면 그런 경험을 이해할 수 없기 때문에 나는 알코올중독자 모임이 도움이 된다고 생각하네." 가마슈가 조용히 말했다. 그는 경위의 공간을 침범하지 않도록 몸을 앞으로 기울이지 않으려고 조심했다. "공장 급습 사건처럼 말일세. 거기 있었던 우리 말고는 아무도 그게 어떤 일이었는지 모르네. 치료사가 많이 도움을 주지. 하지만 우리 중 한 명과 이야기하는 것하고는 같지 않네." 가마슈는 보부아르를 보았다. 그는 자신 안으로 침잠하고 있는 것 같았다. "공장에서 일어난 일을 자주 생각하나?"

이제 보부아르가 잠자코 있을 차례였다. "가끔요."

"그 얘기를 하고 싶은가?"

"그래서 뭐합니까? 이미 수사관들, 치료사들한테 다 얘기했습니다. 경감님과 전 극복했다고요. 이제는 얘기는 그만하고 그냥 그걸 끌어안고 살아갈 때라고 생각하시지 않습니까?"

가마슈가 한쪽으로 머리를 기울이고 장기를 살폈다. "난 그렇게 생각하지 않네. 안에 있는 게 모두 밖으로 나올 때까지, 아직 끝나지 않은 일이 없을 때까지 얘기를 계속해야 한다고 생각하네."

"공장에서 있었던 일은 끝났습니다." 보부아르가 쏘아붙였다. 그리고 이내 자제했다. "죄송합니다. 전 그냥 그게 응석 부리는 것 같습니다. 전 제 삶을 살고 싶을 뿐입니다. 아직 끝나지 않은 유일한 것, 여전히 저를 괴롭히는 유일한 것을 경감님이 정말 알고 싶으시다면 말씀드리죠.

급습 사건 영상을 누가 유출했느냐는 겁니다. 어떻게 그게 인터넷에 올라갔을까요?"

"내부 수사관 말에 따르면 해커 짓이었다는군."

"압니다. 그 보고서를 읽었습니다. 그러나 진짜 그걸 믿으시는 건 아니시겠죠?"

"내겐 선택의 여지가 없네." 가마슈가 말했다. "자네도 마찬가지고."

경감의 목소리는 명백하게 경고를 하고 있었다. 보부아르가 듣지 않거나 주의를 기울이지 않을 수 없는 경고였다.

"해커 짓이 아니었어요." 그가 말했다. "경찰청 경찰관들 말고는 그런 테이프가 존재하는지조차 모릅니다. 해커가 그 녹화된 테이프를 복제한 게 아닙니다."

"그만하면 됐네, 장 기." 그들은 전에도 이런 대화를 했었다. 공장 급습 영상이 인터넷에 올라가 삽시간에 퍼졌었다. 전 세계 수백만이 그 편집 영상을 시청했다.

무슨 일이 있었는지 공개됐다.

자신들에게. 그리고 다른 사람들에게. 수백만이 TV 쇼를 보듯, 예능 프로를 보듯 그것을 지켜봤다.

경찰청은 수개월의 수사 끝에 해커의 소행이었다고 결론지었다.

"왜 그자를 찾아내지 않았죠?" 보부아르가 끈질기게 말했다. "우리한테는 오로지 사이버 범죄만 수사하는 전담 부서가 있습니다. 그런데 그들은 자기네 보고서에 그 더럽게 운 좋은 개자식을 찾을 수 없었다고 써서 올리면 그만입니까?"

"내버려 두게, 장 기." 가마슈가 엄하게 말했다.

"진실을 밝혀내야 합니다, 경감님." 보부아르가 그렇게 말하며 앞으로 몸을 내밀었다.

"우리는 진실을 알고 있네." 가마슈가 말했다. "우리가 할 일은 그 진실을 안고 살아가는 법을 배우는 거야."

"경감님은 더 파 보지 않으실 겁니까? 경감님은 그냥 받아들이실 겁니까?"

"그렇다네. 그리고 자네도 그러는 거야. 약속하게, 장 기. 이건 다른 누군가의 문제일세. 우리가 아니라."

보부아르가 퉁명스럽게 한 번 고개를 까딱할 때까지 두 남자는 한동안 서로를 노려봤다.

"봉Bon 좋아." 가마슈가 잔을 비우고 부엌으로 갔다. "이제 갈 시간이군. 일찍 스리 파인스로 돌아가야 해."

아르망 가마슈는 잘 자라는 인사를 하고 천천히 밤거리로 걸어 나왔다. 꽤 쌀쌀해서 코트를 입어 다행이다 싶었다. 그는 손을 흔들어 택시를 잡을 계획이었지만 생 위르뱅에서 로리에 가까지 줄곧 걷고 있는 자신을 발견했다.

그리고 그는 걸으며 알코올중독자 모임을 생각했다. 그리고 릴리언과 수잰을. 대법원장을. 스리 파인스에서 침대에 들어 자고 있을 미술가와 화상 들을.

그러나 주로 그는 비밀의 유해 작용에 대해 생각했다. 자신의 비밀도 포함해서.

그는 보부아르에게 거짓말을 했다. 그건 끝나지 않았다. 그리고 그도 그걸 그냥 놓지 않았다.

장 기 보부아르는 맥주잔을 씻고 침실로 향했다.

계속 가. 그냥 계속 가. 그는 자신에게 애원했다. 그냥 몇 발자국만 더 가.

그러나 그는 당연히 멈춰 섰다. 그 영상이 나타난 후 매일 밤 그랬다.

일단 인터넷상에 올라가면 결코 벗어날 수 없었다. 영원히 거기에 남아 있었다. 어쩌면 잊힐지는 몰라도 여전히 거기에 남아 다시 발견되길 기다렸다. 다시 수면 위로 떠오르길.

비밀처럼. 절대 완벽히 숨길 수 없었다. 절대 완전히 잊히지 않았다.

그리고 그 영상은 잊히기엔 멀었다. 아직은.

보부아르는 의자에 털썩 앉아 절전 중인 컴퓨터를 깨웠다. 링크는 그의 즐겨찾기 리스트에 있었지만 의도적으로 다른 이름을 붙였다.

졸음으로 무거운 눈꺼풀과 쑤시는 몸을 이끌고 장 기는 그것을 클릭했다.

그러자 영상이 있는 페이지가 떴다.

재생을 눌렀다. 그러고 나서 또 재생했다. 그리고 다시.

그는 영상을 보고 또 보았다. 화질은 선명했고, 소리도 마찬가지였다. 폭발음, 총소리, 외치는 소리. "형사가 쓰러졌다. 형사가 쓰러졌다."

그리고 가마슈가 침착한 목소리로 명령하고 있었다. 명확하게 지시를 내리며 그들을 단합시키고 혼란이 발생하는 것을 막고 있었고, 기동대는 점점 더 공장 깊숙이 압박해 들어갔다. 무장한 자들을 궁지에 몰아넣고 있었다. 예상보다 무장한 자들이 너무 많았다.

그리고 보부아르는 자신이 배에 총을 맞는 장면을 보고 또 보았다. 그리고 보고 또 볼수록 더 안 좋은 걸 보게 되었다. 가마슈 경감. 뻗친 팔과 휘어진 등. 발이 공중에 뜨더니 떨어지고 있었다. 땅에 부딪히고 있었다. 정지.

이윽고 혼돈이 닥치고 있었다.

마침내 지친 그는 자신을 화면 앞에서 밀어내고 잘 준비를 했다. 씻고 양치질을 했다. 처방약을 꺼내 옥시콘틴이 한 알 튀어나오게 했다.

그리고 베개 밑에 다른 작은 약병을 넣어 두었다. 밤에 필요할 경우를 대비해. 거기가 안전했다. 눈에 띄지 않게. 무기처럼. 최후의 수단으로.

퍼코셋진통제의 일종 한 병.

옥시콘틴으로 충분하지 않을 경우에.

침대에 누워 어둠 속에서 진통제 효과가 나타나기를 기다렸다. 그는 하루가 사라지는 것을 느낄 수 있었다. 걱정, 근심, 영상이 물러났다. 사자 봉제 인형을 끌어안고 망각을 향해 떠날 때 한 영상이 자신을 따라 표류했다. 자신이 총에 맞는 장면이 아니었다. 경감이 총에 맞아 쓰러지는 장면도 아니었다.

모든 것은 희미해졌고, 옥시콘틴에 의해 집어삼켜졌다.

그러나 한 가지 생각이 남았다. 끝까지 자신을 따라왔다.

밀로스 레스토랑. 전화번호는 이제 책상 서랍에 숨겼다. 지난 석 달 동안 매주, 그는 밀로스 레스토랑에 전화를 걸어 예약을 했다. 두 사람. 토요일 밤. 회반죽을 바른 벽 옆의 뒤 테이블.

그리고 매주 토요일 오후에 취소했다. 그는 이제 그들이 자기 이름을 받아 적기나 할지 궁금했다. 적는 척만 하리라. 자신이 그런 것처럼.

그러나 내일은 다를 거라고 확신했다.

그때는 그녀에게 확실히 전화할 터였다. 그리고 그녀는 승낙하리라. 그러면 그는 아니 가마슈를 데리고 크리스털과 하얀 리넨이 있는 밀로스로 갈 것이었다. 그녀는 도버 서대기도버해협에서 잡히는 가자미목의 일종를 먹고 자신은 바닷가재를 먹으리라.

그리고 그녀는 자신의 이야기를 들으며 강렬한 눈으로 자신을 바라보리라. 그는 그녀의 하루, 그녀의 삶, 그녀가 좋아하는 것들, 그녀의 감정에 대해 모조리 물을 터였다. 그는 모조리 알고 싶었다.

매일 밤 그는 같은 이미지를 보며 잠이 들었다. 아니가 테이블 건너편에서 자신을 바라보고 있었다. 그러면 뻗은 자신의 손을 그녀의 손 위에 포갰다. 그러면 그녀는 손을 맡겼다.

그는 잠에 빠져드는 동안 한 손을 다른 손 위에 놓았다. 바로 이런 느낌이리라.

이윽고 옥시콘틴이 모든 걸 삼켰다. 장 기 보부아르는 더 이상 아무것도 느끼지 못했다.

15

클라라는 아침을 먹으러 내려왔다. 아래층에서 커피와 구운 잉글리시 머핀 냄새가 풍겼다.

클라라는 깨어나 자신이 잠들었었다는 사실에 놀랐고, 침대는 비어 있었다. 전날 밤 무슨 일이 있었는지 기억하는 데 시간이 걸렸다.

자신들의 싸움.

그녀는 옷을 입고 그를 떠날 뻔했다. 차를 운전해 몬트리올로 가서 싸구려 호텔에 체크인할 뻔했다.

그런 다음엔?

그런 다음 무언가 했겠지. 자신의 남은 삶을 살았을 터였다. 그녀는 개의치 않았다.

그러나 피터가 마침내 자신에게 진심을 털어놨다.

그들은 밤이 깊도록 이야기를 하다 잠이 들었다. 몸을 닿지 않으면서. 아직은. 그들은 둘 다 어젯밤 일에 심하게 멍이 들었다. 껍질이 벗겨지고 해부된 것 같았다. 뼈가 발라내졌다. 내장이 끄집어내졌다. 검사가 끝났다. 그리고 썩은 부위를 발견했다.

자신들은 결혼 생활이 아닌, 우스운 동반자 관계를 이어 온 것이었다.

그러나 자신들은 또한 어쩌면, 어쩌면 다시 자신을 회복할 수 있을지 모른다는 가능성을 발견했다.

전과는 다를 터였다. 더 좋아질까?

클라라는 알지 못했다.

"잘 잤어?" 그녀가 잠이 덜 깬 얼굴 한쪽에 머리카락이 납작하게 들러붙은 채로 나타났을 때 피터가 말했다.

"안녕." 그녀가 말했다.

그는 그녀의 머그잔에 커피를 부어 주었다.

잠이 든 클라라가 거친 숨소리와 코 고는 소리를 내자 그는 거실로 내려갔다. 그는 신문을 찾아냈다. 그는 광이 나는 그녀의 전시회 카탈로그를 발견했다.

그리고 그는 밤새 거기에 앉아 있었다. 「뉴욕 타임스」 리뷰를 외우면서. 「런던 타임스」 리뷰를 외우면서. 그래서 그것들을 보지 않고 줄줄 말할 수 있도록.

그래서 자신이 어떤 신문을 믿을지 선택할 수 있도록.

그리고 그는 카탈로그에 인쇄된 그녀의 그림들을 응시했다.

그것들은 뛰어났다. 그러나 그것은 이미 그가 알고 있는 사실이었다. 그럼에도 예전에 그는 그녀의 초상화들을 봤었고, 결점들을 봤었다. 실제의 결점이거나 상상한 것. 살짝 빗나간 붓질. 더 잘 처리했어야 할 손들. 그는 일부러 전체가 보이지 않게 자잘한 것에 집중했다.

이제 그는 전체를 보았다.

그것을 보고 행복하다고 말하면 거짓말이 될 것이었고, 피터는 더 이상 거짓말은 하지 않기로 마음먹었다. 자기 자신에게도. 클라라에게도.

진실을 말하자면, 그런 재능을 보는 일은 여전히 쓰라렸다. 그러나 클라라를 만난 이후 처음으로 그는 더 이상 결점을 찾으려고 하지 않았다.

그러나 그를 밤새 괴롭힌 또 다른 것이 있었다.

그는 그녀에게 모든 걸 털어놓았다. 자신이 생각하고 행했던 악취 나는 모든 것을. 그래서 그녀는 그 모든 것을 알았다. 그래서 두 사람 모두 숨길 것도 놀랄 것도 없었다.

딱 한 가지만 제외하고.

릴리언. 오래전 학생 전시회에서 자신이 릴리언에게 했던 몇 마디 말. 그 단어의 개수까지 셀 수 있을 정도였다. 그러나 그 단어 하나하나는 실탄이었다. 그 실탄 하나하나가 타깃을 맞혔다. 클라라를.

"고마워." 클라라가 향이 풍부하고 진한 커피를 받아 들며 말했다. "냄새 좋네."

그녀 역시 거짓말을 하지 않기로, 환상이 현실이 될지 모른다는 희망으로 다 괜찮은 척하지 않기로 마음먹었다. 진실은 커피 향이 정말 좋았다는 것이었다. 최소한 그것은 말해도 안전했다.

자리에 앉은 피터는 자신이 한 짓에 대해 그녀에게 털어놓으려고 온 용기를 쥐어짰다. 숨을 들이쉬고 잠시 눈을 감고 있다가 입을 열었다.

"저 사람들, 일찍 돌아왔네." 클라라가 바라보고 있던 창문 밖을 고갯짓했다.

피터는 볼보 한 대가 멈추고 주차하는 모습을 지켜봤다. 가마슈 경감과 장 기 보부아르가 차에서 내려 비스트로로 걸어갔다.

그는 입을 다물고 물러나며 어쨌든 지금은 때가 아니라는 결정을 내렸다.

클라라는 미소를 지으며 창밖의 두 남자를 지켜봤다. 보부아르 경위가 이제 더 이상 차 문을 잠그지 않는다는 사실이 재밌었다. 제인이 살해된 사건을 조사하러 처음 스리 파인스에 왔을 때, 그들은 늘 차가 잘 잠겨 있는지 확인했었다. 그러나 몇 년이 지난 지금은 그런 데 신경 쓰지 않았다.

그들은 스리 파인스 마을 사람들이 이따금씩 사람의 생명을 앗을지언정 차에는 관심이 없다는 것을 아는 것 같다고 그녀는 추측했다.

클라라는 부엌 시계를 보았다. 거의 8시. "몬트리올에서 여섯 시 직후에 출발했을 거야."

"응." 피터가 비스트로 안으로 사라지는 가마슈와 보부아르를 보면서 말했다. 그러고 나서 그는 클라라의 손을 내려다보았다. 한 손은 머그잔을 잡고 있지만 다른 손은 살짝 주먹을 쥔 채 오래된 소나무 식탁에 올려져 있었다.

그럴 용기가 있을까?

그는 그녀가 놀라거나 두려워하지 않게 아주 천천히 팔을 뻗어 자신의 커다란 손을 그녀의 손 위에 얹었다. 손바닥으로 그녀의 주먹을 감쌌다. 그녀의 손이 거기서, 그의 손이 만든 작은 집에서 안전할 수 있게.

그리고 그녀는 허락했다.

이걸로 된 거라고 그는 자신에게 말했다.

남은 이야기를 할 필요는 없어. 그녀를 속상하게 할 필요는 없어.

"나는," 보부아르가 메뉴를 노려보며 천천히 말했다. 식욕은 없었지만 뭔가 주문하기는 해야 했다. 블루베리 팬케이크, 크레이프, 에그 베네딕트, 베이컨과 소시지, 갓 구운 따뜻한 크루아상이 메뉴에 있었다.

그는 5시부터 깨어 있었다. 6시 15분 전에 가마슈를 태웠고, 이제 거의 7시 반이었다. 그는 허기가 느껴지기를 기다렸다.

가마슈 경감이 메뉴판을 내리고 웨이터를 보았다. "저 사람이 결정하는 동안, 나는 카페오레 한 잔과 소시지를 곁들인 블루베리 팬케이크로 하겠습니다."

"메르시." 웨이터가 그렇게 말하며 가마슈의 메뉴판을 받은 다음 보부아르 쪽을 보았다. "무슈는 어떤 것으로 하시겠어요?"

"다 맛있어 보이네요." 보부아르가 말했다. "경감님과 같은 거로 하죠, 고마워요."

"난 자네가 에그 베네딕트를 고를 거라고 확신했는데." 웨이터가 자리를 떠나자 가마슈가 미소를 보이며 말했다. "자네가 가장 좋아하는 거라고 생각했네."

"바로 어제 손수 그걸 만들었죠." 보부아르가 그렇게 말했고, 가마슈는 웃었다. 두 사람 모두 그가 아침으로 슈퍼 슬라이스를 먹었을 확률이 높다는 것을 알았다. 사실 최근 보부아르는 커피를 마셨을 뿐이었다. 그리고 어쩌면 베이글도.

창문을 통해 이른 아침 햇살을 맞은 스리 파인스 마을이 보였다. 많은 이들이 아직 나와 있지 않았다. 몇몇 마을 사람들은 개를 산책시켰다. 몇 명은 포치에 나와 앉아 커피를 마시며 조간신문을 읽고 있었다. 그러나 대부분은 아직 취침 중이었다.

"라코스트 형사가 어떻게 하고 있는 것 같나?" 경감이 커피가 나오자 물었다.

"나쁘지 않습니다. 어젯밤, 그녀와 통화하셨습니까? 제가 경감님께 몇 가지 보여 드리는 게 좋겠다고 권했죠."

두 남자는 커피를 조금씩 마시며 의견과 정보를 교환했다.

아침 식사가 나왔을 때 보부아르는 손목시계를 보았다. "라코스트 형사에게 여기서 여덟 시에 보자고 했습니다." 10분 전이었고, 고개를 들자 그녀가 서류를 쥐고 잔디 광장을 가로질러 걸어오는 모습이 보였다.

"멘토 노릇하는 게 좋더라고요." 보부아르가 말했다.

"잘하고 있네." 가마슈가 말했다. "자네한테는 물론 훌륭한 선생이 있으니까. 그냥 너그럽게 대하게. 하지만 단호하게."

보부아르가 과장되게 당황하는 표정을 지으며 경감을 보았다. "경감님이오? 경감님이 그동안 멘토로 저를 지도해 오셨다고요? 저에게 치료가 필요한 이유가 확실히 설명되네요."

가마슈가 자신의 식사를 내려다보며 미소 지었다.

그들과 합류한 라코스트 형사는 카푸치노를 주문했다. "그리고 크루아상도, 실 부 플레s'il vous plaît 부탁합니다." 그녀가 웨이터 뒤에서 소리쳤다. 그런 다음 테이블 위에 수사 자료를 놓았다. "어젯밤 모임에 대한 경감님 보고서를 읽었어요. 경감님, 그리고 조사를 좀 했어요."

"벌써?" 보부아르가 물었다.

"일찍 일어났고, 솔직히 비앤비에 묵고 있는 그 화가들하고 노닥거리고 싶지 않아서요."

"왜?" 가마슈가 물었다.

"유감이지만 무척 지겨운 사람들이에요. 어젯밤 릴리언 다이슨에 대해 뭔가 다른 정보를 얻을까 해서 노르망, 폴레트와 저녁을 먹었지만 그들은 흥미가 없는 것 같더군요."

"무슨 얘기들을 했지?" 보부아르가 물었다.

"그들은 저녁 먹는 내내 클라라 전시회에 대한 「오타와 스타」의 리뷰 얘기를 하며 웃고 떠들었어요. 그게 클라라 경력에 흠이 될 거래요."

"하지만 「오타와 스타」에 누가 신경을 쓰지?" 보부아르가 물었다.

"십 년 전이었다면 아무도 안 썼겠지만 지금은 인터넷으로 전 세계 사람들이 그걸 읽을 수 있어요." 라코스트가 말했다. "하찮게 여겨졌던 견해가 갑자기 중요한 것이 돼요. 노르망 말처럼 사람들은 오로지 나쁜 리뷰만 기억하죠."

"그게 진실일지 의심스럽군." 가마슈가 말했다.

"릴리언 다이슨이 쓴 그 리뷰를 추적해 봤나?" 보부아르가 물었다.

"그는 타고났다. 생리 작용인 양 예술을 낳는다?" 라코스트가 리뷰를 인용하면서 그게 노르망이나 폴레트에 대해 썼던 것이기를 바랐다. 어쨌든 그녀는 처음에 아마도 그럴 것이라고 생각했었다. 리뷰에 언급된 '그'가 노르망이었는지도 모른다고. 그렇다면 그의 신랄함과 다른 사람이 나쁜 평을 받았을 때 그가 즐거워하는 모습이 설명될지도 몰랐다.

이자벨 라코스트는 고개를 저었다. "그 리뷰를 추적하는 데에 운이 따르지 않았습니다. 이십 년도 더 된, 너무 오래전 리뷰니까요. 「라 프레스」기록 보관소에 형사를 보냈어요. 우리는 마이크로필름을 한 장 한 장 일일이 다 살펴봐야 할 거예요."

"봉Bon 좋아." 보부아르 경위가 찬성한다는 뜻으로 고개를 끄덕였다.

라코스트가 얇게 벗겨지는 따뜻한 크루아상을 반으로 찢었다. "경감님이 지시하신 릴리언 다이슨의 후원자를 조사했습니다." 그녀는 그렇게 말하고 크루아상을 내려놓기 전에 한 입 베어 문 다음 서류를 집어 들었다. "수잰 코아테스, 육십이 세. 그녀는 그린 가에 있는 닉스에서 웨이트리스로 일해 왔어요. 거기 아세요?"

보부아르는 고개를 저었지만 가마슈는 끄덕였다. "웨스트마운트의 명물이지."

"듣자 하니 수잰도 그런 것 같아요. 여기 오기 전에 전화를 해 봤어요. 다른 웨이트리스 중 한 명과요. 로렌. 그녀가 수잰이 이십 년 동안 그곳에서 일했다고 확인해 줬어요. 하지만 그녀의 근무시간에 대해 묻자 말을 아끼더군요. 결국 로렌은 자신들이 개인적인 파티 일로 가욋돈을 벌 때 모두 서로 커버해 준다고 털어놨죠. 수잰은 점심 근무를 하는 것으로 되어 있었지만 토요일은 그러지 않았대요. 그래도 어제 그녀는 평상시처럼 근무했습니다. 열한 시에 근무 시작이랍니다."

"'개인적인 파티 일'이라면 그런 걸 뜻하지 않나……?" 보부아르가 물었다.

"매춘이오?" 라코스트가 물었다. "그 여자는 예순둘이에요. 오래전에 그런 일을 하기는 했죠. 매춘 혐의로 두 번 체포돼서 한 번은 풀려났고, 한 번은 수감됐어요. 팔십 년대 초반 일이에요. 절도 혐의로도 기소된 적이 있습니다."

가마슈와 보부아르 모두 눈썹을 치켜세웠다. 그러나 오래전 일이었고, 살인 같은 범죄와는 거리가 멀었다.

"세금 관련 정보도 입수했어요. 지난해 그녀가 신고한 수입액은 이만 삼천 달러였어요. 하지만 빚에 허덕이고 있어요. 신용카드. 그녀가 가진 세 장 모두 한도 초과입니다. 그녀는 마치 신용 한도를 목표로 삼고 카드를 쓴 것처럼 보여요. 대부분의 채무자처럼 채권자들과 곡예를 벌이고 있지만 이제 곧 와르르 무너질 겁니다."

"그녀가 그 사실을 인지하고 있나?" 가마슈가 물었다.

"안 하기가 어렵죠, 완전히 착각에 빠져 사는 게 아니라면."

"그녀를 못 봐서 그래." 보부아르가 말했다. "착각은 그녀의 가장 나은 자질이지."

앙드레 카스통게는 커피 냄새를 맡을 수 있었다.

그는 침대에 누워 있었다. 편안한 매트리스 위, 6백 수 시트와 거위 털 이불 아래. 그리고 죽기를 소망하고 있었다.

그는 마치 굉장히 높은 곳에서 떨어진 것 같은 기분이었다. 어쨌거나 살아남긴 했어도 멍들고 납작해졌다. 부들부들 떨리는 손을 뻗어 물컵을 잡고 남은 걸 모조리 들이켰다. 기분이 나아졌다.

조금씩 새로운 자세에 맞추며 천천히 일어나 앉았다. 마침내 그는 일어서서 욕실 가운을 끌어당겨 물렁한 몸을 감쌌다. 다시는 그러지 않겠다고 말하며 욕실로 터벅터벅 걸어가 거울에 비친 자신의 모습을 응시했다. 결코 다시는.

그러나 그는 어제도 그 말을 했었다. 그리고 그 전날도. 그리고 그 전전날도.

경찰청 팀은 캐나다 국철 역사에 세운 수사본부에서 아침 시간을 보냈다. 스리 파인스 마을에서 벨라벨라 강 건너에 자리 잡은 1백 년쯤 된 낮은 벽돌 건물. 수십 년 전, 아무런 설명도 없이 열차들이 이곳에 서지 않게 된 이후 이 건물은 버려졌다.

한동안 열차는 여전히 칙칙폭폭거리며 골짜기와 산들 사이를 굽이굽이 돌아갔다. 그리고 굽잇길에서 사라져 갔다.

그러던 어느 날 열차는 급기야 오지 않았다. 12시 급행도. 오후 3시 버몬트행 완행열차도.

마을 사람들은 시계를 맞출 게 없어졌다.

그래서 스리 파인스에서는 기차와 시간 둘 다 멈췄다.

기차역은 루스 자도가 술잔에 올리브나 얼음을 넣지 않을 생각을 품었던 어느 날까지 비어 있었다. 스리 파인스 의용소방대가 그곳을 인수하길 바랐다. 그래서 루스가 나섰고, 의용대는 아름다운 옛 벽돌 건물에 자리를 잡고 집처럼 편하게 지냈다.

지금 살인 수사반이 그러고 있는 것처럼. 그 개방된 공간의 절반은 트럭, 도끼, 호스, 안전모 등 소방 장비가 차지하고 있었다. 다른 절반에 책상, 컴퓨터, 프린터, 스캐너가 있었다. 벽에는 화재 안전 요령에 관한 여러 포스터, 지역 상세 지도, 루스를 포함하여 시 부문 총독상 역대 수상자 사진 그리고 다음과 같은 표제가 쓰인 큰 칠판 몇 개가 걸려 있었다. 용의자, 증거, 피해자 그리고 질문.

거기에는 많은 질문이 적혀 있었고, 수사반은 그 질문에 대한 답을 구하려고 아침 시간을 보냈다. 검시관의 상세 보고서가 도착했고, 보부아르 경위는 감식반 증거뿐 아니라 그것도 다뤘다. 여자가 어떻게 죽었는지 그가 들여다보고 있는 동안, 라코스트 형사는 여자가 어떻게 살았는지 알아내려고 씨름했다. 그녀가 뉴욕에서 보낸 시간, 결혼 생활, 친구들, 동료들. 그녀가 무엇을 했고, 무슨 생각을 했는지. 사람들이 그녀를 어떻게 생각했는지.

그리고 가마슈 경감이 그것들을 모두 종합했다.

그는 커피가 놓인 책상에서 밤낮을 가리지 않은 지금 이전의 보고서를 모두 읽는 것으로 일을 시작했다. 살인이 있던 날 아침을 시작으로.

이윽고 책상 위에 놓인 커다란 파란색 책을 집어 들고 걷기 위해 나갔다. 본능적으로 마을을 향해 걸었지만 강 위로 아치를 그린 돌다리에서 발걸음을 멈췄다.

루스가 잔디 광장의 벤치에 앉아 있었다. 보아하니 특별히 하는 일은 없어 보였지만 경감은 그렇지 않다는 것을 알았다. 그녀는 세상에서 가장 어려운 일을 하고 있었다.

그녀는 기다리고 또 소망하고 있었다.

경감이 지켜보는 가운데 그녀가 희끗한 머리를 하늘을 향해 젖혔다. 그리고 귀를 기울였다. 기차 소리 같은, 멀리서 나는 소리를 듣기 위해. 누군가가 집에 오는 소리. 이내 그녀는 고개를 내렸다.

경감은 그녀가 얼마나 오랫동안 기다렸을지 궁금했다. 벌써 거의 6월 중순이었다. 얼마나 많은 사람들, 어머니와 아버지 들이 루스가 앉은 바로 그 자리에서 기다리고 바랐을까? 기차 소리에 귀를 기울이며. 기차가 소리를 멈추고 비미 능선 혹은 플랜더스 들판 혹은 파스샹달세 지역은 모두 1차 세계대전의 격전지 같은 예쁜 지명의 지역에서 돌아오는 사람들을 토해 낼 때, 친숙한 젊은이가 내려설지 얼마나 궁금해했을까? 디에프와 아른험을 경유한 기차가.

희망은 얼마나 오래 살았을까?

루스가 다시 하늘을 향해 고개를 젖히고 귀를 기울였다. 먼 곳에서 나는 울음소리를 듣기 위해. 그러고 나서 그녀는 다시 고개를 내렸다.

영원히. 가마슈는 생각했다.

그리고 희망이 영원히 지속됐다면 증오는 얼마나 오래 지속됐을까?

그는 그녀를 방해하고 싶지 않아 몸을 돌렸다. 하지만 그 역시 방해받고 싶지 않았다. 읽고 생각할 조용한 시간이 필요했다. 그래서 그는 발걸음을 돌려 옛 철도역을 지나 흙길로 내려갔다. 잔디 광장에서 방사형으로 뻗어 나간 바큇살 중 하나였다. 그는 스리 파인스 주변을 많이 걸어 다녔지만 이 길로는 한 번도 가 본 적이 없었다.

길을 따라 줄지어 선 거대한 단풍나무의 가지가 머리 위에서 서로 만났다. 무성한 잎이 햇빛을 거의 차단했다. 그러나 완전히는 아니었다.

햇빛은 잎사귀들을 통과해 흙길에 닿았고, 그에게 닿았으며, 그의 손에 든 책에 닿아 부드러운 빛의 점들을 남겼다.

가마슈는 길가에 튀어나와 있는 커다란 회색 바위를 발견했다. 그는 거기에 앉아 돋보기를 쓰고 다리를 꼰 다음 책을 펼쳤다.

한 시간 후 그는 책을 덮고 전방을 주시했다. 이윽고 자리에서 일어나 빛과 그림자의 터널을 좀 더 멀리 걸었다. 숲에서 그는 마른 나뭇잎들과 단단하게 말린 작은 고비들을 볼 수 있었고, 바삐 움직이는 다람쥐와 새 소리를 들을 수 있었다. 마음은 다른 데 가 있었지만 그는 이 모든 것을 느낄 수 있었다.

마침내 그는 걸음을 멈추고 왔던 길을 되돌아갔다. 발걸음은 느렸지만 신중했다.

16

"좋아." 가마슈가 임시로 만든 회의 테이블 자신의 자리에 앉으며 그렇게 말했다. "아는 걸 말해 보게."

"닥터 해리스의 상세한 보고서가 오늘 아침 도착했습니다." 보부아르가 그렇게 말하며 벽에 붙인 보고서 종이 옆에 섰다. 그는 매직펜 뚜껑을 열고 코밑에서 냄새가 퍼지게 했다. "릴리언 다이슨의 목은 한 번의 동작으로 꺾였습니다." 그는 목을 비트는 흉내를 냈다. "얼굴이나 팔에는 멍이 든 흔적이 없습니다. 목뼈가 부러진 부위를 제외하고는요."

"그게 우리한테 뭘 말해 주지?" 경감이 물었다.

"즉사였습니다." 보부아르가 그렇게 말하며 볼드체로 그 말을 적었다. 그는 이 부분을 사랑했다. 사실과 증거를 적는 것. 사실이 진실이 되도록 잉크로 적는 것. "우리가 생각한 대로 그녀는 불시에 습격을 당했습니다. 닥터 해리스는 살인자가 남자도 여자도 될 수 있었을 거라고 합니다. 아마도 노인은 아닐 거고요. 어느 정도의 힘과 지렛내 억할이 필요했답니다. 살인자는 아마도 마담 다이슨보다 작지는 않았을 거랍니다." 보부아르가 손에 든 메모를 참고하며 말했다. "그러나 그녀의 키는 백육십오 센티미터였으니까 대부분의 사람들이 그보다 컸을 겁니다."

"클라라 모로는 키가 어떻게 되죠?" 라코스트가 물었다.

두 남자는 얼굴을 마주 보았다. "그 정도쯤 될 거야." 보부아르가 그렇게 말했고, 가마슈가 고개를 끄덕였다.

그것은 슬프게도 적절한 질문이었다.

"다른 폭력의 흔적은 없었습니다." 보부아르가 계속했다. "성폭행도 없었습니다. 최근 성관계를 한 증거는 나오지 않았습니다. 그녀는 약간 과체중이었지만 심하진 않았습니다. 그녀는 죽기 두어 시간 전에 저녁 식사를 했습니다. 맥도널드에서요."

보부아르는 검시관이 찾아낸 해피밀을 떠올리지 않으려 애썼다.

"위에서 다른 음식은 나오지 않았나요?" 라코스트가 물었다. "파티의 출장 뷔페 요리는요?"

"없었어."

"몸에서 술이나 약 성분이 검출되지는 않았나?" 가마슈가 물었다.

"검출되지 않았습니다."

경감은 라코스트 형사를 향했다. 그녀가 자신의 수첩을 내려다보고 읽었다.

"릴리언 다이슨의 전남편은 뉴욕에 사는 재즈 트럼펫 연주자였습니다. 릴리언과 그림 전시회에서 만났죠. 그는 칵테일파티에서 연주했고, 그녀는 손님으로 와 있었습니다. 둘은 서로에게 끌렸습니다. 둘 다 알코올중독자였던 것 같습니다. 둘은 결혼했고, 한동안은 둘 다 제대로 산 것 같습니다. 그러다 무너져 내렸죠. 두 사람 다요. 남자는 코카인과 필로폰에 빠졌습니다. 일자리에서 해고됐고요. 그들은 아파트에서 쫓겨났습니다. 문제가 많았죠. 결국 그녀는 남자를 떠나 다른 남자 몇 명을 만났습니다. 두 사람은 찾아냈지만 나머지는 못 찾았습니다. 깊은 관계였다기보다 가벼운 만남이었던 것 같습니다. 그리고 점점 절망적인 상태가 된 것 같습니다."

"그녀도 코카인이나 필로폰 중독이었나?" 가마슈가 물었다.

"그랬다는 증거는 없습니다." 라코스트가 말했다.

"어떻게 생계를 꾸려 갔지?" 경감이 물었다. "미술가나 평론가로?"

"둘 다 아닙니다. 미술계 주변에서 간신히 발을 붙이고 살아간 것처럼 보입니다." 라코스트가 그렇게 말하며 다시 수첩으로 눈을 돌렸다.

"그래서 그녀가 뭘 했다는 거지?" 보부아르가 물었다.

"그녀는 불법 노동자였어요. 미국에서 취업 허가를 받지 못했죠. 제가 수집한 사실들을 짜 맞춰 보면 몰래 미술용품 판매점에서 일했어요.

여기저기서 잡다한 일들을 했죠."

가마슈는 그에 관해 생각했다. 스무 살짜리에게라면 흥미로운 삶일 수도 있었다. 쉰이 다 돼 가는 여자에게는 지치고 실망스러운 삶이었으리라.

"중독자는 아니었더라도 마약을 거래했을 가능성은 없나?" 그가 물었다. "아니면 매춘부였을 가능성은?"

"둘 다 잠시 했을 가능성은 있지만 최근에는 아니었습니다." 라코스트가 말했다.

"검시관 보고에는 성병의 증거는 없다고 합니다. 수사 자국이나 흉터도 없습니다." 보부아르가 출력물을 살피며 말했다. "아시다시피 하급 밀매자들 대부분이 중독자죠."

"릴리언의 부모님은 그녀의 남편이 죽었을 거라고 생각했네." 경감이 말했다.

"그는 죽었습니다." 라코스트가 말했다. "삼 년 전에요. 약물 과용이었습니다."

보부아르가 줄을 그어 남자 이름을 지웠다.

"캐나다 세관 기록을 보면 그녀는 작년 시월 십육일에 뉴욕에서 버스를 타고 국경을 건너왔습니다." 라코스트가 말했다. "구 개월 전이죠. 그녀는 생활보호 신청을 했고, 지원금을 받았습니다."

"알코올중독자 모임에 가입한 건 언제였나?" 가마슈가 물었다.

"모르겠습니다." 라코스트가 말했다. "후원자인 수잰 코아테스에게 연락을 시도했지만 응답이 없었고, 닉스에서는 그녀가 이틀간 휴무라고 합니다."

"예정된 휴무인가?" 가마슈가 앞으로 당겨 앉으며 물었다.

"물어보지 않았습니다."

"그렇다면 물어보게." 경감이 그렇게 말하며 일어섰다. "그녀의 소재를 찾으면 내게 알려 주게. 나도 그녀에게 몇 가지 질문이 있네."

그는 자기 책상으로 가서 전화를 했다. 라코스트 형사나 보부아르 경위에게 이름과 번호를 줄 수도 있었지만 직접 하는 걸 선호했다.

"대법원장 사무실입니다." 유능한 목소리가 들려왔다.

"피노 판사님과 통화할 수 있습니까? 경찰청의 가마슈 경감입니다."

"죄송하지만 피노 판사님은 오늘 안 나오셨습니다, 경감님."

놀란 가마슈는 말을 멈췄다. "정말입니까? 아프십니까? 어젯밤 그분을 뵀는데 별말씀 없으셨습니다."

이제 피노 판사의 비서가 잠시 뜸을 들일 차례였다. "판사님이 오늘 아침 전화하셔서 며칠 집에서 일하겠다고 말씀하셨어요."

"예정에 없었던 일입니까?"

"대법원장님은 원하는 방식으로 일하실 수 있습니다, 무슈 가마슈." 그녀의 목소리에서 분명히 경감의 부적절한 질문을 참고 있다는 기색이 느껴졌다.

"집으로 연락을 취해 보죠, 메르시."

그는 수첩에 적힌 바로 다음 번호로 전화했다. 닉스 레스토랑.

아니요. 여자가 곤란한 기색으로 대답했다. 수잰은 거기에 없었다. 수잰은 전화를 걸어 나갈 수 없다고 말했다.

여자의 음성은 유쾌하게 들리지 않았다.

"못 나오는 이유를 이야기했습니까?" 가마슈가 물었다.

"몸이 좋지 않다고요."

가마슈는 고맙다고 하고 전화를 끊었다. 그리고 나서 그는 수잰의 휴대전화로 통화를 시도했다. 연결이 되지 않았다. 수화기를 내려놓고 손으로 안경을 부드럽게 톡톡 두들겼다.

일요일 밤의 알코올중독자모임 사람들이 사라진 것 같았다.

수잰 코아테스도, 티에리 피노도 없었다.

걱정해야 할 일일까? 아르망 가마슈는 살인 수사 중 누군가가 사라지면 걱정해야 할 일인 걸 알았다. 하지만 허둥거려서는 안 됐다.

그는 일어나 창가로 걸어갔다. 거기서 벨라벨라 상 선녀 스리 피인스 마을로 들어가는 길이 보였다. 그가 보고 있을 때 차 한 대가 올라오더니 멈춰 섰다. 매끈한 2인승의 값비싼 새 차였다. 주택가 앞에 세워져 있는 구형 차들과 대조적이었다.

한 남자가 내리더니 주위를 둘러보았다. 확신이 없는 듯 보였지만 길을 잃은 것은 아니었다.

이내 그는 확신에 찬 걸음걸이로 비스트로로 향했다.

그 모습을 지켜보는 가마슈의 눈이 가늘어졌다.

"흐음." 그가 신음 소리를 냈다. 고개를 돌려 시계를 보았다. 거의 정오였다.

경감은 책상에서 그 큰 책을 집어 들었다.

"비스트로에 있겠네." 그는 그렇게 말했다. 그리고 라코스트와 보부아르의 얼굴에 떠오른, 다 안다는 듯한 미소를 보았다.

그들을 탓할 수는 없는 노릇이었다.

가마슈의 눈이 어둑한 비스트로 실내에 적응했다. 바깥은 따뜻해지고 있지만 여전히 양쪽 돌 난로 다 불이 지펴져 있었다.

이곳만의 대기와 계절이 존재하는 다른 세계로 걸어 들어온 것 같았다. 비스트로는 너무 덥거나 추운 적이 없었다. 늘 중립을 지켰다.

"살뤼, 파트롱Salut, Patron 안녕하세요, 경감님." 가브리가 길고 윤이 나는 나무로 된 바 뒤에서 손을 흔들며 말했다. "이렇게 빨리 돌아오셨어요? 제가 보고 싶으셨던 거죠?"

"우리의 감정을 절대 드러내선 안 돼요, 가브리." 가마슈가 말했다. "올리비에와 렌 마리의 가슴이 찢어질 테니까."

"지당하신 말씀이네요." 가브리가 웃음을 터트리며 바에서 돌아 나와 경감에게 감초 파이프 사탕을 권했다. "감정은 늘 누르는 게 최선이라고 들었죠."

가마슈가 파이프를 피우듯이 감초 사탕을 입에 물었다.

"유럽에서 오신 분 같군요." 가브리가 그렇다는 듯 고개를 끄덕이며 말했다. "정말 매그레 경감조르주 심농의 추리소설 주인공 같아요."

"메르시. 내가 되고 싶어 했던 모습이군요."

"밖에 앉지 않으세요?" 가브리가 둥근 테이블과 밝은색 파라솔이 있는 테라스를 가리켰다. 마을 사람 몇 명이 커피를 마시고 있었고, 몇 명은 아페리티프를 홀짝이고 있었다.

"네, 누굴 찾는 중입니다."

아르망 가마슈가 비스트로 안쪽 깊숙이 있는 벽난로 옆 테이블을 가리켰다. 갤러리 소유주 데니스 포틴이 편안하게 앉아 있었다. 자신의 집에 있는 것처럼 매우 편해 보였다.

"먼저 당신에게 물어볼 게 있습니다." 가마슈가 말했다. "무슈 포틴이 클라라의 베르니사주에서 당신에게 말을 걸었습니까?"

"몬트리올에서? 네." 가브리가 웃었다. "분명히 그랬어요. 사과했죠."

"뭐라고 하던가요?"

"말한 걸 그대로 얘기하면요, '당신을 빌어먹을 호모 자식이라고 해서 대단히 죄송합니다.' 그게 다예요." 가브리가 가마슈를 탐색하듯이 쳐다봤다. "전 그래요. 아시다시피."

"소문은 들었습니다. 그래도 그런 식으로 불리는 건 기분 좋지 않죠."

가브리가 고개를 서었나. "처음도 아니고, 이미 미지막도 이닐 기에요. 그래도 경감님 말이 맞아요. 결코 익숙해지진 않더군요. 늘 새로운 상처처럼 느껴져요."

두 남자는 무심한 미술상을 보았다. 나른하고 느긋해 보였다.

"이제는 저 사람을 어떻게 느낍니까?" 가마슈가 물었다. "내가 그의 음료를 검사해야 합니까?"

가브리가 미소를 보였다. "사실 저 사람, 마음에 들어요. 저한테 빌어먹을 호모라고 욕한 다음 실제로 사과하는 사람은 많지 않거든요. 거기서 점수를 땄죠. 클라라에게도 못되게 군 점을 사과했어요."

그러니까 저 갤러리 소유주는 진실을 말했군. 가마슈는 생각했다.

"토요일 밤 이곳에서 열린 파티에도 왔었어요. 클라라가 초대했죠." 경감의 시선을 따라가며 가브리가 말했다. "난 저 사람이 머물고 있는 줄 몰랐어요."

"머물지 않았습니다."

"그럼 다시 온 거예요?"

가마슈도 같은 것을 궁금해하고 있었다. 그는 데니스 포틴이 몇 분 전에 도착하는 모습을 보았고, 그 이유를 묻기 위해 왔다.

"여기서 보게 될 줄은 몰랐군요." 가마슈는 그렇게 말하며 자리에서 몸을 일으킨 포틴에게 다가갔다.

그들은 악수를 했다.

"저도 오게 될 줄은 몰랐습니다. 하지만 월요일은 갤러리가 문을 닫는 날이고, 생각이 떠올랐습니다."

"뭐가 말입니까?"

두 남자는 팔걸이의자에 앉았다. 가브리가 가마슈에게 레모네이드를 가져다주었다.

"생각이 떠올랐다고 하신 것 같은데요?" 가마슈가 말했다.

"어제 저희 갤러리에 오셨을 때 하신 말씀이 생각났습니다."

"살인에 대한?"

데니스 포틴은 정말로 얼굴을 붉혔다. "음, 아니요. 프랑수아 마루아와 앙드레 카스통게가 아직 여기에 있다고 하신 말씀이오."

가마슈는 갤러리 주인의 의도가 뭔지 알았지만 그가 소리 내어 말하게 할 필요가 있었다. "계속하십시오."

포틴이 씩 웃었다. 상대편의 경계심을 사라지게 하는 소년 같은 웃음이었다. "우리 미술계 사람들은 스스로 반항아며 관습에 얽매이지 않는 사람이라고들 생각하길 좋아합니다. 자유로운 영혼들이라고요. 지적이고 직관적인 부분을 우선시하죠. 그러나 그들은 '예술적 기득권'을 아무 것도 아닌 것으로 여기지 않습니다. 실제로, 대부분이 따릅니다. 어느 딜러가 어느 예술가의 주위를 맴돌며 킁킁거리면 오래지 않아 다른 사람도 그 대열에 합류합니다. 소문을 쫓아가는 거죠. 그렇게 해서 천재가 탄생하는 겁니다. 그 화가가 다른 화가보다 훌륭해서가 아니라 미술상들의 집단적 사고방식 때문에요. 갑자기 그들은 모두 어느 특정 예술가를 원하기로 마음먹죠."

"그들이오?"

"우리 말입니다." 그가 마지못해 그렇게 말했고, 가마슈는 다시 포틴이 슬슬 짜증이 나서 얼굴이 붉어지는 것을 눈치챘다.

"그리고 그 화가는 차세대 거물이 됩니까?"

"그럴 수 있죠. 가스통세뿐이 있나면 걱정을 안 할 겁니다. 혹은 미루아뿐이었다 해도요. 하지만 둘 다라고요?"

"그 두 사람이 왜 여전히 여기 머문다고 생각합니까?" 가마슈가 물었다. 그는 이유를 알았다. 마루아가 자신에게 말했었다. 하지만 다시 한 번 포틴의 해석을 듣고 싶었다.

"모로 부부 때문이죠, 물론."

"그래서 여기 오신 겁니까?"

"다른 이유가 있겠습니까?"

두려움과 탐욕이라고 무슈 마루아는 말했다. 미술계의 빛나는 외관 이면에서 흙탕물을 일으키는 것이 그것이었다. 그리고 전에 고요한 비스트로에 앉았던 것이 그것이었다.

장 기 보부아르가 울려 대는 전화를 받았다.

"보부아르 경위님이세요? 클라라 모로예요."

그녀의 목소리는 작았다. 거의 속삭이듯.

"무슨 일이십니까?" 보부아르 또한 본능적으로 목소리를 낮췄다. 책상 앞에 앉아 있던 라코스트 형사가 힐끗 눈길을 주었다.

"우리 뒤뜰에 누가 있어요. 모르는 사람이."

보부아르가 자리에서 일어섰다. "그들이 뭘 하고 있습니까?"

"보고 있어요." 클라라가 속삭였다. "릴리언이 살해된 자리를요."

라코스트 형사는 잔디 광장 가장자리에 서 있었다. 경계 태세로.

그녀의 왼쪽으로 보부아르 경위가 소리 내지 않고 모로 부부의 집을 돌아 들어가고 있었다. 그녀의 오른쪽으로는 가마슈 경감이 잔디 위를 살금살금 걷는 중이었다. 누구든 간에 뒤뜰에 있는 자를 놀래지 않기 위해 조심하면서.

마을 사람들이 개를 산책시키다 말고 멈춰 섰다. 대화가 점점 작아지다 멈췄고, 스리 파인스 마을은 조용히 서 있었다. 함께 기다리며 지켜보았다.

라코스트의 임무는 상황이 닥치면 마을 사람들을 구하는 것이었다. 저 뒤에 있는 사람이 누구든, 경감을 돌파하고 보부아르를 돌파한다면. 이자벨 라코스트가 마지막 방어선이었다.

그녀는 멋진 재킷 아래 숨겨진, 엉덩이 위의 총집에 든 총을 느낄 수 있었다. 아직은 아니었다. 가마슈 경감은 사용할 의도가 없으면 절대 총을 뽑지 말라고 자신들에게 거듭해서 주입했었다.

그리고 끝낼 목적으로 쏴라. 다리나 팔을 조준하지 마라. 몸통을 조준하라.

부득이한 살인을 원치 않지만 분명히 놓치고 싶지도 않다. 무기를 뽑았다면 다른 모든 수단이 실패했다는 뜻이기 때문이었다. 지옥이 풀려 났다는 얘기였다.

그리고 다시, 호출하지 않은 이미지가 마음에 떠올랐다. 바닥에 쓰러 져 뭔가 말하려 애쓰는 경감에게 몸을 기울인 자신의 모습. 그의 눈은 흐렸다. 초점을 맞추려고 애쓰고 있었다. 피로 끈적해진 그의 손을 잡고 그의 결혼반지를 바라보는 모습. 그의 손을 칠갑한 피.

그녀는 힘겹게 마음을 되돌리고 집중했다.

보부아르와 가마슈가 사라졌다. 그녀의 눈에 띄는 것은 햇살 속에서 성석이 삼노는 삭은 시골집뿐이있다. 그리고 들리는 깃은 쿵쿵 띠는 지 신의 심장 소리뿐이었다.

가마슈 경감은 집 모퉁이를 돌아서 멈춰 섰다.

그에게 등을 보이고 서 있는 사람은 여자였다. 그는 그 사람이 누구 인지 확신했지만 확실히 해 두고 싶었다. 그는 그녀가 해를 끼치지 않을 거라고도 확신했지만 경계를 풀기 전에 역시 확실히 해 두고 싶었다.

가마슈가 왼쪽을 흘끗 보자 보부아르가 거기에 서서 역시 경계 태세 를 취하고 있는 모습이 보였다. 그러나 더 이상 경계하지 않았다. 경감 은 왼손을 들어 보부아르에게 그 자리에 있으라는 신호를 보냈다.

"봉주르?" 가마슈가 그렇게 말하자 여자가 펄쩍 뛰며 비명을 지르더 니 몸을 휙 돌렸다.

"이런 젠장." 수잰이 말했다. "경감님 때문에 간 떨어질 뻔했잖아요."

가마슈가 싱긋 웃었다. "데졸레Désolé 죄송합니다. 하지만 부인 때문에 클 라라 모로의 간이 떨어질 뻔했습니다."

수잰은 집을 살펴보고, 부엌 창문가에 서 있는 클라라를 보았다. 수잰은 살짝 손을 흔들고 사과의 미소를 보냈다. 클라라가 머뭇거리며 손을 흔들었다.

"미안해요." 수잰이 말했다. 그제야 그녀는 몇 미터 떨어진 정원 저쪽에 서 있는 보부아르를 의식했다. "아시다시피 전 정말 무해한 사람이랍니다. 아마 어리석을지는 몰라요. 그러나 해롭진 않답니다."

보부아르 경위가 그녀를 쏘아봤다. 그의 경험상 어리석은 사람들은 결코 무해하지 않았다. 그들이 최악이었다. 어리석음은 분노와 탐욕만큼 많은 범죄를 일으키는 사유였다. 그러나 그는 긴장을 풀고 그들 쪽으로 걸어가 경감에게 속삭였다.

"라코스트에게 이상 없다고 알리겠습니다."

"봉Bon 좋아." 경감이 말했다. "여기는 내가 맡겠네."

보부아르가 어깨 너머로 수잰을 바라보며 고개를 흔들었다.

어리석은 여자.

"그래서, 여긴 웬일이십니까?" 둘만 남게 되자 가마슈가 물었다.

"릴리언이 어디서 죽었는지 보려고요. 그게 실제로 일어난 일이라는 게 점점 강하게 다가와서 어젯밤에는 잠이 안 오더라고요. 릴리언이 죽임을 당했다는 게요. 살해됐다는 게."

그러나 여전히 그녀는 그 사실을 거의 믿지 못하는 듯 보였다.

"여기 와야만 했어요. 그 일이 일어난 장소를 보기 위해서요. 경감님이 여기 계신다고 말씀하셨고, 도움을 드리고 싶었어요."

"도움을 주신다고요? 어떻게 말입니까?"

이제 수잰이 놀란 표정을 지을 차례였다. "실수였거나 무작위 공격이 아니었다면 누군가가 일부러 릴리언을 죽인 거잖아요. 그렇지 않나요?"

가마슈가 여자를 세밀히 살피며 고개를 끄덕였다.

"누군가가 릴리언이 죽기를 원했어요. 그러나 누가요?"

"그리고 왜?" 경감이 말했다.

"맞아요. 그 '왜'라는 물음에 내가 도움을 드릴 수 있을지도 몰라요."

"어떻게?"

"언제?" 수잰이 그렇게 묻고 미소를 지었다. 이내 펄럭이는 노란 테이프에 둘러싸인 정원의 구덩이를 돌아본 그녀에게서 미소가 사라졌다. "전 누구보다 릴리언을 잘 알았어요. 그녀의 부모님보다도. 아마 그녀 자신보다도 잘 알았을걸요. 제가 도움이 될 거예요."

그녀가 경감의 깊은 갈색 눈을 응시했다. 그녀는 반항적이었고, 싸움에 나설 준비가 돼 있었다. 그녀에게 준비가 되어 있지 않았던 것은 그녀가 경감의 눈에서 본 것이었다. 숙고.

그는 그녀의 말을 숙고하고 있었다. 묵살하거나 반박하지 않았다. 아르망 가마슈는 그녀가 한 말과 자신이 들은 말을 생각하고 있었다.

경감은 자기 앞에 있는 정력적인 여자를 신중히 살폈다. 그녀의 옷은 지나치게 타이트하고 매치가 되어 있지 않았다. 독창적인 걸까, 그냥 촌스러운 차림인 걸까? 자기 자신을 보지 않은 걸까, 아니면 어떻게 보이든 상관하지 않는 걸까?

그녀는 어리석어 보였다. 본인 스스로 그렇다고 말하기까지 했다.

그러나 그렇지 않았다. 그녀의 눈은 빈틈이 없었다. 그녀의 말은 더 빈틈이 없었다.

그녀는 누구보다 피해자를 잘 알았다. 특별하게 도와줄 수 있는 입장에 서 있었다. 그러나 그것이 그녀가 여기에 온 진짜 이유였을까?

"안녕하세요?" 클라라가 망설이는 목소리로 말했다. 그녀가 부엌문에서 자신들 쪽으로 걸어오고 있었다.

수잰이 즉시 몸을 돌려 응시하더니 클라라를 향해 걸어가 손을 내밀었다.

"오, 미안해요. 이렇게 정원에 무작정 들이닥칠 게 아니라 노크를 하고 허락을 구해야 했는데. 내가 왜 그랬는지 모르겠네요. 수잰 코아테스예요."

두 여자가 인사를 주고받으며 이야기를 나누는 동안 가마슈는 수잰에게서 정원으로 눈길을 돌렸다. 땅에 박힌 기도 막대기로. 그리고 머나가 그 막대기 밑에서 발견했던 것이 생각났다.

초심자의 칩. 알코올중독자 모임에서 주는.

그는 그게 피해자의 것이었다고 추정했었지만 이제는 의구심이 들었다. 사실은 살인자의 것이었을까? 그리고 그것 때문에 수잰이 알리지도 않고 정원에 들어왔던 걸까?

그녀는 잃어버린 동전을 찾고 있었을까? 자신이 잃어버린 동전을? 경찰이 이미 입수했다는 것을 모르고?

클라라와 수잰이 자신에게 다가왔고, 클라라는 릴리언의 시체를 어떻게 발견했는지 이야기 중이었다.

"릴리언의 친구분이세요?" 이야기를 마친 클라라가 물었다.

"그 비슷해요. 서로 아는 친구들이 있어요."

"예술가신가요?" 클라라가 노부인과 그녀의 옷차림에 눈길을 주며 물었다.

"일종의." 수잰이 웃었다. "당신 같은 급은 전혀 못 되고요. 난 내 작품을 직관적이라고 여기고 싶은데 평론가들은 뭔가 다른 것이라고 부르더군요."

두 여자 모두 웃음을 터트렸다.

두 사람의 웃음에 동참하려는 듯 그들 뒤에서 기도 막대기의 리본이 펄럭거리는 모습을 가마슈만이 볼 수 있었다.

"뭐, 제 작품도 오랜 세월 '뭔가 다른 것'이라고 불렸어요." 클라라가 고백했다. "하지만 뭐라 불리지도 못한 게 대부분이죠. 주목조차 받지 못했어요. 제 생생한 기억에 의하면 이번이 제 첫 전시회랍니다."

여자들은 가마슈가 귀를 기울이는 가운데 미술에 대한 의견을 교환했다. 그것은 한 예술가의 삶의 연대기였다. 에고와 창작 사이에서 균형을 잡는. 에고와 창작이 싸우는.

신경 쓰지 않으려고 애쓰면서. 그리고 지나치게 신경을 쓰면서.

"난 당신의 베르니사주에는 없었답니다." 수잰이 말했다. "너무 고상한 자리라서요. 난 샌드위치를 먹는 쪽보다는 나르는 쪽에 더 가깝지만 굉장했다고 들었어요. 축하해요. 될 수 있는 한 빨리 전시회에 가 볼 계획이에요."

"우리와 함께 가요." 클라라가 제안했다. "관심이 있으시다면요."

"고마워요." 수잰이 말했다. "이렇게 착한 분인 줄 알았다면 수년 전에 무단 침입 할 걸 그랬군요."

그녀가 주위를 둘러보더니 조용해졌다.

"무슨 생각을 하세요?" 클라라가 물었다.

수잰이 미소를 지었다. "정말 대조적이라는 생각을 하고 있었답니다.

이렇게 평화로운 장소에서 일어난 폭력을요. 여기서 일어난 그토록 추한 일을요."

그들은 모두 고요한 정원을 둘러보았다. 그들의 눈은 마침내 노란 테이프가 둘러진 곳에 머물렀다.

"저게 뭐죠?"

"기도 막대기예요." 클라라가 말했다.

세 사람 모두 서로 얽혀 있는 몇 개의 장식 끈을 응시했다. 그때 클라라에게 생각이 떠올랐다. 그녀는 그 의식에 대해 설명하고 물었다. "두 분도 끈을 매실래요?"

수잰은 잠시 생각했다. "정말 그러고 싶군요. 고마워요."

"몇 분 내로 올게요." 클라라가 두 사람에게 고개를 끄덕이더니 마을을 향해 걸었다.

"착한 여자군요." 그녀가 가는 모습을 지켜보며 수잰이 말했다. "계속 저렇게 살아가면 좋겠네요."

"그러지 못할 이유가 있습니까?" 가마슈가 물었다.

"성공이 사람을 망칠 수 있어요. 하긴 그건 실패도 마찬가지죠." 그녀가 다시 웃음을 터뜨리더니 조용해졌다.

"릴리언 다이슨이 왜 살해됐다고 생각하십니까?" 그가 물었다.

"내가 그걸 알 거라고 생각하시는 이유가 뭐죠?"

"당신 말에 동의하기 때문이죠. 당신은 누구보다 그녀를 잘 알았습니다. 그녀 자신보다도요. 알고 계시는 비밀을 이제 말씀해 주십시오."

17

"계세요오오?" 클라라가 외쳤다. "봉주르."

그녀는 사람이 고함치는 소리를 들을 수 있었다. 그러나 멀리서 양철이 부딪히는 소리 같았다. TV를 켜 놓은 것처럼. 이내 소리가 멈추더니 침묵이 감돌았다. 아무도 없는 것 같았지만 그녀는 그럴 리가 없다는 것을 알았다.

그녀는 반짝이는 빨간 불자동차를 지나, 여러 장비들을 지나 옛 철도 역사 안으로 좀 더 들어갔다. 클라라는 자신의 안전모와 부츠를 보았다. 스리 파인스 마을 주민 모두가 자원 소방대원이었다. 그리고 루스 자도가 대장이었는데, 어떤 화재보다 무서운 것이 있다면 그녀가 유일했기 때문이었다. 불타는 건물과 루스 중 선택을 하라고 한다면 대부분이 건물을 선택할 터였다.

"위, 알로Oui, âllo 네. 여보세요?"

한 남자의 목소리가 큰 방에 울려 퍼졌고, 트럭을 돌아 나온 클라라는 보부아르 경위가 책상에서 자신 쪽을 보고 있는 모습을 보았다.

그가 미소를 짓고 그녀의 양 볼에 키스하며 인사했다.

"와서 앉으세요. 뭘 도와 드릴까요?" 그가 물었다.

그의 태도는 쾌활하고 활기 넘쳤다. 그러나 클라라는 베르니사주에서 그를 보고 받은 충격이 지금껏 가시지 않았다. 초췌하고 피곤해 보였던. 원래가 마르고 강단 있는 체격이었지만 지금은 말라 보이기만 했다. 누구나와 마찬가지로 그녀는 그가 무슨 일을 겪었는지 알았다. 적어도 누구나 아는 사실 정도는 알고 있었다. 그러나 클라라는 자신이 실제로는 '알지' 못한다는 사실을 깨달았다. 결코 알 수 없었다.

"조언을 구하러 왔어요." 그녀가 보부아르 옆에 있는 회전의자에 앉으며 말했다.

"저한테요?" 그는 기뻐하는 만큼이나 명백히 놀란 모습이었다.

"경위님한테요." 그녀는 보부아르의 모습을 보며 가마슈가 누구와 함께 있는 바람에 그에게 물을 수 없었다는 말을 하지 않아 다행이라고 느꼈다. 그리고 보부아르는 누구와 함께 있지 않았다.

"커피 드실래요?" 장 기가 이미 다 내려져 포트에 가득 찬 커피를 가리켰다.

"한 잔 좋죠. 고마워요."

그들은 자리에서 일어나 이 빠진 하얀 머그잔에 커피를 붓고, 각자 피그 뉴턴^{무화과 쨈이 든 쿠키의 상표} 두어 개를 들고 와 다시 앉았다.

"그래서 하실 말씀이?" 보부아르가 뒤로 몸을 기대고 그녀를 보았다. 그만의 태도였지만 가마슈를 연상시켰다.

클라라는 매우 편안했고, 이 젊은 경위에게 말하기로 마음먹어서 기뻤다.

"릴리언 부모님에 대한 거예요. 다이슨 부부요. 아시다시피 전에 내가 알던 분들이잖아요. 어떤 시기에는 정말 가까웠죠. 그분들이 아직 살아 계실까 궁금했어요."

"살아 계십니다. 어제 만나러 갔었죠. 따님 소식을 전하려고요."

클라라는 입을 다물고 부모에게 그 사실이 어떨지 상상하려 애썼다.

"끔찍한 일이셨겠네요. 그분들은 딸을 무척 아끼셨죠. 외동딸이었거든요."

"그런 일은 항상 끔찍하죠." 보부아르가 인정했다.

"저는 그분들을 많이 따랐어요. 릴리언과 절교를 했을 때도 그분들과는 연락하고 지내려 했지만 그분들은 관심을 보이지 않으셨어요. 릴리언이 한 말을 다 믿으신 거예요. 이해할 수 있을 것 같아요." 그럼에도 그녀는 자신의 말이 확신 없이 들렸다.

보부아르는 아무 말도 하지 않았지만 딸의 살해 혐의를 전적으로 클라라에게 돌린 다이슨 씨의 원한에 찬 목소리를 기억했다.

"찾아뵐까 생각 중이에요." 클라라가 말했다. "내가 얼마나 유감으로 여기는지 말씀드리려고요. 왜 그래요?"

보부아르의 얼굴에 떠오른 표정을 보고 그녀가 말을 멈췄다.

"저라면 가지 않겠습니다." 그가 머그잔을 내려놓고 앞으로 몸을 내밀며 말했다. "대단히 속상해하고 계십니다. 제 생각에는 찾아가는 게 도움이 될 거 같지 않군요."

"하지만 왜요? 그분들이 릴리언이 한 끔찍한 말을 믿고 계시는 건 알지만 찾아가면 좀 위안이 되실지도 몰라요. 릴리언과 난 어릴 때 가장 친한 친구였고, 딸에 대한 얘기를 나누면 좋아하시지 않을까요, 딸을 사랑했던 누군가와?" 클라라는 사이를 두었다. "한때는요."

"어쩌면, 결국에는요. 그러나 지금 말고요. 그분들한테는 시간이 필요합니다."

그것은 머나가 해 준 충고와 거의 같았다. 클라라는 장식 끈과 말린 세이지, 향기름새 시가를 가지러 서점에 들렀었다. 그러나 그녀는 조언

또한 구하러 갔었다. 다이슨 부부를 방문하러 몬트리올까지 차를 몰고 가야 할까?

머나가 왜 그런 일을 하고 싶으냐고 물었을 때 클라라는 설명했었다.

"늙고 외로운 분들이잖아." 이런 설명이 필요하다는 데 충격을 받으며 클라라는 말했다. "이거야말로 일어날 수 있는 최악의 상황이고. 얼마간 위로를 해 드리고 싶을 뿐이야. 솔직히 나도 몬트리올까지 차를 몰고 가서 그러고 싶지 않지만 그냥 그게 도리인 것 같아. 모든 악감정은 뒤로하고."

클라라의 손가락에 단단히 감긴 장식 끈이 조여 오기 시작했다.

"자기 입장에서는 그럴 수도." 머나가 말했다. "하지만 그분들 입장에서는?"

"그분들이 여전히 묵은 감정을 품고 있는지 자기가 어떻게 알아?" 클라라는 손가락에서 푼 장식 끈을 만지작거렸다. 꼬았다가. 풀었다가. "아마 그분들은 비탄에 잠겨서 외롭게 앉아 계실 거야. 그런데도 두려워서 안 간다고?"

"꼭 그래야겠으면 가." 머나가 말했다. "하지만 자신을 위해서 아니라 그분들을 위해서라는 건 확실히 해."

귓가에서 울리는 그 말과 함께 클라라는 보부아르와 말해 보기 위해 잔디 광장을 가로질러 수사본부로 발걸음을 옮겼다. 그러나 다른 무언가 또한 얻기 위해.

다이슨 부부의 주소.

이제 경위의 이야기를 듣고 클라라는 고개를 끄덕였다. 두 사람은 자신에게 같은 충고를 했다. 기다리라고. 클라라는 자신이 옛 기차역의 벽을 응시하고 있다는 걸 깨달았다. 죽은 릴리언의 사진들. 자신의 정원.

거기서 낯선 여자와 가마슈 경감이 자신을 기다리고 있었다.

"릴리언의 비밀을 대부분 다 기억해 냈다고 생각해요."

"생각한다고요?" 가마슈가 물었다. 그들은 클라라의 정원 주위를 거닐다가 이따금 감탄하기 위해 멈춰 섰다.

"난 어젯밤에 당신에게 거짓말하지 않았어요. 내 후원을 받는 사람들한테는 비밀이에요. 그들의 비밀이 뒤죽박죽 섞이곤 해요. 시간이 흐르면 비밀들을 구분하기가 어렵죠. 다 약간씩 흐릿해져요. 정말로."

가마슈가 미소 지었다. 그 역시 많은 비밀을 저장한 금고였다. 수사 과정에서 알게 됐지만 사건에는 관련이 없었던 것들. 결코 밝혀질 필요가 없는 것들. 그래서 그는 그런 것들을 안전한 곳에 잠가 두었다.

누군가가 갑자기 무슈 C의 비밀을 요구하면 그는 멈칫할 터였다. 물론 그것들을 누설한다는 것에 멈칫하겠지만 솔직히 말해서 다른 비밀들과 분리하는 데도 시간이 필요할 터였다.

"릴리언의 비밀은 다른 사람보다 나쁠 게 없었어요." 수잰이 말했다. "적어도 나한테 말한 건 그랬어요. 상점에서 물건을 슬쩍한다거나 돈을 안 갚는다거나. 엄마 지갑에서 돈 훔치기. 약에 손을 대기도 하고 남편 몰래 바람을 피웠죠. 뉴욕에 있었을 땐 사장의 계산대에서 돈을 훔쳤고, 팁을 나누지 않았어요."

"대단한 건 없군요." 가마슈가 말했다.

"그런 건 없어요. 우리 대부분은 일련의 조그만 일탈 행위들로 무너지죠. 우리가 그 밑에 깔려 쓰러질 때까지 작은 것들이 계속 위에 쌓이는 거예요. 중한 죄를 피하는 건 그다지 어렵지 않지만, 수많은 자잘한 죄가 결국 당신을 잡는 거예요. 사람들 얘기를 들을 만큼 듣다 보면, 따귀나 주먹 때문이 아니라 숙덕거리는 소문, 무시하는 눈빛 때문에 무너진다는 걸 깨닫게 돼요. 돌아오는 반응이에요. 그래서 양심이 조금이라도 있는 사람이라면 부끄러워하죠. 그래서 잊기 위해 술을 마시고요."

"그러면 양심이 없는 사람들은요?"

"그들은 결국 알코올중독자 모임이 끝이 아니에요. 자기들한테 잘못된 게 없다고 여기니까요."

가마슈는 그녀의 말을 한동안 생각했다. "'적어도 나한테 말한 건'이라고 하셨는데요. 그렇다면 그녀가 어떤 비밀들은 당신에게 얘기하지 않았다는 뜻인가요?"

그는 같이 있는 사람을 쳐다보지 않았다. 그는 사람들이 자기만의 공간이 있다는 생각이 들 때 더 마음을 터놓는다는 것을 알고 있었다. 그녀를 보는 대신 가마슈 경감은 눈앞의, 정자를 타고 올라가 이른 오후의 따뜻한 햇살을 받고 있는 인동덩굴과 장미를 응시했다.

"어떤 사람은 용케 단번에 다 쏟아 내기도 해요." 수잰이 말했다. "그러나 대부분의 사람들은 시간이 필요해요. 그들이 의도적으로 뭘 숨기려고 해서가 아니라요. 때로는 그걸 너무 깊이 묻어서 자기들도 더 이상 그게 거기에 있는지조차 모르죠."

"언제까지요?"

"그 비밀이 간신히 위로 드러날 때까지요. 조그마했던 것이 그동안 거의 알아볼 수 없게 변해 버리죠. 크고 지독한 냄새가 나는 것으로요."

"그럼 무슨 일이 일어납니까?" 경감이 물었다.

"그럼 선택을 해야 해요." 수잰이 말했다. "그 진실을 정면으로 마주 보든가. 아니면 다시 묻어 버리든가. 아니면 적어도 노력을 해 보든가."

무심한 관찰자에게는 그들이 문학이나 마을 회관에서 열린 최근 음악회에 관한 이야기를 나누는 두 오랜 친구처럼 보일 것이었다. 그러나 더 통찰력 있는 사람이라면 그들의 표정을 주목할지도 몰랐다. 엄숙하다고 할 정도는 아니었지만 이 화창하고 사랑스러운 날에는 약간 그늘져 보일지도 몰랐다.

"다시 묻어 버리려고 한다면 이렇게 되는 겁니끼?" 가마슈가 물었다.

"정상적인 인간에 대해서는 난 잘 몰라요. 하지만 술 중독자에게 그건 치명적이죠. 부패한 비밀은 당신을 술로 몰아가요. 그리고 그 술은 당신을 무덤으로 몰고 가죠. 하지만 당신에게서 모든 걸 훔쳐간 후에요. 사랑하는 사람들, 직업, 집, 존엄성. 그리고 끝내는 목숨."

"비밀 하나 때문에요?"

"비밀 때문에, 그리고 진실로부터 숨기로 한 결정 때문에 그렇게 되는 거죠. 겁먹고 도망친 것 때문에요." 그녀가 그를 주의 깊게 보았다. "술을 끊는 건 겁쟁이가 할 수 있는 일이 아니에요, 경감님. 술 중독자에 대해 뭐라고 생각하시건 간에, 술에 손을 대지 않는다는 건 굉장히 정직하고 굉장히 용감해야만 가능한 일이에요. 술을 끊는 건 쉬운 부분이에요. 그러고 나서 우리는 자신과 마주해야만 해요. 자신의 악마와. 그런 걸 기꺼이 하려고 하는 사람이 얼마나 될까요?"

"많지 않겠죠." 가마슈가 인정했다. "하지만 악마가 이기면 어떻게 됩니까?"

클라라 모로는 천천히 다리를 건너다가 다리 아래를 흐르는 벨라벨라 강을 보기 위해 잠시 멈춰 섰다. 햇살에 금빛과 은빛으로 빛나는 강물이 졸졸 흐르고 있었다. 물살에 반들반들해진 강바닥 돌과 이따금 미끄러지듯 지나가는 무지개 송어가 보였다.

몬트리올에 가야 할까? 사실은 이미 다이슨 부부의 주소를 찾아봤고, 그녀는 그 주소를 보부아르에게 확인하고 싶었을 뿐이었다. 주소는 그녀의 주머니에 들어 있었고, 이제 그녀는 주차 중인 차에 시선을 던졌다. 자신을 기다리는.

몬트리올에 가야 할까?

뭘 기다리는 거지? 뭐가 두려운 거지?

그분들은 날 미워할 거야. 날 탓할 거야. 썩 꺼지라고 할 거야. 한때는 클라라에게 제2의 부모님 같았던 다이슨 씨와 다이슨 부인은 그녀와 절연할 터였다.

그러나 그녀는 그렇게 해야 한다는 걸 알았다. 머나가 한 말에도 불구하고. 보부아르가 한 말에도 불구하고. 피터에게는 묻지 않았다. 이렇게 중요한 일에 그를 신뢰할 수 있을 만큼 아직 믿음이 회복되지 않았다. 그러나 그녀는 그도 똑같이 말할 것 같았다.

가지 마.

위험을 무릅쓰지 마.

클라라는 강에서 고개를 돌리고 다리를 건넜다.

"사실이에요." 수잰이 말했다. "어떤 때는 악마가 이겨요. 어떤 때 우리는 진실을 마주하지 못해요. 그냥 너무나 고통스러워서요."

"그럼 어떻게 됩니까?"

수잰은 더 이상 예쁜 정원을 보지 않고 발로 잔디를 휘젓고 있었다.

"'험프티 덤프티영국의 전래 동요에 나오는 달걀을 의인화한 오뚝이 모양의 캐릭터로 담벼락에서 떨어져 깨진다'라고 들어 보셨나요, 경감님?"

"전래 동요 말입니까? 우리 애들한테 읽어 주곤 했죠."

그의 기억으로 다니엘은 그것을 매우 좋아했다. 반복해서 읽어 달라고 졸랐다. 어리석은 늙은 달걀 그리고 그 달걀을 구하려 달려가는 고귀한 왕의 말과 신하들의 삽화에 결코 질리는 법이 없었다.

그러나 아니는? 아니는 울부짖었다. 눈물이 끊이지 않는 아니를 안고 어르느라 그는 셔츠에 얼룩이 생겼다. 아니를 진정시키고 뭐가 문제인지 알아내는 데에는 꽤 시간이 걸렸다. 이윽고 알게 됐다. 고작 네 살이었던 조그만 아니는 험프티 덤프티가 그렇게 산산조각 났다는 생각에 참을 수 없었다. 결코 나을 수 없다니. 너무 심하게 다쳐서.

"물론 비유예요." 수잰이 말했다.

"덤프티 씨는 실존하지 않았다는 말씀입니까?" 가마슈가 물었다.

"네, 제 말이 그거예요, 경감님." 미소가 점점 옅어지며 그녀는 말없이 몇 걸음 걸었다. "험프티 덤프티처럼 어떤 사람들은 낫지 못할 정도로 망가진 상태예요."

"릴리언이 그랬습니까?"

"릴리언은 낫고 있었죠. 그녀는 잘 해냈을 거라고 생각해요. 그녀는 확실히 열심이었어요."

"그런데요?" 가마슈가 말했다.

수잰은 몇 걸음 더 나아갔다. "릴리언은 망가졌고 엉망진창이었죠.

하지만 삶을 되찾고 있었어요. 천천히요. 그게 문제는 아니었어요."

경감은 이 여인이 그토록 큰 소리로 그러나 매우 충실하게 자신에게 말하려고 하는 게 뭔지 생각했다. 이내 그는 답을 얻었다고 여겼다.

"그녀는 험프티 덤프티가 아니었군요." 그가 말했다. "그녀가 담장에서 떨어진 게 아니었습니다. 그녀가 다른 이들을 밀었군요. 릴리언 때문에 다른 사람들이 추락했던 겁니다."

그의 곁에서 수잰 코아테스가 발걸음을 내디딜 때마다 그녀의 머리가 거의 눈치채지 못할 만큼 끄덕였다.

"너무 오래 걸려서 죄송해요." 클라라가 집 모퉁이에 있는 오래 묵은 라일락 나무를 돌아오면서 말했다. "머나한테 이걸 얻어 왔어요."

그녀가 장식 끈과 허브 다발을 번쩍 들자, 경감과 수잰 모두 당혹스러운 빛을 띠었다.

"정확히 이건 어떤 의식입니까?" 가마슈가 불안한 미소를 지으며 물었다.

"정화 의식이에요. 같이 하실래요?"

가마슈가 주저하다가 고개를 끄덕였다. 그는 이런 의식에 익숙했다. 지난 살인 현장에서 마을 사람 일부가 이런 의식을 치렀었다. 하지만 그는 의식에 한 번도 초대받은 적이 없었다. 그렇더라도 하느님은 아시겠지만, 그는 성당에 다니던 어린 시절 자신의 머리 위로 퍼지던 향냄새를 충분히 맡았었고, 이게 더 나쁠 리는 없었다.

클라라는 이틀 사이에 두 번째로 세이지와 향기름새에 불을 붙였다. 그녀는 향기로운 연기를 사뭇 진지한 미술가 쪽으로 부드럽게 밀어 연기가 그녀의 머리에서 몸으로 감싸게 했다. 클라라는 부정적인 생각과 나쁜 기운을 몰아내는 것이라고 설명했다.

다음은 가마슈 차례였다. 그녀는 그를 보았다. 약간 당혹스러운 표정이었지만 편안해 보였고, 주의를 기울이고 있었다. 그녀는 연기가 그의 주위에서 향긋한 구름처럼 머물 때까지 그의 머리 위로 연기를 몰았다가 미풍에 사라지게 했다.

"모든 부정적인 기운이 떠났어요." 클라라가 자기도 연기를 쐬며 말했다. "사라졌어요."

그세 그렇게 쉽다면 좋겠다고 그들 모두 조용히 그렇게 생각했다.

그리고 클라라는 두 사람에게 장식 끈을 하나씩 주고, 릴리언을 위한 침묵의 기도를 하게 한 다음 그 끈들을 막대기에 묶게 했다.

"경찰 저지선은 어때요?" 수잰이 물었다.

"오, 상관없어요." 클라라가 말했다. "명령이라기보다 제안에 가까운 거니까요. 게다가 전 그걸 묶은 친구를 알아요."

"무능하기 짝이 없죠." 가마슈가 수잰을 위해 테이프를 잡아 내려 주고 자신도 넘어갔다. "하지만 의도는 좋죠."

이자벨 라코스트 형사는 거의 서다시피 할 만큼 차의 속도를 줄였다. 그녀는「라 프레스」기록 보관실에서 릴리언 다이슨이 쓴 리뷰들을 찾는 일을 돕기 위해 스리 파인스에서 몬트리올로 향하고 있었다. 특별히 악의가 넘쳤던 한 비평이 누구를 지목한 것인지 알아내기 위해.

차를 몰고 모로 부부의 집을 지날 때 그녀는 보리라 생각지 못했던 장면을 목격했다. 누가 봐도 한 퀘벡 경찰청 형사가 막대기를 앞에 두고 기도하는 모습이었다.

그녀는 미소를 지으며 그와 합류할 수 있었길 바랐다. 그녀는 범죄 현장에서 종종 조용히 기도를 올리곤 했다. 다른 사람이 모두 자리를 떴을 때, 이자벨 라코스트는 다시 현장으로 갔다. 고인들에게 그들이 잊히지 않았다는 걸 알려 주기 위해.

그렇지만 이번에는 경감의 차례인 듯 보였다. 그녀는 경감이 무엇을 빌고 있을지 궁금했다. 그의 피 묻은 손을 잡았던 때가 기억났고, 그녀는 어떤 기도일지 알 것 같다는 생각이 들었다.

가마슈 경감이 오른손을 막대기에 얹고 마음을 맑게 했다. 잠시 후 그는 거기에 자신의 끈을 묶고 물러섰다.

"난 '평온을 비는 기도'를 했어요." 수잰이 말했다. "경감님은요?"

그러나 가마슈는 뭘 빌었는지 말하지 않는 쪽을 택했다.

"그럼 당신은요?" 수잰이 클라라에게 고개를 돌렸다.

가마슈는 그녀가 사람들에게 명령하고 캐묻기를 좋아하는 것에 주목했다. 그런 성향이 후원자에게 좋은 자질일지 의심스러웠다.

가마슈와 마찬가지로 클라라는 침묵을 지켰다.

그러나 그녀는 자신의 답을 찾았다.

"잠깐 가 봐야 할 일이 있어요. 나중에 봬요." 클라라가 서둘러 집으로 갔다. 그녀는 이제 마음이 급했다. 벌써 너무 많은 시간을 낭비했다.

18

"정말 내가 같이 안 가도 돼?" 피터가 정원에 난 길을 따라 문 앞에 주차된 차가 있는 곳까지 클라라를 따라갔다.

"오래 걸리지 않을 거야. 몬트리올에서 해야 할 급한 일이 있어."

"뭔데? 내가 도와줄 수 없는 일이야?"

그는 필사적으로 클라라에게 자신이 변했다는 걸 증명하려 했다. 그러나 자신에 대한 그녀의 태도는 정중했지만 의지는 확고했다. 자신을 굳게 믿었던 아내는 마침내 자신에 대한 믿음을 모두 상실했다.

"응. 그냥 여기 있어."

"도착하면 전화해." 차 뒤에서 그가 소리쳤지만 그녀가 들었는지 확신할 수 없었다.

"어디 가시는 겁니까?"

피터가 돌아보니 보부아르 경위가 자신의 곁에 서 있었다.

"몬트리올에요."

보부아르는 눈썹을 치켜세웠지만 아무 말도 하지 않았다. 그리고 그는 비스트로와 비스트로의 테라스를 향해 걸어가 버렸다.

피터는 보부아르 경위가 혼자 노란색과 파란색이 섞인 캄파리 파라솔 밑에 자리 잡는 모습을 보았다. 올리비에가 경위의 개인 집사인 양 즉시 밖으로 나왔다.

보부아르는 메뉴 두 개를 수락하고 음료를 하나 주문한 뒤 느긋하게 쉬었다.

피터는 그 모습이 부러웠다. 혼자 앉아 있는 것. 오직 혼자서만. 그것으로 충분했다. 그는 부득이하게 둘 혹은 셋 혹은 네 사람의 틈에 앉은 사람들이 부러웠던 만큼이나 그 모습이 부러웠다. 피터에게 누구와 어울리는 것보다 유일하게 더 나쁜 게 있다면 혼자가 되는 것이었다. 작업실에서 홀로 작업할 때를 빼고. 작업할 때가 아니면 클라라와 함께였다. 오직 두 사람뿐.

그러나 이제 그녀는 자신을 길가에 세워 두고 떠났다.

그리고 피터 모로는 뭘 해야 할지 몰랐다.

"점심 먹는 걸 방해하면 경감님 부하가 열받을 거예요." 수잰이 비스트로를 향해 고개를 끄덕였다.

그들은 클라라의 정원을 떠나 잔디 광장 주변을 걷기로 했다. 루스가 그 작은 공원의 정중앙에 있는 벤치에 앉아 있었다. 스리 파인스 마을 내 모든 중력의 근원에.

그녀는 하늘을 응시하고 있었고, 가마슈는 기도들이 정말 응답을 받았는지 궁금했다. 그는 기도 막대기에 손을 얹었을 때 그랬던 것처럼 위로 시선을 던졌다.

그러나 하늘은 비어 있었고, 고요했다.

그리고 시선을 땅으로 내리자 보부아르가 비스트로의 테이블에 앉아 자신들을 보고 있었다.

"저 사람은 행복해 보이지 않네요." 수잰이 말했다.

"배가 고파 그런 겁니다."

"그렇다면 배가 자주 고픈 모양이에요." 수잰이 말했다. 경감은 그녀가 늘 짓는 미소를 예상하며 그녀를 보았지만 놀랍게도 그녀의 얼굴은 매우 진지했다.

그들은 다시 걸었다.

"릴리언 다이슨이 왜 스리 파인스에 왔을까요?" 가마슈가 질문했다.

"저도 궁금했어요."

"그래서 결론을 얻으셨나요?"

"난 둘 중 하나라고 생각해요. 손상된 걸 복구하기 위해 여기 왔거나," 수잰이 가마슈 경감을 똑바로 쳐다보며 말을 멈췄다. "아니면 더 손상하거나요."

경감이 고개를 끄덕였다. 그도 같은 걸 생각했었다. 그러나 두 세계의 차이는 엄청났다. 한 세계에서 릴리언은 술을 끊고 건강한 모습이었고, 다른 세계의 그녀는 잔인하고 변한 게 없었으며 잘못을 뉘우치지 않은 사람이었다. 그녀는 왕의 신하 중 하나였을까, 아니면 누군가를 담장에서 밀어뜨리기 위해 왔던 걸까?

가마슈는 돋보기안경을 쓰고 비스트로에 두고 갔다가 찾아온 커다란 책을 펼쳤다.

"알코올중독자는 포효하는 토네이도처럼 다른 이의 삶을 휩쓸고 지나간다." 그가 깊고 차분한 목소리로 읽었다. 그는 돋보기안경 너머로 수잰을 보았다. "이걸 릴리언의 침대 옆 탁자에서 발견했습니다. 이 문장에 줄이 쳐져 있었습니다."

그가 책을 들어 보였다. 어두운 색 바탕에 눈에 띄는 하얀색 활자로 '익명의 알코올중독자들'이라고 쓰여 있었다.

수잰이 싱긋 웃었다. "정말 조심스럽지 않네요. 정말 아이러니해요."

가마슈는 미소를 짓고 다시 책을 내려다봤다. "줄 친 게 더 있습니다. 사람들 가슴이 찢어진다. 다정한 인간관계도 죽어 버린다."

그가 천천히 책을 덮고 안경을 벗었다.

"뭐, 짐작 가는 게 있으십니까?"

수잰이 손을 내밀었고, 가마슈가 책을 건넸다. 그녀는 서표가 있는 곳을 펼쳐 그 페이지를 훑어보고 미소를 지었다.

"그녀는 구 단계였어요." 그녀가 가마슈에게 책을 돌려줬다. "틀림없이 그 부분을 읽고 있었어요. 우리가 해를 끼쳤던 사람들에게 보상하는 단계예요. 그녀는 그것 때문에 여기에 왔던 것 같아요."

"구 단계가 뭡니까?"

"그런 이들에게 직접 보상하라. 그렇게 함으로써 그들이나 다른 이들에게 상처를 주지 않는다면." 수잰이 인용하여 말했다.

"그런 사람들이오?"

"우리 행동으로 손해를 입은 사람들을 말하는 거죠. 릴리언이 미안하다는 말을 하려고 왔었나 봐요."

"다정한 인간관계도 죽어 버린다." 가마슈가 말했다. "그녀가 클라라 모로에게 말하러 왔었다고 생각하십니까? 그걸 뭐라고 하셨죠? 보상하기 위해서?"

"어쩌면요. 들자 하니 여기에 미술계 사람들이 많이 왔던 것 같은데요. 그들 중 누군가에게 사과하러 왔을 거예요. 그녀가 얼마나 많은 사람에게 보상을 빚졌는지는 하느님만 아시겠죠."

"하지만 정말 그럴까요?"

"무슨 말씀이세요?"

"제가 진심으로 사과하고 싶다면 파티에서의 사과를 선택하지는 않을 것 같습니다."

"좋은 지적이네요." 그녀가 한숨을 내쉬었다. "정말로 인정하고 싶지 않았던 다른 게 또 있기는 해요. 난 릴리언이 실제로 구 단계까지 갔는지 확신할 수 없어요. 난 그녀가 구 단계로 이끄는 다른 모든 단계를 거친 것 같지 않아요."

"그게 문제가 됩니까? 꼭 순서대로 해야 하니까?"

"꼭 어떻게 해야 한다는 법은 없지만 그게 확실히 도움이 되죠. 만약 대학교 일 학년을 마치고 바로 사 학년으로 올라가면 어떻겠어요?"

"아마 낙제하기 쉽겠죠."

"그거예요."

"그러나 이런 경우에는 낙제가 뭐에 해당합니까? 중독자 모임에서 쫓겨나는 건 아니겠죠?"

수잰이 웃음을 터트렸지만 정말 재밌어서 웃는 건 아니었다. "그럼요. 모든 단계가 중요하지만 구 단계가 아마 가장 까다롭고 가장 힘들 거예요. 그야말로 처음으로 사람들에게 다가가는 단계죠. 우리가 한 일에 대한 책임을 지는 거예요. 그걸 제대로 하지 않으면……."

"어떻게 됩니까?"

"더 해를 끼칠 수 있죠. 상대에게, 또 우리 자신에게."

그녀는 고요한 길 한편에 활짝 핀 라일락의 향기를 맡으려 멈춰 섰다. 그리고 가마슈는 그녀가 생각할 시간을 벌고 있다고 의심했다.

"아름다워요." 그녀가 향기로운 꽃에서 코를 떼고, 마치 이 작고 예쁜 마을을 처음 보는 것처럼 주위를 둘러보며 말했다. "이곳의 삶이 보이네요. 좋은 집을 꾸릴 수 있을 거예요."

가마슈는 그녀가 뭔가 마음의 준비를 하고 있는 거라 판단하고 아무 말도 하지 않았다.

"우리 삶은, 술을 마시고 있었을 때요, 아주 복잡했어요. 아주 혼란스러웠고요. 온갖 문제에 휘말렸죠. 엉망이었어요. 그리고 이게 바로 우리가 바랐던 전부예요. 밝은 햇살 속 고요한 곳. 하지만 우리는 매일 술을 마셨고, 거기서 멀어져 갔죠."

수잰은 잔디 광장 주위의 작은 시골집들을 보았다. 대부분의 집에 포치가 있었고, 모란과 루핀과 장미가 피어 있는 앞뜰이 있었다. 그리고 고양이와 개 들이 햇살 아래 한가로이 쉬고 있었다.

"우린 집을 찾길 갈망하죠. 숱한 세월 동안 우리 주위의 모든 이와 우리 자신과 전쟁을 치른 끝에 우리가 바라는 건 평온함뿐이에요."

"부인은 어떻게 찾으셨습니까?" 가마슈가 물었다. 그는 스리 파인스 같은 곳에 깃든 평화를 찾기가 매우 어렵다는 것을 누구보다 잘 알았다.

"글쎄요, 먼저 자기 자신부터 찾아야겠죠. 어딘가로 가는 도중 우린 길을 잃었어요. 약과 술에 절어서 결국 방황하게 됐죠. 진정한 우리 자신에게서 점점 더 멀어지는 거예요." 그녀가 다시 얼굴에 미소를 띠고 그에게 몸을 돌렸다. "그러나 우리 중 일부는 돌아오는 길을 찾아요. 황무지에서." 수잰이 가마슈의 깊은 갈색 눈에서 시선을 들어 잔디 광장, 집과 상점 들, 그것들을 둘러싼 숲과 산을 보았다. "술에 취하는 건 문제의 일부에 불과해요. 이게 감정의 병이에요. 인식의." 그녀가 이마를 몇 차례 톡톡 건드렸다. "우리가 사물을 보는 법과 생각하는 법은 완전히 꼬여 있어요. 우린 그걸 악취 나는 생각이라고 불러요. 그게 우리가 느끼는 방법에 영향을 미쳐요. 그리고 경감님, 인식을 바꾸는 건 매우 힘들고 두려운 일이랍니다. 대부분은 하지 못해요. 그러나 몇몇 운 좋은 사람들은 해내죠. 그 과정에서 우린 자신을 찾고," 그녀가 주위를 둘러 봤다. "자신의 집을 찾죠."

"부인은 마음을 바꾸기 위해 머리를 바꿔야 했습니까?" 가마슈가 물었다.

수잰은 대답하지 않았다. 그 대신 그녀는 계속 마을을 응시했다. "여기서는 휴대전화가 터지지 않는다니 정말 재밌어요. 그리고 우리가 걷는 동안에도 지나가는 차 한 대 없더군요. 바깥세상에서 이런 데가 있다는 걸 알기나 할지 모르겠어요."

"익명의 마을이랍니다." 가마슈가 말했다. "어느 지도에도 나와 있지 않지요. 여기 오는 방법은 알아서들 찾아야 합니다." 그가 자기 일행에게 고개를 돌렸다. "릴리언이 실제로 술을 끊었다고 확신하십니까?"

"그럼요, 처음 참석한 날부터 끊었어요."

"그게 언제입니까?"

그녀는 잠시 생각했다. "한 팔 개월 전이었죠."

가마슈는 계산을 해 봤다. "그러니까 그녀는 시월에 모임에 들어왔군요. 이유를 아십니까?"

"무슨 일이 있어서 들어온 거냐는 말씀이죠? 아니에요. 브라이언 같은 누군가에겐 끔찍한 일이 생기죠. 세상이 무너져 내려요. 산산조각 나죠. 다른 이들에게는 더 조용히, 거의 감지할 수 없을 정도로 일이 진행돼요. 그게 릴리언에게 일어난 일이에요."

가마슈가 고개를 끄덕였다. "릴리언의 집에 가 본 적 있으십니까?"

"아니요. 늘 카페나 우리 집에서 만났죠."

"그녀의 작품을 본 적은요?"

"없어요. 다시 그리기 시작했다는 말을 듣기는 했지만 보지는 못했어요. 보고 싶지도 않았고요."

"왜죠? 예술가로서 부인께서도 관심이 있었을 거라고 생각했는데요."

"있었어요, 사실. 전 꽤나 참견쟁이 같아요. 하지만 그래서 좋을 게 없어 보였죠. 작품이 훌륭하면 질투를 할지도 모르고. 그럼 좋지 않잖아요. 그리고 형편없다면, 내가 뭐라고 하겠어요? 그래서 보지 않았죠."

"정말로 후원받는 사람들을 질투하셨던 적이 있습니까? 그건 부인께서 설명했던 관계와 거리가 있는 것 같은데요."

"그게 이상적인 거였죠. 경감님은 당연히 눈치채셨겠지만 내가 완벽에 가깝긴 해도 아직 멀었답니다." 수잰이 자신이 한 말에 웃음을 터뜨렸다. "그게 유일한 결점이에요. 질투."

"그리고 참견."

"제 두 결점이죠. 질투와 참견하기. 그리고 보스 기질이 있어요. 세상에. 나 정말 못쓰겠네요."

그녀가 웃음을 터뜨렸다.

"그리고 부인께선 빚이 있다고 알고 있습니다."

그 말에 그녀가 즉각 걸음을 멈췄다. "그걸 어떻게 아셨어요?" 그녀가 그를 빤히 쳐다보다가 가마슈가 대답하지 않자 체념하듯 고개를 끄덕였다. "물론 찾아냈겠죠. 그래요, 난 빚쟁이예요. 돈 버는 재주가 있어 본 적도 없고, 지금은 훔칠 수도 없는 노릇이니 인생이 훨씬 고달프죠."

그녀가 경계를 풀게 하는 미소를 지었다. "자꾸 늘어나는 리스트에 결점 하나 추가네요."

정말 리스트가 길어진다고 가마슈는 생각했다. 그녀가 털어놓지 않은 뭔가가 더 있을까? 그는 두 예술가가 작품을 서로 비교하지 않았다는 점이 이상하다는 생각이 들었다. 릴리언이 자신의 작품들을 후원자에게 보여 주시 않았다는 점이. 인정을 받기 위해. 피드백을 받기 위해.

그랬다면 수잰은 어땠을까? 그녀는 그 뛰어난 작품들을 보고 어떻게 했을까? 질투와 분노로 릴리언을 죽인다?

별로 있을 법하지 않았다.

그러나 8개월간 친밀한 관계를 유지하면서 수잰이 릴리언의 집을 한 번도 방문한 적이 없다는 사실은 이상해 보였다.

그때 가마슈에게 어떤 생각이 떠올랐다. "모임에서 처음 만나셨습니까, 전에 알던 사이였습니까?"

그는 자신이 뭔가를 건드렸다는 걸 알 수 있었다. 미소는 결코 흔들림이 없었지만 그녀의 눈매가 점차 날카로워졌다.

"사실, 서로 알던 사이였어요. '안다'라는 말이 여기에 딱 적합하다고는 할 수 없지만요. 오래전에 전시회에서 어쩌다 마주치곤 했죠. 릴리언이 뉴욕으로 가기 전에요. 하지만 결코 친구라고 할 수는 없었어요."

"우호적인 관계였나요?"

"몇 잔 걸친 후에요? 그 이상이었죠, 경감님." 그리고 수잰은 웃었다.

"하지만 추측하건대, 릴리언과 우호적은 아니었겠죠."

"뭐, 그런 식은 아니었어요." 수잰이 동의했다. "저기요, 사실은, 그녀에게 나 같은 건 안중에도 없었어요. 그녀는 「라 프레스」의 거물급 주요 평론가였고, 난 그저 흔한 주정뱅이 예술가였답니다. 그리고 우리 사이요? 그냥 괜찮았어요. 릴리언은 정말 못된 년이었죠. 그걸로 유명했어요. 술을 아무리 마셨다 해도 릴리언에게 접근하는 건 좋은 생각이 아닐 거예요."

가마슈는 잠시 생각하더니 다시 걸음을 옮겼다.

"모임에 나간 지 얼마나 되셨습니까?" 그가 질문했다.

"지난 삼월 십팔일로 이십삼 년이 됐죠."

"이십삼 년이오?" 그는 놀란 모습을 감추지 않았다.

"처음 나갔을 때의 날 보셨어야 해요." 그녀가 웃음을 터트렸다. "완전히 맛이 갔었죠. 지금 보시는 모습은 이십삼 년간 부단히 노력한 결과랍니다."

그들은 테라스 앞을 지나쳤다. 보부아르가 맥주를 가리켰고, 가마슈는 고개를 끄덕였다.

"이십삼 년이라." 그들이 다시 걸음을 옮겼을 때 가마슈가 반복했다. "릴리언이 뉴욕으로 떠났을 즈음 술을 끊으셨군요."

"그런 것 같아요."

"그냥 우연의 일치인가요?"

"릴리언은 내 삶의 일부가 아니었어요. 내가 술을 마시거나 끊은 것과 릴리언은 아무 관계 없다고요."

수잰의 목소리에는 날이 서 있었다. 약간의 짜증.

"지금도 그림을 그리십니까?" 가마슈가 물었다.

"조금요. 대개는 손만 대는 정도죠. 강의를 듣고, 강의를 하고, 공짜 음식과 음료가 있는 베르니사주에 가요."

"릴리언이 클라라나 클라라의 전시회에 대해 언급한 적 있습니까?"

"클라라를 언급한 적은 없었어요. 어쨌든 이름은요. 하지만 많은 화가와 딜러, 갤러리 주인에게 보상할 필요가 있다는 말은 했죠. 클라라가 그들 중에 있었을지 모르겠네요."

"그럼 저들은 그들 중에 있었을 거라고 생각하십니까?" 가마슈가 고개를 약간 움직여 비앤비 포치에 앉아 자신들을 지켜보는 두 사람을 가리켰다.

"폴레트와 노르망이오? 아니요, 릴리언은 저들 중 누구의 얘기도 하지 않았어요. 하지만 저들에게 사과를 빚졌다고 해도 놀라지 않을 거예요. 술을 마시고 있었을 때 릴리언은 그다지 상냥하지 않았어요."

"혹은 글을 쓸 때. 그는 타고났다. 생리 작용인 양 예술을 낳는다." 가마슈가 인용했다.

"어머나, 그걸 아시네요?"

"역시 알고 계시군요."

"퀘벡에 있는 예술가라면 모르는 사람이 없어요. 그때가 릴리언의 전성기였죠. 말하자면, 비평가로서요. 그녀의 피에스 드 레지스텅스_Pièce de résistance 가장 인상적인 작품_. 거의 완벽한 사살."

"그게 누구에 대해 쓴 것이었는지 아십니까?"

"모르세요?"

"제가 묻고 있는 것 같은데요?"

수잰은 한동안 가마슈의 얼굴을 살폈다. "모르실지도 모르죠. 경감님은 아주 교묘하신 것 같군요. 그러나 아니요. 난 몰라요."

거의 완벽한 사살. 그리고 그 일이 일어났었다. 릴리언은 그 문장으로 치명적인 일격을 가했었다. 그 피해자가 수십 년을 기다려 그에 상응한 보답을 한 걸까?

"같이 앉아도 될까요?"

그러나 이미 늦었다. 머나는 자리에 앉았고, 일단 앉은 그녀는 움직이기가 쉽지 않았다.

보부아르가 그녀를 보았다. 그는 그리 달가운 표정이 아니었다.

"좋아요. 괜찮습니다."

그는 테라스를 훑었다. 몇몇이 맥주나 레모네이드나 아이스티를 들고 햇살을 받으며 테이블에 앉아 있었다. 그러나 빈 테이블도 몇 개 있었다. 머나가 왜 자신과 앉기로 마음먹었을까?

유일하게 가능한 답은 자신이 유일하게 두려워하는 것이었다.

"어때요?" 그녀가 물었다.

그게 그녀가 하고 싶던 말이었다. 그는 길게 맥주를 들이켰다.

"잘 지냅니다. 고맙습니다."

머나가 고개를 끄덕이며 맥주잔에 맺힌 물방울로 장난을 쳤다.

"날씨가 좋군요." 그녀가 마침내 그렇게 말했다.

보부아르는 대답할 가치가 없다고 판단하고 계속 전방을 주시했다. 아마 알아들었겠지. 그는 혼자 생각에 잠기고 싶었다.

"무슨 생각 중이에요?"

이제 그는 그녀를 보았다. 그녀의 표정은 온화했다. 관심은 있지만 꿰뚫는 표정은 아닌. 탐색은 아닌.

기분 좋은 표정이었다.

"사건이오." 그는 거짓말을 했다.

"그렇군요."

두 사람 모두 잔디 광장을 건너다봤다. 대단한 움직임은 없었다. 루스가 돌을 던져 새를 맞히려고 애쓰는 중이었고, 마을 사람 몇 명은 자기들 정원에서 일을 하고 있었다. 한 사람은 개를 산책시키고 있었다. 그리고 경감과 어떤 낯선 여자가 흙길을 따라 걷고 있었다.

"누구예요?"

"죽은 여자를 알았던 사람입니다." 보부아르가 말했다. 많이 말할 필요가 없었다.

머나가 고개를 끄덕이고 견과류 그릇에서 통통한 캐슈너트 몇 개를 집었다.

"경감님이 훨씬 나아진 것처럼 보여서 보기 좋네요. 다 회복되셨다고 봐요?"

"물론이죠. 오래전에요."

"글쎄요, 오래전은 아닐 텐데요." 그녀의 말은 합리적이었다. "그 일이 있었던 건 고작 크리스마스 직전이었어요."

그것밖에 안 됐다고. 보부아르는 놀라워하며 자문했다. 고작 6개월밖에 안 됐다고? 아주 오래전 일처럼 느껴졌다.

"뭐, 경감님은 괜찮아요he's fine, 저처럼요."

"개판 치고Fuck up 위태롭고insecure 전전긍긍하며neurotic 자기중심적egotistical이라고요? 루스가 내린 '괜찮다fine'의 정의?"

그의 입가에 저도 모르게 미소가 떠올랐다. 찡그리는 표정으로 바꿔보려 했지만 쉽지 않았다.

"경감님에 대해서는 뭐라고 말씀드릴 수 없지만 저한테는 정확히 해당되는 말인 것 같군요."

머나가 미소를 짓고 맥주를 한 모금 마셨다. 그녀는 가마슈를 좇는 보부아르의 시선을 좇았다.

"알다시피 당신 잘못이 아니었어요."

긴장한 보부아르의 몸에 경련성 수축이 일었다. "무슨 말입니까?"

"공장에서 일어났던 일이오. 경감님한테. 거기서 당신이 할 수 있었던 건 없었어요."

"압니다." 그가 딱딱거렸다.

"정말 아는지 궁금하군요. 틀림없이 아주 끔찍했을 거예요. 당신이 목격한 거요."

"왜 이런 얘기를 하시는 겁니까?" 머리가 혼란스러운 와중에 보부아르가 따져 물었다. 갑자기 모든 게 뒤죽박죽되었다.

"당신은 그 말을 들을 필요가 있다고 생각했으니까요. 당신이 늘 경감님을 구할 수는 없어요." 머나는 맞은편에 앉은 지친 젊은이를 보았다. 그녀는 그가 고통스러워하고 있었다는 사실을 알았다. 그녀는 오직 두 가지 것이 그 사건 이후 오래도록 그런 고통을 유발할 수 있다는 사실 또한 알았다.

사랑. 그리고 죄책감.

"부서진 곳이 더 튼튼해지는 법이죠." 그녀가 말했다.

"그런 말은 어디서 들었습니까?" 보부아르는 그녀를 노려봤다.

"가마슈 경감님이 인터뷰하신 데서 읽었어요, 그 급습 사건 후에. 그리고 그분 말씀이 맞아요. 하지만 그러는 데는 시간이 오래 걸리고 또 많은 도움이 필요해요, 회복하기 위해서요. 경위님은 아마 그분이 죽었다고 여겼을 거예요."

보부아르는 그랬다. 그는 경감이 총에 맞는 모습을 보았다. 쓰러졌고, 바닥에 누워 꼼짝도 하지 않았다.

죽었거나 죽어 가고 있었다. 보부아르는 분명히 그렇게 확신했었다.

그리고 그를 돕기 위해 아무것도 하지 못했다.

"당신이 할 수 있는 일은 아무것도 없었어요." 미니가 그의 생각을 정확하게 읽고 말했다. "아무것도."

"당신이 어떻게 압니까?" 보부아르가 따졌다. "어떻게 알 수 있느냐고요?"

"나도 그걸 봤으니까요. 동영상을 봤어요."

"그럼 당신은 그게 모든 걸 말해 준다고 생각합니까?" 보부아르가 물었다.

"당신은 그때 더 할 수 있는 게 정말로 있었다고 생각해요?"

보부아르는 익숙한 배의 욱신거림이 찌르는 듯한 통증으로 바뀐 걸 외면했다. 머나가 친절한 마음에서 그런다는 걸 알았지만 그냥 그녀가 가 버리기를 바랐다.

그녀는 그 자리에 없었다. 자신은 거기에 있었고, 자신이 할 수 있는 일이 더 아무것도 없었다는 말을 절대 믿지 않았다.

경감이 자신의 목숨을 구했다. 자신을 안전한 곳으로 끌고 갔다. 붕대를 감아 줬다. 그러나 정작 가마슈가 다쳤을 때, 경감을 위해 적과 싸우며 다가갔던 사람은 라코스트 형사였다. 경감의 목숨을 구했다.

반면 자신은 아무것도 하지 않았다. 그냥 거기에 누워 있었다. 지켜보면서.

"그녀를 좋아했습니까?" 가마슈가 물었다.

한 바퀴를 돌아온 그들은 이제 비스트로 테라스 바로 맞은편 잔디 광장 위에 서 있었다. 그는 앙드레 카스통게와 프랑수아 마루아가 테이블에 앉아 점심을 즐기는 모습을 볼 수 있었다. 혹은 동행은 별로더라도 적어도 음식은 즐기고 있었다. 그들은 그다지 대화를 나누는 것 같진 않았다.

"네." 수잰이 말했다. "그녀는 친절해졌어요. 사려 깊기까지 했죠. 행복해했고요. 처음 릴리언이 그 딱한 몸을 이끌고 교회 지하실로 들어왔을 때는 좋아하게 될 줄 생각도 못 했죠. 그녀가 뉴욕으로 떠나기 전에는 정확히 말해서 가장 친한 사이는 아니었어요. 하지만 그땐 둘 다 젊었고 술꾼이었죠. 그리고 두 사람 다 그렇게 착하진 않았을 거예요. 하지만 사람은 변하죠."

"릴리언이 변했다고 확신할 수 있으십니까?"

"제가 변했다고 확신할 수 있으세요?" 수잰이 웃음을 터트렸다.

가마슈는 좋은 질문이라고 인정해야 했다.

이내 그에게 다른 질문이 생각났다. 그는 그 질문을 더 일찍 생각하지 못한 데 놀랐다.

"스리 파인스를 어떻게 찾아오셨습니까?"

"무슨 말씀이세요?"

"이 마을이오. 찾기가 거의 불가능합니다. 그리고 부인은 이곳에 계십니다."

"저분이 태워다 줬어요."

가마슈가 고개를 돌려 그녀가 가리키는 쪽을 봤다. 테라스를 지나 어느 유리창에 한 남자가 등을 돌리고 서 있었다. 손에 책이 들려 있었다.

비록 얼굴은 보이지 않았지만 경감은 남자의 다른 부분을 보고 알아보았다. 티에리 피노가 머나네 서점 창가에 서 있었다.

19

클라라 모로는 낡고 오래된 아파트를 물끄러미 응시하며 차 안에 앉아 있었다. 클라라가 그분들과 알고 지낼 때 다이슨 가족이 살았던 작고 예쁘장한 집과는 너무도 딴판이었다.

운전해 오는 동안 내내 그녀는 릴리언과 나눴던 우정을 떠올렸다. 함께했던 크리스마스 우편물 분류 아르바이트는 정신이 멍해질 정도로 따분했었다. 그리고 그 후에 했던 인명 구조원 아르바이트. 릴리언의 아이디어였다. 그들은 인명 구조 과정을 이수하고 수영 시험을 같이 통과했다. 서로 도와주면서. 구명 장비 창고 뒤에서 몰래 담배를 피웠다. 그리고 마리화나.

그들은 함께 학교 배구 팀과 육상 팀에 들었다. 체육관에서 그들은 서로를 찾아냈다.

클라라의 어린 시절 좋았던 기억에는 릴리언이 거의 빠지지 않았다.

그리고 다이슨 씨와 다이슨 부인이 항상 거기에 있었다. 친절하게 지원해 주는 캐릭터로서. 만화 『피너츠』의 부모님처럼 배경에 있었다. 거의 본 적은 없지만 어쨌거나 그 기억에는 항상 달걀 샐러드 샌드위치와 과일 샐러드, 따뜻한 초콜릿 칩 쿠키가 있었다. 항상 연분홍빛 레모네이드 피처가 있었다.

다이슨 부인은 키가 작고 통통했고 숱이 적은 머리는 늘 단정했다. 나이가 많아 보였지만 클라라는 그녀가 지금 자신의 나이보다 젊었다는 걸 깨달았다. 그리고 빨간 곱슬머리의 다이슨 씨는 키가 크고 호리호리했다. 밝은 햇살에 그의 머리는 녹이 슨 것처럼 보였다.

아니야. 의심의 여지는 없어. 그리고 클라라는 끝도 없이 그 질문을 반복하는 자신에게 진저리가 났다. 이건 마땅히 해야 할 도리였다.

승강기에 타길 포기하고 담배와 마리화나와 오줌의 퀴퀴한 냄새에 신경 쓰지 않으려 애쓰며 세 계단참을 올랐다.

그녀는 그들의 닫힌 문 앞에 섰다. 뚫어져라 보면서. 정신적 분투에 따른 숨을 고르며. 육체적 분투 때문만은 아니었다.

클라라는 눈을 감고 녹색 반바지와 티셔츠를 입고 문설주 옆에 선 꼬마 릴리언을 떠올렸다. 미소를 짓는. 꼬마 클라라를 안으로 들이는.

이내 클라라 모로는 문을 노크했다.

"대법원장님." 가마슈가 손을 내밀며 말했다.

"경감." 티에리 피노가 그 손을 잡고 흔들며 말했다.

"어쨌든 대장Chief Justice 대법원장, Chief Inspector 경감을 빗댄 말이 너무 많군요." 수잰이 말했다. "테이블을 잡읍시다."

"보부아르 경위와 합류하죠." 가마슈가 자리에서 일어나 자기 테이블을 가리키고 있는 경위 쪽으로 그들을 안내하며 말했다.

"난 우리가 여기 앉으면 좋을 것 같은데." 피노 대법원장이 말했다. 수잰과 가마슈가 움직임을 멈췄다. 피노가 벽돌 건물에 붙은, 가장 덜 내력직한 자리를 가리겼디.

"좀 더 신중한 자리 같소." 피노가 당혹스러워하는 그들의 표정을 보고 설명했다. 가마슈는 한쪽 눈썹을 치켜세웠지만 동의했고, 손을 흔들어 보부아르를 불렀다. 피노 대법원장이 마을 쪽을 등지고 먼저 앉았다. 가브리가 그들의 주문을 받았다.

"거슬리지 않으십니까?" 가마슈가 보부아르가 가져온 맥주를 가리키며 물었다.

"전혀요." 수잰이 말했다.

"오늘 아침에 전화드리려고 했습니다." 가마슈가 말했다.

가브리가 그들의 음료를 테이블 위에 놓고 보부아르에게 속삭였다. "이 처음 보는 사람은 누구예요?"

"퀘벡 대법원장이오."

"물론 그러시겠죠." 가브리가 보부아르에게 짜증 난다는 시선을 던지고 자리를 떴다.

"그랬더니 비서가 뭐라고 하던가요?" 피노가 페리에 라임을 한 모금 마시며 물었다.

"그냥 집에서 근무하신다고만 했습니다." 가마슈가 말했다.

피노가 미소 지었다. "지금 그러고 있소. 다만 어느 집인지 구체적으로 말하지는 않았지."

"놀턴의 별장에서 내려오시기로 마음먹으신 겁니까?"

"이건 신문이오, 경감? 변호사를 불러야 하오?"

미소는 여전했지만 두 남자 모두 어떤 착각도 하고 있지 않았다. 퀘벡 대법원장을 신문한다는 건 위험부담이 따르는 일이었다.

가마슈가 미소로 답했다. "이건 친밀한 대화입니다, 판사님. 도와주셨으면 합니다."

"맙소사, 티에리. 그냥 이 사람이 알고 싶어 하는 걸 말해 줘요. 그러려고 여기 온 거 아니에요?"

가마슈는 테이블 건너편에 앉은 수잰을 관찰했다. 주문한 점심이 나왔고, 그녀는 오리고기 테린을 입으로 퍼 담고 있었다. 탐욕보다 두려움에서 나오는 행동이었다. 그녀는 자신의 접시 주위를 팔로 감싸다시피 하고 있었다. 수잰은 다른 사람 음식을 원하지 않았다. 그녀는 자기 것만 원했다. 그리고 필요한 경우라면 기꺼이 자신의 것을 지켰다.

그러나 입 안 가득 음식을 담고 수잰은 흥미로운 질문을 했다.

경감의 수사를 도우러 온 게 아니라면 티에리 피노는 왜 여기 있는 걸까요?

"물론 도우러 여기 왔소." 티에리 피노가 아무렇지 않게 말했다. "본능적인 반응이었던 것 같구려, 경감. 법률가의 반응이랄까. 사과하오."

가마슈는 다른 것을 주목했다. 대법원장은 퀘벡 경찰청 살인 수사반 반장인 자신에게는 흔쾌히 도전하는 듯 보인 반면, 화가가 부업이고 본업이 웨이트리스인 수잰에게는 결코 도전하지 않았다. 사실 그는 그녀의 살짝 놀리는 듯한 면박, 비난, 대담한 손짓을 굉장히 평온하게 받아들였다. 그것은 매너였을까?

경감은 그렇게 생각하지 않았다. 그는 대법원장이 어쨌거나 수잰에게 주눅 들어 있다는 인상을 받았다. 마치 약점이라도 잡힌 사람처럼.

"난 이 양반에게 데려와 달라고 했답니다." 수잰이 말했다. "그가 돕고 싶어 하시는 걸 알았거든요."

"왜죠? 수잰은 릴리언이 시켜 쓰여 여기에 온 걸로 압니다. 판사님도 그러신 겁니까?"

대법원장이 맑고 냉랭한 눈으로 가마슈를 봤다. "당신이 상상하는 것과는 다를 거요."

"전 아무것도 상상하고 있지 않습니다. 여쭤보는 것뿐입니다."

"난 도우려 하고 있소." 피노가 말했다. 목소리는 단호했고 눈빛이 매서웠다. 가마슈는 이런 모습에 익숙했다. 법정에서, 경찰청 고위 간부 회의에서 볼 수 있는 모습이었다.

그리고 그는 무엇 때문에 그러는지 알아차렸다. 티에리 피노 대법원장은 자신에게 화가 나 있었다. 섬세하고 세련되고 고상하고 예절 바른 방식이었다. 그래도 화는 화였다.

가마슈가 알기로 말다툼의 문제는 사적으로 남아야 할 것들이 공개된다는 점에 있었다. 대법원장 피노의 사생활이 드러나고 있었다.

"그러면 어떻게 도울 수 있다고 생각하십니까, 판사님? 제가 모르는 사실을 알고 계신가요?"

"난 수잰의 부탁으로 왔어요. 스리 파인스가 어딘지 아니까. 수잰을 태워 준 거, 그게 내 도움이지."

가마슈가 티에리에게서 시선을 떼고, 지금 갓 구운 바게트 조각을 뜯어 버터를 바르고 입속에 잔뜩 넣는 중인 수잰을 봤다. 그녀가 정말 대법원장을 그렇게 부릴 수 있었을까? 그를 기사처럼 다뤘을까?

"그가 차분한 사람이라는 걸 알았기 때문에 도와 달라고 부탁한 거예요. 분별도 있고."

"그리고 대법원장님이니까요?" 보부아르가 물었다.

"난 술 중독자지, 바보는 아니에요." 수잰이 웃음 지으며 말했다 "이점이 있어 보였죠."

이점이 있었다고 가마슈는 생각했다. 그러나 왜 그녀는 그런 게 필요하다고 느꼈을까? 그리고 왜 피노 대법원장은 다른 테이블과 떨어진 이 테이블을 선택했을까? 테라스에 있는 자리 중 가장 별로인 곳을 택하고, 재빨리 벽을 바라보는 좌석에 앉았다.

가마슈는 흘끗 주위를 둘러봤다. 대법원장은 숨어 있는 중이었을까? 도착한 그는 곧장 서점으로 가서 수잰이 돌아올 때까지 나오지 않았다. 그리고 지금 모두를 등지고 앉아 있었다. 그의 자리에서는 아무것도 볼 수 없었지만 사람들도 그를 볼 수 없었다.

마을을 훑은 가마슈의 시선이 피노 대법원장이 놓치고 있는 것을 눈에 담았다.

벤치에 앉은 루스가 새에게 모이를 주며 이따금씩 하늘을 힐끗거렸다. 그저 그런 예술가 노르망과 폴레트가 비앤비 베란다에 나와 있었다. 몇몇 마을 사람들은 무슈 벨리보네 잡화점에서 산 식료품이 든 망태기를 메고 집으로 가는 중이었다. 그리고 비스트로에 앙드레 카스통게와 프랑수아 마루아를 비롯해 여러 손님들이 있었다.

면전에서 쾅 닫힌 문을 응시하며 클라라는 복도에 서 있었다. 벽에 메아리친 그 소리는 복도를 따라 계단통을 내려가 마침내 문밖으로 나갔다. 밝은 햇살 속으로 퍼져 가고 있었다.

눈은 휘둥그레졌고, 심장은 쿵쿵 뛰고 있었다. 속이 쓰렸다.

클라라는 토할지도 모르겠다는 생각이 들었다.

"아, 여기들 계셨군요." 데니스 포틴이 비스트로의 입구에 서서 말했다. 그는 앙드레 카스통게가 펄쩍 뛰며 화이트 와인 잔을 쓰러트릴 뻔한 모습을 보자 굉장히 기뻤다.

반면 프랑수아 마루아는 펄쩍 뛰지 않았다. 그는 거의 반응이 없었다.

그가 바위 위에서 일광욕하는 도마뱀 같다고 포틴은 생각했다.

"타베르낙Tabernac 젠장." 카스통게가 소리쳤다. "도대체 여기서 뭐 하는 거야?"

"좀 앉아도 될까요?" 포틴은 그렇게 묻고 누군가 거절하기 전에 그들의 테이블에 앉았다.

그들은 늘 자신들의 테이블에 그가 앉는 것을 거절했었다. 수십 년간. 미술상과 갤러리 주인 들이라는 파벌. 이제는 모두 나이가 들었다. 포틴이 화가 생활을 접고 자신의 갤러리를 열자마자 두 사람은 똘똘 뭉쳤었다. 침입자, 신참에 맞서.

뭐, 지금 그는 그 바닥에 있었다. 그들 중 누구보다 성공해서. 아마 이 두 사람만 제외하고. 퀘벡 미술계 기득권층 중에서 그는 카스통게와 마루아의 견해에만 신경을 썼다.

뭐, 언젠간 그들도 날 인정해야 하리라. 그리고 그게 오늘이라면.

"두 분이 여기 계시다는 말을 들었죠." 그가 웨이터에게 한 잔씩 더 돌리라는 신호를 하며 말했다.

그는 카스통게가 화이트 와인에 푹 빠진 모습을 보았다. 그러나 마루아는 아이스티를 홀짝이고 있었다. 소박하고 세련되고 절제된 음료. 차갑기까지. 마시는 사람과 마찬가지로.

그는 소규모 양조장 맥주로 전향했다. 맥오슬런. 신선하고 거침없는 황금빛.

"자네, 여기서 뭐 하는 건가?" 카스통게가 반복해 물었다. 심중을 털어놓으라는 듯 '자네'를 강조하면서. 그래서 그는 무의식중에 거의 그럴 뻔했다. 이들을 달래야 한다는 생각에서.

그러나 포틴은 자제하고 애교 띤 미소를 지었다.

"두 분과 같은 이유로 여기 있는 겁니다. 모로 부부와 계약하려고요."

그 말이 마루아에게서 반응을 일으켰다. 천천히, 아주 천천히, 그 미술상은 고개를 돌렸고, 포틴을 똑바로 쳐다보았다. 그리고 천천히, 아주 천천히 눈썹을 치켜세웠다. 다른 사람이 그랬다면 익살맞게 보였을지 몰랐다. 하지만 마루아의 이런 모습은 겁이 났다.

포틴은 고르곤의 머리를 본 것처럼 점점 오싹해지는 것을 느꼈다.

그는 돌이 되더라도 무심한 표정의 돌이 되길 바라며 침을 삼키고 계속 그를 응시했다. 그래도 두려웠기에 그의 표정은 의도와 완전히 딴판이었다.

카스통게가 껄껄대며 웃었다.

"자네가? 모로와 계약하겠다고? 자네는 이미 시도했고, 기회를 날려 버렸잖나." 카스통게가 잔을 쥐더니 단숨에 들이켰다.

웨이터가 마실 것을 더 가져오자 마루아가 손을 들어 그를 막았다. "우린 충분히 마신 것 같소." 그가 카스통게를 향했다. "좀 걸어야 할 시간 같지 않나?"

그러나 카스통게는 그렇게 생각하지 않았다. 그는 잔을 받았다. "자네는 결코 모로 부부와 계약하지 못해. 왜인지 아나?"

포틴이 고개를 흔들었고, 반응을 보인 자신을 걷어차고 싶었다.

"왜냐하면 그들은 자네가 어떤 사람인지 알기 때문이지." 카스통게는 이제 아주 큰 소리로 말하고 있었다. 너무나 커서 주변의 대화가 잠시 끊길 정도였다.

티에리 피노만 빼고 뒤 테이블에 앉은 모두가 소리가 나는 곳을 찾아 주위를 살폈다. 그는 벽에서 눈을 떼지 않았다.

"그만하면 충분하네, 앙드레." 마루아가 앙드레의 팔에 손을 얹으며 말했다.

"아니, 충분하지 않아." 카스통게가 프랑수아 마루아를 향했다. "자네와 난 정말 힘들게 일해서 지금 이만큼 이뤘네. 예술을 공부하고 테크닉을 배웠지. 서로 의견이 일치하지 않는 부분이 있을지라도 최소한 지적인 토론이란 걸 하네. 그러나 이자는," 그의 팔이 포틴을 향해 홱 뻗쳤다. "원하는 거라곤 쉬운 돈벌이지."

"그리고 당신이 원하는 건," 포틴이 일어서며 말했다. "술이죠. 누가 더 나쁠까요?"

포틴은 살짝 머리를 숙이는 뻣뻣한 인사를 하고 가 버렸다. 그는 자신이 어디로 가는지도 몰랐다. 그냥 다른 데로. 그 테이블에서. 미술 기득권층에서. 자신을 노려보는 두 남자에게서. 그리고 그들은 아마 웃고 있겠지.

"사람은 안 변합니다." 버거를 꾹 눌러 즙이 흘러나오는 모습을 보며 보부아르가 말했다.

피노 대법원장과 수잰이 자리를 떠나 비앤비로 걸어가는 중이었다. 그리고 이제 드디어 보부아르 경위는 편안히 살인 사건에 대해 논의할 수 있었다.

"변하지 않는다고 생각하나?" 가마슈가 물었다. 그의 접시 위에는 그릴드 갈릭 슈림프와 퀴노아 망고 샐러드가 있었다. 바비큐 그릴이 굶주린 점심 인파를 위해 숯불에 구운 스테이크와 버거, 새우와 연어를 만들어 내며 초과근무를 하고 있었다.

"그렇게 보일 수 있을지는 모르죠." 보부아르가 그렇게 말하며 버거를 집어 들었다. "그러나 형편없는 인간으로 자랐다면 성인이 되어도 지긋지긋한 놈일 거고, 짜증 나는 인간으로 죽을 겁니다."

그는 한 입 베어 물었다. 베이컨과 버섯, 갈색으로 캐러멜화된 양파와 녹인 블루치즈가 들어간 이 버거는 한때 그를 황홀하게 하곤 했는데, 지금은 슬쩍 메스꺼운 느낌이 들었다. 그래도 경감을 안심시키기 위해 억지로 먹었다.

보부아르는 경감이 자신이 먹는 모습을 지켜보고 있다는 걸 알아차리고 슬며시 짜증이 났지만 짜증은 곧 사라졌다. 거의 개의치 않았다. 머나와의 대화 후 화장실에 가서 퍼코셋 한 알을 먹고 손으로 머리를 감싼 채 몸에 온기가 퍼지며 서서히 가라앉는 통증이 물러날 때까지 한동안 거기에 있었다.

테이블 너머에서 가마슈 경감이 그릴드 갈릭 슈림프와 퀴노아 망고 샐러드를 진정으로 즐기며 먹고 있었다.

그들은 둘 다 앙드레 카스통게가 목소리를 높였을 때 쳐다봤었다.

보부아르는 자리에서 일어나 가 보려고까지 했지만 경감이 말렸다. 그 상황이 어떻게 끝날지 보고 싶어 하며. 나머지 다른 손님처럼, 그들은 데니스 포틴이 등을 곧게 펴고 팔을 옆구리에 붙인 채 막대기처럼 걸어 나가는 모습을 지켜봤다.

아들 다니엘이 어렸을 때 공원을 행진하던 모습을 떠올리며 가마슈는 꼬마 군인 같다고 생각했다. 전쟁터로 향하거나 전쟁터에서 멀어지는. 단호하게.

가식적인 행동이었다.

가마슈는 데니스 포틴이 퇴각 중이라는 것을 알았다. 부상을 돌보기 위해.

"동의하지 않으시는 것 같은데요?" 보부아르가 말했다.

"사람이 안 변한다고?" 가마슈가 접시에서 눈을 떼고 물었다. "그래, 동의하지 않네. 난 사람이 변할 수 있고, 변한다고 믿네."

"하지만 피해자만큼 변화가 두드러지진 않겠죠." 보부아르가 말했다. "그건 매우 키아로스쿠로한 거죠."

"매우 뭐?" 가마슈가 나이프와 포크를 놓고 자신의 부관을 응시했다.

"명암 대비가 강렬하다는 뜻입니다. 빛과 어둠의 작용."

"그런가? 그리고 자네가 만들어 낸 말인가?"

"아니요. 클라라의 베르니사주에서 듣고, 몇 번 써먹기까지 했죠. 그런 속물 집단이 없더군요. 몇 번 '키아로스쿠로'라고 한 게 전부인데, 제가「르 몽드」의 평론가라고 확신하던데요."

가마슈가 나이프와 포크를 집어 들고 고개를 흔들었다. "그러니까 그 말은 어떤 뜻이든 될 수 있겠군. 그 말을 여전히 쓰고 있나?"

"눈치 못 채셨습니까? 더 우스꽝스러운 말을 할수록 더 잘 먹힙니다. 제가「르 몽드」평론가가 아니란 걸 알게 된 화가들의 얼굴 보셨죠?"

"자넨 매우 샤덴프로이데하군." 가마슈가 그렇게 말했고, 보부아르의 얼굴에 떠오른 의혹을 보고 놀라지 않았다. "그러니까 오늘 아침에 '키아스쿠로'를 찾아본 게로군. 내가 자리를 비운 동안 자네가 한 일이 그건가?"

"그거하고 프리셀이오. 그리고 물론 야한 동영상도 보지만 경감님 컴퓨터에서만 보죠."

보부아르가 씩 웃으며 버거를 한 입 먹었다.

"자네는 피해자가 매우 키아로스쿠로하다고 생각하나?" 가마슈가 물었다.

"사실 그렇게 생각하지 않습니다. 그냥 잘난 척하려고 해 본 말이었을 뿐입니다. 전 그냥 다 헛소리라고 생각합니다. 한때 못돼 먹었던 여자가 다음 순간 훌륭한 인간이라고요? 젠장, 헛소리죠."

"그들이 자네를 어떻게 엄청난 평론가라고 착각했는지 알겠군."

"빌어먹게 옳으신 말씀입니다. 사람은 변하지 않습니다. 벨라벨라 강의 송어가 스리 파인스를 너무나 사랑해서 거기 있다고 생각하십니까? 다음 해에는 다른 곳으로 갈 수 있을까요?" 보부아르가 강 쪽으로 휙 고갯짓을 했다.

가마슈가 경위를 보았다. "자네 생각은 어떤가?"

"전 송어에게는 선택의 여지가 없다고 생각합니다. 송어이기 때문에 돌아오는 겁니다. 그게 송어가 하는 일이죠. 삶은 그렇게 단순합니다. 오리들은 매년 같은 곳으로 돌아옵니다. 거위도 마찬가지입니다. 연어와 나비와 사슴도요. 세상에, 사슴은 습관의 노예라 숲 속에서 늘 다니는 길로만 다니고 결코 거기서 벗어나는 법이 없습니다. 아시다시피 그래서 그렇게 많이 총에 맞는 거죠. 걔네는 결코 변하지 않아요. 사람도 똑같습니다. 현재 모습이 우리입니다. 그게 우리 정체죠."

"우리는 변하지 않나?" 가마슈가 신선한 아스파라거스 한 조각을 먹으며 물었다.

"그렇습니다. 경감님이 제게 사람이나 사건이나 기본적으로는 아주 단순하다고 가르쳐 주셨죠. 우리가 그걸 복잡하게 만드는 겁니다."

"그러면 이 다이슨 사건의 경우는? 우리가 복잡하게 만들고 있나?"

"그런 것 같습니다. 여자는 자기가 망쳐 놓은 사람한테 죽임을 당한 겁니다. 그게 다예요. 비극이지만 단순합니다."

"과거에 알던 사람한테?" 가마슈가 질문했다.

"아니요, 그 부분에서 경감님이 틀렸다고 생각합니다. 술을 끊고 새롭게 변신한 릴리언을 아는 이들은 그녀가 좋은 사람이 됐다고 이야기하죠. 그리고 술을 끊기 전인 옛날 릴리언을 알던 이들은 몹쓸 인간이었다고 욕합니다."

보부아르가 양손을 들었다. 한 손에는 커다란 버거를 쥐고 있었고, 다른 손에는 프렌치프라이를 들고 있었다. 둘 사이를 공간이 나누었다.

"그리고 저는 옛 릴리언과 새 릴리언이 결국 같은 사람이라고 말씀드리는 겁니다." 그가 두 손을 모았다. "오직 한 명의 릴리언이 있습니다.

제가 하나뿐인 것처럼요. 경감님이 하나뿐인 것처럼. 중독자 모임에 나간 후 그런 모습을 숨겨 좋은 사람이 된 것 같겠지만, 그녀는 여전히 독하고 고약한, 못된 여자였습니다."

"그리고 여전히 사람들에게 상처를 주는?" 경감이 물었다.

보부아르가 프라이를 먹으며 고개를 끄덕였다. 이게 바로 수사에서 그가 가장 좋아하는 부분이었다. 음식이 아니라. 그렇긴 해도 스리 파인스에서는 결코 음식 때문에 곤란할 일은 없었다. 그가 기억하기로 다른 곳에서 일어난 사건들의 경우 그와 경감은 거의 아무것도 먹지 못하고 며칠을 보내거나 차가운 통조림 콩과 스팸을 나눠 먹었다. 그것조차 즐거웠었다고 인정하지 않을 수 없었다. 돌이켜 생각해 보면. 그러나 이 작은 마을은 시체와 미식가가 먹는 음식을 같은 비율로 만들어 냈다.

여기 음식을 좋아했지만 주로 그가 정말로 좋아하는 건 경감과 둘이서 나누는 대화였다.

"한 가지 가설은 릴리언 다이슨이 누군가에게 보상하기 위해 여기 왔다는 걸세." 가마슈가 말했다. "사과하기 위해."

"그랬다면 분명히 진심이 아니었을 거라고 장담합니다."

"그렇다면 진심이 아닌데 왜 왔을까?"

"자기 본성대로 행동하기 위해서요. 다른 이를 망치려고."

"클라라를?" 가마슈가 물었다.

"그럴지도 모르죠. 아니면 다른 사람일 수도 있고요. 그녀는 고를 사람이 많았습니다."

"그리고 그게 잘못됐지." 가마슈가 말했다.

"뭐, 그녀로서는 그게 확실히 잘되진 않았죠."

답이 그렇게 단순했을까? 가마슈는 궁금했다. 릴리언 다이슨은 보이는 그대로의 사람이었던 것뿐이었을까?

이기적이고 파괴적이며 해를 입히는 사람. 술을 마셨을 때나 끊었을 때나.

같은 본능과 본성을 지닌 같은 사람.

상처를 입히는.

"그러나 이 파티를 어떻게 알았지?" 가마슈가 말했다. "비공개 파티였네. 초대받은 사람만 알 수 있었네. 그리고 우린 모두 스리 파인스가 얼마나 찾기 힘든 곳인지 알지. 릴리언은 파티에 대해 어떻게 알았고, 어떻게 찾아올 수 있었지? 그리고 살인자는 어떻게 그녀가 여기 있을 것을 알았을까?"

보부아르는 숨을 깊이 들이마시고 생각해 보려고 애쓰다가 고개를 저었다.

"지금까진 제가 생각했습니다, 경감님. 경감님이 쓸모 있는 일을 하실 차례입니다."

가마슈는 맥주를 마시고 조용해졌다. 사실, 너무 조용해서 보부아르는 걱정이 됐다. 자신의 건방진 말에 경감의 마음이 상했나 싶었다.

"왜 그러십니까?" 보부아르가 물었다. "뭐가 잘못됐습니까?"

"아닐세." 가마슈는 뭔가 결정을 내리기 위해 애쓰는 사람처럼 보부아르를 보았다. "자네는 사람이 변하지 않는다고 했지만 자네와 이니드는 전엔 서로 사랑했겠지?"

보부아르가 고개를 끄덕였다.

"하지만 지금 두 사람은 별거 중이고, 이혼의 기로에 있네. 그러니까 무슨 일이 있었던 건가?" 가마슈가 물었다. "자네가 변했나? 이니드가? 뭔가가 변했네."

놀란 보부아르는 가마슈를 보았다. 경감은 정말 심란해하고 있었다.

"경감님 말씀이 맞습니다." 보부아르가 인정했다. "뭔가 변했습니다. 하지만 전 그 모습이 진짜 우리였다고 생각하지 않습니다. 우리가 그런 척했던 사람들이 우리가 아니었다는 걸 깨달았을 뿐입니다."

"그게 무슨 말이지?" 가마슈가 몸을 내밀며 물었다.

보부아르는 흩어져 있던 생각들을 모았다. "제 말은, 우린 어렸다고요. 우리가 원하는 게 뭔지 몰랐던 것 같습니다. 다들 하는 결혼이고, 결혼하면 재밌을 것 같았죠. 이니드를 좋아했습니다. 그녀도 절 좋아했고요. 그러나 진정한 사랑은 아니었던 것 같습니다. 그리고 전 정말 그런 척을 하고 있었던 것 같습니다. 제가 아니었던 누군가가 되려고 애쓰면서요. 이니드가 원했던 남자가 되려고요."

"그래서 무슨 일이 있었지?"

"총격 사건이 있은 후 실제 제 모습으로 돌아가야 한다는 걸 깨달았습니다. 그리고 그 남자는 이니드 곁에 계속 머무를 만큼 그녀를 사랑하지 않았습니다."

가마슈는 한동안 말이 없었다. 꼼짝도 하지 않고 생각하면서.

"자네는 토요일 밤 베르니사주에 가기 전에 아니와 이야기했네." 가마슈가 마침내 입을 열었다.

보부아르는 얼어붙었다. 말을 잇는 경감은 대답을 원하지 않았다.

"그리고 자넨 딸애와 데이비드가 파티에서 함께 있는 모습을 봤지."

보부아르는 의지를 끌어모아 눈을 깜박이려고 했다. 숨을 쉬려고 했다. 그러나 할 수 없었다. 그는 기절할 때까지 얼마나 걸릴까 궁금했다.

"자네는 아니를 잘 알지."

보부아르의 뇌가 비명을 지르고 있었다. 경감이 속에 있는 말을 함으로써 이 상황이 끝나길 바랐다. 가마슈가 마침내 시선을 들어 보부아르를 똑바로 보았다. 분노와는 거리가 먼 그의 눈이 간청을 하고 있었다.

"딸애가 결혼 생활을 이야기하던가?"

"파르동?" 보부아르는 거의 속삭였다.

"그 애가 자네에게 충고 같은 걸 구하려고 뭔가 얘기했을지도 모른다고 생각했네. 자네와 이니드 사이의 일에 대해 알고서."

보부아르는 머리가 빙빙 도는 것 같았다. 어느 것 하나 이해가 되지 않았다.

가마슈가 사용한 냅킨을 접시 위에 던지며 등을 뒤로 기대고 길게 숨을 내쉬었다. "정말 바보가 된 기분일세. 상황이 좋지 않다는 사소한 조짐이 보였지. 데이비드가 가족 식사를 취소한다거나 토요일 밤처럼 늦게 나타났다. 일찍 자리를 뜨기도 했고. 그 애들은 전처럼 애정을 드러내서 표시하지 않았네. 마담 가마슈와 그에 대해 이야기했지만 관계가 발전하는 것뿐일 거라고 여겼네. 덜 붙어 있게 된 거라고. 그리고 커플은 사이가 멀어졌다가도 다시 가까워지니까."

보부아르는 심장이 다시 뛰는 걸 느꼈다. 굉장히 힘차게.

"아니와 데이비드의 사이가 멀어졌다고요?"

"그 애가 아무 말 안 하던가?"

보부아르는 고개를 저었다. 그의 뇌는 그 생각으로 철벅거렸다. 지금은 한 가지 생각뿐이었다. 아니와 데이비드의 사이가 멀어졌다.

"아무것도 알아차리지 못했나?"

내가 알아차렸냐고? 어디까지가 현실이고 어디까지가 과장된 상상이었을까? 그는 데이비드의 팔에 얹힌 아니의 손이 기억났다. 그리고 데이비드는 신경 쓰지 않았다. 하는 말을 듣고 있지 않았다. 주의가 산만했다.

보부아르는 그 모든 걸 봤지만 수치심만 남을까 봐 그걸 믿는 게 두려웠었다. 신경도 쓰지 않는 남자에게 낭비된 애정. 그는 그게 사실이 아니라 자신의 질투심이 만들어 낸 상상이라고 여겼다. 하지만 이제…….

"무슨 말씀을 하시는 겁니까?"

"아니가 어젯밤 저녁을 먹으며 얘기하려고 왔네. 그 애와 데이비드는 힘든 시간을 보내고 있네." 가마슈가 한숨을 쉬었다. "자네한테 뭔가 이야기했기를 바랐지. 둘이 아웅다웅하기는 했어도 아니가 자네한텐 여동생이나 같다는 걸 아니까. 그 애가 몇 살 때부터 알았지?"

"열다섯 살이오."

"그렇게 오래됐나?" 가마슈가 놀라며 물었다.

"그해가 아니에게 행복한 해는 아니었지. 그 애가 첫사랑을 한 해였고, 그 상대가 자네였으니까."

"저한테 반했었다고요?"

"몰랐나? 오, 그랬지. 마담 가마슈와 난 자네가 집에 왔다 갔을 때마다 딸애 얘기를 들어야 했지. 장 기가 이랬고 장 기가 저랬어요. 우린 자네가 얼마나 타락한 인간인지 알려 주려고 했지만 그조차 매력으로 치는 것 같더군."

"왜 제게 말씀 안 하셨습니까?"

가마슈가 재밌다는 듯 그를 보았다. "자네가 알고 싶어 했을 거라고? 자네는 이미 아니를 놀려 먹고 있었는데 그것까지 알았다면 정말 못 봐 줬을 걸세. 게다가 아니가 제발 말하지 말라고 사정했네."

"그런데 이제는 말씀하시는군요."

"비밀이 깨졌군. 딸애한테는 말하지 않을 거라 믿겠네."

"최선을 다해 보죠. 데이비드한테 무슨 문제가 있습니까?" 보부아르 는 먹다 남은 버거를 내려다보았다. 버거가 갑자기 뭔가 마음을 사로잡 는 일이라도 했다는 듯이.

"그 애는 구체적으로 말하지 않을 걸세."

"별거 중입니까?" 그가 품위 있고, 사심 없이 들리길 바라며 물었다.

"확실치 않네." 가마슈가 말했다. "그 애 삶에 꽤 많은 일이 일어났고, 많은 변화가 생겼어. 알다시피 그 애는 직장을 옮겼네. 가정법원으로."

"하지만 아니는 애들을 싫어하잖습니까."

"애들과 아주 잘 지낸다고 할 수는 없지만 싫어하지는 않는 것 같네. 플로렌스와 조라를 아주 예뻐하지."

"그럴 수밖에 없죠." 보부아르가 말했다. "걔들은 가족이니까요. 아마 나이가 들면 그 애들한테 의지하게 될 텐데요. 문손잡이 수집품과 오래 돼서 퀴퀴한 초콜릿들을 꼬불친 욕쟁이 아니 고모가 될 겁니다. 그리고 조카들이 돌봐 줘야 할 거고요. 그러니 지금 조카들을 함부로 대하지 못 하는 거죠."

가마슈가 껄껄 웃는 동안 보부아르에게 경감의 첫 손녀딸 플로렌스와 함께 있던 아니의 기억이 떠올랐다. 3년 전, 플로렌스가 갓 태어났을 때였다. 그때가 처음으로 아니에 대한 감정이 수면 위로 올라온 때였는지도 몰랐다. 그 크기와 맹렬함에 그는 충격을 받았다. 허물어지고 압도당했다. 그를 완전히 뒤집어 놨다.

그러나 그 순간 자체는 아주 보잘것없었고 아주 연약했었다.

아니가 미소를 띠고 조카를 안고 있었다. 그 작은 꼬마 숙녀에게 속삭이고 있었다.

그리고 보부아르는 느닷없이 자신이 아이를 원한다는 걸 깨달았다. 그것도 아니와 함께 아이들을 갖기를 원했다. 다른 누구도 아닌.

아니. 자신들의 딸이나 아들을 안고 있는.

아니. 자신을 안고 있는.

결코 존재하는지 몰랐던 고삐가 풀려난 것처럼 심장이 당겨지는 걸 느꼈다.

"우린 아니에게 데이비드와 잘 해결해 보라고 했네."

"뭐라고요?" 깜짝 놀라 현재로 되돌아온 보부아르가 물었다.

"우린 그 애가 실수를 저지르는 모습을 보고 싶지 않을 뿐이네."

"하지만," 가슴이 줄달음을 치는 보부아르가 말했다. "어쩌면 이미 실수를 저지른 걸지도 모르죠. 어쩌면 데이비드의 실수일 수도 있고요."

"그럴지도 모르지. 하지만 그 애가 확실히 해야 해."

"그래서 어떤 말씀을 해 주셨습니까?"

"우린 그 애에게 어떤 결정을 내리든 응원하겠다고 했지만 좋은 말로 커플 상담을 권했네." 경감이 크고 표현력이 풍부한 손을 나무 테이블 위에 놓고 보부아르의 눈을 보려 애쓰며 말했다. 그러나 눈에 보이는 것은 자신의 딸, 일요일 밤 거실에 있던 귀여운 딸의 모습뿐이었다.

그녀는 흐느끼다 분노하며 감정을 주체하지 못했다. 분노는 데이비드에게서 자신에게로, 상담을 권하는 부모에게로 옮겨 갔다.

"우리한테 말 안 한 게 있니?" 가마슈가 마침내 물었다.

"어떤 거 말씀이세요?" 아니가 따지듯 물었다.

아버지는 한동안 말이 없었다. 소파 옆자리에 앉은 렌 마리가 남편에게서 눈을 돌려 딸을 보았다.

"그가 널 다치게 했니?" 가마슈가 물었다. 명확하게. 딸을 보는 그의 눈은 단호했다. 진실을 찾으며.

"신체적으로요?" 아니가 물었다. "그 사람이 때렸냐는 말씀이세요?"

"그래."

"그런 적 없어요. 그런 짓 할 사람은 아니에요."

"다른 방식으로 널 다치게 한 거야? 감정적으로? 널 함부로 대하던?"

아니가 고개를 저었다. 가마슈는 딸의 눈을 보았다. 그는 진실을 얻으려 애쓰며 수많은 용의자 얼굴을 들여다봤었다. 그러나 이보다 더 중대하게 느껴진 적은 없었다.

데이비드가 만일 딸을 학대했다면······.

그는 생각만으로도 속에서 분노가 솟구치는 것을 느꼈다. 만약 그가 정말 그랬다는 것을 알게 되면 어떻게 할 것인가······.

가마슈는 성급한 결론에서 뒤로 물러나 고개를 끄덕였다. 딸의 대답을 받아들이기로 했다. 그는 딸 곁에 앉아 팔로 딸을 감쌌다. 흔들며 달래 주었다. 어깨의 움푹한 곳으로 딸의 머리를 느끼며. 눈물이 그의 셔츠를 적셨다. 예전에 험프티 덤프티 때문에 울었을 때처럼. 그러나 이번에 아주 높은 곳에서 떨어진 것은 그녀였다.

마침내 아니가 품에서 나오자 렌 마리가 티슈를 건넸다.

"내가 데이비드를 쏘면 어떻겠니?" 아니가 팽 소리를 내며 힘차게 코를 풀 때 가마슈가 물었다.

아니가 호흡곤란을 일으킬 정도로 웃었다. "아마 무릎 정도는요."

"해야 할 일 목록 맨 위에다 올려놓으마." 그녀의 아버지가 말했다. 그러고 나서 그는 딸과 눈이 마주치도록 몸을 굽혔고, 이제 표정은 진지했다. "어떤 결정을 내리든 우린 네 뒤에 있단다. 알겠지?"

그녀가 고개를 끄덕이고 얼굴을 닦았다. "알아요."

렌 마리처럼 필연적인 충격을 받았다고는 할 수 없었지만 그는 당혹스러웠다. 아니가 말하지 않는 게 있는 것처럼 보였다. 뭔가 앞뒤가 맞지 않았다. 모든 커플은 힘든 시기를 겪게 마련이었다. 자신과 렌 마리도 다툴 때가 있었다. 서로의 감정을 상하게 할 때가 있었다. 결코 의도적인 것은 아니었지만 살을 맞대고 살다 보면 일어날 수밖에 없는 일이었다.

"두 분이 만났을 때 각자 다른 사람과 결혼한 상태였다면," 아니가 그들의 얼굴을 똑바로 바라보며 마침내 물었다. "어떻게 하셨겠어요?"

그들은 딸을 빤히 쳐다보며 침묵했다. 보부아르가 최근에 했던 질문과 완전히 똑같다고 가마슈는 생각했다.

"다른 사람을 만나고 있다고 말하는 거니?" 렌 마리가 물었다.

"아니요." 아니가 고개를 저었다. "제 말은 데이비드와 저에게 정말로 맞는 사람이 달리 있다는 거예요. 잘못된 걸 유지하는 게 그 상황을 고치는 건 아니에요. 그건 정말 옳은 일이 아닐 거예요."

나중에 자신과 아내만 남았을 때, 아내가 같은 질문을 했었다.

"아르망." 각자 책을 들고 침대에 들었을 때 돋보기안경을 벗으며 그녀가 물었다. "우리가 만났을 때 당신이 유부남이었다면 당신은 어떻게 했을 것 같아?"

가마슈는 책을 내리고 앞을 응시했다. 상상하려고 애쓰면서. 렌 마리에 대한 자신의 사랑은 아주 즉각적이고, 너무나 완전했기 때문에, 다른 사람과 함께 있는 자신을 상상하기 어려웠다. 결코 결혼하지 않았을 다른 사람과.

"하느님, 저를 도우소서." 그가 마침내 아내를 향하며 말했다. "그녀를 떠났겠지. 끔찍하고 이기적인 결정이겠지만 당신을 알게 된 후에는 타락한 남편이 됐을 테니까. 다 당신 탓이야, 이 말괄량이 여자야."

렌 마리가 고개를 끄덕였다. "나도 같은 결정을 했을 거야. 물론, 꼬마 훌리오 주니어와 프란체스카를 데리고."

"훌리오와 프란체스카?"

"훌리오 이글레시아스와 낳은 애들."

"가엾긴. 그래서 그가 그렇게 슬픈 노래를 많이 부르는군. 당신한테 실연당해서."

"결코 헤어나지를 못하네." 그녀가 미소 지었다.

"그렇다면 우리가 내 전처를 소개해 주면 될 거야." 가마슈가 말했다. "이사벨라 로셀리니이탈리아의 배우 겸 영화감독."

렌 마리가 콧방귀를 뀌고 책을 집어 들었지만 다시 내렸다.

"여전히 훌리오를 생각하는 게 아니었으면 좋겠군."

"아니야." 그녀가 말했다. "아니와 데이비드에 대해 생각 중이었어."

"그 애들이 끝난 거 같아?" 그가 물었다.

그녀가 고개를 끄덕였다. "내 생각에 남자가 유부남인 것 같아. 어쩌면 법률 회사 사람일지도 몰라. 그러면 그 애가 왜 직장을 옮겼는지 설명이 되잖아."

"맙소사, 그게 아니길."

그러나 그는 또한 어느 쪽이든 자신이 할 수 있는 게 아무것도 없다는 걸 알았다. 정상을 되찾도록 도와주는 것 외에는. 그러나 그 이미지가 뭔가를 떠올리게 했다.

"이제 일하러 가야죠." 보부아르가 일어서며 말했다. "야한 동영상이 저절로 찾아지지는 않는다고요."

"기다려 보게." 가마슈가 말했다. 경감의 얼굴을 본 보부아르는 다시 의자에 주저앉았다.

가마슈는 말없이 이마에 주름을 짓고 앉아 있었다. 생각 중이었다. 보부아르는 이런 모습을 숱하게 봤다. 가마슈 경감이 머릿속으로 단서를 쫓는 중이라는 걸 알았다. 꼬리에 꼬리를 무는 생각들. 골목이라기보다 갱도 같은 어둠 속으로 이끌리는. 가장 깊숙이 숨겨진 비밀과 진실을 찾아내기 위해.

"자네는 공장 급습이 결국 이니드와 별거하는 결정을 내리게 된 계기라고 했지."

보부아르가 고개를 끄덕였다. 그건 정말 사실이었다.

"그 사건이 아니에게도 같은 영향을 준 게 아닌가 싶네."

"어째서요?"

"모두에게 엄청나게 충격적인 경험이었지." 가마슈가 말했다. "우리만이 아니야. 우리의 가족들도 마찬가질세. 어쩌면 자네처럼 그 사건이 아니에게 자신의 삶을 재검토하게 했는지도 모르지."

"그렇다면 왜 그걸 경감님에게 말하지 않았을까요?"

"내가 책임을 느끼길 원치 않았겠지. 어쩌면 그 애가 의식적으로 깨닫지 못한 걸 수도 있고."

그때 보부아르는 베르니사주에 가기 전 아니와 나눴던 대화가 기억났다. 그녀는 자신이 별거 후 어떻게 지내는지 물었었다. 그리고 급습과 아내와의 사이가 틀어진 것을 모호하게 암시했었다.

당연히 그녀의 말이 맞았다. 그 사건은 자신이 필요했던 최후의 원동력이었다.

그는 그녀에게 마음의 문을 닫고 자신이 너무 많이 떠들게 될까 두려워 대화를 거부했다. 그러나 사실은 그녀가 자신의 혼란에 대해 이야기하고 싶었던 것이라면?

"그게 사실이라면 어떨 것 같으세요?" 보부아르가 경감에게 물었다.

가마슈 경감이 약간 걱정스러운 표정으로 등을 기댔다.

"그건 좋은 걸지도 모릅니다." 보부아르가 조용히 의견을 말했다. "그 사건의 결과로 긍정적인 일이 생겼다면 잘된 거 아닙니까? 어쩌면 이제 아니가 진정한 사랑을 찾을 수 있을지도 모르죠."

가마슈가 장 기를 보았다. 핼쑥하고, 피곤해 보이고, 너무 마른 그를. 그가 고개를 끄덕였다.

"위. 그 사건의 결과로 긍정적인 일이 생겼다면 잘된 거겠지. 하지만 난 내 딸의 결혼 생활이 끝난 걸 잘된 일이라고 여겨도 될지 확신을 못하겠네."

그러나 장 기 보부아르는 동의하지 않았다.

"더 계실 겁니까?" 그가 물었다.

가마슈가 몽상에서 깨어나 정신을 차렸다. "자네가 실제로 일을 좀 했으면 좋겠군."

"그렇다면 '슈노젠덴더'나 찾아봐야겠군요."

"뭘 찾아본다고?"

"아까 말씀하신 단어요."

"'샤덴프로이데'." 가마슈가 웃음 지었다. "귀찮게 그럴 것 없네. 남의 불행에 행복해한다는 뜻일세."

보부아르가 테이블에서 잠시 꾸물거렸다. "제 생각에 그 단어가 피해자를 아주 잘 묘사하는 것 같습니다. 그러나 릴리언 다이슨은 그걸 다음 단계로 끌어올렸죠. 실제로 불행을 만들어 냈습니다. 그러니 그녀는 아주 행복했을 겁니다."

그러나 가마슈는 생각이 달랐다. 행복한 사람은 매일 밤 잠들기 위해 술을 마시지 않았다.

보부아르가 자리를 뜬 후 경감은 커피를 마시면서 밑줄이 쳐진 문장과 여백의 메모를 주목하며 알코올중독자 모임에서 받은 책을 읽었다. 고어체지만 지옥에 빠졌다가 거기서 헤어나는 오랜 과정을 너무도 담담하게 묘사한 이 책의 아름다운 문체에 빠져들었다. 마침내 그는 손가락 위로 책을 덮고 허공을 응시했다.

"같이 앉아도 될까요?"

가마슈는 화들짝 놀랐다. 그는 자리에서 일어나 가볍게 고개를 숙이고 의자를 빼 주었다. "앉으십시오."

머나 랜더스가 에클레르와 카페오레를 비스트로 테이블에 내려놓으며 앉았다. "생각에 깊이 잠겨 계신 것 같네요."

가마슈가 고개를 끄덕였다. "험프티 덤프티에 대해 생각하고 있었습니다."

"그러니까 사건이 거의 다 해결된 거군요."

가마슈가 미소 지었다. "점점 가까워지고 있죠." 그는 잠시 그녀를 보았다. "질문 하나 드려도 되겠습니까?"

"언제든지요."

"사람이 변한다고 생각하십니까?"

머나가 에클레르를 입으로 가져가다 멈췄다. 그 페이스트리를 내려놓고 그녀는 맑고 탐색하는 눈으로 경감을 보았다.

"그 질문은 어디서 나온 거예요?"

"죽은 여자가 변했는지, 그녀가 이십 년 전 모두가 알았던 그 사람이었는지 혹은 다른 사람이었는지에 관해 토론이 있었습니다."

"그녀가 변했다고 생각하시는 이유가 뭐예요?" 머나가 그렇게 묻고 한 입 베어 물었다.

"정원에서 당신이 발견하신 동전 기억나십니까? 당신 말이 옳았습니다. 그건 알코올중독자 모임의 동전이었고, 죽은 여자의 것이었습니다. 그녀는 팔 개월째 술을 마시지 않았습니다." 경감이 말했다. "중독자 모임에서 여자를 알던 사람들은 클라라가 한 얘기와 완전히 다른 사람으로 그녀를 묘사했습니다. 그냥 약간 다른 정도가 아니라 완전히 다르게. 한 사람은 친절하고 관대했고, 다른 쪽은 잔인하고 남을 조종하려 들었죠."

머나는 카페오레를 한 모금 마시며 찌푸린 얼굴로 생각했다.

"우리는 모두 변해요. 정신병자만 똑같이 남아 있죠."

"그러나 그건 변화라기보다 성장에 가깝지 않을까요? 화음처럼 말입니다. 하지만 음표는 똑같죠."

"주제에 대한 변주일 뿐이라고요?" 머나가 흥미로워하며 물었다. "정말 변하는 게 아니라?" 그녀는 숙고했다. "그런 경우는 종종 있는 것 같아요. 대부분의 사람들은 성장하지만 완전히 다른 사람이 되진 않죠."

"대부분은요. 그러나 어떤 사람들은 완전히 다른 사람이 됩니까?"

"어떤 사람들은요, 경감님." 그녀는 그를 주의 깊게 살폈다. 깔끔히 면도한 친숙한 얼굴을 보았다. 귀 언저리에서 살짝 곱슬거리는 희끗한 머리. 그리고 관자놀이 옆의 깊은 흉터. 그 흉터 밑의 눈은 다정했다. 그녀는 그 눈이 변했을까 봐 두려웠었다. 다음에 그 눈을 봤을 때 딱딱해졌을까 봐.

그 눈은 그렇지 않았다. 그도 그렇지 않았다.

그러나 그녀는 자신을 속이지 않았다. 그에게는 안 보일지 몰라도 그는 변했다. 그 공장에서 살아 나온 사람은 누구든 달라져서 나왔다.

"사람은 다른 선택의 여지가 없을 때 변하죠. 변화냐 죽음이냐 할 때요. 알코올중독자 모임을 언급하셨죠. 술 중독자들은 바닥을 치고 나야 술을 끊어요."

"그러고 나서 어떻게 됩니까?"

"큰 추락 후에 예상되는 일이오." 그녀는 이제 서서히 이해하며 그를 보았다. 큰 추락. "험프티 덤프티처럼요."

그는 살짝 고개를 끄덕였다.

"사람이 바닥을 치면," 그녀는 말을 이었다. "그 바닥에서 거짓말을 할 수도 있고 죽을 수도 있어요. 대부분이 그래요. 혹은 다시 일어서려 할 수도 있죠."

"다시 조각들을 모아 붙여서 말이죠." 가마슈가 말했다. "우리 친구 덤프티 씨처럼."

"그에게는 왕의 신하와 말의 도움이 있었죠." 머나가 짐짓 진지하게 말했다. "그리고 그들조차 덤프티 씨를 다시 붙일 수는 없었어요."

"저도 그 기사를 읽었죠." 경감이 동의했다

"게다가 그들이 붙이는 데 성공했다고 해도 덤프티는 다시 떨어졌을 거예요." 이제 그녀는 정말로 정색을 했다. "같은 사람은 계속 같은 어리석은 짓을 반복할 뿐이에요. 그러니까 모든 조각들을 정확히 원래 있었던 자리에다 돌려놓는다 해도 삶이 달라지길 기대할 수 있겠어요?"

"거기에 다른 선택의 여지가 있습니까?"

머나가 그에게 미소를 지었다. "아시다시피 있어요. 그러나 가장 어려운 일이에요. 그런 일을 할 용기 있는 사람은 많지 않죠."

"변화군요." 가마슈가 말했다.

그는 어쩌면 험프티 덤프티의 요점이 그거라고 생각했다. 그의 운명은 다시 붙여지는 게 아니었다. 그의 운명은 달라지는 것이었다. 결국 담장 위 달걀에게는 언제든지 위험이 도사리고 있을 터였다.

아마도 험프티 덤프티는 떨어졌어야 했다. 그리고 아마도 왕의 모든 신하들은 실패했어야 했다.

머나는 머그잔을 비우고 일어섰다. 그도 일어섰다.

"사람은 변해요, 경감님. 그러나 이걸 아셔야 해요." 그녀가 목소리를 낮췄다. "항상 더 나은 쪽으로 변하는 건 아니에요."

"가서 말을 좀 건네 보는 게 어때?" 가브리가 빈 잔이 담긴 쟁반을 카운터 위에 올려놓으며 말했다.

"지금 바빠." 올리비에가 말했다.

"컵 닦는 중이잖아, 다른 웨이터가 하면 돼. 가서 얘기 좀 나눠 봐."

두 사람은 테이블에 혼자 앉아 있는 덩치 큰 남자를 유리창으로 내다봤다. 앞에 커피 한 잔과 책 한 권을 둔 남자를.

"얘기할 거야." 올리비에가 말했다. "재촉하지 좀 마."

가브리가 행주를 가져와 파트너가 거품을 헹구는 동안 유리잔의 물기를 닦기 시작했다. "그는 실수를 했어." 가브리가 말했다. "그리고 사과했지."

올리비에는 하양과 빨강이 섞인 깜찍한 하트 모양 앞치마를 두른 파트너를 보았다. 그가 가브리에게 두 해 전 밸런타인데이에 제발 사지 말라고 했던 앞치마. 제발 두르지 말아 달라고 했던 앞치마. 그는 부끄러웠고, 몬트리올의 지인이 방문해 그런 우스꽝스러운 걸 걸치고 있는 가브리 모습을 보는 일이 없게 해 달라고 빌었다.

그러나 이제 올리비에는 그 앞치마가 너무나 좋았다. 가브리가 다른 앞치마로 바꾸는 걸 원치 않았다.

그가 아무것도 바꾸지 않기를 바랐다.

유리잔을 씻으면서 올리비에는 아르망 가마슈가 커피를 마시고 일어나는 모습을 보았다.

보부아르는 옛 철도 역사 벽에 압정으로 고정된 종이 쪽으로 걸어갔다. 종이에 쓰인 것을 읽으며 뚜껑을 연 매직펜을 코밑에서 흔들었다.

내용은 검은색 표 안에 깔끔하게 정리돼 있었다.

매우 만족스럽게. 읽기 쉽게. 정연하게.

그는 목록별로 정리된 증거와 단서, 심문 내용을 읽고 또 읽었다. 이날 이 시간까지 더 진행된 수사 결과를 덧붙이면서.

그들은 파티에 참석한 손님 대부분을 인터뷰했다. 그리 놀랄 일은 아니지만 아무도 릴리언 다이슨의 목을 비틀었다고 자백하지 않았다.

그러나 이제 종이를 응시하던 그에게 무슨 생각인가가 떠올랐다.

다른 생각들은 모두 달아났다.

그게 가능했을까?

파티에는 다른 이들이 있었다. 마을 사람들과 미술계 사람들, 친구, 가족.

그러나 다른 누군가가 거기에 있었다. 여러 번 언급됐지만 한 번도 주목된 적 없는 사람. 그리고 인터뷰하지 않은 사람. 적어도 깊이 있게는.

보부아르 경위는 수화기를 들고 몬트리올 번호를 눌렀다.

20

클라라는 문을 닫고 거기에 기댔다. 피터가 있는지 귀를 기울이면서. 바라고 또 바랐다. 아무 소리도 들리지 않기를. 자신이 혼자이기를.

그리고 그녀는 혼자였다.

오, 아니. 아니야. 클라라는 생각했다. 여전히 죽은 자는 누워 신음하네.

릴리언은 죽지 않았다. 그녀는 다이슨 씨 얼굴에 살아 있었다.

클라라는 그 얼굴이 어른거려서 간신히 차를 몰아 집으로 질주해 왔다. 그 얼굴들.

다이슨 부부. 릴리언의 엄마, 아빠. 늙고 병약해진. 원기 왕성하고 활기찬 분들로 기억하고 있었는데 거의 알아보기 힘들었다.

그러나 두 사람의 목소리는 강했다. 두 사람의 말은 더 강했다.

거기에는 의심의 여지가 없었다. 클라라는 끔찍한 실수를 했다. 상황을 나아지게 하기는커녕 더 악화시켰다.

어떻게 그런 잘못을 저질렀을까?

"빌어먹을 애송이 녀석." 앙드레 카스통게가 테이블을 밀치고 휘청거리며 일어섰다. "가서 일침을 놔야겠네."

프랑수아 마루아도 일어섰다. "지금은 아니야, 친구."

두 사람은 데니스 포틴이 언덕을 다시 걸어 내려가 마을로 들어가는 모습을 지켜보았다. 그는 주저하지 않았고, 그들 쪽을 보지 않았다. 그가 분명히 선택한 코스에서 벗어나지 않았다.

데니스 포틴은 모로 부부 집을 향해 가고 있었다. 카스통게에게, 마루아에게, 그리고 역시 그 모습을 지켜보던 가마슈 경감에게 그 방향은 매우 분명해 보였다.

"그러나 모로 부부에게 이야기하도록 내버려 둘 수 없지 않나." 카스통게가 마루아에게 의존하지 않으려 애쓰며 말했다.

"그는 성공하지 못할 기사, 앙드레. 지네도 알잖아. 해 보라고 해. 게다가 피터 모로가 몇 분 전에 집에서 나오는 걸 봤네. 그는 집에 있지도 않아."

카스통게가 불안정하게 몸을 마루아에게 돌렸다. "브레망Vraiment 진짜?" 그의 얼굴에 약간 어리석어 보이는 미소가 어렸다.

"브레망." 마루아가 확실히 했다. "정말일세. 스파 리조트에 가서 쉬지그래."

"좋은 생각이군."

앙드레 카스통게는 느리고 신중하게 잔디 광장을 가로질렀다.

가마슈는 이 모든 걸 지켜봤고, 이제 그의 눈길은 프랑수아 마루아에게로 옮겨졌다. 미술상의 얼굴은 교양에 지친 기색이었다. 거의 넋이 나간 것 같았다.

경감은 테라스에서 발걸음을 옮겨 뭔가 가치 있는 것을 목격하길 기대한 듯 모로의 집에 눈길을 떼지 못하고 있는 마루아와 합류했다. 이내 그의 시선이 터덜터덜 비포장도로를 오르는 카스통게에게로 옮겨 갔다.

"불쌍한 앙드레." 마루아가 가마슈에게 말했다. "포틴이 정말 불쾌하게 굴었다오."

"어떻게 말입니까?" 가마슈 역시 그 갤러리 주인을 지켜보며 물었다. 카스통게는 언덕 꼭대기에서 멈추고 약간 비틀거리더니 걸음을 옮겼다. "무슈 카스통게가 모욕을 한 쪽 같군요."

"하지만 그가 앙드레를 자극했지요." 마루아가 말했다. "포틴은 테이블에 앉자마자 앙드레가 어떻게 나올지 알고 있었다오. 그리고는……."

"그리고는요?"

"마실 걸 더 주문했소. 앙드레를 취하게 하려고."

"그는 무슈 카스통게의 문제를 알고 있었습니까?"

"아빠의 작은 문제?" 마루아는 미소를 짓더니 고개를 흔들었다. "그건 공개된 비밀이 되어 버렸소. 대부분의 시간 그는 그걸 통제하고 있지요. 그래야 해요. 그러나 때로는……,"

그는 손으로 웅변적인 동작을 취했다.

그래요. 가마슈는 생각했다. 때로는…….

"그러더니 사실 모로 부부와 계약 이야기를 하러 여기 왔다고 앙드레에게 말했다오. 포틴은 화를 자초했다고밖에 할 수 없었소. 우쭐해하는 애송이."

"좀 솔직하지 못하신 것 아닙니까?" 가마슈가 물었다. "결국 당신도 그런 이유로 여기에 계시죠."

마루아가 웃었다. "투셰Touché 한 방 먹었군. 그러나 우리가 여기에 먼저 왔다오."

"먼저 찜한 사람이 임자라는 말씀입니까? 제가 미술계에 대해서 몰랐던 점이 많군요."

"누구도 나한테 훌륭한 작품이 뭔지 말해 줄 필요가 없다는 뜻이었다오. 난 그걸 보고, 압니다. 클라라의 작품은 뛰어나요. 「타임스」나 데니스 포틴이나 앙드레 카스통게가 내게 말해 줄 필요는 없습니다. 그러나 어떤 사람들은 귀로 작품을 사고 어떤 사람들은 눈으로 사지요."

"데니스 포틴은 들어야 하는 사람입니까?"

"내 의견은, 그래요."

"그리고 당신의 의견을 주위에 퍼트리십니까? 그게 포틴이 당신을 싫어하는 이유입니까?"

프랑수아 마루아는 완전히 경감에게로 주의를 돌렸다. 그의 얼굴은 더 이상 암호가 아니었다. 확연히 경악한 모습이었다.

"날 싫어한다고? 그렇지 않아요. 우리가 경쟁자인 건 맞아요. 종종 같은 화가들과 구매자들을 쫓아다니니까. 그래서 상당히 불쾌한 상황을 맞을 수도 있지만 거기에는 존중이 있고 동료 간의 협조 관계라는 게 있지요. 그리고 난 내 의견을 남에게 말하고 다니지 않아요."

"제게는 말씀하셨죠." 가마슈가 말했다.

마루아가 주저했다. "경감이 물었으니까요. 그러지 않았다면 결코 아무것도 이야기하지 않았을 겁니다."

"클라라가 포틴과 계약할 것 같습니까?"

"그럴지도 모르지. 모두가 회개하는 죄인을 사랑하니까. 그리고 장담컨대 그는 바로 지금 '메아 쿨파내 탓이로소이다'라는 뜻의 라틴어'를 진행 중일 겁니다."

"그건 이미 했습니다." 가마슈가 말했다. "그렇게 해서 스리 파인스 파티에 초대됐었습니다."

"아." 마루아가 끄덕였다. "그게 궁금했었지." 그는 처음으로 걱정하는 모습이었다. 그러더니 간신히 잘생긴 얼굴이 맑아졌다. "클라라는 바보가 아닙니다. 그를 꿰뚫어 볼 겁니다. 그는 전에 클라라의 잠재력을 알아보지 못했고, 여전히 그녀의 그림을 이해하지 못해요. 그는 최첨단에 서 있다는 명성을 쌓기 위해 열심히 일해 왔지만 사실은 그렇지 않습니다. 한 번의 잘못된 행동, 한 번의 형편없는 전시회로 모든 게 붕괴될 겁니다. 평판이란 깨지기 쉽다는 건 포틴이 누구보다 잘 알 겁니다."

마루아가 리조트에 거의 다다른 앙드레 카스통게 쪽으로 몸짓했다. "지금 그는 그런 평판에는 영향을 덜 받고 있답니다. 많은 고객을 확보한 상태고, 큰 회사 단골이 하나 있지요. 켈리 푸드."

"이유식 제조사 말입니까?"

"맞습니다. 큰손 기업 고객이지요. 그들은 세계 곳곳에 있는 자신들의 사무실을 위해 예술 작품에 큰 투자를 한답니다. 그게 더 세련되고 돈은 덜 밝히는 것처럼 보이게 해 주지요. 그러면 누가 그들에게 작품을 찾아 줄 것 같습니까?"

대답이 필요 없었다. 앙드레 카스통게가 스파 리조트의 현관으로 고꾸라질 것처럼 성급히 들어갔다. 그리고 사라졌다.

"그들은 꽤 보수적이지요, 물론." 미술상이 말을 이었다. "그러나 그렇다면 그건 앙드레도 마찬가지랍니다."

"그가 그렇게 보수적이라면 왜 클라라 모로 작품에 관심을 보이는 겁니까?"

"그는 관심 없다오."

"피터?"

"그럴 겁니다. 그렇게 해서 한 방에 둘을 얻는 거지. 켈리 푸드에 팔

수 있는 작품의 작가. 안전하고 관습적이고 훌륭한. 지나치게 대담하거나 도발적인 게 전무한. 그러나 그는 진정한 아방가르드 작가, 클라라 모로와 계약함으로써 온갖 언론의 관심을 받고 정당성까지 얻을 거라오. 절대 탐욕이나 자존심의 힘을 과소평가하지 마시오, 경감."

"적어 두겠습니다, 메르시." 가마슈는 미소 짓고 마루아가 카스통게를 쫓아 언덕을 오르는 모습을 지켜봤다.

"가슴이 찢어지는 건 곤봉에 맞아서가 아니네."

가마슈는 목소리를 향해 고개를 돌렸다. 루스가 그에게 등을 보이고 벤치에 앉아 있었다.

"돌에 맞아서도 아니네." 그녀는 겉보기에 허공에 대고 말하는 것 같았다. "나 알기로 너무나 작아 당신이 볼 수 없는 채찍으로 찢어졌네."

가마슈가 그녀 옆에 앉았다.

"에밀리 디킨슨." 루스가 전방을 주시하며 말했다.

"아르망 가마슈." 경감이 말했다.

"나 말고, 바보 같으니라고. 시를 쓴 사람."

그녀가 화난 눈을 그에게 향했지만 웃고 있는 경감을 발견했을 뿐이었다. 그녀가 한 번 크게 껄껄 웃었다.

"가슴이 찢어지는 건 곤봉에 맞아서가 아니네." 가마슈가 반복했다. 친숙한 느낌이 들었다. 최근 누군가가 했던 어떤 말을 연상시켰다.

"오늘은 드라마가 많군." 루스가 말했다. "너무 시끄러워. 새들이 겁먹어 달아났어."

확실히 시야에 들어오는 새가 한 마리도 없었지만 가마슈는 그녀가 많은 새가 아닌, 한 마리의 새를 생각하고 있다는 걸 알았다.

지난가을 남쪽으로 날아간 그녀의 오리, 로사. 그리고 다른 새들과 함께 돌아오지 않았다. 둥지로 돌아오지 않았다.

그러나 루스는 희망을 버리지 않았다.

조용히 벤치에 앉아 가마슈는 디킨슨의 시 구절이 왜 그토록 친숙한지 기억해 냈다. 여전히 자신의 손에 들린 책을 펼쳐 죽은 여자가 줄 친 문장을 내려다봤다.

사람들 가슴이 찢어진다. 다정한 인간관계도 죽어 버린다.

이내 그는 비스트로에서 누군가가 자신들을 지켜보고 있는 걸 알아차렸다. 올리비에.

"그는 어떻습니까?" 가마슈가 비스트로를 향해 슬쩍 몸짓을 하며 물었다.

"누구 말이오?"

"올리비에요."

"몰라. 누가 관심이나 있대?"

가마슈는 잠시 잠자코 있었다. "당신의 좋은 친구였던 걸로 기억하는데요." 경감이 말했다.

루스는 표정의 변화 없이 침묵했다.

"사람은 실수를 하죠." 가마슈가 말했다. "아시다시피 그는 좋은 사람입니다. 그리고 저는 그가 당신을 사랑하는 걸 압니다."

루스가 거슬리는 소리를 냈다. "그가 관심 있는 건 돈뿐이야. 내가 아니고, 클라라나 피터가 아니고, 가브리조차 아니야. 정말로. 몇 푼 안 되는 돈에 우리 모두를 팔아먹을 인간이야. 당신은 누구보다 그걸 더 잘 알아야 해."

"제가 아는 걸 말씀드리겠습니다." 가마슈가 말했다. "저는 그가 실수한 걸 압니다. 그리고 그가 미안해하는 걸 압니다. 그리고 그걸 보상하려고 애쓰는 걸 압니다."

"하지만 당신에겐 아니야. 당신은 거의 쳐다보지도 않아."

"당신 같으면 그러겠습니까? 저지르지도 않은 죄로 체포됐는데 용서하시겠습니까?"

"올리비에는 우리한테 거짓말을 했어. 나한테."

"서싯발은 누구나 합니다." 가마슈가 말했다. "누구나 숨기는 게 있죠. 올리비에가 숨겼던 게 상당히 안 좋은 것이긴 했지만 전 더 나쁜 것도 봤습니다. 훨씬 더 나쁜 걸."

원래 얇았던 루스의 입술이 거의 다 사라져 버렸다.

"누가 거짓말을 했는지 말해 주지." 그녀가 말했다. "당신과 막 말했던 남자."

"프랑수아 마루아 말입니까?"

"뭐, 그자의 빌어먹을 이름은 몰라. 방금 얘기했던 남자들이 얼마나 되지? 이름이 뭐든지 간에 그자는 사실을 말하고 있지 않았어."

"어떻게 아십니까?"

"그 젊은 녀석이 마실 걸 다 주문한 게 아니야. 그자가 했지. 그 젊은 녀석이 오기 훨씬 전에 그자 말고 또 다른 자는 취해 있었어."

"확실합니까?"

"난 술 냄새를 잘 맡고 술 취한 사람을 알아보는 눈도 있어."

"그리고 분명 거짓말을 놓치지 않는 귀도 있으시고요."

루스가 자신조차 놀랍게 빵끗 웃었다.

가마슈는 자리에서 일어나 올리비에 쪽으로 시선을 던진 다음 루스에게 가볍게 절을 하고 그녀가 간신히 들릴 정도로 작게 속삭였다.

"여기 훌륭한 사람이 임종을 앞두고 있습니다.
삶은 앞으로 단 한 시간."

"그만해." 그녀는 그의 말을 막고 앙상한 손을 그의 얼굴을 향해 들었다. 얼굴에 닿지는 않았지만 말을 막기에 충분할 만큼 가까이. "그 시가 어떻게 끝나는진 나도 알아. 그리고 난 당신이 그 질문에 대한 답을 정말 알고 있는지 궁금한데?" 그녀가 그를 매서운 눈초리로 보았다. "당신이 만나야 하는 사람이 정확히 누군가요? 용서하려면 평생 걸리는 사람이. 경감?"

그는 몸을 펴고 그녀에게서 떠나 생각에 잠긴 채 벨라벨라 강 위의 다리를 향해 걸었다.

"경감님."

그는 수사본부에서 자신을 향해 성큼성큼 걸어오는 보부아르 경위를 보기 위해 몸을 돌렸다.

경감은 그 표정을 알았다. 장 기에게 새로운 소식이 있었다.

21

클라라 모로가 오직 바라는 건 혼자 있는 것이었다. 그러나 대신 그녀는 부엌에서 데니스 포틴의 말을 듣고 있었다. 전보다 더 소년 같은 모습의. 더 깊이 뉘우치는 듯한 모습의.

"커피 드실래요?" 그녀는 그렇게 묻고 나서 자신이 왜 그런 제안을 했나 싶었다. 포틴이 어서 가기만을 바라고 있으면서.

"괜찮습니다, 메르시." 그가 미소 지었다. "정말 폐 끼치고 싶지 않습니다."

하지만 이미 그러고 있잖아. 클라라는 그렇게 생각했고, 그게 몰인정한 생각이라는 것을 알았다. 문을 열어 준 사람은 그녀였다. 그녀는 문이란 문은 다 싫어지기 시작했다. 닫혀 있든 열려 있든.

만약 1년 전에, 이 위엄 있는 갤러리 주인이 어서 집에서 나가기만을 염원하게 될 거라고 누군가 말했다면 결코 그 말을 믿지 못했으리라. 자신의 모든 노력, 피터를 포함한 자신이 아는 모든 예술가들의 노력은 포틴의 관심을 얻는 것이었다.

그러나 그녀의 머릿속에 드는 생각이라곤 어서 그를 보내야 한다는 것뿐이었다.

"제가 왜 왔는지 아실 겁니다." 포틴이 싱긋 웃으며 말했다. "사실 당신과 피터, 두 분 모두와 이야기를 나눴으면 했는데요. 그는 집에 계신가요?"

"아니요, 피터는 지금 없어요. 그 사람이 있을 때 다시 오실래요?"

"괜히 시간 낭비 하시게 하고 싶지 않군요." 그가 일어서며 말했다. "저는 우리가 끔찍하게 시작했다는 걸 압니다. 다 제 잘못이죠. 그 모든 걸 바꿔 놓고 싶습니다. 제가 정말, 정말 어리석었죠."

그녀는 뭔가 말하려고 입을 떼었고, 그는 손을 올리고 미소 지었다.

"친절히 대하지 않으셔도 됩니다. 제가 얼마나 못된 놈이었는지 아니까요. 하지만 저는 배웠습니다. 그리고 다시는 그러지 않을 겁니다. 당신에게나 다른 누구에게나. 이 말씀만 드리고 가고 싶군요. 당신과 어쩌면 남편분도 생각해 보실 수 있게 말입니다. 괜찮겠습니까?"

클라라는 고개를 끄덕였다.

"당신과 피터 두 분의 대리인이 되고 싶습니다. 전 젊고, 우리는 모두 함께 성장할 수 있습니다. 전 두 분의 경력에 도움이 되도록 오랫동안 곁에서 안내자 역할을 할 겁니다. 그게 중요하다고 생각합니다. 두 분이 각자 개인전을 한 다음 합동 전시회를 하는 게 어떨까 합니다. 두 분의 재능을 이용하는 거죠. 짜릿한 경험이 될 겁니다. 그해 가장 주목받는 전시회, 최근 십 년간 가장 인상적인 전시회. 제가 부탁드리는 건 고려해 주십사 하는 겁니다."

클라라는 고개를 끄덕였고, 포틴이 가는 모습을 바라보았다.

보부아르 경위는 다리 위의 경감과 합류했다.

"이걸 보십시오." 보부아르가 그에게 출력물을 건넸다.

가마슈는 제목을 보더니 빠르게 읽어 내려갔다. 벽에 부딪힌 것처럼 4분의 3쯤 되는 대목에서 멈췄다. 눈을 든 그는 기다리고 있던 보부아르의 눈과 마주쳤다. 그는 미소를 짓고 있었다.

경감은 다시 출력물로 눈을 돌려 이번에는 더 천천히 읽었다. 끝까지. 그는 자신들이 거의 놓칠 뻔했었던 식으로 뭐든 놓치길 원치 않았다.

"잘했네." 그가 종이를 경위에게 건네며 말했다. "어떻게 알아냈나?"

"인터뷰 내용을 검토하다 파티에 온 사람 전부와 이야기하지 않았을지도 모른다는 걸 깨달았습니다."

가마슈가 고개를 끄덕였다 "좋아. 훌륭해."

그가 비앤비 쪽을 보며 팔을 뻗었다. "가겠나?"

잠시 후 그들은 환하고 따뜻한 햇살 속에서 시원한 베란다로 발을 디뎠다. 노르망과 폴레트는 잔디 광장을 가로지르는 그들의 진행 방향을 지켜보고 있었다. 사실 가마슈는 마을에 있는 사람 모두가 그러지 않았을까 의심스러웠다.

자는 것처럼 보일지 모르지만 스리 파인스는 사실 모든 것을 예민하게 감지했다.

그들이 다가가자 두 화가가 올려다보았다.

"큰 부탁 하나를 드려도 되겠습니까?" 가마슈가 웃으며 말했다.

"물론이죠." 폴레트가 말했다.

"마을을 한 바퀴 산책하시거나 비스트로에서 음료를 한잔하시겠습니까? 계산은 제 앞으로 하시고요?"

그들은 처음엔 무슨 말인지 모르겠다는 듯 그를 보았고, 이내 폴레트가 이해했다. 보고 있던 책과 잡지를 모으며 그녀가 고개를 끄덕였다. "산책이라니 좋은 생각인데요. 그렇지 않아, 노르망?"

노르망은 「파리 마치」 과월호와 레모네이드가 있는 시원한 포치 위 편안한 그네에 그대로 머물러 있길 바라는 것처럼 보였다. 가마슈는 그를 탓할 수 없었다. 하지만 그는 그들이 자리를 비켜 주는 게 필요했다.

두 형사는 화가들이 들을 수 없는 곳으로 갈 때까지 충분히 기다렸다. 그리고 나서 그들은 베란다에 있던 세 번째 사람에게 돌아섰다.

수잰 코아테스는 레모네이드를 마시며 흔들의자에 앉아 있었다. 그러나 잡지 대신 스케치북이 무릎 위에 있었다.

"안녕하세요." 그녀는 자리에서 일어나지 않고 그렇게 말했다.

"봉주르." 보부아르가 말했다. "대법원장님은 어디 계십니까?"

"놀턴에 있는 집으로 가셨어요. 난 여기서 오늘 밤 묵으려고 체크인 했어요."

"왜요?" 보부아르가 물었다. 가마슈가 가까이에 있는 흔들의자에 앉아 다리를 포개는 동안 그는 의자를 끌어와 앉았다.

"경찰이 릴리언을 죽인 사람을 밝혀낼 때까지 있을 계획이에요. 당신들이 그 일을 빨리 끝내는 데 꽤 큰 자극이 될 거예요."

보부아르가 미소를 짓자 그녀도 미소 지었다.

"진실을 말씀하시면 수사는 훨씬 더 빠르게 진행될 겁니다."

그 말이 그녀의 얼굴에서 미소를 없앴다.

"뭐에 대한?"

보부아르가 그녀에게 출력물을 건넸다. 수잰은 받아 읽고 종이를 돌려주었다. 그녀의 많은 에너지는 그녀의 내부에서 폭발한 것처럼 전혀 소모되지 않았다. 그녀는 보부아르에게서 그의 상관에게로 시선을 옮겼다. 가마슈는 도와주지 않았다. 그는 단지 흥미를 갖고 계속 주시할 뿐이었다.

"당신은 살인이 일어났던 날 밤 여기에 있었습니다." 보부아르가 말했다.

수쟨은 말이 없었고, 가마슈는 도망칠 희망이 없는 이렇게 늦은 때조차 그녀가 여전히 거짓말을 궁리하는 것처럼 보인다는 것에 놀랐다.

"있었어요." 마침내 그녀가 한 남자에게서 다른 남자에게로 힐끗 시선을 던지며 인정했다.

"왜 우리에게 그 사실을 말하지 않았습니까?"

"당신은 내가 미술관의 베르니사주에 있었는지 물었고, 난 거기에 없었어요. 이곳 파티에 대해서는 묻지 않았잖아요."

"거짓말은 하지 않았다는 겁니까?" 보부아르가 '보셨죠?'라고 말하듯 가마슈를 흘끗 보며 따져 물었다. 늘 다니던 길로 다니는 또 다른 사슴. 사람은 변하지 않는다.

"보세요." 수쟨이 의자에서 몸을 이리저리 뒤척이며 말했다. "나는 베르니사주에 많이 가지만 대개 칵테일 비엔나를 내오는 끝 무렵에 가요. 이미 말씀드렸잖아요. 그렇게 해서 가욋돈을 버는 거죠. 난 숨기는 거 없어요. 뭐, 국세청에 숨기고 있긴 하죠. 그러나 당신들한테는 다 얘기했어요."

그녀가 가마슈에게 사정했고, 그는 고개를 끄덕였다.

"모든 걸 얘기하지는 않으셨습니다." 보부아르가 말했다. "당신은 친구가 살해당했을 때 여기 있었다는 말은 빠뜨리셨습니다."

"난 손님이 아니었어요. 파티에서 일을 했죠. 심지어 웨이터로 일한 것도 아니에요. 밤새 주방에만 틀어박혀 있었다고요. 릴리언은 못 봤어요. 그녀가 이곳에 있는지조차 몰랐다고요. 내가 어떻게 알았겠어요?

그 파티는 오래전에 계획됐어요. 난 수주 전에 고용됐고요."

"릴리언에게 그 말을 했습니까?" 보부아르가 물었다.

"당연히 안 했죠. 내가 일하는 파티에 대해 일일이 그녀에게 말하지는 않아요."

"누구를 위한 파티였는지 알았습니까?"

"전혀요. 예술가라는 건 알았지만 그들 대부분이 예술가예요. 내가 일하는 출장 뷔페 업체가 주로 베르니사주를 맡아서 해요. 내가 결정해서 여기 온 게 아니라 그냥 배정된 파티였어요. 누구를 위한 파티인지 전혀 몰랐고, 신경 쓰지도 않았죠. 내가 신경 쓰는 건 불만이 나오지 않게 하고 돈을 받는 것뿐이었어요."

"우리가 릴리언이 스리 파인스의 파티에서 죽었다고 말했을 때 당신은 그때의 사정을 알고 있었을 게 분명합니다." 보부아르가 압박했다. "왜 그때 얘기하지 않았습니까?"

"얘기했어야 했죠." 그녀가 인정했다. "나도 알아요. 사실 그래서 여기 내려온 것이기도 해요. 경찰에 사실을 이야기해야 한다는 걸 알았어요. 그저 난 용기를 북돋우는 중이었어요."

보부아르가 혐오와 감탄이 섞인 시선으로 그녀를 보았다.

그야말로 능수능란한 기만을 드러냈다. 그는 역시 이 여자를 곰곰이 숙고 중인 경감을 힐끗 보았다. 그러나 그의 얼굴은 해독할 수 없었다.

"왜 지난밤에 우리에게 말하지 않았습니까?" 보부아르가 재차 따졌다. "왜 거짓말했죠?"

"충격을 받아서요. 당신이 처음에 스리 파인스라고 했을 때 잘못 들었을 거라고 생각했어요. 충분히 인식했을 땐 당신들이 가고 난 다음이었어요. 그날 밤 난 여기 있었어요. 어쩌면 그녀가 죽었을 때도요."

"그렇다면 왜 오늘 도착하자마자 우리에게 말하지 않았습니까?" 보부 아르가 물었다.

그녀가 고개를 저었다. "알아요. 내가 어리석었죠. 하지만 시간이 흐르면 흐를수록 그게 얼마나 나쁘게 보이는지 더 실감이 났어요. 그리고 난 밤새 비스트로의 주방에서 나오지 않았으니까 상관없다고 나 자신을 설득했어요. 난 아무것도 못 봤어요. 정말이에요."

"초심자 칩을 갖고 계십니까?" 가마슈가 물었다.

"네?"

"알코올중독자 모임 칩이오. 밥이 누구나 하나씩 갖고 있다던데요. 갖고 계십니까?"

수잰이 고개를 끄덕였다.

"볼 수 있을까요?"

"깜빡했네요. 다른 사람에게 줬어요."

두 남자가 빤히 쳐다보자 그녀의 얼굴이 붉어졌다.

"누구에게요?" 가마슈가 물었다.

수잰은 머뭇거렸다.

"누구에게요?" 보부아르가 몸을 기울이며 따지듯 물었다.

"몰라요. 생각 안 나요."

"둘러댈 거짓말이 생각나지 않는 거겠죠. 우린 진실을 원해요. 지금 당장." 보부아르가 쏘아붙였다.

"초심자 칩이 어디 있습니까?" 가마슈가 물었다.

"모르겠어요. 내 후원을 받는 사람 중 한 명에게 줬어요, 오래전에요.

우린 보통 그래요."

그러나 경감은 칩이 그보다 훨씬 가까이에 있다고 생각했다. 그는 그게 릴리언이 쓰러진 자리에서 흙이 말라붙은 채 발견되어 증거물 봉투 안에 있다고 의심했다. 그는 그게 수잰 코아테스가 스리 파인스 마을에 온 여러 가지 이유 중 하나라고 의심했다. 잃어버린 자기 칩을 찾기 위해. 수사가 어떻게 진행되는지 보기 위해. 어쩌면 수사에 혼선을 일으키기 위해.

그러나 확실히 자신들에게 사실을 말하기 위해서는 아니었다.

피터는 비포장도로를 걸어 내려왔고, 자신들의 차가 잔디 경계 위로 약간 비스듬히 주차돼 있는 걸 알아봤다.

클라라는 집에 있었다.

그는 오후 나절 동안 세인트토머스 영국 국교회 교회 안에 앉아 있었다. 어릴 때 외웠던 기도문들을 떠올려 반복했는데, 결국 주기도문과 '축복을 내리소서. 주여, 이 일용할 양식을……'로 시작하는 식사 전 기도와 저녁 기도로 압축됐지만 그때 그는 그게 사도 중 한 명의 기도가 아니라 크리스토퍼 로빈동화 작가 A. A. 밀른의 〈곰돌이 푸〉에 나오는 캐릭터의 기도였다는 게 기억났다.

그는 기도했다. 조용히 앉아 있었다. 그는 심지어 성가집에서 뭔가를 부르기조차 했었다.

엉덩이가 아파 왔고, 그는 기쁨도 승리감도 느끼지 못했다.

그렇게 그는 그 자리를 떠났다. 하느님이 세인트토머스에 계셨다면 그분은 피터에게서 숨어 계셨다.

하느님과 클라라 모두 자신을 피하고 있었다. 누가 봐도 좋은 날이라고는 할 수 없었다. 마을로 걸어 내려오면서 그럼에도 릴리언이라면 자신과 처지를 바꾸고 싶어 했을 거라고 생각하지 않을 수 없었다.

하느님을 만나지 못한 것보다 더 나쁜 일도 있었다. 예를 들면 하느님을 만나는 일.

집에 다다랐을 때 그는 데니스 포틴이 막 집에서 나왔다는 것을 알아차렸다. 두 남자가 서로 손을 흔들어 인사할 때 피터는 오솔길을 올라가는 중이었다.

그는 부엌에서 벽을 뚫어지게 바라보는 클라라를 발견했다.

"금방 포틴을 봤어." 피터가 그녀의 뒤에서 다가가며 말했다. "원하는 게 뭐래?"

클라라가 몸을 돌렸고, 피터의 얼굴의 미소가 얼어붙었다.

"왜 그래? 무슨 일이야?"

"끔찍한 짓을 저질렀어." 그녀가 말했다. "머나와 얘기해야 해."

클라라가 그를 돌아 현관문으로 향했다.

"아니, 기다려, 클라라. 나하고 얘기해. 뭔지 말해 봐."

"그 여자 얼굴 보셨습니까?" 보부아르가 가마슈를 따라가기 위해 서둘러 발걸음을 옮기며 물었다.

두 사람은 베란다에 앉아 있는 수잔을 떠나 잔디 광장을 가로지르고 있었다. 흔들의자가 잠잠했다. 그녀는 무릎 위에 놓인, 가브리의 생동감 넘치는 정원을 그린 수채화를 자신의 손으로 구기고 망가트렸다. 그걸 창조한 손이 그걸 파괴했다.

그러나 보부아르는 가마슈의 얼굴 또한 보았었다. 서늘하고 단호한 눈매.

"저 초심자 칩이 수잰 거라고 생각하십니까?" 보부아르가 경감 옆에서 보조를 맞춰 걸으며 물었다.

가마슈의 걸음이 느려졌다. 그들은 또다시 다리 부근에 있었다.

"모르겠네." 그의 얼굴이 굳어 있었다. "릴리언이 죽은 날 밤 그녀가 스리 파인스에 있었으면서 거짓말을 했다는 사실을 우리가 알게 된 건 자네 덕분일세."

"그녀는 주방을 결코 떠나지 않았다고 했습니다." 보부아르가 마을을 살피며 말했다. "몰래 상점들 뒤를 돌아 클라라네 정원으로 들어가는 일은 쉬웠을 겁니다."

"그리고 거기서 릴리언을 만난다." 가마슈가 말했다. 그는 몸을 돌려 모로 부부 집 쪽을 봤다. 그들은 다리 위에 서 있었다. 클라라와 피터의 정원은 나무 몇 그루와 라일락 관목으로 가려져 있었다. 다리 위에 있었던 손님들도 거기에 있는 릴리언을 보지 못했으리라. 혹은 수잰을.

"그녀는 릴리언의 사과 목록을 보고 릴리언에게 클라라의 파티에 대해 말한 게 틀림없습니다." 보부아르가 말했다. "장담하는데 그녀는 파티에 오라고 릴리언을 부추기기까지 했을 겁니다. 그리고 정원에서 만나기로 약속했겠죠." 보부아르는 다시 주위를 둘러봤다. "그곳은 비스트로에서 가장 가까운 정원이자 가장 편리한 곳이죠. 릴리언이 왜 거기서 발견되었는지 설명이 됩니다. 누구네 정원에서든 일어날 수 있었던 일이 클라라네 정원에서 일어난 것뿐입니다."

"그래서 그녀는 릴리언에게 파티 이야기를 한 것에 대해 거짓말을 했다." 가마슈가 말했다. "그리고 그녀는 누구를 위한 파티였는지 몰랐다고 거짓말을 했다."

"제가 보장하죠, 경감님. 그 여자가 한 모든 말은 거짓입니다."

가마슈가 고개를 끄덕였다. 확실히 그런 모양새로 보이기 시작했다.

"릴리언은 수잰과 같이 차를 얻어 타고……," 보부아르가 말했다.

"그건 말이 안 되네." 가마슈가 말했다. "릴리언은 자기 차가 있었어."

"맞아요." 보부아르는 사건의 순서를 표려고 에쓰고, 생각하며 발했다. "그러나 수잰을 따라왔을 수도 있습니다."

가마슈가 그걸 고려해 보더니 고개를 끄덕였다. "릴리언이 어떻게 스리 파인스를 찾아왔는지 설명이 되는군. 그녀는 수잰을 따라왔다."

"그러나 아무도 파티에서 릴리언을 보지 못했습니다." 보부아르가 말했다. "그리고 그런 새빨간 드레스를 입고 여기 있었다면 누군가 그녀를 봤을 텐데요."

가마슈는 그 점을 생각했다. "어쩌면 릴리언은 스스로 준비가 될 때까지 눈에 띄기를 원치 않았을 걸세."

"무엇에 대한 준비요?"

"클라라와의 관계를 바로잡기 위한 준비. 어쩌면 후원자와 정원에서 만나기로 약속한 시간이 될 때까지 그녀는 차에 있었겠지. 힘든 바로잡기를 하러 가기 전 마지막 응원의 말을 약속했을지도 모르지. 그녀는 분명히 수잰이 큰 호의를 베푼다고 생각했을 걸세."

"대단한 호의군요. 수잰은 그녀를 죽였습니다."

가마슈는 그 자리에 선 채 생각에 잠겼다가 고개를 흔들었다. 어쩌면 들어맞는 이야기일지도 모른다. 그러나 타당한 이야기일까? 수잰이 자신이 후원하는 사람을 죽일 이유가 뭐지? 릴리언을 죽인다고? 그리고 어느 면에서는 매우 계획적이었다. 그리고 매우 사적이었다. 손으로 릴리언의 목을 감싸 부러뜨린다?

무엇이 수잰을 그렇게 하도록 몰아갔을까?

피해자는 수잰이 묘사했던 여자와는 딴판이었을까? 보부아르가 또 옳은 걸까? 어쩌면 릴리언은 변하지 않았고, 클라라가 알았던, 비아냥거리기 좋아하고 남을 조종하려 드는 잔인한 여자였는지도 몰랐다. 그 여자가 수잰을 궁지로 몰아넣었던 걸까?

수잰은 큰 추락을 했지만 이번에는 손을 뻗쳐 릴리언을 끌어당긴 걸까? 목을 잡아서.

릴리언을 죽인 사람이 누구든 간에 그녀를 증오했다. 이것은 감정에 좌우되지 않은 범죄가 아니었다. 이번 사건은 처음부터 끝까지 그랬고, 고의적이었다. 무기도 마찬가지였다. 살인자 자신의 손.

"내가 정말 끔찍한 실수를 저질렀어, 피터."

가마슈는 목소리가 들리는 쪽으로 고개를 돌렸고, 보부아르도 그랬다. 클라라 목소리였고, 무성한 나뭇잎과 라일락 뒤에서 나는 소리였다.

"나한테 말해. 나한텐 말해도 돼." 피터가 마치 소파 밑의 고양이를 구슬려 나오게 하려는 것처럼 나직하게 안심시키는 목소리로 말했다.

"아, 세상에." 클라라가 밭은 숨을 들이쉬며 말했다. "내가 무슨 짓을 한 거지?"

"뭘 했는데?"

가마슈와 보부아르는 시선을 교환하고 조용히 다리 돌담 가까이로 살금살금 움직였다.

"릴리언 부모님한테 갔었어."

경찰청 수사관들은 피터의 얼굴이나 클라라의 얼굴은 보이지 않았지만 상상은 할 수 있었다.

긴 침묵이 흘렀다.

"친절한 일이었어." 피터가 말했다. 그러나 목소리에 확신이 없었다.

"친절했던 게 아니었어." 클라라가 쏘아붙였다. "그분들 얼굴을 당신이 봤어야 해. 거의 죽은 사람한테 살가죽만 씌워 놓은 것 같았어. 세상에, 피터, 내가 무슨 짓을 한 거지?"

"정말 맥주 안 마실래?"

"싫어, 맥주는 필요 없어. 머나가 필요해. 난……."

당신만 아니면 돼.

그런 말은 없었지만 모두가 그 말을 들었다. 정원에 있는 남자도, 다리 위에 있는 남자들도. 그리고 보부아르는 피터를 생각하니 가슴이 아팠다. 불쌍한 피터. 어찌할 바를 모르는.

"아니, 기다려, 클라라." 피터가 소리쳤다. 클라라가 그에게서 걸어가고 있는 게 분명했다. "그냥 나한테 말해, 제발. 나도 릴리언을 알잖아. 둘이 한때 좋은 친구였다는 것도 알아. 당신은 틀림없이 다이슨 부부도 사랑했겠지."

"그랬어." 클라라가 멈춰 서서 말했다. "지금도 그래." 목소리가 선명해졌다. 그녀는 피터를 마주하기 위해, 나무 뒤에 숨은 경찰들을 마주하기 위해 돌아섰다. "얼마나 나한테 잘해 주셨는데. 그런데 난 이런 짓을 저질렀어."

"나한테 얘기해 봐." 피터가 말했다.

"가기 전에 이 사람 저 사람한테 물어봤는데 모두 똑같은 얘기를 했어." 클라라가 다시 피터에게 걸어오며 말했다. "가지 말라고. 다이슨 부부의 상처가 너무 커서 나를 보고 싶어 하시 않을 거고. 그러나 난 어쨌든 갔어."

"왜?"

"왜냐하면 내가 얼마나 유감스러운 마음인지 말해 주고 싶었으니까. 릴리언에 대해. 하지만 우리의 사이가 멀어진 것에 대해서도. 그분들에게 꼬마였던 릴리언의 이야기를 할 수 있는 기회를 드리고 싶었어. 어쩌면 딸을 알고 사랑했던 누군가와 이야기를 나눌 수 있는 기회를."

"그런데 그걸 원치 않으셨어?"

"정말 끔찍했어. 문을 두들겼더니 다이슨 부인이 나오셨어. 오랫동안 울고 계셨던 게 너무나 분명했어. 완전히 무너진 모습이셨어. 처음에는 날 못 알아보셨지만 알아보신 다음에는……."

피터는 기다렸다. 그들 모두 기다렸다. 현관문 앞에 선 노부인을 상상하며.

"……그런 증오는 결코 본 적이 없어. 결코. 만약 거기서 바로 날 죽일 수 있었다면 그렇게 하셨을 거야. 다이슨 씨도 나오셨지. 왜소해진 그분은 간신히 목숨만 붙어서 간신히 거기에 있었어. 그분이 건장했을 때가 생각나. 우리를 들어서 어깨 위에 올려놓곤 하셨지. 그러나 이제는 완전히 몸이 굽으셨고," 명백히 단어를 찾고 있는 것으로 보이는 그녀는 말을 멈췄다. "아주 작았어. 그냥 아주 작았어."

더는 찾은 단어가 없었다. 아니면 더 말하기가 힘들었거나.

"'네가 우리 딸을 죽였어.' 다이슨 씨가 말했어. '네가 우리 딸을 죽였어.' 그러고 나서 나한테 지팡이를 휘두르려 했지만 지팡이는 문에 걸렸고, 좌절감에 울음만 터뜨리셨어."

보부아르와 가마슈는 그 모습이 보이는 듯했다. 연약하고 슬픔에 잠긴, 신사다운 다이슨 씨가 살인적인 분노를 터뜨리고 말았다.

"당신은 노력했어, 클라라." 피터가 차분하게 달래는 목소리로 말했다. "그분들을 도우려고 애썼지. 그렇게 될 줄 몰랐잖아."

"하지만 다른 사람은 다 알았어. 왜 나 몰랐을까?" 클라라가 흐느끼며 물었다. 그리고 다시 한 번 피터는 입 다물고 있을 만큼은 현명했다. "여기까지 오는 내내 그에 대해 생각해 봤는데 뭘 깨달았는지 알아?"

다시 피터는 기다렸지만, 5미터도 채 떨어지지 않은 곳에 숨어 있던 보부아르는 '뭔데요?'라고 물을 뻔했다.

"어찌 됐든 다이슨 부부를 위로하러 간 건 용감하고 숭고하기까지 한 일이었다고 나 자신을 설득했어. 하지만 정말은 나 자신을 위해 한 일이었어. 그리고 이제 내가 무슨 짓을 했는지 봐. 그분들이 그렇게 노쇠하지 않았다면 다이슨 씨는 날 죽였을 거야."

피터가 아내를 감싸 안은 듯, 소리가 죽은 흐느낌이 가마슈와 보부아르에게 들려왔다.

다리를 등진 경감이 벨라벨라 강 저편의 수사본부를 향해 걷기 시작했다.

보부아르는 이제 유력한 단서를 쫓기 위해, 가마슈는 몬트리올로 향하기 위해, 두 사람은 수사본부에서 헤어졌다.

"저녁 시간까지는 돌아올 걸세." 가마슈가 자신의 볼보 운전석에 오르면서 말했다. "릴리언 다이슨의 그림에 대해 브루넬 경정과 얘기를 해봐야겠어. 가치가 얼마나 될지."

"좋은 생각입니다."

보부아르는 가마슈와 마찬가지로 피해자의 집 벽에 걸린 그림을 봤다. 그것들은 기이하게 일그러진 몬트리올의 거리처럼 보일 뿐이었다. 친숙하고 알아볼 수는 있었지만 현실의 거리와 건물 들은 각이 져 있는 반면 그림 속의 것들은 둥글고 흐르는 듯했다.

그림들은 보부아르의 속을 약간 울렁거리게 했다. 브루넬 경정이 그것들을 어떻게 생각할지 궁금했다.

가마슈 경감도 그랬다.

그가 몬트리올에 도착했을 때는 늦은 오후였고, 우트레몽에 있는 테레즈 브루넬의 아파트로 가는 데 러시아워를 맞닥뜨렸다.

그는 먼저 전화를 해서 브루넬 부부가 집에 있는지 확인했고, 계단을 올라가자 제롬이 문을 열었다. 거의 완벽한 정사각형 체격의 그는 손님 접대에 확실한 완벽한 집주인이었다.

"아르망." 그가 손을 내밀어 경감의 손을 잡았다. "테레즈는 부엌에서 간단한 먹을거리를 준비하고 있네. 발코니로 가서 앉지. 음료는 뭐로 할 텐가?"

"페리에면 됩니다, 제롬." 가마슈가 집주인을 따라 익숙한 거실의 펼쳐진 참고 도서 더미, 제롬의 퍼즐과 암호 들을 지나치며 말했다. 그들은 거리와 잎이 우거진 녹색 공원이 보이는 정면 발코니로 갔다. 모퉁이를 돌기만 하면 비스트로와 프랑스풍 식당과 부티크로 넘쳐 나는 로리에 가라는 게 믿기 힘들었다.

그와 렌 마리는 이곳에서 멀지 않은 데 살았고, 저녁 식사를 하거나 칵테일을 마시러 이 집에 온 적이 많았다. 그리고 브루넬 부부 역시 자신들의 집을 수없이 방문했었다.

이번에는 엄밀히 말해 사교적인 방문은 아니었지만 브루넬 부부는 편한 기분이 들도록 신경 썼다. 범죄와 살인에 대해 이야기할 필요가 있다 하더라도 음료와 치즈와 향료를 가미한 소시지와 올리브를 앞에 두고 하지 못할 이유가 있겠는가?

그것이 정확히 가마슈의 느낌이었다.

"메르시, 제롬." 테레즈 브루넬이 남편에게 쟁반을 건네고 화이트 와인을 받아 들며 말했다.

그들은 공원을 내다보며 오후 햇살 속 발코니에 서 있었다.

"사랑스러운 계절이죠?" 테레즈가 말했다. "정말 상쾌해요."

이내 그녀는 곁에 있는 남자에게 주의를 돌렸다. 그리고 그도 그녀에게 고개를 돌렸다.

아르망 가마슈는 자신이 10년 이상 알아 온 여인을 보았다. 사실은 자신이 훈련시켰다. 경찰학교에서 가르쳤었다. 그녀는 명백히 지적일 뿐 아니라 동기들의 엄마뻘이었기 때문에 경찰 후보생들 중에서 단연 눈에 띄었다. 그녀는 사실 가마슈보다 열 살은 더 많았다.

그녀는 몬트리올 미술관 수석 큐레이터로서 성공적인 경력을 쌓은 후에 경찰청에 들어왔다. 저명한 미술사학자이자 미술 옹호자인 그녀는 의문의 그림이 한 점 나타났을 때 경찰청으로부터 조언을 요청받았다. 사라진 게 아니라 느닷없이 출현한 그림에 대해서.

그 범죄 사건으로 그녀는 자신이 수수께끼를 굉장히 좋아한다는 걸 알게 되었다. 몇몇 사건을 더 돕고 나서 그녀는 그 일이 진정 자신이 하고 싶었고, 해야 할 일이라는 것을 깨달았다.

그래서 그녀는 굉장히 깜짝 놀란 신규 모집 담당 경관을 찾아가 지원서에 사인을 하기 위해 미술관을 그만두었다.

그게 12년 전 일이었다. 이제 그녀는 자신의 선생님이자 멘토를 뛰어넘어 경찰청 고위 간부 중 한 명이었다. 그러나 그가 선택한 길과 주어진 길이 그녀와 다를 뿐이란 것을 둘 다 알고 있었다.

"어떻게 도와 드릴까요, 아르망?" 그녀가 우아하고 날씬한 손으로 발코니 의자를 가리키며 물었다.

"자리를 비켜 줄까?" 제롬이 의자에서 일어나려고 허우적거리면서 물었다.

"아니, 아닙니다." 가마슈가 그에게 앉으라는 손짓을 했다. "원하신다면 앉아 계십시오."

제롬은 항상 원했다. 은퇴한 응급실 의사인 그는 평생 퍼즐을 사랑했고, 아내 이상으로 그 퍼즐을 재밌어했다. 늘 그의 끊임없는 암호에 대한 열정을 다정하게 놀리곤 했던 그의 아내는 이제 자신이 그 퍼즐에 빠져 있었다. 물론 분명히 더 진지한 퍼즐이었지만.

가마슈 경감이 페리에를 내려놓고 가방에서 관련 서류 일체를 꺼냈다. "이것들을 보시고 어떻게 생각하시는지 말씀해 주셨으면 합니다."

사진들을 연철 테이블에 펼쳐 놓은 브루넬 경정은 그것들이 미풍에 날아가지 않도록 눌러 놓는 데 글라스 몇 개와 접시를 썼다.

그녀가 사진을 꼼꼼히 살펴보는 동안 남자들은 조용히 기다렸다. 그녀는 충분히 시간을 들였다. 차들이 지나갔다. 건너편 공원에서는 아이들이 축구공을 차고, 그네를 타며 놀고 있었다.

아르망 가마슈는 쐐기 모양의 라임 조각으로 기포가 일도록 저으며 탄산수를 마셨고, 릴리언 다이슨의 아파트에서 발견한 그림들을 경정이 면밀히 검토하는 모습을 지켜보았다. 한 노련한 수사관이 건넨 살인 사건의 한 요소를 살피는 테레즈는 근엄해 보였다. 그림들을 훑는 그녀의 눈이 바삐 움직였다. 이내 눈길이 느려졌고, 처음으로 한 그림에 눈길을 고정했다가 다음으로 넘어갔다. 그녀는 잘 손질한 머리를 옆으로 기울이며 테이블 위에서 사진들을 옮겼다.

그림과 퍼즐에 몰두하기 시작했을 때 그녀의 표정은 부드러웠지만 눈은 결코 그렇지 않았다.

아르망은 그녀에게 그림에 대해 아무것도 이야기하지 않았다. 누가 그렸고, 자신이 뭘 알고 싶은지 전혀 이야기하지 않았다. 그것이 살인 수사와 관련되었다는 것 외에는 아무 정보도 주지 않았다.

그녀가 자신의 질문이나 언급으로 오염되지 않은 자신만의 의견을 갖길 바랐다.

경찰학교에서 경감은 그녀에게 범죄 현장이 단순히 땅 위에만 있는 것은 아니라고 가르쳤다. 그것은 사람들의 머릿속에 있었다. 그들의 기억과 인식. 그들의 느낌. 따라서 유도 질문으로 그것들을 오염시켜서는 안 된다.

마침내 그녀는 테이블에서 떨어져 늘 그러듯 처음에는 제롬을, 그다음 가마슈를 보았다.

"음, 경정님?"

"음, 경감, 이 작품들이나 이 작품을 그린 화가는 전에 결코 본 적이 없다고 말씀드릴 수 있어요. 스타일이 매우 독특해요. 기존 작품들과 전혀 달라요. 현혹될 만큼 단순해요. 원시적이라고는 할 수 없지만 남을 의식하지도 않아요. 아름다워요."

"값어치가 있습니까?"

"이제 질문 시간이군요." 그녀는 다시 그림들을 숙고했다. "아름다움은 유행을 타지 않아요. 신랄하고 어둡고 삭막하고 냉소적이고. 갤러리와 큐레이터 들이 원하는 게 그런 것들이죠. 그들은 그런 작품이 더 복잡하고 더 도전적이라고 여기는 것 같지만 난 그렇지 않다고 말씀드릴 수 있어요. 빛은 어둠과 똑같이 도전적이에요. 아름다운 걸 보면서 우리는 자신에 대해 많은 걸 발견할 수 있죠."

"그렇다면 이것들이," 가마슈가 테이블 위의 그림들을 가리켰다. "경정님께 무슨 얘길 하던가요?"

"나 자신에 대해?" 그녀가 미소 지으며 물었다.

"얼마든지요. 하지만 전 화가에 대한 걸 생각하고 있었습니다."

"그는 누구예요, 아르망?"

그는 주저했다. "곧 말씀드리겠습니다. 하지만 먼저 어떻게 생각하시는지 듣고 싶군요."

"누가 그렸든 경이로운 화가예요. 어린 화가는 아닌 것 같아요. 함축적인 표현이 너무나 많아요. 말씀드렸다시피 현혹될 만큼 단순하지만 자세히 들여다보면 우아한 암시들로 이뤄져 있죠. 여기 이런 부분이오." 그녀가 마치 바위를 도는 강물처럼, 건물을 휩싸고 도는 길을 가리켰다. "가볍게 빛이 스치죠. 그리고 이쪽을 좀 떨어져서 보면 하늘과 건물과 길이 모두 만나고, 서로 구분하기가 어렵게 돼요."

테레즈는 거의 탐내듯 그림들을 보았다. "정말 훌륭해요. 화가를 직접 만나 보고 싶네요." 그녀는 가마슈의 눈을 들여다봤고, 필요 이상 길게 한동안 눈을 떼지 않았다. "그러나 볼 수 없을 거라는 생각이 드네요. 그는 죽지 않았나요? 그가 피해자인가요?"

"왜 그렇게 말씀하십니까?"

"당신이 살인 수사과의 수장이라는 사실을 빼고요?" 그녀는 미소를 지었고, 그녀 옆에 있는 제롬이 웃음을 감추려고 헛기침을 했다. "당신이 이 사진들을 가져왔다는 건 화가가 용의자 아니면 피해자라는 얘긴데, 누가 됐든 그림을 그린 사람은 살인은 하지 않았을 테니까요."

"왜죠?"

"화가는 아무래도 자신이 아는 것을 그림으로 그리게 마련이죠. 그림은 감정이에요. 최고의 화가는 작품에서 자신을 드러내요." 브루넬 경정이 다시 작품을 흘끗 보면서 말했다. "이걸 그린 사람이 누구든 만족하고 있어요. 아마 완벽히는 아니겠지만 자족하는 남자예요."

"혹은 여자요." 경감이 말했다. "그리고 경정님 말이 맞습니다. 그녀는 죽었습니다."

그는 그들에게 릴리언 다이슨의 삶과 죽음에 대해 말해 줬다.

"누가 그녀를 죽였는지 아나?" 제롬이 물었다.

"점점 좁혀지고 있습니다." 가마슈가 사진을 한데 모으며 말했다. "프랑수아 마루아와 앙드레 카스통게에 대해 말씀해 주실 수 있습니까?"

테레즈가 세련되게 다듬은 눈썹을 치켜세웠다. "미술 딜러들이오? 그들도 관련됐나요?"

"그렇습니다. 데니스 포틴도 포함해서요."

"뭐," 테레즈가 화이트 와인을 한 모금 마시고 말했다. "카스통게는 자기 갤러리를 가지고 있지만 수입 대부분은 켈리 푸드와의 계약에서 나오죠. 그는 수십 년 전에 그 계약을 따내 지금까지 그 계약을 그럭저럭 유지하고 있어요."

"간당간당하다는 듯이 말씀하시는 것 같은데요."

"사실 난 그가 아직도 그 계약을 유지하고 있다는 데 놀랐어요. 새롭고도 보다 현대적인 갤러리들이 문을 열면서 그는 최근 몇 년간 영향력을 많이 잃었죠."

"포틴의 갤러리 같은?"

"정확히 포틴 같은. 매우 공격적이죠. 포틴은 신사 전용 클럽을 공략했어요. 그를 탓할 순 없어요. 그들이 그에게 문을 닫았기 때문에 그로서는 문을 두들길 수밖에 없었죠."

"데니스 포틴은 그냥 문을 두들기는 것으로 만족하는 것 같진 않더군요." 가마슈가 얇게 썬, 소금에 절인 이탈리아 소시지와 블랙 올리브를 가져오며 말했다. "카스통게 귓가에서 모든 게 다 무너져 내리기를 바라는 것 같다는 인상을 받았습니다. 포틴은 그 모든 것을 원하고 그걸 취할 셈이죠."

"반 고흐의 귀." 그렇게 말한 테레즈는 가마슈가 얇게 썬 소시지를 입안에 넣으려다 말고 멈추자 미소를 지었다. "그건 편육이 아니에요, 아르망. 걱정할 것 없어요. 그래도 올리브는 보장 못 해요."

그녀가 가마슈에게 짓궂은 눈빛을 보냈다.

"방금 '반 고흐의 귀'라고 하셨습니까?" 경감이 물었다. "수사 초기에 누군가가 같은 표현을 썼습니다. 누구인지 지금 기억이 안 나는군요. 무슨 뜻입니까?"

"중요한 걸 놓치게 될까 봐 모든 걸 쓸어 담는다는 뜻이에요. 이전 시대에 그들이 반 고흐의 천재성을 놓쳤듯이. 데니스 포틴은 딱 그 일을 하고 있는 중이죠. 그중 하나가 새로운 반 고흐나 데이미언 허스트'현대미술의 악동'으로 불리는 영국의 현대미술가 혹은 애니시 커푸어인도 뭄바이에서 태어난 영국 조각가로 밝혀질 수도 있으니까 유망한 미술가라면 모두 그러모으고 있죠."

"차기 거목. 그는 클라라 모로에게서 그걸 놓치고 말았죠."

"그랬죠." 브루넬 경정이 동의했다. "그래서 같은 실수를 반복하지 않으려고 필사적일 수밖에 없을 거예요."

"그렇다면 그는 이 화가를 원했을까요?" 가마슈가 테이블 위 이제 덮여 있는 서류철을 가리켰다.

경정이 고개를 끄덕였다. "내 생각에는 그래요. 말씀드렸다시피 아름다움이란 건 유행을 타는 게 아니지만 만약 당신이 차기 거목을 찾으려고 한다면 누구나 하는 것을 하는 사람들 중에는 없을 거예요."

그녀는 깔끔하게 손질된 손톱으로 서류철을 톡톡 두들겼다.

"그리고 프랑수아 마루아는요?" 가마슈가 물었다. "그는 어떻게 적응하고 있습니까?"

"아, 좋은 질문이네요. 그는 모든 면에서 점잖은 무관심을 표방하죠. 파벌 싸움에 관해서도 물론 그렇고요. 경쟁에서 초연하게 사는 것처럼 보여요. 위대한 예술과 그 예술가들의 육성을 원할 뿐이라고 주장해요. 그리고 확실히 그걸 아는 사람이에요. 이 도시는 물론이고 캐나다 전체를 통틀어 재능을 가장 잘 알아보는 딜러라고 말씀드릴 수 있어요."

"그리고요?"

테레즈 브루넬이 가마슈를 면밀히 살폈다. "분명히 그와 애기해 봤을 텐데요, 아르망. 당신은 어떻게 생각해요?"

가마슈는 잠시 생각했다. "모든 미술상들 중에서 자신이 원하는 바를 가장 잘 취할 것 같다는 생각이 들었습니다."

브루넬이 천천히 고개를 끄덕였다. "그이는 포식자예요." 마침내 그녀가 입을 열었다. "끈기 있고 무자비하죠. 아마 알아차렸겠지만 자신이 원하는 걸 포착할 때까지는 그렇게 매력적일 수가 없죠. 그런 다음? 도륙이 끝날 때까지 어딘가에 숨어 있는 게 최선이죠."

"그렇게 심합니까?"

"그렇게 심해요. 바라던 것을 얻지 못한다면 프랑수아 마루아라고 할 수 없죠."

"법을 어긴 적이 있습니까?"

그녀가 고개를 흔들었다. "어쨌든 법에 구애될 사람은 아니에요."

세 친구는 한동안 말없이 앉아 있었다. 마침내 가마슈가 입을 열었을 때까지.

"이 사건에서 어떤 인용구와 맞닥뜨렸는데 그걸 아시는지 궁금합니다. 그는 타고났다. 생리 작용인 양 예술을 낳는다."

그는 물러나 앉아 부부의 반응을 살폈다. 잠깐 동안 아주 심각한 표정이었던 테레즈가 미소를 띤 반면 그녀의 남편은 껄껄 웃음을 터뜨렸다.

"그 인용구를 알아요. 평론 기사에 났던 말일 거예요. 하지만 굉장히 오래전 일인데." 테레즈가 말했다.

"그렇습니다. 「라 프레스」의 평론이었죠. 죽은 여자가 쓴 겁니다."

"그 여자가 쓴 거예요, 아니면 그 여자를 쓴 거예요?"

"리뷰에서 '그'라고 했잖아, 테레즈." 남편이 신나서 말했다.

"그렇긴 하지만 아르망이 실수했을 수도 있지. 알다시피 덜렁대기로 아주 유명해." 그녀가 미소 지으며 말했고, 가마슈는 웃음을 터트렸다.

"이번에는 어쩌다 보니 제대로 알았습니다." 그가 말했다. "누구에 대해 쓴 건지 기억하십니까?"

테레즈 브루넬은 생각하더니 고개를 저었다. "미안해요, 아르망. 말했듯이 그 구절은 유명해졌는데 누구였든 그 평을 받은 미술가는 유명해지지 못했어요."

"리뷰가 그렇게나 중요합니까?"

"커푸어나 트웜블리美國의 화가이자 조각가이자 사진가에게라면 그렇지 않죠. 이제 갓 시작해 첫 전시회를 한 작가에게라면 결정적이에요. 그리고 보니 클라라 전시회에 대한 멋진 리뷰들을 본 게 생각나네요. 베르니사주에는 못 가 봤지만 내게는 놀라운 일이 아니에요. 그녀 작품은 천재적이에요. 축하해 주려고 전화했는데 연락이 닿질 않더군요. 바쁠 거예요."

"클라라의 작품이 이 그림들보다 훌륭한가요?" 가마슈가 서류철을 가리켰다.

"서로 달라요."

"위Oui 네. 하지만 경정님이 여전히 몬트리올 미술관 수석 큐레이터라고 한다면 어느 작가 작품을 사시겠습니까? 클라라 모로입니까, 릴리언 다이슨입니까?"

테레즈는 한동안 고민했다. "두 작품이 서로 다르다고 말씀드렸지만 한 가지 큰 공통점이 있어요. 두 작가의 작품 모두 그것들 나름의 방식으로 굉장히 기쁨에 차 있어요. 예술이 그쪽으로 향해 간다면 얼마나 좋을까요."

"왜죠?"

"왜냐하면 그 얘기는 인간 정신이 그쪽으로 향해 가고 있다는 뜻일 수 있거든요. 어둠의 시기에서 벗어나."

"그러면 좋겠군요." 가마슈가 서류철을 집으면서 동의했다. 그러나 그는 일어나기 전 테레즈를 보았고, 그때 마음을 정했다.

"티에리 피노 대법원장에 대해 아시는 게 있습니까?"

"세상에, 아르망, 그도 관련된 건 아니겠죠?"

"관련되셨습니다."

브루넬 경정이 숨을 깊게 들이마셨다. "개인적으로는 모르고, 법률가로서만 알고 있죠. 아주 곧고 강직한 사람 같아요. 그의 재판 기록에는 전혀 흠이 없어요. 누구에게나 휘청대는 시기가 있게 마련이지만 그가 판사석에 앉아 있는 동안 그에 관해 그런 이야기를 들은 적은 없어요."

"그럼 법원 밖에서는요?" 가마슈가 압박했다.

"그가 술을 좋아했다는 것과 가끔은 굉장히 고약해지기도 했다는 이야기를 들은 적이 있어요. 그러나 그때는 그럴 만한 이유가 있었죠. 손자를 잃었다고 했던가, 아니 막내딸이라고 했던가? 음주운전. 그 후로 술을 끊었어요."

가마슈는 자리에서 일어나 테이블 치우는 것을 돕고 쟁반을 부엌으로 날랐다. 그러고 나서 현관으로 향했다. 그러나 거기서 멈췄다.

그는 테레즈와 제롬에게 뭔가 말해야 할지 고민했다. 그러나 얘기를 한다면 지금뿐이었다. 그리고 털어놓아도 될 만한 사람들이 있다면 이들 부부였다.

그들이 문턱에 섰을 때 가마슈는 천천히 문을 닫고 그들을 보았다. "다른 질문이 또 있습니다." 그가 나지막한 목소리로 말했다. "사건과는 관계없는 일입니다. 어떤 다른 얘깁니다."

"위?"

"급습 사건 동영상." 그가 그들을 자세히 살피며 말했다. "인터넷에 뿌린 자가 정말 누구라고 생각하십니까?"

제롬은 당황한 것처럼 보였지만 브루넬 경정은 그렇지 않았다.

화가 난 것 같았다.

22

테레즈가 문가에 있는 두 사람을 열린 프랑스식 창을 통해 아파트 안으로 다시 데려갔다. 빛이 덜 드는 거실 한가운데로.

"내부 수사가 있었죠." 낮고 화난 목소리로 그녀가 말했다. "당신도 알잖아요, 아르망. 수사관들은 해커의 소행이라고 밝혔어요. 아마 파일을 발견한 애송이는 그게 뭔지도 몰랐을 기예요. 그게 다예요."

"운 좋게 발견한 사람이 어떤 애송이라면 왜 그들은 그를 밝히지 않습니까?" 가마슈가 물었다.

"그건 그 수사관들에게 맡겨요." 이제 아까보다 부드러워진 목소리로 경정이 말했다.

가마슈는 앞에 있는 두 사람을 응시했다. 나이 든 남자와 여자. 주름 지고 지친.

그러나 그렇다면 자신 역시 마찬가지였다.

그게 바로 보부아르에게 그 동영상을 보지 말라고 경고했던 이유였다. 그게 바로 그가 자신의 부하 1백여 명 중 어느 누구에게도 이 건을 파헤치는 임무를 배정하지 않은 이유였다. 그들 중 누가 임무를 맡든 기꺼이 이 건을 파헤쳤을 터였다.

그러나 그들이 발견한 것을 그대로 거기에 묻어 버린다면?

아니, 자신이 직접 조사하는 것이 최선이었다. 신뢰하는 두 사람의 도움을 받아서. 그리고 브루넬 부부는 또 하나의 뛰어난 자질을 갖추고 있었다. 그들은 시작보다 끝에 더 가까웠다. 자신이 그렇듯이. 모든 경력의 마무리 단계. 모든 삶의 마무리 단계에. 이제 둘 다 잃는다 해도 그들이 충만하게 살아왔다는 사실은 변함이 없었다.

가마슈는 젊은 형사를 이 사건에 배치하지 않을 것이었다. 그는 선택의 여지가 없다 해도 또 다른 형사를 잃지 않을 것이었다.

"내부 조사 보고서를 기다렸습니다." 그가 말했다. "보고서를 읽고, 그걸 연구하고 생각하며 두 달을 보냈습니다."

브루넬 경정은 자신이 정말로 대답하고 싶지 않은 질문이 나오기 전에 주의 깊게 생각했다. "그리고 뭐라고 결론 내렸나요?"

"그 수사에는 결함이 있었고, 어쩌면 의도적이었는지조차 모릅니다. 사실, 거의 확실히 의도적이었습니다. 경찰청 내부의 누군가가 진실을 덮으려고 애쓰고 있습니다."

딴청을 부리는 것은 소용없는 짓이었다. 그가 믿는 것이 그것이었다.

"왜 그런 결론을 내리게 됐지?" 제롬이 물었다.

"해커가 그 동영상 파일을 찾는 건 거의 불가능했을 테니까요. 그리고 그런 자가 있었다면 수사관들은 그가 누군지 밝혀냈을 겁니다. 그게 그들이 하는 일이죠. 사이버 범죄만 수사하는 부서가 있습니다. 그들이 그를 찾아냈겠죠."

테레즈와 제롬은 조용했다. 이내 제롬이 아내를 향했다.

"당신 생각은 어때?" 그가 물었다.

그녀는 남편에게서 손님에게로 시선을 옮겼다.

"경찰청 내부의 누군가가 진실을 덮으려 한다고요. 진실은 뭐라고 생각하죠?"

"그것이 내부에서 샜다고요." 가마슈가 말했다. "경찰청 내 누군가가 그 동영상을 유포했습니다, 고의로요."

그는 말을 하면서 그녀가 이미 알고 있거나 의심하고 있던 것을 자신이 말하고 있다는 걸 깨달았다.

"하지만 왜요?" 그녀가 물었다. 그것은 그녀가 자신에게 했던 질문임이 명백했다.

"그 '왜'는 '누구'냐에 달려 있다고 생각합니다." 경감이 말했다. 그는 그녀를 주의 깊게 살폈다. "이 얘기가 놀랍지 않으시군요?"

테레즈 브루넬은 망설이다 고개를 흔들었다. "나도 다른 모든 경정들이 그랬던 것처럼 보고서를 봤어요. 그들은 뭘 생각했는지 모르지만 난 당신과 같은 결론에 도달했어요. 반드시라고는 할 수 없지만 내부 소행이었어요." 그녀는 경고하는 눈으로 그를 봤다. "그러나 이상한 이유로 수사는 결론이 나지 않았죠. 네 경찰의 죽음, 그들의 가족과 그들의 봉사에 대한 배반이라는 점을 고려하면 난 수사가 철저히 이루어지길 기대했어요. 그들이 가진 모든 역량을 거기에 쏟아부을 거라고 생각했었죠. 그리고 그들은 그랬다고 주장했죠. 그런데 그 결론이라는 것은 어떤 미사여구로 포장해도 충격적일 만큼 빈약했어요. 테이프는 신원 미상의 해커에게 도난당했다."

그녀가 고개를 저으며 깊이 숨을 들이마셨다 내뱉은 후 다시 말을 이었다.

"문제가 생겼네요, 아르망."

그가 두 사람을 보며 고개를 끄덕였다. "아주 큰 문제가요."

브루넬 경정이 자리에 앉아 두 사람에게 의자를 가리켰고, 그들은 그녀와 함께 앉았다. 그녀는 루비콘 강을 건너기 전에 잠시 침묵했다. "누가 그랬다고 생각해요?"

가마슈는 맑고 지적인 그녀의 눈을 보았다. "제가 누구를 생각하는지 아실 겁니다."

"알지만 당신이 직접 말하세요."

"실뱅 프랑쾨르 총경."

밖에서 아이들이 서로 쫓으며 악쓰는 소리, 뛰고 웃음을 터트리는 소리가 들려왔다.

"이거 재밌어지는군." 제롬 브루넬이 골치 아픈 퍼즐을 생각하면서 두 손을 마주 비비며 말했다.

"제롬!" 그의 아내가 말했다. "이야기를 듣는 한 거야? 퀘벡 경찰청 수장이 불법적일 뿐만 아니라 매우 잔인한 일을 했을 가능성이 아주 높아. 죽은 경찰과 산 경찰 들을 공격한 거라고. 그리고 그들의 가족들을. 자신의 목적을 위해서."

테레즈가 가마슈에게 다시 고개를 돌렸다. "만약 프랑쾨르 짓이었다면 왜 그런 짓을 한 거죠?"

"모릅니다. 그러나 그가 오랫동안 저를 제거하고자 했던 것은 압니다. 이게 마지막 결정타가 될 거라 여겼을시 노르쇼."

"하지만 동영상은 자네를 나쁜 사람으로 보이게 하지는 않았네, 아르망." 제롬이 말했다. "정반댈세. 자네를 아주 훌륭하게 보이게 했지."

"그렇다면 어떤 게 손상을 입힐 것 같습니까, 제롬?" 가마슈가 맞은편 남자를 애정 어린 눈길로 보았다. "거짓된 비난일까요, 거짓된 칭찬일까요? 특히 고통은 너무 많았고 칭찬할 일은 거의 없었던 경우에는요."

"그건 자네 잘못이 아니었네." 제롬이 자기 친구 얼굴을 똑바로 보며 말했다.

"메르시." 가마슈가 고개를 숙였다. "그러나 역시 제 최고의 시간도 아니었죠."

제롬이 고개를 끄덕였다. 그 스포트라이트는 교묘히 꾸며진 것일 수도 있었다. 그것은 한 사람을 어딘가 어두한 곳으로 황급히 숨게 할 수 있었다. 무력함을 느끼게 하는 눈부신 대중의 지지에서 멀리 떨어진 곳으로.

가마슈는 도망치지 않지만 제롬과 테레즈는 그가 그런 유혹에 심하게 빠졌었다는 것을 알았다. 사유서를 제출하고 은퇴까지 할 뻔했었다. 그래도 누구 하나 그를 탓하지 않으리라. 누구 하나 저 젊은 형사들의 죽음에 대해 그를 탓하지 않은 것처럼. 가마슈 자신만 빼고 아무도.

하지만 은퇴하거나 물러나는 대신 경감은 자리를 지켰다.

그리고 제롬은 이것이 그 이유였는지 궁금했다. 만약 가마슈 경감이 남았어야 할 필요가 한 가지 더 있었다면. 산 자와 죽은 자 모두에 대한 그의 마지막 임무.

진실을 찾기 위한.

이자벨 라코스트 형사는 얼굴을 비비고 손목시계를 봤다.

저녁 7시 35분.

경감이 조금 전 이상한 요구처럼 생각되는 전화를 했었다. 사실은 제안을. 그건 일이 더 늘었다는 걸 의미했지만 형사 한 명을 더 그 조사에 배치했다. 이제 다섯 명의 형사가 몬트리올 일간지 「라 프레스」의 자료실에서 파일을 검토 중이었다.

일은 훨씬 빨라졌지만 그 리뷰가 간행됐던 때가 몇 년도인지 심지어 10년 전인지조차 알 수가 없었기 때문에 조사는 쉽지 않았다. 그리고 가마슈 경감은 일을 훨씬 더 어렵게 만들었다.

"이걸 보세요." 부하 형사 한 명이 라코스트에게 몸을 돌리며 말했다. "찾아낸 것 같습니다."

"세상에, 감사합니다, 하느님." 다른 형사가 신음하듯 말했다.

다른 세 형사가 그 마이크로필름 주위로 몰려들었다.

"확대해 볼래요?" 라코스트가 지시하자 그 형사가 딸깍 다이얼을 돌렸다. 화면이 확대되고 선명해졌다.

거기에 굵은 글자체로 '깊은 감동을 주는 전시'라고 적혀 있었다. 그리고 뒤따르는 글은 리뷰나 비평이라기보다 감동과 운동이라는 단어를 반복 사용하는 코미디 멘트 같았다. '생리 작용'도 마찬가지였다.

녹초가 된 형사들조차 읽으면서 킥킥거렸다.

유치하고 미성숙했다. 그러나 꽤 재미는 있었다. 누가 바나나 껍질 위에서 미끄러지는 모습을 지켜보는 것처럼. 그리고 추락을. 섬세함은 찾아볼 수 없었다. 그러나 무슨 까닭인지 우스웠다.

이자벨 라코스트는 웃지 않았다.

다른 형사들과는 달리 그녀는 이 리뷰가 어떤 결말을 맞았는지 보았다. 그 리뷰는 지면 위에서의 한때가 아니라 늦은 봄 정원에 대자로 누운 시체를 남겼다.

그것은 농담으로 시작되어 살인으로 끝이 났다.

라코스트 형사는 그 리뷰를 여러 부 출력하게 하고 날짜가 선명하게 출력됐는지 확인했다. 이내 그녀는 수고를 치하하고 형사들을 해산한 후 자신의 차에 올라 다시 스리 파인스로 차를 몰았다. 차 안에서 그녀는 자신이 유죄 판결문을 나르고 있다고 확신했다.

23

피터는 클라라의 작업실에 앉아 있었다.

그녀는 거의 말없이 저녁을 먹자마자 머나와 이야기하러 나갔다. 자신은 결국 그녀에게 충분한 상대가 아니었다. 자신이 시험을 받았다는 것을 알았다. 그리고 원하는 것을 찾았다.

그는 항상 원했다. 그러나 지금까지 자신이 정말로 원하는 게 뭔지 몰랐고, 그래서 모든 것을 원하려 했다.

이제 최소한 그는 알았다.

그는 클라라의 작업실에 앉아 기다렸다. 하느님이 이곳에도 사신다는 걸 그는 알고 있었다. 언덕 위 세인트토머스 교회에만 사시는 게 아니라 말라비틀어진 사과 속과 오일이 굳은 붓들이 아무렇게나 담겨 있는 깡통들로 어수선한 이 공간에도 사셨다. 그림들도 있었다.

커다란 유리 섬유 발과 여기저기 널린 자궁 전사들.

복도 건너편에 있는 새것처럼 말끔한 그의 작업실은 영감을 얻기 위해 공간을 비워 두었다. 아주 깨끗하고 깔끔하게. 그러나 영감은 주소를 착각해 대신 이곳에 내려앉았다.

아니, 자신이 찾고 있는 건 단순한 영감이 아닌, 그 이상이라고 피터는 생각했다.

그게 늘 문제였다. 평생 이것을 저것이라고 착각했다. 영감을 생각하는 것으로 충분하다 여겼다. 창조된 것을 창조주라고 오인했다.

그는 도움이 될지도 모른다고 생각하고 클라라의 작업실에 성경을 가지고 왔었다. 하느님께 자신이 신실하다는 증거가 필요할 경우를 대비해서. 그는 사도들의 행적을 찾으며 성경을 휙휙 넘겼다.

토머스. 자신들의 교회 이름과 같은. 의심하는 토머스열두 사도 중 토마를 가리킨다.

스리 파인스의 교회가 의심하는 자의 이름을 따왔다니 얼마나 이상한 일인지.

그리고 내 이름은? 피터열두 사도 중 베드로의 영어식 이름. 자신은 반석이었다.

하느님이 자신을 찾을 때까지 시간을 보내기 위해 피터는 성경에서 자기 이름이 나온 부분을 찾아 띄엄띄엄 읽었다.

그는 매우 만족스러운 부분을 많이 발견했다.

베드로는 반석이자 사도이자 성인이었다. 심지어 순교자.

하지만 베드로는 다른 무언가이기도 했다. 사도인 그가 명백한 기적인 물 위를 걷는 사람을 목도했을 때 예수님이 그에게 말했던 무언가. 그리고 그 자신 또한 물 위를 걸었음에도 베드로는 그것을 믿지 않았다.

그 모든 증거와 증명을 믿지 못했다.

"오, 이 믿음이 부족한 자들아."

베드로가 들었던 말이었다.

그는 성경을 덮었다.

이자벨 라코스트 형사가 주차하고 수사본부로 들어간 때는 땅거미가 질 무렵이었다. 그녀는 미리 전화를 했고, 가마슈 경감과 보부아르 경위가 기다리고 있었다.

그녀는 그들에게 전화상으로 리뷰를 읽어 줬었지만 두 사람 모두 실제로 그 리뷰를 보길 갈망하며 그녀를 맞았다.

그녀는 복사본을 한 부씩 건네고 지켜봤다.

"이런 젠장." 보부아르가 순식간에 훑어보고 말했다. 두 사람은 돋보기안경을 쓰고 시간을 들여 리뷰를 읽고 있는 가마슈를 돌아보았다. 마침내 그가 종이를 내려놓고 안경을 벗었다.

"잘했네." 경감이 라코스트 형사에게 근엄하게 고개를 끄덕였다. 그녀가 발견한 것이 놀랍다는 말은 절제된 표현이었다.

"바로 그것에 관한 거로군요, 그렇지 않습니까?" 보부아르가 말했다. "그는 타고났다. 생리 작용인 양 예술을 낳는다." 그는 리뷰를 보지도 않고 인용했다. "하지만 어떻게 그렇게 다 잘못 기억할 수가 있죠?"

"시간이 흐르다 보면 조금씩 왜곡될 수 있지." 가마슈가 말했다. "우린 증인들이 어떻게 증언을 하는지 아네. 사람들은 사물을 다르게 기억하지. 공백을 채워 넣으면서."

"그래서, 이제 어떡합니까?" 보부아르가 물었다. 그가 생각한 일이 일어나야 할 게 분명했다. 가마슈는 잠시 숙고하더니 라코스트 형사를 향했다.

"자네가 맡겠나? 경위, 자네가 같이 가든가."

라코스트 형사가 웃음을 터트렸다. "분명 말썽을 원치 않으시겠죠."

그러나 그녀는 곧 그 말을 후회했다.

하지만 경감은 미소를 지었다. "나야 늘 말썽을 기대하지."

"나도 마찬가지야." 보부아르가 라코스트처럼 총을 확인하며 말했다. 두 사람은 밤이 내려앉은 밖으로 나갔고, 가마슈 경감은 자리에 앉아 기다렸다.

월요일 밤의 비스트로는 조용했기 때문에 실내는 반쯤만 차 있었다.

라코스트는 안으로 들어가 어느 것 하나 당연시하지 않으며 실내를 훑어보았다. 친숙하고 편안하다고 해서 안전하다는 뜻은 아니었다. 사건은 대부분 집 근처에서 일어나고, 살인은 대부분 집에서 발생한다.

아니, 그녀에게는 경계를 늦출 때도 장소도 아니었다.

머나와 도미니크, 클라라가 중간문설주가 있는 창문 곁 테이블에서, 우려낸 허브티와 디저트를 들며 조용히 이야기를 나누는 중이었다. 돌로 된 벽난로 곁에서 먼 구석 자리에 있는 화가, 노르망과 폴레트가 보였다. 그리고 그들 맞은편 테이블에 수잰과 그녀의 저녁 친구들인 티에리 피노 대법원장과 찢어진 청바지에 낡은 가죽 재킷을 입은 브라이언이 앉아 있었다.

데니스 포틴과 프랑수아 마루아가 한 테이블을 공유하고 있었고, 포틴이 재밌었던 어떤 일화를 이야기하고 있었다. 마루아는 예의를 차리고 있었지만 약간 지루한 듯했다. 앙드레 카스통게는 보이지 않았다.

"아프레 투아Après toi 먼저 가게." 비스트로 안으로 들어섰을 때 보부아르가 라코스트에게 웅얼거렸다. 이제 대부분이 두 경찰청 형사들을 알아차렸다. 처음에 쳐다본 손님들 몇몇은 미소를 지었고, 이내 자신들의 대화로 돌아갔다. 그러나 조금 후 뭔가 다른 분위기를 감지한 몇몇이 다시 고개를 들었다.

머나, 클라라, 도미니크는 점점 조용해졌고, 테이블 사이를 걷는 그들의 자취를 조용히 눈으로 좇았다.

세 여자를 지나쳤다.

미술상들을 지나쳤다.

그들은 노르망과 폴레트의 테이블에서 멈췄다. 그리고 돌아섰다.

"얘기 좀 할 수 있을까요?" 라코스트 형사가 물었다.

"여기서? 지금?"

"아니요. 더 사적인 자리가 낫지 않겠습니까?" 그리고 라코스트 형사는 둥근 나무 테이블 위에 복사한 리뷰를 가만히 올려놨다.

이윽고 테이블에도 침묵이 내려앉았다.

수잰의 신음 섞인 말을 빼고. "오, 안 돼."

경감은 그들이 들어서자 이곳이 자신의 집이고, 그들이 초대된 손님인 양 자리에서 일어나 인사를 건넸다.

아무도 속지 않았다. 그들은 속는 척도 하지 않았다. 그것은 예의 이상의 아무것도 아니었다.

"이쪽으로 앉으시겠습니까?" 그가 회의 테이블 쪽으로 손짓했다.

"왜 부른 거요?" 티에리 피노 대법원장이 물었다.

"마담." 가마슈는 피노를 무시하고 수잰에게 집중하며 의자를 가리키면서 말했다.

"무슈." 이윽고 경감은 티에리와 브라이언에게 몸을 돌렸다. 대법원장, 문신과 피어싱을 하고 머리를 민 동행이 가마슈 건너편 의자에 앉았다. 보부아르와 라코스트는 경감의 양옆에 앉았다.

"저걸 설명해 주시겠습니까?" 가마슈 경감의 목소리는 의례적이었다. 그가 테이블 가운데, 대립하는 양 대륙 같은 그들 사이에 섬처럼 놓여 있는 오래된 「라 프레스」 기사를 가리켰다.

"어떤 식으로요?" 수잰이 물었다.

"어떤 식이든 원하시는 대로요." 가마슈가 말했다. 그는 두 손을 포갠 채 조용히 앉아 있었다.

"심문이오, 무슈 가마슈?" 대법원장이 따지듯 물었다.

"그랬다면 두 분은 같이 앉으시지 못했을 겁니다." 가마슈가 티에리와 브라이언을 차례로 보았다. "대화를 하는 섭니다, 무슈 삐노. 모순점을 이해해 보려는 시도죠."

"경감님은 거짓말에 대해 말씀하시는 겁니다." 보부아르가 말했다.

"당신은 너무 나갔소." 삐노가 수잰에게 고개를 돌렸다. "질문에 답하지 말라고 조언하겠소."

"수잰의 변호사십니까?" 보부아르가 물었다.

"난 법조인이오." 삐노가 딱딱거렸다. "그래서 역시 다행이지. 이걸 뭐라고 부를지는 당신들 마음이지만 안심시키는 목소리로 듣기 좋게 이야기한다고 해서 당신들이 하려는 일이 가려지지는 않소."

"그러면 이게 무엇인 것 같습니까?" 보부아르가 대법원장과 같은 어조로 따졌다.

"그녀를 함정에 빠뜨리는 거지. 그녀를 혼란에 빠뜨리고."

"우린 그녀가 혼자 있을 때까지 기다렸다 질문할 수도 있었습니다." 보부아르가 말했다. "판사님은 이 자리에 계시도록 허락된 것만으로도 기뻐하셔야 합니다."

"좋습니다." 가마슈가 한 손을 들며 말했다. 하지만 여전히 이성적인 목소리였다. 두 남자는 공격적인 말을 내뱉으려고 입을 열었다가 멈췄다. "됐습니다. 피노 판사님과 이야기를 나누고 싶군요. 저는 우리 경위가 좋은 지적을 한 것 같습니다."

그러나 대법원장과 이야기하기에 앞서 가마슈는 보부아르를 한쪽으로 데려가 속삭였다. "자제하게, 경위. 더는 안 되네."

그는 보부아르의 시선을 붙들었다.

"네, 경감님."

보부아르는 자리를 떠나 화장실로 가서 다시 한 번 칸막이 안에 앉았다. 조용히. 정신을 가다듬었다. 그러고 나서 세수를 하고 약을 반 알 삼키며 거울에 비친 모습을 보았다.

"아니와 데이비드는 힘든 시간을 보내고 있네." 그는 이 말을 속삭이자 마음이 가라앉는 것을 느꼈다. 아니와 데이비드는 힘든 시간을 보내고 있네. 창자의 고통이 사라지기 시작했다.

바깥 수사본부에서는 가마슈 경감과 피노 대법원장이 사람들한테서 떨어진 곳으로 걸어가 커다란 빨간 소방차 옆에 섰다.

"부하가 선을 넘으려고 하는군요, 경감."

"하지만 그의 말이 옳습니다. 결정을 하셔야 합니다. 여기에 수잰 코아테스의 변호사로서 오신 겁니까, 아니면 모임의……." 그는 어떤 단어를 사용해야 할지 확신하지 못해 잠시 말을 멈췄다. "모임의 친구로 오신 겁니까?"

"둘 다 될 수 있소."

"그럴 수 없다는 걸 아실 겁니다. 당신은 대법원장이십니다. 결정하십시오. 지금."

아르망 가마슈는 대답을 기다리며 피노 대법원장을 마주 보았다. 대법원장은 분명 도전을 받으리라고는 생각하지 못한 듯 깜짝 놀랐다.

"난 여기 중독자 모임 친구로 왔소. 티에리 P로."

그 대답은 가마슈를 놀라게 했고, 그는 그걸 숨기지 않았다.

"그 역할이 더 약하다고 생각하시오, 경감?"

가마슈는 아무 말도 하지 않았지만 명백히 그렇게 생각했다.

티에리는 잠깐 미소를 보이는가 싶더니 매우 진지해졌다. "누구든 그 녀의 권리가 침해당하지 않는지 확인할 수 있소. 경감도 할 수 있을 거요. 하지만 당신은 그녀가 맨정신 상태인지는 감시할 수 없을 거요. 오직 다른 알코올중독자만이 그녀가 냉철한 정신 상태로 이 상황을 지나게 도울 수 있지. 그걸 잃는다면 그녀는 모든 걸 잃는 거요."

"그렇게 깨지기 쉽습니까?"

"술에 취하지 않은 상태가 그렇게 깨지기 쉬운 것이라기보다 중독이란 게 그렇게 교활하다오. 나는 중독에서 그녀를 지키기 위해 여기에 있는 거요. 경감은 그녀의 권리를 지켜 주시오."

"저를 신뢰하십니까?"

"그렇소. 하지만 저 경위는?" 대법원장이 이제 막 화장실에서 나오고 있는 보부아르에게 고갯짓을 했다. "잘 지켜봐야 하오."

"그는 살인 수사과 선임 형사입니다." 가마슈가 차가운 목소리로 말했다. "감시는 필요 없습니다."

"모든 인간은 감시가 필요하지."

그 말이 가마슈를 오싹하게 했고, 그는 그런 힘을 지니고 있는 이 남자에게 놀랐다. 그렇게 많은 재능과 그렇게 많은 결함이 있는 사람. 그리고 다시 한 번 피노 대법원장의 후원자가 누구인지 궁금했다. 이 힘

있는 사람의 귀에 어떤 말을 속삭였을까?

"무슈 피노는 마담 코아테스의 중독자 모임 친구고, 그 역할 안에서 그녀를 돕기로 동의하셨습니다." 사람들이 자리에 앉자 경감이 말했다.

라코스트와 보부아르 둘 다 놀란 눈치였지만 아무 말 하지 않았다. 그것이 자신들의 일을 수월하게 했다.

"당신은 우리에게 거짓말을 했습니다." 보부아르는 수잰의 얼굴에 리뷰를 들어 보이며 그 말을 반복했다. "모두가 그걸 잘못 인용하지 않았습니까? 다들 기억은 나지 않지만 어떤 남자에 대해 쓴 리뷰라고 했습니다. 그러나 어떤 남자가 아니라 어떤 여자에 대해 쓴 거였습니다. 당신이죠."

"수잰." 티에리가 경고하더니 가마슈를 보았다. "미안하오. 법률가로 행동하는 게 몸에 배서."

"더 노력하셔야 할 겁니다, 무슈." 가마슈가 말했다.

"게다가," 수잰이 말했다. "경고하기에는 늦은 감이 있지 않나요?" 그녀가 경찰관들 쪽으로 몸을 돌렸다. "대법원장님Chief Justice에 경감님Chief Inspector, 그리고 난 이제 주요 용의자chief suspect가 된 것 같군요."

"다시 대장chief이 너무 많아졌습니까?" 가마슈가 유감이라는 듯한 미소를 지으며 말했다.

"마음의 평화를 위해서는 너무 많은 것 같네요." 수잰이 말했다. 그녀가 리뷰 복사본을 향해 손을 내저으며 코웃음 쳤다. "망할 놈의 리뷰. 그렇게 모욕을 준 것으로도 모자라 잘못 인용되기까지 하다니. 모욕을 하려거든 최소한 똑바로 해야지."

그녀는 화가 났다기보다 즐거워하는 것 같았다.

"그게 우리를 헤매게 했죠." 가마슈가 테이블 위에 팔꿈치를 기대며 인정했다. "모두가 그걸 '그는 타고났다……'라고 인용하더군요, 실제로 리뷰에는 '그녀는 타고났다……'로 적혀 있는데 말입니다."

"어떻게 그걸 알아내셨어요?" 수잰이 물었다.

"알코올중독자 모임 책을 읽은 게 도움이 됐습니다." 가마슈는 자신의 책상 위에 여전히 놓여 있는 커다란 책을 향해 끄덕여 보였다. "책에서는 알코올중독자를 '그'라고 표현하지만 분명히 수많은 '그녀'가 존재합니다. 이번 수사 내내 사람들은 그렇게 말하더군요. 성별이 분명치 않은 경우 '그'라고 하지, '그녀'라고 가정하지 않습니다. 그게 일종의 자동 반응이라는 걸 깨달았죠. 사실 릴리언은 당신에 대해 썼지만 사람들은 리뷰의 주인공이 누구인지 기억이 나지 않자 그냥 '그는 타고났다……' 라고 말했습니다. 여기에 있는 라코스트 형사가 결국 「라 프레스」의 자료실에서 그 리뷰를 찾아냈습니다."

그들은 모두 복사된 기사를 보았다. 자료실에서 파낸 것. 파일 속에 묻혀 있었지만 전혀 죽지 않았다.

거기에는 25년 젊기는 했지만 틀림없는 수잰의 사진이 있었다. 그녀는 자신의 작품 앞에서 활짝 웃고 있었다. 자랑스럽게. 신나서. 그녀의 꿈이 드디어 이루어지는 순간이었다. 작품이 드디어 주목을 받았다. 마침내 「라 프레스」의 평론가가 거기에 있었다.

사진 속 수잰의 미소는 영원했지만 현실에 존재하는 그 인물의 미소는 다른 것으로 대체되면서 사라졌다. 거의 엉뚱하기까지 한 표정으로.

"저 때가 기억나요. 사진사가 내 작품 옆에 서서 웃으라고 했죠. 그러나 웃는 건 문제가 아니었어요. 웃는 걸 멈추라고 부탁했다면 그게 어려운 일이었을 거예요. 베르니사주는 지역 카페에서 열렸어요. 사람들이 많이 왔죠. 그리고 그때 릴리언이 자기를 소개했어요. 다른 여러 전시회에서 그녀를 본 적이 있었지만 늘 피했었죠. 아주 심술궂어 보였거든요. 그러나 이번에는 정말 상냥했어요. 내게 질문을 몇 가지 하더니 「라 프레스」에 전시회 리뷰를 쓸 거라고 했어요. 저 사진은," 그녀가 테이블 위의 복사본을 가리켰다. "그런 말을 하고 삼십 초 후에 찍은 거예요."

모두 다시 사진을 보았다.

옛 사진 밖으로 폭발할 듯한 미소를 머금은 수잰이 거기에 있었다. 그 미소는 지금도 실내를 환하게 밝혔다. 그렇더라도 젊은 여자는 곧 발밑의 땅이 꺼져 버릴 거라는 사실을 아직 깨닫지 못했다. 그녀는 자신이 공중으로 던져질 거라는 것을 아직 인지하지 못했다. 흔적도 없이. 필기를 하며 곁에 서 있는 상냥한 여자에 의해. 역시 미소를 짓고 있는.

그것은 오싹한 이미지였다. 프레임 안에 들어온 트럭 앞에 선 사람을 보는 것 같았다. 재난이 일어나기 0.001초 전.

"그녀는 타고났다." 리뷰를 읽을 필요도 없이 수잰이 말했다. "생리 작용인 양 예술을 낳는다." 그녀는 테이블에서 고개를 들고 미소를 지었다. "결코 또 다른 개인전은 없었어요. 너무 수치스러웠으니까. 갤러리 소유주는 잊었다고 해도 난 잊지 못했어요. 또 그런 평을 받게 되면 살아남을 수 없을 것 같았어요."

그녀는 가마슈 경감을 보았다.

"왕의 신하와 왕의 말." 그가 조용히 말했다. 그리고 그녀는 고개를 끄덕였다.

"난 추락했어요."

"우리에게 거짓말을 하셨습니다." 경감이 말했다.

"그랬죠." 그녀는 그의 눈을 똑바로 보았다.

"수잰." 대법원장이 그녀의 팔에 손을 얹었다.

"괜찮아요." 그녀가 말했다. "경찰에게 언제든 사실을 말할 참이었어요, 아시잖아요. 내가 자진해서 말하기 전에 경찰이 날 먼저 찾아온 게 부끄러울 따름이죠."

"말할 기회는 얼마든지 있었습니다." 보부아르가 말했다.

피노는 수잰의 변호를 위해 일어서려고 움찔했지만 자제했다.

"맞아요." 수잰이 말했다.

"그녀는 사실을 말하고 있어요." 브라이언이 말했다.

모두가 그 말뿐 아니라 목소리에도 놀라 그를 쳐다봤다. 충격적일 만큼 어린 목소리로 그가 문신과 피어싱 이면의 한 소년일 뿐이라는 것을 그들에게 상기시켰다.

"수잰이 티에리와 제게 함께 저녁 식사를 하자고 청했어요. 얘기할게 있다고요." 브라이언이 말했다. "우리에게 그에 대해 모두 말했어요." 그가 문신한 손을 훌쩍 들어 리뷰를 가리켰다. "그리고 아침에 제일 먼저 당신들에게 가서 이야기할 거라고 했죠."

이 문신에 피어싱을 한 어린애가 대법원장을 이름으로 부르는 것을 듣는 것도 충격이었다. 가마슈는 피노 판사를 바라보며 저런 망가진 젊은이를 돕는다고 그를 존경해야 할지 정신이 나갔다고 여겨야 할지 결정할 수 없었다.

저 고명한 법률가가 또 무슨 판단 실수를 저지르고 있을까?

경감이 노련한 눈으로 브라이언을 바라봤다. 젊은이는 느긋했고 심지어 편안해 보였다. 약에 취했을까? 가마슈는 궁금했다. 그는 확실히 현재의 상황에서 멀리 떨어져 있는 것처럼 보였다. 재미있어하지는 않았지만 화가 나 있지도 않았다. 붕 떠 있는 상태랄까.

"그래서 그녀에게 뭐라고 했습니까?" 보부아르가 브라이언에게서 눈을 떼지 않으며 물었다. 그는 전에도 이런 비행 소년들을 만나 봤고, 끝이 좋았던 적은 드물었다.

"난 갈피를 잡지 못했소." 피노가 고백했다. "내 안의 법률가는 그녀가 변호사를 구해야만 한다고 생각했고, 변호사는 아마도 그녀에게 말하지 말라고 했을 거요. 자발적으로 정보를 제공하지 말라고. 중독자 모임 회원은 그녀가 즉시 진실을 털어놔야만 한다고 생각했소."

"그럼 누가 이겼습니까?" 보부아르가 물었다.

"내가 말하기도 전에 당신들이 도착했소."

"그렇지만 판사님도 그게 부적절했다는 걸 아셨을 텐데요." 가마슈가 말했다.

"대법원장이 살인 용의자에게 조언하는 거 말이오?" 티에리 피노가 물었다. "물론 나는 그게 부적절했다는 걸 알았고, 어쩌면 비윤리적이기까지 했을 거요. 그러나 만약 당신 딸이나 아들이 살인을 저질렀다는 의심을 받고 당신을 찾아왔다면 그들을 다른 사람에게 보내겠소?"

"물론 아니죠. 하지만 수잰이 혈육이라고 말씀하시는 건 아니겠죠?"

"누구보다 수잰을 잘 알고, 그녀도 날 안다고 말하는 거요. 부모나 형제, 자식들보다 잘 알지. 우리가 브라이언을 잘 알고, 그가 우리를 잘 아는 것과 마찬가지로."

"여러분이 서로의 알코올중독에 대해 잘 이해하고 계시다는 점은 존중합니다." 가마슈가 말했다. "하지만 판사님은 그들 각자의 마음속을 안다고 주장하실 순 없습니다. 맨정신인 상태고 중독자 모임에 속해 있다고 해서 수잰이 결백하다고는 말씀하실 수 없습니다. 그녀가 지금 사실을 말하고 있는지조차 아실 수 없을 테니까요. 그리고 그녀가 살인에 대해 유죄인지 아닌지도 아실 수 없습니다."

티에리는 발끈했고, 두 영향력 있는 남자는 서로 노려봤다.

"우리는 서로에게 삶을 빚지고 있어요." 브라이언이 말했다.

가마슈가 젊은이에게 날카로운 시선을 고정한 채 몸을 앞으로 내밀었다. "그리고 여러분 중 한 명은 죽었습니다."

여전히 브라이언을 응시하며 그는 자기 뒤의 벽을 가리켰다. 모로 부부 정원에 팔다리를 뻗은 채 쓰러져 있는 릴리언의 사진으로 가득한. 가마슈는 일부러 세 사람 모두 그 벽을 마주하도록 자리를 배치했다. 그리고 그 사진들을 마주하고 있었다. 따라서 그들은 자신들이 여기에 있는 이유를 아무도 잊을 수 없을 터였다.

"경감님은 이해 못 해요." 이제 수잰의 목소리는 높아졌고, 필사적이었다. "릴리언이 내게 저런 짓을 했을 때," 수잰이 리뷰를 가리켰다. "우린 달랐어요. 두 술꾼. 난 거의 술을 끊을 때였고, 릴리언은 막 마시기 시작했을 때였어요. 그리고 맞아요. 난 저것 때문에 그녀를 증오했어요. 난 이미 부서질 것 같았고, 저게 벼랑 끝으로 밀었죠. 그 후 취한 상태로 화를 내며 하루하루를 보냈죠. 술을 사기 위해 매춘을 했어요. 역겨운 일이었어요. 나도 역겨웠고요. 그러다 마침내 바닥을 쳤고, 중독자 모임에 들어가게 됐죠. 그리고 내 인생을 회복하기 시작했어요."

"그리고 릴리언이 이십 년 후 중독자 모임의 문을 들어섰을 때는요?"

가마슈가 물었다.

"깜짝 놀랐어요. 내가 여전히 그녀를 얼마나 증오하는지……."

"수잰." 대법원장이 다시 경고했다.

"이봐요, 티에리, 모든 걸 말하거나 아예 안 하거나예요. 맞아요?"

그는 불만스러워 보였지만 동의했다.

"그런데 그때 릴리언이 내게 후원자가 되어 달라고 부탁했어요." 수잰이 다시 수사관들을 향하며 말했다. "그리고 이상한 일이 일어났죠."

"뭡니까?" 보부아르가 물었다.

"그녀를 용서하게 됐어요."

이 말이 침묵과 만났고, 마침내 보부아르가 깨뜨렸다.

"뜬금없이?"

"뜬금없는 건 아니에요, 경위님. 먼저 난 동의해야 했어요. 원수를 도우면 해방이 된다는 걸."

"릴리언이 리뷰에 대해 사과했습니까?" 경감이 물었다.

"했어요. 한 달 전쯤."

"진심이었다고 생각하세요?" 라코스트 형사가 물었다.

수잰이 잠시 생각에 잠겼다가 고개를 끄덕였다. "진심이 아니라고 여겼으면 내가 받아들이지 않았겠죠. 내게 한 짓에 대해 미안해했다고 진심으로 믿어요."

"그리고 다른 사람들한테도요?" 라코스트가 물었다.

"그리고 다른 사람들한테도요." 수잰이 동의했다.

"그러니까 리뷰에 대해 부인께 사과했다면," 경감이 테이블 위의 복사본을 턱으로 가리켰다. "아마 그녀는 다른 리뷰에 대해서도 역시 사과하러 다녔을 겁니다."

"아마 진짜 그랬을 거예요. 그녀가 그랬다면 나한텐 얘기하지 않았어요. 나에게 사과한 건 우리가 후원자와 피후원자 관계였기 때문일 뿐이고, 그녀는 그걸 확실히 해 둘 필요가 있었을 거예요. 하지만 이제 생각해 보니 경감님 말이 맞는 것 같아요. 내가 그녀에게 사과받은 유일한 사람은 아닐 거예요."

"그리고 그녀 때문에 경력을 망친 유일한 화가도 아니겠죠?" 가마슈가 물었다.

"아마도요. 모든 리뷰가 내 것만큼 극적으로 잔인한 것은 아니었어요. 그 점에서 자부심을 느끼죠. 하지만 나머지 리뷰들 역시 효과적이었어요."

수잰은 미소 지었지만 형사들은 '극적으로 잔인한'이라는 말이 잘게 썰려 자신들을 향해 날카로운 조각이 되어 날아오는 것을 느꼈다.

그녀는 용서하지 않았어. 가마슈는 생각했다. 적어도 완전히는 아니었다.

수잰과 일행이 떠나고 세 형사는 회의 테이블에 모여 앉았다.

"충분히 체포할 만한가요?" 라코스트가 물었다. "그녀는 피해자에 대한 묵은 원한을 인정했고, 여기에 있었다는 걸 인정했어요. 동기와 기회를 갖췄죠."

"하지만 증거가 없네." 가마슈가 의자 등받이에 기대며 말했다. 답답한 노릇이었다. 수잰 코아테스가 범인임을 거의 다 입증했지만 결정적인 게 없었다. "모두 정황일 뿐이야. 확실한 증거가 없어." 그는 리뷰를 집어 들고 응시하더니 내려놓고 라코스트를 보았다.

"「라 프레스」에 다시 갈 필요가 있네."

이자벨 라코스트의 얼굴이 처졌다. "그것만은요, 파트롱Patron 대장님. 그냥 절 쏘시는 건 어때요?"

"미안하네." 그는 조금 지친 미소를 지었다. "그 자료실morgue 원래 시체 안치소라는 뜻으로, 신문사 등의 자료실을 뜻하기도 한다 안에 시체가 더 있을 것 같아."

"무슨 말씀입니까?" 보부아르가 물었다.

"릴리언에게 경력을 살해당한 다른 화가들."

"그녀가 사과했던 다른 사람들 말씀이시군요." 체념한 라코스트가 일어서며 말했다. "어쩌면 클라라의 파티에 온 게 클라라에게 미안하다는 말을 하기 위해서가 아니라 다른 사람에게 사과하기 위해서였을 수도 있겠네요."

"수잰 코아테스가 릴리언을 죽였다고 생각하지 않으십니까?" 보부아르가 물었다.

"모르겠네." 경감이 인정했다. "하지만 수잰이 그녀를 죽이고 싶었다면 더 빨리 해치웠을 걸세. 그렇더라도⋯⋯." 가마슈가 말을 멈췄다. "리뷰에 대한 이야기를 할 때 그녀의 반응을 눈치챘나?"

"여전히 화가 안 풀렸더군요." 라코스트가 말했다.

가마슈가 고개를 끄덕였다. "그녀는 분노를 극복하려고 애쓰는 데 알코올중독자 모임에서 이십삼 년을 보냈지만 여전히 화가 안 풀렸지. 그런 노력조차 하지 않은 사람은 어떨지 상상이 가나? 틀림없이 분노가 엄청날 테지?"

보부아르는 리뷰를 집어 들고 기뻐하는 젊은 여자를 응시했다.

희망뿐 아니라 꿈과 경력, 인생 전체가 내동댕이쳐졌을 때 무슨 일이 일어났을까? 하지만 물론 그는 그 답을 알았다. 그들 모두 알았다.

답은 그들 뒤 벽에 압정으로 꽂혀 있었다.

얼굴에 물을 끼얹은 장 기 보부아르의 손에 까칠한 수염이 만져졌다. 새벽 2시 반인데 잠을 이룰 수 없었다. 통증 때문에 깬 그는 침대에 누워 그게 지나가기를 바랐다. 그러나 물론 지나가지 않았다.

그래서 어지럽 몸을 일으켜 화장실로 갔다.

이제 그는 얼굴을 이쪽저쪽으로 돌려 가며 거울 속에 비친 자신을 응시했다. 거울 속 남자는 핼쑥했고 주름이 패어 있었다. 웃어서 생기는 굵은 선은 눈가와 입가에 있지 않았다. 미간에 있었다. 이마에. 손을 들어 주름을 펴려고 얼굴을 쓰다듬었다. 하지만 사라지지 않을 터였다.

그리고 이제 거울에 더 가까이 몸을 숙였다. 비앤비 욕실의 밝은 불빛에 까칠한 수염이 희끗희끗했다.

그는 고개를 옆으로 돌렸다. 관자놀이 부분이 희끗했다. 머리 전체가 흰머리로 가득했다. 언제 이렇게 됐지?

세상에. 그는 생각했다. 아니가 이런 모습을 본 거야? 늙은이를? 지치고 하얗게 머리가 센? 맙소사.

아니와 데이비드는 힘든 시간을 보내고 있네. 그러나 너무 늦었다.

보부아르는 다시 침실로 가서 침대 옆에 앉아 허공을 응시했다. 이내 베개 밑에 손을 넣었고, 뚜껑을 연 약병을 흔들어 알약 하나를 꺼냈다. 알약이 손바닥 위에 놓였다. 알약을 응시하는 눈이 약간 게슴츠레해졌고, 그는 알약이 든 손을 쥐었다. 이윽고 재빨리 손을 펴 약을 입에 넣은 다음 침대 옆 탁자 위의 글라스에 든 물을 단숨에 들이켜 알약을 넘겼다. 보부아르는 기다렸다. 이젠 익숙한 감각을. 서서히 고통이 가라앉는 게 느껴졌다. 그러나 다른, 더 깊은 고통은 남아 있었다.

장 기 보부아르는 옷을 입고 조용히 비앤비를 나와 밤의 어둠 속으로 사라졌다.

왜 전에는 이걸 못 봤을까?

보부아르는 자신이 본 것에 충격을 받아 화면 가까이로 몸을 기울였다. 그는 동영상을 수백 번 봤었다. 반복해서. 그는 헤드기어에 붙어 있는 카메라에 찍힌 그 끔찍한 프레임 하나하나를 모두 봤었다.

그랬는데 어떻게 이걸 놓칠 수 있었을까?

그는 재생 버튼을 누르고 다시 봤다. 그러고 나서 재생 버튼을 누르고 다시 봤다.

화면 안에 자신이 있었다. 무기를 꺼내 들고 테러리스트를 겨누는. 갑자기 자신이 뒤로 밀쳐졌다. 다리에 힘이 풀렸다. 계속 지켜보는 가운데 화면 속 자신이 무릎을 꿇었다. 그러고 나서 얼굴부터 바닥으로 고꾸라졌다. 그는 그 순간을 기억했다.

아직도 자신을 덮쳐 오는 지저분한 콘크리트 바닥이 눈에 선했다. 아직도 얼굴을 처박으면서 봤던 먼지들이 눈에 선했다.

이윽고 덮쳐 온 고통. 뭐라고 설명할 길이 없는 고통. 배를 부여잡았지만 그 고통은 어쩔 도리가 없었다.

화면에서 그는 '장 기!'라고 외치는 소리를 들었다. 그다음 자동소총을 든 가마슈가 탁 트인 공장 안을 가로질러 뛰어왔다. 그는 보부아르의 방탄조끼 뒷덜미를 붙잡고 벽 뒤쪽으로 끌고 갔다.

그리고 은밀한 클로즈업. 의식의 경계를 넘나드는 보부아르를 잡은. 깨어 있으라고 명령하며 계속 자신에게 말을 거는 가마슈를 잡은. 출혈을 막기 위해 붕대를 감고 자신의 손을 잡아 상처 위에 갖다 대는.

경감의 손에 묻은 피가 보였다. 손에 너무나 많은 피가 묻어 있었다.

이내 가마슈는 앞으로 몸을 숙였다. 그리고 누구도 생각지 못했던 행동을 했다. 그는 장 기의 이마에 총격만큼이나 충격적인 아주 다정한 키스를 했다.

그리고 떠났다.

보부아르가 망연자실한 것은 키스 때문이 아니었다. 그건 그다음 일이었다. 왜 전에는 보지 못했을까? 물론 그는 그것을 봤지만 그게 정말로 뭘 의미하는지 알아차리지 못했었다.

가마슈는 자신을 떠났다.

홀로.

죽게 놔두고.

그는 지저분한 공장 바닥에서 홀로 죽으라고 자신을 방치했다.

보부아르는 재생 버튼을 누르고, 누르고, 또 눌렀다. 그리고 누를 때마다, 물론 똑같은 일이 벌어졌다.

머나 말은 틀렸다. 자신은 가마슈를 구하지 못해 속상했던 게 아니었다. 가마슈가 자신을 구하지 못했기 때문에 화가 났다.

그리고 장 기 보부아르를 받치고 있던 밑바닥이 꺼졌다.

아르망 가마슈가 신음하며 시계를 봤다.

3시 12분.

열린 창문을 통해 밤의 찬 공기가 떠돌며 먼 곳의 올빼미 울음소리를 데려왔을 때 비앤비의 침대는 편안했고 그를 감싼 이불은 따뜻했다.

그는 곧 잠이 들 것이라는 척 침대에 누워 있었다.

3시 18분.

이제 그는 한밤중에 깨는 일이 드물었지만 그래도 여전히 그런 일은 일어났다.

3시 22분.

3시 27분.

가마슈는 상황을 그대로 받아들이기로 했다. 대충 옷을 걸쳐 입고 살금살금 아래층으로 내려갔다. 방수 코트를 입고 모자를 쓴 다음 비앤비를 나섰다. 공기는 신선했고, 이제 올빼미도 조용했다.

움직이는 건 아무것도 없었다. 살인 수사과 형사 한 명만 빼고는.

가마슈는 시계 반대 방향으로 잔디 광장 둘레를 천천히 걸었다. 집들은 어둡고 고요했다. 집 안의 사람들은 잠들어 있었다.

키가 큰 소나무 세 그루가 미풍에 가볍게 바스락거렸다.

가마슈 경감은 등 뒤로 손을 맞잡고 일정한 보폭으로 걸었다. 마음을 비우면서. 사건에 대해 생각하지 않으려고 애썼다. 사실, 아무것도 생각하지 않으려 애썼다. 그저 신선한 밤공기를 마시고 고요함과 평온함을 취하려고 애썼다.

그는 피터와 클라라의 집에서 몇 걸음 지난 곳에 멈춰 섰고, 다리 너머 수사본부를 살펴보았다. 불이 켜져 있었다. 밝지는 않다. 불빛이 보일 듯 말 듯 한 정도.

창에 비친 불빛은 어둠을 가신 정도였다.

라코스트? 그는 궁금했다. 그녀가 무언가를 발견해서 돌아온 걸까? 분명 그녀는 아침까지 기다릴 터였다.

그는 다리를 건너서 옛 철도 역사로 향했다.

창을 통해 그는 모니터 중 하나에서 나오는 불빛을 볼 수 있었다. 누군가가 어둠 속에서 컴퓨터 앞에 앉아 있었다.

누구인지 잘 보이지 않았다. 남자 같았지만 거리가 너무 멀었고, 그 사람은 짙은 그림자 속에 있었다.

가마슈에게는 총이 없었다. 그는 정말 어쩔 수 없는 경우가 아니면 결코 총을 휴대하지 않았다. 대신 그는 무의식적으로 침대 옆 테이블에서 돋보기안경을 집어 왔다. 주머니에 그걸 넣지 않고는 어디에도 가지 않았다. 그의 생각에 안경은 그 어떤 총보다 훨씬 더 유용하고 강력한 무기였다. 그렇다 하더라도 지금 당장은 돋보기안경이 그리 도움이 될 것 같지 않다는 것을 인정해야 했다. 그는 돌아가서 보부아르를 깨울까도 잠시 고려했다가 생각을 바꿨다. 이자가 누구든 그때쯤에는 사라져 버릴지도 몰랐다.

가마슈 경감이 문을 열려고 했다. 잠겨 있지 않았다.

천천히, 천천히 그는 문을 열었다. 끼익하는 소리가 나서 숨을 멈췄지만 화면 앞의 인물은 움직이지 않았다. 얼어붙은 것 같았다.

마침내 가마슈는 들어갈 수 있을 만큼 문을 열었다. 입구 바로 안쪽에 서서 모든 상황을 살폈다. 침입자는 혼자인가, 여럿인가?

그는 어두운 구석들을 훑어봤지만 움직임은 보이지 않았다.

경감은 화면 앞의 인물과 대적할 준비를 하며 수사본부 안으로 몇 걸음 더 들어갔다.

그때 그는 모니터를 보았다. 이미지들이 어둠 속에서 명멸했다. 자동화기를 들고 공장 안에서 이동하는 경찰청 형사들. 가마슈가 화면을 본 순간 보부아르가 총에 맞았다. 보부아르가 쓰러졌다. 그리고 자신이 휑한 실내를 질주하여 그에게 다가가는 모습을 보았다.

화면 앞에 있는 자가 누구든 그 불법 동영상을 보는 중이었다. 그자 뒤에서 가마슈는 침입자가 짧은 머리에 호리호리한 체격이라는 것을 볼 수 있었다. 가마슈에게는 딱 그 정도만 보였다.

화면에서는 영상이 계속 번쩍거렸다. 가마슈는 자신이 보부아르 위로 몸을 굽히는 모습을 보았다. 그에게 붕대를 감고 있었다.

가마슈는 보고 있기가 힘들었다. 그럼에도 화면 앞에 앉은 자는 최면에 걸려 있었다. 여태껏 미동도 없이. 동영상 속의 가마슈가 보부아르를 떠났을 때 침입자의 오른손이 움직이더니 화면이 빠르게 재생되었다.

다시 처음으로.

그리고 급습이 처음부터 다시 시작되었다.

살금살금 다가감에 따라 가마슈는 어둠이 눈에 익었고, 확신이 커졌다. 마침내 그는 속이 메스꺼운 기분을 느끼며 알았다.

"장 기?"

보부아르는 의자에서 떨어질 뻔했다. 그는 마우스를 쥐고 미친 듯이 버튼을 눌렀다. 화면을 멈추려고, 정지 버튼을 누르려고, 그 영상들을 닫으려고. 그러나 그러기에는 늦었다. 너무 늦었다.

"뭐 하고 있나?" 가마슈가 다가가며 물었다.

"아무것도요."

"그 동영상을 보고 있었군." 경감이 말했다.

"아닙니다."

"아니긴 뭐가 아닌가."

가마슈가 성큼성큼 자기 책상으로 걸어가 스탠드를 켰다. 장 기 보부아르는 컴퓨터 앞에 앉아 빨갛고 흐릿한 눈으로 경감을 노려봤다.

"왜 여기 있나?" 가마슈가 물었다.

보부아르가 일어섰다. "그걸 꼭 다시 봐야 했습니다. 어제 경감님과 내부 수사에 대한 이야기를 나눈 뒤 모든 게 다시 떠올랐고, 그래서 봐야만 했습니다."

그리고 보부아르는 가마슈의 눈에 어린 고통과 근심의 기색을 보며 만족했다.

그러나 장 기 보부아르는 이제 그것이 거짓이었다는 걸 알았다. 연기. 여기 서 있는 이 남자는 근심스러운 표정을 짓고 있었지만 전혀 그렇지 않다. 그는 그런 척을 하고 있었다. 만약 그가 걱정했다면 결코 자신을 떠나지 않았을 터였다. 혼자 죽도록 내버려 두고.

두 사람 모두 보고 있지 않은 동영상은 그의 뒤에서 계속 돌아가고 있었다. 보부아르는 그 장면 다음 장면에서 재생 버튼을 눌렀다. 방탄조끼를 입고 자동소총을 든 가마슈 경감이 테러리스트를 쫓아 계단을 뛰어오르고 있었다.

"자넨 흘려버려야 할 필요가 있네, 장 기." 경감이 말했다.

"그리고 잊으라고요?" 보부아르가 쏘아붙였다. "경감님은 그러고 싶으시겠죠, 아닙니까?"

"무슨 뜻인가?"

"제가 잊었으면 하시겠죠. 모두가 무슨 일이 일어났는지 잊었으면 하시겠죠."

"자네, 괜찮은가?" 가마슈가 다가갔지만 보부아르는 뒤로 물러섰다. "뭐가 문제지?"

"경감님은 누가 그 테이프를 유포했는지 관심조차 없으시죠. 어쩌면 그게 유포되기를 바라셨던 겁니다. 어쩌면 경감님이 얼마나 영웅적이었는지를 모두가 봐 주길 바라셨든지요. 하지만 우리 둘 다 진실을 알죠."

그들 뒤 화면에서는 흐릿하게 보이는 두 사람이 엎치락뒤치락하고 있었다.

"경감님은 우리 모두를 뽑으셨습니다." 보부아르가 목소리를 높여 말했다. "우리 모두를 가르치신 다음 공장으로 데려갈 사람으로 우리를 선택하셨습니다. 우리는 경감님을 따르고 신뢰했는데 어떻게 됐죠? 그들은 죽었습니다. 그런데 지금 경감님은 그들의 죽음이 담겨 있는 테이프를 유포한 자를 찾아내려는 신경조차 쓰지 않으시는군요." 보부아르는 이제 비명에 가깝게 소리 지르고 있었다. "경감님은 저만큼이나 그게 어떤 멍청한 어린애가 한 짓이라고 믿지 않으십니다. 경감님은 그 해커보다 나을 게 없어요. 우리한테, 우리 중 어느 누구한테도 신경 쓰지 않으시죠."

가마슈는 입을 꽉 다물고 그를 응시했다. 너무 단단히 다물어서 보부아르는 팽팽하게 뭉친 턱 근육을 볼 수 있었다. 가마슈의 눈이 가늘어졌고, 그의 숨이 가빠졌다. 화면에서는 얼굴이 피투성이인 경감이 수갑이 채워진, 의식 없는 테러리스트를 계단 밑으로 끌고 내려와 발치에 내팽개쳤다. 그때 총성이 연속으로 크게 울리자 그는 무기를 들고 실내를 살폈다.

"두 번 다시 그런 말 말게." 거의 닫힌 가마슈의 입에서 쉿소리 같은 목소리가 흘러나왔다.

"경감님은 그 해커보다 나을 게 없습니다." 보부아르가 경감에게 몸을 기울이고 아까 한 말을 또박또박 반복했다. 무모함과 힘과 두려울 게 없는 기분을 느끼며. 그는 상처를 주고 싶었다. 가마슈를 밀어내고, 또 밀어내고 싶었다. 멀리. 주먹을 포탄처럼 만들어 가마슈의 가슴을 두들기고 싶었다. 그를 때리고, 상처 주고 싶었다. 벌주고 싶었다.

"자네, 너무 멀리 갔군." 경고가 담긴 가마슈의 음성은 낮았다. 보부아르는 분노로 떨리는 손을 막으려는 경감의 꽉 쥔 주먹을 보았다.

"그리고 경감님은 가야 할 만큼도 안 가셨고요."

화면에서는 경감이 재빨리 몸을 틀었지만 너무 늦었다. 머리가 젖혀졌고, 양손이 펼쳐졌고, 총을 떨어뜨렸다. 발이 공중으로 들렸을 때 등이 휘었다.

그리고 바닥에 떨어졌다. 깊고 심한 부상을 입고서.

아르망 가마슈는 의자에 털썩 주저앉았다. 다리에 힘이 풀리고 손이 부들부들 떨렸다.

보부아르는 문을 쾅 닫고 떠났고, 그 소리가 아직도 수사본부 내에 메아리치고 있었다.

비록 보이지는 않았지만 보부아르의 모니터에서 나는 동영상 소리가 가마슈에게 들려왔다. 그는 부하들이 서로에게 외치는 소리를 들을 수 있었다. 라코스트가 구급대를 부르는 소리가 들렸다. 고함 소리와 총성이 들렸다.

굳이 볼 필요도 없었다. 그는 알았다. 젊은 형사 하나하나를. 자신이 이끈 급습 작전에서 그들이 언제, 어떻게 죽었는지 알았다.

경감은 하염없이 눈앞을 응시했다. 숨을 깊이 내쉬며. 그의 뒤에서 나는 총성을 들으며. 도움을 요청하는 외침을 들으며.

그들이 죽어 가는 소리를 들으며.

그는 이것을 극복하려고 애쓰며 6개월을 보냈다. 그것들을 흘려보내야 한다는 것을 알았다. 그리고 그는 노력 중이었다. 그리고 서서히 흘려보내는 중이었다. 그러나 그는 젊고 건강한 네 남녀를 묻는 데 얼마나 오래 걸릴지 깨닫지 못했다.

뒤에서 총성과 고함 소리가 났다가 사라졌다. 그는 이제 고함 소리가 들리지 않는다는 걸 알아차렸다.

그는 자신이 장 기를 후려치기 직전까지 갔었다는 데 충격을 받았다.

가마슈는 전에 화를 낸 적이 있었다. 확실히 조롱을 당하고 시험에 들었었다. 황색 언론 기자들에게, 용의자들에게, 피고 측 변호사들에게, 동료들에게까지. 그러나 실제로 물리적인 힘을 쓰기 직전까지 간 경우는 극히 드물었다.

그는 뒤로 물러났었다. 하지만 너무 애쓴 나머지 숨을 몰아쉬며 완전히 녹초가 됐다. 그리고 상처를 받았다.

그는 그걸 알았다. 자신을 좌절하게 하고 화나게 한 용의자들과 심지어 동료들마저 자신에게서 신체적인 폭력을 이끌어 내지 못한 이유를 알았다. 그들은 자신에게 깊은 상처를 줄 수 없기 때문이었다.

그러나 자신이 아끼는 사람은 그럴 수 있었다. 그리고 그랬다.

경감님은 그 해커보다 나을 게 없습니다.

사실이었을까?

물론 그렇지 않았다. 가마슈는 조바심을 치며 생각했다. 그것은 보부아르의 비난일 뿐이었다.

그러나 그가 틀린 것은 아니었다.

가마슈는 공기가 부족한 것처럼 다시 한숨을 쉬었다.

사실은 유출 사건을 조사 중이라는 것을 보부아르에게 말해야 했을지도 몰랐다. 그를 신뢰해야 했다. 하지만 그것은 신뢰의 문제가 아니었다. 보호 차원에서였다. 그는 이 건에 보부아르를 노출하지 않을 것이었다. 그런 유혹을 느꼈더라도 방금 전 15분간의 일이 가마슈에게 그 유혹을 떨치게 했다. 보부아르는 여전히 너무 취약했고, 상처가 깊었다. 동영상을 유출한 자가 누구든 권력이 있고 양심이 깊은 자였다. 그리고 약한 상태에 있는 보부아르는 그와 상대도 되지 않았다.

아니, 이것은 끝이 보이는 사람들의 과업이었다. 경력으로든 다른 것으로든.

가마슈는 일어서서 컴퓨터를 끄러 갔다. 끄기 전에 동영상이 다시 시작됐고, 그는 장 기 보부아르가 총에 맞아 쓰러지는 모습을 다시 보았다. 쓰러지고 있었다. 콘크리트 바닥에 부딪히고 있었다.

이 순간까지 가마슈 경감은 장 기 보부아르가 결코 일어서지 못했다는 것을 깨닫지 못했다.

24

가마슈 경감은 커피 한 주전자를 끓여 자리를 잡았다.

이제 돌아가서 자려고 애쓸 필요가 없었다. 그는 책상 위의 시계를 보았다. 4시 43분. 어차피 일어날 시간까지 얼마 남지 않았다. 정말로.

머그잔을 서류 더미 위에 놓고 키보드를 두들겼다. 정보가 뜨기를 기다리다가 다시 뭔가를 더 두들겼다. 클릭을 하고 스크롤바를 내렸다. 그리고 좀 더 읽었다.

안경은 결국 쓸모 있음을 증명했다. 그는 총을 가져왔더라면 어땠을까 궁금했다. 그러나 그건 생각할 만한 일이 못 되었다.

가마슈는 두들기고 읽었다. 그리고 또 읽었다.

티에리 피노 대법원장의 일생에 대한 대략적인 정보를 얻는 것은 그리 어렵지 않다고 판명되었다. 캐나다인들은 열린사회를 즐겼다. 그리고 그것을 자랑스러워했다. 투명성의 모범이 되는 것을 대단히 즐겼고, 그렇게 모든 이가 보는 앞에서 결정이 이루어졌다. 공적이고 영향력 있는 사람들은 책임이 막중했고, 그들의 삶은 조사 대상이었다.

일종의 자만이었다.

그리고 대부분의 열린사회처럼 열린 것이 닫히게 되는 때와 장소를 보거나 그 한계를 테스트하려는 사람은 거의 없었다. 그러나 언제나 한계는 있기 마련이었다. 가마슈 경감은 몇 분 전 그것을 발견했다.

가마슈는 피노 대법원장의 직업적 삶에 대한 공공 기록물을 검토했

다. 검사로 출세, 라발 대학 법학 교수 재임, 판사로 임용. 그리고 대법
원장으로.

그는 세 자녀와 네 명의 손주를 둔 홀몸이었다. 손주 셋은 살아남았지
만 한 명은 아니었다.

가마슈는 그 이야기를 알았다. 브루넬 경정이 이야기해 주었다. 어떻
게 아이가 음주 운전자에게 죽임을 당했는지. 가마슈는 그 운전자를 알
아내고 싶었고, 그자가 피노 자신이 아니었는지 의심스러웠다.

그렇지 않고서야 다른 무언가가 그토록 바닥을 칠 만큼 한 사람을 산
산조각 낼 수 있을까? 술을 끊었을까? 그의 삶이 바뀌었다. 죽은 손주
가 티에리 피노에게 두 번째 삶을 주었을까?

그렇다면 대법원장과 젊은 브라이언이라는 낯선 조합도 설명이 되었
다. 둘 다 부드러운 것과 부딪히는 소리의 느낌을 알았다. 차가 멈칫할
때의 느낌.

그리고 그것이 무엇이었는지를.

가마슈는 책상에 앉아서 그게 어떤 것일지 상상해 봤다. 자신의 볼보
운전대 뒤에 앉아 방금 무슨 일이 일어났는지 알게 된 상상을 해 보려
했다. 밖으로 나간다.

그러나 상상은 거기서 멈췄다. 상상 너머에 뭔가가 있었다.

머리를 비우기 위해 가마슈는 키보드로 돌아가 그 사고에 대한 정보
조사를 재개했다. 그러나 아무것도 없었다.

열린사회의 문은 서서히 닫혔다. 그리고 잠겼다.

그러나 조용한 수사본부의 새날의 여명 속에 가마슈 경감은 퀘벡 공
식 사이트의 표면 밑으로 미끄러져 들어갔다. 대법원장의 공적인 얼굴.

비밀들이 감춰진 곳으로. 혹은 적어도 기밀들이 보관된 장소로. 공적 인물들의 사적인 파일들.

그는 티에리 피노의 음주 기록을 거기서 찾았다. 이따금씩 했던 돌출 행동, 다른 판사들과의 언쟁 등. 그러고 나서 공백이 있었다. 석 달간 자리를 떠나 있었다.

그리고 복귀했다.

개인 파일은 또한 티에리 피노가 지난 2년간 법정에서 내린 모든 판결을 체계적으로 보여 주었다. 그리고 그중 적어도 한 건이 공식적으로 재검토되었다. 그리고 판결이 뒤집혔다.

그리고 또 다른 건이 있었다. 대법원 건도, 적어도 그가 판사로서 착석한 건도 아니었다. 그러나 피노 대법원장은 그 건을 반복해서 재검토했다. 음주 운전자에게 죽임을 당한 아이에 관한 건으로, 간단히 종결된 건이라고 기술된 파일이었다.

그러나 더 이상의 정보는 없었다. 그 파일은 가마슈조차 접근할 수 없게 잠겨 있었다.

그는 의자에 등을 기대고 안경을 벗어 그것으로 리드미컬하게 무릎을 두드렸다.

이자벨 라코스트 형사는 지루해 죽은 사람이 실제로 있는지, 혹시 자신이 그 첫 번째가 되는 게 아닌지 궁금했다.

그녀는 이제 퀘벡의 미술계에 대해 바랐던 것 이상으로 많이 알게 되었다. 화가, 큐레이터, 전시회. 평론가. 테마, 이론, 역사.

리오펠과 르미외, 몰리나리 같은 퀘벡 출신의 유명한 화가들. 그리고 그녀가 지금껏 들어 본 일 없고 앞으로 다시 들을 일도 없는 수많은 화가들. 릴리언의 리뷰로 암흑 속에 묻힌.

라코스트 형사는 눈을 비볐다. 새 리뷰로 넘어갈 때마다 자신이 왜 여기에 있는지 상기해야만 했다. 피터와 클라라의 정원 푹신한 푸른 잔디 위에 누워 있던 릴리언을 떠올려야 했다. 이제 더 이상 나이 들 일이 없는 여인. 거기서 그렇게 멈춰 버린 여인. 예쁘고 평화로운 정원에서. 누군가 그녀의 생명을 앗아 갔기 때문에.

그럼에도 불구하고 이 모든 혐오스러운 리뷰를 읽은 후 라코스트는 몸소 그 여자에게 곤봉을 휘두르고 싶은 유혹을 느꼈다. 마치 누군가가 쏟아부은 똥 더미를 온몸에 맞은 것처럼 더러운 기분이었다.

그러나 소름 끼치는 인간이든 아니든 누군가 릴리언 다이슨을 살해했고, 라코스트는 그자를 찾아내기로 마음먹었다. 읽으면 읽을수록 누군가 여기에 숨어 있다는 확신이 들었다. 오래된 신문의 안치소인 마이크로필름 안에. 이 살인의 시작은 너무나 오래전 일이어서 먼지 낀 뷰어를 통해 보이는 플라스틱 파일들 안에만 존재했다. 한 살인을 기록한 구시대 장비를 통해. 혹은 적어도 한 죽음의 탄생. 한 종말의 시작. 한 오래된 사건이 어떤 이의 마음속에 여전히 생생히 살아 있었다.

아니, 생생하지는 않았다. 부패해 있었다. 오래되고 부패해 살점이 떨어져 나간 채.

그리고 라코스트 형사는 자신이 충분히 시간과 노력을 들이다 보면 살인자가 모습을 드러낼 것을 알았다.

태양이 떠오르고 사람들이 기상할 시간 동안 가마슈 경감은 일을 했다. 피곤을 느낀 그는 돋보기안경을 벗고 마른세수를 하며 의자 등받이에 기대어 옛 철도 역사의 벽에 핀으로 꽂힌 종이들을 보았다.

살인자에게 인도하는 핏자국처럼 빨간 매직으로 자신들이 적은 의문에 대한 답이 든 종이.

그리고 사진들을 보았다. 특히 두 사진을. 하나는 다이슨 부부에게서 얻은 것으로, 살아 있는 릴리언 다이슨이었다. 웃고 있었다.

그리고 다른 하나는 범죄 현장 사진사가 찍은 죽은 릴리언이었다.

그는 그 두 릴리언에 대해 생각했다. 하나는 살았고, 하나는 죽었다. 그러나 그게 다가 아니었다. 행복하고 술을 끊은 릴리언. 수잰이 안다고 주장하는 릴리언. 클라라가 알았던 독기를 품은 여자와는 거리가 먼.

사람이 변할까?

가마슈 경감은 컴퓨터 앞에서 떨어졌다. 정보를 모으는 시간은 끝났다. 이제 그걸 모두 조합할 시간이었다.

이자벨 라코스트 형사는 화면을 뚫어져라 봤다. 읽고 또 읽었다. 리뷰와 함께 사진까지 있었다. 릴리언 다이슨이 준비한 가장 악랄한 공격의 진가를 라코스트가 알아볼 만한 무언가. 사진은 그림 양편에 매우 젊은 화가와 젊은 릴리언이 서 있는 모습을 보여 주었다. 화가는 미소 짓고 있었다. 활짝. 낡은 대어라도 되듯 자신의 작품을 가리키고 있었다. 범상치 않은 것이라는 듯이.

그리고 릴리언은?

라코스트는 조이스틱을 돌려 이미지를 확대했다.

릴리언 역시 웃고 있었다. 우쭐해하는 미소. 한심한 농담으로 독자를 끌어들이는.

그리고 그 리뷰는?

라코스트는 그것을 읽고 살갗에 벌레가 기어 다니는 듯한 느낌을 받았다. 누군가가 죽는 스너프 필름이라도 본 것처럼. 그 리뷰는 그럴 목적으로 쓰인 것이었다. 경력 살해. 그 사람의 내면에 있는 예술가를 죽이기 위해.

이자벨 라코스트 형사가 키를 누르자 프린터가 복사본을 뱉어 내기 전에 입 안에 더러운 것이라도 든 양 그르렁대기 시작했다.

25

"장 기?" 가마슈가 노크했다.

대답이 없었다.

그는 잠시 기다렸다가 문손잡이를 돌렸다. 문은 잠겨 있지 않았고, 그는 안으로 들어갔다.

보부아르는 황동 침대에 이불을 덮고 누워 곤하게 자고 있었다. 살짝 코까지 골면서.

가마슈는 그를 내려다보다가 욕실의 열린 문틈을 들여다보았다. 보부아르에게 눈을 떼지 않고 그는 욕실 안으로 들어가 재빨리 세면대를 살폈다. 체취 제거제와 치약 옆에 약병이 있었다.

경감은 거울을 흘끗 보고 보부아르가 여전히 잠들어 있는지 확인한 뒤 그것을 집어 들었다. 약병에는 보부아르의 이름과 옥시콘틴 열다섯 알의 처방이 적혀 있었다.

필요에 따라 매일 밤 한 알씩 먹으라고 되어 있었다. 가마슈는 병을 열고 손바닥 위에 알약을 쏟았다. 일곱 알이 남아 있었다.

그러나 처방 날짜가 언제였지? 경감은 알약을 다시 집어넣고 뚜껑을 닫은 다음 라벨 맨 밑을 보았다. 날짜가 매우 작은 숫자로 타이핑되어 있었다. 가마슈는 주머니에 손을 넣어 꺼낸 돋보기안경을 쓴 다음 다시 약병을 들었다.

보부아르가 웅얼거렸다.

가마슈는 얼어붙었고, 거울을 응시했다. 그는 아주 천천히 약병을 내려놓고 안경을 벗었다.

거울 속 보부아르가 침대에서 자세를 바꿨다.

가마슈는 욕실에서 나왔다. 한 걸음, 두 걸음. 그리고 침대 발치에서 멈췄다.

"장 기?"

이번에는 좀 더 크고 명확한 신음 소리를 냈다.

보부아르의 방에 불어닥친 쌀쌀하고 눅눅한 미풍이 하얀 면 커튼을 펄럭였다. 보슬비가 내리기 시작했고, 경감은 빗방울이 나뭇잎을 때리는 희미한 소리를 들었고, 마을의 집들에서 나무를 때는 친숙한 냄새를 맡았다.

그는 창문을 닫은 다음 침대로 몸을 돌렸다. 보부아르가 베개 속으로 파고들었다.

막 7시가 되었고, 라코스트 형사가 전화를 했었다. 그녀는 고속도로에서 빠져나온 차 안에 있었다. 그녀는 자료실에서 뭔가를 찾아냈다.

가마슈는 그녀가 도착했을 때 경위와 함께 논의하기를 바랐다.

그는 비앤비로 돌아와 샤워하고 면도한 뒤 옷을 갈아입은 상태였다.

"장 기?" 그는 다시 속삭이며 살짝 침을 흘리는 경위와 얼굴을 맞대기 위해 머리를 낮췄다.

무거운 눈꺼풀을 가늘게 뜨고 가마슈를 본 보부아르의 얼굴에 얼빠진 미소가 떠올랐다. 이내 그의 눈이 빈쩍 뜨였고, 미소가 헉하는 소리로 바뀌더니 경감의 얼굴에서 자신의 얼굴을 홱 떼었다.

"걱정 말게나." 가마슈 경감이 허리를 펴며 말했다. "아주 점잖게 자더구먼."

게슴츠레하게 눈을 뜨고 있던 보부아르는 경감의 말을 이해하는 데 잠시 시간이 걸렸고, 이내 빙긋 웃었다.

"제가 적어도 샴페인은 샀죠?" 잠기운을 몰아내려고 눈을 비비며 그가 물었다.

"뭐, 커피는 훌륭하게 만들었더군."

"어젯밤?" 보부아르가 침대에 일어나 앉으며 물었다. "여기서요?"

"아니, 수사본부에서." 가마슈가 탐색하는 눈빛으로 그를 보았다. "기억나나?"

보부아르는 멍해 보였다. 이내 그는 머리를 흔들었다. "죄송합니다. 아직도 잠이 안 깼어요."

그는 기억하려고 애쓰며 얼굴을 비볐다.

가마슈가 침대 옆으로 의자를 끌어와 앉았다.

"몇 시죠?" 보부아르가 주위를 둘러보며 물었다.

"막 일곱 시를 지났지."

"일어나야겠군요." 그렇게 말하며 장 기는 솜털 이불을 쥐었다.

"아니, 아직 아닐세." 가마슈의 목소리는 부드러웠지만 확고했고, 보부아르는 손동작을 멈추고 다시 침대에 기댔다.

"지난밤 일에 대해 이야기를 해야 하네." 경감이 말했다.

가마슈는 여전히 지쳐 있는 보부아르를 살폈다. 경위의 얼굴에 어리둥절한 표정이 어렸다.

"자네가 한 말이 진심이었나?" 가마슈가 물었다. "그게 자네가 느끼는 건가? 만약 그렇다면 훤히 날이 밝은 지금 말하게. 우린 그에 관해 말할 필요가 있네."

"무슨 말씀이십니까?"

"자네가 지난밤에 했던 말. 내가 그 동영상의 유출을 원했고, 내가 해커만큼이나 나쁘다는 자네 생각 말일세."

보부아르의 눈이 커졌다. "제가 그런 말을 했다고요? 지난밤에?"

"기억 안 나나?"

"동영상을 보면서 화가 났던 건 기억납니다. 하지만 왜인지는 기억이 안 납니다. 제가 정말 그런 말을 했습니까?"

"그랬지." 경감은 보부아르를 응시했다. 그는 정말로 충격을 받은 것처럼 보였다.

하지만 이게 더 나은 걸까? 그것은 보부아르가 자신이 한 말을 믿지 않을지도 모른다는 것을 뜻했지만 또한 경위의 기억력에 문제가 있다는 의미일 수도 있었다. 일종의 기억상실이었다.

가마슈 경감은 한참 동안 보부아르를 살폈다. 탐색당하는 기분을 느낀 보부아르는 얼굴을 붉혔다.

"죄송합니다." 그가 다시 말했다. "물론 그렇게 생각하지 않습니다. 제가 그런 말을 했다니 믿을 수가 없군요. 죄송합니다."

그리고 그는 정말 그렇게 보였다.

가마슈는 손을 올렸다. "자네 마음 아네. 자네를 벌주려고 여기 온 게 아닐세. 도움이 필요할 것 같아 온……,"

"됐습니다. 전 괜찮습니다. 정말로요."

"괜찮지 않아. 살이 빠지고 있고, 스트레스를 받고 있어. 짜증을 내지. 지난밤 마담 코아테스를 심문할 때 자네는 화를 참지 못했네. 대법원장을 거세게 비난한 건 무모했지."

"그가 시작했습니다."

"여긴 학교가 아닐세. 용의자들은 늘 우리를 압박하네. 침착함을 유지해야 해. 자네는 스스로 균형을 무너트렸어."

"다행히 경감님이 거기서 절 바로잡아 주셨죠." 보부아르가 말했다.

가마슈는 그 말 속에 들어 있는 조그만 가시를 놓치지 않으며 보부아르를 다시 주시했다. "도대체 뭐가 문제인가, 장 기? 이야기를 해 봐."

"피곤한 것뿐입니다." 그가 얼굴을 비볐다. "하지만 전 좋아지고 있어요. 튼튼해지고 있습니다."

"그렇지 않네. 한동안은 그랬지만 이제는 더 나빠지고 있어. 자넨 더 많은 도움이 필요하네. 경찰청 카운슬러를 다시 만날 필요가 있어."

"생각해 보겠습니다."

"생각해 보는 것 가지고는 안 되네." 가마슈가 말했다. "옥시콘틴을 몇 알이나 복용하나?"

보부아르는 항의의 말이 입에 걸렸지만 내뱉지 않았다.

"처방전에 쓰여 있는 만큼이오."

"그게 몇 알이지?" 경감의 얼굴은 굳어 있었고, 눈빛은 날카로웠다.

"밤마다 한 알씩입니다."

"그 이상으로 복용하나?"

"아닙니다."

두 남자는 서로 노려봤고, 가마슈의 깊은 갈색 눈은 한 치의 양보도 없었다.

"그 이상 복용하나?"

"아닙니다." 보부아르가 요지부동의 태도로 말했다. "우린 약쟁이들을 충분히 다루고 있고, 전 그렇게 되고 싶은 마음은 추호도 없습니다."

"그 약쟁이들은 그렇게 되고 싶어서 된 줄 아나?" 가마슈가 딱딱거렸다. "수잰과 브라이언, 피노가 그런 일을 바랐을 거라고 생각해? 약쟁이가 되겠다고 약을 시작하는 사람은 아무도 없네."

"전 그저 피곤하고 좀 스트레스를 받았을 따름입니다. 그뿐이에요. 고통을 누그러트리기 위해서 그 약들이 필요한 거고요. 잠들기 위해서요. 하지만 그 이상은 아닙니다. 약속해요."

"다시 상담을 시작하게. 내가 확인할 걸세. 알겠나?" 가마슈는 자리에서 일어나 의자를 다시 방구석에 갖다 났다. "정말로 아무 이상이 없다면 카운슬러가 내게 말할 걸세. 그러나 이상이 있으면 도움을 더 받아야 해."

"어떤 도움이오?" 보부아르는 충격을 받은 것 같았다.

"카운슬러와 내가 정한 건 뭐든지. 이건 벌이 아니야, 장 기." 가마슈의 목소리가 부드러워졌다. "난 여전히 상담을 받으러 가네. 그리고 여전히 안 좋은 날이 있지. 자네가 어떤 일을 겪고 있는지 아네. 하지만 자네와 내 상처는 같지 않고, 우리는 같은 방식으로 나아지진 않을 걸세."

가마슈는 한동안 보부아르를 주시했다. "이게 자네에게 얼마나 끔찍한지 아네. 자네는 사생활을 중시하는 사람이고, 좋은 사람이지. 강한 사람이야. 그렇지 않다면 왜 내가 수백 명의 형사 중에서 자네를 택했겠나? 내가 자네를 신뢰하기 때문에 자네가 내 부관인 걸세. 자네가 얼마나 똑똑하고 용감한지 알고 있네. 그리고 지금 용기를 내야 할 때야, 장 기. 나를 위해서, 살인반을 위해서. 자네 자신을 위해서. 나으려면 도움을 받게나. 제발 부탁하네."

보부아르는 눈을 감았다. 이내 기억이 났다. 지난밤. 마치 처음인 양 그 동영상을 반복해서 보았다. 자신이 총에 맞는 장면을.

그리고 가마슈는 자신을 떠나고 있었다. 등을 보이고. 혼자 죽도록 자신을 내버려 두고.

그는 눈을 떴고, 공장에서와 똑같은 표정으로 자신을 바라보는 경감을 봤다.

"그러겠습니다." 보부아르가 말했다.

가마슈가 고개를 끄덕였다. "봉Bon 그래."

그리고 그는 떠났다. 그 끔찍한 날 그랬듯이. 그가 늘 그럴 것이라는 걸 보부아르는 알았다.

가마슈는 늘 자신을 떠날 터였다.

장 기 보부아르는 베개 밑으로 손을 집어넣어 꺼낸 작은 약병을 흔들어 손바닥에 알약 하나를 떨어뜨렸다. 면도를 하고 옷을 입고 아래층에 내려왔을 즈음에는 괜찮은 기분이었다.

"뭘 찾아냈나?" 가마슈 경감이 물었다.

그들은 이야기를 나눌 필요가 있었고, 비앤비 식당에서 자신들의 정보를 손님들과 나누고 싶지 않았기 때문에 비스트로에서 아침 식사를 하는 중이었다.

웨이터가 그들에게 거품이 이는 카페오레를 갖다 줬다.

"이걸 찾았습니다." 라코스트 형사가 나무 테이블 위에 리뷰 복사본을 내려놓고 가마슈 경감과 보부아르 경위가 그것을 읽을 동안 창밖을 응시했다.

안개비로 바뀐 가랑비가 마을을 둘러싼 언덕에 걸려 있어서 스리 파인스 마을이 더욱더 아늑하게 느껴졌다. 마치 나머지 세상은 존재하지 않는 것처럼. 이곳이 유일한 세상인 듯. 고요하고 평화로운.

장작불이 벽난로에서 탁탁 소리를 내며 타올랐다. 한기를 몰아내기에 적당할 만큼.

라코스트 형사는 기운이 소진되었다. 카페오레 잔과 크루아상을 들고 벽난로 옆에 있는 커다란 소파에 가서 웅크리고 싶었다. 그리고 머나네 가게에서 산 낡은 페이퍼백을 읽고 싶었다. 매그레 경감이 등장하는 낡은 책. 읽다 잠들고. 읽다 잠들고. 벽난로 앞에서. 바깥세상과 근심들이 안개 속에서 희미해져 있는 동안.

그러나 근심이 여기에 있다는 것을 그녀는 알았다. 걱정들과 함께 마을에 갇혀 있었다.

보부아르 경위가 먼저 고개를 들어 그녀와 눈을 마주쳤다.

"잘했네." 그가 기사를 톡톡 치면서 말했다. "밤을 새웠겠는데."

"거의 그랬죠." 그녀가 인정했다.

그들은 짧고 날이 선 리뷰를 읽는 데 평소와 달리 유달리 시간이 걸리는 것 같은 경감을 살폈다.

마침내 그가 복사본을 내려놓고 안경을 벗었을 때 웨이터가 그들의 식사를 가져왔다. 보부아르를 위한 토스트와 수제 잼. 라코스트를 위한 배와 향료를 가미한 블루베리 크레이프. 그녀는 몬트리올에서 차를 몰고 오는 동안 아침 식사로 뭘 먹을지 상상하며 잠을 쫓았다. 이것이 간택되었다. 경감 앞에는 건포도와 크림, 황설탕을 곁들인 포리지오트밀 등을 물이나 우유로 걸쭉하게 끓인 죽가 놓였다.

그는 포리지에 황설탕과 크림을 붓고 다시 복사물을 집어 들었다.

그 모습을 본 라코스트 역시 나이프와 포크를 내렸다. "이게 그걸까요, 경감님? 이것 때문에 릴리언 다이슨이 살해된 걸까요?"

그가 숨을 깊이 들이쉬었다. "난 그렇게 생각하네. 몇몇 날짜와 정보를 끼워 넣어 확인해 봐야겠지만 이제 동기는 알아낸 것 같군. 그리고 기회도 있었다는 걸 알지."

아침 식사를 끝내고 보부아르와 라코스트는 수사본부로 돌아갔다. 그러나 가마슈는 아직 비스트로에서 할 일이 남아 있었다.

부엌으로 통하는 스윙도어를 밀자 올리비에가 조리대 앞에서 딸기와 캔털루프과육이 오렌지색인 멜론를 썰고 있었다.

"올리비에?"

깜짝 놀란 올리비에가 칼을 떨어트렸다. "맙소사, 날카로운 칼을 쥔 사람을 놀라게 하면 안 된다는 걸 모르세요?"

"당신에게 할 말이 있어서 왔습니다."

경감이 문을 닫았다.

"바빠요."

"나도 그래요, 올리비에. 하지만 그래도 해야 할 이야깁니다."

칼이 딸기를 저미자 도마 위에 얇은 과육들과 약간의 붉은 과즙 얼룩이 남았다.

"나한테 화가 나 있다는 걸 알고, 그럴 만하다는 것도 압니다. 용서할 수 없는 일이 일어났고, 내가 할 수 있는 유일한 변명은 악의는 없었다는 겁니다. 당신에게 해를 입히려고 그런 건⋯⋯."

"하지만 해를 입었어요." 올리비에가 칼을 쾅 내려놨다. "경감님이 악의적으로 한 짓이 아니라고 해서 교도소가 덜 끔찍한 곳이 되나요? 교도소 마당에서 수감자들이 빙 둘러쌌을 때, '그래, 훌륭한 가마슈 경감님이 내가 해를 입지 않길 바라니까 별일 없을 거야.'라는 생각이 들었을 것 같아요?"

올리비에는 손이 심하게 떨려 조리대 가장자리를 붙들어야 했다.

"당신은 진실이 밝혀질 거라고 믿는 마음을 모를 거예요. 변호사와 판사를 믿는 마음을요. 그리고 당신을요. 난 풀려날 거라 믿었어요. 그러고 나서 판결을 들었죠. 유죄."

잠시 올리비에의 분노는 사라졌고, 그것은 놀라움과 충격으로 대체되었다. 그 판결문 한 단어 때문에. "물론 나는 많은 죄가 있었어요. 나도 알아요. 사람들에게 그걸 보상하려고 노력 중이에요. 하지만……."

"그들에게 시간을 줘요." 가마슈가 조용히 말했다. 그는 어깨와 등을 펴고 올리비에가 있는 조리대 맞은편 끝에 서 있었다. 그러나 그 역시 목재 조리대를 붙잡고 있었다. 손가락 관절이 새하얘질 만큼. "그들은 당신을 사랑해요. 그걸 보지 않으려 한다면 부끄러운 일이 될 겁니다."

"나한테 부끄러움에 대해 강의하지 마세요, 경감님." 올리비에가 으르렁댔다.

가마슈는 올리비에를 응시하더니 고개를 끄덕였다. "미안하군요. 당신이 그걸 알기 바랐을 뿐입니다."

"그래서 내가 당신을 용서할 수 있게요? 그래서 마음의 짐을 내려놓으시게요? 뭐, 아마 이게 당신의 감옥이겠죠. 경감님이 받아야 하는 벌이오."

가마슈는 숙고했다. "아마도요."

"그게 다예요?" 올리비에가 물었다. "얘기 끝났나요?"

가마슈가 숨을 깊이 들이마셨다 내뱉었다. "아직은요. 다른 질문이 있습니다. 클라라의 파티에 관한."

올리비에는 칼을 집어 들었지만 칼질을 하기에는 아직 손이 심하게 떨렸다.

"가브리와 당신이 출장 뷔페 업자를 고용한 게 언제입니까?"

"우리가 파티를 열기로 결정하고 바로였죠. 아마 석 달 전이었을 거예요."

"파티를 하자는 건 당신 생각이었나요?"

"피터 생각이었어요."

"손님 명단은 누가 작성했죠?"

"우리 모두요."

"클라라를 포함해서요?" 가마슈가 물었다.

올리비에가 퉁명스럽게 고개를 한 번 끄덕였다.

"그렇다면 많은 이들이 수 주 전에 파티에 관해 알고 있었겠군요." 경감이 말했다.

올리비에는 더 이상 가마슈를 보지 않고 고개를 끄덕였다.

"메르시, 올리비에." 그는 그렇게 말하고 잠시 미적거리며 도마 위에 숙여진 금발 머리를 보았다. "어쩌면 우린 결국 같은 감방에 있다고 생각하지 않습니까?" 가마슈가 물었다.

올리비에가 대답이 없자 가마슈는 문으로 걸어가다 머뭇거렸다. "하지만 간수가 누구인지 궁금하군요. 그리고 열쇠를 가진 자가."

가마슈는 잠시 그를 지켜보다 자리를 떴다.

오전 내내 그리고 오후에도 아르망 가마슈와 팀원들은 정보를 긁어모았다.

1시에 전화벨이 울렸다. 클라라 모로였다.

"경감님과 형사분들과 저녁 식사 할 수 있을까요?" 그녀가 물었다. "연어를 졸이면poached salmon 올 사람이 있을지 생각하니 비참해서요."

"밀렵을 하러 남의 땅에 몰래 들어가는 건poaching 불법 아닙니까?" 그녀가 왜 자신에게 그런 말을 하는지 혼란스러워하며 가마슈가 물었다.

클라라가 웃음을 터트렸다. "연어를 몰래 잡겠다는 말이 아니고요. 요리법을 말한 거예요."

"솔직히 말씀드려서 어느 쪽이든 좋습니다." 가마슈가 말했다.

"잘됐네요. 퍽 편안한 자리가 될 거예요. 엉 파미유En Famille 가족처럼요."

가마슈는 그 프랑스어에 미소를 지었다. 렌 마리가 곧잘 쓰는 말이었다. '몸만 오세요.'라는 뜻이었지만 그 이상의 의미가 있었다. 편안한 자리라고 다 쓰는 말이 아니었고, 모든 손님에게 쓰는 말도 아니었다. 가족처럼 여기는 특별한 손님에게 쓰는 말이었다. 그 말은 특별한 지위이자 칭찬이었다. 친밀함을 나타내는.

"그러겠습니다." 그가 말했다. "그리고 두 사람도 기뻐할 겁니다. 메르시, 클라라."

아르망 가마슈는 렌 마리에게 전화하고 샤워를 마친 후 갈망하는 눈길로 침대를 보았다.

방은 가브리와 올리비에의 비앤비의 다른 모든 방처럼 놀라울 만큼 간소했다. 그러나 스파르타식 검소함은 아니었다. 우아했고, 나름대로 사치스러웠다. 사각거리는 하얀 리넨 침대보와 거위 털을 채운 이불. 손으로 짠 동양풍 양탄자들이 비앤비가 마차들이 머무는 여관이었던 시절부터 깔려 있던 넓은 소나무 널빤지 마루 위 여기저기에 깔려 있었다. 가마슈는 얼마나 많은 여행객들이 바로 이 방에 묵었는지 궁금했다. 힘들고 위험한 여행의 쉼표. 그는 잠시 그들이 어디에서 와서 어디로 갔는지 궁금했다.

그리고 목적지에 도달했을지.

비앤비는 언덕 위 스파 리조트의 웅장함과는 거리가 멀었다. 그리고 가마슈는 거기에 묵을 수도 있었다고 생각했다. 그러나 나이가 들수록 그는 동경하는 게 점점 줄었다. 가족, 친구. 책. 렌 마리와 자신들의 개 앙리와의 산책.

그리고 간소한 침실에서 하룻밤 푹 자는 것.

이제 침대 가장자리에 앉아 양말을 신으면서 그는 그냥 드러누워 폭신한 솜털 이불에 파묻히고 싶은 마음이 굴뚝같았다. 무거운 눈꺼풀을 덮고 잠이 들도록.

잠.

그러나 자신의 여정에 갈 길이 멀었다.

경찰청 형사들은 안개와 가랑비를 뚫고 잔디 광장을 가로질러 클라라와 피터의 집에 도착했다.

"어서 오세요." 피터가 미소를 지으며 말했다. "신발은 벗으셔야 합니다. 여기 있는 루스가 오는 길에 진흙탕이란 진흙탕은 다 밟고 왔나 봅니다."

그들이 바닥을 보자 아니나 다를까 진흙투성이 신발 자국이 있었다.

보부아르가 고개를 저었다. "갈라진 발굽cloven hoof 악마를 뜻하기도 한다을 보게 될 줄 알았는데요."

"아마 그래서 신발을 안 벗겠죠." 피터가 말했다. 경찰청 형사들은 최대한 깨끗하게 현관 매트에 신을 문질렀다.

집 안에서는 연어와 갓 구운 빵 냄새가 났고, 살짝 레몬과 딜허브의 일종의 향이 감돌았다.

"곧 식사가 준비될 겁니다." 부엌을 거쳐 그들을 거실로 안내하며 집주인이 말했다.

수 분 내로 보부아르와 라코스트는 와인 잔을 받아 들었다. 이미 피로한 가마슈는 물을 청했다. 라코스트는 두 화가 노르망과 폴레트에게 천천히 다가갔다. 보부아르는 머나와 가브리와 잡담을 나누었다. 가마슈는 보부아르가 그들과 잡담을 나누는 이유가 그들이 루스와 최대한 멀리 떨어져 있기 때문이 아닌지 의심했다.

가마슈는 실내를 둘러봤다. 이제는 습관이었다. 모든 이들의 위치와 그들이 하고 있는 것을 눈여겨보면서.

올리비에는 등을 돌리고 책장 곁에 있었다. 겉으로 보기엔 책들에 푹 빠진 것 같았지만 가마슈는 그가 수도 없이 그 책장을 봤으리라고 생각했다.

프랑수아 마루아와 데니스 포틴은 함께 서 있었지만 이야기는 오가지 않았다. 가마슈는 다른 한 사람이 어디에 있는지 궁금했다. 앙드레 카스통게.

이내 그를 발견했다. 거실 한구석에서 피노 대법원장과 이야기 중이었고, 젊은 브라이언이 몇 발자국 떨어진 곳에서 지켜보고 있었다.

브라이언의 얼굴에 나타난 표정이 무엇인지 가마슈는 궁금했다. 스와스티카와 가운뎃손가락과 '엿 먹어'라는 문신 이면을 파악하는 데는 노력이 필요했다. 그리고 다른 표정이 보였다. 브라이언은 확실히 기민했고, 경계하고 있었다. 전날 오후의 무심한 젊은이가 아니었다.

"농담이겠죠." 카스통게가 큰 소리로 말했다. "그게 좋다는 말은 마십시오."

다른 이들이 힐끗거리며 조금 멀리 떨어진 곳에서 서성이는 동안 가마슈는 조금 더 가까이에서 서성였다. 브라이언은 예외였다. 그는 자기 자리에 서 있었다.

"그냥 좋은 정도가 아니라 정말 놀랍다고 생각하오." 피노가 말했다.

"시간 낭비요." 미술상이 잠긴 목소리로 말했다. 그는 거의 빈 레드 와인 잔을 움켜쥐었다.

교묘하게 더 가까이 접근한 가마슈는 두 남자가 클라라의 한 작품 앞에 서 있는 걸 알아차렸다. 여러 손 모양을 그린 습작이었다. 꽉 잡은 손, 주먹 쥔 손, 보는 사람에 따라 펼쳤거나 쥔 손.

"다 그저 헛소리요." 카스통게가 그렇게 말하자 피노가 슬쩍 미술상에게 목소리를 낮추라는 몸짓을 했다. "모두 대단하다고들 하지만 그거 아시오?"

카스통게가 피노에게 몸을 기울였고, 가마슈는 미술상이 속삭이려는 말이 뭔지 알아챌 수 있길 바라며 카스통게의 입술에 주의를 기울였다.

"그렇게 생각하는 사람이 멍청한 거요. 저능아들. 뇌가 부었지."

가마슈는 안 들릴까 걱정할 필요가 없었다. 모두가 들었다. 카스통게는 목청껏 자신의 의견을 말했다.

다시 미술상 주위로 점점 원이 형성되었다. 피노가 거실을 둘러보았고, 가마슈는 그가 클라라를 찾는 것이라고 추측했다. 그녀의 손님 중한 명이 그녀의 작품에 대해 말하는 것을 그녀가 듣고 있지 않았길 바라면서.

이내 대법원장의 시선이 다시 카스통게에게 닿았고, 그 눈빛은 딱딱했다. 가마슈가 법정에서 자주 봤던 눈빛이었다. 그 눈빛이 자신을 겨냥한 적은 거의 없었고, 대부분 도를 넘은 불쌍한 법정 변호사들에게 향했었다.

카스통게가 데스스타⟨스타워즈⟩에 나오는 거대 전투용 인공위성였다면 머리가 폭 발했으리라.

"유감이군요, 앙드레." 피노가 얼음장 같은 목소리로 말했다. "어쩌면 나처럼 느끼게 될 날이 올지도 모르지."

대법원장이 몸을 돌려 그를 떠났다.

"느낀다고요?" 카스통게가 물러나는 피노의 등에다 대고 따졌다. "느 낀다고? 젠장, 어쩌면 당신은 너타를 쓰는 데 노력이 필요하겠지."

카스통게에게 등을 보이고 있던 피노는 멈칫했다. 이제 조용해진 거 실 전체가 지켜보고 있었다. 이내 대법원장은 계속 걸음을 옮겼다.

앙드레 카스통게는 혼자 남겨졌다.

"그는 바닥을 칠 필요가 있어요." 수잰이 말했다.

"난 바닥을 많이 쳐 봤죠." 가브리가 말했다. "꽤 도움이 되더라고요."

가마슈는 클라라를 찾아 실내를 둘러봤지만 다행히 이곳에 없었다. 부엌에서 저녁 준비를 하는 게 분명했다. 열린 문을 통해 떠도는 먹음직 스러운 냄새가 카스통게가 했던 말의 악취를 거의 덮고 있었다.

"그러니까," 루스가 흔들거리는 미술상에게서 등을 돌리고 수잰에게 집중하며 말했다. "당신이 술꾼이라던데."

"맞아요." 수잰이 말했다. "사실 마시는 게 집안 내력이에요. 뭐든 마 시죠. 라이터 기름, 녹조 낀 연못 물, 삼촌 중 한 분은 오줌을 와인으로 만들 수 있다고 장담했죠."

"정말이오?" 얼굴에 활기가 돈 루스가 말했다. "난 와인을 오줌으로 만들 수 있는데. 그 양반이 제조법을 완성했소?"

"놀랍지도 않게 제가 태어나기도 전에 돌아가셨답니다. 하지만 저희

어머니에게는 증류기가 있었고, 어머니는 뭐든지 발효시키곤 하셨죠. 완두콩, 장미, 램프."

루스는 믿기지 않는다는 눈치였다. "말도 안 돼. 완두콩?"

그래도 그녀는 시도해 볼 눈치였다. 그녀는 자신의 음료를 한 모금 꿀꺽 마시더니 수잰에게 그 음료를 기울여 보였다. "당신 어머니도 이건 만들 생각 못 했을 거요."

"뭔데요?" 수잰이 물었다. "그게 동양풍 양탄자를 증류해 만든 거라면, 이미 하셨어요. 우리 할아버지 맛이 나긴 했지만 어쨌든 만들긴 만들었죠."

루스는 꽤 감명을 받은 듯했지만 고개를 저었다. "내 스페셜 블렌드라오. 진과 비터즈칵테일에 쓴맛을 내는 술, 아이들의 눈물을 섞어 만들었지."

수잰은 놀라는 것 같지 않았다.

아르망 가마슈는 그 대화에는 끼지 않기로 마음먹었다.

바로 그때 피터가 "저녁 식사요!"라고 외쳤고, 손님들은 줄지어 부엌으로 들어갔다.

클라라가 큰 식당 사방에 있는 양초들에 불을 붙였고, 꽃병들이 긴 소나무 식탁 가운데를 따라 놓았다.

가마슈는 자신의 자리에 앉으면서 미술상 세 명이 함께 움직이는 것처럼 보인다는 것과 알코올중독자 모임 회원 세 명도 마찬가지라는 것을 주목했다. 수잰과 티에리, 브라이언.

"무슨 생각 중이세요?" 머나가 그의 오른쪽 자리에 앉으며 물었다. 그녀가 따뜻한 바게트 바구니를 건넸다.

"셋씩 모인 그룹이오."

"정말이세요? 지난번 뵀을 때는 험프티 덤프티를 생각 중이셨죠."

"젠장." 가마슈의 다른 편에 앉은 루스가 투덜거렸다. "이 살인 사건은 해결되기 글렀군."

가마슈가 늙은 시인을 보았다. "제가 지금 뭘 생각하는지 맞혀 보십시오."

그녀가 파란 눈을 가늘게 뜨고 비정한 얼굴로 그를 뚫어지게 쳐다봤다. 그러더니 웃음을 터트렸다. "암, 그렇고말고." 그녀가 빵을 십으며 말했다. "내가 진짜 끝내주기는 하지."

연어 조림이 담긴 접시가 한쪽 방향으로 돌아가고 있었고, 봄채마와 샐러드는 다른 쪽 방향으로 돌고 있었다. 모두 마음껏 먹었다.

"그래, 셋씩 모인 그룹이라." 루스가 미술상들 쪽을 턱으로 가리켰다. "저기 있는 컬리, 래리 그리고 모_{미국의 유명한 코미디 프로 〈The Three Stooges〉에 나오는 멍청한 세 캐릭터} 같은?"

프랑수아 마루아는 웃음을 터트렸지만 앙드레 카스통게는 멍하고 언짢은 듯했다.

"셋의 모임은 전통이 길죠." 머나가 말했다. "다들 둘을 한 짝으로 생각하는 경향이 있는데 셋은 사실 상당히 흔하답니다. 신비스럽기조차 하고요. 성 삼위일체."

"〈삼덕의 여신_{Three Graces}〉" 가브리가 채소를 양껏 먹으며 말했다. "당신 작품이기도 하네요, 클라라."

"운명의 세 여신_{The Three Fates 그리스신화에 나오는 여신으로 클로토, 라케시스, 아트로포스.}" 폴레트가 말했다.

"대포를 쏠 때 세 단계_{Three on a match}도 있죠." 데니스 포틴이 말했다 "준비, 조준." 그는 마루아를 봤다. "발사. 그러나 우리만 셋씩 움직이는 게 아닌데요." 포틴이 말했다.

가마슈가 무슨 말이냐는 듯이 그를 보았다.

"당신들도 마찬가지죠." 포틴이 가마슈, 보부아르, 라코스트를 차례로 보며 말했다.

가마슈가 웃음을 터트렸다. "그 생각은 못 했는데, 정말 그렇군요."

"세 마리 눈먼 쥐영어로 구전된 전래 동요." 루스가 말했다.

"스리 파인스Three Pines 소설의 배경인 마을 이름으로 '세 그루 소나무'란 뜻." 클라라가 말했다. "어쩌면 형사님들이 스리 파인스인지도 모르겠네요. 우리를 안전하게 지켜 주는."

"확실히 엉망진창으로 만들었지." 루스가 말했다.

"바보 같은 대화로구먼." 카스통게가 투덜거리다가 바닥에 포크를 떨어트렸다. 그는 멍청한 얼굴로 포크를 노려보았다. 실내가 조용해졌다.

"신경 쓰지 마세요." 클라라가 쾌활하게 말했다. "포크는 많아요."

자리에서 일어나 포크를 가지러 가는 그녀를 잡으려고 카스통게가 팔을 뻗었다.

"난 배고프지 않소." 그가 불평 섞인 큰 목소리로 말했다.

클라라를 놓친 그의 손이 옆에 앉은 라코스트 형사를 쳤다. "미안하오." 그가 중얼거렸다.

피터, 가브리와 폴레트가 일시에 떠들기 시작했다. 목청을 높여 쾌활하게.

"뭐든 생각 없소." 브라이언이 카스통게에게 연어를 건넸을 때 그가 쏘아붙였다. 그때야 그 갤러리 소유주가 그 젊은이를 주목한 것 같았다.

"세상에, 누가 당신을 초대했지?"

"당신을 초대한 사람이오." 브라이언이 말했다.

피터, 가브리, 폴레트가 더욱더 큰 목소리로 떠들었다. 더 쾌활하게.

"정체가 뭐요?" 카스통게가 브라이언에게 집중하려고 애쓰며 혀 꼬인 소리로 물었다. "맙소사, 당신도 예술가라고는 하지 마쇼. 그렇다고 해도 손색없을 만큼 엉망으로 보이는군."

"맞아요." 브라이언이 말했다. "난 분신 예술가예요."

"뭐라고?" 카스통게가 따지듯 물었다.

"이제 됐어, 앙드레." 프랑수아 마루아가 달래는 목소리로 말했고, 그게 효과를 발휘한 것 같았다. 카스통게는 자리에서 약간 몸을 흔들며 최면에라도 걸린 듯 자신의 접시를 뚫어지게 내려다보았다.

"한 접시 더 드실 분?" 피터가 밝은 목소리로 물었다.

아무도 손들지 않았다.

26

"그래서," 그들이 지붕이 있는 포치에 서서 커피와 코냑을 마실 때, 데니스 포틴이 말을 꺼냈다. "두 분이서 이야기를 나눠 보셨습니까?"

"무슨 얘기요?" 피터가 비에 젖은 마을을 살피던 눈길을 갤러리 주인에게로 옮기며 물었다. 여전히 가랑비가 내리고 있었다.

포틴이 클라라를 봤다. "피터와 의논해 보지 않으셨습니까?"

"아직요." 클라라가 죄책감을 느끼며 말했다. "하지만 할 거예요."

"뭔데?" 피터가 다시 물었다.

"저는 오늘 제가 대리하는 것에 대해 당신과 클라라가 관심이 있는지 보려고 왔습니다. 애초에 제가 망쳤다는 걸 알고, 정말 죄송하게 생각하고 있습니다. 전 그저……," 그는 생각을 정리하기 위해 잠시 말을 멈추고 피터와 클라라를 차례로 보았다. "한 번 더 기회를 주십사 부탁드리는 겁니다. 제가 진심이라는 걸 증명할 수 있게 해 주십시오. 전 정말 우리 셋이 훌륭한 팀을 이룰 거라고 생각합니다."

"어떻게 생각하십니까?" 가마슈 경감이 창밖 포치에 서 있는 피터와 클라라, 포틴을 향해 머리를 끄덕이며 물었다.

"저 사람들이오?" 머나가 물었다. 그들에게 세 사람이 나누는 대화는 들리지는 않았지만 추측하기는 어렵지 않았다.

"한 번 더 기회를 달라고 포틴이 클라라를 설득할까요?" 경감이 더블 에스프레소를 한 모금 마시며 물었다.

"한 번 더 기회가 필요한 사람은 포틴이 아니에요." 머나가 말했다.

가마슈가 그녀에게 고개를 돌렸다. "피터?"

그러나 머나는 침묵에 잠겼고, 가마슈는 피터가 오래전 그 뼈아픈 리뷰에 일조했던 것을 클라라에게 털어놨는지 궁금했다.

"생각해 볼 시간이 좀 필요해요." 클라라가 말했다.

"이해합니다." 포틴이 매력적인 미소를 지으며 말했다. "부담 갖지 마십시오. 제가 드릴 말씀은 이것뿐입니다. 두 분은 아마 보다 젊고 계속 성장하는 갤러리와 함께하고 싶으실 거라는 거죠. 몇 년만 있으면 은퇴할 사람이 아니라요. 그냥 제 생각입니다."

"좋은 지적이군요." 피터가 말했다.

불과 얼마 전까지만 해도 클라라는 포틴과 함께하기엔 그걸로 충분했을 터였다. 피터가 보이는 확연한 열의. 그녀는 그가 자신들을 위한 최선이 무엇인지 안다고 생각했기에 그를 전적으로 신뢰했었다. 자신들 모두를 위한 최선을. 내심 최선의 이해관계를 바라며.

이제 지난 25년간을 함께 지낸 이 남자를 보면서 그녀는 그가 가슴에 무엇을 품고 있는지 전혀 몰랐다는 것을 깨달았다.

클라라는 어떻게 해야 할지 알지 못했다. 하지만 뭔가 바뀌었다는 것을 알았다.

피터는 노력하고 있었고, 그녀도 그걸 알았다. 그는 바뀌려고 매우 애쓰고 있었다. 그리고 어쩌면 이제 자신이 노력할 차례였다.

"아시다시피 그는 아직도 괴로워하고 있어요." 머나가 말했다.

"피터 말입니까?" 가마슈는 그렇게 묻고 머나의 시선을 좇았다. 그녀는 이제 더 이상 베란다에 있는 세 사람을 지켜보고 있지 않았다. 그녀의 눈길은 집 쪽에 더 가까이 있었다. 그녀는 루스, 수잰과 함께 서 있는 장 기 보부아르를 바라보고 있었다.

루스는 한때 술꾼이자 증류 레시피를 끝도 없이 보유하고 있는 것 같은 이상한 여인에게 꽤나 마음을 빼앗긴 것 같았다.

"압니다." 가마슈가 조용히 말했다. "오늘 아침, 장 기와 그 얘기를 했습니다."

"그랬더니 뭐라던가요?"

"지기는 괜찮고, 점점 나아지고 있다더군요. 그러나 물론 그렇지 않습니다."

머나는 잠시 말이 없었다. "네, 그는 괜찮지 않아요. 왜 괴로운지 이야기하던가요?"

가마슈는 한동안 그녀를 탐색하듯 보았다. "물어봤지만 말하지 않더군요. 나는 그게 자신의 부상과 많은 동료를 잃은 것이 복합적으로 작용한 거라고 추측했습니다."

"맞아요. 하지만 그보다는 더 구체적이라고 생각해요. 사실 전 더 구체적이라는 걸 알아요. 그에게 들었죠."

가마슈는 그녀에게 모든 주의를 집중했다. 뒤에서는 카스통게가 목청을 높이고 있었다. 짜증 내고, 징징대고, 심통을 부렸다. 그러나 이 순간 가마슈의 시선을 머나에게서 떼어 놓을 수 있는 건 아무것도 없었다.

"장 기가 뭐라던가요?"

머나가 가마슈를 잠시 신중하게 살폈다. "별로 마음에 들지 않으실 거예요."

"공장에서 있었던 일에 관한 한 제 마음에 드는 건 아무것도 없습니다. 하지만 들어야겠습니다."

"네." 머나가 마음을 정하고 말했다. "그는 죄책감을 느끼고 있어요."

"무엇에 대해서요?" 가마슈가 깜짝 놀라 물었다. 그가 예상했던 대답이 아니었다.

"경감님을 돕지 못했다고요. 경감님이 쓰러지는 걸 보고도 도울 수 없었던 것을 극복하지 못하고 있어요. 경감님이 자신을 도왔듯이."

"하지만 그건 말도 안 됩니다. 그는 그럴 수 없었습니다."

"경감님도 저도 그걸 알죠. 경위님조차 알고는 있어요. 그러나 아는 것과 느끼는 것은 별개의 문제죠."

가마슈의 심장이 내려앉았다. 그날 새벽 수사본부에 있던 창백한 젊은이를 떠올리며. 그의 얼굴은 컴퓨터 화면에서 나오는 가혹한 빛을 받아 더욱더 하얗게 질려 있었다. 그 빌어먹을 동영상을 보고 또 보면서.

그러나 그건 가마슈 자신이 총에 맞아 쓰러지는 장면이 아니었다. 상기 자신이 총에 맞는 장면을 보고 있었다. 그는 머나에게 지난밤 자신이 발견한 것을 이야기했다.

머나가 한숨을 내쉬었다. "그는 자신을 벌하고 있는 것 같아요. 자해하듯요. 자신에게 칼을 대는 거죠. 그 동영상이 칼날이고요."

동영상. 분노가 솟구치는 걸 느끼며 가마슈는 생각했다. 그 빌어먹을 동영상. 이미 그렇게나 많은 해를 입혔으면서 이제는 자신이 아끼는 젊은이를 죽이고 있었다.

"다시 상담을 받으라고 명령했습니다."

"명령하셨다고요?"

"처음 시작은 제안이었죠." 경감이 말했다. "하지만 결국 명령으로 끝을 냈습니다."

"저항하던가요?"

"아주 심하게요."

"그는 경감님을 사랑해요." 머나가 말했다. "그게 그에게는 집으로 가는 길이죠."

가마슈는 장 기를 건너다보고, 북적이는 거실 저편에 있는 그에게 손을 흔들었다. 다시 한 번 경감은 그가 쓰러지는 모습을 봤다. 그리고 땅에 부딪히는 모습을.

그리고 장 기가 거실 저편에서 미소를 보이며 손을 흔들어 답했다.

그는 눈에 근심을 한가득 담고 자신을 바라보는 가마슈를 봤다.

그런 다음 떠나는 모습을.

"맙소사." 카스통게가 역겹다는 듯이 말하더니 거실 전체를 가리켜 손짓했다. "말세야. 문명의 종말." 그는 브라이언을 향하며 술을 꿀꺽꿀꺽 마셨다. "폭주족에게 '엄마'라는 문신이나 새기는 주제에 자칭 예술가라고 하지를 않나. 모디 타베르낙Maudit tabernac 이런 빌어먹을."

"자," 티에리 피노가 말했다. "바람이나 쐬러 갑시다."

그가 카스통게의 팔꿈치를 잡고 현관으로 데려가려 했지만 카스통게가 뿌리쳤다.

"오랫동안 훌륭한 예술가를 본 적이 없어. 저 여자는 아니야." 그는 포치에서 이제 막 안으로 들어오는 클라라를 향해 손짓을 했다. "오랫동안 바닥에서 맴돌았지. 진부하기 짝이 없어. 감상적이고. 초상화라니." 그는 그 말을 거의 내뱉다시피 했다.

주위 사람들이 모두 물러나 카스통게는 빈 공간에 홀로 남겨졌다.

"그리고 저 사람." 카스통게가 다음 희생자를 지목하며 말했다. 피터였다. "그의 작품은 괜찮아. 관습적이긴 하지만 켈리 푸드에 팔 수 있거든. 그들의 과테말라 지사에 그 작품을 묻을 수 있어. 내가 얼마나 취했느냐에 따라 그곳 구매자들을 설득할 수 있지. 망할 켈리는 술 마시는 걸 허락하지 않겠지만 말이야. 회사 이미지를 망칠 테니. 그래서 아마 난 결국 당신 작품을 팔지 못할 테지, 모로. 하지만 저자도 팔지 못해."

카스통게가 데니스 포틴을 적대적인 시선으로 쏘아보았다. "저자가 뭘 약속했소? 개인전? 공동 전시회? 아니면 공동 전시회 이야기만 했나? 서사는 아마 징원용 소파를 필고 있을 거요. 그가 예술에 대헤 이는 게 그게 전부니까. 잘 알지도 못하면서 이제 갤러리 주인이랍시고 돌아다니는군. 유일하게 잘하는 게 남의 마음을 조종하는 거지."

가마슈가 보부아르와 눈을 마주쳤고, 보부아르는 라코스트에게 슬쩍 신호를 보냈다. 세 경찰은 카스통게 주위에 자리를 잡았지만 그가 계속하도록 내버려 두었다.

프랑수아 마루아가 가마슈 바로 곁에 나타났다.

"그를 막아요." 그가 속삭였다.

"잘못한 게 없는걸요." 경감이 말했다.

"그는 체면을 잃고 있다오." 마루아는 굉장히 걱정하는 것 같았다. "이런 창피를 당해서는 안 됩니다. 저 친구는 아파요."

"그리고 거기 두 사람." 카스통게는 빙글 돌다가 균형을 잃었고, 소파에 걸려서 비틀거렸다.

"빌어먹을." 루스가 말했다. "당신은 주정뱅이를 싫어하지 않았나?"

카스통게가 똑바로 서더니 노르망과 폴레트를 향하며 공격을 이어 갔다. "당신들이 왜 여기 있는지 우리가 모를 거라고 생각지 마쇼."

"클라라 파티에 참석하러 왔어요." 폴레트가 말했다.

"쉬이." 노르망이 말하지 말라고 소리를 냈다. "부추기지 마." 하지만 너무 늦었다. 카스통게의 시야에 그녀가 들어왔다.

"그런데 왜 계속 머물고 있소? 클라라를 돕기 위해서는 아닐 테고." 그가 사레들린 듯이 웃어 댔다. "화가에게 시인보다 유일하게 더 고약한 점이 있다면 서로 미워한다는 거요." 그가 루스를 향하더니 과장된 절을 올렸다. "마담."

"염병할 멍청이." 루스가 그렇게 말하더니 가브리를 향했다. "그래도 틀린 말이라고는 못 하겠는데."

"당신들은 클라라를 미워하고, 클라라의 그림도 싫어하지. 당신들은 화가라면 다 증오해." 카스통게가 노르망과 폴레트를 궁지로 몰아넣었다. "아마 서로 증오할 거야. 그리고 당신들끼리도 증오하고. 그리고 당신은 확실히 그 죽은 여자를 증오했어. 충분히 그럴 만한 이유로."

"됐어." 마루아가 혼자 서 있는 카스통게에게 다가가 말했다. "이제 이 멋진 사람들에게 인사하고 자러 갈 시간이야."

"아무 데도 안 가." 카스통게가 마루아에게서 벗어나려고 몸을 비틀며 소리 질렀다.

모두가 한 걸음씩 물러설 때 가마슈와 보부아르, 라코스트는 한 걸음 더 가까이 다가갔다.

"자네야 그걸 바라겠지. 내가 가 버렸으면 하잖아. 하지만 내가 먼저 그녀를 발견했어. 나하고 계약하려 했다고. 그런데 자네가 훔쳐갔지."

그의 언성이 높아졌고, 카스통게는 몸을 확 틀어 자신의 글라스를 마루아에게 던졌다. 글라스는 마루아 옆을 쌩하고 지나 벽에 부딪혀 산산조각 났다.

이내 카스통게는 연로한 미술상에게 덤벼들어 튼튼한 두 손으로 그의 목을 조르며 뒤쪽으로 밀어붙였다.

경찰청 형사들이 뛰어들었다. 가마슈와 보부아르가 카스통게를 붙들었고, 라코스트는 씨름 중인 두 미술상 사이에 몸을 끼워 넣으려고 애썼다. 마침내 카스통게를 마루아에게서 떼어 났다.

프랑수아 마루아는 목을 잡고 충격받은 얼굴로 동료를 응시했다. 그리고 가스통게는 이제 혼자기 이니었디. 실내에 있는 모두기 체포되어 끌려 나가는 카스통게를 노려보았다.

아르망 가마슈와 장 기 보부아르는 한 시간 후 피터와 클라라의 집으로 돌아왔다. 가마슈는 이번엔 술을 받아 들었고, 가브리가 권한 커다란 안락의자에 주저앉았다.

그가 예상한 대로 아직 모두가 이곳에 있었다. 일련의 일들로 매우 흥분한 데다 자러 가기에는 답을 알아야 할 의문이 아직 너무 많았다. 그들은 아직 쉴 수 없었다.

그리고 그도 마찬가지였다.

"아, 맛이 좋군요." 그가 코냑을 한 모금 마시고 말했다.

"대단한 날입니다." 피터가 말했다.

"그리고 아직 끝나지 않았죠. 무슈 카스통게를 맡은 라코스트 형사가 조서를 작성하고 있습니다."

"혼자서요?" 머나가 가마슈와 보부아르를 번갈아 보며 물었다.

"그녀는 자신의 일을 잘 알고 있습니다." 경감이 말했다. 머나의 눈빛이 경감이 하고 있던 일을 잘 알고 있길 바란다고 말했다.

"그러니까 무슨 일이 일어났던 거예요?" 클라라가 물었다. "도무지 뭐가 뭔지 모르겠네요."

가마슈가 의자에 앉은 채 몸을 앞으로 내밀었다. 모두 자리에 앉거나 안락의자 팔걸이에 기대 앉았다. 계속 서 있는 사람은 보부아르와 피터 뿐이었다. 피터는 좋은 집주인으로서, 보부아르는 좋은 경찰로서 소임을 다하고 있었다.

밖에서는 빗줄기가 거세졌고, 그들은 유리창을 두들기는 빗소리를 들었다. 신선한 공기를 들이려고 포치로 통하는 문은 여전히 열어 둔 채였고, 그들은 밖에서 나뭇잎을 때리는 빗소리를 들을 수 있었다.

"이 살인은 대비와 관련이 있습니다." 가마슈가 낮고 부드러운 목소리로 말했다. "술을 끊었을 때와 마셨을 때. 겉모습과 실제. 좋은 쪽으로의 변화와 나쁜 쪽으로의 변화. 빛과 어둠의 작용."

그는 자신을 주목하고 있는 얼굴들을 보았다.

"당신의 베르니사주에서 나왔던 말이 있습니다." 그가 클라라를 향했다. "당신 작품을 설명하기 위해서요."

"여쭤보기 두려울 정돈데요." 그녀가 지친 미소를 지으며 말했다.

"키아로스쿠로. 빛과 어둠의 대비를 뜻합니다. 둘의 병치. 당신 작품 속에 있는 거죠, 클라라. 당신이 사용한 색상, 음영도 그렇지만 작품이 불러일으키는 감정 역시 마찬가지입니다. 특히 루스의 초상화에서……"

"거기 내 초상화가 있어?"

"……분명한 대조가 나타나죠. 배경이 되는 나무들의 어두운 색조. 얼굴은 부분적으로 그늘져 있습니다. 그녀의 표정은 몹시 화가 나 보입니다. 아주 작은 한 점을 빼면요. 그녀의 두 눈에는 아주 작은 빛의 암시가 있습니다."

"희망." 머나가 말했다.

"희망. 혹은 아닐 수도 있고요." 가마슈가 프랑수아 마루아를 향했다. "우리가 그 초상화 앞에 서 있었을 때 흥미로운 말씀을 하셨죠. 기억나십니까?"

미술상은 잘 모르겠다는 듯 당혹한 표정이었다. "뭔가 쓸 만한 말이었습니까?"

"기억 안 나십니까?"

마루아는 한동안 말이 없었는데, 그는 듣는 이로 하여금 고통 없이 자신의 말을 기다리게 하는 드문 재주를 지닌 사람이었다. 마침내 그가 미소를 지었다.

"내가 경감에게 그걸 진짜라고 생각하느냐고 물었지요." 마루아가 말했다.

"맞습니다." 경감이 끄덕였다. "그게 진짜일까요, 빛의 눈속임일 뿐일까요? 희망을 안겨 주었다가 거부하는 건 특히나 잔인한 일이죠."

그는 모인 사람들을 둘러보았다. "그게 바로 이번 범죄, 이번 살인의 핵심이었습니다. 빛이 실제로 얼마나 진실한가의 문제였죠. 그 사람은 정말 행복했을까, 아니면 그런 척했던 것뿐일까?"

"손을 흔드는 게 아니라 물에 빠지고 있네." 클라라가 말했다. 그녀는 깊은 흉터 아래 가마슈의 다정한 눈빛을 새삼 알아차렸다.

"아무도 그의 소리를 듣지 못했네." 클라라가 인용했다. "죽은 자의 소리를.

하지만 여전히 그는 누워 신음하네.

나 평생 너무 멀리 헤엄쳐 나왔고

손을 흔드는 게 아니라 물에 빠지고 있네."

그러나 이번에 시를 읊으며 클라라의 마음속에 떠오른 사람은 피터가 아니었다. 이번에는 다른 사람이 생각났다.

자기 자신. 평생 그런 체하며 살았다. 밝은 면을 바라봤지만 항상 그렇게 느끼진 않았다. 그러나 이제 더 이상은 아니었다. 바뀌고 있었다.

빗물이 부드럽게 떨어지는 소리를 빼고 거실은 침묵에 빠졌다.

"세 사C'est ça 그렇습니다." 가마슈가 말했다. "우린 얼마나 자주 이것을 저 것으로 착각했을까요? 정말로 무슨 일이 일어났는지 보기에 너무 두렵 거나 너무 서둘러서? 누군가 물에 빠진 것을 보기에는?"

"하지만 때로 물에 빠진 사람이 구조되기도 하죠."

사람들은 가마슈에게서 방금 말한 남자에게로 시선을 돌렸다. 청년. 브라이언.

가마슈는 몇 초간 말없이 문신을 하고 피어싱을 하고 옷을 뚫어 장식을 달고 있는 청년을 주시했다. 경감이 천천히 고개를 끄덕이고 다른 이들에게 시선을 옮겼다.

"우리가 고심했던 문제는 릴리언 다이슨이 구조됐느냐 못 됐느냐였습니다. 그녀는 변했을까요? 그것은 단지 거짓 희망이었을까요? 그녀는 알코올중독자였습니다. 잔인하고 독하고 자기밖에 모르는 여자. 그녀는 자신을 알던 모든 사람에게 상처를 입혔습니다."

"하지만 원래부터 그렇지는 않았어요." 클라라가 말했다. "한때는 착했어요. 좋은 친구였어요, 한때는."

"대부분의 사람들이 그래요." 수잰이 말했다. "처음에는. 대부분의 사람이 감옥이나 다리 밑이나 마약 거래소에서 태어나진 않아요. 나중에 그렇게 되는 거지."

"사람은 더 나쁘게 바뀔 수 있습니다." 가마슈가 말했다. "그러나 정말 더 좋게 바뀌는 경우는 얼마나 될까요?"

"난 우리가 그렇다고 믿어요." 수잰이 말했다.

"릴리언은 바뀌었었나요?" 가마슈가 그녀에게 물었다.

"난 그렇게 생각해요. 적어도 그녀는 노력하고 있었어요."

"당신은요?" 그가 물었다.

"내가 뭐요?" 수잰은 그의 말뜻을 분명히 알고 있음이 분명한데도 그렇게 물었다.

"바뀌셨습니다."

긴 침묵이 있었다. "그랬기를 바라요." 수잰이 말했다.

가마슈가 낮은 목소리로 말했기 때문에 거기 있는 사람들은 바짝 귀를 기울여야만 했다. "그러나 그것은 진짜 희망일까요? 아니면 빛의 눈속임일 뿐일까요?"

27

"당신은 매번 우리에게 거짓말을 한 다음 단순한 버릇이라고 그것을 일축했습니다." 가마슈는 계속해서 수잰을 응시했다. "그건 진정한 변화 같지 않군요. 상황 윤리처럼 들립니다. 편리할 때만 변했다고 하죠. 그리고 지난 며칠간 일어났던 많은 일들은 극히 불편했습니다. 그러나 매우 편리했던 것도 있었습니다. 예를 들자면 부인이 후원하는 사람이 클라라의 파티에 온 일 말입니다."

"난 릴리언이 여기 왔는지조차 몰랐어요." 수잰이 말했다. "말씀드렸다시피."

"사실입니다. 하지만 그때 부인은 우리에게 많은 것들을 말씀하셨습니다. 이를테면 '그는 타고났다. 생리 작용인 양 예술을 낳는다.'라는 유명한 구절에 나오는 당사자가 누군지 몰랐다고요. 바로 당신이었습니다."

"당신이라고요?" 클라라가 자신의 옆에 있는 생기 넘치는 여자에게 고개를 돌리며 말했다.

"그 리뷰가 마지막 밀침이었습니다." 가마슈가 말했다. "그 후 부인은 급락했습니다. 그리고 중독자 모임에 정착했고, 거기서 부인은 바뀌었을지도 혹은 바뀌지 않았을지도 모릅니다. 그러나 그 모임에서 거짓말을 한 사람이 당신만은 아닙니다."

가마슈가 수잰 옆 소파에 앉아 있는 남자에게 눈길을 옮겼다. "대법원장님 역시 거짓말을 하셨죠."

피노 대법원장은 놀란 듯했다. "내가? 어떻게 말이오?"

"확실히 그것은 태만한 죄에 가깝지만 여전히 거짓말은 거짓말입니다. 앙드레 카스통게를 아시지 않습니까?"

"얘기할 수 없소."

"그렇다면 제가 수고를 덜어 드리죠. 무슈 카스통게는 켈리 푸드와 계약을 유지할 일말의 희망이 있었다면 술을 끊었어야 했습니다. 그 스스로 말했듯이 그 회사는 금주 회사로 악명이 높습니다. 그리고 그는 취해 있는 것으로 악명이 높아지고 있었고요. 그래서 중독자 모임에 나가기 시작했습니다."

"경감이 그렇게 말한다면." 티에리가 말했다.

"대법원장님은 어제 스리 파인스에 도착한 뒤 머나네 서점에서만 한 시간을 보냈습니다. 멋진 가게지만 한 시간은 지나쳐 보였습니다. 그러고 나서 우리가 비스트로의 바깥 자리에 앉으려고 했을 때 벽에 붙은 테이블과 굳이 마을을 등지는 자리를 고집하셨죠."

"그건 예의를 차린 거였소, 경감. 가장 안 좋은 자리를 내가 차지한 거요."

"그건 편리를 위해서이기도 했습니다. 대법원장님은 누군가로부터 숨어 있었습니다. 그러나 우리 얘기가 끝났을 때는 자리에서 일어나 기꺼이 수잰과 함께 비앤비로 걸어가셨죠."

티에리 피노와 수잰이 시선을 교환했다.

"더는 숨지 않으셨습니다. 전 주위를 둘러보며 바뀐 게 뭔지 알아내려 했습니다. 그리고 단 한 가지가 그랬습니다. 앙드레 카스통게가 자리를 떴습니다. 그는 잔뜩 취해 스파 리조트로 돌아가는 중이었습니다."

피노 대법원장은 어떤 내색도 하지 않았다. 돌처럼 무표정하게 가마슈를 응시할 따름이었다.

"전 오늘 밤 작은 실수를 했습니다." 가마슈가 인정했다. "우리가 도착했을 때 대법원장님과 카스통게는 구석에서 이야기 중이었죠. 두 사람은 다투는 것처럼 보였고, 전 그 이유가 클라라의 작품에 관한 것이라고 추정했습니다."

그가 손을 습작한 그림들이 걸려 있는 거실 구석으로 눈길을 돌리자 사람들이 그의 시선을 좇았다.

"데졸레Désolé 미안합니다." 그가 클라라에게 그렇게 말하자 그녀가 미소를 지었다.

"내 그림을 두고 사람들은 늘 다투죠. 별 해가 되지 않아요."

그러나 가마슈는 그걸 믿지 않았다. 해를 입었었다. 그것도 많이.

"어쨌든 제가 틀렸습니다." 경감이 계속 말했다. "두 분은 클라라 작품이 좋은지 아닌지 다투고 있던 게 아니라 중독자 모임을 두고 다퉜던 겁니다."

"다투고 있었던 게 아니오." 피노가 말했다. 그가 숨을 깊이 들이마셨다. "우린 그냥 이야기 중이었소. 술 취한 사람과 다투는 건 소용없는 짓이오. 그리고 중독자 모임에 나오라고 누군가를 설득하는 것도 소용없는 짓이고."

"게다가 그는 이미 나간 적이 있었습니다." 가마슈가 말했다.

두 남자는 눈싸움을 했고, 마침내 피노가 고개를 끄덕였다.

"일 년 전쯤 왔었소. 술을 끊기 위해 필사적이었지." 피노가 인정했다. "잘되지는 않았소."

"모임에서 그를 알게 되셨죠." 가마슈가 말했다. "그리고 그냥 아신 것 이상이었을 것 같군요."

피노가 다시 고개를 끄덕였다. "그는 내가 후원하는 사람이었소. 도 와주려고 했지만 그는 술을 끊지 못했지."

"모임을 그만둔 게 언제입니까?" 가마슈가 물었다.

피노는 생각했다. "석 달 전쯤이오. 그와 통화하려고 했지만 그는 결 코 답신을 하지 않았소. 결국 나도 바닥을 치면 들어오겠거니 하고 그만 뒀소."

"대법원장님은 어제 이 마을에서 취해 있는 그를 보고 그 문제를 인지 하셨습니다." 가마슈가 말했다.

"무슨 문제요?" 수잰이 물었다.

"앙드레 카스통게가 우리 모임에 들어왔을 때 그는 많은 사람을 만났 소." 피노가 말했다. "릴리언을 포함해서. 그리고 그녀는, 당연히 그를 만났지. 그리고 그가 누구인지 단박에 알았소. 그녀는 그에게 자신의 작 품 이야기를 했고, 포트폴리오를 보여 주기까지 했소. 그가 나에게 그 이야기를 했고, 난 그에게 관여하지 말라고 충고했소. 남자는 남자끼리 있어야 하는 데다 모임은 사업상의 인맥을 만드는 곳이 아니니까."

"그녀의 작품에 대해 이야기하는 게 규칙에 반하는 것이었습니까?" 가마슈가 물었다.

"어떤 규칙도 없소." 티에리가 말했다. "그저 좋은 생각이 아니라는 거지. 일과 얽히지 않더라도 술을 입에 대지 않는 건 충분히 힘든 일이 니까."

"그러나 릴리언은 그랬군요." 가마슈가 말했다.

"난 몰랐던 사실이에요." 수잰이 말했다. "릴리언이 이야기했다면 그만두라고 말했을 거예요. 아마 그래서 나한테 얘기 안 했나 보군요."

"그리고 나서 앙드레가 모임을 그만뒀군요." 가마슈가 그렇게 말하자 피노가 고개를 끄덕였다. "그러나 한 가지 문제가 있었죠."

"경감이 말했듯이 앙드레에게는 큰손 고객이 있었소." 티에리가 말했다. "켈리 푸드. 그는 누군가 그들에게 자신의 술버릇을 일러바칠 거라는 두려움 속에 살았소."

"하지만 오래 비밀로 하지는 못할걸요." 머나가 말했다. "여기서의 시간이야 어떻게 지나간다 해도 그는 깨어 있는 시간보다 취해 있는 시간이 많았어요."

"사실이오." 티에리가 말했다. "앙드레가 모든 걸 잃는 건 시간문제일 뿐이었소."

"대법원장님은 여기서 그를 보자마자 어떤 일이 일어날지도 모른다는 걸 깨달았습니다." 가마슈가 말했다. "대법원장님은 늘 재판을 경청하시죠. 살인 사건도 자주 다루시고요. 그런 상황들을 종합해 보셨겠죠."

피노는 다음 말을 생각 중인 것 같았다. 모두가 자동적으로 대법원장을 향해 몸을 기울였다. 그 침묵과 앞으로 나올 이야기에 이끌려서.

"난 릴리언이 그와 맞서려고 파티에 왔다고 생각했소. 그녀가 클라라의 정원에서 그를 만났고, 앙드레가 자신과 계약하지 않으면 켈리 사람들에게 그의 음주벽에 대해 말하겠다며 위협을 했다고." 피노가 말했다. "오늘 밤 그를 봤지 않소. 음주나 분노를 전혀 제어하지 못하오."

피노가 몇 초간 말을 멈추고 있자 가마슈가 부드럽게 재촉했다.

"계속하십시오."

여전히 모두 기다렸다. 눈을 휘둥그렇게 뜨고 숨을 죽인 채.

"난 릴리언이 그를 궁지로 몰아붙인 게 아닐까 싶었소. 협박을 해서 말이오."

피노는 다시 말을 멈췄고, 그리고 다시, 고문과 같은 침묵이 흐른 후 가마슈가 재촉했다.

"계속하십시오."

"난 그가 그녀를 죽였다고 생각했소. 이미 필름이 끊긴 상태에서, 아마 그런 일을 저지른 것조차 기억하지 못했을 거라고."

가마슈는 배심원이나 판사가 과연 그 말을 믿을까 궁금했다. 그리고 그게 문제가 되는지도. 또한 이 사람들 중에 자신이 생각한 것을 포착한 사람이 있을지도.

경감은 기다렸다.

"하지만," 클라라가 어리둥절해하며 말했다. "무슈 카스통게가 조금 아까 당신이 자신에게서 릴리언을 훔쳤다고 비난하지 않았나요?"

그녀는 프랑수아 마루아를 향했다. 노미술상은 침묵했다. 집중하느라 클라라의 미간이 좁아졌다. 상황을 이해하려고 애쓰면서. 그녀의 시선이 가마슈에게 옮겨졌다.

"릴리언의 작품을 보셨어요?"

그가 고개를 끄덕였다.

"그렇게 훌륭하던가요? 그걸 두고 싸울 정도로?"

그가 다시 고개를 끄덕였다.

클라라는 놀란 표정이었지만 가마슈의 판단을 받아들였다. "그렇다면 릴리언이 카스통게를 협박했을 리 없죠. 실은, 카스통게가 그녀와 계약하려고 필사적이었던 것으로 들리는데요. 그녀는 그와 맞설 필요가 없었어요. 그는 그녀의 작품에 열광했고, 릴리언의 작품을 원했어요. 만약," 클라라가 연관을 지으며 말했다. "그게 그를 궁지로 몰아넣은 이유가 아니라면 말이죠."

그녀는 가마슈를 보았지만 그의 얼굴은 아무것도 말해 주지 않았다. 그는 주의 깊게 경청하고 있었지만 그뿐이었다.

"카스통게는 켈리를 잃게 될 걸 알고 있었죠." 클라라가 사실들 속을 조심스럽게 헤쳐 가며 말했다. "그가 중독자 모임을 그만둔 순간 그건 불가피한 일이었어요. 유일한 희망은 켈리 푸드를 대신할 뭔가를 찾는 거였죠. 미술가. 하지만 그냥 아무 미술가가 아니라 뛰어나야 했죠. 그 미술가가 그의 갤러리를 구할 테니까요. 그의 경력도. 하지만 사람들에게 알려지지 않은 누군가여야 했어요. 자신이 직접 발굴한."

그녀 주위에 침묵이 내려앉았다. 빗방울조차 더 잘 듣고 싶었는지 그쳐 있었다.

"릴리언과 그녀의 작품이 그를 살릴 터였어요." 클라라가 계속 말을 이었다. "그러나 릴리언이 카스통게가 전혀 예상하지 못했던 짓을 했죠. 그녀가 늘 했던 짓을 한 거예요. 자신을 돌본 거죠. 그녀는 카스통게와 이야기했지만 더 영향력 있는 딜러인 무슈 마루아에게도 접근했어요." 클라라가 마루아를 향했다. "그리고 당신은 그녀를 떠맡았죠."

프랑수아 마루아의 상냥하고 친절한 미소는 조소로 바뀌어 있었다.

"릴리언 다이슨은 다 큰 여성이었습니다. 그녀는 앙드레와 노예 계약을 맺은 게 아니었지요." 마루아가 말했다. "그녀는 자신이 원하는 사람을 택할 자유가 있었지요."

"카스통게는 이곳 파티에서 그녀를 봤어요." 클라라는 마루아가 노려보는 시선에 주눅 들지 않으려 애쓰며 계속 말했다. "그는 아마 그녀와 조용히 이야기하고 싶었을 거예요. 그는 방해받지 않으려고 그녀를 우리 집 정원으로 이끌었을 거예요."

그들 모두 그 장면을 상상했다. 바이올린 연주자들, 춤과 웃음소리.

카스통게는 주차한 곳에서 물랭 길을 따라 내려오는, 막 도착한 릴리언을 발견하다. 그는 이미 몇 잔을 걸친 상베였고, 그녀를 가로채기 위해 서두른다. 파티에서 그녀가 다른 이들, 그 모든 미술상이며 큐레이터며 갤러리 주인들과 이야기할 기회를 갖기 전에 계약을 확정 짓고 싶어 조바심치며.

그는 그녀를 가장 가까운 정원으로 데려간다.

"그는 아마 우리 정원이라는 것조차 몰랐을 거예요." 클라라가 말했다. 여전히 가마슈를 지켜보면서. 그리고 가마슈는 여전히 그 어떤 내색도 하지 않았다. 들을 뿐이었다.

조용한 가운데 숨소리만 들렸다. 마치 세상이 모두 멈춘 것처럼, 세상이 수축한 것처럼. 이 순간과 이곳을 위해. 그리고 이어질 말들을 위해.

"그때 릴리언은 자신이 마루아와 사인했다고 그에게 말했어요."

클라라는 고통스러워하는 갤러리 주인을 마음속으로 떠올리며 말을 멈췄다. 예순을 훌쩍 넘긴 나이에 영락한 갤러리 소유주를. 망가지고 술에 취한 남자를. 결정타를 맞은 남자를. 그러면 그는 어떻게 할까?

"그녀가 마지막 희망이었어요." 클라라가 낮은 목소리로 말했다. "그리고 이제 그게 사라졌죠."

"그는 한정책임능력법률상 책임 능력이 제한되어 있는 상태. 정신장애로 말미암아 사물을 분별할 능력이나 의사를 결정할 능력이 미약한 심신미약자, 농아자 등이 그 적용 대상이나 과실치사로 변론할 거요." 피노 대법원장이 말했다. "그때 그는 취해 있었을 게 분명하니까."

"그때라니 어느 때를 말씀하시는 겁니까?" 가마슈가 물었다.

"릴리언을 죽였을 때 말이오." 티에리가 말했다.

"오, 앙드레 카스통게는 그녀를 죽이지 않았습니다. 여러분 중 한 명이 죽였습니다."

28

루스조차 이제는 주목하고 있었다. 밖에는 다시 비가 내리기 시작했고, 어두운 하늘에서 떨어지는 빗방울이 무서운 기세로 창문을 때려 고풍스러운 유리창에 흘러내렸다. 피터가 포치로 통하는 문을 닫았다.

그들은 이제 밀폐됐다.

그는 옹기종기 모여 엉성한 원을 그리고 있는 사람들과 합류했다.

"카스통게가 릴리언을 죽이지 않았다고요?" 클라라가 가마슈의 말을 반복했다. "그렇다면 누가 그랬죠?"

그들은 눈이 마주치지 않도록 주의하면서 서로 힐끗거렸다. 그러고 나서 모든 눈길이 다시 가마슈에게로 향했다. 원의 중심.

조명이 깜빡거렸고, 모든 창문이 닫혔는데도 우르릉거리는 천둥소리가 들렸다. 그리고 그들을 둘러싼 어두운 숲을 밝히는 섬광이 번쩍였다. 짧게. 그리고 어둠으로 후퇴했다.

가마슈는 조용히 말했다. 빗소리와 천둥소리에 들릴락 말락 하게.

"이 사건에서 제일 먼저 우리에게 충격을 준 한 가지는 대조적인 두 릴리언이었습니다. 당신이 아는 비열한 여자." 그는 클라라를 보았다. "그리고 당신이 아시는 친절하고 행복한 여자." 그는 수잰을 돌아봤다.

"키아로스쿠로." 데니스 포틴이 말했다.

가마슈가 고개를 끄덕였다. "바로 그겁니다. 어둠과 빛. 그녀는 정말 누구였을까요? 어떤 것이 진짜 릴리언이었을까요?"

"사람이 변할까요?" 머나가 물었다.

"사람이 변하느냐." 가마슈가 머나의 말을 따라 했다. "아니면 결국 사람은 원래대로 돌아갈까요? 릴리언 다이슨이 한때 누구든 그녀의 먹잇감이 될 만큼 그녀에게 가까이 다가간 운 없는 사람들에게 상처를 준 끔찍한 인간이었다는 데는 거의 의심의 여지가 없는 것 같습니다. 그녀는 신랄함과 자기 연민으로 꽉 차 있었죠. 그녀는 모든 게 자신에게 주어지길 기대했고, 그렇게 되지 않았을 때는 견디지 못했습니다. 사십 년이 걸렸지만 결국 그녀의 삶은 술 때문에 급속도로 통제 불능 상태에 빠졌습니다."

"그녀는 바닥을 쳤어요." 수잰이 말했다.

"그리고 산산조각 났죠." 가마슈가 말했다. "그리고 우린 그녀가 한때 끔찍할 만큼 엉망이었다는 것을 확실히 알고 있는 한편, 치료하기 위해 노력했다는 것 또한 확실히 압니다. 알코올중독자 모임의 도움을 받아 자신을 되찾고 그걸 찾기 위해." 그가 수잰을 보았다. "그걸 뭐라고 부르셨죠?"

수잰이 잠시 어리둥절해 있다가 살짝 미소 지었다. "밝은 햇살 속 고요한 곳."

가마슈는 생각에 잠겨 고개를 끄덕였다. "위, 세 사^{Oui C'est ça} 네, 그겁니다. 하지만 그걸 어떻게 찾을까요?"

경감은 모두의 얼굴을 살피다가 눈물이라도 흘릴 것 같은 보부아르의 얼굴에서 잠깐 멈추었다.

"그것을 찾는 유일한 길은 술을 끊는 것이었습니다. 하지만 지난 며칠간 제가 알아낸 바에 따르면, 알코올중독자가 술을 끊는 일은 시작에 불과할 뿐입니다. 그들은 변해야만 합니다. 그들이 보고 느끼는 방식과 태도를 변화시켜야 하죠. 그리고 자신이 뒤에 남겨 두고 온 지저분한 것들을 깨끗이 치워야 합니다. 알코올중독자는 포효하는 토네이도처럼 다른 이의 삶을 휩쓸고 지나간다." 가마슈가 인용했다. "릴리언은 자신이 갖고 있던 알코올중독자 모임의 책에서 이 문장에 밑줄을 쳤습니다. 그녀는 또 다른 구절에도 줄을 쳤습니다. 사람들 가슴이 찢어진다. 다정한 인간관계도 죽어버린다."

그의 눈길은 이제 클라라에게 가닿았다. 그녀는 고통스러워 보였다.

"당신에게 한 짓과 두 사람의 우정에 대해 그녀는 진정으로 미안하게 여겼을 거라고 생각합니다. 지지는커녕 실제로 당신의 경력을 망치려 한 데 대해서. 그게 그녀가 진심으로 부끄러워한 것 중 하나였습니다. 당연히 저는 그것을 확실히 모릅니다." 가마슈는 그렇게 말했고, 클라라는 마치 모두가 사라지고 거실에 그와 둘만 남겨진 것 같았다. "하지만 저는 당신이 정원에서 발견한 초심자의 칩이 릴리언의 것이었다고 믿습니다. 제 생각에 그녀는 그걸 가져와 손에 쥐고 당신에게 말할 용기를 내려 했던 것 같군요. 미안했다고요."

가마슈는 주머니에서 동전을 꺼내 그것을 손바닥에 놓았다. 그것은 밥의 초심자 칩이었다. 알코올중독자 모임에서 그가 가마슈에게 주었던 것. 그는 잠깐 멈칫했다가 그것을 클라라에게 건넸다.

"당신이 만나야 하는 사람이 정확히 누군가요?" 루스가 낮게 읊조렸다. "용서하려면 평생 걸리는 사람이?"

그녀는 방 저쪽을 보았지만 올리비에는 그녀를 보고 있지 않았다. 다른 이들처럼 그의 시선은 클라라와 가마슈에게 고정돼 있었다.

클라라가 팔을 뻗어 받은 동전을 손으로 감쌌다.

"그러나 릴리언은 사과할 기회를 갖지 못했습니다." 가마슈가 말을 이었다. "그녀는 끔찍한 실수를 저질렀습니다. 빨리 나으려는 마음에 중독자 모임의 몇 단계를 건너뛰었죠. 서서히 신중하게 각 단계를 수행하는 대신 릴리언은 구 단계로 건너뛰었습니다. 그 정확한 표현을 기억하십니까?" 그가 중독자 모임 회원 세 명에게 물었다.

"가능하다면 어디서든 그런 이들에게 직접 보상하라." 수잰이 말했다.

"하지만 거기에는 부가적인 부분이 있지 않습니까?" 가마슈가 물었다. "다들 보상 부분에만 집중하는 것 같습니다. 그러나 뒷부분이 더 있습니다."

"그렇게 함으로써 그들이나 다른 이들에게 상처를 주지 않는다면." 브라이언이 말했다.

"하지만 사과가 어떻게 누군가에게 상처를 주죠?" 폴레트가 물었다.

"오래 묵은 상처를 다시 들쑤시니까요." 수잰이 말했다.

"자신의 악마를 잠재우려다," 가마슈가 말했다. "릴리언은 뜻밖에 다른 누군가의 악마를 깨웠습니다. 잠자고 있던 무언가가 다시 깨어났습니다."

"그녀가 보상하겠다고 그런 얘기를 듣고 싶어 하지 않는 사람에게 접근했다고 생각하오?" 티에리가 물었다.

"릴리언은 토네이도가 아니었습니다." 가마슈가 말했다. "토네이도는 파괴적이지만 자연 현상입니다. 의지나 의도가 없는. 릴리언은 악의를 갖고 사람들에게 고의로 상처를 줬습니다. 그들을 망가트렸죠. 미술가에게 그것은 일이나 경력뿐이 아니었습니다. 작품을 창조한다는 행위가 그들 자신입니다. 그걸 파괴하는 건 그들을 파괴하는 겁니다."

"다른 형태의 살인이네요." 브라이언이 말했다.

가마슈가 청년을 잠시 바라보다 고개를 끄덕였다. "정확히 그래요. 릴리언 다이슨은 많은 이를 살해했거나 살해하려 했습니다. 물리적인 살인은 아니었지만 잔인함만큼은 못지않았죠. 그들의 꿈을 앗아 갔습니다. 그들의 창조물을."

"그녀의 무기는 리뷰였죠." 노르망이 말했다.

"그건 단순한 리뷰가 아니었습니다." 가마슈가 동의했다. "창작하는 사람들은 비평을 받기 마련인 걸 알고, 때로는 혹독한 평을 듣기도 하지만 일의 일부로 받아들입니다. 유쾌하지 않아도 현실이죠. 하지만 릴리언의 말은 독설이었습니다. 예민한 사람들을 벼랑 끝으로 몰려는 의도로. 그리고 그들은 그렇게 됐습니다. 한 명 이상의 사람이 그런 비난과

굴욕 앞에 화가가 되기를 포기했습니다."

"그녀에게는 사과해야 할 사람이 많았습니다." 포틴이 말했다.

가마슈가 갤러리 주인에게 고개를 돌렸다. "그녀는 사과를 했습니다. 그것도 일찌감치. 하지만 해당 단계의 부가적인 부분을 포함하지 않았습니다. 해를 끼칠 가능성 말입니다. 혹은, 어쩌면 그녀는 해를 끼쳤을지도 모릅니다."

"무슨 말씀이세요?" 수잰이 물었다.

"저는 그녀가 한 보상 중 어떤 건 이르기는 했어도 진실했다고 생각합니다. 그러나 어떤 건 그렇지 않았습니다. 그녀는 낫고 있는 중이었고, 아직 건강해진 상태는 아니었다고 봅니다. 옛날 버릇이 고귀한 행동이란 탈을 쓰고 다시 고개를 들었습니다. 결국 여러분 중 많은 분들이 의문을 품으셨듯이, 사과가 어째서 잘못이 될까요? 그러나 때로는 그렇습니다. 한 보상이 살인자에게 동기를 유발했습니다. 또 다른 보상은 살인자에게 기회를 주었습니다."

그들은 다시 서로를 흘끗거렸다. 가마슈는 그림자 속에서 보부아르가 부엌으로 통하는 문 앞에 가서 서는 걸 알아챘다. 거실의 유일한 출구.

끝이 가까웠다. 가마슈는 그걸 알았다. 보부아르도 그걸 알았다. 그리고 어둑한 방 안에 있는 누군가 역시 그걸 알았다. 살인자는 두 사람의 뜨거운 숨결을 느꼈을 터였다.

가마슈가 클라라를 향했다.

"릴리언은 당신에게 사과하려고 이곳으로 왔습니다. 전 솔직히 그녀가 대체로 진실했다고 믿습니다. 그러나 일부는 그렇지 않았습니다. 그녀는 당신이 크게 축하받아야 할 밤에 와야 할 이유는 없었습니다. 사람들 이목을 끄는 디자인의 드레스를 입을 필요도 없었습니다. 릴리언은 당신의 성공 축하 자리에서 당신이 가장 보고 싶지 않을 사람이 자신이라는 걸 알았습니다."

"그렇다면 왜 왔죠?" 클라라가 물었다.

"그녀의 일부는 여전히 병들어 있었고, 당신에게 상처 주기를 원했기 때문입니다. 당신의 큰 경삿날을 망치고 싶었던 거죠."

클라라는 손바닥 안에서 딱딱한 원이 느껴질 만큼 동전을 꽉 쥐었다.

"그러나 그녀가 어떻게 파티에 대해 알았을까요?" 머나가 물었다. "초대한 사람들만 아는 파티였는데요. 그리고 어떻게 파티 장소를 찾아왔죠? 스리 파인스는 지도에도 나오지 않잖아요."

"누군가 그녀에게 얘기했습니다." 가마슈가 말했다. "살인자가 그녀에게 말했습니다. 파티에 대해서, 또 어떻게 찾아올지."

"왜요?" 피터가 물었다.

"왜냐하면 살인자는 릴리언에게 상처를 주고 싶었습니다. 릴리언을 죽이고 싶었죠. 하지만 그는 클라라에게도 상처를 주고 싶었습니다."

"저한테요?" 클라라는 너무 놀라 말이 안 나왔다. "왜요? 누가요?"

그녀는 그토록 자신을 미워할 만한 사람을 찾아 방 안을 둘러봤다. 그리고 한 사람에게 그 눈길이 멈췄다.

29

모든 눈이 따라갔다.

살인자는 유혹하듯 미소를 지었고, 거실 구석구석으로 잽싸게 던진 시선이 마침내 부엌으로 통하는 입구에 서 있는 장 기 보부아르에게 가서 머물렀다. 유일한 출구. 봉쇄됐다.

"당신이에요?" 클라라가 거의 속삭이듯이 말했다. "당신이 릴리언을 죽였어요?"

데니스 포틴이 고개를 돌려 클라라를 마주 보았다.

"릴리언 다이슨은 그렇게 돼 마땅했습니다. 누군가가 더 빨리 그녀의 목을 비틀지 않았던 게 놀라울 따름이죠."

올리비에와 가브리, 수잰이 그에게서 떨어져 거실 저편으로 가고 있었다. 갤러리 주인이 자리에서 일어나 자신과의 확실한 경계 너머 저편에 있는 그들을 보았다.

가마슈만이 느긋해 보였다. 다른 이들처럼 허둥지둥 몸을 피하지 않고 포틴 맞은편에 그대로 앉아 있었다.

"릴리언은 당신에게 사과하러 갔었습니다. 그렇죠?" 경감은 쉽게 흥분하는 손님과 담소라도 나누듯 말했다.

포틴은 그를 노려보다 마침내 고개를 끄덕이고 다시 자리에 앉았다.

"그녀는 약속조차 하지 않았습니다. 갤러리에 그냥 나타났습니다. 리뷰에 그렇게 끔찍한 말을 써서 미안하다고 말하더군요."

포틴은 기운을 내기 위해 잠시 멈춰야 했다.

"'미안해요I'm sorry'." 그는 한 단어마다 손가락을 하나씩 꼽으며 말했다. "'당신의 작품에 대한 내 리뷰는 잔인했어요I was cruel in my review of your art'."

그는 자신의 손가락들을 보았다. "열한 단어. 그리고 그녀는 그걸로 다 갚았다고 생각하더군요. 그 여자가 쓴 리뷰 봤습니까?"

가마슈가 고개를 끄덕였다. "여기 갖고 있습니다. 그러나 읽지는 않 겠습니다."

포틴은 경감의 눈을 봤다. "뭐, 적어도 그 점은 감사해야겠군요. 정확 한 표현은 기억조차 할 수 없지만 그녀가 내 가슴에 폭탄을 묶고 터트린 것 같은 리뷰였다는 건 압니다. 그녀가 내 전시회에서 과장된 칭찬을 지 껄여 댔기 때문에 상황은 훨씬 더 나빠졌습니다. 그 이상 우호적일 수 없었죠. 작품들이 얼마나 자기 마음에 드는지 말했습니다. 그 주 토요일 「라 프레스」에 격찬하는 리뷰를 기대하게 만들었죠. 거의 잠도 못 자고 그 주 내내 기다렸습니다. 온 가족과 친구들에게 다 이야기했죠."

포틴은 다시 기운을 내기 위해 멈췄다. 깜빡거리는 조명은 꺼진 채로 있는 시간이 길어졌다. 전기가 나갈 경우를 대비해 피터와 클라라가 찬 장에서 가져온 양초를 거실 이곳저곳에 놓았다.

바깥에서 번개가 번쩍하더니 스리 파인스를 포위하고 있는 산 뒤에서 갈라졌다.

비가 창유리를 때렸다.

"이윽고 리뷰가 올라왔죠. 그냥 나쁜 정도가 아니라 재앙이었습니다. 악의적인 조롱. 그녀는 내가 창조한 걸 웃음거리로 만들었습니다. 내 그 림들이 뛰어나지 않았을지는 몰라도 난 막 시작했을 뿐이었고 최선을 다하고 있었습니다. 그리고 그녀는 구두 굽으로 그것들을 짓뭉개 버렸죠. 단순한 수치 이상이었습니다. 내가 거기서 회복됐는지는 모르겠지만 그녀는 나조차 스스로 재능이 없다고 믿게끔 만들었습니다. 내게 있는 가장 좋은 부분을 죽인 겁니다."

데니스 포틴은 전율을 멈췄다. 움직임을 멈췄다. 호흡조차 멈춘 듯했다. 그는 서서히 멈췄다. 우두커니 앞을 응시하면서.

잔디 광장을 환히 밝힌 거대한 섬광에 이은 쾅 히는 굉음이 작은 집을 흔들었다. 가마슈를 포함한 모두가 펄쩍 뛰었다. 이제 비는 안으로 들여보내 달라는 듯 창문을 마구 두들겼다. 밖에서 나무에 휘몰아치는 바람 소리가 들려왔다. 나뭇가지를 비틀고 흔들어 대는. 이어지는 빈개에 단풍나무와 포플러에서 뜯긴 어린잎들이 잔디 광장에 사납게 날리는 모습이 보였다. 사시나무들이 떠는 소리가 들렸다.

그리고 마을 중앙에서는 거대한 소나무 세 그루의 꼭대기가 돌개바람에 빙글빙글 돌고 있었다.

손님들은 눈을 동그랗게 뜨고 서로를 보았다. 기다리고 있었다. 찢어지고 뜯기고 쓰러지는 소리를 기대하며.

"난 그리는 걸 그만뒀습니다." 포틴이 바깥의 시끄러운 소리 위로 목소리를 높여 말했다. 폭풍에 관심이 없거나 폭풍을 알아차리지 못한 듯한 유일한 사람.

"하지만 갤러리 주인으로 다시 일어섰잖아요." 클라라가 밖에서 일어나는 일을 무시하려 애쓰며 말했다. "당신은 크게 성공했어요."

"그리고 당신이 그걸 망쳤지." 포틴이 말했다.

폭풍우는 이제 바로 머리 위에 와 있었다. 불이 들어왔다 나갔다 하자 피터는 양초와 기름 램프에 불을 붙였다.

그럼에도 클라라는 의자에서 꼼짝도 하지 않았다. 데니스 포틴을 응시하며.

"당신이 쓰레기여서 당신과의 계약을 파기했다고 모두에게 말했고, 다들 내 말을 믿었어. 현대 미술관이 당신의 개인전을 열겠다고 결정하기 전까진. 개인전이라니, 젠장. 그게 날 바보로 보이게 했지. 신용을 다 잃었어. 명성 빼면 아무것도 없는 나에게 당신은 그걸 앗아 갔어."

"그래서 릴리언을 여기서 죽인 건가요?" 클라라가 물었다. "우리 정원에서?"

"당신 전시회를 떠올릴 때," 그가 그녀를 노려보며 말했다. "사람들이 당신 정원의 시체를 떠올렸으면 좋겠군. 당신도 떠올리길 바라. 당신의 개인전 생각을 할 때마다 릴리언이 보이라고. 시체가 된."

그는 반원을 그리고 있는 얼굴들을 노려봤다. 그들은 악취가 진동하는 배설물이라는 양 그를 보았다.

조명이 깜빡이다가 어둑해졌다. 절전이라도 하듯. 그들은 전등이 빛을 내기 위해 사투를 벌이는 것처럼 압박을 느꼈다.

이윽기 전기가 완전히 나가 버렸다.

그리고 그들은 흔들리는 촛불과 함께 남겨졌다.

아무도 말을 꺼내지 않았다. 대신 그들은 무언가 다른 일이 생길지 지켜보았다. 더 안 좋은 일이. 숲을 맹렬히 몰아치는 바람 소리, 창문과 지붕을 때리는 빗소리가 들렸다.

그럼에도 가마슈는 데니스 포틴에게서 결코 눈을 떼지 않았다.

"날 그렇게 증오했다면 베르니사주에는 왜 왔죠?" 클라라가 물었다.

포틴이 다시 가마슈를 향했다. "짐작하시겠습니까?"

"사과하기 위해서." 가마슈가 말했다.

포틴은 미소를 지었다. "일단 릴리언이 가고 나자 머릿속의 아우성이 가라앉고 생각을 하게 됐죠."

"배로 갚아 죽이는 방법." 가마슈가 말했다.

"쿠 드 그라스Coup de grâce 최후의 일격." 포틴이 말했다.

"자비grace와는 아무 상관 없었죠." 가마슈가 말했다. "증오로 가득한 계획이었으니까요."

"그랬다고 해도 릴리언 때문에 하게 된 생각이었죠." 포틴이 말했다. "그 여자가 괴물을 만들었습니다. 그게 자신을 향했을 때 놀라서는 안 되었죠. 그런데 놀라더군요."

"릴리언이 나를 아는지는 어떻게 알았죠?" 클라라가 물었다.

"본인이 말했지. 자신이 하고 있는 것을 말하더군. 사람들에게 사과하며 돌아다니는 중이라고. 당신을 몬트리올 전화번호부에서 찾아봤는데 거기 없었다더군. 내가 당신에 대해 들은 적이 있는지 궁금해했지."

"그래서 그녀에게 뭐라고 했죠?"

그때 그는 미소를 지었다. 서서히.

"처음에는 모른다고 했지만 그녀가 간 후에 생각이 떠올랐어. 전화해서 당신 전시회 이야기를 해 줬어. 그 뉴스를 들은 그 여자 반응에 전화한 보람이 있더군. 전적으로 행복해하는 것 같진 않았지."

그의 야비한 미소가 눈으로 퍼져 나갔다.

"퀘벡 미술계는 좁아서 이곳에서 뒤풀이 파티가 열린다는 걸 들어 알고 있었어. 물론 난 초대받지 못했지만. 릴리언에게 말해 주고 당신에게 말할 수 있는 좋은 기회가 될 거라고 권했지. 며칠이 걸렸지만 그녀가 다시 전화를 하더군. 자세한 걸 알고 싶다고."

"하지만 당신에겐 문제가 있었습니다." 경감이 말했다. "당신은 전에 스리 파인스에 와 본 적이 있어서 릴리언에게 길을 알려 주는 것은 어렵지 않았죠. 그리고 당신은 그녀가 기꺼이 초대받지 않은 손님으로 파티에 갈 걸 알았습니다. 그러나 당신 역시 그곳에 가야 했습니다. 그러기 위해서는 정식으로 초대를 받지 않으면 안 되었습니다. 하지만 클라라와 당신 사이는 딱히 좋다고 할 수 없었고요."

"맞아요. 하지만 릴리언이 내게 아이디어를 줬습니다." 포틴은 클라라를 보았다. "사과를 하면 당신이 받아 줄 거라는 걸 알았지. 그러니까 당신은 결코 이 바닥에서 성공하지 못해. 배짱이 없어. 줏대도 없고. 난 이곳 파티에 참석하게 해 달라고 간절히 부탁하면 당신이 허락할 거라는 걸 알았어. 하지만 그럴 필요조차 없었지. 그냥 초대하더군."

포틴이 고개를 저었다. "솔직히 말하지. 당신을 거지같이 대한 나를 용서한 건 물론이고 집에 초대까지 해? 그보다는 분별력이 있어야지, 클라라. 사람들은 당신을 이용할 거야. 정신 차리지 않으면."

클라라는 그를 쏘아봤지만 입을 열지 않았다.

골짜기에 갇힌 폭풍우가 더 기세를 올리며 마을 휘저을 때 또 한 번의 엄청난 천둥이 집을 뒤흔들었다.

거실은 친밀감을 느끼게 했다. 태곳적의. 오래된 죄가 드러남에 따라. 흔들리는 촛불이 사람과 가구를 비추었다. 촛불은 그들을 벽에다 그로테스크한 무언가로 바꾸어 놓았다. 그들의 배후에 또 다른 어둠의 청자聽者들이 존재했었다는 양.

"내가 릴리언을 죽인 걸 어떻게 알았습니까?" 포틴이 가마슈에게 물었다.

"결국, 아주 단순했습니다." 가마슈가 말했다. "전에 마을에 와 본 적이 있는 사람이어야 했습니다. 스리 파인스에 오는 방법뿐 아니라 어느 집이 클라라네인지도 알아야 했습니다. 릴리언이 우연히 클라라네 정원에서 살해됐을 거라는 추측은 지나쳐 보였죠. 아니, 틀림없이 계획적이었습니다. 그리고 계획적이었다면 목적이 뭐였을까요? 그 성원에서 릴리언을 죽이면 두 사람이 다치게 됩니다. 당연히 릴리언은. 그러나 클라라 역시 해를 입죠. 그리고 파티는 당신에게 용의자로 북적거리는 마을을 제공했습니다. 릴리언을 알던 다른 사람들. 그녀가 죽기를 바랐을지도 모르는 사람들. 타이밍 또한 설명됐습니다. 살인자는 미술계에 있는 누군가여야 했고, 클라라, 릴리언 그리고 스리 파인스를 알고 있는 사람이어야 했습니다."

경감은 포틴의 번뜩이는 눈을 봤다.

"당신."

"내가 후회라도 할 줄 알았다면 오산이오. 그 여자는 가증스럽고 비열한 년이었어."

가마슈는 고개를 끄덕였다. "압니다. 하지만 나아지기 위해 노력 중이었죠. 그녀가 당신이 흡족했을 만큼 사과하지는 못했을지 몰라도 자기가 한 일에 대해 정말 미안해했다고 생각합니다."

"네 인생을 망친 인간을 용서하려고 해 보시지, 잘난 체하는 자식아. 그런 다음에 와서 설교하라고."

"그게 기준이라면 내가 설교해도 되겠군요."

모두가 누군가의 윤곽만 희미하게 보이는 어두운 구석으로 고개를 돌렸다. 매치가 안 된 옷들을 걸친 괴짜 여인.

"그녀는 타고났다." 밖에 요란한 소리가 나는 와중에서도 수잰의 속삭임이 들렸다. "생리 작용인 양 작품을 낳는다. 그걸 난 그럭저럭 용서했어요. 그리고 왜 용서했는지 알아요?"

아무도 대답하지 않았다.

"주여 용서하소서. 릴리언이 아니라 나를 위해서 용서한 거예요. 난 그 상처를 붙들고 어르고 살찌우며 키웠어요. 날 거의 삼켜 버릴 때까지. 그러나 마침내 스스로에게 고통을 주는 것을 넘어선 다른 걸 원하게 됐죠."

폭풍우가 골짜기를 빠져나간 것 같았고, 다른 목적지를 향해 서서히 육중한 몸을 이끌고 멀어지고 있었다.

"고요한 곳." 가마슈 경감이 말했다. "밝은 햇살 속의."

수잰이 미소 지으며 고개를 끄덕였다. "평화."

30

흐리지만 상쾌한 다음 날 여명이 밝았고, 비 내리던 전날의 무겁게 내려앉았던 습기는 사라졌다. 아침이 다가올수록 구름이 틈새를 보였다.

"키아로스쿠로." 아침 산책을 나온 티에리 피노가 가마슈 옆에서 보조를 맞춰 걸으며 말했다. 잔디 광장과 마을 집 앞마당에는 나뭇잎과 잔가지들이 어지러이 흩어져 있었지만 폭풍으로 쓰러진 나무는 한 그루도 없었다.

"파르동?"

"하늘 말이오." 피노가 가리켰다. "빛과 어둠의 대비."

가마슈가 미소 지었다.

그들은 침묵 속에 함께 거닐었다. 걸으면서 그들은 루스가 집에서 나와 정원의 작은 문을 닫고 하도 밟아 길이 난 땅을 따라 벤치로 절룩거리며 가는 것을 알아차렸다. 그녀는 손으로 대충 젖은 목재 벤치를 닦고 앉아 먼 곳을 응시했다.

"불쌍한 루스." 피노가 말했다. "새들에게 먹이를 주면서 하루 종일 벤치에 앉아 있는군."

"불쌍한 새." 가마슈가 그렇게 말하자 피노가 웃음을 터트렸다. 그들이 지켜보고 있는데 브라이언이 비앤비에서 나왔다. 그는 대법원장에게 손을 흔들고 가마슈에게 고개를 끄덕이더니 잔디를 가로질러 걸어가 루스 옆에 앉았다.

"그가 죽음을 동경하나요?" 가마슈가 물었다. "혹은 상처 입은 것들에 끌립니까?"

"둘 다 아니오. 그는 치유하는 것들에 이끌리오."

"이곳에 잘 맞겠군요." 경감이 그렇게 말하며 마을을 둘러봤다.

"경감은 여기를 좋아하는군요." 티에리가 옆에 있는 건장한 남자를 살피며 말했다.

"그렇습니다."

두 남자는 멈춰 서서, 나란히 앉아 자신만의 세계에 빠져 있는 것 같은 브라이언과 루스를 지켜봤다.

"저 친구가 매우 자랑스러우시겠습니다." 가마슈가 말했다. "그런 배경이 있는 아이가 술을 끊고 맑은 정신을 유지할 수 있다니 놀랍군요."

"저 아이 때문에 행복하오." 티에리가 말했다. "하지만 자랑스럽진 않소. 난 그를 자랑스러워할 만한 위치가 아니니까."

"겸손의 말씀을 하시는군요. 모든 후원자가 그런 성공을 거두진 못할 텐데요."

"저 아이의 후원자라고?" 티에리가 말했다. "난 저 아이의 후원자가 아니오."

"그럼 어떤 관계입니까?" 가마슈가 놀란 내색을 하지 않으려고 애쓰며 물었다. 그는 대법원장에게서 벤치에 앉아 있는 피어싱을 한 젊은이에게 시선을 옮겼다.

"난 저 아이의 후원을 받는 사람이오. 그가 내 후원자지."

"다시 말씀해 주시겠습니까?" 가마슈가 말했다.

"브라이언이 내 후원자요. 그는 술을 끊은 지 팔 년째라오. 난 이 년

밖에 안 됐고."

가마슈는 회색 플란넬 바지와 가벼운 캐시미어 스웨터 차림의 우아한 티에리 피노에게서 스킨헤드 청년에게로 눈길을 돌렸다.

"경감이 무슨 생각을 하고 있는지 알아요. 그리고 맞소. 브라이언은 날 꽤 많이 참아 주고 있지. 그의 친구들이 공공장소에서 나와 함께 있는 브라이언을 보면 엄청 잔소리를 한다오. 내 양복이며 넥타이 등등. 엄청 창피하겠지." 티에리가 미소 지었다.

"정확히 그런 생각을 하고 있지는 않았습니다." 가마슈가 말했다. "하지만 상당히 근접했습니다."

"경감은 내가 그를 후원할 거라고, 정말 그렇게 생각했소?"

"그 반대일 거라는 생각은 확실히 하지 못했습니다." 가마슈가 말했다. "혹시 거기에……,"

"후원자가 될 다른 사람은 없었느냐고?" 티에리가 말했다. "많이 있었소. 하지만 그럴 만한 이유가 있어 내가 브라이언을 택했던 거요. 그가 동의해 줘서 매우 감사하고 있고. 그가 내 목숨을 구했소."

"그랬다면 저 역시 그에게 감사해야겠군요." 가마슈가 말했다. "사과 드립니다."

"그건 보상이오, 경감?" 티에리가 빙그레 웃으며 물었다.

"그렇습니다."

"그렇다면 받아들이겠소."

그들은 계속 걸었다. 그것은 가마슈가 염려했던 것보다 더 나빴다. 그는 대법원장의 후원자가 누군지 궁금했다. 분명 중독자 모임에 나오는 누군가. 큰 영향력을 가진 남자에게 지대한 영향력을 미치는 다른 알코올중독자. 그러나 가마슈는 티에리 피노가 나치 스킨헤드를 후원자로 택했으리라고는 상상도 못했다.

그는 취해 있었으리라.

"주제넘게 선을 넘는 거라는 건 알지만……,"

"그럼 넘지 마시오, 경감."

"……하지만 이건 일상적인 상황이 아니라서요. 판사님은 중요한 분입니다."

"그리고 브라이언은 아니고?"

"물론 그도 그렇습니다. 그러나 유죄판결을 받은 중죄인이기도 합니다. 약물 남용과 알코올의존증으로 전과 기록이 있고, 음주운전을 하다 어린 소녀를 죽인 젊은이입니다."

"그 사건에 대해 뭘 알고 있소?"

"청년이 죄를 인정했다는 건 압니다. 모임에서 그의 나눔을 들었습니다. 그리고 그것 때문에 교도소에 갔다는 걸 압니다."

그들은 아침이 되어 기온이 오르자 전날 내린 비가 안개로 떠오르는 잔디 광장 주위를 침묵 속에 걸었다. 아직 이른 시간이었다. 일어난 사람은 거의 없었다. 안개와 키 큰 소나무 주위를 돌고 또 도는 두 남자뿐. 그리고 벤치의 루스와 브라이언.

"그가 죽인 어린 소녀는 내 손녀딸이었소."

가마슈가 걸음을 멈췄다.

"대법원장님의 손녀딸이었다고요?"

티에리 역시 걸음을 멈추고 고개를 끄덕였다. "에메. 네 살이었지. 살아 있으면 열두 살이겠구려. 사고가 나지 않았더라면. 브라이언은 오 년

복역했소. 출소한 날 우리 집에 왔지. 그리고 사과했소. 우린 물론 받아들이지 않았소. 가라고 했지. 그러나 그는 계속 다시 왔소. 딸네 집 잔디를 깎고 세차를 하고. 집안일이 많이 방치돼 있었소. 난 술만 퍼마셨고 그다지 도움이 되지 못했소. 그런데 그때 브라이언이 그 모든 일을 하기 시작했소. 일주일에 한 번 나타나 딸네와 우리 집 잡일을 했소. 말은 한마디도 하지 않았지. 그저 일을 하고 갔소."

티에리가 다시 걷기 시작했고, 가마슈가 그를 따랐다.

"어느 날, 한 일 년쯤 지났을까. 자기가 술 마신 이야기를 내게 털어놓기 시작했소. 왜 술을 마셨고, 어떤 감정이었는지 말이오. 그건 정확히 내가 느꼈던 감정이었소. 물론 난 인정하지 않았지. 그런 끔찍한 놈과 조금이라도 공통점이 있다는 걸 인정하고 싶지 않았소. 그러나 브라이언은 알았소. 그러던 어느 날 그가 드라이브를 하자더군. 그리고 나를 내 첫 알코올중독자 모임에 데려갔소."

그들은 벤치가 있는 곳으로 돌아왔다.

"그가 내 삶을 구했소. 난 기꺼이 그 삶을 에메를 위해 살 거요. 브라이언 역시 그렇다는 걸 알고 있소. 내가 술을 끊고 몇 달 지났을 때 그가 다시 와서 용서를 구했소."

티에리가 길 위에 멈춰 섰다.

"그리고 난 용서했소."

"클라라, 안 돼. 제발."

피터가 파자마 바지 바람으로 침실에 서 있었다.

클라라는 그를 보았다. 그 아름다운 몸 단 한 군데라도 그녀가 만지고 쓰다듬고 사랑하지 않은 곳은 없었다.

그리고 그녀는, 여전히 사랑하지 않는다는 것을 알았다. 그의 몸은 문제가 아니었다. 머리도 문제가 아니었다. 그의 가슴이 문제였다.

"당신은 가야 해." 그녀가 말했다.

"하지만 왜? 난 최선을 다하고 있어, 정말이야."

"나도 알아, 피터. 그렇지만 얼마간 떨어져 있을 필요가 있어. 우리 둘 다 뭐가 중요한지 알아야 해. 난 그래. 어쩌면 이번 일을 계기로 우리 문제가 뭔지 인식하게 될지도 몰라."

"하지만 난 이미 인식하고 있어." 피터가 애원했다. 그는 당황해하며 주위를 둘러보았다. 떠난다는 생각만으로도 두려웠다. 이 방과 이 집을 떠나다니. 친구들을. 마을을. 클라라를.

저 길을 올라가 저 언덕 너머로. 스리 파인스 밖으로.

어디로? 이보다 더 좋은 곳이 있을까?

"오, 안 돼, 안 돼." 그가 탄식했다.

그러나 그는 클라라가 이것을 원한다면 가야 한다는 것을 알았다. 떠나야 했다.

"단지 일 년만이야." 클라라가 말했다.

"약속할 수 있어?" 그가 환해진 눈으로 그녀의 눈을 보면서 말했다. 그녀가 시선을 돌릴까 봐 눈을 깜빡이기도 두려웠다.

"내년, 정확히 오늘 날짜." 클라라가 말했다.

"꼭 올 거야." 피터가 말했다.

"그리고 난 당신을 기다릴게. 우린 우리 둘만을 위한 바비큐 파티를 할 거야. 스테이크랑 어린 아스파라거스. 그리고 사라네 불랑제리에서 산 바게트로."

"난 레드 와인을 가져올게." 그가 말했다. "그리고 루스는 초대하지 않을 거야."

"누구도 초대하지 않을 거야." 클라라가 동의했다.

"우리 둘만."

"우리 둘만." 그녀가 말했다.

이내 피터 모로는 옷을 입고 여행 가방 한 개를 꾸렸다.

장 기 보부아르는 침실 창문으로 경감이 자신들 차로 천천히 걸어가는 모습을 보았다. 그는 서둘러야 한다는 걸, 저 남자를 기다리게 해서는 안 된다는 걸 알았지만 먼저 해야 할 일이 있었다.

자신이 마침내 할 수 있다고 생각하게 된 것.

침대에서 일어나 약을 한 알 먹은 다음 아침을 먹으며 장 기 보부아르는 이날이 그날이라는 걸 알았다.

피터는 차에 여행 가방을 던졌다. 그의 옆에 클라라가 서 있었다.

피터는 진실 앞에서 자신이 기우뚱거리는 것을 느낄 수 있었다. "당신한테 할 말이 있어."

"얘기는 충분히 하지 않았어?" 완전히 지친 클라라가 물었다. 그녀는 밤새 한숨도 못 잤다. 2시 반에야 마침내 전기가 들어왔고, 그녀는 그때까지 깨어 있었다. 그녀는 전등을 다 끄고 침실로 돌아와 침대 속으로 다시 기어들었었다.

그리고 피터가 자는 모습을 지켜보았다. 숨 쉬는 모습을, 베개에 짓눌린 뺨을, 맞닿은 긴 속눈썹을, 편안히 놓인 두 손을.

그녀는 그 얼굴을 찬찬히 들여다보았다. 아름다운 50대로 접어든 사랑스러운 몸을.

그리고 이제 그 몸을 보낼 순간이었다.

"아니, 할 말이 있어." 그가 말했다.

그녀는 그를 보며 기다렸다.

"학창 시절에 릴리언이 썼던 그 끔찍한 리뷰는 유감이야."

"왜 지금 그 얘기를 하는 거야?" 클라라가 어리둥절해하며 물었다.

"애들이 당신 작품을 보고 있을 때 난 그녀 가까이 서 있었을 뿐이었고, 난 내가……."

"그런데?" 클라라가 신중한 태도로 물었다.

"당신 작품을 내가 얼마나 대단하다고 여기는지 그녀에게 말했어야 했어. 그러니까 내 말은, 내가 당신 작품을 얼마나 좋아하는지 그녀에게 말하긴 했지만 좀 더 확실하게 말했어야 했어."

클라라가 미소 지었다. "릴리언은 그때도 릴리언이었어. 당신이 그 애 마음을 바꿀 수는 없었어. 그 걱정은 마."

그녀는 피터의 두 손을 잡고 부드럽게 쓰다듬다가 그의 입술에 키스했다.

그리고 자리를 떠났다. 문으로 들어가 정원에 난 길을 지나 현관문을 열고 들어갔다.

문이 닫히기 직전 피터에게 뭔가가 떠올랐다. "소생했다!" 그가 외쳤다. "희망이 현대 거장들 사이에 자리를 잡다." 그는 닫힌 문을 응시하며 자신이 늦지 않게 외쳤다고 확신했다. 그녀가 들었을 거라고 확신했다. "리뷰를 외웠어, 클라라. 좋은 평들은 다. 모두 줄줄 외울 수 있어."

그러나 클라라는 집 안에 있었다. 현관문에 기대어.

그녀는 두 눈을 꼭 감은 채 주머니에 손을 넣어 동전을 꺼냈다. 초심자의 칩.

그녀는 손바닥에 기도문이 박힐 정도로 동전을 꽉 움켜쥐었다.

장 기는 수화기를 들어 번호를 누르기 시작했다. 번호 두 개, 세 개, 네 개. 전화를 끊기 전 이제껏 그가 했던 중에 가장 많은 번호를 눌렀다. 여섯 개, 일곱 개.

손바닥에 땀이 차고 약간 어지러웠다.

창문 너머에서는 경감이 차 뒷좌석에 가방을 던져 넣고 있었다.

가마슈는 차 뒷문을 닫고 돌아서서 루스와 브라이언을 지켜보았다.

그때 누군가가 그의 시야로 들어왔다.

올리비에는 지뢰에라도 접근하듯이 천천히 걸었다. 그는 딱 한 번 발걸음을 멈췄다가 계속 걸어 벤치에 앉은 루스에게 다다라서야 걸음을 멈췄다.

그녀는 꼼짝도 않고 계속 하늘만 응시했다.

"영원히 저기 앉아 있을 겁니다, 당연히." 피터가 가마슈 곁으로 다가오며 말했다. "일어나지 않을 일을 기다리면서요."

가마슈는 그에게 몸을 돌렸다. "로사가 돌아오지 않을 거라고 여기십니까?"

"네. 경감님도 돌아오지 않을 거라는 걸 아시죠. 거짓 희망은 친절이 아닙니다." 그의 목소리는 딱딱했다.

"오늘, 기적을 기대하지 않으십니까?" 가마슈가 물었다.

"경감님은요?"

"항상 기대합니다. 그리고 난 결코 실망하지 않습니다. 나는 내가 사랑하고 나를 사랑하는 여인이 있는 집으로 갈 참입니다. 나는 내가 믿는 일을 내가 존경하는 사람들과 함께하고 있습니다. 매일 아침 침대 밖으로 다리를 내놓을 때면 저는 물 위를 걷고 있다고 느끼죠." 가마슈는 피터의 눈을 봤다. "어젯밤 브라이언이 말했듯이 때로 물에 빠진 사람이 구조되기도 하죠."

그들이 지켜보는 가운데 올리비에가 벤치에 앉아 루스, 브라이언과 함께 하늘을 응시했다. 이윽고 그가 자신의 파란 카디건을 벗어 루스의 어깨 위에 걸쳐 주었다. 노시인은 꼼짝도 하지 않았다. 하지만 잠시 후 그녀가 입을 열었다.

"고마워." 그녀가 말했다. "머저리."

번호 열한 개.

전화가 울리고 있었다. 장 기는 하마터면 수화기를 내려놓을 뻔했다. 심장이 어찌나 세차게 뛰는지, 누가 전화를 받든 들리지 않을 것 같았다. 그리고 누군가 수화기를 든다면 기절하리라.

"위, 알로Oui, âllo 네, 여보세요?" 활기찬 목소리가 대답했다.

"여보세요?" 그는 가까스로 입을 열었다. "아니?"

아르망 가마슈는 피터 모로의 차가 물랭 길을 서행해 스리 파인스 마을 밖으로 나가는 모습을 보았다.

마을로 눈길을 돌렸을 때 그는 루스가 자리에서 일어나는 모습을 보았다. 그녀는 먼 곳을 응시하고 있었다. 그리고 그때 그는 들었다. 멀리서 들리는 울음소리. 익숙한 울음소리.

루스는 정맥이 불거진 앙상한 손으로 파란 카디건을 목께에 여며 쥐고 하늘을 살폈다.

햇살이 구름 사이 좁은 틈으로 얼굴을 내밀었다. 마음이 쓰린 노시인은 빛이 쏟아지고 소리가 들리는 곳으로 얼굴을 돌렸다. 확실히 보이지 않고, 무언가가 있는지도 확실치 않은 먼 곳을 응시하면서.

그리고 그녀의 지친 눈에는 작은 점이 있었다. 번뜩이고 반짝이는.

내가 『빛의 눈속임』을 썼을 때 내 귀에 대고 속삭인 많은 이들이 있었다. 그들 중 어떤 이는 내 삶 속에 여전히 존재하고, 어떤 이는 이제 떠나고 없지만 언제나 기억하고 있다.

그들에게 이 책을 쓸 수 있게 해 준 데 깊이 감사한다는 말 이외에 긴 말을 늘어놓을 생각은 없다. 깊이 감사한다는 말보다 더 의미가 있는 것이 있다면, 오랜 기간 동안 금주자로서의 삶을 산 후 때로는 알코올중독에 빠진 남자들 (그리고 여자들)이 구원을 받기도 한다는 것을 나는 이제 완벽히 믿게 되었다는 것이다. 다시 발작이 찾아온다면 햇살이 비치는 작은 마을에서 어느 정도 안정을 찾을 수 있을지도 모른다.

내 남편이자 파트너이자 영혼의 동반자인 마이클에게 감사의 마음을 전한다. 이러한 일들을 믿어 준 데에 감사한다. 그리고 나를 믿어 준 것에도. 내가 그를 믿었듯.

미노타우르 북스의 완벽한 이름을 가진 내 훌륭한 편집자 호프Hope 델런에게 감사를 전한다. 편집자로서 그녀의 뛰어난 재능은 한 인간으로서의 재능을 뛰어넘었다. 구두 뒤축에 제트 엔진을 단 리틀 브라운사의 내 뛰어난 편집자 댄 맬러리는 아찔하고 스릴 넘치는 출판계의 밝은 면으로 나를 데려갔다.

일의 관계를 떠나 친구가 된 내 놀라운 에이전트 테리사 크리스에게 감사를 전한다. 우아한 손과 확신으로 이 책과 내 경력을 이끌어 주었다.

작가로서 경력을 쌓으며 나를 놀라게 한 것이 있다면 어마어마하게 많은 자질구레한 일이다. 걸징해야 할 껏들, 네일, 외계, 계약서와 투어 스케줄 같은, 매우 중요한 모든 것들을 체계화하는 일들. 길을 잃지 않도록. 솔직히 나는 이러한 일들이 매우 끔찍하다. 다행히도 내가 나태할수록 환상적인 리즈 데로지에가 이러한 것들을 잘 통솔하고 체계화했다. 리즈가 내 삶의 이러한 요소들을 잘 돌봐 준 덕분에 나는 자유롭게 글을 쓸 수 있었다. 우리는 훌륭한 팀을 이루었고, 나는 리즈의 힘든 업무뿐 아니라 그녀의 한결같은 낙관주의와 유머에 깊이 감사하고 싶다.

나는 당신이 『빛의 눈속임』을 즐겁게 읽길 바란다. 쓰는 데 내 여러 삶이 걸렸던 책이므로.

빛의 눈속임

A TRICK OF THE LIGHT

초판1쇄 2018년 10월 10일
초판2쇄 2021년 2월 9일

지은이 | 루이즈 페니
옮긴이 | 유혜영
발행인 | 박세진
독자교정 | 박창순, 양은희
표지디자인 | 허은정
출 력 | 대덕문화사
용 지 | 두송지업
인 쇄 | 대덕문화사
제 본 | 자현제책사

펴낸곳 | 피니스 아프리카에
출판등록 | 2010년 10월 12일 제25100-2010-000041호
주소 | 03958 서울시 마포구 망원동 419-3 참존 1차 501호
전화 | 02-3436-8813
팩스 | 02-6442-8814
블로그 | https://blog.naver.com/finisaf
메일 | finisaf@naver.com

책값은 뒤표지에 있습니다.
파본은 구입하신 곳에서 교환해 드립니다.